ハヤカワ・ミステリ

GUSTAVO MALAJOVICH

ブエノスアイレスに消えた

EL JARDÍN DE BRONCE

グスタボ・マラホビッチ

宮崎真紀訳

TOKYO
HAYAKAWA
BOOKS

A HAYAKAWA
POCKET MYSTERY BOOK

装幀／水戸部 功

妻のパウラへ、
ここまで歩んできたありとあらゆる道のりについて。

私の子供たち、マリーアとテオへ、
大きくなったら、この本を読んでほしい。
(でも大きくなるのを急ぎすぎないで)

悪とは表裏のある硬貨だ。片面は私に苦悩をあたえ、もう片面は私に罪を犯させる。硬貨を投げ、どちらが出るか天にまかせる。苦悩するか、罪を犯すか。悪の硬貨を投げれば、そのいずれかになることは避けられない。

——『ヤヌス』エルネスト・ダヌービオ

ブエノスアイレスに消えた

おもな登場人物

ファビアン・ダヌービオ……ブエノスアイレスに住む建築家
リラ・エステージェ…………ファビアンの妻
モイラ・ダヌービオ…………ファビアンの娘
セシリア・アロージョ………モイラのベビーシッター
エルネスト・ダヌービオ……ファビアンの父
ヘルマン・ダヌービオ………ファビアンの兄
ドリス・コルテス＝リバス……リラの母方のおば
エドムンド・カレーラス……ファビアンの建築事務所の所長
リディア・ブランコ…………失踪人捜査課刑事
リオネル・モンドラゴーン……失踪人捜査課長
カルロス・ゴンサルベス……連邦警察副部長
マルコス・シルバ……………強盗窃盗課刑事
エステバン・レボイラ………検事
イグナシオ・トラパーニ……最高裁判事
セサル・ドベルティ…………私立探偵
イバーン・ラウフ……………植林会社の経営者。彫刻家
レバ……………………………ラウフ家の家政婦
カシルダ………………………ラウフ家にいる少女
コルデリア……………………イバーンの妹

序

一九八七年十二月十六日

今日、崖《がけ》で困ったことが起きた。

パパを殺さなければならなかったのだ。

書く力が残っているかどうか。大きな水槽に張られたどす黒い水に沈み、感覚が鈍っている、そんな感じがする。

いまぼくは自分の部屋にいて、家の中で交わされる、ご主人様はどこだと心配する声を聞いている。当然だ。普段なら、パパは夕食のお祈りを唱えるために八時前には帰宅する。もう九時半なのに、まだ帰ってこないのだ。レバが心配しながらしゃべるときに出す、喘息《ぜんそく》っぽい呼吸音とささやきの入り混じったような音が聞こえるような気がする。「桟橋《さんばし》で足止めを食っているのかね？　作業員たちとの話が長引いているとか？　ファリーアスのバルに電話しようか？」

パパは帰ってこないよ、レバ。そんなに気を揉むなよ。

パパは仰向けで、目を見開いたまま横たわっていた。ぼくはそれを遠くから見た。片方の脚が変な角度にねじれていることを除けば、死んでいるということを示す徴候はどこにもない。いつものあの男臭い満足げな表情を浮かべているが、いまはそこにまさかという驚きがのぞいている。

あとでわかりやすいように、起きたことを思い出してこの日記に整理してみようと思う。

いつものように、ぼくはやるべき仕事を早めに終えた。川の増水はもうそれほどでもなくて、流れのあいだに岩も頭を出し、空気にもぼくの大好きな乾いた匂いが戻ってきていた。工房で過ごす時間を増やすために、ぼくはいつもさっさと行程を終わらせようとした。だから大急ぎで引き返し、顔の汗にまとわりつく蚊を追い払いながら一定のリズムでボートを漕いだ。ボートを岸につけると、砂利道に分け入り、だれにも見られずに工房にはいった。

しばらくのあいだ、ぼくは押し黙ったまま、熔《と》けた金属が下に落ちないように支えていた。金属が形を成すあいだ、その熱がまともに目に当たって熱かった。ふと西側の窓に目をやったとき、二本のゴムの大木のあいだにパパが立っているのが見えた。パパはこちらに背を向けていた。パパを見かけると、たいていそうしているのだが。背を向けているか、せいぜい横顔がわずかに見える程度で、いつもなにか考え事をしているけれど、なにを考えているかは神のみぞ知る。そして、いつだって周囲を見ぐだしているような感じがする。うなじが見えている。そこから短く刈った半白の髪が生え、無骨な頭を覆っている。耳は小さく、海で洗われて色褪《あ》せた巻貝みたいな色の鼈甲縁《べっこうぶち》の眼鏡をかろうじて支えている。パパの持ち上げた右手に、古い木製の洗濯バサミがあるのを見ても、ぼくは驚かなかった。まず親指と人さし指でつまんで開かせ、それから順に別の指でおなじ訓練をする。親指と中指、親指と薬指、最後に親指と小指でつまむところまでいくと、見ているだけで指が痛くなる。パパはバイオリンのための指の鍛錬をけっして忘れない。ママが死んでからほとんどさわっていないというのに。

ぼくは火バサミと鋳造《ちゅうぞう》中《ちゅう》だった金属を流しに

置き、窓に近づいた。そのときパパが振り返り、ぼくを見た。思うに、パパはぼくがいるのを知っていながらこちらに背を向け、ぼくが気づくまで待っていたのだ。パパはだれに対してもそういうことをする。レバにも、作業員たちにも、コルデリアにさえ。木や山や川みたいな、風景の中に変わらずずっとある自然物を気取って、自分の存在に人が気づくのを待つ。

こっちに来いと、パパはしぐさで示した。ぼくは帆布の手袋を取り、命じられたとおりにした。パパはぼくと話をするとき、けっして顔を見なかった。わざわざ言葉を使わなくても家族がわかりあえるようにジェスチャーというものがある、なんて能書きは嘘だと思う。パパになにか訊かれて答えたときでさえ、パパはぼくを見なかった。答えが聞こえたのだろうか、それとももう一度くり返さなきゃならないのか、とぼくは悩んだ。そういうことに、ひどくいらついた。

そのときふと気づいた。この日記を書くのに、ぼくは過去形を使っている。こういうことにも慣れなければならない。

ぎこちなく「ああ」とか「うん」とか言葉を交わしたあと、パパは鍛錬用の洗濯バサミをコートのポケットにしまい、歩きだした。それはつまり、ついていかなければならないということだった。ぼくたちは工房と温室をぐるりとまわった。温室のガラスが夕陽でオレンジ色に染まっていた。コルデリアもぼくもその光景が大好きだった。

それは鳥たちのさえずりが喧《やかま》しくなる時間だった。夜の到来を食い止めようとする最後のあがきだ。

立てかけられた貯水槽を横目に見て、川に向かう。パパはぼくに、今日はどんな一日だったのか、やるべき仕事をちゃんとやったのか、と尋ねた。

毒にも薬にもならない型どおりの質問だったが、言葉尻がときどき妙に引き伸ばされて、普段と違って聞こえた。

それがぼくを警戒させた。

パパは訊きたいことがあると、いつも最初は核心に触れずに遠まわしにぐずぐずしているが、いざ目標を定めると、とどめを刺す闘牛士さながら一気に突進してきた。

パパになんて言われたかも全部は覚えてないし、面倒なことになるまえにパパがどんな話を始めたかもはっきりしない。覚えているのは、パパがいつものお題目をくどくどと唱えはじめたことだけだ——人生についてちゃんと考えろ、おまえはもう二十一じゃないか、徴兵猶予《ゆうよ》がまもなく終わるのになんの意味もなかった、そのあいだ結局なにも勉強しなかったんだからな、べらべらべら。ぼくの頭の中身はたちまちその場を離れ、気づくとほかの場所をさまよい、パパの単調なお説教を聞きながら考えていたのは、コルデリアや彼女の肩のこと、褐色の肌を鑿《のみ》でちょこっとつついたようなBCGの痕《あと》のことだった。

そのとき、パパもコルデリアの名前を口にしたことにぼくは気づいた。

目を上げると、こちらをまっすぐに見据えるパパと目が合った。こんなことはいままで一度もなかったと思う。パパの目を直視しつづけることはとてもできなかった。ぼくはいたたまれず、また目を伏せた。顔がかっと熱くなるのを感じた。工房の炉より強烈な熱さだ。パパはしゃべりつづけ、人を蔑《さげす》むように口が歪み、ぼくは自分の体がまたガラスになったような気がした。メインストリートの店のショーウィンドーに使うような大型ガラスで、強い力で押せば間違いなく割れ、こなごなになって落ちる鋭い破片はまず指を切り、そのあと体全体を切り刻み、ありとあらゆる形に刻まれてずたずたになった肉はやがて無と化す。

パパは「もうたくさんだ」と言った。視線はまだぼくを釘づけにしていた。「もうたくさんだ」とパパはくり返し、その顔をぼくは一瞬だけ見た。それは鬱憤《うつぷん》と怒りに覆われていたが、疲労の残りかすをそこに見つけてぼくは驚いた。老いが滲《にじ》み、人生にも家族にも農園《フィンカ》にもうんざりしていることがはっきりわかった。そのときのパパのいちばんの望みは、村に行ってファリーアスのバルでビールを一杯注文し、ハムのスライサーが置かれているフォーマイカの台のすぐ近くに座り、常連客のだれかが話しかけてくるのを待って、下卑《げび》た冗談やサッカーの話題がちりばめられた会話をすることだった。

パパがしたがっていることはそれだった。出口のない息子との関係に耐えることではない。

パパの胸に飛びこんで抱きつきたい、一瞬そんな衝動に駆られたが、突き放されるとわかっていたし、そうなればとてもやりきれない。それにもう遅すぎた。パパはすでにこの話題に夢中になり、ひとり語りを続け、ぼくの将来について勝手に計画をたてていた。ぼくの進むべき道を選択し、ヨーロッパ留学の話をしていた。ミラノにいい美術学校があるのよと、ママはいつも話していた。この子にはぜひとも〝一流中の一流どころ〟で学ばせなければ。ママは喜々としてそう言った。

歩きながら、道がのぼりはじめたことに気づいた。つまり崖が近いということだ。パパは断崖の数メートル手前で立ち止まり、彼方に目をやった。ぼくらのいる場所から川は見えなかったが、遠くに連なる大岩は目にはいった。「もう日も沈んだな」パパは言った。そしてひと呼吸置いて付け加えた。「明日こそ必ずおまえの出発の準備に取りかかろう」

目を強くこするといつも瞼《まぶた》の奥に散る緑色の星で、視界が曇りだす。

唇が動いて「いやだ」という言葉が飛び出すのがわかる。

パパはぼくを見た。今度は蔑みがもっとはっきり顔に刻まれている。

「明日、おまえはここを出ていくことになる。自分からおとなしく立ち去るにせよ、ひっぱたいて駅に引きずっていくにしろ」

パパはまたこちらに背を向け、風を目で追った。

そのとき自分がなにを考えたのか覚えていない。ぼくはまたパパのうなじを見た。ふいに、そのうなじは本当はパパの顔なんだと思った。長年のあいだに風化して目鼻が消えてしまった古代神の彫刻のように。

ぼくはもう躊躇《ちゆうちよ》せずにパパに近づいた。肩に両手を置き、そのまま前に進んだ。たぶんパパは驚いて言葉が出なかったんだと思う。一瞬、踵《かかと》が踏みとどまろうとしたものの、結局ずるずると滑っていった。やがてパパの足の下には体を支えるものがなにもなくなった。パパが落ちはじめると、ぼくは後ろに飛びのいた。

叫び声はなかった。すっと息を吸いこむ音がかろうじて聞こえただけだ。プールや川に飛びこむまえに息を溜める人みたいに。ぼくは数秒間待った。地面にぶつかる音もしなかった。まるで溶けて消えてしまったかのようだ。

すこしして、思いきって崖から身を乗り出し、投げ出されたそれを見た。

じつは、下にはいないんじゃないかと本気で思っていた。音がなにも聞こえなかったから。ずっと宙にふわふわ浮いたまま、いつものように人を見くだす歪んだ笑みを浮かべて、ぼくを見ているような気がしていた。

でもパパの体は下に横たわっていた。ぴくりとも動かずに。

生きているはずがなかった。こんなに高いところから落ちて、助かるわけがない。

しばらくながめたのち、ぼくは崖に背を向けると、工房をめざして歩きだした。そのとき地面にあったなにかを踏んづけて、下を見ると、木の洗濯バサミだった。揉みあううちに落ちたのだろう。ぼくはそれをポケットにしまった。

あらためて歩きだす。急がず、でも道のりをそう楽しむでもなく。

崖は川の向こう岸からも見えた。そちらもわが家の土地なので、ぐずぐずしている作業員でもいないかぎり、いま起きたことを見た者はだれもいないだろう。可能性があるとすれば一頭の雌牛ぐらいのもので、食べたものを反芻《はんすう》しながら無言でこちらをながめていたような気がする。

自分でも自分の冷静な行動に驚いている。ぼくは温室まで戻ると、そこで曲がって工房にはいり、ドアを閉めて、古びた木の扉に背中を押しつけて安堵《あんど》の息をついた。それから、普段どおりにもう一時間そこに留まった。いつもと違うとだれかに気づかれてはまずい。そのあと隠し場所から日記を取り出し、母屋《おもや》に来た。

そしていまはここで事態が動くのを待っている。

谷底は川岸から十メートルのところにあり、夜のあいだは増水することもない。だから一日も経たないうちに遺体は見つかるだろう。たとえ上からは見えなくても、船に乗っていれば間違いなく目にはいる。

そう考えると、事件が発覚するのは時間の問題だろう。このままパパが帰ってこなければ、レバは使用人やコルデリアやぼくに捜索を命じるはずだ。すでにファリーアスのバルに連絡し、桟橋でもだれもパパを見かけていないとわかれば、レバはいよいよ気が気でなくなる。ぼくたちはパパを捜しに出かけることになり、ぼく自身、発見劇のパロディを演じるはめになるかもしれない。その役目はできれば使用人のだれかにお願いしたいところだけれど。

レバがいま、パパについて尋ねている。それに答えるコルデリアの深くやさしい声が聞こえたような気がする。そのうちアマデオたちもここに来るだろう。心配するふりをして、ぼくも部屋から出なければならない。

気づかれやしないだろうか、と自問自答する。顔に出てしまわないだろうか。ここに鏡がひとつあったほうがいい。工房にあったかどうか見てみよう。二つあればもっといい。一枚はコルデリアにプレゼントしよう。

何日かはばたばたするだろう。ぼくがこの場所を取り仕切らなければならない。たぶんそのほうがうまくいきそうだ。

まわりから真実を隠すということを、つねに肝に銘じなければならない。事実を人に知られないようにすること、今後はそれがなにより肝心だ。

どう言えばいいか。パパは憤慨《ふんがい》するだろうが、正直言って、ぼくはほっとしている。

今頃パパはどこにいるのだろう？　神のもとに召される資格はないとぼくは思う。たとえ神がどんな人間でもお赦《ゆる》しくださるとしても。

ぼくは、パパが指を鍛えるのに使っていた古い木製の洗濯バサミを見た。右手の人さし指と親指でつまみ、力を入れてみる。次に中指と親指、そして薬指と親指。力の弱い指に移るにつれ、だんだんつらくなる。

それはほとんど拷問《ごうもん》だった。

第一期

最も残酷な一カ月

1

一九九九年四月四日　ブエノスアイレス

娘が拉致《らち》される何日か前、ファビアン・ダヌービオは悪夢を見ていたが、すぐに覚めると高をくくっていた。

夢を覚えていたことは一度もないし、どうせそのあと忘れてしまうのに、必ず毎晩夢を見るとも思えない。夢見について説得力のある根拠を示した科学論文も読んだことがない。そういうもろもろのことを、ファビアンはいかにも夢の中らしいどこか歪んだ論理にもとづいて考えながら、いやでも体の動きがのろくなるべたべたした空気をかき分けて進んだ。

あたりは夜で、どこだかわからない地区《バリオ》の通りを歩いている。近くにリラとモイラがいることはわかっているが、姿は見えない。その夢では、地面が突然足を吸いこむこともないし、足の下になにもなくなって底なしに落下することもない。通りには人気《ひとけ》がなく、店も軒《のき》並み閉まっているが、よく見ると、見捨てられた街だとわかる。店はどこも入口が開いていて、中はがらんとしている。かろうじて見えたのは、置き去りにされたレジスターや壊れた陳列ケース、空っぽの本棚、執拗《しつよう》に明滅する蛍光灯ぐらいのものだ。

夢というものの例に洩《も》れず、ファビアンの体はめざす方向を承知しているが、頭のほうはそれを知らない。なにかから逃げているという認識はうっすらとあるものの、だれから逃げているのか、そしてどこに向かっているのか、皆目《かいもく》わからない。そのとき近くでリラとモイラの声が聞こえたような気がした。通りの真ん中で立ち止まると、目の前に、もう機能していないキャッシュ・ディスペンサーのボックスらしきものがある。だがすぐに、そうではなく、ガラス張りのエレベーターだとわかった。その中にリラとモイラがいた。急げというように必死に手招きしているようだ。ファビアンは走ってはみたが、たどりついたその瞬間にエレベーターの扉が閉まった。ガラス越しにモイラが彼を見た。リラも見たが、やがてくるりと背を向けた。エレベーター内の照明が消え、ファビアンはガラスに両手をついて身を寄せ、二人の姿を見透かそうとした。だが中は真っ暗だ。そのとき闇の中にもうひとつ別の影が浮かんだ。ファビアンが近づくと、二つの青い目と目が合った。顔は見えない。人間か、獣か、とにかくそいつはこちらをじっと見返している。

ファビアンはうめきながら目覚め、自分が寄せ木張りの床に寝ていることに気づいた。すぐ横にベッドがある。こんなことは初めてだった。夢のせいでベッドから落ちたのだ。

落下の音で起こしたかと思い、隣のリラを見たが、眠っていた。そっと起き上がって寝室を出ると、娘のモイラの部屋をのぞいた。やはり眠っている。ディズニーの『ピノキオ』に登場するジミニー・クリケットを模したぬいぐるみを抱えて。帽子はオリジナルとおなじだが、手足の数が多く、胴体も長めだ。そのたたずまいは、擬人化されたジミニー・クリケットをもっと昆虫らしくしたかのようで、野生に近い。モイラのお気に入りのぬいぐるみだった。

娘に近づき、シーツが濡れていないか確かめる。奇跡的におねしょをしていない。両親のベッドにもぐりこんでこなかったのはそのせいだ。

モイラは毎晩二時から三時のあいだにおねしょをする。自分のベッドから這《は》い出して両親のところで寝るための絶対確実な作戦だ。

リラのかかりつけの精神科医に小児カウンセラーを紹介してもらい、この件について相談に乗ってもらっている。彼女の話では、これは成長の一段階であり、そのうち必ず終わるという。毎日シーツを洗濯する必要がないから、そんなことを言うのだ。

ファビアンはキッチンに行った。完全な静寂がたちこめている。通りさえも、はっとするくらい静かだ。そう言えば日曜日だった。寝室に戻って、ふたたび横になる。リラの肩にそっと触れる。妻は、存在しない影から逃れるように身じろぎした。やがてファビアンもまた眠りに落ちた。今度は夢も見なかった。

2

「あたしの木のところに行きたい」モイラが言った。

四歳にして、すでに母親とおなじ目をしている。切れ長で、色は濃い茶色。やや垂れ目気味なせいで、なんとなくノスタルジックな印象をあたえる。ときどきぎゅっと眉根を寄せて、顔を疑問でいっぱいにする。ファビアンの大好きな表情だ。

四月にはいり、暑さは鳴りをひそめて、よく晴れた涼しい日が増えはじめた。彼らはアルバレス・トマス通りを離れ、広場を児童公園のほうに向かって歩いていく。いま買ったばかりの新聞をめくっているリラは、足元を見もせず、土の小径《こみち》の縁につまずいた。

〝あたしの木〟がある場所に向かって走っていくモイ

ラを、リラとファビアンは追いかける。それはトックリキワタの若木で、無防備な子供やうっかり者が痛い思いをしないよう、棘《とげ》は取ってある。彼らがアルバレス・トマス通りのア《ピ》パートメント《ソ》に越してきた年にみんなで行った広場で、モイラは初めてその木と出会った。人工的に着色したのではないかと思うほど鮮やかな緑色の幹に、娘はたちまち魅了された。遊具や補助輪つきの自転車や公園は素通りしても、〝あたしの木〟に挨拶《あいさつ》しないことはなかった。

一月になり、モイラの誕生日が来ると、ファビアンはその木の下でモイラの写真を撮る。すでにそれも四度目を数え、ファビアンはこれからも毎年その習慣はくり返されるものだと信じていた。モイラが大人になってもそれは続き、伝統は彼女の子供へ、そして孫にさえ引き継がれるのではないか、そう思っていた。

リラとファビアンは、コンクリート製の日陰棚の下にある石のベンチに座った。そこからならモイラの姿が見えた。ファビアンはこの手の広場を設計した経験はないが、そこは手入れがよく行き届いていたし、ほっとできる居心地のよさがあった。それに、来る人もあまり多くない。

リラはテーブルの天板に描かれたチェス盤の上に新聞をのせ、日曜版を抜き取った。ファビアンは、モイラがプランターの陰に隠れて姿が見えなくなるたびに立ち上がり、現れるとまた腰を下ろした。モイラはちっともじっとしておらず、いつものようにだれにともなくおしゃべりしている。かと思えば、児童公園のほうにはいっていき、プラスチックのトンネル付き滑り台にのぼりはじめた。以前、トンネルの出口でモイラを待ち受けていたリラが、滑り出てきた娘を抱き上げたとたん、服に溜まっていた静電気でびりっと来て、大声をあげたことがあった。それ以来、リラはその滑り台で遊ぶモイラには手を触れようとせず、モイラは砂場への不時着を楽しむようになった。

ファビアンは新聞の社会面を読みはじめた。

「今年、コロン劇場で『トゥーランドット』をやるわ」リラが言った。

「サン・テルモでタロット占い師が殺された」ファビアンは言った。

どうやらその女性は、秘儀の知識を持っていたにもかかわらず、自分の運命は予見できなかったらしい。前夫にハンマーで十数回殴られ、机の前に座ったまま絶命した。「並べたなかから引いたばかりの吊るされた男のカードを手に」ファビアンは記事にすっかり夢中になり、フィクションさえ取り混ぜて劇的に締めくくった。事件の数時間後、モンテビデオ通りの簡易《ペンシ》ホテル《オン》で、犯人は抵抗もせずに捕まった。ハンマーは、乾いた血痕と死んだ女の毛髪が付着した状態で、ナイトテーブルにしまってあったという。

紙面にはほかの女の記事もあった。三十五歳のその女性は、三カ月前に行方がわからなくなった。ファビアンは事件を記憶していて、気になってその後も経過を追っていた。女性はその日、市中心部にある職場を出てバスに乗り、ラプラタ市にある自宅に向かった。ところが結局帰宅しなかった。夫は三時間後に警察に通報。途中で降りるのを見た人も、目的のバス停で降りたのを見た人もいなかった。謎だ。なにか新しい情報でも出てこなければ、そのうち記事が新聞に載ることもなくなるだろう。このまま妻が現れずに一年経ったときの夫の姿を想像してみる。すでに胸の痛みも無力感も消えて、近所のバルでコーヒーを飲みながら窓の向こうに広がる夜をながめ、妻がそこにふと現れるのではないかと期待している。不条理な希望に絡《から》めとられた哀れな犠牲者。

ファビアンはいま頭に描いた悲劇の構図を消し、妻の失踪はむしろ天からの贈り物だったのかもしれないひとりの男を想像する。彼にとって妻との暮らしはすでに耐えがたいものだったが、そこに思いがけない形で幸運が転がりこんできたのだ。そしてファビアンは、この数カ月、感じてもいない悲しみを装いつづけてきた男がバルの止まり木に座っているところを思い浮かべる。本当は、妻がいなくなって万々歳なのだ。もちろん最初のうちは気が咎《とが》めたが、いまや、いつまで苦しむふりを続けるべきか、決断を迫られていた。失踪した妻のために〝喪に服す〟のはそろそろやめにして、ぱっとお祝いがしたい。

ファビアンはベンチに座り直し、星占いのページを開いた。自分、リラ、モイラ、それぞれの星座の運勢を読む。娘の星のところには、《人生の舵《かじ》を大きく切るのにうってつけの時期》。リラのは《恋人や伴侶《はんりょ》と喧嘩《けんか》をするかも。でもすぐに仲直りできます》。ファビアンのは《波瀾万丈の一年》。会社に来る清掃員が言っていたとおりだ。彼はきっとこの星占いページの執筆者にちがいない。

ファビアンは新聞を閉じ、目を上げて妻をながめた。なにかを読む妻を見るたび、初めて会ったときも彼女はそうしていたっけと思い出す。彼は、建築学科の中央教室に面した廊下で、試験の開始を待っていた。というよりも、じつは、やはり受けるのはよそうと思っていたのだ。前に招集されたときも先延ばしにしたのだが、今回も依然として自信がなかった。そのときふいに彼女の姿が目にはいったのだ。スツールに腰かけて木の手すりに肘《ひじ》をかけ、なにかを読んでいる彼女を見たそのとき、狂おしいほど胸が甘くうずいた。

座っているにもかかわらず、彼女は背が高いとわかった（のちに一メートル七十二センチだと知った）。本のページをゆっくりとめくりながら、ときどき耳から下がる青い涙形のイヤリングをいじっている。肌がとても白く、黒髪にはつやがあり、ファビアンはなぜか毛並みの美しい黒馬を連想した。

彼女が目を上げ、ファビアンを見た。

それからなにがどうなったのか、よく思い出せない。

最初に交わした言葉がなんだったのか、どんなしぐさがきっかけで二人が近づいたのか。とにかく覚えているのは、目前の試験について彼女に話したこと。どうしても彼女の声を聞き、唇が動くところが見たくて、とっさにしがみついた口実だった。二人は大笑いし、彼は試験に臨み、蓋《ふた》を開けてみればけっこうよくできて、教室から出ると彼女がまだそこにいて、やがてファビアンが自宅に向かう一六〇系統のバスを待つ頃には、彼女の電話番号を手に入れていた。

二人の時間の流れは驚くほど速かった。二週間後には、家賃の手頃な二DKのピソでいっしょに暮らしはじめた。

それから七年が経つ。ファビアンは記憶から脱け出し、テーブルの反対側で新聞を読んでいる女性に意識を戻した。

「ついこのあいだ、アルメニア料理のレストランが開店したんだよ」ファビアンは、ルーティンにどっぷりと浸かっている夫婦の倦怠《けんたい》を突破するような話題を選んだつもりだった。

リラは新聞を置き、モイラのほうを見た。そのあと公園の向こうを、さらにデルガド通りの向こうを(家々の屋根で青空が斜めに切られている)、そしてもしさらにその向こうに目をやったのだとしたら、ファビアンには彼女がなにを見たのかわからなかった。

「アルメニア料理ってどんなの?」リラが尋ねた。

「アラブ料理と中身はおなじだけど、名前が違うとか? ぼくにもわからない。いっしょに試してみないか? 明日モイラをセシリアに預けて出かけよう」

「そうね」

「行きたいの? それとも行きたくないの?」

「きっと高いわ」

「支払いの心配はしなくていい」

リラは口の端を軽く持ち上げ、目をこすった。

「私たちについて話しあう、口実としてのディナーね？」

「ディナーは食事をすることが目的だ、基本的には。でも、きみがそう言うなら、話しあってもいい」

「たとえばなにを？」

たとえば、もう三カ月もセックスをしていないことについて。ファビアンは手の中の新聞をゆっくりと皺《しわ》くちゃにしながら思った。

「さあ。ぼくらについて」

「いままでだって何度も食事に行ったけど、結局なにも話さなかったわ」リラがうんざりしたように言い、ファビアンもしだいにいらいらしはじめる。

「わかった。じゃあ今度こそ話そう」

「ずいぶん芝居がかった言い方をするのね。それとも私の勝手な思いこみ？」

ファビアンは二秒間リラを見つめた。

「もういいよ。ディナーに行くのはやめたほうがよさそうだ」

「そんなふうに怒ってみせても、いまさら後には引けないわよ。わかってるんだから」

「信じられないな。日曜の午前中、たった数回言葉を交わしただけで、きみはもうぼくを追いつめてる」

リラは答えなかった。いつも彼女はこのたぐいの言い争いに足を踏み入れない。リラが眉をひそめた。

「モイラはどこ？」

ファビアンは児童公園に目をやったが、モイラの姿はなかった。いるのは、ブランコに乗っているサッカーのアルゼンチン代表のシャツを着た男の子、その子の母親だと思われる紫色のタイツをはいた女性、砂場にはいらないようにドーベルマンをしっかり押さえている黒いTシャツとジーンズ姿の少女だけ。

滑り台にもいない。ファビアンは、児童公園を囲む仕切り代わりの生垣のほうを振り返った。通りに面した芝生のエリアにもだれもいない。通りに出たはずはない。あっちは危ないとモイラにもわかっている。広場を縦横に走る煉瓦《れんが》の小径のどこかにいるはずだ。角を曲がって、その広場の名の由来にもなった名士の胸像がある場所をのぞく。だれもいない。ファビアンはみぞおちにぽっかり穴があいたような気がしはじめた。いったいどこに行ったんだ？

リラは日陰棚の向こう側を捜している。

児童公園に戻ると、タイツの女性がこちらを見た。ドーベルマンの少女はもういない。

「ここで遊んでいた女の子を見ませんでしたか？　緑のTシャツと半ズボンという恰好《かっこう》の」

女性は首を振ったが、その顔に浮かんでいる心配そうな表情は大げさすぎるように見える。すでにブランコから降りている自分の息子のほうにすこし近づいた。

ファビアンは日陰棚のほうに引き返した。さっきまで二人が読んでいたチェス盤の上の新聞はばらばらになって風に舞い、周囲に散っている。リラがプランターの陰から姿を現し、こわばった表情でファビアンを見た。

「見つからないわ……」

「モイラのやつ、まったくもう……」ファビアンはつぶやきながら娘を捜した。いまやみぞおちにあいた穴は睾丸《こうがん》のほうに移動している。

モイラが一歳になるまでのあいだ、ファビアンは、新米パパやママの特徴とも言える過度の心配症候群を罹患《りかん》した。なにかの発作、落下、誘拐、喉に物を詰まらせる、突然死……。二年目にはいると不安はだいぶ治まり、ファビアンは親としての自分の冷静さを誇りに思った。恐怖心は脳のどこか片隅にしまいこまれ、日常を脅かすことはなくなった。ところがいままた、古来親ならだれもが感じるパニックがものすごい勢いで襲いかかってきた。

ファビアンは、リラの叫び声も耳にはいらないまま、走りだした。頭の中ではいろいろな可能性が飛び交っている。

あたりをきょろきょろしながら煉瓦の小径を走る。広場のあちこちに人がいる。こういう状況では、目は錯覚を起こしがちだ。モイラはほんの数メートル先にいたのに、姿が目にはいらなかったということが何度かあった。落ち着け。暴走しはじめた脳みそにブレーキをかけるんだ。

水のない噴水のあるエリアに近づく。もしあそこにもいなかったら、いよいよ警察に届けよう。アルバレス・トマス通りとサバラ通りの交差点に警察署があることはすでに頭にはいっていた。

そのとき娘の姿が目に飛びこんできた。噴水の縁でこちらに背を向けている。一気に力が抜け、あんなにあわてた自分が恥ずかしいという気持ちさえこみ上げてきた。

駆け寄ったが、喜びとは裏腹に、ふたたび体の奥がぎゅっと締めつけられた。ありがちなサスペンス映画みたいに、彼女の肩をつかんでこちらを半ば向かせようとしたところで、よその子だとわかる場面を想像して。

でもそれはモイラだった。大声で呼びかけながら娘の腕をつかむ。ファビアンを追ってリラもやってきて、安堵《あんど》の息をつきながら娘を抱き上げた。

「かわいいモイラ……ここに来るなら、ちゃんとママたちに言わなきゃだめじゃない。びっくりしたわ！」

抱きしめながら言う。

ファビアンはモイラの顔をこちらに向けさせ、目を合わせた。

「二度とこんなことをしちゃだめだぞ！　わかったね、モイラ？」

訊いても答えないときの母親とおなじまなざしだ。ファビアンはそう簡単には許さなかった。

「わかったね、モイラ？」

「おじさんといっしょに来たんだもん」娘が言った。

「おじさんって、どの人？」ファビアンが尋ねる。

「庭男」

「きっとテレビ番組のキャラクターかなにかよ」リラが言った。「あなたが大声を出したから怖がってるわ」

「なんだって？　今度はぼくのせいか？」

「さあ、もう帰りましょう」

ファビアンはもっと顔を近づけて娘に話しかけた。

「男の人にここまで連れてこられたのか？　本当のことを言いなさい」

「庭男のことはなにも言っちゃいけないの」

「もうちょっとわかるように答えてごらん。もう四歳なんだから」

モイラは彼を見て、首に抱きついてきた。リラはそのまま娘を父親に渡した。

のちに、ファビアンは何度もこの出来事を思い返すことになる。見えない予兆がなにかなかったかと考えながら。

だが、そんなものを前もって見抜ける人間がいるだろうか？　予兆の意味がわかったときには、いつだってもう手遅れなのだ。

3

翌日ディナーに行くというアイディアは延期になったものの、ファビアンのしつこい誘いにリラが折れて、四月も半ばを過ぎた月曜日にアルメニア料理レストランのテーブルを予約した。いつもより早く起きたファビアンは、キッチンでトーストを齧《かじ》りながらリラのためにマテ茶を用意した。ポットに入れたお茶とつくり置きのマテ茶をテーブルに置き、まだ眠っている二人の女たちの顔に軽くキスをしたあと、家を出た。

外では、朝の光線がまるで黄昏《たそがれ》時のように見えた。ファビアンは地下鉄まで歩いた。市中心部に行くときは車は使わない。渋滞にとても我慢ならないのだ。車はできればリラに自由に使ってもらいたいのだが、彼女が車を運転しなくなってずいぶん経つ。あるとき信号待ちをしていて、横に停まっていた車にトラックがブレーキもかけずに激突するという事故があってから、すっかり怯《おび》えてしまったのだ。悪運の宝くじに大当たりというこの出来事のせいで、リラはそれ以降運転ができなくなってしまった。ファビアンはカルロス・ペレグリーニ駅に下りていきながら思う——方法はどうあれ、リラはなにかをやめようと思ったら、ほかにいっさい選択の余地がなくなるような完璧な口実をいつも見つけるのだ。学位にしろ、仕事にしろ……。リラが無気力でも、モイラの誕生で否応なく生じたさまざまな義務は、当分はなんとかこなされてきた。だがどうしても手が足りなくなり、家政婦としてセシリアを雇ったのだ。おかげでリラはますます余裕ができた。散歩にも行けるし、好きなだけ本屋をまわれるし(リラは大量の本を読んだ。本などときどきぱらぱらめくるか、休暇中ぐらいにしか手にしないファビアンには到底理解できなかった）、やめたことを再開するかどうか考える時間もたっぷりあった。結局のところ、セシリアが家にいても、リラの状態には大きな変化は見られなかった。ファビアンはリラのかかりつけの精神科医レビンのところに行って話を聞いてみようかと一度ならず思ったが、彼女がそれに気づいたら事態はさらに悪化しそうだった。

ファビアンはスイパチャ通りのビルにはいっていき、管理人に挨拶《あいさつ》し、エレベーター係と二言言葉を交わしたのち、オフィスに到着した。

上司のカレーラスの部屋に灯《あか》りがついている。つまり、ゆうべ彼が消し忘れたか、早出したか、どちらかだ。喉をごろごろ鳴らす、カレーラス特有の咳払いが静かなオフィスに響いた。ファビアンは小声で悪態をつき、パソコンの前に座った。仕事が終わるまではひとりでいたかったのに。

「おはよう」カレーラスが言った。

どうやらこちらをのぞいていたらしい。突き出たお腹に合わせてベルトを調節し、ズボンをなんとかはきこなしている。シャツのボタンを上から三つはずした姿は、まるで七〇年代のディスコで踊りまくっていた筋金入りの遊び人のようだ。どんなに洞察力のある、すぐれた観察眼の持ち主でも、彼が建築家だと見抜ける者はまずいないだろう。

「進捗《しんちょく》状況は？」カレーラスが尋ねた。

「もうすぐ終わるよ」

「連中が設計図を印刷して確認しなきゃならないってことを忘れるなよ。あとどれくらいだ？」

「三十分か、四十分か。設計図を印刷することになるスタジオのほうで確認するように伝えたほうがいい。そうすればすこしは時間が稼げる」

カレーラスは自室に戻った。その顔に押し殺した不満がうっすらとうかがえたが（そしてそれはゆくゆく、ひょんなところでお小言《こごと》となって投げつけられる）、ファビアンとしては、いまはとにかくひとりにしてほしかった。

一時間後、仕事はすでに終わり、スタジオで設計図の準備をしていた者たちもディスクを持って出かけた。できれば電子メールで送ったほうがよかったとは思うが、回線の速度が遅すぎて、そのあいだ電話が使えなくなるのをカレーラスが嫌った。

ファビアンは小部屋にはいって、インスタントコーヒーを淹《い》れた。カレーラスが現れて派手に伸びをし、さまざまな色の瓶が並ぶ棚に手が当たって、ガラスがぶつかりあう危なっかしい音が響いた。彼は身長百九十センチの高さからファビアンにほほえんだ。

「ゆうべ、女を連れこむ夢を見た」

「また?」

「ああ。だが今回のは最悪だった」

「コーヒー飲むかい?」

「頼む。おれのは砂糖なしで。女とおれはソファになだれこみ、いちゃいちゃしはじめた。いちばん楽しいんだ、この瞬間が。彼女の後頭部を撫《な》で、髪に触れた。長いストレートの髪だ。マホガニー色だった」

「マホガニー?」

「ああ、マホガニーだ。それが?」

「いや、べつに。それから?」

「それから彼女のうなじを撫でた。そのうち、妙なうなじだと気づきはじめた。うなじにはありえないものが指に触れるんだ。わかるか?」

ファビアンは、ああわかると答えるのを躊躇《ちゅうちょ》した。

「初めは、傷口があるんだと思った。湿った、肉の盛り上がりのような触感だったからね。だがとうとうこらえきれなくなって、女をうつ伏せにしてみたんだ」

「もうわかったぞ。女のうなじにヴァギナがあったんだろう。しかも歯が生えていたとか」

「なんだって? 違う。どこから飛び出した発想だよ? そこにもうひとつ顔があったんだ。おれがさわってたのは、女のうなじにある顔の唇だったんだよ。口も、目も、鼻もあるれっきとした顔だ……」

「で、どんな顔だった？」

「覚えてない。ぞっとするような形相《ぎょうそう》だったと思う。見たくなかったよ」

カレーラスは口をすぼめてチッチッと舌打ちすると、コーヒーをすすった。それから意見をうかがうように眉を吊り上げて、ファビアンのほうを見た。

「どんな意味があると思う？」

ファビアンは、カレーラスがくれたせっかくのチャンスを利用することにした。

「はっきりしてるよ。ぼくの給料を上げろ」

「おまえ、夢を見たことがないのか？」

「落下する夢は見る」

「ありきたりだな。本当にいまの給料じゃ足りないのか？」

「物価が高いからね」

カレーラスはため息をついてうなずいた。

「考えてみれば、三年前には……何人いたっけ？　十二人？　十三人？　それが今じゃおまえとおれだけだ。幸いおれたちには、書類仕事のいっさいをやっつけてくれる最新技術がある。あれがなかったら、とっくに事務所なんか閉じていただろうな」

「だが、これが最後の砦《とりで》だ」

「そう思うか？　ギルスティンと話をしてくるよ。景気はどうだってね」

「ついでに現場監督は必要ないか訊いてきてくれ」

「ああ、なるほどね。パソコンにはもううんざりってことか」

「そういうわけじゃないけど……」

「おまえがパソコンを使えてよかったよ、ほんとに。おれには無理だ。画面さえ見られないし、線だってまともに引けない。これが未来なのか？　おれは製図台とシャープペンシルでけっこう」

「新世紀がもたらす変化だよ」

「新世紀なんてくそくらえ。乾杯！」

カレーラスはコーヒーを飲み干して、ブリーフケースを小脇に抱えた。

「ひとつ頼んでいいか？　おれの製図台の上に未払いの請求書が置いてあるんだ」

「考えを変えたよ。昇給は必要ない。見習いをひとり入れてもらったほうがありがたい」

「なるほど……やっと現状を認識したわけか」

「ご心配なく」

「万事順調か？　リラは？　モイラは？」

「順調だ」

「じゃ、また《チ・ヴェディアーモ》」

カレーラスはドアを開けて廊下に出た。ドアを閉めながら口笛で『トゥクマンの月』を吹きはじめる。口笛が遠ざかっていった。

ファビアンはコーヒーカップを手にしたまま、しばらくパソコンの前でじっとしていた。パソコンで製図するのはもう飽き飽きだったが、もう何年も前に、時代に置いてきぼりにならないためには使い方を覚えないわけにいかなくなり、やりたいか否《いな》かにかかわらず、パソコン仕事は増えていった。いまやパソコンは、人が設計したものをそのまま流用して満足している、ヴァーチャルの製図複写屋と化した。

自分の置かれた状況はちゃんとわかっている。周囲のすべてがどんどん崩壊していき、最後まで抵抗しているのは自分だけ。その感覚にぞっとした。人の座っていないデスク、鳴らない電話、カレーラスが話していた、結局は発注されないであろう新規の仕事。仕事がなくなったらどうしたらいいんだ、とファビアンは思う。リラが精神的に参っているいま、わが家の屋台骨を支えるのは自分ひとりだというのに。

午後はのろのろと時間が過ぎた。六時頃カレーラスから電話がはいり、このまま事務所には戻らずに直帰すると言った。ファビアンはパソコンを消し、目をこすって、衝動的に床を蹴ってキャスター付きの椅子をくるくると三回転させた。そう言えば、結局カレーラスは昇給についてうやむやにしやがった。

洗面所に行き、鏡を見る。顔が現れる。広い額、生え際の切れこみ、なにを映しても彼を納得させたことがない潤《うる》んだ空色の瞳。一カ月もしないうちに三十歳になる。年相応だろうか？　それとも若く見える？

キャビネットの灯りを消し、鏡の顔も消した。

コリエンテス大通りを歩き、CDショップを二軒はしごする。そのうちの一軒で、CDを一枚買うともう一枚がただになるという魅力的なセールをしていた。だがなにも買わない。

アバストまで行き、そこから地下鉄に乗ることにする。四月は新学期の季節だから、通りは一時《いっとき》もじっとしていない若者であふれ返っている。

今晩のディナーのことを考えると気が重いと感じはじめている。帰宅の足が鈍るのはそのせいでもあった。

ファビアンは自分とは反対方向に歩いていく人をかわしながら、リラとの会話にどんなふうに臨めばいいか考えた。

リラはいわゆる鬱《うつ》病なのだが、その言葉は彼女の精神状態を適切に表現しているとは言えない。数年前から、リラの心には正しく機能していない部分がある。一種の接続不良というか、表面的な印象からは判断するのが難しい欠陥なのだ。普段のリラはまるで、もう何回も観た、しかもあまり好きではない映画をテレビで観ている人のような目でまわりを見ていた。このフィルターを例外的に通り抜けるのはモイラだけだ。娘の世話については非難に値《あたい》するようなことはいっさいないのだが、それでもときどき、リラはこの世に存在するうえであたえられた配役をただこなすだけで、人生を精いっぱい楽しむつもりはないように見えた。

ドクトル・レビンによると、症状が出はじめたのは妊娠期間だったという。ファビアンもそれには同意する。モイラが生まれると目に見えて回復し、当初は日常の生活エネルギーレベルも上昇したが、誕生して二年目にはいるとふたたびグラフの曲線が下降しはじめた。

リラはこの三年間、働いていない。大学を卒業してからずっとグラフィックデザインの会社に勤めていたが、育児休暇を取ったまま復職しなかった。友人と出かけたり、モイラを散歩させたり、料理をしたり、言うなれば家事に専念した。そして暇さえあれば本を読んだ。彼女のナイトテーブルにはいつも本が雑然と山積みになっている。最近では、愛を交わすときにイニシアチブを取るのはつねに自分だということに、ファビアンも気づいていた。リラも一応はそれに応えるので、ファビアンもつい指摘するのを忘れてしまう。そして数週間が過ぎ、また彼がイニシアチブを取る。

リラは灯りを消せばすぐに眠ってしまうようになり、ファビアンはいよいよ二人の距離が離れていくように思えた。

逆に彼は真夜中に目が覚め、静まり返った家の中をそっと徘徊《はいかい》するようになった。一見すると家族のように見えるが、近くに寄れば、ひとりの娘を育てるという協定を結んだだけの二人であり、知り合いのふりをしながらじつは離れていく一方の他人同士だということがわかる、そんな人間の集まり。彼はその観察者だ。自分は妻を愛していると信じていたが、口に出して告げることはなかった。そう伝えて、彼女の目になにか想像のつかないものを見つけてしまうのが怖かった。

夕闇が迫り、行き交う車のライトが色を帯びる。ファビアンは地下鉄に乗り、ぼうっとしたまま移動した。不快な緊張感につきまとわれている。

金めっきされたキーホルダー付きの鍵で自宅のドアを開けた。キーホルダーは、彼がローンを組んだ銀行からのありがたきプレゼントだ。モイラは居間でテレビを観ていた。セシリアはキッチンにいる。

セシリアは二十二歳のペルー人だ。ブエノスアイレスのマスコミが世間に流すステレオタイプのペルー人と言えば、女性はみな肌が褐色で、ずんぐりしていて、歩道に座って果物を売り、男たちはだれもが滅亡した古代インカ帝国の戦士の血を引いていて、いまはバホ・フローレス地区のペンシオンに大挙して押しかけ、未来の麻薬帝国を築こうとしているらしい。セシリアはこのものさしに当てはまらない。とても美人で繊細な顔立ちをしており、大きな目は緑色だ。やさしくて気立てがよく、洗剤やらスポンジやらを買っておいてくださいとメモを残すときの字もよく整っており、さながらリマ建設時にスペイン人書記の残した文字のようだ。

「ただいま、セシ」ファビアンはリュックを下ろして椅子に置きながら言った。

「お帰りなさいませ、セニョール」

セシリアは、彼に対しても、リラに対しても、けっしてくだけた言葉を使おうとしなかった。彼女はファビアンの父エルネストのもとで働いていた使用人の娘なのだ。はっきり言って掃除はあまり得意ではなかったし、料理もなんとかこなしてはいたが褒《ほ》めるほどではなかった。とはいえ、モイラにはとてもやさしくて、よく世話をしてくれた。モイラはときどきセシリアの訛《なま》りでしゃべり、それにアニメのアテレコで使われる標準的なスペイン語がまざるうえ、明らかに外国のものと思われるボキャブラリーをちりばめる。「蚊」を意味する〝モスキート〟の代わりに〝モスコ〟と言い、動詞の活用も夕方の連続ドラマで習ったようないいかげんさだったが、モイラの相談をしている小児カウンセラーによれば、それもいずれ消えてなくなる癖《くせ》のひとつだという。

ファビアンは、この十年間何度か勧められたように、自分もセラピーを始めてみようかとも思う。カウンセリング室の寝椅子から生まれたにせよ、それで仲のいい家族になれるのなら。

「なにしてるんだい、かわい子ちゃん?」ファビアンはかがみこんで娘にキスをした。

「パピ……」

テレビには、大音響と派手な色合いと尋常でないほど大きな目をした日本のアニメヒロインたちがあふれている。

ファビアンは寝室に行った。ドアが半開きになっている。リラが洋服箪笥《だんす》の鏡を使って支度をしていた。

「ただいま」

「お帰り。レストランに電話した?」

「ああ。予約は取ってある」

「セシリアにお金を渡しておかないと」

「わかってる」

ファビアンはそのまま妻を見ていた。リラは、読書をするときとおなじ表情で鏡をながめている。オレンジ色の卵形のビーズが連なるネックレスをつけている。そのビーズは光を受けると魔法の炎のように輝く。初めてデートしたときにもおなじネックレスをつけていたことを思い出し、ファビアンはうれしくなった。リラが振り返り、彼を見た。

「なに?」

「なんでもない」ファビアンは答えた。

リラの唇の片端に笑みが浮かんだが、反対側の端には届かなかった。

「もうすぐ終わるから待ってて」

時刻は八時。ファビアンは、着替えたばかりの清潔なシャツの最後のボタンをとめながら、キッチンにはいっていく。グラスにジュースを注ぎ、居間に戻って、テレビの前にいるモイラの横に腰を下ろす。娘はすぐに膝の上に乗ってきた。

モイラのお気に入りの番組が始まった。たちまち、ファビアンは広場での出来事を思い出し、不安になった。番組は『ジョセフの庭』という題名で、子供たちのあいだで熱狂的な支持を集めつつあった。主人公は、題名にもあるジョセフという八歳の少年で、彼が新居の裏で無限に広がる庭を見つける。その庭でジョセフはいつも冒険するのだが、そこには世界じゅうのさまざまな神話に登場する伝説の生き物たちが住んでいる。ユニコーン、ゴルゴン、中国の龍、アステカの神々。ジョセフは庭でたくさんの友達ができ、その中に〈モミの木男〉という、まるで影のような痩せた謎の男がいる。彼は木と会話ができるのだ。

思うに、広場での出来事のあとモイラが言った〈庭男〉というのは、きっとこれのことだ。

モイラのテレビへの集中ぶりはほとんどプロ級だ。手にはいつものように、どこにでも持っていく凶暴な顔のコオロギのぬいぐるみ。モイラは手の指が長く、関節が骨ばっている。この年齢にしては珍しいことだ。母親のようにきっと背が高くなるだろうし、エレガントな歩き方やバレリーナのような柔軟性、肩幅の広さもきっと受け継ぐだろう。肩幅が広いと、子供のうちは男っぽく見られがちだが、成長すれば性感のよさを示すサインとなる。四歳にして、モイラの顔は矢のようにぐいっと前に突き出され、きらきらした目で画面を食い入るように観ている。知的な瞳は、どんな細部も見逃すまいと、右に左にすばやく動く。

モイラという名前はリラの提案だ。マリーアをケルト語にするとそうなると、どこかで読んだという。そのうえギリシャ語では〝運命〟という意味になるらしい。その説明だけでファビアンはすっかり気に入ってしまった。

「ジョセフは今日、なにと出会うんだい？」

「恐竜だよ」

「へえ、おっかないな」

「おっかなくないよ、馬鹿ね。いい子だもん」

「いまパパを馬鹿って言ったな？」

「言ってないよ」

「いや、言ったね」

「馬鹿なんて言ってないよ、馬鹿ね」

　ファビアンはモイラの頭のつやつやした黒髪に顎をのせた。

「ひとつ訊いていいかい？　何日か前に広場でおまえが迷子になったとき、庭男のことを話してたよね？　覚えてる？」

「うん」モイラはテレビから目を離さずに答えた。

「その庭男っていうのは、いまテレビで観てるモミの木男のこと？」

「違うよ。別の人」

　そのときキッチンでコップが割れる音がした。ファビアンはぎくっとした。スーパーマーケットの〈ディスコ〉で買ったコップだ。六個セットだった。残っているのはあと二つか、とファビアンは思った。キッチンをのぞくと、セシリアがちりとりでかけらを集めていた。

「すみません、セニョール。手が滑ってしまって」

　モイラがおそるおそる父親の脚に抱きついてきた。

「どこか切らなかった？」父親の言い方を真似て質問をくり返す。

「いいえ、お嬢さん、大丈夫ですよ」セシリアは答えた。

　リラもキッチンにやってきた。ネックレスとよく合うベージュのワンピースを着ている。ファビアンの好きな服だ。だがリラ自身はなんの感慨もなくそれを選んだのだ。淋《さび》しい通りにぽつんと落ちていたのを見つけ、寒さをしのぐために身につけたかのように。ローヒールの靴を履《は》いている。ハイヒールだと、百七十八センチのファビアンより背が高くなってしまう。

　モイラはリラのネックレスを引っぱった。

「セシリアは怪我《けが》をしたんだよ、ママ」

「いいえ、セニョーラ、怪我はしていません」

「ネックレスを放して、モイラ。ガラスはきれいに掃除してね、セシ」

「はい、セニョーラ」

「さて、行こうか？」ファビアンは言った。

「ええ」

「だめだよ。行かないで」モイラが言う。

「あなたはセシとお留守番よ。テレビを観て、それからおねんねするの」リラが言う。

「やだーーー」モイラは廊下の鏡の前を通りかかると、口を大きく開け、完璧に練習したとおりに駄々をこねた。

ファビアンとリラは通りに出た。建物の玄関の数メートル先にあるニューススタンドはすでに店じまいを始めている。赤毛の店員マリオがこちらに会釈した。

ファビアンはリラのために車のドアを開けた。彼女をながめるうちに体がかっと熱くなり、食事のあと家に帰ったら、なにがなんでも禁欲の戒《いまし》めを破ろうと心に決めた。そうでなければ、カレーラスに教えてもらったウェブサイトで娼婦を探す。

ファビアンは運転席に座り、リラにほほえんだ。

「やあ、別嬪《べっぴん》さん」そして唇にキスをした。

リラがにっこり笑った。彼女がこんなふうに笑うのは久しぶりだ。リラは席でくつろぎ、脚を伸ばした。長い脚がゆっくりと動く。ファビアンは軽く品定めをするように彼女をながめた。唇がつやめくのを見て、ふたたびキスをする。今回は舌を求めた。キスはやや長く続いた。リラが体を離し、ファビアンは彼女の歯を見た。車内の暗がりで、それはブラックライトに照らされているかのように白く浮かび上がる。

「さあ、車を出して」

ファビアンはすこしだけ彼女をながめてから、アクセルを踏んだ。

4

その日遅く、ファビアンは静まり返った夜の家で、ふたたび闇の中ソファに寝ころがり、リラとの外出がなぜこんな事態を招くことになったのか、理解しようとしていた。ファビアンが彼女を壁に突き飛ばし、二人はモイラを起こさないように小声でたがいを罵倒《ばとう》し、泣き、ひどく残酷《ざんこく》な言葉をぶつけあった。

ディナーは淡々と始まった。アルメニア料理には二人とも詳しくなかったから、ウェイターに料理の名前を並べられても、それがどんな料理かぴんとこなかった。とにかくオードブルにはサルマとかいう、ひき肉をブドウの葉で包んだ料理を頼んだ。ファビアンは自分用に赤ワインを、二人にミネラルウォーターを注文した。そのあと、いまではファビアンも思い出せない名物料理をいくつか食べた。

初めのうち、二人はあれこれよしなしごとをしゃべっていた。リラは、ファビアンのお決まりの冗談に笑い声をあげ、彼女のことを知らない人が見たら、本気で笑っていると思っただろう。

そのまま二人は回り道を続けていたが、ついにリラがブレスレットの位置を直し、顔にかかった髪を払ったのち、本題にはいった。

彼女は抑えた声で夫婦を診断することから始めた。ファビアンは、しゃべりながら不快そうに蝿《はえ》の足を一本一本もぎ取っているリラを想像した。

「私たちはうまくいってないわ。それは明らかよ。私たち二人のどちらも、結婚生活をだめにするようなことばかりしている」

たしかにそのとおりだが、ファビアンは正直なところ、彼女がそんなことを言うとは思っていなかった。

たとえばこれに近い言葉を期待していた。《だめなのはこの私。悪いのは私よ。あなたは申し分ないけれど、私は鬱から立ち直れない。私ひとりが、ほかのだれでもないこの私が問題なの。ごめんなさい。いくらあなたに許しを請うても足りない》

そうではなく、ファビアンは責めを分けあう立場から議論を始めるはめになった。

彼女が言うには、二人はいつしかそれぞれ自分の世界に閉じこもり、モイラに目が行き届かなくなっていたようだ。そのあいだにモイラは、テレビとセシリアと空想上の友人たちで構成される別世界をすこしずつ築き上げていた。リラの破滅的な見解によれば、モイラには自己に閉じこもる傾向はないが、このままでは、成長したときに精神疾患や薬物依存症や攻撃的な同性愛に陥る（可能性はどれもだいたい五分五分）という。

いつもそうなのだが、リラが思い描く明晰《めいせき》で普遍的な結婚のイメージに対し、ファビアンは逆にとても偏った、まったくと言っていいほど客観性を欠いた、性差を条件とする子供っぽい視点で対抗した。

しかし、リラの精神的足場は、つまり文学の引用や、いつも太字で〈C〉の評価をつけて彼に投げつける教養のテストを積み上げて成り立っているそれは、結局、ファビアンが情に訴えるという得意技を使うと、たちまちぐらつきだす。すると会話は、これからも二人いっしょに暮らしつづけるか否かという単純な話に矮小化されてしまう。そうなると、リラはいつもの位置に一気に退却し、ぼそぼそと言いはじめる。どうしても気がふさぐの、でもやっぱり別れたくない、だって離婚したらモイラがかわいそう、などなどなど。

もうひとつの古典的なフレーズが登場するのはこの時点だ。《やっぱり私が悪いのね。あなたには別のタイプの人がそばにいたほうがいいのよ》。いや、彼女だけでなく、ファビアンもこれを使う。《やっぱりぼくが悪いんだ。きみには別のタイプの人がそばにいたほうがいい≫。そして二人は押し黙り、たがいを見る。不治の病を患《わずら》っているうえガス室に入れられた、怯《おび》えた小ジカみたいに。

こうして議論が最高潮を迎えると、リラはいつもカヴァフィスに頼る。

ファビアンはコンスタンディノス・カヴァフィスを心から憎んでいた。話し合いが袋小路にはいると必ずリラが引き合いに出すギリシャの詩人だ。そして今回も例外ではなかった。

「『都市』という題名のあなたにぴったりな詩があるわ」リラが言った。「知ってる?」

なぜ毎度おなじことを訊く? 知らないと間違いなくわかっているくせに。

「もちろん知ってるさ。都市についての詩だろ」

「旅について語っているのよ。人は居場所を変え、よその国に行く。環境を変えれば、問題を解決できるとでもいうように。でもそんなの役に立たない。なぜなら問題は、国や恋人や妻のもとに置き去りにされるわけではなく、あなた自身のなかにあるのだから。たとえどこに行こうとも」

「賢人の言葉だ」ファビアンは言った。

「私が言いたいのは、あなたは私を助けられないし、それはほかのだれでもおなじだってこと。自分で解決するしかない」

「ほかの人間ならきみの気分を変えられるかもしれない。アプローチのしかたを変えることで」

「そうね、一時的には……でも時間が経てば、私を井戸から引きずり出すためにひとりで縄を投げつづけることに嫌気がさすわ」

「でも……なぜきみはそんなに自分を傷つけるんだ?」

「ごめんなさい。でもそうせずにいられないの」

ファビアンはリラの手に手を重ね、中指の黒い卵形の石がはまっている指輪を撫《な》でた。リラは彼を見て、すこし緊張を解いた。でもほんのすこしだけだ。目がきらきら光っている。その二つの目を覆う潤《うる》んだ被膜は、涙にはならないまま震えている。

「きみを井戸から救い出す手伝いをさせてほしい」ファビアンは、気障《きざ》な台詞だと思いながらも言った。

「まだわからないの？　私は井戸の中にいるんじゃない。私自身が井戸なのよ」

　そのとき店の照明が暗くなり、アルメニアの民族音楽と思われるメロディが流れだした。客の一部が手をたたきはじめ、ファビアンは振り返った。カウンターの背後から、イスラムのハレムの女奴隷《オダリスク》風の衣装を着た踊り子が現れて、テーブルをまわりながら激しく踊りだした。女の肌は褐色で、背はそう高くない。香油かなにかを塗っているのか、肌が光っている。くねくねと動く彼女の体は、男性客の大部分の興味をかきたて、ほぼ全女性の反感を買った。

「オダリスクってのはアラビア料理レストランで踊るものだと思ってたよ」ファビアンは女の動きをながめながら言った。「彼女、レパートリーが広そうだな。アラビア、アルメニア、エジプト、スペイン系ユダヤ人《セファルディム》風、どんな踊りでもおどれそうだ」ファビアンは内緒話をするかのように、リラに近づいた。「きみの言いたいことはわかる。だが彼女、本当はトルコ人だと思う」

　ところがリラを見ると、顔に思いがけない表情が浮かんでいた。

「どうした？　大丈夫か？」

　リラは答えなかった。踊り子をじっと見つめるその目には蔑みがあった。水のグラスを持つ彼女の手には力がはいっていたが、グラスは割れそうになかった。なぜならその力はグラスではなく、彼女自身を締めつけているからだ。

　ファビアンはこの状況を知っていた。どういうわけか、そのダンスがリラの気分を変えるスイッチを押したのだ。いや、それともここの空気か、気圧か、磁場か。原因はなんでもいい。

とにかくファビアンはまた勝負に負けた。


そのあとすぐ会話は切り上げられ、リラは彼にお勘定をしてと頼んだ。しばらくのあいだ、ファビアンはなにもしゃべらずに運転を続け、リラは窓の外をぼんやりとながめていた。車が進むにつれ、ハンドルを握るファビアンの手に力がこもっていく。

「わからないよ、リラ。きみはどうしたいの?」

「いまは家に帰って横になりたいだけ。頭が痛くて死にそうなの」

帰宅してドアを開けたファビアンの目に最初に飛びこんできたのは、セシリアの姿だった。書棚の横の小卓に腰かけて、ちょうど電話を切ったところのように見えた。後ろめたそうな顔をしている。

「やあ、セシ」ファビアンは言い、リラはモイラの部屋に向かった。「まさか、リマへの長距離電話じゃないよね?」

「いいえ、セニョール。ここから長距離電話をかけたことは一度もありません」

「わかってるさ、冗談だよ」

どうやらそれは、思いがけない表情ばかりを見る夜だったようだ。セシリアがそれまで泣いていたことは明らかだった。緑色の瞳が翳《かげ》を帯び、マスカラが流れた跡が頬から口にまで届いてそこで消えている。

セシリアはちょっと失礼しますと断って立ち上がり、洗面所に行った。

ファビアンはモイラの部屋をのぞき、リラが娘に布団をかけて、つけっ放しだった小さな灯りを消すのを見た。セシリアが顔を洗って洗面所から出てきた。

「おやすみなさい、セシ」

「おやすみなさいませ、セニョーラ」

ファビアンは彼女を玄関まで送った。

「大丈夫かい？」

「ええ、セニョール。お嬢さんは早めに寝ました」

本当は彼女自身について訊いたつもりだったのだが、追及はしなかった。きっと恋人と喧嘩でもしたのだ。セシリアとは以前にもいったん別れて、仲直りしたことがある。セシリアはポケットから建物の玄関の鍵を出し、失礼しますと言って出ていった。

ファビアンはキッチンの入口で一瞬足を止め、ジョニー・ウォーカーをもう一杯飲むかどうか考えた。やめておくことにした。いつも滴《しずく》が垂れている水道の蛇口をきつく締め、灯りを消す。

リラは灯りをつけずに服を脱いでいた。ファビアンは、彼女のシルエットが見えるところからそれをながめた。

「本当のことを言うと、きみがわからない」彼は言った。「関係を改善しようと話を始めたと思ったら、急に……」

「わかってるでしょ、私にはそういうところがあるって」

「ああ、わかってるさ。初めてのことじゃない」

リラはイヤリングとネックレスをはずして洋服箪笥に置いた。一部だけ服に覆われている妻の体は、ファビアンの中に欲望と怒りを同時にかきたてた。

「なんのためにくそったれカヴァフィスを持ち出した？ 説明してもらえないか？」

リラは答えずに、闇の中で着替えを続けている。

「なんのためにあんな御託《ごたく》を並べる？ 詩を読むきみは、人より上等な女だとでも？」

「いいえ。私は上等な人間なんかじゃない。なにかおかしい？」

ついにファビアンは切れた。教養人としてレストランでそこそこ抑制のきいた会話を続けようという意思はたちまちどこかに吹っ飛んだ。攻撃的な言葉に取って代わって皮肉が飛び交いはじめ、それはやがて相手を直接なじる侮辱《ぶじょく》に変わった。おたがい議論も建設的な分析ももはやできなくなり、衝動のままにぶつかりあう二つの力と化した。妙な光景だった。ささやき声でたがいをののしりあう二人。やがてファビアンはリラの両肩をつかむとベッドのヘッドボードに突き飛ばした。彼女の頭が鈍い音をたてて壁にぶつかった。

リラは体をだらりとさせたまま、壁に沿ってずるずると滑り落ちながら、ファビアンを罵倒している。顔の半分は髪に覆われているが、口角を下げるように歪めた口は見えている。まるでギリシャ悲劇に登場する仮面のようだ。

ファビアンは家を出てバルにでも行くつもりで居間に来たのだが、想像すると気が滅入った。どこかの映画館でポルノでも観るかと考えたが、月曜だったことを思い出した。次に音楽を聴こうとしたが、今度はヘッドホンが見つからない。じゃあテレビか。六十七チャンネルを二巡させて、結局消した。そのうちソファでうとうとし、がくっと首が垂れたところで驚いて目を覚ました。

ファビアンは寝室に戻った。リラはすでに横になっている。暗がりの中で服を脱ぎ、横になって吊り天井をながめる。リラは動かなかったが、眠っているとは思えなかった。

「悪かったよ」彼は言った。二秒が過ぎる。「もう眠った？」

「いいえ」

「話せる？」

「頭が痛いの」

「タフィロールをのんだほうがいい」

「もうのんだわ」

「いつ？」

「ついさっき。瓶から出してごくんと」

「水なしで？」

「水なしで」

「タフィロールを水なしでのみこめるなんて信じられない」

「シー」

「頭痛が治ったら話せる？」

「治ったときにはもう眠ってると思う」

「じゃあ、痛みが消えて眠ってもいなかったら教えて」

何分か時間が過ぎた。通りを行き交う車のライトが下ろしたブラインド越しにはいってきて、吊り天井を照らした。遠いどこかの通りでだれかがサッカーの応援歌をうたいだし、それはやがてわけのわからない叫び声に変わった。もっと遠くではサイレンが響いていたが、すぐに静寂に呑みこまれた。

「もう痛くないわ」リラが言った。

ファビアンは肘をついて体を起こした。

「別れたい？」

「ううん」リラが言った。

ファビアンは彼女を抱き、キスをした。リラはそれに応え、脚を絡めてきた。キスをするファビアンの口に、彼女の乱れ髪がはいってくる。まるで蜘蛛《くも》のように。ファビアンはぎこちなく起き上がって、シーツをまとわりつかせながら、部屋のドアを閉めにいった。さらにしばらくして、リラの中にはいるまえに、ファビアンは灯りをつけた。深々と彼女を貫き、リズムを維持するのにかなり苦労しながら、しばらく目にしていなかった彼女のあの顔を見るまでこらえる。

やがて、二人のあいだに小さな体がどすんと倒れてきたのに気づき、はっとした。モイラはけっして遅れない。時計のように午前三時ぴったりに現れる。二人はモイラのために場所をあけ、モイラは自動的にそこにもぞもぞともぐりこんだ。彼女の呼吸は規則的で、途切れることがない。リラも眠りについた。ファビアンはつかのまの忘却に身をゆだねた。

三人がいっしょに寝たのはそれが最後だった。

5

翌朝、その年初めての寒気が運ばれてきた。ファビアンは音量を小さくしてテレビをつけ、ニュース番組に並ぶ数字の中から気温九度という予報を読み取った。彼はモイラの部屋に行った。空っぽのベッドのシーツをさわり、濡れていることを確認する。寝床を変えるまえに縄張りにマーキングしたわけだ。濡れたシーツと、おしっこがマットレスまで沁《し》みこまないように敷いてある防水カバーも剝《は》がす。そして新しいシーツをかぶせた。寝室に行き、モイラとリラが眠っているベッドに近づく。なんとか娘を抱っこして、子供部屋に運んだ。ベッドに下ろしたとき、モイラはファビアンのうなじに腕を巻きつけてきた。


「パピ、パピ……」

「いい子だからねんねしなさい……」

「行かないで」

ファビアンはモイラをベッドに寝かせ、横に添い寝した。

「仕事に行かなきゃ。まだ早いから眠りなさい」

「どうして毎日出かけるの？」

「毎日仕事をしなきゃならないからね」

「でも、聞くて……」

「『聞いて』って言うんだよ、モイラ」

「聞いて、おうちにいていっしょに遊べないの？」

「だめなんだ。でもあとで帰ってきたら遊ぼう」

「入口のゲームをしようよ。昨日みたいに」

「なに、それ？」

「秘密の入口のゲームだよ」

「でも昨日はそんな遊びはしなかったよ？」

「したよ。昨日」

モイラにとっての〝昨日〟は、いつも不特定の過去をさす。一日前か、一ヵ月前か、あるいは一年前か。

モイラが言う入口のゲームとは『クルード』というボードゲームのことで、付属品はすでにいくつか欠けているのだが、モイラは殺人事件があったゴシック風の豪邸の部屋巡りをして遊ぶ。彼女は、書斎と図書室あるいは食堂と温室を結ぶ廊下が気に入っている。

「よし、帰ってきたらそれで遊ぼう。だからいまは寝なさい」

「眠くないよ」

「おいおい、モイラ」

「眠りたくない。庭男の夢を見たんだもん」

「モイラ！ じゃあ、あの番組はもう観ちゃだめだ」

「やだよ。庭男の夢なんか見てないよ、パピ」

「言ったことはいまさら変えられないよ。『ジョセフの庭』のせいで悪い夢を見るなら、番組はもう観ないこと」

「やだよ、パピ、ねえパピ……」

「寝なさい」

モイラはシールだらけの壁のほうに寝返りを打ち、無理に目をつぶった。ファビアンは部屋を出てリラに近づき、つかのま添い寝をして彼女を抱いた。やがて起き上がるとクローゼットから服を出し、バスルームにはいった。シャワーを浴びて髭《ひげ》を剃《そ》る。キッチンに行って、いつものようにリラにはマテ茶を、自分にはコーヒーを用意する。毎日の日課そのままだが、今日はいつもと違う感じがした。

ゆうべの結婚生活についての話し合いでは、具体的な結論はなにも出なかったが、セックスには結びついた。いや、それだけじゃない。二人は愛しあった。たがいに何度も愛をささやいた。まさに恋人同士にふさわしい、秘めやかでドラマティックで切迫したやり方で。

玄関のドアを開けたそのとき、ふくらはぎをつかむ小さな手に気づいた。

「行くの、パピ?」

「ここでなにしてるんだ、モイラ? 寝てなきゃだめじゃないか」

「お話読んで」

「いまは読めないよ、かわい子ちゃん」

ファビアンはしゃがんで、モイラの耳に指をつっこんでくすぐった。モイラが笑う。

「もう一回」娘がせがんだ。

ファビアンはもう一度おなじことをした。モイラがまた笑う。

「さあ、じゃあ行くよ。美人さん」

「もう一回」

結局六回くり返した。

「最後だぞ」ファビアンは言った。

「もう一回、パピ」

「最後!」

「じゃあ最後」

モイラはまた笑い、ファビアンがキスをすると、娘は部屋に戻った。

「じゃあね、パピ!」


事務所に着いたとき、ちょうど電話が鳴った。建築中の一軒家に直行し、そのあとしばらく現場にいるというカレーラスからの連絡だった。ファビアンは電話を切り、あたりを見回した。なにもすることがない。インターネットにログインし、すこしだけネットサーフィンしたが、ネットに長時間をつぎこむのは趣味ではないので、ずいぶん前に買った輸入盤のCDをセットした。ペル・ウブの曲が流れだす。ペル・ウブがいまファビアンの中で一大ブームなのだ。

しかし一曲目が終わったところで電話が鳴った。ファビアンはCDを一時停止させ、電話を取った。父のしゃがれ声だとわかる。

「元気か?」エルネスト・ダヌービオが言った。

「元気、父さん?」

「ああ、そっちは?」

「仕事中だよ」

「仕事はあるのか?」

「すこし」

「給料はもらってるのか?」

「うん、もちろんだよ」

父の背後から別の声が聞こえた。父の世話をしているエステラという家政婦にちがいない。父は受話器を手で押さえ、なにか返事をしたあと、また話しだした。

「妻と子供は?」

「元気だよ」

ファビアンは想像する。《いつこっちに来る?》とか《いつわしを訪ねてくれるつもりだ?》とか《かわいい孫はいつおじいちゃんに会いに来るんだ?》みたいな言葉が飛び出すところを。だが、電話の向こう側からそんな言葉はけっして届かないとわかっている。

「ヘルマンと話したか?」父が尋ねた。

「金曜に電話をもらったよ」

「なんて言ってた?」

「いつもどおりだよ」

「あっちは寒いのか?」

「さあね。自分で電話すればいいじゃないか」

父との関係は、母エレーナ・ダヌービオが死んでからずっとぎくしゃくしている。いわゆる不慮《ふりよ》の死ではけっしてなかった。母の病、つまり癌《がん》は、二十代だったファビアンと兄、そして早期退職して息子たちや世間とすっかり隔絶した男とともに、あの家に居座った。ファビアンは二年間、死とあの場所を共有し、終末感が壁や家具や室内の空気をじわじわと満たしていくさまを見守った。母が死ぬ日のことは頭の中ですでに何度も思い描いていたが、実際に母がいなくなったあとどうなるかは、事前に想像しきれなかった。彼とヘルマンはすぐさま家を出た。

父はまた通話口を手で覆った。

「あの女には主体性ってものがない。なんでもわしにおうかがいをたてる。まあ、おまえたちみんなが元気でよかった」

ファビアンは父が変わりばえのしないひと言を付け加えるのを待ち、急いで電話を切った。脱力するまえに自宅の電話番号を打ちこむ。呼び出し音が一度鳴っただけでリラが出た。

「どうしてた？」

「あなたの娘と格闘中」

モイラの子供っぽい声、そしてセシリアの声も聞こえてきた。すこし離れた場所で言い争いをしているらしい。

「なにかあった？」

「ガルの誕生会に行かなきゃならないんだけど、どの服もいやだって言うの」

「誕生会はどこでやるの？」

「待って」

リラが一瞬電話口を離れ、戻ってくると場所を告げた。コリエンテス大通りとプリングルス通りの交差点近くのプレイルームだった。

「終わった頃、ぼくが迎えに行ってもいいよ。それともきみが行く？」

「終わるまで待っているようにセシリアに言おうと思ってたの」

「始まるのは何時？」

「セシ、何時だったっけ？」リラが尋ねる。「二時から五時までですって」

「三時間も？　ちょっと長すぎるね」ファビアンは言った。

「ガルの両親のこと、知ってるでしょう？」

「いや、知らない。どんな人たちだっけ？」

「派手好きなのよ」

「わかった、ぼくが迎えに行くから、セシリアにそう伝えてくれ。モイラが着飾りたくないって言うなら、いいじゃないか。好きにさせて送り出せばいい」

「わかったわ」

「きみも迎えに来て、みんなでいっしょに帰るのはどう？」ファビアンは提案した。

受話器の向こう側が一瞬黙りこむ。ファビアンは、リラが知りあったばかりの女の子で、初めてデートに誘っているような気分になった。これでもっと親密になれるかもしれないけれど、もしノーと言われたらそれで一巻の終わり。

「やめておく」結局リラはそう答えた。「ラッシュアワーに地下鉄で帰ってくる気にはなれない」

「車で来ればいい」

「行かないわ。家でなにかしていたほうがいい」

「そうしたいならどうぞ。ぼくはとにかく迎えに行くよ」

「OK。パパと話す、モイラ？」

モイラは答えなかった。まだセシリアと言いあっている。

「ずいぶんぷりぷりしてるみたいだね」

「そうなの。聞こえてるでしょ？　じゃあね。愛してるわ」

「ぼくも」

電話を切る。

一時十五分だが、ファビアンは空腹を感じなかった。なにもすることがなく、ひとりでここにいる状況に後ろめたさを感じた。普通の建築事務所みたいに、ほかの建築士に囲まれ、自分たちはなにかを創り出しているんだと自負する活気に包まれていたとしたら。リーダーとして、もう一、二人の建築士たちの協力のもと、息つく暇もなく仕事に邁進《まいしん》していたとしたら。建築の話なんか一度もせず、エロティックな夢やらなにやらを聞かされるばかりの男なんかとつるむ代わりに。

今頃カレーラスは建設現場にいて、作業員たちと昼飯を食べ、パラグアイ人現場監督と女の話をしているにちがいない。しばらくしたら掘り起こしたばかりの岩の陰で居眠りし、目が覚めたときにはすでに午後四時になっていて、今日は直帰すると事務所に電話をしてくるのだろう。そしてファビアンはと言えば、日が傾くあいだ、事務処理をすこししたり、コピーを取ったり、別のCDを聴いたりして過ごすのだろう。

彼は突然立ち上がり、コートを着ると、CDを取り出しもせずにパソコンと灯りを消して事務所を出た。

そこにはもう二度と戻ることはないと知っていたら、しばし名残《なごり》を惜《お》しむことぐらいしただろうに。

6

ファビアンは地下鉄の入口に向かってずんずん歩いていった。家までたどりつけないのではないかとひどく不安になる。だが、なぜそんなふうに思うのかわからなかった。なにか胸騒ぎがする。リラもおなじように感じたのだろうか？　気分を浮き沈みさせる不思議な魔力のせい？

ラクロセ駅で降りて地上に出ると、自宅まで歩く代わりにバスに乗ることにした。

エレベーターを待つあいだもじっとしていられずに、左右の足をせわしなく踏み替える。なかなか来ないことがわかると、階段で五階まで上がった。

帰宅した彼を見て、リラは驚いた。

「どうしたの？」彼女はブラウスの首元に手を持ち上げて言った。

「早めに帰ってきた。モイラたちは？」

「もう行ったわ」

「どれくらい前に？」

「十分くらい経つかな。どうして？」

「いや、べつに」

リラはソファから立ち上がり、彼に近づいてキスをした。

「昨日はごめんなさい」彼女は言った。

「なにを謝る必要があるんだい？」

「ひどいことをしてしまって」リラがほほえみながら言った。《彼女の肩をつかんで壁に突き飛ばしたぼくに、彼女が許しを請う》。

「いっしょにモイラを迎えに行かないか？」

「ううん、あなたが行ってきて。そのあいだに夕食の用意をするわ」

「夕食？ まだ早いよ」

「いいじゃない。とにかくなにか作るわ」

ファビアンはソファに身を投げ出した。リラがキッチンでたてる音を聞き、窓の向こうでボダイジュの枝を揺らす風を、灰色の空をながめる。灰色と言っても暗い雨雲の色ではなく、空が消えてしまったのではないかと思わせる淡い灰色だ。消えていないのは例の不安であり、あのいやな予感だ。

「ファビ……」

「どうした？」

彼は立ち上がって、キッチンをのぞいた。リラは木のテーブルの上でアスパラガスの土を落としている。目を上げてファビアンを見た。彼女の唇が震えている。

「私たち、家族でなんとかうまくやっていきましょう。そう思うわよね？」

「ああ」

ファビアンは三歩で彼女に近づいて抱きしめた。

「私を支えて」リラは聞こえないくらいの声で言った。

二人はしばらく無言で抱きあい、やがてファビアンが体を離した。

「モイラたちを追いかけるよ」

「どうして？」

「わからない。モイラのそばにいたいんだ」

「そうしたいならどうぞ。もう地下鉄の駅にたどりついたはずだけど」

ファビアンは車に乗った。チャカリタ地区に行くのにバスは使いたくなかった。五分後にはラクロセ駅に到着し、〈インペリオ〉というピザ屋の脇に車を駐めた。

車を降りたとき、二人の姿が目にはいった。正面に見える入口から地下鉄の駅に下りていく。モイラは、ミニスカートと揃いのライラック色の薄手のセーターを着ている。

通りを渡ろうとしたが、交通量が多すぎた。角まで歩いて、信号が変わるのを待った。

階段を急いで下りる。切符売り場に着いたが、回数券がもう残っていないことに気づく。すでに二人が並んでおり、その後ろにつく。ホームに目を向ける。モイラとセシリアは手をつないでいる。娘はセシリアの腕を引っぱって遊び、ときどき爪先立って彼女の顔を見ては、話しかけて気を引こうとする。二人とも振り向かないので、顔は見えない。

売り場の係員がファビアンに切符を渡した。そのとき駅に列車がはいってきた。

ファビアンは急いだが、そのあいだに列車が停車してドアが開いた。セシリアは迷っている様子で、こっちのドアやあっちのドアから車内をのぞいたが、結局意を決したように乗りこんだ。

そのときファビアンは猛烈なあせりに駆られた。二人とおなじ車両に乗らなければ。二人に追いついて、娘のそばにいなければ。

後になってファビアンは、このときの気持ちを、あのホームを、違いが生じた数秒間を、そのときなぜかわからないが決定的と直感した瞬間を思い出すことになる。やがて、世界が痛みと闇に閉ざされてから、ファビアンは一日じゅう彼の中にあったその感覚を何度も思い返す。前夜にリラと喧嘩をして生じた罪悪感から、モイラとなにかを分かちあいたいという気持ちがあったのは確かだ。だが、もしこの世に虫の知らせというものがあるなら、もし現在から過去への通信のようなものがあるなら、ファビアンにははっきりとは感知できなかった。むしろそれは、消えてしまった音の残響を聞くような、見たいのに見えないものの影だけを感じるような、そんな感覚だった。

改札のスロットに切符を入れて回転バーを押そうとしたが、通れなかった。切符が落ちたのに、ファビアンはそれにすら気づかなかったのだ。バーを無理に押そうとするうちに、係員が近づいてきた。

「手伝いますよ」

彼は落ちた切符を手渡してくれた。ファビアンは改札の機械にそれを差し入れ、やっとバーが動いた。彼は走りだした。列車の先頭にいる運転手が彼を見て状況を理解してくれたら、いや、ひょっとすると彼は読《どく》心術者《しんじゅつ》かもしれないという希望さえ持って走ったが、非情にもドアは閉まり、列車はゆっくりと動きだした。こういうことはこれまでにも何度もあった。モイラたちはほんの数メートル先にいる。セシリアはこちらに背を向けているが、モイラは彼を見た、あるいは見たように思えた。目を大きく見開いたからだ。セシリアは振り向かない。モイラの肩を押さえてはいるが、本人に注意を払ってはいないように見える。満員の地下鉄は進んでいき、乗客の中には、毎日の通勤ですっかり麻痺《まひ》した好奇心をすこしだけかきたてられて、状況を見守っている者もいる。ファビアンは無駄と知りながらも、モイラのほうに開いた手を伸ばした。明るく照らされた車両の中、娘が遠ざかっていく。地下鉄はトンネルに姿を消した。

次の電車を待つか、外に出てタクシーに乗るか迷ったが、この時間の通りは渋滞がひどい。到着した次の電車に乗りこみ、ドアの近くに陣取った。アンヘル・ガジャルド駅まではかなり時間がかかる。地下鉄の騒音、色、臭いが彼を攻め立てた。

髪のゴムを売り歩く女が乗客の足元に商品を落としながら通りすぎる。ファビアンはその女を毎日見ているが、そのときは会うと思っていなかったので不意を衝《つ》かれた。原因はだれも知らないが、女の頭部はすべてやけどでただれている。髪も、睫毛《まつげ》さえなく、目は皺だらけのピンクの皮膚に囲まれている。耳の場所には、代わりに皮膚の断片のようなものが突き出している。だれかに耳を引っこ抜かれて、止血のために、残骸で結び目をつくったかのようだ。髪のない頭部の皮膚は黄色がかった茶色で、硬質ゴムみたいな感じだ。うなじからいろいろな色の紐《ひも》を編みこんだおさげが一本だけ垂れていて、乗客のあいだを歩きまわって小銭を集めるあいだ、そのおさげがずっと弾《はず》んでいる。ファビアンは、女が車両から立ち去るまでずっと目をつぶっていた。すべてがただ恐ろしく、自分を取り囲む世界のあらゆる要素が怪物化していくような気がした。

コリエンテス駅で降り、市中心部に向かって歩きながら、人ごみの中にモイラとセシリアの姿を捜した。だが二人のほうが移動が早かったし、今頃もうパーティ会場に着いているにちがいなかった。セシリアに帰るように告げ、代わりに自分が残って娘を待つことにしよう。庭にいるほかの父兄たちとおしゃべりなどして、暮らし向きを比べあうというわけだ。

モイラと誕生会に行かなくなってずいぶん経つ。娘が生まれてから二人に距離ができたという、ゆうべのリラの分析は正しい。ファビアンは、昨夜の出来事以来、生活を見直して二人で力強く前に進もうという意識が、新たな始まりの兆《きざ》しが、リラとのあいだに感じられる気がしていた。急に気持ちが前向きになってきた。それを支えてくれそうな新しい挑戦の数々が、次々に頭に浮かんだ。事務所を辞め、独立するか、別の事務所に移ってはどうかとさえ考えた。リラがやる気になっているこのタイミングを逃してはならない。かつて彼が愛したあの女性に彼女を戻すことができるかもしれない。平穏な人生へと舵《かじ》を切るのだ。

舵を切る。馬鹿げた表現だ。

プレイルームに到着し、部屋に続く廊下にはいると、髪を灰色がかったブロンドに染めた女性がいた。ニュアンスを出すために残された、元の色のままの黒髪が、ところどころで筋をつくっている。ガルの母親シルビアだった。彼女は栄養士で、夫は鋼板ドアの製造業に就いている。ここの地区に住み、モイラはガルの家に何度も遊びに行っていた。

「あら！」シルビアが言った。「ガルが一日じゅう、モイラは来るのってうるさくて。ずいぶん早いのね」

「二時からじゃなかった？」

「三時よ。モイラは？」

「まだ着いてない？　もう来てるはずなのに。姿を見てないかな？　セシリアと出かけたんだ」

「いいえ」

「変だな。ぼくより先に行ったのに」

「遅れてるんじゃない？」

「だと思うけど、でも……」

二人とおなじルートを通ってきたのに姿を見かけなかったということを、シルビアに説明する気にはなれなかった。

「中にはいる？」シルビアが尋ねた。

「いや、いい。二人をここで待つよ」

ファビアンは通りに出た。チャカリタ通りのほうからコリエンテス大通りのほうを見る。やはり二人はいない。セシリアが駅を間違えたのだろうか？　その可能性はある。きっとメドラノ駅で降りて、引き返しているんだ。そうにちがいない。セシリアはよくそういうことがある。うっかり者なのだ。ときどき度が過ぎるほど。

時刻は二時半。

三時十五分前になると、ほかの子供たちも到着しはじめた。シルビアは招待客たちを中に通し、どうなってると問いかけるように何度かファビアンのほうを見たので、彼は肩をすくめて答えた。

「時間を間違えたことに気づいて、どこかで暇をつぶしているんだと思う」

「セシリアは携帯電話を持ってる?」

「いや」

ファビアンだって持っていないのだ。世界はいまやモバイルの時代だが、ファビアンはまだそれに抵抗していた。ひとつ買ってよとリラにせがまれたことはあるが、ずっと先延ばしにしている。販売業者からわけのわからない話を延々聞かされるかと思うと、ぞっとしたからだ。

コリエンテス大通りのこちら側と反対側を交互に歩いてみた。時間をつぶしているのだとしたら、どこにいる? もう一度セシリアの気持ちになってみる。時間つぶしにどこに行く? どうも納得がいかなかった。

三時十分。

「場所がわからなくなって、家に引き返したんじゃない?」シルビアが言った。さすがにだんだん心配になってきたらしい。

それはありえる、とファビアンは思った。

「電話してみるよ」

「私の携帯電話を使って」

ファビアンは番号を打った。二人は帰宅していなかった。

「戻ってきてないわ」リラが言った。「第一、もし会場の場所を忘れたんだとしたら、電話をかけてくるはずよ。それに覚えてるでしょ、ファビアン、そこで昔パーティをしたことがあるじゃない」

「ああ、わかってる」

「二人が到着したら知らせて、お願い」

「わかった」

彼は携帯電話をシルビアに返した。

「それで？」

「家には帰ってないし、連絡もないらしい」

「中にはいって待ったらどう？」

ファビアンは会場にはいり、保護者席の近くに座った。何人かが彼に挨拶した。すでにだれもがモイラとセシリアの遅刻について知っていた。ファビアンは吐き気がし、みぞおちがぎりぎりと締めつけられるような気がした。だれか、なにか言ってくれないか？　想像力がつくったトンネルに閉じこめられた彼を、そこから脱け出させてくれるようななにかを。


三時四十分。

セシリアは解雇だとファビアンはすでに決意していた。鈍い怒りが頭の中でふくれ、それが外国人嫌いという彼の暗部を目覚めさせた。この国に住むペルー人というペルー人は二十四時間以内に立ち去れ。アルゼンチン以外のラテンアメリカ諸国の女には、他人の娘を連れまわす資格はない。

モイラのクラスメートのひとり、トマスの父親パブロが、二人をいっしょに捜しましょうと言ってくれた。

ファビアンはマラビア通りのほうに、パブロはメドラノ通りのほうに向かった。ファビアンは期待を胸にコリエンテス大通りの両側をきょろきょろし、見つけたあかつきには、許してくださいと泣いて謝るまでセシリアをどなりつける心積もりでいた。スカラブリニ・オルティス通りを渡り、地下鉄のマラビア駅の入口にたどりつく。通りの反対側の歩道を引き返した。

プレイルームの玄関にパブロがいた。二人が見つからなかったのは、見ればわかった。

四時二十分に、ファビアンはいったん家に戻った。シルビアは、もし二人が現れたら連絡すると約束した。リラは窓の外を見ている。ファビアンは座っていられず、居間をうろうろしていた。

一時間後、電話が鳴った。ファビアンは電話に飛びついた。パブロだった。

「それで、どうした？」

「なにも。相変わらずだ」

「変だな。パーティもお開きになったよ。こっちでも、シルビアやほかの親たちが心配してる。いったいなにがあったんだろう？」

「ぼくもずっとそう自問自答してるよ。いったいなにがあったんだ、くそったれ、とね」

「事故ってことはないな。だとしたら、今頃もう連絡がはいってる」

パブロの言葉の残酷さ――すくなくともファビアンにとっては――に息が止まった。

「どこかにいるはずだよ」パブロが続ける。「その家政婦さんに彼氏はいないの？　恋人と逢引きして時間を忘れるってこと、ままあるからな」

ぼくは馬鹿だ、とファビアンは思った。パブロからの電話を切ると、リラのところに行った。

「セシリアの電話番号はわかる？」

「下宿先の電話なら」

「そこに電話しよう」

最初にかけたときはだれも出なかった。二度目のとき、十回呼び出し音を鳴らしてやっと大家の老女が応答した。セシリアのことはなにも知らなかった。彼女の恋人の電話番号もわからないと言った。

「もし戻ったら、連絡をいただけますか？」無茶な頼みだとは思ったが、ファビアンは言った。

「あたしはもう出かけるんだ」老女は答えた。

ファビアンは受話器を壁にたたきつけたい衝動に駆られた。

のろのろと電話を切る。リラの背中を見る。あたりが暗くなるにつれて、窓辺に浮かび上がる輪郭《りんかく》がしだいにくっきりしていく。

全身を駆け巡る寒気が止まらない。いまではもうセシリアへの怒りさえ消えていた。なにもかも忘れるつもりでいた。とにかくモイラを無事に連れ帰ってほしい、その一心だった。

そして、その後の数日間、旧知の感覚となる心地を味わいはじめていた――自分を取り囲むすべてが、現実とは思えない。

こんなこと、起きるはずがない。

六時二十分、また電話が鳴った。期待に満ちた表情で、リラが居間に飛びこんできた。

ファビアンが出た。

ガルの母親、シルビアだった。その後なにか進展は、と彼女は尋ねた。

午前四時十分前。

居間には、パブロ、シルビアの夫ダビド、それに上階に住む、このアパートメントの管理人でもあるグラディスがいた。失踪人捜査課から、制服の警官が二人と私服警官がひとり来て、待機している。ファビアンは、午後八時にパブロに付き添われて警察に行ったのだ。届けは出されたものの、警官たちが事情を聞くために現れたのはしばらく経ってからだった。

セシリアの下宿屋ではだれも彼女の行方は知らず、その下宿屋に彼女を捜しに来た恋人とは警察が話をした。七時に会う約束をしていたという。

捜索願にはセシリアとモイラの特徴が書かれ、すでに市内全域に配布された。私服警官の口調は落ち着いていて、説得力があった。こういう状況に慣れているのだろう。表情にも誠実さが感じられる。話を聞くあいだ、ファビアンは彼のもっさりとした髭をながめ、考えていた。この刑事には子供がいるのだろうか、今頃母親とテレビを観ながらパパはまた仕事で遅いねと文句を言っているような子供が。

ファビアンは半ばうわの空で刑事の話を聞いていた。失踪後の最初の数時間がとても重要なんです、みたいなことを言っていた。ファビアンは時間が経ってすっかり冷めてしまっているコーヒーを手に持っている。カップから目を上げ、そこにいる大勢のうちだれかと目が合うと、またうつむいた。

そのとき人々が同時にしゃべりだし、だれがなにを言っているのか判然としない騒音があたりにあふれた。

制服警官のひとり(ファビアンはそのとき初めて女性だと気づいた)はトランシーバーに向かって話をしている。遠くから届く、ぶつぶつと途切れる金属的な声がそれに答える。

髭の刑事はファビアンの肩をたたき、椅子から立ち上がった。ほかの二人の警官に近づき、指示を出す。

ふいに寝室から聞こえてきた耳をつんざくような別の音で、あらゆる会話が止まった。長々と続くその音を悲鳴と結びつけられる者はそうはいなかったはずだ。甲高く引き攣った音はしばらく続き、やがて力なく途切れ途切れとなって終わった。

全員がいっせいにファビアンに目を向け、彼は立ち上がって寝室に行った。

リラはベッドに横たわっていた。そばで大学時代からの友人ナタリアが付き添って、手を握っている。ファビアンはベッドに近づいてしゃがみ、リラの顔をのぞきこんだ。胎児のように丸くなり、悲鳴をあげたあと目をぎゅっとつぶっている。

リラの喉から、声にならない不自然な振動音が聞こえてくる。

ファビアンは彼女の顔に顔を寄せた。リラは目を開かなかったが、まぶたの下で眼球が異常なほど激しく動いているのがわかる。まるで、小さな虫たちが外に出ようと必死にもがいているかのように。

7

ファビアン・ダヌービオはモイラの部屋にはいり、ベッドに腰かけて室内をじっくりと見回した。いまだにうっすらと小便の臭いがする。日によって臭いの強い朝もあって、ファビアンは大学のコピー機があるあたりのアンモニア臭を思い出した。

彼が座っている場所からは、部屋全体が見渡せる。見るかぎり、そこが四歳の少女の部屋だとはっきりわかるような特徴はない。家具にも壁にもピンク色は見当たらない。人形もほとんどない。マニキュアや香水の瓶が増殖していく年頃にはまだなっていない。壁にはアイドルのポスターもまだ貼られてない。

室内には、ベッドのほか、窓の正面にあたる位置に、壁の半分を占める小さな本棚がある。そこは児童書やステッカーのコレクション雑誌でいっぱいだ。お菓子のおまけについてくるのは〝シール〟だが、雑誌の付録は〝ステッカー〟なのだ。

ボードゲームや頭脳ゲーム、パズル、絵の具は、服といっしょにクローゼットにはいっている。Tシャツとズボンの棚、スカートと下着の棚、靴やブーツの棚。クローゼットの奥、コートの背後には、スウェットシャツ、レインコート、伯父のヘルマンからプレゼントされた〈モントリオール〉というロゴ入りの黄色い傘がある。そして、お絵描きでいっぱいの、幼稚園に通った二年分のファイル、もう使わないけれどまだ寄付はしたくないおもちゃがはいったプラスチックケースが二、三箱。

部屋の隅、いまは閉めてある黄色のカーテンがかかった窓の横に、わずかばかりの人形コーナーがある。目立つのは、目がなくなってしまったオレンジと黒の縞模様のトラ、ぼうっとした顔をした、白い横縞のある青いサルのあやつり人形、なぜかモイラが〈ピエロちゃん〉と命名したクマのぬいぐるみ、名前のない双子の犬、たしかけっこういい値段だったと記憶している『トイ・ストーリー』のウッディ人形。

凶暴な顔のコオロギの人形は見当たらない。セシリアと誕生会に出かけるとき、モイラがいっしょに持っていったのだ。

二人の行方がわからなくなって、二十日が経過した。

モイラとセシリアの名前はすでに国じゅうに知れ渡っていたし、ほかの南米諸国や、CNNやBBCにさえニュースとして取り上げられた。インターネットも情報を広めるのに役立った。

こんなに情報があふれ返っているグローバル化時代だというのに、二人の人間が姿を消したという事実は変わらなかった。二人がどの駅で降りたのかわからなかったし、地下鉄内にしろ街頭にしろ、二人の目撃情報もなかった。

ファビアンの時間の感覚は、以前とはがらりと変わってしまった。最初の何日かはいわゆるショック状態だったが、だからと言って時間が速く過ぎたわけではない。彼にわかったのは、時間はやけにのろのろとしか進まず、しかもその経過が彼を痛めつけるということだけだった。水面に顔を出して息をつくように、痛みをなんとか遠ざけることができたとき、時間がほんのすこしだけ進んだことに気づく。

最初の週、きっと自分の体にはすくなくとも二つの人格が共存しているとファビアンは思った。一方は、七キロ痩せ、ひとりになって(あるいはリラはいてもかまわない——妻といっしょでも、ひとりでいるのとおなじだから)大声で泣きたがっているファビアン。声が嗄《か》れるまで、泣き声が一本調子のうめきに、遠くの森の木々のあいだを吹き抜ける風のようなかすれ声になるまで泣きつづける。このファビアンは、居間のソファやキッチンの床で、トイレに座って、あるいは通りを行き交う車が平然と走るのをながめながらバルコニーの防護ネット（モイラが落ちないように取り付けたものだ）をつかんで、必死に自分を取り戻そうとする。

もう一方のファビアンは、警察やマスコミと話をし、この件を担当している検事や刑事に対応するロボット。シャワーを浴び、歯を磨き、食事の用意をし、洗濯機に汚れた服を入れ、屋上に干し、支払いをすませるため二ブロック先まで歩くことができるのもこのファビアンだ。

だが最後に、ふとまわりがしんとして、自分と向きあうほかなくなったとき、ときどき物静かで内省的な第三のファビアンが現れる。

生きていくにはこれからどうしたらいいのかと、彼は尋ねる。だが答えは返ってこない。

モンドラゴーンとブランコという二人の警官がこの件を担当した。モンドラゴーン刑事は失踪人捜査課長だ。捜索願を出した日にファビアンの家に来た髭の刑事である。優秀な警官で、〝そうさな〟というのが口癖だった。ブランコは卵形の目をした婦人警官で、当日は制服姿だったが、彼女も刑事だ。重大事故を目《ま》の当たりにしたような悲痛な表情をいつも浮かべている。

ほかに、最高裁判所のトラパーニ判事の指示で、連邦警察副部長ゴンサルベスがこの件の捜査状況を監督している。ファビアンは名前と職務の洪水の中ですっかり混乱していた。レボイラという、いつも非の打ちどころのない服装で現れる検事もいる。こんなふうにお洒落《しゃれ》にネクタイとシャツとジャケットとカフスボタンを組みあわせる男には、ファビアンもついぞお目にかかったことがなく、まるで映画スターのようだった。最後を締めくくるのは、強盗窃盗《せっとう》課のシルバとかいう刑事で、なぜ彼が捜査陣の中にいるのかファビアンにはわからなかった。ほかの人々からは離れて、壁の近くで椅子を反対向きにして座り、背もたれに両腕をのせている。ファビアンの脳みそは瑣末事《さまつじ》の観察にかまけ、その作業に逃げ場を求めた。そういう細かいことをずっと考えつづける必要があった。狂気から逃れるために地下壕をこつこつと築くこと。そのときまでは。

初めは、彼について、リラやモイラや家族や友人や隣人たちについて、山のような尋問がおこなわれた。ファビアンは、モイラにアレルギーはないか、他人といて危険が伴う疾患はないか、答えなければならなかった。最後に接触したときからさかのぼって、その数時間前、数日前と、状況を再現した。

仮説が生まれては消え、あるいは保留となった。

事件発生から数時間後に最初に捨てられた仮説は、営利目的の誘拐だった。ファビアンは、金を要求する電話がかかってくることを、電話口の向こう側にいるだれかが、娘を返してほしければいくらいくら払え、娘は無事だ、おまえを恋しがっている、と言ってくることを、待ち望んでいた。払う金などなかったが、それでもなんとかして解決する方法を、彼は知恵を絞って考えていた。だが何時間経っても、だれも電話をよこさなかった。

営利誘拐説が消えると、〝難しい状況になりつつある〟――レボイラ検事が何度も口にしたこのフレーズを、秘密組織の合言葉のようにだれもが使った。

姿を消したのがモイラだけだったなら、状況はもっと単純だったかもしれない。二人が同時にいなくなったことが、捜査を難航させた。基本的に可能性は二つ。セシリアがモイラをどこかに連れ去ったか、二人がいっしょに拉致されたか。だからその両方について、犯行の動機を考える必要があった。

変態野郎が二人を誘拐したという仮説はまだ却下されてはいなかったが、警察や検事局の中で最有力視されていた説はそれではなかった。「もしここが、そうさな、アメリカやオーストリアなら」モンドラゴーンは言った。「その仮説がいちばん可能性が高かったでしょう。異常者や変質者はここにいないというわけではないが、他国と比べれば、統計的に見てその手の事件が発生する割合はかなり少ない」

モンドラゴーンは誇らしげにさえ見える態度で言った。「それにほかの側面もあります。この国でも、そうさな、誘拐やレイプや未成年者殺害なんかの事件は数あるが、二人を一度にってケースはひとつもない」

誘拐。レイプ。殺害。いままでは、自分のいる場所とは別次元に属する言葉だった。ファビアンにしてみれば、モイラがどこかの地下室に閉じこめられて、恐ろしい目に遭《あ》おうとしていると考えただけで耐えられなかった。

その時点で捜査上にのぼっていた唯一の仮説は、人身売買に関するものだった。ブランコによれば、犯人の目的はセシリアのほうで、彼女を拉致する際にモイラもいっしょに連れて行ったのではないかという。しかしゴンサルベスには納得がいかないようだった。この二年間、売春を強要された未成年者の事件を担当していた彼は、手口が異なっていると主張した。明らかに本人の娘ではない四歳の少女といっしょにいたセシリアを、連中が誘拐するはずがない。

モイラがセシリアの娘ではないとすぐに判断できるかどうか、ファビアンは怪しいと思った。一見して、二人の容貌には共通点が多い。たとえば髪も、目も（セシリアは緑色で、モイラは茶色だが）そうだ。しかもボキャブラリーも似通っている。そのうえ二人のあいだには、母娘に期待されるような愛情が通いあっている。

脳みそにペーパーナイフを突き立てられたかのように、ファビアンの中に突然、セシリアを誘拐した連中にとって邪魔なモイラはもはや生きてはいないという考えがはいりこんできた。

モンドラゴーンとブランコは、この手の連中はそこまで危険を冒さないと言って、ファビアンをなだめた。セシリアぐらいの年の娘なら、都市部のどこか片隅や、国境近くの内陸部でも捕まえようと思えば捕まえられる。なぜわざわざ都会の真ん中の地下鉄の出口で、しかも四歳の子供を連れた彼女を連れ去る必要がある？

ただ、だれもファビアンに直接伝えようとはしなかったが、国内外の統計によれば、事件発生後七十二時間以内に失踪者の居場所についてなんらかの情報が得られないと、行方不明のまま終わる可能性がかなり高くなるのだ。時間が経つにつれて、事件が解決する希望はしぼんでいく。モンドラゴーンは、海外の統計値について指摘されると、たちまち皮肉屋に変身した。

アメリカ合衆国に悪党どもがあふれているのは、ミステリ・ドラマが増えているせいだと断言した。「犯罪者たち、そうさな、たとえば誘拐犯どもは、テレビや映画からアイデアを仕入れているんです。『ロー＆オーダー』を観たりして。だからこれは確かです。幸いこの国には、バルにはいっていってあたりかまわず二十人もの人間を殺しまくる異常者も、集団自殺する宗教団体も、あの国で起きるような歪んだ犯罪も存在しない」

モンドラゴーン独自の犯罪哲学も、ファビアンを安心させることはなかった。たしかに統計値やパーセンテージや影響力というものは存在するだろう。だが、そういうあらゆる数字のあいだには、不確実性という名の無限に広がる空間や、答えの出ない謎が存在する。なぜ？　だれが？　なんのために？　なぜ彼女を？

レボイラ検事は別の説を提起した。セシリアによる報復ではないか、彼女はこの国で暗躍するペルー・マフィアと関係しているのではないか、というものだ。

ひと言そう命令すれば一気に氾濫《はんらん》する堤防のように、警察はセシリアに対して組織的に怒りをぶつけた。追及は厳しく、〝世論〟と呼ばれる抽象的な代物の注目を集めた。セシリアが住んでいた部屋は、すばやく徹底的に引っくり返された。なにもかも暴いてやろうとヒステリックなまでに。家族の多くがきつい取り調べを受け、恋人のホナタンはプレッシャーに屈してマリファナを買った（ごくわずかな量だが）ことを白状したが、事件についてはなにも知らなかった。

ファビアンは人の言いなりになり、ただ流されて、事件に正面から取り組もうとしなかった。すべてが始まったそのときから、ずっと気力を失っていた。

警察や、政府そのものさえこの事件に関心を示していたとはいえ、解決の答えがちっとも見つからないのに事件が風化せずにすんでいたのは、一部の人々の自発的な協力があったからだ。この事件に伴うさまざまな逸話に、新聞や、とりわけテレビが飛びついた。マスコミにとってモイラの事件は、公園のベンチに記名なしの持参人払小切手が置き去りにしてあるのを見つけたようなものだった。ファビアンは各局で引っぱりだこだった。あまりにもたくさんの番組に出たのですべてがおぼろげになり、現実感がなくなった。番組から番組へと引っぱりまわされている感覚はあったが、なにを言ったか、だれと話したかといった具体的なことは曖昧模糊《あいまいもこ》としている。記者たちが自宅を見張っていたが、彼がコメントを拒むと、しだいに沙汰《さた》やみになった。マスコミだから無礼で横柄《おうへい》だというわけではない。一般的な中流の人間ならだれでも、娘の行方がわからなくなって三週間が経つこの夫婦のいまについて、知りたがるのが普通だろう。ただテレビの場合、自滅するパターンに陥りがちだった。連中はブームに乗って、夫婦の生活に徹底的に干渉した。ある局など、直接話せるようにと、ファビアンに携帯電話をプレゼントした。気弱になっていたファビアンは、それを受け取るという過ちを犯した。連中がリラにまで話を聞きたがるようになったとき、彼は電話に出るのをやめた。

行方不明になった子供を持つほかの家族たちによる、モイラのためのデモ行進も二度おこなわれた。初回はファビアンも参加したのだが、先頭に立ってほかの参加者たちと手をつないで歩くうちに、妙に場違いな感じがした。だから二回目については遠慮した。さらし者になったように思えた。どこかで隠れてこちらをうかがう目を、モイラを拘束している人間の目をどうしても想像してしまう。娘がたどるかもしれないありとあらゆる運命を、生々しい映画のように、四六時中頭に思い浮かべずにいられない。とめどなく、夢の中でさえ、娘のさだめについて考えてしまうのは、まさか自分がかかるとは思ってもいなかった恐ろしい呪いだった。

8

短く二度、呼び鈴が鳴った。ファビアンは玄関に向かった。来客がだれかはわかっていた。

七十代と思しき女性を中に招き入れる。明るいベージュのブラウスに、同系色だがもうすこし色の濃いコーデュロイのパンツ、ゴム底の茶色い紐靴。ブラウスの上にパンツと揃いのベストをつけ、小粒の真珠のようなものがさがった銀の細いネックレスをしている。

「いらっしゃい、ドリスおばさん」

女性の顔は、キュビストによる肖像画にこそふさわしい幾何学的な造形だった。頬骨は木工細工さながらに突き出し、底の見えない漆黒《しっこく》の二つの目が狭い額の下にはめこまれている。彼女の姿が古代船の船首像になっていたとしても、どんな船乗りも不思議に思わなかったにちがいない。

「どんな様子？」小さなバッグを椅子に置いて尋ねる。

「落ち着いています」

「よかった」

ドリスは居間に向かった。彼女はリラのおばだ。近い親戚は彼女だけだった。リラの出身地である南部のウシュアイアにほかにだれも残っていなければの話だが。ファビアンの知るかぎりいない。

ドリスは、モイラが記憶していられるようなタイプのおばではなかった。四年間に一度か二度会って、頭のノートに書きこみはしたかもしれないが、きっとあっというまに消えてしまったはずだ。実のところ、ドリスはだれにとっても記憶に残りにくい人物だった。砂漠の動物並みの擬態能力を持ち、自然な背景の色に染まって、姿が見えなくなってしまう。家族の集まりのときにはキッチンのコンロに張りつき、居間にお茶を出すタイミングをずっと見計らっているような女性のひとりだ。

モイラの失踪事件が起きてから、ドリスはあわてて姪《めい》たちとの距離感を考え直し、この家に日参しはじめた。理由は見当もつかないが、後ろめたさから生じた行動としか思えなかった。彼女は毎日姪に会いに来て、長年のあいだに溜めこんだ過剰なまでの言葉を、これでもかとかけていく。

「コーヒーを淹れるわ。あなたも飲む？　今日はすごく寒いから」

「けっこうです。ありがとう」

「警察からなにか情報は？」

「とくになにも」

「辛抱が肝心ね」

ドリスは毎日このおなじ二言をくり返した。警察からなにか情報は？　辛抱が肝心。ファビアンもいつもおなじ言葉で締めくくる。とくになにも。

彼女の訪問を拒むことはできなかったし、ドリスが上手にコントロールしてくれているおかげで、リラが二度と戻れない場所に迷いこんでしまわずにすんでいるのも事実だった。ドリスや大学時代の友人たちがそばにいることで、すくなくとも多少は、リラも自分を保つことができていた。

ドリスはコーヒー、紅茶、マーマレードつきトーストのお皿をのせたお盆を手に、キッチンから出てきた。とはいえ、リラはけっして口にしないのだが。それなのに、医師によれば、危険なほどの体重減退の兆候は見えないという。逆にファビアンは急激に体重が落ちてしまったのに。彼としては、できれば宇宙飛行士が食べるたぐいの人工栄養食や、ビタミン剤の注射に頼りたかった。咀嚼《そしゃく》することが耐えがたかった。

ファビアンはバスルームにはいり、シャワーの蛇口をひねった。電話が鳴ったような気がする。服を脱ごうとしたとき、ドリスがドアをノックした。

「ファビアン？　お兄さんのヘルマンよ。カナダから」

ファビアンは電話のある場所に急いだ。

「もしもし」

電話口の向こう側でパチッという音がして、ファビアンがあらためて「もしもし」と言ったとき、ヘルマンの返事がそれに重なった。遠距離電話ではどうしても遅れが生じるせいだ。

「もしもし。ファビアン？」

「どうした？」

「どうしてる？　なにか進展は？」

「なにも」

「リラは元気？」

「元気だよ。いまのところは」

「よかった。気を緩めるなよ」

「わかってる」

ヘルマンはモントリオールでつかのま口をつぐんだ。

きっと赤いコートを着ているんだろう、とファビアンは思う。ヘルマンが送ってくる写真を見るとモイラがいつも指さした、あのコートだ。お腹のあたりがややだぶついている三十五歳のその男は、いつも赤ら顔で、真っ赤なコートを着て、金髪のストレートヘアの女性を抱いている。女性は女性で一歳ぐらいの赤ん坊を抱き、その赤ん坊もやはり赤いコートにくるまっていて(父親のミニチュアだ)、ほとんど顔が見えないくらいすっぽりと毛糸の帽子をかぶっている。二人の背後には必ず、窓枠とドアが白いスカイブルーのログハウスが見えている。それを見るたび、ファビアンはアクセソ・オエステ高速道路脇で売られていた組み立て式住宅を思い出すのだが、ヘルマンの言うように《もっと雰囲気があるし、カラフルだ》。

「もうひとつ訊きたいことがある」ヘルマンがさっきより真面目な口調になって言った。「父さんはこの出来事全体をどう考えてると思う?」

その件に関しては話したくなかったが、どうすることもできなかった。ファビアンはそっとため息をついた。

「さあね。いまのところ、全部わかってると思う」

「あれからずっと会ってないのか……?」

「ああ。あれ一度きりだ」

「もっと会うべきだよ。父さんは一度もおまえの家に来たことがないのか?」

ファビアンはつい苦笑いをした。

「父さんはこの六ヵ月間、家から一歩も外に出てないんだよ、ヘルマン」

「なんだって?」

ヘルマンの顔が目に浮かぶようだった。体をこわばらせ、目がいやでもきょろきょろしてしまう。予測不能な出来事に立ち向かわなければならないときのしぐさだ。

「六ヵ月間一歩も外に出てない? ありえないよ」

「それがありえるんだ。ずっと書き物を続けて、買い物にも行かないし、家事もしない。全部エステラがやってる」

「散歩もしないのか？」

「ああ。そう言っただろう？」

「知らなかった……」

「父さんは そんな調子だ」

9

マルコス・シルバはそれほど上背もなく、それほどがっしりした体つきでもなく、それほど年寄りでもない。白髪まじりの髪を昔気質の警官らしく短く刈りこんでいるが、秘密警察時代は肩より下まで伸ばしていたこともあった。あれは困難な時代だったし、職務には危険が伴った。八九年には自動小銃の銃弾をくらったせいで退職の危機に瀕《ひん》したし、塀から飛び降りたときの怪我の後遺症で腰骨の左側がいまも痛む。キャリアの最終コーナーを曲がった五十四歳の彼はいま、事務机よりアドレナリンを選ぶことにした。

「なにをする時間もあったためしがない」シルバは言った。

二人はいま、エルカノ通りとフォレスト通りとアルバレス・トマス通りの合流点にある、〈八つのかど《オチヨ・エスキナス》〉というバルにいる。何度数えても角《かど》は六つしかないのだが、この数学的疑問についてバルの主人〝べべ《赤ん坊》〟がどう答えるか、ファビアンはいつも尋ねるのを忘れてしまう。

連邦警察中央本部でのいつもの会議のあと、中庭のヤシの木のあいだをぼんやりと歩いていたファビアンは、ちょっと話がしたいとシルバ刑事に声をかけられて、驚いた。あの日部屋の隅に座っていた強盗窃盗課の刑事だと、すぐには思い出せなかった。最高裁が口出ししはじめたせいで、警察中央本部に、あたかも制服姿の蟻《あり》たちの巣に巨大な足が降ってきたかのような影響をあたえ、シルバもそれでこの事件について知ったのだという。

しばらく世間話をしたあと、シルバはファビアンに名刺を渡し、都合のいいときに電話をくれ、コーヒーでも飲もうと言った。近頃は感覚が鈍っているとはいえ、シルバの興味は捜査の枠組みからはずれたところから生まれているとファビアンは直感した。この事件自体、彼の所属部署の管轄《かんかつ》ではない。シルバは警察官としてではなく、一個人としてファビアンの話に耳を傾けようとしていた。

なぜかわからないが、シルバにはどこか人に安心感をあたえるところがあった。彼と話しているとなんとなく希望が湧き、モイラはきっと無事だし、必ず取り戻せるとさえ思えた。

「警察の仕事には限界がある」シルバは言った。「やる気がないということではなく、能力に対していつも仕事量が多すぎるんだ」

「モンドラゴーンとブランコは捜査官として優秀だと聞きましたけど」

「それは確かだ。この事件は担当者に恵まれている。それに、マスコミの食いつきぶりは知ってのとおりだ。

警察はできるだけ早くこの件を解決したがっている。あんたはどうなんだ？　ずいぶんおとなしいが」

「考えないようにしています」

「なるほど。奥さんは？」

「相変わらず気が滅入っています」

「あんたはどう感じてる？　支えてくれる家族や友人はいるのかい？」

「ええ、もちろん」

「大事だよ、友人はね。妻は失うこともあるが、本物の友達は人を救ってくれる」

シルバにもかつては妻がいたが離婚したのだとファビアンは踏んだものの、尋ねようとは思わなかった。友情についてしばし考える。いまの自分にとって友達にいちばん近いのは、目の前に座り、コーヒーを飲み、煙たなびく煙草《たばこ》を手にしているこの警官だと気づいた。電話をくれた者は何人かいた——カレーラスの事務所の経営が多少はまだうまくいっていた頃の同僚や、大学時代の仲間、結婚式や洗礼式や通夜《ベラトリオ》でしか会ったことがない、カセーロス通りで寝具店を営んでいる遠いいとこさえ。でも、いま近くに親しい友人がいるかと訊かれれば答えられない。悔しいが認めるしかない。自分とリラは困難な関係の上に築いた二人だけの世界にずっと閉じこもり、周囲の人々に背を向けてきた。二人で孤独に浸り、たがいに慰めあって、ときどきモイラがそれをこじ開けるが、普段は目に見えるような隙間もない密閉空間に引きこもっている。

シルバは片手を振って、煙草の煙を追い払った。

「奥さんにはよく注意したほうがいい。外に連れ出す努力をすることだな。事件についてあんたに話すかい？　あんたになにか言う？」

「しゃべるのが大変みたいで」

「もしかして、以前から鬱病なのか？」

「ええ。ずいぶん前から」

「なるほど、なるほど。こういう危機的状況に陥ると、すっかり打ちのめされる者もいるし、どこからか力を振り絞る者もいる」

「ぼくの場合、考えることが大変で。考え事をすると、すごく頭が疲れるんです」

「わかるよ。警察にも鬱病の人間が大勢いる。いやでもいろいろなものを見るからね。友人の巡査部長は自殺したよ」

シルバは煙草を吸った。いつまでも体内にとどめつづけるので、呑みこんでしまったかのように見えたが、やがて霧のように吐き出した。

「個人的な問題があって、ストレスに押しつぶされたんだ。警察内のとあるプロジェクトに参加しなければならないと妻に告げて、アルマグロ地区にあるホテルに部屋をとり、ジンを一杯飲んで、携行していた正規の銃で自分を撃った。三回」

「三回？」

「ああ。一発目は口に銃をつっこんで撃ったらしいが、脳みそをはずした。これもうまくいかなかった。そこでこめかみを撃ったが、これもうまくいかなかった。そして三発目は目を狙った。言っておくが、拳銃自殺ではあんたが思うよりよくあることなんだ」

ファビアンはシルバの豊富な職業経験にこれ以上踏みこみたくなかったので、話題を変えた。

「なにが起こったんだと思いますか？　あなたの仮説は？」

「人身売買説はまだ捨てるべきじゃないだろうな。中にはブエノスアイレスにはいりこんでいる組織もあり、秘密裏に活動を続けている連中も増えている。たしかに、犯行場所が異例だが、それがなんだ？　連中が行動範囲を広げただけかもしれない。それがひとつ。もうひとつは、おれならペルー人家政婦の線をもっと調べる」

「セシリアですか？」

「ああ。あのペルー娘が過去に出産したことがあるかどうか、担当者たちは調べたのか？　ペルー娘ってのは、初潮が来るやいなや妊娠する。ひょっとすると、産んだ子供を失ったか、堕胎《だたい》を強要されたか、そんな経験があるのかもしれない」

ファビアンはシルバがなにを言わんとしているか理解した。

「セシリアが正気をなくして、うちの娘を自分の子だと思いこんだってことですか？」

「そんなようなことだ。人が思うよりよくあることなんだ。おれは何度も見たことがある。なにかショッキングな形で子供を亡くした女性が、わが子に似ている、あるいはわが子を思い出させるような別の子供を誘拐する。そのペルー人娘になにか妙なところはなかったか？」

「いいえ」

「彼女はあんたの娘をたいそうかわいがっていた。もしかすると〝正気をなくして〟、娘さんを連れ去ったのかもしれない」

「もしそうだとしたら……モイラは……無事だという可能性が高い、そうですよね？」

「そのとおり」

「でも、二人はいったいどこに？　あれからもう三週間です。二人の顔写真がありとあらゆる場所に貼ってあるのに」

ファビアンからほんの数メートルしか離れていない壁にも二人の写真があった。バルの入口にも、その横の駄菓子屋にも、十メートルごとに人捜しのポスターが貼られている。事件が起きて数日後には、ファビアンが地区《バリオ》じゅうに貼って歩いたし、さらに、とあるポスター貼りの会社がコピーして市内全域に配布しましょうと申し出てくれたのだ。ブエノスアイレスはモイラとセシリアの顔であふれていた。ファビアンのことを街で知らない人はいなくなり、だれもが彼に挨拶し、協力を買って出た。降って湧いたような人気だったが、それと交換に娘の本物の顔が見られるなら、人気なんて喜んでなげうつところだ。

「その手の娘の考えることはだれにもわからないからな……」シルバは言い、視線を手元の煙草からコーヒーカップに移し、やがて窓の向こうの通りに向けた。そのまま、彼のまなざしは凍ったように動かなかった。電源を切った機械の部品のように。「なにか思いついたらいつでも電話をくれ。失踪人捜査課の連中は一生懸命やっているが、おれからすると、方向性を見失っているように見える。連中があんたにそんなことを認めるとは思わないが、実際そんな感じだ。なんでもおれに話してくれ。そうすればおれが連中にはっぱをかける」

「はっぱをかけるって？」

「べつに特別なことじゃない。プレッシャーをかけるってことさ。おれは副部長のゴンサルベスをよく知っている」


バルの前で車が停まった。石油のように真っ黒なプジョー405だ。中には男が二人乗っている。クラクションが二度短く鳴り、シルバはコーヒーを飲み干した。

「先に失礼する。忘れないでくれ、どんなことでもいい、疑念やアイデアが浮かんだら電話をくれ。番号は渡したよな？」

「でも……なぜ？」

「なぜ、というのは？」

「なぜここまでしてくれるんですか？」

シルバはつかのま動きを止め、サングラスをかけ直しながらファビアンを見た。

「おれには十二歳の息子がいる。だがその前にじつは娘がいたんだ。三歳のとき……いとこの家のプールで事故に遭った。だがこうして、ずいぶん前に悲しみも乗り越えた。それでも、あんたの娘さんのことを考えると思い出しちまうんだ」

ファビアンは言葉を返さなかった。シルバはバルを出ると車に乗りこみ、車は走り去った。

帰宅すると、リラは眠っていた。ドリスおばさんに別れを告げ、時間を見る。午後九時。

横たわっている妻の静かな影を見ていると、怒りと無力感がこみ上げてきた。リラの受け身の態度に、ファビアンはいらだった。つらいのはわかる。だが、降参したかのようにただぼけっとして、頑固な痛みに浸って訪問客も受けつけないのはどうかと思う。

喪失感が二人の絆《きずな》を強くすると思っていたが、間違いだった。リラは、ファビアンがモイラの乗っていた地下鉄に間に合わなかったことをゆくゆく責めるだろうか？　モイラが戻ってくるにしろ、こないにしろ、これからぼくらはどうなるのだろうとファビアンは思う。元に戻ることはないだろう。娘が現れても現れなくても、二人にはその先しかない。

ファビアンは延々とチャンネルを切り換えて、しばらくテレビを観ていた。ケーブルテレビの二つのチャンネルでモイラの捜索を呼びかけるCMを見たが、ニュース番組ではほとんど取り上げられなかった。新しい情報がなければ、ニュース番組は興味をなくし、あとは死の知らせを待つだけだ。だが、モイラの顔がテレビに映らなくなっても、ファビアンにとってはなにも終わらない。

モイラを誘拐した人間が目の前に現れたら、その場で殺してやる。家の中にあるどんな手段を用いてでも、悪夢の原因をつくったその人間をこの世から消す。もし使えるものがなにもなければ、狂犬のようにその喉を歯で切り裂いてやる。

10

居間のソファで眠っていたリラをそっと揺すった。

「どうしてベッドで寝ないの？」

「行くわ」

「薬は飲んだのかい？」

「半分だけ。お父さんは元気だった？」

「うん」

リラはソファから起き上がった。裸足《はだし》だ。無言で寝室に歩いていく。ファビアンはブラインドを下ろした。隙間から風が音をたてて吹きこんでくる。

外は寒かった。モイラは屋内にいる、そう思いたかった。

電話が鳴った。リラの友人のナタリアからのご機嫌うかがいの電話だった。リラが部屋から、出られないと謝ってと言ってよこし、ファビアンはそのとおりにナタリアに伝えた。

彼女に別れを告げて切ろうとしたとき、パチパチッという回線が乱れるような音がした。その直後、はっきりと声が聞こえてきた。すくなくとも二人の男がしゃべっている。

「もう一度探せ」片方が言った。

「どれをだ？六七五二？」もう一方が言う。それはファビアンの家の電話番号の下四桁だった。

「なに言ってるんだ、馬鹿……六七五二はトマス通り一一三五番地、三のAだ」

彼の自宅の住所だ。

小さな笑い声、そのあと咳が聞こえた。

「もしもし？」ファビアンは言った。

声が途切れた。またパチパチッという音がして、静かになった。

ファビアンは電話を切った。黒いプラスチック製の電話をながめる。まるで、これからこちらに飛びかかろうとして体を縮めている猫のようだ。

電話室《ロクトリオ》（公衆電話ブースが並んだいわば電話屋。近年はパソコンも置かれ、ネットカフェとして機能している）に行き、ブースをひとつ借りた。震える手で手帳をめくる。電話をかける相手なら、よりどりみどりだった。シルバの番号を押そうとして手を止め、結局ブランコにかけた。彼女はこの件の担当者だし、シルバにかければ厄介なことになりかねない。

ブランコは、最初の呼び出し音が鳴り終わりもしないうちに電話を取った。

「もしもし、ファビアン・ダヌービオです」

「セニョール・ダヌービオ。どうなさいました？」

ブランコは三十一、二歳で同年輩のはずだが、だからと言ってファビアンに気安い言葉を使うつもりはないらしい。警察でそういうマナーをたたきこまれたのだろう。

「話があるんです」ファビアンはブースの扉を閉めながら言った。

「ええ、なんでしょうか？」

「電話を盗聴されているような気がするんです。〝盗聴〟でいいんですよね？　それともほかに言い方がありますか？」

向こう側で一瞬沈黙があった。

「ええ、そうです。なにがあったのですか？」

「混線だったのか、なんなのかわかりませんが、でも、二人の男がわが家の電話番号と住所を口にしていたんです。話しかけたら切れてしまいました」

「電話会社の技術者だったのかもしれません」

「ええ、かもしれません」

だがファビアンには違うとわかっていた。

「わからない。とにかく、不安だったのであなたに電話したんです」

「落ち着いてください、ファビアン。調べてみて、またご連絡します。ご自宅ですか？」

「いいえ。自宅の電話を使いたくなかったので」

「そうですね。では五分後にまた電話をください。いいですか？」

ファビアンは電話を切った。喉になにか詰まっているような感じがする。ロクトリオが面している通りに目をやり、風が巻き上げた土埃が、ナトリウムランプの光の中で狂ったように踊るのをながめた。

ブースの中で、くたびれた電話帳や、足元の破れた絨毯《じゅうたん》をながめながら待った。ブランコに連絡したが、電話中だった。三度目でやっとつながった。十分が経過していた。

「調べてみましたが、はっきりしたことはわかりませんでした。電話会社と話したかぎり、その地区で作業中の技術者はいません。聞いた会話の内容を覚えてますか？」

ファビアンはくり返そうとしたが、いまとなっては曖昧《あいまい》だった。

「お願いしたいことがあります」ブランコが言った。「まずあなたは帰宅してください。私はそちらの地区所轄の署に連絡して、アパートメントの入口に警官をひとり配備してもらうようにします」

「でも……なんのために？　なにか危険なことでもあるんですか？」

「いいえ、そういうわけではありません。まあ、落ち着いてください、ファビアン。単なる予防措置です」

「でも、なんの予防措置ですか？　ぼくと妻になにか危険が？」

「そういうことはたぶんないと思います。ただ、もうすこしなにかわかるまで、だれかに見張らせたほうがいいでしょう」

ファビアンは電話を切った。自分でもどうしようもないくらい心臓がどきどきしている。

自宅にはいってドアを閉め、鍵を二つともしっかりかけた。寝室に行き、リラの横に体を横たえる。ぐっすり眠っている妻は、ファビアンがいなかったことも知らないのだろう。彼はじっとしていた。昼間は絶え間なく響いてくる通りの騒音も聞こえない。バスが通る音がする。ときどき角でブレーキをかけ、アイドリングしながら信号待ちをするので、部屋の窓が振動することがある。それを除けば、あたりは静寂に包まれていた。彼は服を着たままいつしか眠っていた。

夜中の三時に目覚め、ベランダに出て、吹きつける風を受けながら下を見た。車のディーラーの横あたり、道の中央に、暖をとるため足踏みをしている警官がいるのが見えた。

ファビアンは居間に戻って電話の受話器を取った。発信音がするだけだった。

ふたたび横になった。すこしずつ眠りの中に引きこまれていく。ぼんやりした不安がしだいに遠ざかっていき、そしてようやく、すこしのあいだだけ人生を忘れることができた。

午後十二時半、ブランコ刑事が玄関の呼び鈴を鳴らした。彼女はファビアンに、そちらにうかがってもいいですかと尋ねた。すでに起床し、こちらを物問いたげに見ているリラに、ファビアンは目をやった。いつもより身なりが整っている。きちんと見えるようにしようと努力し、おかげですこし元気も出たようだ。

下におりてドアを開けようとしたとき、玄関でブランコとモンドラゴーンが待っているのが見えた。ファビアンは一瞬体が固まった。最悪の知らせがもたらされる恐ろしい予感が体を突き抜ける。娘さんが発見されたことをお知らせにまいりました。しかし開けないわけにいかなかった。

「セニョール・ダヌービオ」モンドラゴーンが言った。

「昨夜のことでうかがったんです」ブランコが言った。

顔がひどくこわばっていて、卵形の目が暗く見える。それに化粧もうまくいかなかったようだ。

ファビアンは彼女を見て、なぜかわからないが、モイラについて新しい情報があるわけではないと直感した。矛盾するようだが、ファビアンはほっとした。

ふたたび訪問した部屋で、モンドラゴーンは窓辺に位置取り、ブランコはソファに座った。二人は、どちらが話の口火を切るかテレパシーで決めようとでもするように、目を見交わした。モンドラゴーンはトランシーバーを持っていて、ジージーと音がしていたので、スイッチを切った。二人ともコーヒーを遠慮し、ソフトドリンクも水も断った。モンドラゴーンは耳たぶを指でさわりながら、話しはじめた。

「セニョール・ダヌービオ、昨夜電話で声を聞いたそうですね」

「ええ」

リラが混乱した様子で、モンドラゴーンのほうに目を向けた。

「じつはその雑音と声は、警察の人間のものなんです。いままでこちらの電話の会話を聞かせてもらっていた」

ファビアンはブランコを見た。彼女はモンドラゴーンに向かって眉を吊り上げた。

「ブランコ刑事はこの件についてなにも知らなかった。トラパーニ判事の命令で、レボイラ検事からの書面の指示書もあります。知っているのはゴンサルベス副部長と私だけです」

「そういうことをするのは違法ではないんですか？」ファビアンは尋ねた。

「まあ、そう言われれば、そのとおりです。だが、そうさな、迅速に実行するためにいくつか手続きをすっ飛ばした、それだけのことです」モンドラゴーンは立ったまま体をゆらゆらと揺らし、吊り天井のほうに目を泳がせた。首を片方に傾け、頸椎《けいつい》をポキポキと鳴らした。

「残念ながら、技術者が未熟だったせいで、あなたは、そうさな、聞く必要のないものを聞いてしまったわけだ。そうさな……」

「二人の無能な連中のせいで……」突然ブランコがつぶやいた。

彼女とモンドラゴーンの視線がぶつかって、火花を散らした。

「モンドラゴーン課長、指示書をお二人に見せることもできるはずです」しかしブランコは続けた。「でもそんなことをしても無意味だし、なんにもならないけれど」

「いつから私たちの会話を聞いていたんですか？」リラが尋ねた。

「一週間半前からです、セニョーラ」モンドラゴーンが答えた。「ご主人の携帯電話も聞いていました。いまはもう傍受していません。どちらにしても……」モンドラゴーンは顎鬚《あごひげ》をファビアンのほうに向けた。

「あなたはもう数日前から携帯電話を使っていない」

ファビアンはなにを言っていいかわからなかった。ただぼんやりと、ベランダの防護ネットに巻きつくツタをついばんでいたスズメが、いきなり飛び去ったのをながめていた。

「いいですか」モンドラゴーンは続けた。「われわれがここに来たのは、疑問を明らかにするためです。盗聴をおこなったのは、捜査線上に浮かんだあらゆる線について洗い出さなければならないからです」

「で、いつから夫と私は捜査線上に浮かんでいたんですか？」リラが警戒心を表に出したのは、この一ヵ月ほどのあいだで初めてのことだった。まるで長い夢から目が覚めたかのように。

「お二人のつらいお気持ちはよくわかります」モンドラゴーンの口調は葬儀社の社員のようだった。「だがわれわれの最優先事項は捜査し、真実を明らかにすることです。われわれはあらゆる選択肢について調べてきました。セニョール・ダヌービオ、私はまわりくどい言い方は好みません。奥様との関係をどう考えていらっしゃいますか？」

その質問に、ファビアンは体が凍りついた。

「意味がわかりません」

「あなたは奥様と言い争いを何度もしています。そうさな、暴力的とも表現できる言い争いを」

ブランコは床に目を落とした。リラの口が驚きで半開きになった。ファビアンは椅子に座ったまま、体がしだいに縮んでいくような感じがした。ひどく疲れて、膝に両手を置く。

「単刀直入にお願いしますよ、モンドラゴーン。つまり、ぼくらのどちらかに、モイラになにか危害を加える動機があった、そうおっしゃりたいんですか？」

「ここまで来ると、どんな可能性も捨てるわけにはいかないんです。グラディス・フェレイラをご存じですよね？」

ファビアンとリラは顔を見合わせた。

「上階の住人です」ファビアンは答えた。

「彼女と話をしました」ブランコが説明した。「すくなくとも五、六回、あなたがたが大声で喧嘩をしていたと聞きました。この二年ほどのあいだのことです」

モンドラゴーンの首はもうポキポキ鳴ることはなく、その視線はファビアンから動かなかった。

「〝大声で喧嘩〟とはどれほどのものか定義してもらう必要がある」ファビアンは言った。

「ここはアルバレス・トマス通りに面しています」モンドラゴーンは答えた。「いまも車の騒音がかなりひどいですよね？　昼間、この騒音にもかかわらず、セニョーラ・フェレイラにこの部屋からの声が届いたとすると、かなりの大声で喧嘩をしていたはずです」

「なんてこと」リラが言った。「これは悪夢だわ」

「なるほど。続けましょう、モンドラゴーン」ファビアンは言い、自分が心底、警察を憎もうとしていることに気づいた。「話の最後まで」

「多くの場合、ええ、実際かなりの割合で、子供の失踪には親のどちらか、あるいは両親が関わっているんです。とくにひとり親の場合には。だが、両親が揃っている場合にも、やはり起こりうる。子供が消えたとき、両親がその犯人だったということもままあります。ですからわれわれにとって、捜査上、非常に重要な方向性なんです。もしあなたが声を聞いてしまった今回の事故が起きなければ、そうさな、あなたがたへの嫌疑が晴れるか固まるかするまで、われわれは盗聴を続けたでしょう。そして、そうさな、それができなくなったいま、こうして直接話をしに来たわけです」

ファビアンは〝そうさな〟をその手でひっ捕らえて、モンドラゴーンの喉の奥に沈めてやりたい気分だった。すくなくとも、二度とそれが外に出てこないように。

「なるほど、ではこれからどうします？　率直に話してもらったことに感謝しましょうか？　この先ぼくらをどうするつもりですか？　嘘発見器かなにかを使いますか？」

「そうさな、いまこそテーブルに手札をさらすときでしょう。われわれにまだ話してくれていないことはありませんか？」

リラは顔を両手で覆った。ファビアンはのろのろと椅子から立ち上がった。ブランコが居心地悪そうにもぞもぞしているのがわかる。一瞬、彼女に同情する気持ちがこみ上げた。

「いいでしょう」ファビアンは言った。「ご指示どおりに手札をテーブルにさらします。娘の行方がわからなくなって約一カ月が経ちました。夜は平均二時間しか眠れません。抗鬱剤を飲んでいますが、水みたいなものです。まったく効きません。この一カ月、仮説だの、捜査の方向性だの、推理だのなんだの、ずっと聞かされてきました。自分の生い立ちや経歴について千回、いや百万回は話しました。必要ならあなたがたの会議にも参加し、ひたすら協力してきました。あなたがたが好きになれません。警察は嫌いです。怖いんです。警官と友達になることはけっしてないでしょう。あなたがたが仕事と称してどんなことをするか、わかったものじゃない。きっと、解決しなければならない事件をたくさん抱えているんでしょう。あなたがたの多くは善意の人なのでしょうが、充分な数じゃない。汚職に手を染めている者もいれば、出来の悪い者もいる。うちの電話を盗聴していた連中みたいに」

ファビアンは、後戻りできないところまで来ているとわかっていたが、もう止まらなかった。

「あんたたちが袖の下をもらってようが、人を拷問しようが、馬鹿だろうが、どうでもいい。あるいは、世界一高潔な警官だろうと、不満を抱えてセルピコみたいに組織と闘おうと、どうでもいい」

「セニョール・ダヌービオ……」

「もう終わりますよ、モンドラゴーン。ぼくが、ぼくらが望むのはただひとつ、娘を取り返すこと、あるいは無事かどうか知ること、あるいは、せめてなにが起きたのか知ることだけなんだ。あんたたちは結果を出してくれないばかりか、ぼくらを調べることまでしている」

「われわれの立場になってみてください」

「あんたたちの立場になんてなれっこない！」ファビアンはわめかんばかりだったが、なにより祈るような気持ちだった。「なぜなら、あんたたちみたいにはけっしてならないからだ。あんたたちがどんな世界にいるのか知らないし、知りたくもない。あんたたちが毎日どんなものを見なきゃならないのか知らないし、知りたくもない。妻もぼくもなにも隠してない。ぼくらはあんたたちの言いなりになり、なにもかも提供している。それに引き換え、あんたたちは自分のやりたいようにやり、言いたいことをぼくらに言う。ぼくらの電話を調べ、ぼくらを守るようなふりをして、じつは取調べをしていたんだ」

　そのときリラが頭を垂れ、両手で抱えて、うなじで手を組んだ。ファビアンは、またショック状態になるのではないかと怖くなった。ひどい疲れを感じる。モンドラゴーンに目を向けると、苦情に慣れっこになっている役人のようにこちらの話を聞き、それに耐えるため完全防備を調えているのがわかる。

「ぼくらのほうはすべてオープンにしています。どうぞいくらでも調べてください。真実の血清を打つなり、なんなりと好きにしてもらってかまいません。その気になれば、あなたがたがなにをしたのか開示請求することだってできるでしょう。だが、それでどうなる？　検事とでも判事とでも上院議員とでも大統領とでも、話そうと思えば話せる。でもなんのために？」

　ファビアンはふいに吐き気がして、どさりと座りこんだ。急に恥ずかしくてたまらなくなった。

「娘を取り返してくれる人をよこしてください。お願いです」

　泣けるものなら、いっそ泣きたかった。だが涙が出てこなかった。ただ、こらえきれないほどむかむかした。

　モンドラゴーンは鬚を撫で、相変わらず神経質そうに足にかける体重を左右に移しつづけている。ブランコが立ち上がった。

「二人を休ませてあげたほうがいいと思います」

　ブランコの謝罪する声、《なにも知らなかったんです》という言葉、モンドラゴーンの《そうさな》がもう一度聞こえたような気がした。肩に手が置かれた（その軽さからすると女性のもので、ブランコの手に間違いなかった）あと、まもなくファビアンはリラと二人でそこに取り残された。

　ファビアンは、いまもまだしゃがんだまま微動だにしない妻のところに這《は》っていき、自分も脚を抱えた。

記者は電話の盗聴の件についても触れ、警察内に存在する明らかな矛盾を指摘した。司法機関と法執行機関の欠点を暴くことに重点が置かれ、事件そのものを掘り下げてはいない。専門家による真相の推理もいっさいなく、セシリアが襲われて、それにモイラも運悪く巻きこまれたのではないかという憶測が、ついでという感じで書かれているだけだった。

盗聴事件が起きたあと、マスコミはふたたびファビアンに群がり、数日間はまた追いかけまわされた。以前彼に初めての携帯電話を持たせたのに、もうすっかり忘れているテレビ局のプロデューサーは、話を聞かせてほしいとみずから出向いてきたが、ファビアンはきっぱり断った。電話を返してほしいならいつでも返すが、もう二度とマスコミの取材は受けない、と。モイラの居場所がはっきり見えるという超能力者がいるので、お宅にお邪魔させてほしいと言ってきたテレビ局もある。ファビアンは、すべてが始まって以来初めて

11

二週間が過ぎた。三週間。一カ月。

モイラが行方不明になって二カ月が経ったとき、あるニュース誌がこの事件について八ページの記事を掲載した。ファビアンとしても読まないわけにいかなかった。それは署名記事で、記者の取材力はみごとだった。彼は、まるで先祖代々敵対してきた一族同士のようにさまざまな部署のお偉方が牽制《けんせい》しあう、警察中央本部内の内部抗争という路線で記事を展開した。最高裁判所も追及を免れなかった。トラパーニ判事はかなり前から監察官と対立しており、モイラの一件は、彼の罷免《ひめん》にさえつながりかねない諸原因から注意を逸《そ》らさせる意図があったという。

てクソ食らえと言い放ったことに、最高の快感を覚えた。

彼はこの頃から自分を囲む人々をぞんざいに扱うようになった。警察、記者、通りでくだらない質問をしてくる連中。憎しみを人にぶつけると、悲しみがすこし減ることに気づいたのだ。外界と正面から衝突する回数が増えると、ファビアンはそれを自分の殻に閉じこもる口実にした。彼はいまでは建築関係の書類の処理を、自宅のパソコンでおこなっていた。カレーラスを説得したのだ。カレーラスは事件のことを本気で心配してくれた。事件後何度か会ったが、彼はファビアンを抱いて泣き、その不器用さゆえにファビアンはいっそう胸を打たれた。カレーラスのエロい夢や、マテ茶を飲みながらあの小さなオフィスで打ち合わせをしたことさえ懐かしくなったが、やはりリラのそばにいてやりたかった。こんなときに事務所に行くのは一種の拒絶行為だ。《それでもショーは続く》という言葉は世界一くだらないと、いまでは思える。《それでも人生は続く》なんて言わずもがなだ。

ファビアンの集中力は一時間しか続かなかった。悲しくて息が詰まりそうになると、仕事をやめて散歩に出かける。モイラのことを思い出させない道を通ろうとするが、事実上不可能だった。

彼は、新しい感覚を持ちはじめていた。それまでは思ったこともなかったのだが、モイラが行方不明になるというこんなにつらい目に遭わされたのだから、これ以上ひどいことは金輪際《こんりんざい》起こらない、そんな万能感。極限状態を経験した者特有のうぬぼれに酔い、認めたくはなかったが、悲劇に見舞われたことのない凡庸な人生を歩んでいるほかの人間たちを見くだした。いまや、痛みが自分のそばを離れることは一生ないような気がしていた。彼の全身を傷つけ、彼を不死身にし、ヒーローにすら仕立て上げた痛み。

どこもかしこも苦痛だらけの痛みの王国を延々と歩

いてきて、くたばらずに生き延びた。もはや何物も彼を傷つけることはできない。
もちろん、それは間違いだった。

12

八月の初旬、モイラ事件は迷宮入りの様相を呈してきた。ファビアンは担当捜査員たちとまだ連絡を取りあってはいたが、会合のたび、情報がまるで集まっていないことが明らかになった。意外なひらめきをもたらしてくれそうな、ばらばらのピースを正しい位置にはめこむためのヒントはひとつも出てこなかった。

警察に対するファビアンの態度は第三段階にはいっていた。第一段階(過去はずっとこの段階にあった)は恐怖心だった。その後、事件の捜査が進むにつれ、憎しみがふくらみはじめた。そしていまの第三段階に至って、とにかく彼らが理解できなくなっていた。警察はファビアンにとって、わけのわからない謎の組織だった。どんなに意思の疎通を図ろうとしても不可能だった。先の見えない状況にただ身をまかせ、希望を求め、答えを待つしかない。

犯罪の世界に昔から魅せられてきた。特定ジャンルの映画ファンみたいに。新聞の三面記事を貪《むさぼ》るように読む。不健全なものにはだれもが魅力を感じるものだが、その域を超える興味をかきたててくれる事件を追いかける。戦況の細部や解決策をもっと知りたいと思いながら見守るという点では、チェスの試合に似ている。だが、自分とじかに関係する事件を前にしたいま、客観的にながめることなどとてもできなかった。現実世界の事件において最も中心的かつ明白な要素は、混沌《こんとん》だとファビアンは気づいた。優秀な探偵が事件を解決し、隠れていた秩序が表に現れるというのは、フィクションの中だけの出来事だ。ここ、現実世界では、なにもかもが複雑にもつれあい、理解不能だった。

一九九九年八月十六日月曜日、ファビアンは広場のまわりをジョギングしようとしたが、体力がなくなっていたうえ、思い出が次々に甦《よみがえ》ってきて、続けられなくなった。日が暮れはじめ、人々は家路を急ぎ、車の動きもあわただしくなりはじめた。

自宅のドアを開けると、リラが居間の床に仰向けに横たわり、吊り天井をぼんやりとながめていた。近頃では、床が彼女の瞑想《めいそう》場所になったかのようだった。

ファビアンは妻に近づいた。体の上で、かすかに揺れるボダイジュの枝々の影が交錯している。そんなふうにしてじっと動かず横になっているリラに、ファビアンは激しく心を揺さぶられていた。彼女は、いるはずのない人が現れたとでもいうように、ファビアンのほうを見た。彼は、リラが泣いていたことに気づいた。それも激しく。

「どうしたの？」

「なんでもない。ドリスおばさんと喧嘩したの」

ファビアンは起きようとする彼女に手を貸した。

「もう来ないでくれと言おうよ」ファビアンは言った。

「なぜ喧嘩したの？」

「くだらないことよ。わかるでしょう？　あの人、どうかしてる」

リラは髪をかき上げ、窓に目をやって、もう夜だと気づいた。

「いま何時？」

「八時二十分前だよ」

「お腹《なか》すいた？」リラはキッチンの入口で足を止めた。

「うん」

「なにか頼む？　それとも作る？」

「いっしょになにか作ろう」ファビアンは言った。

まずシャワーを浴びてからキッチンに戻ると、リラがピザ用のトマトソースを作っていた。ファビアンが生地を用意し、彼女を休ませた。キッチンの中で効率的に動き、何カ月もご無沙汰していたいっしょに料理をするという行為に従事していると、三人目の要員がいないことがいやでも意識された。そのもうひとりは、部屋のあちらこちらから、声は聞こえなくても彼らに話しかけてきた。それでも作業を進める。つかのまでも明るい気持ちになり、いやなことを忘れていられたから。

食事中、二人は世間話やくだらない冗談を交わした。二人にしか通じない皮肉を共有した、あの古きよき日々のように。恋人たちはそういうことで、自分たちにとっては無意味なまわりの世界を排除するのだ。

そうして二人で小さなオアシスを築こうとする一方で、もしモイラが帰ってこなかったら、自分たちはこういう人生を歩むことになるのだろう、とファビアンは思った。彼らを支配してきた無言の呪いをかわすことに腐心する毎日。

いまやファビアンは、これまでは遠い出来事として想像しかできなかったことを、身をもって体験していた。人がひとり失踪するたび、永遠にやまない嗚咽《おえつ》が始まるのだ。死はむしろ人を苦しみから解放し、悲しいとはいえ、答えをあたえてくれる。だが行方がわからなくなった人は、いつまでも消えない問いを残す。

食事が終わると、すこしだけテレビを観た。有料チャンネルでアル・パチーノ主演の『スカーフェイス』が放映されていた。昔からリラが好きな映画だ。最後まで観ようとしたのに、二人とも目を開けていられなくなり、気づくとうたたねをしていた。おたがい既知の表情を見て、寝室に向かう。

まだ寒さが居座り、春の訪れは先だった。二人は、知りあった年に南方のサン・ルイスで買った鉤針《かぎばり》編みのベッドカバーの下にもぐりこんだ。めったに旅行には出かけないけれど、あのサン・ルイス行きはそのうちのひとつだ。その夜は、二人とも相手を求めようとはしなかった。なにもしゃべらず、おたがいじっとしていたが、どちらかがなにかを言うべきだとわかっていた。リラはファビアンの腕の中で体を丸め、ファビアンは、ナイトテーブルの灯りに半ば照らされた彼女の横顔を見た。二人はすでにベッドの中にいたが、どちらも眠っていなかった。

それはいつも、リラが泣きだし、ファビアンが彼女の体に手をまわして抱き寄せるタイミングだった。だがその日、リラは泣かなかった。目を閉じ、呼吸がしづらいかのように口をすこし開けている。小さく息の音が聞こえるが、うめき声もまじっている。

「そうね、しばらく来ないでって、私からドリスおばさんに言ったほうがいいんだわ」リラが言った。「わかってもらわなきゃ。私はもう、なにもできない鬱病患者じゃない」

「寂しがるんじゃないかな?」

「それはおばさんの問題だわ。これまでしてくれたことには心から感謝しているけれど、もう充分。干渉《かんしょう》しすぎよ」

「さっき、なんで床に寝てたの?」

リラが口をつぐみ、そのとき通りの騒音が聞こえてきた。彼女はすこしだけファビアンのほうに顔を向けた。背後から照らすナイトテーブルの光で髪に光輪ができ、頭が発光しているかのように見える。

「勉強するためブエノスアイレスに来たとき、腎臓《じんぞう》のあたりがよく痛くなったの。すごくしつこい痛みだった。何回そういうことがあったか、忘れちゃったくらい。ピロバノ病院の救急に駆けこんで鎮痛剤をもらって、二、三日調子がいいと思ったら、また始まった。手術でもするはめになるかと思うと怖くて、馬鹿みたいだけど、もう病院には行かなかった。すごく熱いお風呂にはいると、たまによくなったわ。それに、硬い床に横になることでも楽になるって本に書いてあった」

「まさかカヴァフィスの詩集じゃないよな？」

「違うわよ」

そのときリラの顔はためしにほほえんでみようとしたのかもしれない。でも彼女をほほえませるのはそう簡単なことではない。リラはいわゆる愛想のいい女ではなかった。ファビアンは彼女のそういうところが好きだった。

「だから床に寝てみるようになったの。よく効いた。気持ちが落ち着いたわ。でも床に寝るとなにがいちばんいいかわかる？　そうしてしばらく寝そべっていると、見えているのは吊り天井ではなく床だって気がしてくるの。自分が背にしているのは吊り天井のほうで、なぜか落ちないんだ、って。そういう感じ、経験ある？」

「ないな」

「ためしてみるといいわ。すてきよ」

「その頃、恋人はいた？」

ふたたび、リラの顔を沈める闇に沈黙が降りる。

「いいえ」

「だれもきみに興味を持たなかったの？」

「自分のことで手いっぱいだったわ」

「馬鹿な。きみは人が放っておくような女じゃない。近くにだれかいたはずだ」

「あの頃はいなかった」リラはため息をついた。「あなたはいつも私を美化しすぎる」

「どういうこと?」

「あなたが作りあげるリラは、必ずしも本物じゃないってこと。あなたのためだけに存在する」

「恋する者はだれでもそうするものだろう?」

「たしかに。結局、私は本を貪り読むばかりで、本当に頭がいいのはあなたなのよ」

ファビアンは彼女にとてもゆっくりキスをしたが、そのキスからはなにも生まれなかった。彼はまた枕に頭を戻した。

「きみは一度も元彼について話してくれたことがない。それに引き換え、ぼくはいままでにつきあった女のことを全部話している」

「自慢するためでしょ?」

「違うよ。なんで? 妻とはなんでも分かちあいたいものなんだ……まあ、たしかに自慢もすこしはあるけど」

ファビアンはこのなごやかなひとときを活かして、できればちょっとした笑いが、ちょっとした慰めが欲しかった。ずっと負けつづけている、戦っている相手がだれかもわからないこの戦いを休戦にしたかった。

「眠る努力をしてみるわ」暗がりのなかから女の声がした。

ファビアンは一瞬がっかりしたが、うまく隠した。

「それがいい。楽しい会話だった」

「そうね。私みたいな女がそばにいる特権よ」

その自嘲めいたひと言で、ファビアンは一時退却する気になった。二人の暮らしを破壊した出来事は、なにも解決していなかったとはいえ。

ファビアンが目覚めたのは、午前四時だった。リラが夢の中でモイラの名前を呼んでいた。何度も何度も、しかも大声でわめく。その名を失うまい、忘れるまいとして、捕まえようとするかのように。いまや口調もはっきりしていた。モイラ。

ファビアンが額に触れると、リラは静かになった。彼はたちまちまた眠りに落ちた。

もう起きる時間だと思ってまた目覚めたとき、時計は五時二十分をさしていた。まだ夜だ。リラはベッドに座っていたが、顔は見えなかった。車が一台通りを通過すると同時にライトの灯りが壁を滑っていき、つかのまリラの顔が浮かび上がった。また泣いていたらしい。こちらを押し倒さんばかりの視線でファビアンを見た。

「きみとの出会いは、ぼくの人生の中で最高の出来事だ」ファビアンはかすれ声で言った。「愛してるよ。もう二度とこんなに人を愛することはできないと思う」

「私も愛してるわ」リラは答えたが、理由の説明はなかった。ベッドのこちら側からでは、彼女を抱き寄せることはできず、かろうじて顔が見えるだけだ。闇で人を待つスフィンクスを思わせる。

「眠ろうとしてごらん」

「そうね」

ファビアンは目を閉じた。リラは、夫の呼吸がもっと規則正しくなるまで、そこに座りつづけた。

もうしばらく待った。キスをしようとするように、ファビアンのほうに身をかがめたが、途中で止めた。さらにまたすこし待つ。そっと起き上がり、シーツがこすれるかすかな音をたてる。立ったまま、ファビアンを長いあいだ見下ろす。

クローゼットに近づいて開け、赤い円筒形の缶を取り出す。元はデンマーク製のクッキーの缶だったが、その後、裁縫箱になった。音をたてたくなかったので、居間に持っていく。そろそろと蓋を開け、糸巻きや針のセットのあいだに指をつっこんで、目当てのものを探す。

ようやく鋏《はさみ》を取り出すと、ブラインドの隙間からはいってくる光のもとでそれをながめる。色は銀色で、持ち手は黒い。

何度か開いたり閉じたりすると、シャキシャキという音がした。まるで、不平をつぶやいている虫のようだ。

13

赤毛のマリオ・グラビオットは、その日の新聞を、歩行者が一面の見出しを全部読むには山の中からすこし引っこ抜かなければならないような形に積み上げた。経験上、客は新聞を一度引っぱり出すと、元に戻すより買う確率が高いと知っていた。逆に見出しが完全に見えるようにしてしまうと、歩行者はそこだけ読んで素通りしてしまう。十二歳のとき、父から学んだ技だ。その頃には、朝四時半に起きて、父といっしょに新聞を取りに行くようになった。いまマリオは四十二歳だ。

この三十年間、毎朝早起きしてニューススタンドを開けた。娘がおよその計算をした。マリオはこれまでおよそ一万一千回売店を開けたという。数字など、彼にはどうでもいいことだった。

毎朝六時頃になるといつもやってくる、いかれ女のスルマの姿を、あきらめ顔でマリオはながめた。もう慣れっこだった。彼女は年じゅう通りをうろうろし、家がどこにあるのかだれも知らなかった。この十年間、姿を見ない日はない。いつも黒いタートルネックのセーターを着て、襟《えり》のすぐ上に頭がちょこんとのっているように見えた。肌は街を照らす日差しに焼かれ、手は茶色い縄のようだった。スカートをぼろぼろのベルトで締め上げ、だれかから恵んでもらった、すでにすっかり色褪せたコンバース・オールスターのスニーカーを履いている。

毎朝スタンドに近づいてきておなじ頼み事をするので、マリオは会話の準備をした。

「どうも、マリオ？〈キュクロプス〉は届いてるかい？」

「いや、まだだよ、スルマ」

彼女がなにを言いたがっているのかやっと理解できたのは、ときどき思い出したように正気を取り戻す養護施設の椅子に座った父が、その謎を解決してくれたときだった。「〈キュクロプス〉、〝ひとつ目の巨人〟、つまり宇宙の謎のことだ」老いた父は言った。「七〇年代に出ていた、ＵＦＯに関する分冊百科さ。あれはよく売れた」

いかれ女のスルマは、詮索好きな鳥のようにぶしつけに頭を上下に動かして、並ぶ雑誌をあらためた。

「〈キュクロプス〉は来てないのかい？」とくり返す。

「ああ、来てない。来月だよ」

「火星人がいつ来るか、知っとかないとさ」

「そりゃそうだ。そういうことはちゃんと情報を仕入れておかないとね」

スルマは手に持っていた汚れた紙箱を開けると、パンのように見えるもの（だがもう一度見て確かめる気にはなれない）を取り出し、食べはじめた。なにか考えこむようにして、ゆっくりと嚙《か》んでいる。

「食事をするなら広場に行けばいいのに」マリオは彼女をじろりとにらんだ。スルマが食事を始めるといつもまわりの視線が集まり、客が寄りつかなくなるのだ。

「だめだよ。広場にはもう先客がいるんだ、ぼくちゃん」スルマは、子供に言い聞かせるように答えた。

マリオは名案を思いついた。トランクの中にしまってある、もうだれも見向きもしない余った雑誌を引っかきまわす。そして、科学誌〈ムイ・インテレサンテ〉のバックナンバーを見つけた。その号には、ピラミッドや、バミューダ・トライアングルに沈んだ船が登場する。彼はそれをスルマに見せた。

「これを持ってきな、スルマ。ほら、火星人の記事がある。な？　お代はいらないよ」

いままでおれは馬鹿だった。十年間この婆さんに我慢しつづけて、今日初めて追っ払う名案を思いついた。

いかれ女のスルマは、意外にも批判的な目で雑誌をめくり、見出しを読んだ。

「だめだね、ぼくちゃん、これは〈キュクロプス〉じゃない。あたしを馬鹿にする気かい？」

マリオは彼女をぞんざいに追い返そうとしたが、言葉を発する暇はなかった。突然、木の枝が折れる音がしたかと思うと、続いて荒々しい轟音《ごうおん》が響き、二人は体を凍りつかせた。店が激しく揺れて、雑誌がいくつも下に落ち、朝の風が吹きこんできた。マリオとスルマは、何事だろうと物問いたげに、一瞬顔を見合わせた。スルマが二、三歩後ずさりし、店の上方に目を向けた。とたんに大きく口を開け、甲高い悲鳴をあげた。

「ついに来た！　ついに来たよ！」スルマは叫び、ときどき振り返りながら走って逃げだした。

マリオは店の屋根をそろそろと見上げた。落ちてきた人の体がそこにめりこみ、薄板は紙のように折れていた。

いかれ女のスルマは火星人をそこに見たが、マリオはできれば天使だと思いたかった。

屋根の薄板の縁から落ちる長いつややかな黒髪が、女の顔を覆っている。黒髪から伝い流れる鮮血が、歩道の敷石にぽたりぽたりと落ちていた。


救急車は赤信号を無視して通りにつっこんだ。運転手の横には、三日分の無精髭をはやした、生気のないガラスのような目をした救急隊員が乗っている。シートベルトに支えられ、ブレーキのたびにグローブボックスの上部につかまる。運転手は思う。いままでもっといい日もあったが、今日だっていい日だ、と。彼は自分の仕事について、あまり深く考えないようにしていた。自分がやっているのは死と競うレースだ。だが、勝つことはめったにないと認めてしまったら、とても続けられない。今回、レースに勝てるかどうかわからないが、勝つ気で頑張るつもりだった。

背後のキャビンには、リラとともに、ファビアンともうひとりの救急隊員が乗っている。彼は瓶底眼鏡をかけていて、どこか漫画的だ。ファビアンは不条理なこの状況のなかで、この隊員には正しい治療ができるだけの力量があるのだろうか、と考えていた。

リラは意識がなく、ストレッチャーに横たわっている。酸素マスクをつけ、体が動かないようにベルトが渡されている。頭の左上部を打撲し、傷が応急手当のガーゼの下から垣間見える。青紫色に変色している範囲は額から鼻まで広がっている。ファビアンのいる場所からは、リラの目は半分閉じているように見えたが、いまにもぱちっと開きそうだった。

最も困難だったのは、彼女をニューススタンドの屋根から下ろすことだった。それはなんともじれったい作業だった。救急車の運転手と二人の救急隊員は梯子《はしご》を持っておらず、六時半という早朝だったため、あたりの店はどこも閉まっていた。ファビアンは建物の管理人をたたき起こしてなんとか金属製の梯子を確保し、屋根にストレッチャーを持ち上げたが、救急隊員たちとともに薄板の屋根に乗ってバランスを取りながらリラをそこにのせる作業は、現場に到着したパトロール警官や集まってきた野次馬を前にして披露する、グロテスクな現代舞踏のようだった。しかし、やっとのことでリラを下におろした。ニューススタンドの赤毛のマリオは泣いていた。落下した女性が〝五階のブルネット美人〟だと知ったからだ。知人だとわかったとたん、悲劇がようやく身に迫ってきたのだろう。

ファビアンはいまも、そこになにを見るか考えもせずに、四階分の階段を全速力で駆け下りて通りに飛び出すような真似がよくもできたものだと思う。リラの通過で木の枝が折れた音が、まず聞こえた。ベランダに出て下をのぞくと、ニューススタンドの屋根に彼女の姿が見えた。白いネグリジェがめくれ上がって、腿《もも》があらわになっていた。気絶しているだけだと直感したが、確信はなかった。彼女を下ろした救急隊員のひとりが親指を立てて見せたとき、ファビアンはやっと安堵を覚えた。だが、状況は予断を許さなかった。

〝予断を許さない〟というのは、瓶底眼鏡の救急隊員が使った表現だ。そのひと言は、医療関係者にとってさまざまなことを意味するのだろうとファビアンは思った。

救急車はアルバレス・トマス通りを逸《そ》れてガルバン通りにはいった。わずか数分でセミク病院に到着した。ストレッチャーを運ぶ救急隊員のあとに続いて、ファビアンも救急救命室の廊下を進んだが、そこで女医に手で胸を押され、押しとどめられた。自在扉がファビアンをリラから切り離した。小さな白いベンチに腰を下ろすと、急に寒さで体が震えだし、看護師が毛布とコーヒーを持ってきてくれた。健康についてのさまざまな教育ポスターが貼られた壁に寄りかかり、前を通りすぎる白衣をながめる。下から三番目のボタンまでしか目にはいらず、顔はわからない。医療関係者の行き来が激しい。

プラスチックのカップをじっと見つめる。コーヒーに口はつけていない。彼の視線は黒い液体に張りつき、そこに底なしの地獄を見つける。彼の思考はその液体に沈んでいき、リラが飛び降りる時点まで遡りはじめた。

ファビアンはまた目が覚めた。すでに夜が明けていた。ベッドの隣にリラがいないことに気づき、彼女が戻ってくるのをしばらく待った。トイレに行ったのだろうと思ったが、帰ってこない。もうすこし待って、起き上がった。トイレのドアがすこし開いていたが、リラはいなかった。居間にはいったときに最初に目にはいったのは、テーブルの上に開いて置かれた裁縫箱の缶だった。キッチンに行ったが、やはりいない。理由はわからないが、リラは外に行ったのだろうと思い、寝室に戻った。また居間に行き、そのときふとベランダに目をやった。それまでなぜそちらを見なかったのかわからない。ブラインドが上がっていて、朝日が窓からさしこんでいたのに。だがとにかく見なかったのだ。彼は居間から引き返して、寝室を確認しに行った。そのせいで貴重な数秒間を無駄にした。地下鉄の駅で改札を通れずにモイラに手が届かなかった、おなじ数秒間。なぜいつもあと一歩で遅れる？　運命はサディストだ。皮肉屋の人形遣いみたいに物事を操る。

ベランダのほうを見ると、そこにリラがいた。こちらに背を向けている。初めは、防護ネットを這うツタの手入れをしているのだと思った。ファビアンは一瞬うれしくなった。回復しつつあるんだと思った。以前、リラはよく早起きして家事をしていたからだ。でもすぐに馬鹿な考えに思えた。朝の六時にそんなことをするなんて、普通じゃない。やがて、本人の体で隠れているなにかで作業をしていたリラの腕がすこし動き、その瞬間ファビアンは鋏を見た。それは開閉しながら、防護ネットを切っていく。

それがなにを意味するか、気づくのにもう一秒かかった。悲鳴をあげた、いや、あげたと思う。だがリラは動きを止めず、後ろを振り返りもしなかった。ファビアンへの別れの挨拶はすでにすんでいたのだ。ベッドで彼にキスをし、セックスはしないことを選んだときに。女というのは、決定的瞬間に理不尽になる。

リラは防護ネットの両側をすでに切り離し、そのあとすぐにベランダの手すりを乗り越えて身を投げた。


集中治療室の待合室にはかなりの人が集まっていた。周囲で交わされる短い言葉は、弱音器を通したかのようだった。カレーラス、ドリス、モンドラゴーン、ブランコ、リラの友人のナタリア。シルバまでいる。シルバのまなざしは暗く、背筋をしゃんとさせて、なにもしゃべらない。全体をながめようとするかのように、いつもどおりグループからやや離れた場所にいる。

マスコミを中に入れないために、病院の玄関に制服警官が配備されていることはファビアンも知っていたが、そのうち記者のだれかがまんまとガードをすり抜けるはずだ。どうでもいいことだった。空虚な世俗は遠い世界だ。

リラの担当医の女医は、若いのに驚くほど白髪《しらが》が多く、目のまわりに皺がわずかばかりあるだけのつるりとした顔をしていた。彼女がリラとともに手術室にはいって、すでに六時間が経過していた。ファビアンがその女医から聞かされた話では、リラが受けた最も重大な傷は落下によるものではなく、木の枝によるものだという。枝のひとつが短刀のように腋《わき》の下に刺さり、肋骨《ろっこつ》を折り、胸膜を貫いて、肺に達しているという。医師たちはいまその処置をしていた。

午後二時近くになると、ファビアンはどうしようもない睡魔に襲われた。プラスチックのカップは手の中でつぶれている。カレーラスだけがまだ彼のそばにいた。どんな状況でも平気でいられるカレーラスならではの能力を駆使して、会話を続けてくれている。仕事の話をし、パドルテニスを始めたが金がかかると訴え、上の息子がドラムセットを欲しがっていると語った。しかしやがて会話の潮が引き、カレーラスは静寂の岸に立ち退《の》きっ放しになった。

二人とも言うことがなにもなくなった。ファビアンはようやく、帰宅するようカレーラスを説き伏せた。自分ひとりで大丈夫だ、なにかあったら必ず電話するからと約束して。

トイレに三十分居座り、便座に座って、ドアに書かれた卑猥《ひわい》な落書きをながめ、はいってきた人のたてる音を聞いて、その動きからなにをしているのか当てようとした。

待合室に戻ったとき、張りつめたまなざしの、白髪の多い女医がやってきて、リラを集中治療室に移したと言った。

「経過を観察する必要があります」女医は言った。ファビアンは煙草に火をつけ、とたんに非難のまなざしを浴びた。「最大の傷はきれいに処置しましたが、まだ感染症のリスクがあります」

「妻に会えますか？」ファビアンは言った。

「いいえ。いまＣＴを撮っていますので」

「なんのために？」

「いまは頭蓋の外傷の程度をＣＴで調べています」女医の手がファビアンの腕にそっと触れた。「表面的にはわからない損傷が隠れている可能性があるんです。辛抱が必要です。一度帰宅なさっては？　いまここで、あなたにできることはありません」

「一度でも意識は戻ったのでしょうか？」

「ええ。ただ一時的に夢から覚めたようなものです。だれも認識できないし、言葉も出なかった」

事務員が女医を呼び、二人は短く言葉を交わした。女医がファビアンのところに戻ってきた。

「表で記者が騒いでいるようです。ほかの患者が中にはいる邪魔をしているんです」

「くそったれめ」

「あなたが中にいるかぎり、彼らもそこをどかないでしょう。とにかく帰宅なさってください。私の携帯電話の番号を渡します。私にも番号を教えておいてください。ここにいても、奥さんとはまだ会えません。あなたはもうここにいないと伝えれば、記者たちも立ち退くはずです。トリウンビラート通りに面した出口を使うといいでしょう。そちらにはだれもいないので」

だれかの手が肩に置かれた。シルバだった。ファビアンは医師の言葉に集中していたので、彼がそこにいることに気づかなかった。

「さあ、あんたを探しに来たんだ」

ファビアンがクラブ〈シリオ・リバネース〉のほうのドアから出ると、シルバのプジョー405がちょうど現れた。車の座席に頭を休めたとたん、ファビアンは眠ってしまった。シルバにやさしく肩を揺すられて、目が覚めた。

「あんたのアパートメントの前にも記者たちがいる」彼は言った。

セスペデス通りとアルバレス・トマス通りの交差点にたどりついたとき、建物の玄関が見えた。ニューススタンドを撮影するカメラ、玄関口に群がる人々、落ち着きなくあちこちに散らばる取材班のスタッフ。黒いケーブルが所狭しとあたりを這い、複数の発電機が固めて置かれた場所に通じている。

「姿を見られずに自宅に戻るのは無理だ」ファビアンは言った。

「じゃあ、おれのところに行こう」

シルバがアクセルを踏み、車は包囲網を後にして通りを横切った。

シルバの自宅は、ブエノスアイレス市街を囲むヘネラル・パス高速道路のすぐ向こうのどこかだった。二階建てで、めったな風ではびくともしない大木が前庭を守っている。二人は静まり返った居間にはいった。ファビアンはソファに横になり、また眠ってしまった。

目覚めると八時だった。居間の窓は小さな裏庭に面しており、幼い頃によく行った田舎の古い家のように、鉄製のベンチがいくつか置いてある。家の中は相変わらず静かだった。ファビアンは、独り暮らしなのかとシルバに尋ねた。

「息子と暮らしているが、いまは母親のところに行ってる。妻とは離婚したんだ」

ファビアンは、シルバには十一、二歳の息子がいることを思い出した。そして、娘を事故で亡くしたことも。

どの家庭にもなにかしらつらい思い出があるんだ、とファビアンはしみじみ思った。

シルバはドリップ式のコーヒーを砂糖なしで出してくれた。

「奥さんのことは大変だったな。気がつかなかったのか？」

「ええ。ここ数日は、起きていられなくて」

「なるほど」

「ご迷惑はかけたくありません」

「水臭いことは言いっこなしだ。おれはここであんたに手を差し延べた。それだけのことだ」

ファビアンは女医の携帯に電話をかけたが、相手は出なかった。だからメッセージを残した。

九時、シルバは宅配のミートパイ《エンパナーダ》を頼んだが、ファビアンは食べられなかった。なんとなく気詰まりだったし、すでに習慣となっていたあの非現実感にまた襲われていた。シルバは沈黙を言葉で埋める必要性を感じていないようだった。

ファビアンはふたたび女医に電話した。彼女の名前はわからなかった。二度呼び出し音が鳴ったところで男の声が応答した。

「医師のムンロです。エレーラ医師の同僚です。いま彼女はあなたの奥様とまた手術室にはいっているので、電話に出られません」

十五分で病院に駆けつけた。シルバはガルバン通りに面した玄関口に車を駐車した。マスコミの連中はもういなかった。病院内の廊下を進み、さっきまでいた待合室に到着した。ドリスとナタリアが戻ってきていた。

「なんだか不安で、帰ってきたの」ナタリアが言った。

「どこにいたの?」ドリスが言った。「午後じゅうずっと家に電話していたのに」

ファビアンは手術室のほうに近づいた。自在扉のところにたどりつく直前にそれが開き、女医が現れた。名前はエレーラだと、いまではわかっている。つけていたマスクを取ろうとしたが、結び目がほどけず、結局乱暴に引きちぎった。マスクは床に落ちた。

「感染症を起こしてしまいました」エレーラ医師が言った。「残念ながらお亡くなりになりました。もう手の施しようがありませんでした」

ファビアンは彼女を見つめることしかできなかった。

「嘘だ」彼は言った。

「私もそうあってほしい」医師が言った。

ファビアンはまだ彼女を見つめていた。医師は、特別つらそうに見える表情をしていた。ファビアンのことをずっと前から知っている友人のように、かつていっしょに酒を飲んで酔っぱらい、真剣すぎない政治論議を交わした相手のように見ている。彼女の瞳に滲《にじ》む痛みはあまりにもリアルだった。患者を亡くすたびにそんなふうに悲しむのだとしたら、彼女はほとんど聖人だと思えるほど。

ファビアンは、さっきも座った白い小さなベンチにへたりこんだ。シルバとナタリアが近づいてきて、ドリスおばさんはぶつぶつとなにかつぶやきながら天を見上げたが、ファビアン自身は彼らから遠く離れた場所にいた。世界が彼の周囲でどんどん広がっていく。壁や床の白さがもっと大きな白さに溶け、無限の白の中央で、ついに彼だけが不動点としてぽつんと残された。

エルネスト・ダヌービオは、玄関の呼び鈴が鳴ったような気がした。外では雨が激しく降っている。きっと気のせいだ。彼はソファで身じろぎし、耳を澄ました。

やはり空耳だと思ったとき、また呼び鈴が鳴った。こんな時間にいったいだれだ？　午前一時をまわっている。彼は立ち上がり、書斎の戸口に近づいた。また呼び鈴が響く。そして訪問者は、今度は呼び鈴のボタンに指をずっと押しつけているらしい。けたたましい音がいつまでも鳴りつづけている。

音をたてないように階段を下りる。玄関に近づいたときまた鳴ったので、驚いて足を止める。用心深くドアに歩み寄り、ドアスコープから外をのぞいてみた。

やまない雨の下で呼び鈴を鳴らしていたのがだれか気づいたとたん、彼は驚きの声をあげた。

エルネスト・ダヌービオはドアを開けた。息子が中にはいろうと一歩足を踏み出したが、がくりと膝から崩れ落ちた。エルネストは支えようとしたが、息子の重みで自分も膝をついた。

エルネストは息子の体にそっと腕をまわした。二人はそうしてうずくまった。

父親がなんとか息子を室内に引きずり入れてドアを閉め、夜を締め出した。

第二期

吊り天井の男

1

ドクトル・レビンは椅子に腰掛け、手を組みあわせて無言でこちらを見た。リラはこのしぐさを何度も見たのだろうとファビアンは思う。レビンの診察室は居心地がよかったが、向こう側には空と光しか見えない小さな窓から、揚げ物の匂いがしつこく漂ってくる。左右の側面にある白髪まじりの髪が、まるで生まれたときからそこにあったかのように彼によくなじんでいる禿《はげ》を取り囲んでいる。スポーツジャケットの下には白地のストライプのシャツを着ている。コーデュロイのズボンをはいた脚をいかにも精神科医らしく組み、さらに顎《あご》の下に手まで添えて、自身のイメージを完璧なものにした。そうしてファビアンのほうに顔を向ける姿は、自分は人の話を聞く専門家であり、そのためにここにいるんですと無言で示す、まさに理想的なカウンセラー像だった。

「お元気ですか?」

「パラード」ファビアンは答えた。

「失業中という意味のパラードですか? それとも停滞中という意味のパラード?」

「冷凍《コンヘラード》されているような気分です」

レビンは彼の言葉に、間違いなく別の解釈も加えたはずだ。〝パラード〟には性的な意味合いもある。受け手を失って、ずっと勃起《ぼっき》しつづけるペニス。〝コンヘラード〟は体の動きの鈍さと受け取れるが、死や愛の終焉《しゅうえん》の冷たささをも連想させる。

カウンセラーの毎日というのは、じつに愉快そうだ。

ファビアンがそこに来たのは初めてではなかった。

何度かリラと夫婦セラピーもどきを受けてみたが、あまり効果はなかった。最後は、リラに知られないようにひとりで行った。彼女のことを少しでもよく理解したくて、レビンに会ってほしいと頼んだのだ。そうして彼と話をするのは、リラの信頼を裏切るような気がして、後ろめたかった。同時に、レビンに嫉妬《しっと》を覚えずにいられなかった。自分にはけっして近づけないリラの心の奥を相手は知っているのだと思うと、恨《うら》めしかった。

そしていまや、その恨めしさは最大級にふくらんでいる。

「精神的なサポートを受けていますか？」

「公共サービスのカウンセリングを」

「どんな調子ですか？」

「週に二回、カウンセラーと会ってます。相手の話を聞き、ぼくもすこし話す。彼が書類にサインし、ぼくは帰る」

レビンは、ファビアンの片方の目からもう片方へと視線を移した。ファビアンのまなざしになにか感じ取ったのだろう、レビンの目に警戒を示すかすかな揺れが生じた。

「公共サービスのカウンセラーがあまり頼りにならないようなら、だれか紹介しましょうか？」

「もしよければ。あなたほどの腕前ですか？」

「その質問に私は答えられませんが、ええ、腕は確かです」

レビンはファビアンの質問の意味を履き違えた。ベランダから飛び降りるリラの兆候に気づかなかった、あなたほどの腕前か、と訊いたのだ。

ファビアンは、カウンセラーの名前が書かれたメモをレビンから受け取った。読みもせずにコートのポケットにしまう。

「あんなことが起きるなんて、いまでも信じられません。ショックだったし、心が引き裂かれる思いでした」レビンが言った。「ここ数カ月の彼女とのセッションは難しいものでした。ええ、それは確かです。でも、あそこまで突っ走るような心理構造ではなかった」レビンはため息をつき、うんざりしたように髪を撫でつけた。「聡明な女性でした。とても知的で。それがかえっていけなかったのかもしれません」

「どういう意味ですか？」

「とても辛辣《しんらつ》に、過敏すぎるほどに、物事をとらえるところがあり、そのせいで幸せになりにくかったと言えます」

レビンは憔悴《しょうすい》しているように見えた。プロとしての鎧《よろい》が、現実という名の酸によって無残に溶けてしまったかのように。そしてその現実とは、患者の自殺を許し、食い止められなかったことだ。

「なにも兆候はなかったんですか？　あなたになにかほのめかしたりとか？」ファビアンは尋ねた。

「彼女のほうでなにか伝えたいことはあったかもしれません。それはつまり、言おうと思えば言えたのに、そうしなかったということです」

「予見できなかったなんて、信じられないんです」

「人間の心を相手にするのは、未知の場所にもぐりこむようなものなんです。ときには……」

「あなたの話では、妻は慢性的な鬱病だった。そして六カ月前に娘を失《な》くした。リラはどんどん自分の中に閉じこもっていった。ほとんど口もきかなくなった。それが前兆でないなら、いったいなにが前兆なんです？」

レビンの目の揺れが止まり、眉が吊り上がった。それまでくっつけていた指先を離して手を組みあわせ、無防備にデスクに休めた。

「彼女の死には私もやるかたない思いなんですよ、ファビアン」

「あなたは妻にもっと注意を払うべきだった」

「だれもが彼女に注意を払うべきだったんです。でも、われわれの力が及ぶ限界というものがある。われわれの手の届かない、そこまで行ってしまったらもう彼女を追いかけられなくなる限界点が。彼女は自分で自分の生き方を決めた。死に方もね」

2

ファビアンは、ホルヘ・ニューベリー通りとアルバレス・トマス通りの角で、三九系統のバスにのろのろと乗りこんだ。車はできれば使いたくなかった。運転すると緊張した。それに、車の中ではゲームに集中できない。

終点のバラカスまで行ける切符を買った。毛糸の帽子をかぶり、顔を隠すサングラスをかけ、髭までたくわえている。髭にはすでに慣れっこだった。ひとりがけの椅子の中でも最後尾に座り（彼がたぶん最初の乗客らしく、バスは空っぽだった）、窓の外をながめながらゲームに意識を集中させた。

今回のゲームはニューススタンドvs電話室《ロクトリオ》だ。ファビアンはニューススタンド側だった。ニューススタンドをひとつ見つけるごとに彼に点がはいる。ロクトリオがあれば敵のポイントだ。

パシフィコに着いたとき、ニューススタンド（あるいはファビアン）が十八対十四で勝っていた。サンタフェ通りの区間ではニューススタンドのほうが多いはずだとファビアンは踏んでいたが、確信はなかった。インターネットができるパソコンを置きはじめたせいで、近頃は日に日にロクトリオが増えている。

昨日の九三系統路線でのバル対ブティックの勝負は、バルの圧倒的勝利で終わった。そしてファビアンはバル側だった。たぶん、バルを選んだのは、そっちのほうが有利だとわかっていたからだと思う。

もっとも、バスの旅がいつもこんなふうに楽しめるとはかぎらない。ときにはいいアイデアが浮かばず、ゲームらしいゲームにならないお題を選んでしまうこともある。たとえば、その手の店があまりない地域で、錠前屋だの車の修理工場だので勝負しようとしたり。そういうときには、のぼり坂とくだり坂に切り替える。単純に、バスに乗ってきた人と降りた人を数えることもある。これにはバリエーションがある。男対女、子供対大人、ブリーフケースを持った人対眼鏡をかけた人など。

このバスの旅を始めたのは、リラの葬儀の数日後のことだった。ヘルマンがカナダから来てくれたので、これ幸いと、法的な手続きはまかせてしまった。通夜《ベラトリオ》はしなかった。もうたくさんだった。

検死結果が出るまでリラの火葬は延期され、その時間が永遠にも思えた。新しい検事と新しい刑事が捜査に加わった。ファビアンには名前すら覚えられなかった。親切にも、彼の脳みそは細かい記憶をすでにいくつか消去してくれていた。遺体の確認とか、リラが転落したときの状況についての事情聴取とか、延々と続くマスコミの攻勢とか。

思いがけず、父の家が心安らぐ避難場所となった。エルネストは珍しく社交的になって、息子とあれこれ話をした。こんなふうに寛大になり、自分以外のだれかを助けようとする父を見たのは、ファビアンも初めてだった。それでも心の痛みはしつこく続いた。本でぎっしり埋まった部屋ですら、それを癒してはくれなかった。

父が埋葬に来るつもりだと知ったときは心底驚いた。参列者に執拗に襲いかかる強風に負けじと、自分の横にしっかりと立っていた父の頼りがいのある堂々たる姿は、忘れられそうにない。

礼拝堂での神父の話は耳にははいってきたが、内容はまったくわからなかった。そのあと、丸天井の下に続く石敷きの細い廊下を無言で進んだ。

ファビアンの忍耐力が危うく決壊しそうになった瞬間が二度あった。最初は、火葬場の入口で棺《ひつぎ》を待たなければならなかったとき。棺はなぜかなかなか到着しなかった。そのあと、火葬場に棺を担いで運んだとき。そばにだれがいたかさえ思い出せなかった。おそらくは父、それにヘルマンは間違いない。カレーラスもいた。シルバは数メートル離れたところから一部始終をながめていた。ほかの参列者はすべて、焦点を結ばない、ぼやけた帳《とばり》に包まれていた。

その瞬間まではなんとか平静を保っていたが、炉のあるホールに足を踏み入れるのはどうしても耐えられなかった。たちこめる臭いで眩暈《めまい》がした。臭いが、人に取り憑《つ》く悪霊のように体にまとわりつくとは思ってもみなかった。棺が通過することになる開口部、そこから垣間見えた、リラの体を待ち受ける炎の一部、意識の失せかけたファビアンの目にはいってきたのはそれだけだった。彼の意識は、どこまでもどこまでもひびがはいりつづけてこなごなになった。

二時間後、リラの灰は、骨受台の皿の上にある木製の台に置かれた骨壺《こつつぼ》に納まった。よそに運び出す勇気がどうしても出なかった。

　三九系統のバスの揺れで、ファビアンはわれに返った。バスは交差点を曲がってタルカウアノ通りにはいり、サンタフェ通りを後にした。ニューススタンドがロクトリオに三十一対二十一で勝っている。道幅が狭いため、スピードが落ちた。ファビアンからほんの数メートルのところを行き交う通行人で、店のネオンサインが見え隠れする。霧雨が降りだし、窓ガラスを濡らす雨粒が色とりどりのプリズムと化した。時間は午後六時半。あたりを支配する冬はその手綱《たづな》をゆるめようとはしなかった。

　リラがチャカリタ地区の火葬場の扉の向こうに姿を消して二週間後、ヘルマンはカナダに戻る準備を始めた。本当に帰っていいものかどうか迷っていた――ファビアンにはそれが見て取れた――が、人生は続くのだし、兄にも家族がいる。ヘルマンがブエノスアイレスにいたこの期間、毎日が甘酸っぱい小競《こぜ》り合いの連続だった。ヘルマンは父の極端に人を寄せつけない生活についてあれこれ文句をつけた。だがいつものように、ヘルマンの〝介入〟は父の行動が築く硬い石壁にぶつかって跳ね返された。たぶんカナダではそういうやり方でうまくいくのだろう。

　兄弟は昔からそれほどよくしゃべるほうではなかったが、今回に限って、がらんとした空間を埋めずにおくのは重すぎた。二人のあいだにはヘルマンの小さな話し声が漂った。向こうには家族がいる。だから帰らなきゃ。おまえの身に起きたことで、人生なんて本当に脆《もろ》いものだと思わされたよ。ほんのささいなことですべてが台無しになっちまう。指一本でずたずたになる蝶《ちょう》の羽みたいなものだ……派手なファンファーレさえなく。

　ファビアンはもう数日父親のところに残ったが、そろそろアルバレス・トマス通りのわが家に戻らなければという切迫感に襲われた。

リラが転落して一カ月後、彼は自宅の角に立っていた。ニューススタンドの屋根はまだ歪んだままだった。車みたいに、ニューススタンドを直してくれる板金工がいるのだろうか。そして、そんなくだらないことを考えている自分に気づくたび、やはり頭がどうかしていると思う。

彼は自宅に上がった。付き添ってくれる人もいないのに、どうやってひとりで上がったのかわからなかった。部屋の中はドリスが掃除し、きちんとしておいてくれていた。おばさんは相変わらず几帳面《きちょうめん》で、伐採や山火事を生き延びた頑丈な古木にますます似てきたような気がする。

横になり、十二時間眠った。目覚めたとき、五年目にして初めてこのベッドにひとりで寝ているのだと気づいた。リラという存在がこの世から完全に抹消《まっしょう》されたいま、本当につまらないちっぽけな夫婦問題に苦しんでいた自分の薄っぺらさを思う。化粧品、服、本。ファビアンはリラのかつての持ち物をながめた。半ば開いたままの洋服簞笥で、遠い昔のように思える二人で外出したあの夜にリラが身につけていた、オレンジ色の楕円《だえん》のビーズが並ぶネックレスが、それ自体光を放っているかのように輝いていた。

ふと、苦々しい思いに胸が締めつけられた。この窮状を、結局彼女ではなく、ぼくのほうが耐え抜いたわけだ。ずっと逆だとばかり思っていたのに。一般的に、男より女のほうがプレッシャーに強いと言われているからだ。

部屋が幽霊だらけの監獄と化したことにいたたまれず、バスに頻繁に乗るようになったのはその頃からだった。春が来て、ファビアンはすべてを忘れるためにゲームをしながらバスで街を巡った。世界は窓ガラスの向こう側で進行していた。

ニューススタンドが四十六対三十七で勝利した。そこが終点だと運転手に視線で教えられ、ペドロ・デ・メンドーサで降りた。

数メートル歩いて、帰りはタクシーに乗った。もうゲームはたくさんだった。そんな元気もないし、すでにあらゆるバリエーションを試した。これでゲームもやりつくした。有無を言わせぬすべての終焉のような気がした。ファビアンは無言で帰途についた。

家に帰れば、浴室の薬戸棚に、公共サービスのカウンセラーに処方してもらった、三十錠の精神安定剤入りの瓶が彼を待っている。

3

いい天気だったが、ファビアンはベール越しに光を見ているような気がした。眠ったものの、夜が明けないうちに目が覚めてしまった。手の中にある薬瓶を見る。もう一方の手には、それをのみこむのに使うウィスキーのグラス。

怖くはなかった。向こう側に行くのは、テレビのチャンネルを変えるのとそう違わない気がする。こちら側は、彼にとってもはや現実感がなかった。向こう側に行けば、なにかしら啓示を得られるだろう。

あらためて、本当にいいんだなと自分に尋ねる。これからやろうとすることは、モイラを見つける希望も捨てるということだ。もし二日後、いや、明日、あるいは一分後に、〝でも〟モイラが無事に見つかったら？

問題は、〝でも〟があまりにも多く、あまりにも疲れてしまったことだ……モイラとリラの不在に直面する力はもう残っていない。

父の家でヘルマンと過ごすあいだ、子供の頃に読んだ『鏡の国のアリス』のことを思い出した。アリスの本を勧めたのは父だったが、学校にはいると、ファビアンは〝おかま〟と呼ばれるようになった。だが同級生たちと一週間連続で喧嘩しつづけて連中を黙らせ、好きなだけ本を読めるようになった。父はアリス・シリーズでもこの二冊目が好みで、本の中に登場する詩に出てくるなんとも形容しがたい怪物ジャバウォックにご執心だった。ファビアンはいつも、成長したアリスが鏡の国に行けなくなってしまうところが怖くてしかたがなかった。きっとモイラとリラは、どんなことでも可能になり、心配事などひとつもないその国にたどりついたのだ。そして彼は、鏡の向こう側に行けなかった脱落者だ。

でも、もしモイラが生きていたら？　だれかが娘を苦しめ、いや、いまも苦しめていて、その小さな体がいましも降参しようとしているとしたら？

瓶の蓋を取る。

こんなの簡単だ。錠剤を口に詰めこみ、ごくんとのみくだして、待つ。

そのあとの解放感と言ったら！

手のひらに錠剤を出す。どぎつい黄色をしている。子供が幼稚園で太陽の絵を描くときに使う色だ。

大きく深呼吸し、手を口に持っていく。

呼び鈴が鳴った。

普通の音なら無視していただろう。だがそれはしつこく彼の気を引こうとした。

ティッ、ティ、ティ、ティッ、ティ……ティ、ティ。五回短く鳴り、一度途切れて、また二回。

このメロディなら何度も聞いたことがある。たとえばアニメのサウンドトラックや三ばか大将の短編映画で。出所がなにかも、だれが作ったものかもわからない。演芸場やサーカスのお笑いのオチとして鳴る、あのメロディだ。

ティッ、ティ、ティッ、ティ……ティ、ティ。

心の底にいつも深い悲しみを抱えている、ピエロやチャップリンがいやでも頭に浮かぶ。ペピティート・マローン（二十世紀中頃に活躍したアルゼンチンの喜劇役者）さえ連想させる。

彼を止めたのは、そのタイミングの悪い、こういうときにあまりにそぐわない呼び鈴だった。

いったいだれだ、あんなふうに鳴らすのは？ きっと人違いに決まってる。もしくは、このあたりをまわっているソーダ売りか、研《と》ぎ師か。

すこし待った。呼び鈴がまた鳴りだした。今度は短縮バージョンだったが、さっきとおなじ落ち着きに欠ける指だということは間違いなかった。

ファビアンは応対することにした。もし研ぎ師かミネラルウォーター売りだったら、なにもいらない、悪いが今日はけっこうだとはっきり言ってやろう。

そのあとバスルームに戻り、便器の蓋に再度座って薬を飲めばいい。

「やあ、ファビアン？ ファビアン・ダヌービオ？」

インターホンから聞こえてきた声に聞き覚えはなかった。しっかりした声だが、語尾が甲高くなる。空高く飛びたがっているみたいに。

「どなたですか？」

「セサル・ドベルティだよ」

その名前にもぴんと来ない。

「埋葬のときに名刺を渡したろう？」

「すみません、覚えてないんです」

「ああ、そうだろうとも。おれは私立探偵だ」

本人すら自分の言葉が信じられない、そんなふうに聞こえた。たとえ〝宇宙飛行士〟と言われたとしても、おなじくらい現実味がなかったはずだ。

「どういうご用件ですか？」

「仕事柄、あんたの事件に興味があるとあのとき話した。すこし話をさせてもらえないか？」

「いいえ、それは……捜査は警察にまかせていますので」

「ああ、わかってるさ。だがあまり進展がないらしいね」

「ええ、まあ」

「娘さんが見つかったときにはもう孫がいて、あんたはすでに九十歳に手が届き、アルツハイマーを患《わずら》っていて、娘を見てもそうとわからなくなっている……そうなりかねんぞ」

ファビアンは黙りこんだ。いまの言葉をどう受け取っていいかわからなかった。ふいに、ピエロの恰好をした男がインターホンの向こう側でしゃべっているイメージが浮かんだ。大きすぎる靴にふくらんだズボン、黄色い水玉模様の赤い上着。笑う気力さえないのはじつに残念だ。

「最近は冗談を楽しむ気分ではないので」

「悪かった。だが、おれの言うことはわかるだろう？おれが事件を調べ、臭いと思うことを洗ってみる。おれのほうが絶対にうまくやれるはずだ」

「探偵を雇う金などないですよ」

「あんたに金を請求する気はない。報奨金をもらえればいい」

報奨金。治安大臣は八千ペソと決定をくだした。

「いいでしょう。では娘を捜してください。もし見つけたら、報奨金はあなたのものだ」

「でも、あんたと話をすることが先決だ」

「あなたに話せるようなことはみんな新聞に書いてありますよ」

「一瞬でかまわないから、下りてきて、話ができないかな？あんたがくそみたいな気分だってことはわかるが、とにかく協力したいんだ」

「検事の電話番号を教えますよ。あるいは刑事の……」

「そんなの意味がない。世界じゅうが知ってることしか教えちゃくれないよ」

「そうかもしれない。でも、申し訳ないが、いま忙しいんだ」

「なにしてるんだい？」

喉の奥からいらだちが這い上がり、口から飛び出すのを感じた。

「あんたになんの関係がある？」

インターホンの向こう側から気のない笑いが聞こえてきた。

「あんたの言うとおりだ。おれにはなんの関係もない。ただ、娘がまだ見つかってもいないのに、いったいなにを忙しくしてるのか、想像がつかないってだけのことだ」

「いいか、待ってろよ」


ファビアンはエレベーターで階下に下りた。通りで彼を待つ男の顔をぼこぼこにしてやりたかった。私立探偵と喧嘩するのは初めてだ。きっと一種の啓示みたいなものを手に入れられるかもしれない。

管理人室の前を通って玄関に向かったが、男の姿はない。ファビアンは通りに出た。

「ダヌービオ！　ここだ！」

探偵は通りの角にいた。彼の数メートル後ろには深緑色のフォードタウヌス2・0が停めてあり、つなぎ姿の男がレッカー車につないでいる。ドベルティは作業員に近づいた。ファビアンは、ひょっとすると殴り合いの喧嘩になるかもと思いながらながめていた。ドベルティのほうが背が低い。ものぐさのせいでお腹に脂肪がついているように見えるが、動きはきびきびしている。顔が青白く、水疱瘡《みずぼうそう》をこじらした痕《あと》らしいひどいあばたがいくつか頰の目立つところに見える。暗褐色の直毛で、片目が隠れそうになっている。前髪を切るのが下手だったのか、片目がもう片方より上についているのだろう。年の頃は四十五ぐらいだろうか。制服めいた上着の下に見えるのは、白いシャツと、近くで見ると金の小さな南京錠の模様がはいった青いネクタイ。きっとズボンのお尻のポケットには、髪を整えるために黒いプラスチックの櫛《くし》がはいっているにちがいない。まるでバスの車掌みたいだ。そう、ファビアンが近頃とみによく接触する人種である。

ファビアンは、自分がわざわざ下りてきたのは男を殴るためだったということをすっかり忘れていた。

「ちょっと聞いてくれよ、ここにいたのはわずか三十秒なのに、もう告げ口屋が現れて、車を持っていこうとする始末だ」ドベルティはファビアンに手を差し出しながら言った。ファビアンも手を伸ばした。

「平日はここには駐められないんだ」

「ああ、いま思い知ったよ。なあ、聞いてくれ……」ドベルティは再度レッカー車の男に待てというしぐさをしたが、男はそれに応えもせず、車に乗りこむ準備を始めた。「おれはこれから保管所に行かなきゃならない。このわからず屋どもに車を傷つけられたらたまったもんじゃない。あらためて名刺を渡しておくよ」

「興味はないと言ったはずです」

「数分だけ時間をくれ。それでいい。マヨ大通りの一三〇〇番地に事務所がある。バローロ宮殿は知ってるよな？」

知っていた。大学生だったときに研究したことがある。

「水曜にそこで会えないかな？」ドベルティは引き下がらない。

レッカー車から最後のクラクションが鳴り、運転手がエンジンをかけた。

「今週の水曜？」ファビアンは心の中で付け足した。

《予定表を見てみないと……》

「そのほうが落ち着いて話ができるし、おれの事務所の様子もわかる。ああ、それにもうすぐホームページを開設するつもりなんだ。くそ、もう行かなきゃ。電話をくれよ！」

「待って」ファビアンは言った。

ドベルティが立ち止まる。

「なぜあなたはぼくと話をしようとし、この件を引き受けたがるんです？　警察や検察、この六カ月間娘を捜してくれた人たちが持っていないなにを、あなたは持っていると？」

「いい質問だ」ドベルティは言い、ふいに下唇を突き出すと、ふっと上向きに息を吐いた。前髪が、それ自体に命があるかのように、ふわっと浮き上がった。

「実際おれは、この件の捜査をしている連中は持っていない、ある大事なものを持っている」

「なんです？」

「時間だよ。この世のすべての時間さ。水曜日でいいね？」

ドベルティはレッカー車に駆け寄って体を翻《ひるがえ》すと、助手席のドアにのぼってそれを開けた。最後にもう一度ファビアンに手を振ると、中に乗りこみ、金属音を響かせてドアを閉めた。ファビアンは、緑のタウヌスを後ろに引き連れて遠ざかっていくレッカー車を見送った。

部屋に戻ってソファに横になり、午後六時に目が覚めた。バスルームにはいったとき薬の瓶を踏んづけ、素足の下で割れたガラスで足に切り傷をつくった。ファビアンは悪態をついて足を押さえ、黒いタイルの床に散らばった、こなごなになったどぎつい黄色の太陽をながめた。足の裏に絆創膏《ばんそうこう》を貼ると、割れた瓶と錠剤を集めて、全部ゴミ箱に捨てた。

4

サン・ホセ通りとマヨ大通りの角に到着すると、影を帯びた巨像のごとき高層の支配者バローロ宮殿が見えた。こんな建物を想像できるのは、クジラの腹にいたヨナぐらいのものだろう。ふたたび神に愛されたいと願っただれかが建設した大聖堂だったと聞く。

ファビアンはガラスの扉から中にはいり、玄関ホールの黄色味を帯びた暗がりに身を浸した。エレベーターの近くで係員らしき男が、新聞紙でくるんだ包みを持った年老いたホームレスと口論している。係員は慈善精神を持ちあわせてはいないらしく、老人をイポリト・イリゴージェン通り側の出口のほうにじりじりと確実に押しやっていく。ファビアンは受付のほうに向かいながら目を上げ、丸天井にあるラテン語の銘を読んだ。《*Dittora occidit, spiritus vivificat*（文字は殺し、霊は生かす）》。中央に明るい電球がひとつあり、そのまわりを四つの電球が囲む形の照明の下で立ち止まる。それは、有機物を思わせる鉄製の構造物から下がり、まるで鋼《はがね》の植物の手が小さな光の地球を抱えているかのようだ。また別の銘が見える。《*Homines quam maxime homines*（人間は至高の存在なり）》。昔、これらの銘を書き取って、意味を調べたことがあった。

だれかが肩をたたいた。ドベルティだった。

「煙草を買いに下りてきたところだ。こっちだよ」

前回会ったときとほとんどおなじ恰好だったが、ネクタイは別で（色は深緑で、アステカ風の幾何学模様がはいっている）、黒い紐靴の代わりにモカシンを履いている。

エレベーターが近づいてきた。ドベルティは、受付デスクの後ろにいるもうひとりの係員に挨拶した。

「この建物、知ってるかい？」ドベルティは口の端に煙草をくわえ、ジッポーで火をつけた。火をつけるまえに、手品師みたいにライターでカチカチ音をたてた。

「ええ。大好きな建物です」

「ああそうだ、あんたは建築家だったな」

ダイヤ柄の折りたたみ式の扉の向こうにエレベーターの箱が現れた。ホテルのベルボーイのような服を着たエレベーターボーイが、彼らが乗りこむのを待った。彼らに続いて、キャメルのコートを着た白髪の男がはいってきた。

「ソリアさんは八階、ドベルティさんは十一階」エレベーターボーイは扉を閉めながら言った。

「ありがとう、リカルディート」ドベルティは言った。

「で、ドベルティ？」キャメルコートの男ソリアが、その背の高さからドベルティを見下ろした。「今日は何人異端者を捕まえる？」

「汝《なんじ》、これ以上盗むなかれ、疥癬《かいせん》病み」ドベルティは答え、煙草の煙を吐き出した。おかげでエレベーター内に靄《もや》がたちこめたが、乗員はだれも文句を言わなかった。「この建物は『神曲』にインスピレーションを得てつくられたって知ってるか？」

「ええ、知ってます」

「ダンテ・アリギエーリの作品ですよね」リカルディートが付け加えた。

「数階ごとに、作品の三つのパートに対応している」ファビアンが言った。「地獄、煉獄《れんごく》、天国」

「おれの事務所は〈煉獄〉にある」ドベルティが言った。「こいつのは」ドベルティはソリアを親指でさした。「〈地獄〉にちがいない。弁護士だからな」

「私が事務所で過ごす毎日をどんなに楽しんでいるかわかるまいな」ソリアが言った。

靄のたちこめたエレベーターが八階に到着した。リカルディートがもったいぶった声でそれを知らせ、扉を開けた。

「せいぜい気をつけろよ。あとで悪魔がじきじきに見返りを頂戴しに来るぞ、疥癬病み」エレベーターを降りたソリアにドベルティが言った。

「来るなら来いだ。そう悪くないだろうさ」

キャメルコートは遠ざかり、エレベーターはさらに上昇を続けた。

「十一階、〈煉獄〉です」リカルディートが厳《おごそ》かに言った。

ガラス張りのドアがいくつも並ぶ廊下を歩いていく。ドアに名前がはいっているところもある。ドベルティが立ち止まったそのドアには、ゴシック調の文字で《セサル・ドベルティ、私立探偵》と書かれていた。ドベルティがドアを開けると、そこは質素な待合室だった。椅子が二つ、金属製のコート掛け、雑誌の置かれた小テーブル、壁にはモネの睡蓮《すいれん》の絵。ドベルティはもうひとつのガラス張りのドアを鍵で開けた。通されたその部屋にファビアンがなじむのに、しばらくかかった。室内にあるものを観察するのにかなりの時間を要した。

「待合室は馬鹿ども用の場所だ」ドベルティは横目でファビアンをちらりと見た。「本物のおれがいる場所はここだ。本物のおれがなんなのか、さっぱりわからないけどな」

窓はマヨ大通りに面しており、そこから外をのぞいて左に目を向ければ、ほとんど空から国会議事堂を見下ろす形になるだろう。その時間なら窓からまだ光がさしこみ、ドベルティの〝仕事場〟は四メートル四方の広さだとわかる。ドアのひとつはおそらくバスルームに通じ、もうひとつは、その後はっきりしたのだが、〝物置〟だった。なにか必要なものがあると、そのたびにドベルティはその部屋にはいり（ドアは毎回ギギッと苦しげなうめきを洩らして蝶番《ちょうつがい》に油を要求する）、必ず目的のものを持って出てくる。ゴム印やら、便器の詰まりをとるラバーカップやら、石油ランプやら、鉱山用のヘルメットやら。ファビアンに言わせれば、この物置は『千夜一夜物語』のお話に登場する不思議な袋みたいなものだった。

この部屋がはたして私立探偵のものなのか、異国のアーティストの代理人のものなのか、なんだかよくわからない商品を販売している貿易商のものなのか、判別することすら難しい。並んでいるものがあまりにも雑多すぎて、調べようとすると目が飽和してしまうのだ。いちばん目立つのは、吊り天井まで届くキャビネットだ。何百という箱がはいっていて、それぞれに図書館みたいに分類カードが貼ってある。下のほうからアルファベット順に並んでいて、Zまでは間違いようがないが、それ以降の残りの箱には意味不明な数字と文字の組み合わせが書きこまれている。どうやらドベルティにしかわからない暗号らしいが、彼に本当にわかるのかどうか正直疑わしい。その巨大なキャビネットのすぐ横には、古い薬局から持ってきたようなショーケースがある。面取りされたガラスの向こう側には数えきれないほどの物品が置かれている。アフリカのマラカス、メトロノーム、ハムのスライサー。お菓子の倉庫で使われるたぐいの缶がいくつか（だが中身はボルトやナット）、司法のシンボルを再現したような天秤《てんびん》、イギリスにあたる場所に明らかな弾痕がある地球儀、熱した水銀でデザイン成型した六〇年代のランプ、トレド風の柄《つか》の短剣あるいはスティレット、マレーシアのクリスのような波状の刃を持つ別の短剣、紐で結びあわされた泥だらけでぼろぼろの一足のサッカーシューズ。

ショーケースを調べるのに飽きたら、壁に目を向ければ、国立ブエノスアイレス小学校の教室から略奪してきたのではと思わせるような黒板があるのに気づく。横二メートル、縦一・五メートルはあり、木枠は植物の形に彫刻されている。下方の桟《さん》には色とりどりのチョークがある。板面には図表や、ドベルティの学生っぽい雑な字でいくつか言葉が書かれている。読み取れるものもいくつかあった。〝ペレス事件。動機－意図－目的〟、これに下線が引かれている。あるいは〝ディミトリオスの件、新情報なし〟。板の端のほうにタロットカードの吊るされた男の絵が描いてある。黒板の脇にビリヤードのキューが立てかけてあるが、どう見てもその部屋にビリヤード台を置く余地はない……とはいえ、ひょっとするとひょっとするが。

黒板の横には、待合室で見かけたものとはまったく異なるコート掛けがある。こちらは鉄製らしく、七つある掛け棒の先端ひとつひとつに、口を開けた小型のガーゴイルの頭がついている。ガーゴイルの口のいくつかには衣類が掛かっている。マフラー、パナマ帽、ベルト、ネクタイ、灰色のレインコート。

コート掛けから一メートルほど離れた部屋の隅には甲冑《かっちゅう》が立っている。そして、面頬付き兜《かぶと》の上に雌鶏《めんどり》がのっていた。

ファビアンは目をぱちくりさせて、雌鶏をまじまじと見た。汚れひとつない白い鶏で、鶏冠《とさか》は赤く、堂々として風格がある。ぴくりとも動かないところを見ると、剝製《はくせい》らしい。そのとき、足を引きずりながらこそこそと動く影に気づいた。猫だ。すごく太っていて、鋼色《はがねいろ》に近い灰色をしており、目は黄色だ。雌鶏をじっと見つめながら歩いている。

ドベルティは、天板をガラスで覆ったダークウッドの大きなデスクの向こう側に座った。そして、雌鶏を頭にのせた甲冑にひそかに近づく猫のほうを見た。

「マルシア、おいで」ドベルティが言った。

猫を呼んだのだとばかり思ったのだが、甲冑の上にいる雌鶏がくいっと頭を動かし、こちらに向かって飛びたつと、無駄にはばたきながらデスクの中央に着地した。ドベルティはそれをやさしく捕まえ、顎の下を指でくすぐった。マルシアはコッコと鳴いた。

「おい、サンフリアン、馬鹿な真似はするなよ。この子をどんな目で見てたか、ちゃんとわかってるぞ」

ファビアンは、デスクの前にある椅子にどすんと座りこんだ。ドベルティが彼の王国の玉座からこちらを見た。説明する必要があると思ったらしい。

「じつは、ここにあるものの大部分は父のものなんだ。骨董屋《こっとうや》を営んでいて、なんでもかんでも集めていた。店をたたんだとき、売れ残ったものをどこに置いていいかわからず、おれがここに持ってきた。変人だったんだ」

「雌鶏もお父さんのもの?」

「まさか! マルシアは客から代金代わりにもらった。なにか飲むかい? コーヒー? ジュース? なにか注文しようか?」ドベルティは、ダイヤルではなく白い四角いボタンが並ぶ、くすんだ赤の電話に手を伸ばそうとした。

「いやいや、おかまいなく」ファビアンは、その場から全速力で逃げ出したい衝動をこらえるのに苦労しながらドベルティを見た。探偵は相変わらずマルシアを愛《いと》しげに撫でている。

「では、話を始めよう。おれがこの仕事を始めてもうずいぶんになる。この国の探偵稼業が英雄的でもなければロマンティックでもないことはご存じの通りだ。待合室に、あれをしゃぶるのが恐ろしく上手な美人のブロンドモデルが助けを求めて現れたことなど、一度もない。おれの仕事はと言えば、浮気亭主や女房の尾行や、人を脅す保険会社の手伝いさ。人捜しを頼まれたこともあるが、鼻に五カ所ピアスをあけたことを父親が認めないからと言って家出した小娘がせいぜいだ」

「モイラを見つけるのに、まさにふさわしい経験の持ち主だな」

ドベルティはまたジッポーをもてあそびはじめた。指から指へと器用に受け渡すそのしぐさは、せっせと田舎者を破産させるカジノのディーラーを思わせる。

「込み入った事件を担当したことがないわけじゃない。盲腸の手術痕以外にも傷痕はある。昔は警察にいたんだ。やめたけどね」

「私立探偵はみんな元警官なんですか？」

「必ずしもそうじゃない。だが得はするな。コネがあればあんただって安心だろう？」

マルシアはデスクの端まで歩き、窓台に置かれた花瓶にひょいと飛び移った。花瓶はしばらくぐらぐらと揺れて、落ちて割れる寸前で止まった。物陰でうずくまるサンフリアンはその動きを執拗に目で追いつづけている。

ドベルティはデスクの抽斗から茶色いファイルを取り出して開いた。中のビニールケースに新聞の切抜きが無数にはいっている。その中にモイラの顔も垣間見えた。

「あんたの事件が起きたのは四月二十日だ。今日が十月六日。そのあいだに出てきた仮説を並べてみてくれ」

ファビアンはドベルティの手にある火のついた煙草に気づいたが、いつ彼がそれを取り出したか見た記憶がなかった。実際、その部屋に到着するまでのごく短い時間を考えると、ドベルティは目にも留まらぬ速さで煙草を交換したか、いつまでも減らない一本の煙草を吸いつづけているか、どちらかだろう。

「ひとつもない。知ってのとおり、具体的な仮説はまったくないよ」

「まさに。あんたの弁護士はなんて言ってる？」

「弁護士？」

「弁護士もいないのか？」

「ええ。なんのために？」

「なんのためにだって？　捜査員たちをせっつくためさ、なによりもね。それに、弁護士がいればあんたに容疑がかかるようなこともなくなる。弁護士の名前を一度も見なかったのはそういうわけか」

ドベルティは切抜きを調べ、ビニールケースのひとつをひっくり返すと、紙を一枚取り出してファビアンに渡した。

「見てみろ」

ファビアンはタイトルを読んだ。《モイラ事件》。その下にタイプ打ちされた文字が並んでいる。

「そのうちパソコンとプリンターを買おうと思う」ドベルティが言った。「だが、オリヴェッティがまだ立派に働いてくれてる」

ファビアンはタイトルの下に目を移した。〈仮説〉とあり、こう続いていた。

1．営利目的の誘拐。（A）時間の経過から考えて除外。（B）人質が二人もいるのは困難。この点も除外の理由になる。

2．人身売買目的。セシリアはこの目的に合致。モイラは合致せず。モイラは道連れになった可能性あり。

3．報復目的。（A）対象がセシリアの場合。モイラは巻き添えになった。（B）対象がモイラの両親の場合。目的はモイラ。両親は真実を隠している。

4．異常者による誘拐。（A）変質者。しかしこのような誘拐方法は前例がない。普通、二人を一度に誘拐することはない。（B）〝子供を取り返したい〟妄想症患者。

5．強姦魔に襲われた。彼女／彼女たちの遺体はどう処分したのか？

6．両親の関与。動機は？　テレビ出演におけるリッターのテストから考えると、まず除外してかまわないだろう。

「リッターのテストって？」ファビアンは尋ねた。

「人の表情を読むために使われるものなんだ」ドベル

ティが答えた。ファビアンは困惑の表情で彼を見た。

「あんたと奥さんにインタビューしたニュース番組を録画したんだよ。隠し事がある、不安を感じている、演技している……そういうとき、それを暴露するしぐさのパターンがあるんだ。おれは番組に出ていたあんたたちをそのテストで調べてみた。その結果、あんたたちは嘘をついていないと判断した。絶対とは言えないが、けっこう使える読心術なんだ」

「リッターというのは犯罪学者かなにか？」

「いや、プロのポーカープレーヤーさ。対戦相手の表情を読んで勝利を収めていたらしい。相手の意図を事前予測したんだ。彼がその技を極められなかったのは残念だけどね。ラスヴェガスのとあるカジノを出たところで殺されちまったから」

「そこでは相手の意図が読めなかったんだな」

「あたりが暗かったんだろう」

ファビアンはつかのまドベルティをまじまじと見た。


しかしとりあえず先を読むことにした。項目がもう二つある。

7．小児人身売買。（A）セシリアが手引きした。（B）セシリアは巻き添えをくった。

8．夫婦間に秘密がある場合。いまのところ根拠はなし。

「最後のひとつがわからない」ファビアンは言った。

「夫婦のひとりが配偶者の知らない出来事に携わっていた場合、ってことさ」

ファビアンは、デスク天板のガラスの上を滑らせるようにして、ドベルティに紙を押し返した。

「公式な捜査でも、おなじ項目があがってたよ。最後のひとつを除いて全部。それ以外に、あなたが警察とどこが違うのか、ぼくにはわからない。あなたには時間がたっぷりあるってことはわかったが、だからと言って結果に結びつくとはかぎらない」

「時間はとても重要だ」ドベルティはファイルを箱にしまった。「量だけでなく、質の点でも。警察はあんたの事件だけに専念するわけにはいかない。優先順位は上かもしれないが、ほかにも仕事がある」

「あなたはぼくの事件に専念するつもりなのか?」

「いまのところはね。今年の前半はしゃかりきになって仕事をしたから、貯金があるんだ。それに妻は銀行員だし、家は持ち家だ」ドベルティの吐いた息で、前髪がふわりと舞い上がった。「だが利点はほかにもあるぞ……あんた、これからどうするつもりだい?」

「なぜ?」

「できるだけおれを手伝ってほしいんだ」

「どうやって?」

「調査のとき、おれに同行するんだ。これもサツはやらないことだ。連中はあんたから話を聞き、それをもとに捜査する。だがそれが終われば、無意味な書類のあふれる警察署に戻る。タイムカードどおりに働き、けっして根《こん》を詰めたりはしない、しょせんは役人さ」

「ぼくだって警察に好感を持ったことは一度もない」ファビアンは言った。「電話が盗聴されていると知ったときは腹が立ったし、なにより怖くなった。だが、本気で力を貸そうとしてくれる、真剣に仕事をする警官だっている」

ファビアンがそう話した瞬間、頭に浮かんだのは、結局のところブランコ刑事だった。チャカリタ通りで車に乗りこむまえ、彼女はこちらに近づいてきてこう言った。《いま、あなたはこれまで以上に娘さんの捜索に熱を入れるべきよ。あなたのためにも、奥さんのためにも》。出目気味の彼女の目には、思わずはっとするような悲しみがたたえられていた。ゆっくりたゆたう遠い海のような緑色だった。

「もちろん、なかには優秀な人材もいる」ドベルティが話している。「だが、くそったれなシステムがそいつを制限しちまうんだ。警官には、徹底的な捜査なんてできやしない」

「事件からもうずいぶん時間が経ってしまった」

「六ヵ月近くだ」

「何年にも思えるよ」

「ひとつ言っておく」ドベルティは紫煙の靄に包まれていたが、不思議とファビアンは気にならなかった。

「経過時間はそう重要じゃない。犯罪が起きると、そこに痕跡が残る。必ずだ。窃盗、殺人、誘拐、それがどんな犯罪でも、現実を形作るピースをなにかしら動かす」

ドベルティが吸っているのはなんの銘柄だろう、とファビアンは思う。

「現実のピースは、なにかの形を形成するように置かれている。ところが犯罪が起きると、その位置が変わるんだ。根気よくちまちまと追いつづければ、つまりしつこく追及して細部に目を配れば、どこが変わったのかがわかる。その痕跡が犯人へと人を導く。変化がどんなに小さく、気づきにくいものであっても。本当なんだ、もし完全犯罪なんてものが存在するとしても、痕跡を残さない犯罪はない。痕跡を読み取る方法さえ知っていれば、それでつきとめられる」

「言うのは簡単だろう。だが娘は文字どおり地面にのみこまれてしまった」

「もし地面がだれかをのみこんだら、そこに跡が残っているはずだ。ぱっくりと口を開けて、また閉じた跡が。痕跡はあらゆる場所にある」ドベルティが顔の向きを変え、こじれた水痘の痕に光が当たった。「証明しよう」

ドベルティは立ち上がり、物置のドアのほうに近づいた。

「おれはこれからここにはいる。あんたはなにかひとつ動かしてくれ。この部屋にある物の位置を変えるんだ。戻ってきたら、おれが一分もかからずになにが動かされたか当ててみせよう」

「あんたの言いたいことはもうわかったよ」

「だが実証すればもっとはっきりするだろう？」

ドベルティはドアを開け、物置にはいった。ファビアンは、いまや吊り天井にまで届く煙とともにしばらく座ったままでいた。音をたてないように立ち上がり、なにを動かそうかと考える。あまりにもたくさんの物が部屋に詰めこまれているので、なかなか決まらない。彼はショーケースに近づいた。慎重にガラス戸を開ける。音はしなかった。地球儀に決めて、ゆっくり下へと回し、弾痕のあるイギリスが隠れるようにした。ガラス戸を閉め、来た道を引き返して座る。

「もういいぞ」ファビアンは言った。「おい、もういいぞ」もうすこし大きな声でくり返す。

なんだかばかばかしい。

ドベルティは物置から出て、どこかもったいぶった様子で部屋の中央で立ち止まった。周囲を見回しながら、その場でゆっくりと体を回していく。なにひとつ見逃さないように、順序だてて室内に視線を這わせる。彼はまず、大きなショーケースに目を向けた。素通りする。ファビアンはほんのすこしがっかりした。ドベルティの観察はひととおり終わり、一瞬動きを止めたかと思うと、腰を下ろした。

「簡単じゃないよ」ファビアンは言った。なんとなく気まずかった。

ドベルティはこちらを見た。すでに煙草は吸っていないが、そこに居座る靄の向こう側に彼はいる。そしてまた煙草を口にくわえた。

「地球儀だ」得意げに彼は言った。

5

二人はバル〈オチョ・エスキナス〉にいた。ファビアンは砂糖なしのコルタード（エスプレッソベースのカフェオレ）を、ドベルティはシナモンを添えたコルタードを飲んだ。彼の頭上には煙草の煙の雲がじっと居座っていて、バルの地縛霊が像を結んでいるかのようだった。

ドベルティはファビアンに、オリヴェッティで打った別のメモを見せた。

「あんたが言ったことを全部清書してみたんだが、確認してくれ」

ファビアンは読んだ。

●ドラマティス・ペルソナエ

モイラ・ダヌービオ：行方不明の女児。

セシリア・アロージョ：モイラのベビーシッター。やはり行方不明。

ファビアン・ダヌービオ：モイラの父。

リラ・エステージェ：モイラの母。死亡。

エルネスト・ダヌービオ：ファビアンの父。

ヘルマン・ダヌービオ：ファビアンの兄。カナダ在住。

ドリス・コルテス＝リバス：リラの母方のおば。

エドムンド・カレーラス：ファビアンの仕事の同僚。

サンティアゴ・レビン：リラの精神科医。

ホナタン・シスネロス：セシリア・アロージョの恋人。

●捜査関係者

リオネル・モンドラゴーン：失踪人捜査課長。
ブランコ：失踪人捜査課刑事。
カルロス・ゴンサルベス：連邦警察副部長。
マルコス・シルバ：強盗窃盗課刑事。
エステバン・レボイラ：検事。
イグナシオ・トラパーニ：最高裁判事。

「《ドラマティス・ペルソナエ》ってなんだい？」ファビアンは尋ねた。

「推理小説の冒頭にある登場人物リストだよ。普通、犯人はこの中にいる」

「これは推理小説じゃないんだぞ、ドベルティ」

「わかってる、わかってる。おれが冗談半分でやってると思わないでくれ。こういうリストは、ミステリ作家みたいな細部までなおざりにしない視点でつくらなきゃならないんだ」

「それなら……」ファビアンはあらためてリストに目を落とし、ボールペンを出して名前をひとつ付け加えた。「これで全部だと思う」

ファビアンは紙を相手に渡した。ドベルティは、ファビアンが新たに加えた名前を見てにやりとした。

《セサル・ドベルティ》。

「おれは、自分で画策した邪悪なゲームの被害者にみずから近づいて楽しんでいる狂人、ってところかな？」目を半眼にして言った。

「そうだな」ファビアンは言い、その瞬間、なぜかわからないが、ドベルティは四歳の少女を誘拐するような人間ではないと感じた。ドベルティのことなどほとんど知らないというのにおかしな話だ。探偵として優秀かどうかすらわからない。いや、完全に正気かどうかさえ定かでないというのに、彼の倫理観については間違いないと思えるのだ。もしかすると判断を誤っているのかもしれないが。

カウンターの後ろにはべべがいる。頭が禿《は》げているのか、ほとんど透明ななにか整髪料をつけているのか、はっきりしない。がりがりで、タンゴ・オスクーロの歌詞に出てくる亡霊のようだ。開いていた新聞から顔を上げ、手をメガホンのようにして口に当てた。

「おーい、甲板長から船長へ！」とわめく。「このまま靄が消えなければ、座礁するおそれがあります！」

ドベルティは煙草を灰皿で揉み消した。べべが巨大な換気扇のスイッチを入れ、二人は風のトンネルに呑みこまれた。

「おさらいしよう」ドベルティが言った。「四月二十日、あんたの娘とセシリアはラクロセ駅で地下鉄B線に乗った。あんたがその目で目撃している。その後の捜査の過程で、二人が乗った車両にもう二人目撃者が現れた。ひとりは七十歳の男、もうひとりは十五歳の少女。証人は二人とも次の駅のドレーゴで降りたので、セシリアとモイラがどこで降りたかは見ていない。これは運が悪かった。唯一の目撃者が二人とも彼女たちより先に降りてしまったんだから。二人が降りるはずだったアンヘル・ガジャルド駅で本当に降りたのか、それとも別の駅か、わからずじまいだ。そのせいで捜索の範囲が広がってしまった。事実上、十一の駅にその可能性がある。一方、二人の姿を通りで見た者はだれもいない。歩いているところも、地下鉄の駅から出てきたところも」

「目撃者がひとりもいないなんて、信じられないな」

「驚くことじゃない。理由を説明しよう。いまこの瞬間、女の子と手をつないだ女性とすれ違っても、あんたは目にも留めないはずだ。よっぽど記憶に残るようなことでも起きないかぎり。セシリアが人目を引くような美人だということは確かだが、街には美人がいくらでもいる。車両内の目撃者が現れたのは、あんたが列車に乗ろうと走りこんできたのに乗れなかったのを見ていた二人が、あとで事件のことを知って、ああ、あのときの、と結びつけたからだ。そうでもなければ、二人とすれ違った人がたとえ二百人いたとしても、だれひとり気づかなかった可能性大だね」

二人は勘定を払って通りに出た。フォレスト通りをチャカリタ地区のほうに向かう。駅が近づくにつれ、ファビアンは胸が押しつぶされるように苦しくなったが、ドベルティには言いたくなかった。フォレストとラクロセの交差点で、ファビアンは、チャカリタ地区のほうに曲がる車の列の中にシルバのプジョー405を見たような気がしたが、それはほんの一瞬のことで、幻はほかの車にまぎれて消えた。

フェデリコ・ラクロセ駅に通じる石畳の道を渡り、鉄道や地下鉄の駅がある街区にはいった。バスを待つ人々が列をつくっている。揚げパンの匂いがファビアンの嗅覚を襲い、地下鉄に下りる階段の前に到着したとき、足が止まった。トンネルからたちのぼる熱い空気が彼の肺を満たした。あの事件が起きて以来、ここに来たのは初めてだった。

「まだ無理だと思う」ドベルティに言うと、向こうも驚かなかった。

「心配するな。自分で地下鉄の駅に足を運んでみたかったんだ。結局無駄足かもしれないが、行ってみなけりゃなにが見つかるかわからない。あとでまた話そう」

ドベルティは地下鉄の駅に下りていき、ファビアンは自宅に引き返しはじめた。体に空気が取りこまれ、それが運んできた臭いに耐えがたいほどの胸焼けを起こした。

寒さは思い出に変わりはじめていた。

6

慎重に足を踏み出し、板石の縁から向こうをのぞきこんだ。そこはビルの十一階で、街の輪郭は見えない空気のベールのせいでかすんで見える。

「突風に気をつけて」ペラルタが言った。

ファビアンは、作業員が昼食のときに椅子代わりにする箱のひとつに腰を下ろした。ペラルタは安全ベルトをつけ、貨物用リフトのほうに向かった。ファビアンとしては興味津々《しんしん》の、正体不明の整髪剤で髪を後ろに撫《な》でつけている。彼のつなぎは汚れひとつなく、セメントまじりの埃《ほこり》をいっさい寄せつけないように見える。

「まだここに残りますか？」

「もうすこし」

「じゃあ、下りるときは気をつけてくださいね」

ペラルタはファビアンをとても気にかけてくれた。彼がどんな目に遭ったかを知ると、胸で十字を切った。子供のときから祈りを捧げてきた聖母マリア様に向けるような、崇拝にも似たまなざしで彼を見ることすら一度ならずあった。

現場監督として働くことになったとファビアンが告げると、カレーラスは目を丸くした。コンピュータの仕事をするために、いやでもまた机に向かう生活に戻るとばかり思っていたからだ。だが無理だった。書斎の閉鎖空間にはとても耐えられなかった。どんな閉鎖空間であれ日に日に耐えがたくなっていったが、とりわけ自宅はだめだった。だから日に十時間は現場で過ごした。本来そんなにそこにいる必要はないのだが、その代わり作業員たちと親しくなった。昔のファビアンなら、作業員と交流するなんて想像すらできなかっただろう。

「べつにここに住めと言ってるわけじゃない。だが、あのパラグアイ人たちの尻をたたかなきゃならないんだよ、わかるよな？　だから頻繁に見に来ないとまずいんだ」この建物を担当する建築士のトロッセロは言ったものだった。「気になることがあったらいつでも電話をくれ。飛んでいくから。だが、いくつか細かい点がまだ決まっていないとはいえ、たいして問題はないと思う。トイレに着手しはじめたらもっと来るようにするけど、ペラルタはよく働くし、いざというときは必ずあんたを救ってくれる」

そしてそれは本当だった。ペラルタほどすぐれた現場責任者にはいままで会ったことがない。金曜日、仕事が終わると、作業員たちは帰り支度をしたあと踊りに行ったり、帰宅したりするが、ファビアンは現場から人がいなくなるまでひとりぽつんとそこに残り、一日が終わるのを静かに待つ。こんな心境でなかったら、ひとりになったとたん、ポケットから小ぶりの葉巻、ダッチ・マスターを取り出してふかし、そよ風が煙をさらっていくのをながめたりしただろう。船べりに肘をつき、あきらめの表情を浮かべて、底知れぬ海をぼんやり見つめる船長のように。

うまくすれば、このままこの仕事を続けられるかもしれない。もう二度と、くそったれパソコンで図面を引く毎日に戻るのはごめんだった。また引きこもるくらいなら、毎日現場に行くほうがましだ。

自宅もなんとかしなければならない。部屋にいると、自分を囲むさまざまな物に目を向けることさえつらかった。だからただ寝に帰るだけだ。現場にいない時間はドベルティと過ごした。これからどういう方針で調査を進めるか、二人は話しあった。ドベルティはもう何日も地下鉄の駅をあちこち歩きまわり、ファビアンはその執念に舌を巻いたが、同時にどうも腑《ふ》に落ちなかった。あんなふうに調査に執着する人間がいるとしたら、それは彼ではなく、自分のはずだとファビアンは思う。

できることはした。真実をまだ知りたがっている自分もいたが、苦しまずにすむ方法を見つけたくて、忘却の王国に足早に向かおうとしている自分もいた。そういえば、このあいだは薬を飲もうとしたんだった。あと一メートル半進めば、そこには恵み深き忘却を約束する十階分の落下が待っている。リラにはそれがはっきりわかっていた。彼女にとってはそのほうが楽だったのだろう。ファビアンは下を見て、リラの記憶に苦しまずにすむ方法を探そうとした。リラをののしりたかった。彼女を突然失ったことは衝撃だったし、その深手からいまもって回復できなかった。たぶん、薬を飲まなかったことが、リラへの、冷酷で傲慢《ごうまん》な彼女の死への、彼なりの勝利だったのかもしれない。あらためて、愛しあっていた頃の彼女の記憶を呼び起こそうとしたが、穏やかな日常の思い出を掘り起こそうとしても、難しかった。リラは、触れることさえできる、消すに消せない影に姿を変えたのだ。

ファビアンは小石を蹴り、それは空《くう》へと転がり落ちていった。そして彼はビルを下りるために立ち上がった。

なにもさわるな、十五分で着くから、とドベルティは言った。十五分が三十分になった。彼は折りたたんだ段ボール箱を大量に持って現れた。

「教えてもらってよかった。知らないうちに娘さんの部屋が片づけられていたりしたら、どうなっていたか」

「警察がもう充分すぎるほど調べたよ。ぼくも。役に立つものなんてなにもないと思う」

「さあどうかな」

ドベルティはまっすぐモイラの部屋に向かった。灯りをつけ、戸口からしばらく中をながめる。居間に引き返し、カメラを持って戻る。徹底的に写真を撮りはじめる。白い紙に室内の家具や物品の配置をスケッチする。それが終わるとメモをとりはじめる。時間はたっぷりある。子供向けの本が並んでいる順番まで書いている。洋服簞笥の写真も撮り、さがっている服の順序さえ確認した。モイラの部屋の棚卸しがすべて終わると、荷物を箱に詰めはじめた。

「散歩でもしてきたらどうだ？」ドベルティがファビアンに言った。「しまうあいだ、ずっと見張っている理由はない」

ファビアンはそこに残り、なるべく手伝おうとした。なにも考えず、とっとと作業を終えてしまいたい。モイラの持ち物は箱の中に消えていった。室内がしだいにがらんとしていく。まもなく、床に積まれた段ボール箱だけになった。オレンジ色の小さなベッドには、むきだしのマットレスのみ。二人は居間に箱を運び出した。ドベルティは壁の写真も撮った。壁という壁、床や吊り天井にまで、ぺたぺたとシールが貼られている。モイラがどうやって天井にそれを貼ったのかは謎だ。たぶんセシリアかリラに抱っこしてもらったのだろう。ファビアンは気分が悪くなった。心の壁が脆くなりつつある。このままでは危険だ。彼は居間に戻り、箱を廊下に出した。

ドベルティがすでに業者に連絡を入れていた。作業員たちが箱を軽トラックに積んだ。業者がトラックの後部ドアを閉めた。

「だれかの家に身を寄せたほうがいいんじゃないか？友達とか」

「大丈夫だよ」ファビアンは答えた。

だが大丈夫なんかじゃなかった。その日の夜明け、モイラの思い出が列を成して彼に襲いかかってきた。壁のシールがさまざまな瞬間を生々《なまなま》しく甦らせ、夜どおしファビアンの心を突き刺した。たとえば、モイラが山ほど持っていたぬり絵の本から、絵を切り抜いてと頼まれたこと。ファビアンは注意深く切っていき、モイラは紙を滑っていく鋏の動きをじっと目で追って、切り離されたそばから糊をつけて壁に貼っていった。たぶんそのおなじ鋏を使って、あのときリラはベランダの防護ネットを切り離し、この世のすべてに永遠にさよならしたのだ。

すでに表は明るくなりはじめていた。ファビアンは枕を抱き、うめき声とともに息を吐いた。ほんのすこしだけ眠った。夢は見なかった。空っぽの通りとガラス張りのエレベーターの奇妙な夢以来、一度も夢を見ていない。

7

昼の一時近かったが、ファビアンはまだベッドの中にいた。意識の空白をこじあけて、電話の音が聞こえた。出る気になれなかったが、電話線の向こう側にいるだれかは頑固に切ろうとしない。

「邪魔したか？」シルバのしゃがれ声が尋ねた。

「いいえ。お元気ですか？」

「ああ。あんたは？」

「ええ、元気です」

「私立探偵を雇ったのか？」

いきなりだったので、平手打ちをくらったかのように一気に目が覚めた。それは良好な関係に泥を塗ったと言わんばかりの口調で、警察を裏切ったかのような後ろめたさをかきたてられた。

「実際には雇ったわけじゃありません。報奨金目的で、手を貸してくれているんです。どうしてわかったんですか？」

「警察に登録されている探偵だからな。正規の免許を持っている探偵は警察に登録されて、担当中のケースについて報告する義務があるんだ」

「へえ」

ドベルティからそんな話はひと言も聞いていない。

「言っておくが、背番号付きの探偵ってことか」ファビアンは続けた。「背番号はついてない。むしろ彼らのすることにわれわれが干渉しないために登録させるんだ。おれとしては、さらなる協力を仰ぐのは悪いことじゃないと思う。心配なのは、抜け目のないやつにあんたがだまされて、金を毟《むし》り取られることさ」

「だが、さっきも言ったように、ぼくは金を出してない」

「いまはそうかもしれんが、遅かれ早かれなにか要求してくる。連中がどういう人間か、おれはよく知っている。やつらは警官になりたかったのになれず、自分の正義のためなら容赦がない。そういうやつらには注意が必要だ。今日はホテルでボディガードをしたと思えば、明日は行方不明者の捜索だ。何事にも本気では取り組まない」

「でもね、シルバ、警察だってなにも結果を出してくれてないでしょう？　それで、ぼくになんの用です？」

「ああ、わかってる。おれがあんただったらと思ったから、アドバイスしたんだ。あんたの探偵さんがなにか見つけたときにも、やっぱり知らせてくれ。いいな？」

ファビアンはいらだちを覚えた。シルバはいつも情報をよこせと言うばかりだ。それであんたはぼくになにをしてくれた？　実際、警察は彼にあれこれ調子のいいことを言い、慰めるだけだ。しまいには肩に腕をまわして、解決策はないってことを受け入れろと諭《さと》す。ファビアンは盗聴のことを思い出した。シルバとわざわざ言い争いをしたくはなかった。

「コーヒーが飲みたくなったら、いつでも連絡してくれ」シルバは言った。

「わかりました」

ファビアンは電話を切り、壁に掛かったシャガールの絵をながめた。エッフェル塔を見ている人間の顔をした猫、その左側にいる顔が二つある男は、手のひらを開いて、そこにあるハートを見せている。

遠くで音楽が鳴っている。聞き覚えのある曲だ。自分の部屋に行く。音がさっきより大きく聞こえる。ふいに気づいた。携帯電話の音だ。ナイトテーブルの抽斗にあるはずだった。彼はいつも二、三日ごとに充電したあと抽斗に戻していた。なぜそんなことをするのか自分でもわからない。鳴らなくなって久しいので、そのまま電池切れになるまで放置して、忘れてしまってもいいのに。彼にそれをくれたテレビ局のプロデューサーだろうと思ったが、マスコミがモイラの事件に興味をなくしてずいぶん経つ。抽斗を開けて携帯電話を取り出したが、音はやんでいた。

ファビアンは電話をまた抽斗に戻した。

8

「問題はそこなんだ」ドベルティが言った。

二人は、ファビアンが働いているブランコ・エンカラーダ通りの現場を出て、いまはトリウンビラート通りに向かっている。

「セシリアとモイラは誕生会より一時間も前に家を出ている。なぜか？　セシリアが勘違いしたのか、それともそういう計画だったのか？　奥さんは気づかなかったとあんたは言ってたね？」

「妻はそういうところにずぼらなんだ。いまから出かけますとセシリアに言われても、時計なんか見ない。ぼくが会場に到着して初めて気づいた。そこにいた母親のひとりに言われて」

「セシリアは以前にも時間を間違えたことがあったのか？」

「ぼくの記憶にはない。遅刻して、うちに来るのが遅れたことは何度かある。時間を勘違いして早めに出たんだとぼくは思う」

「じゃあ、時間を勘違いしたわけじゃないと仮定してみよう。きみの奥さんはどうせ気づかず、なにも言わないと知ったうえで、セシリアは一時間早く出た。セシリアは誕生会に行くまえにどこかに寄りたかったのか？　それとも別の計画があったのか？」

「セシリアはモイラを渡してしまえば、誕生会に行くという口実のもと、あとはどこに行こうと彼女の勝手だった」

「ああ、だが……」ドベルティはトリウンビラート通りを渡り、パルケ・チャス地区に歩を進めながら、否定するように首を振った。「一時間早く出たのはなぜだ？　誕生会に行くことを口実にモイラを先方に渡す計画だったなら、そうすればいいだけだ。さて、前の晩に時計の針を戻そう」

「了解」

「あんたは確かに彼女が電話を切り、泣いているのを見たんだね？」

「ああ。それについては警察も全部知っている。通話記録によると、電話は相手先からかかってきたもので、場所はロクトリオだった。通話時間は十分ほど。そして恋人は、あの晩彼女に電話していないと証言している」

「けっこう。ここからもっとわかることはないか考えてみよう」

二人はパルケ・チャス地区を歩いた。迷路のような一帯だが、そこをまっすぐ横切るガンダラ通りのおかげで直線的に進んでいく。コンスティトゥジェンテス通りにつきあたり、修理工場とペンシオンが交互に並ぶブロックを通過する。

「よく考えてみてくれ」ドベルティが言った。「ペルー人はみんなバホ・フローレスのあたりに住んでいると思っていた」

「あのへんは中国人が多かったんじゃないのか？」

「ああ、中国人もいる」ドベルティが言った。「ブエノスアイレスは人種のるつぼだ」

交差点にある、すっかり歪んだトタン板で周囲を囲まれた、いまにも壊れそうなバルに到着した。開けっ放しの窓から見ると、黒いプラスチックのテーブルが壁沿いに並び、かなり繁盛していることがわかる。店内には、ラジオから流れるサルサとかそのたぐいの熱帯のリズムが響き渡っている。二人は中にはいった。テーブルのひとつには、せいぜい生後三カ月という感じの赤ん坊が乗った新品のベビーカーを横に置き、夫婦が座っている。両親と思われるその二人は小さなグラスで無色の液体を飲んでいる。また別のテーブルでは、老女がしっかりした爪でプラスチックの天板をくり返したたいていたが、ドベルティとファビアンが店にはいってきたとたんに手を止めた。ショーケース代わりの冷蔵庫が、店の奥に横たわっている。そこにはその日の食事の見本が出してあり、音楽のリズムに合わせるかのように灯りがかすかに震えている。レジの後ろには角縁眼鏡をかけた女がいて、すきっ歯なのが恥ずかしいのか、にこりともしない。

トイレに通じる壁には、婦人用《ダーマス》の《D》の字と男性用《マスクリーノス》の《M》の字の書かれたドアがある。その壁にくっつけられたテーブルに四人の男が座っている。二人は小柄で、だぼっとしたジャージ姿が不恰好だった。三人目は二メートル近い大男で、彼の横にあるとテーブルがタイルぐらいの大きさに見えた。髪をブロンドに染め、チェックのシャツの中で爆発した体があちこちからはみ出しそうになっており、胸のボタンをいくつもはずしているので、雑草だらけの空き地にも似た胸毛の茂る胸が垣間見える。四人目は若くて無気力で、マリファナ煙草を手に脚をだらっと伸ばし、足先を交差させて座っている。髪をポニーテールにして、着古した感じの茶色と黄色の中間色の革のコートをはおっている。年の頃は二十五歳ぐらいだろうか、ペルー人版ジェームス・ディーンという趣《おもむき》だ。

ファビアンとドベルティがその店にいても外国人には見えなかった。むしろ火星人だった。

「ホナタン・シスネロス？」ドベルティがポニーテール男に尋ねた。

「なんだよ」ホナタンが答える。

「彼を覚えてるか？」ドベルティはファビアンをさし示しながら言った。ホナタンは眉をひそめていたが、やがて黒い目を曇らせていた霧が晴れた。

「ああ、もちろん。奥さんのことはお悔やみ申しあげます」

「ありがとう」ファビアンは言った。なんだか急に居心地が悪くなった。

ドベルティが咳払いをした。

「すこし話を聞かせてもらってもいいか？」

「あんた、刑事《デカ》かい？」

「遠い親戚みたいなものだ」ドベルティが答えた。

「遠い親戚ってなんだよ」ホナタンが尋ねる。

彼らは外のテーブルにいっしょに座った。数メートル離れたところに大男と二人のチビがいて、見たこともない色と容器の飲み物を飲んでいる。ドベルティはジッポーを操った。

「煙草はどうだ？」とホナタンに尋ねる。

「いや、けっこう。マリファナのほうがいい」

「うまいかい？」

「一本どう？」彼はファビアンのほうにも勧めるしぐさをしたが、ファビアンは首を振って断った。

「帰る途中で楽しませてもらうよ」ドベルティは言い、ホナタンからもらったマリファナをしまって、自分の煙草に火をつけた。

「セシリアが姿を消した前の晩、電話をしていた相手がだれか、見当はつかないか？」

「本当にわかんないんだ」

「確かにあんたじゃないんだな？」

「確かも確かさ」

「あの晩、会うことになってたんだろう？」

「そのはずだったが、結局会わなかった」

「なにがあった？」

「調子が悪いから家に帰ると言われた」

「電話で話したのはいつ？」

ホナタンは額に皺を寄せた。集中しているようだ。

「いや、電話じゃない。彼女が出てきたところで会って、調子が悪いと言われたんだ」

「つまり、やはり会ったんだな？」ドベルティが言った。

「ああ、会った。だが、どっかに出かけたわけじゃない」ドベルティがふっと息を吐いて前髪が舞い上がり、ホナタンはその様子をながめていた。

「おまえにとって、女の子と〝会うこと〟と〝出かけること〟は別なのか？　警察には、あの晩彼女には会ってもいないと話しただろう？」

「そんなこと言ったっけ？　忘れたよ。べつにたいしたことじゃない」

「警察にとってそれがたいしたことか否か、どうしておまえにわかる？」

「あんた、遠い親戚なんだろ？　じゃあ関係ないじゃないか」

ドベルティは下顎を突き出した。あばたのある横顔をホナタンに見せつけるかのように。

「ふざけるのも大概にしろよ、ホナタン。大真面目な話なんだ、わかるな？　中央本部ではこの事件で毎日だれかのクビが飛んでる。いまもこの国の大統領は、依然行方のわからない少女のことを心配して、胃薬を飲んでいる。警察の連中は、肉食獣たちを黙らせるためならどんな肉片でもいいから飛びつこうとしてるんだ。そして、おまえはその肉片になる可能性がある」

嘘だった。警察がこの事件を解決しようと躍起になっていたのはとうに過去の話だ。だが、ドベルティのはったりは効果を発揮した。

「おれがなにをしたっていうんだよ？」ホナタンはやつれた顔を歪めて泣きべそさえかきはじめた。「もう全部話したじゃないか。あいつは気分が悪くなったと言って、家に帰ったんだ」

大男は、ドベルティが友人に言ったことは脅しだったのかどうか見極めようとしていたが、彼の脳細胞はその問題を解くのに必要なキーワードを集めきれなかったらしい。

「彼女に会ったのはそれが最後なのか？」ファビアンが尋ねた。

「はい、だんな。最後です」

「どうかな、ホナタン」ドベルティが言った。「おまえはなにか隠しているように見える」

「こちらのだんなの娘さんにおれがなにかしたとでも言うのかよ?」ホナタンが訴えた。

「そんなことは言ってないさ!」ドベルティはわざと仰々しく言った。「なにか役に立つかもしれない情報をおまえが隠してるんじゃないか、そう言ってるだけだ」

「たとえば?」

「さあね。話すのはおまえのほうだ」

ホナタンは手を上げた。

「話なんかないよ。誓って」

「冗談ではすまないぞ。おれはセシリアの母親と話をしたんだ。姿を消した日、彼女は仕事に行くいつもの時間より早めに出かけたそうだ。彼女の母親は、おまえと会ったにちがいないと言っていた」

「セシリアの母親になにがわかるってんだ」

「母親とうまくいってなかったらしいな? 事情聴取したときも、おまえのことをあまりよく言ってなかった。なんだか胡散臭いと言って……」

「おれのことなんか、気にも留めてなかったさ。言ってみりゃ、おれの姑《しゅうとめ》に当たるんだぜ? 婿《むこ》と姑はいがみあうもんだろ?」

「そうかね? おれの姑さんはおれのことが大好きだぜ?」ドベルティが答えた。「おまえが吸うマリファナが嫌いなんじゃないか?」

ホナタンは、疲れた笑いを洩《も》らすかのようにふっと息を吐いた。このときも大男は彼らの話に耳を澄ましていたし、チビたちも訝《いぶか》しげにこちらを見ていた。バルの中でだれかがラジオの音量を上げた。説教師の声がはっきりと聞こえてきた。バビロニアと娼婦について話している。

「なあ」ホナタンは言った。「取調べなら、警察でとっくにすませたんだ。そのせいで何日かブタ箱で飯を食うはめになった。だが結局おれは解放された。わかるだろ？　話すことなんかもうないんだよ。ファビアンさんのことは気の毒に思ってる。あんたのことは知らねえ。これ以降の話は弁護士を通してくれ」

「なるほど」ドベルティは言った。「おまえの弁護士の名前は？」

　ホナタンは友人たちのほうを横目でちらりと見て、ほとんどありもしないコートの襟を伸ばした。

「ファン・ペレスだ」

　チビたちが笑った。大男には依然としておしゃべりの内容がつかめないらしい。

「けっこう」ドベルティは言った。「ファン・ペレスが見つかったら、いまや事態が大きく転換し、おまえがセシリア・アロージョおよびモイラ・ダヌービオ失踪事件の重要参考人になろうとしていると伝えよう」

「馬鹿な」

「そうかな。おまえは情報提供を拒んだ。つまり従犯者と位置づけられる」

「なんの従犯だよ？」

「ホナタン、おまえはセシリアが行方不明になる前夜と当日に彼女に会った。これ以上御託を並べてないで、のっぴきならないことになるまえに全部吐け」

　ここで初めて大男がしゃべった。

「こいつら、おまえを困らせてるのか？」人を見下ろすような位置から言う。

　ドベルティはそちらを冷ややかに見た。

「ホナタン、お友達に、中にはいってラジオの音量を下げろと頼んでもらえ。これじゃろくに話もできない。そして、ついでに水を一杯飲んで落ち着けと言え。さっきからどうも穏やかじゃない。静かにおしゃべりをしようじゃないか。いま話さないと、あとで本部の連中を連れて戻り、今度こそ本格的な取調べを受けてもらうことになる。警察は外国人に甘すぎる。寛大なこの国に住む生意気なガキの顔に怪我をさせまいと、自重しすぎている。さあ、ボディガードに言うんだ。おりこう利口にしていたら、あとでミッキーのキーホルダーを貸してやると」

ホナタンは大男のほうに軽く手を振った。

「中に行け、オメロ」

「だが……」

「中に行けと言っただろ？　おれたちはただ話をしてるだけだ」

「チビどもにも中にはいってもらおうか」ドベルティが言った。「ジャージ姿のチビを見てるといらいらしてくる」

ホナタンの仲間たちはバルの中に引っこんだ。チビのひとりが眼鏡の店員に話しかけ、その店員がラジオに近づくのをファビアンは見た。音楽の音量が一気に小さくなった。大男はプラスチックの椅子を持ち上げた。男の手の中にあると、人形の家の部品のように見える。大男は椅子を無造作にトイレのある壁にぶつけた。店内の客がいっせいにそちらを見たが、だれも動こうとはしなかった。

「さて、ホナタン」ドベルティが会話を再開した。「これで落ち着いて話せると思わないか？」

「いままでだって落ち着いて話してたさ」

「おまえは反抗のしかたに一貫性があるな、それは認めるよ。さて、あの晩に話を戻そう。おまえの話だと、会ったのは短時間だったという。彼女はなんて話した？　なにか理由があって気分が悪かったのか？」

ホナタンは通りに目を向けた。マリファナをまだ指に挟んでいるが、ずいぶん前から火が消えている。

「おれたちの関係はぎくしゃくしていた」彼は言った。「あいつ、別れたいって言ったんだ」

「ほう」ドベルティは言い、ファビアンに目を向けた。「その話をしなかったのは、その後に起きたことが自分のせいにされそうだったからだな？」

「怖かったんだ」

「次の日、彼女に会ったのか、それとも会わなかったのか？」

「会おうとしたんだが、向こうが会いたがらなかったんだ。リラさんの家まで行って、インターホンで彼女と話をした。でも下りてこようとしなかった」

「それは何時頃？」

「よく覚えてない。正午ぐらいだったと思う」

「セニョーラ・リラは気づいてた？」

「さあ」

「どれくらいセシリアと話したんだ？」

「五分かもうちょっと」

「なんについて話した？」

「もう一度チャンスをくれと言った」

「彼女を怒らせるようなことでもしたのか、ホナタン？」

「なにも。おれは彼女を愛していたが、彼女のほうは心変わりしたらしい」

「なぜ？　なぜ彼女は心変わりを？」

「さあね。女ってのはそういうもんだろ？　毎日ころころ気が変わる」

「ダヌービオ家の人たちが食事に出かけた夜、彼女に電話しなかったのか？」

「してない。誓えるよ。彼女に電話なんかかけてない」

「彼女に電話をかけた人物について心当たりは？」

「ない」

「セシリアは電話しながら泣いていたという。おまえ以外に彼女を泣かせるような人間がいるのか？」

「さっぱりわからないよ。本当なんだ」

「ほかに好きな男ができて、おまえを捨てたんじゃないか？」

「さあね。そうだとしても、あいつはおれになにも話さなかった」

ホナタンは座ったままもじもじと身じろぎした。さっきまでそこにいた反抗的な成功者は消え失せた。ドベルティはジッポーを片手から片手へと何度も移し換える。ホナタンは、ライターが目の前で行ったり来たりするのを見つめた。催眠術にかかりかけているのか、それともマリファナの名残が見せる幻だと思っているのか。ドベルティはライターをもてあそぶのをやめて、それをしまった。

「これからする質問をよく聞いてくれ、ホナタン。セシリアの行方がわからなくなったあの日以降に彼女を見かけたり、彼女の消息についてなにか聞いたりしたことはなかったか?」

たとえそのときホナタンが迷ったとしても、表には出さなかった。

「いや。あれから一度も会ってない」

彼はコートに埋もれているように見えた。ファビアンはふいに、自分たちがいる場所のみじめさに気づいた。トタン板の囲い、テーブル、だれも通らないような街角——どれを取っても嘆かわしい。

「本当だな?」ドベルティは手をゆるめない。

「ああ」

「彼女が恋しいか?」

その質問に、ホナタンは意表を衝かれた。それはファビアンもだった。ホナタンは、色褪せたコートに手をつっこんでから答えた。

「ああ。彼女のことを考えない日はないよ」

「なにがあったんだと思う? 彼女、逃げたのかな?」

「まったくわからない」

ドベルティは名刺を一枚取り出し、彼に渡した。

「もしなにか思い出したら」

ホナタンは名刺をしまいもせず、読みもせずに手に持っていた。彼のまなざしは過去のある時点にさまよいこんでいた。

ドベルティとファビアンは立ち上がった。バルの中では、大男とチビたちが様子をうかがうように冷たい目でこちらをながめている。大男はなにかの偶像のように腕組みをしていた。

それから一時間以上が過ぎ、二人はすでにファビアンの自宅のある通りにたどりついていた。

「こんなふうにすこし歩くのも悪くないな」ドベルティが言った。「そういう習慣がいままでなくてね」

「車はどうした？」

「その話はしないでくれ。書類上の問題があって、まだ保管所なんだ」

「運ばれたあの日からずっと？　もう二週間になるじゃないか」

「女房に毎日せっつかれてるよ。女ってやつは、自分をあちこちに連れていってくれる車が近くにないと機嫌が悪くなる。運転しているときのあなたはとてもセクシーだなんて言って。あんた、あのバルでお利口にしてたな？」

「ひとつしか質問しなかったぞ」

「だからお利口だったと言ってるんだ。口を挟まず、おとなしく話を聞いていた」

「そう見えたか？　それともあんた、じつは人種差別《レイシ》主義者《スト》なのか？」

「なんでだよ？」ドベルティは心外そうな顔をした。

「あの男を締め上げたとき、いけ好かないよそ者として扱った」

「いいか、あんたがレイシストだと思われるよりましだろうが？　あいつらはだれひとりとして正規の書類を持ってないはずだ。そこから攻めるしかないんだよ。おれはレイシストじゃない。ペルー人の友達だっている。何度か仕事を手伝ってもらったこともある優秀な仲間のひとりは、カラカス出身だ」

「カラカスはベネズエラだ」

「まあ……」ドベルティが言った。「ラテンアメリカに国境はない。いいだろ、この台詞？」

「ああ、涙が出るほど感動した。たとえあの大男があんたをたたきのめしたとしても、ぼくは口を挟まなかっただろうね」

「おいおい。あの手の大男が上から飛びかかってきたときの音、知ってるか？　すごいぞ」

「ぞっとするな」

「ああいう手合いはよく知ってる。『大丈夫か、ホナタン？』だと。オカマだよ。いったいどういうわけであんなふうに尋ねる？　あんたが口を挟もうと挟むまいと」

「あいつがオカマかどうかはわからないが、カスタネットをたたくときは便器の蓋を使うはずだ」

　ドベルティが急に足を止め、腹を抱えた。気分でも悪くなったのかとファビアンは思ったが、ドベルティはなんと声をあげて笑いだした。喘息患者特有の息をこらえた苦しげな笑いだ。アニメに登場する犬のケンケンの笑い。

「おいおい、そんなに大笑いするほどかな」ファビアンが言った。「使い古された冗談だぞ？　八〇年代にコメディアンのホルヘ・コロナがよく使ってた」

「便器の蓋」ドベルティが涙を拭いながら言った。「傑作だ」

　やっと落ち着きを取り戻し、二人はまた歩きだした。ファビアンの自宅アパートメントの玄関に到着する。

「リッターのテストによると、ホナタンはどうだった？」ファビアンは尋ねた。

「事件に無関係なんだから、それを確認するためにわざわざテストする必要はない」

「どうしてそうわかる？」

「わかるからわかるんだ。直感だよ。それ以外の何物でもない」ドベルティは物思わしげにネクタイを直した。「おれは地下鉄の駅まで引き返すよ。もうすこしお散歩だ。万事問題なしだな？」

ファビアンは心の中でうなずき、スタートとしては上出来じゃないかと思った。実際、警察がいままでつかんでこなかった情報を手に入れた。セシリアは行方がわからなくなった前の晩、ホナタンと話をしたのだ。その事実と事件にどんな関係があるのだろう？

「おれは、セシリアがなんらかの計画に関わっていた可能性について追ってみようと思う。ためしに」

二人は翌日また話をする約束をした。

ファビアンが部屋にはいったとき、いきなり耳に飛びこんできたのは段ボール箱の中で鳴っている携帯電話の呼び出し音だった。あわてて出る。

「もしもし？」

「ファビアン？　ファビアン・ダヌービオ？」男の声だった。慢性の失声症のようなかすれ声だ。

「はい。どなたですか？」

知っている声だろうかとファビアンは考えたが、答えは出なかった。

切れた。

9

なんの進展もなく、一週間が過ぎた。ドベルティはセシリアとモイラがよく行っていた広場で聞き込みをしていた。新しい情報は得られなかった。ただでさえ見ず知らずの他人と話をしたい者などいないのに、少々変質者っぽいドベルティの容貌がみんなを怯えさせているのだとファビアンは思った。

　ファビアンは建設工事現場に行き、父の家を訪れ、兄と話をした。ドリスの訪問をしぶしぶ受け入れ、沈黙に蝕《むしば》まれたおしゃべりのあいだ、必死に言葉をつなげようとした。リラがいなくなったいま、ドリスは自分の役割を失ったように見えた。彼女が帰ったあと、ファビアンはいつもひどく気が滅入った。ドリスには親しい友人がいないのだ。彼女の孤独がファビアンにまとわりついた。

　木曜の夜、現場から戻ったとき、ファビアンは自分を囲む壁をながめ渡した。この部屋《ピソ》は売却し、引っ越さなければ。そうすべきだとわかってはいたが、不動産屋に電話したり、新聞に広告を出したりする元気が出なかった。そのうえ抵当権の問題があった。買い手にそれも譲渡しなければならず、いっそう面倒だった。リラといっしょに申しこんだローンのことを考える。このピソを見つけたときの興奮。リラは妊娠中だった。すでに主人気取りで、がらんとした部屋に足を踏み入れた日のこと。完璧な寄せ木細工の床、新たに塗り直す必要があったバスルーム、ぴかぴかのキッチン、思いがけず通りから響いてきた騒音。購入を決めるまえに、せっせと七回も通いつめたのに、一度も騒音には気づかなかった。

　ふいに、十字架のように手足を伸ばして居間の床に寝ころがっていたリラの姿が甦った。彼女がこの世で過ごした最後の夜のことだ。

ファビアンはあわてて居間を出て、キッチンに向かった。流しのカウンターにつかのま体をもたせ、鍵をひったくるようにしてつかむと、表に出た。

ベルグラーノ通りまで歩き、カビルド通りにある映画館〈エル・サボイ〉にはいる。行き当たりばったりに映画を選んだ。館内の暗がりの中には五、六人しか客がいなかった。デンマークの映画で、途中で話がわからなくなった。

映画館を出て、通りを角ごとに曲がって進み、しまいに街道に出た。歩道橋を渡ったそこはサバラ通りだった。

自宅に帰りついたのが夜の十時。これで気分が落ち着くと思ったのに、また不安が襲いかかってきた。灯りもつけずに突っ立ったまま、なにをしようかと考える。そして、女といたいと思っていることに気づいた。リラとは似ても似つかない美女と寝たい。激しく愛しあい、そのあと泣き、暗闇で彼に話しかける女の声を聞きながら眠りたい。

電話が鳴った。電話の音にはいつもびくっとしてしまう。受話器を取ると、ドベルティだった。

「地下鉄に乗るのがつらいってことはわかってる」ドベルティは言った。「だが、レアンドロ・アレム駅に来てもらいたい。もう閉まっちまうから、急いでくれ」

「どうした？」

「見つけたんだ。重要なことを」

アレム駅で降り、回転式改札口に近づくと、もうそこにドベルティがいた。彼らは、切符売り場が閉まっていたり、ストだったりするときに開く、金属製の扉から外に出た。出口の階段に向かって歩く。

「この糸口については辛抱が必要だ。それができなきや、追うのをやめたほうがいい」ドベルティは一段抜かしで階段を上がっていく。「おれは毎日駅をぐるぐる巡り、そこにいる常連を集中して調査した。駅員、警備員、切符売り、売店員。だが、もっと興味があったのはそれ以外の連中だ。別の視点から物を見る人間たち」

「別の視点から物を見るって？　それ以外の連中ってだれだ？」

「いいか、乗客は移動し、新聞を読み、居眠りし、おなじことをくり返す毎日に飽き飽きしている。だが別の角度から物事に注目している人間がいるんだ。たとえばスリは、簡単に開けられそうな留め金のバッグを見つけようとする。警備員はそういうスリを現行犯で押さえようとする。駅員は駅にはいってくる車両に注意を払い、乗客のスムーズな乗り降りに努める。売店の売り子は品物を買うため小銭を探す手に注目する。だが、最も観察眼が鋭いのは物乞いだ。だれも買おうとしないようなつまらない品物を口実程度に床に並べている連中。そうして、みじめになりすぎないようにして遠まわしに施しを乞う。そういうやつらは四六時中観察している」

「なにを？」

「床、壁の隅っこ、階段、物がはいりこんでなくなる場所。そういうところで小銭やハンカチやなんとか口に入れられそうな菓子や、運がよけりゃ財布が見つかる。とはいえ、たいていはスリが中身を抜いたあとで捨てた空っぽの財布だがね」

二人は地表に出た。ルナパーク・スタジアムのネオンサインが彼らを照らした。川に向かって歩く。正面に、すでに灯りの消えた中央郵便局の建物が見える。近くの街角には、閉店した花屋や、まだ回収されていない複数のゴミ容器がある。

「問題は、そういう連中と話すのはたやすいことじゃないってところなんだ」

「どうして?」ファビアンは尋ねた。

「おつむがどうかしてるやつが多いんでね」

地下鉄の警備員の制服を着た男が近づいてきた。

「問題なし?」ドベルティが尋ねた。

「ああ」男は答えた。地下鉄の頭文字のはいったコートの下で、ネクタイなしのシャツが太い首ではじけそうだ。

「ファビアン、こちらはモリーナ」ドベルティは二人を紹介しあった。

男はファビアンの手をがっちりと握った。

「いまはおとなしくしてる」モリーナが言った。「興奮させないようにするには、こっちも腹を据えないと」

ファビアンにはなんのことかさっぱりわからなかった。モリーナが脇にどいた。ゴミ容器の横に、やけど痕のある女がいた。

女の名前はテルマという。だが、地下鉄界隈では〝アザラシ〟と呼ばれている。炎に焼かれて引き攣《つ》った肌を揶揄《やゆ》する残酷なあだ名だ。地下道や駅で髪を結ぶゴムを売る(だれも買わないが)ようになって六年になる。地下鉄をいつも使わざるをえない、でも下流社会の忌まわしい空気になるべく触れないようにしている人々にとっては、テルマの存在は理解不能な悪夢だった。彼女の頭は、ホラー映画の特殊メイクでも施したようにてかっとしている。初めて見た人は、合成ゴムかなにかでできたヘルメットかと思うだろう。自然に見せようとしてうまくいかなかった素材というか。しかしよくよく見れば、それは肌そのもので、人の頭なのだと気づく。浴槽にはいった酸に浸したかのような頭だった。

ファビアンはこれまでに地下鉄で何度もテルマを見たことがあり、日常の風景としてすっかり見慣れていた。その彼女がいま目の前にいる。睫毛のない目は白に近い灰色だ。虹彩のない瞳は顔の中で浮いているように見え、ホルマリン漬けの奇怪な動物を思い出させた。

ドベルティはファビアンを脇に呼んだ。

「二、三十ペソ持ってないか？」

「あるよ。なんで？」

「モリーナに渡すんだよ。あんたに電話をかけるあいだ、女を捕まえておいてもらったから」

ファビアンは彼に金を渡し、ドベルティは紙幣をモリーナに握らせた。二、三言言葉を交わしたあと、モリーナは立ち去った。テルマはまだ座っていて、硬く引き攣った後頭部から下がる七色の太い三つ編みを撫でている。つかのまその指が、かつて耳のあった痕に触れる。膝の上には毛織の袋があり、その上にチョコレートやアルファフォーレス（クッキーのあいだにミルククリームを挟んだアルゼンチンのお菓子）の空の包装紙がたくさんのっている。女はけっして彼らの目を見ようとしなかった。手もやはりケロイド状で、色味がない。〈GAP〉のロゴがはいったスウェットシャツを着ているが、Pの字がすでに消えて、輪郭しか残っていない。昔の道化師を連想させる、黒と白の格子縞の短パンをはいている。大勢の女たちの切れ端を集めてつくられた、秘密の実験室で生まれたフランケンシュタインの恋人のようだった。歳はすでに三十を越えているはずだ。

ふいにファビアンは思い出した。ドベルティに近づき、勢いこんで告げる。

「彼女、あの日ぼくが乗った車両にいた」

「やっぱり！」ドベルティが勝ち誇ったように言った。「彼女の話とこれでぴったり符合する」

テルマをその目であらためて見たことで、記憶が鮮明に甦ってきた。ぼくはいったいどれだけのことを忘れてしまったんだろう？　娘を取り返すヒントになるかもしれないささいな事実のあれこれを。ドベルティの話の切れ端や方向を示す小さな道しるべを、はたしてどれだけ忘れずにいられるだろうか？

ドベルティがそっとテルマに近づいた。

「テルマ、こちらがあんたに話したたんなだよ」

「だんな、はい。いいえ……」テルマは答えたが、もごもごとつぶやきつづけた。二人と話しているだけでなく、つねに自分自身とも会話している。

「じつはな、ファビアン……」ドベルティは言った。だが、女にも聞こえるように、教師のようなはっきりとした口調でしゃべった。「あんたの娘の写真をあちこちで人に見せていたら、テルマが近づいてきて、知ってることがあると言ったんだ」

「知ってる、知ってる、うん。知らない、知らない」テルマが言った。

ファビアンは胸が痛むほどどきっとした。

「地下鉄内にはいまもまだモイラのポスターが何枚か貼ってある」ドベルティは言い、ファビアンに身を寄せた。「おれが持っていた写真を見たとたん、彼女、そのポスターの娘だとわかったらしい。てんで気がふれてはいるが、馬鹿じゃないんだ」ドペルティはまたテルマに向き直った。「おれに話してくれたことを、このだんなにも話せるか？」

「できる、うん、できるよ。話せる。話せない。うん、話せる」

ファビアンはドベルティを見た。探偵はうんとうなずいた。テルマの暗号ならもう解けたと言いたげに。

「さて、もう一度頼むよ」

「若い女といた」テルマが言った。「美人。昔のあたしみたいに。あたしは美人じゃなかった、美人だった、昔は」

「でもその女は……写真の女の子といっしょにいたんだね？」

「そう、女の子と。緑の目の女、緑の手の女の子」

「緑の手？」ファビアンが尋ねた。

「もう一度、二人をどこで見たか話してくれ」ドベルティが言った。

「プエイレドン。出口で」テルマが言った。

「プエイレドン駅？」

「駅。そう。違う。駅」

「緑の目の女と女の子はプエイレドン駅で降りたんだね？」ドベルティがくり返した。

テルマは毛織の袋の上に両手を置き、遭難者の遺品かなにかのようにそれをぎゅっとつかんだ。

「そう。緑の手。降りた。乗った。あたし、いっしょじゃなかった」

「だれといっしょじゃなかったの？　彼女たち？」

「まだいっしょだった」

「わかった。じゃあ先を続けよう」ドベルティが言った。「あんたは地下鉄を降りた。外に出た。通りに。そして緑の目の女と娘を見た……」

「緑の手の女の子」

「緑の手の女の子、そうだね。二人は通りに出た」

「そう、出た。出てない」

「外に出て、タクシーに乗った」

ドベルティはファビアンを見た。

「一致するだろう、な？　もし彼女があんたとおなじ車両に乗っていたなら、プエイレドン駅に到着したとき、モイラとセシリアはすでに地上にいたんだ。だって、二人はそれより一本早い列車に乗ってそこに着いてたんだから」

「緑の手っていうのはいったいなんなんだ？」ファビアンが尋ねた。

「まあ、落ち着いて。テルマ、もうひとつトブラローネはどうだい？」

ドベルティがチョコレートを見せると、テルマの目がぎらりと光った。

「うん、うん。ううん」

「タクシーの話をしてくれ」

「黄色と黒のタクシー」

「ほかには？」

「ドアがあった」

ファビアンはそっとため息をついた。

「ほかには?」ドベルティは続けた。

「大きなタクシー」

「ドベルティ……」ファビアンが言った。

「ちょっと待て。ほかには、テルマ?」

「運転手がいた。いない」

「運転手ってだれ?」

「ロケ。運転手はロケ」

「ああ、そうだね。ロケはなんて呼ばれてる、テルマ?」

「〝ポルビージョ〟。そう呼ばれてる。呼ばれてない」

「ポルビージョのロケ」ドベルティはまとめた。「緑の目の女と緑の手の女の子はロケのタクシーに乗った?」

「女の子はもう緑の手じゃなかった」テルマが言った。

ファビアンはどっと疲れを感じて歩道に座りこんだ。

テルマは二人を見たのだ。でも、甘い菓子を見せても、また受け取ってくれるかどうかはわからない。ドベルティはファビアンに近づいた。

「どう思う?」

「わからない。疑問もある。二人の写真はありとあらゆるところに貼ってあった。彼女はそれを見ただけかもしれない」

「それで?」

「二人とおなじ駅でちょうど降りたなんて、偶然すぎないか?」

「いいや、ちっとも。プエイレドン駅で降りる人間は大勢いる。あんたとおなじ車両にいた乗客のうち何人がそこで降りたか、だれにわかる?」

「可能性の問題だ」

「よし、プエイレドン駅を拠点とするタクシーが集まる場所を見つける必要がある。ポルビージョのロケを知っているやつがいるかどうか確かめるんだ」

「知っていたとしてなんだ？　彼女がそいつの名前を口にしたからといって、セシリアとモイラがそいつのタクシーに乗ったとはかぎらない。この女はどうかしてるよ、ドベルティ。彼女との会話は、小石を相手にするようなものだ」

「たしかに彼女は頭のネジが一本足りない。それはおれも認めるよ。だが、だからと言って嘘をついているとはかぎらない。彼女にやるお駄賃はないか？」

「チョコレートじゃ足りないのか？」

「娘の重要な情報が手にはいりそうだってのに、ケチるのかよ？」

ファビアンは財布から五十ペソを出し、テルマに渡した。明らかにおつむが足りないように見えるのに、それが紙幣だということは完璧に理解し、すぐさまポケットにつっこんだ。彼女は立ち上がって、脚を屈伸させた。ぎくしゃくしたしゃべり方からは想像もつかないスムーズな動きだった。世の中から完全に疎外されているとはいえ、そこで生き抜くすべはしっかり身につけているらしい。

「教えてくれ、テルマ……」ドベルティは彼女のほうに身を乗り出した。テルマは彼より数センチ背が高い。「その女の子のこと以外になにか覚えてないか？」

「女の子って？　知らない」

「いま話してた女の子だよ」

「話してない」

「緑色の手の女の子」

「緑の手じゃない。緑の手は通りに残ってた。あたしといっしょにいる」

「あんたといっしょにいるって、だれが？」

「女たちは通りにいた。プエイレドン。違う。あたしは女たちに追いつかなかった」

テルマは毛織の袋を開けた。中を引っかきまわす。ファビアンは袋から緑色のものが出てきたのを見た。コオロギにはあまり似ていない緑色のコオロギ人形。

凶暴な感じがするディズニーのジミニー・クリケット。セシリアと出かけたときにモイラが持っていたぬいぐるみ。

「通りにあった」炎の記憶が刻みこまれたホルマリン漬けの瞳のテルマが言った。「まだあたしといっしょにいる。いまはあたしが緑の手。あたしじゃない」

ファビアンの目に涙があふれだした。

10

コリエンテス大通りのバルにはいり、お茶を注文した。払ったのはドベルティだった。ファビアンはとうに落ち着いていたが、もう手持ちの現金がなかった。テルマに凶暴な顔のコオロギを手放させるのに、百ペソを握らせなければならなかった。彼女は一瞬も躊躇しなかった。ドベルティの手元には、テルマがチョコレートの包み紙のひとつに殴り書きした住所があった。不思議なことに、はっきりした字だったし、住所も実在のものだった。またいつかテルマに会う必要があるだろうと考えてのことだったが、地下鉄に乗っていれば楽に見つけられるだろう。

「さて」ドベルティが言い、小型のスパイラルノートを取り出した。ファビアンはそんなに小さなノートを見たのは初めてだった。「振り返ってみよう。あの日、あんたは乗りあわせた地下鉄の車両でテルマを見た。彼女はプエイレドンで降り、階段を上がって通りに出たところで、モイラとセシリアを見かけた。たぶんセシリアに目が留まったんだろう。あるいはコオロギか。おれにはわからん」

「セシリアたちはタクシーに乗り、モイラは人形を落とした」ファビアンがあとを続けた。「テルマがそれを拾った。もし二人が大通りでタクシーに乗ったなら、オンセ広場方面に向かったはずだ。テルマはそのタクシーの運転手を知っていた。運転手はその界隈の常連だからだ」

「おれたちがどんな情報と証拠を手に入れたかわかるか?」ドベルティは晴れやかな顔をしている。「ロケを見つければ、おそらくは二人がタクシーでどこまで行ったかわかるってことだ。ポルビージョのロケ。このあだ名は……セックス《ポルビージョ》に問題があるのか、麻薬《ポルビージョ》の売人かなにかか」

「プエイレドンに行ってタクシー運転手たちに話を聞かなきゃ」

「次のステップはそれだな」

「警察に話す?」

ドベルティは吸っていた煙草を揉み消し、自動的に次の煙草に火をつけた。

「いや、まだだ」と彼は言った。「連中に首をつっこまれて、台無しにされたくない。とりあえず二人で行って結果を見ようや」


翌日の午後二時、二人はプエイレドン通りとコリエンテス大通りの交差点にいた。地下鉄の出口近くのタクシー乗り場には七、八台が客待ちをしており、運転手たちは思い思いにラジオを聴いたり、同僚と話をしたり、ボンネットを開けてモーターの奥に手をつっこんだりしている。客を乗せる順番が近づくと、レースのスタート準備をするレーサーのように、エンジンをかけてアイドリングを始める。

二人は話を聞くために散り散りになったが、たちまち五、六人の運転手たちに取り囲まれた。ポルビージョのロケの名前にはすぐに反応があった。しばらく彼を見かけないという。

「このあたりで顔を見なくなって、二、三カ月になるな」白いもののまじった茶色い口髭の男が言った。「河岸《かし》を変えたんじゃないか？」

「どこかのタクシー会社で仕事をしてるのかな？」ドベルティが尋ねた。

「タクシー会社だって、けっ！」車の屋根に日焼けした腕の肘をついている、ぴったりした水色のシャツを着た運転手が言った。「個人タクシーだったよ」

「いや、あいつは会社に所属してたぞ」カーキ色の釣り人用の帽子をかぶった太った運転手が口を挟んだ。

「ビプ・バイレス社の運転手だった」

「だからだよ。ビプ・バイレスにいるってことは、どこにも所属してないも同然だ」水色シャツが言った。

釣り帽子が車列の後ろのほうに目を向けた。

「レネ！」と大声で呼ぶ。

最後尾のタクシーから痩せこけた男が顔を出した。煙草相手にボクシングの試合をしてもＫＯされそうだ。

「なんだよ」

「おまえ、ビプ・バイレス社にいるんだよな？」釣り帽子が尋ねる。

「そうだよ。それがなにか？」

ファビアンとドベルティが後部座席に乗りこんだ。レネはタクシー無線のダイヤルを回し、音を大きくしようとした。パチパチという音とともに遠い声が聞こえてきた。

「もしもし、ねえちゃん、いるかい？」レネが言った。

「もしもし、こちら三三二」女の声が応答した。

「じつは、ロケについて知りたがっている人間がここにいるんだ。覚えてるか？」

「ロケって？」

「フォードに乗ってるやつだよ」

「フォードに乗ってるロケはそう大勢はいないはずだ」ファビアンが言った。

「そりゃそうだ。だが、ビプ・バイレスには大勢の人間が出入りしてる」レネが答えた。

「ビプ・バイレスってタクシー会社の名前らしくないな」ドベルティが口を挟んだ。

「みんなそう言う」レネが同意した。

「ロケなんて運転手いないわ」無線の声が答えた。

「つまり、もう会社に所属してないってことか？」レネが要約する。

「なんの話？」無線の向こうの女が尋ねた。

「おれに貸してくれないか？」ドベルティが頼んだ。

レネは無線を彼に渡した。

「やあ、セニョリータ。聞こえるかい？　おれはセサル・ドベルティという者で、二人の失踪者を捜している。セニョール・ロケが大事な情報を持っている可能性があるんだ。彼とコンタクトをとるために電話番号か住所が知りたい」

「個人情報はお教えできません」

「じゃあ警察をひと部隊連れておたくの会社に行き、情報をおれたちにくれそうな人間とおしゃべりしなきゃならないな、セニョリータ。おたくの会社の住所を教えてもらえるか？」

「お教えできません」

「はっきりさせておきたいんだが」ドベルティが言った。「いま三時だ。もしあんたたちがロケについて情報を持っているのにおれたちに渡そうとしないなら、四十五分以内にビプ・バイレスに押しかけ、なんでおれたちを呼んじまったんだと必ず後悔させてやる。あんたの会社が法的に問題ないかどうかおれは知らない。あ税務処理が遅れているかとか、ちゃんと認可されているかとか。あんたのせいでおれたちが騒ぎたてたと上司が腹を立てたらどうなるかな？ 頼んでいるのはほんのささいなことだ。ロケは、ほんの二カ月前までありとあらゆる新聞を賑《にぎ》わせていた二人の失踪事件の重要な証人かもしれないんだよ。どうして話をわざわざややこしくする必要がある？」

運転席にいるレネが、よくやったというようにドベルティに親指を立てて見せた。

つかのま沈黙が漂った。そしてまたパチパチという音が無線から聞こえた。

「ミジェル通り三二一七番」女の声が告げた。「彼がここで仕事をしていたときの住所よ。いまはもうここには顔を出さないわ」

「ありがとう、セニョリータ。ロケの氏名を教えてもらえるかな？」

「ロケ・アルバレス」

「ミジェル通りってどこだ？」ファビアンが尋ねた。

「よければ、おれが送ってやるぜ」レネが言った。

その通りはヘネラル・パス高速道路から数メートルのところにあった。低層住宅地域で、手入れの行き届いた一戸建てが多いが、ひっきりなしに車が行き交う高速道路の騒音と排気ガスを思いきり浴びている。ロケのものらしい家も一戸建てだったが、周囲と比べるとずいぶんと荒れていた。屋根瓦は色褪せ、前庭にはひどいでこぼこができていて、アザミや雑草が芝を侵食していたし、壁の塗装は湿気で汚れていた。めくるめく堕落に屈し、誇りを失って、すっかり落ちぶれてしまった家だった。

家の前に、後部ドアのひとつに大きなへこみのできたフォードのタクシーが駐まっていた。おなじドアの窓にはひびもはいっている。最後の洗車がいつだったのか、特定するのは難しそうだった。

レネは料金を受け取ろうとしなかった。ドベルティとファビアンも無理強いはしなかった。

「役に立つといいがな」レネは言った。「あいつ、頭がいかれてるから」

「ヤーク《ボルビージョ》のせいで？」ファビアンが尋ねた。

「そういうことについては、おれはなにも知らない」

レネのタクシーが遠ざかり、二人は家に近づいた。庭に面している窓から、テレビ画面の光のちらつきが見える。コンクリートの二本の杭に支えられた、古い小さな木戸があった。呼び鈴はない。ファビアンが窓から居間をのぞくと、テレビの前でだれかが画面を食い入るように観ているのがわかった。長髪の男で、手にグラスを持って椅子に座っている。ドベルティは木戸を開け、玄関ポーチまで歩いた。そこには空き瓶、錆びたテレビのアンテナ、箱、煉瓦、空っぽのセメントの袋などが山積みになっている。さすがに玄関のドアには呼び鈴があった。ファビアンがドベルティの前に出た。ボタンを押したとたん、アニメのメロディなんかが流れたりしませんように。

「いいから、ぼくが押す」

室内に響いた音はほとんど聞こえなかった。ドベルティが庭のほうに目をやり、居間の人影が動いたかどうか確かめた。

「来るぞ。覚悟しろ、どっから見ても〝紳士〟だ」

ドアが開き、青ざめた顔の一部がのぞいた。血走った目が隙間の真ん中にぽっかり浮かび、ファビアンからドベルティへとバウンドした。

「だれだ？」

「ロケ・アルバレス？」ファビアンが尋ねた。

目が彼で留まる。

「だれだ、あんた？」

「捜査だ」ドベルティが言い、いつものように資格証をすばやくひらめかせた。「すこし話を聞かせてもらえるかな？」

ドベルティが〝もらえるかな〟と言い終わらないうちに、目が消えた。ファビアンとドベルティは黙りこんだ。室内の奥のほうで音がする。なにかが落ちる音、もうひとつなにかが落ちる音、ドアが開く音。ドベルティは歩道に引き返した。そのときロケが隣家の塀を飛び越えるのが見えた。どすんと落ち、くるぶしをひねったらしく、よろめいたが、いきなり駆けだした。

ドベルティは走りもしなかった。ロケが曲がった角のほうに歩きだす。ファビアンも後を追った。ロケはだれが見ても短距離走タイプではなかった。黄色いタオル地のバスローブのようなものをはおった下に、アディダスの短パンと焦げ茶の長靴下という恰好もまずかった。縁石で足を滑らせて、うつ伏せのままアスファルトをスリップしていき、排水溝の上でやっと止まった。そこを抜けて逃げようとするかのように、縁にしがみついていた。ドベルティはそこで立ち止まった。

「どうして逃げた？」

「息ができない。ちょっと待ってくれ」

ロケはときどきぶるっと痙攣しながら口をぱくぱくさせ、ゆっくり地面に座りこんだ。アスファルトの上を滑ったせいで、胸に擦り傷ができて、血が滲んでいる。

自転車のそばで立っている少年が唯一の目撃者だった。

「ただ話が聞きたいだけなんだ」ドベルティが言った。

「まだ息ができない」ロケはくり返しながら、なにも悪いことはしてませんとばかりに両手をあげ、冷酷なレッドカードが出されるのをかわそうとした。「おれは潔白だ。誓って」

「まあ落ち着け……なぜここに来たのか、説明もまだなのに」

「びびったんだ」

「なぜ？　なぜびびる？」

「サツかと思ったから」

「サツに追われてるのか、ロケ？　追われる理由がなにかあるのか？」

ロケは胸を手で押さえ、出血部をたたいた。

「あるよ、理由はいくつか」

「行方不明の娘と関係する理由？」ドベルティが尋ねる。

「なんだって？　おい、やめろよ。なに言ってんだ？そこまで落ちぶれてないぞ、おれは。どこの娘の話だ？」ロケは、なぜかそこで髪を撫でつけた。「あんたたち、サツじゃないだろ？」

ドベルティは写真を出した。それをロケの目の前に差し出す。ロケの目はそれに焦点を合わせるのに手間取った。

「だれなんだ、あんたら？」

「この娘を知らないか？」ドベルティは言った。「写真をよく見ろ」

ロケはあらためて写真を見、視線を定めようとした。

「四月二十日、二人はおまえのタクシーに乗った」ドベルティは言った。

「おれのタクシーに？　四月二十日、おれのタクシーに乗った？　知るかよ」彼はバスローブの前をかき合わせた。「四月二十日だろうが、一八一〇年五月二十五日の革命の日だろうが、おれにはおなじことだ」

「おなじじゃないんだ、ロケ。それ以来、二人の姿を見た者はだれもいない。二人ともだ。おまえは生きている二人を見た最後の人間かもしれない。思い出したほうがいいぞ」

「二人がタクシーに乗ったからってなんだっていうんだよ？　思い出す義務なんてないからな。どうしろってんだ？　乗せた客全員を思い出せってか？」

「タクシー運転手は記憶力がいいものだ。相手が美人の客ならなおさら。家の中で話さないか？」

「どうだかな。家ん中はめちゃくちゃなんだ。おれはいま、めちゃくちゃなんだよ。見ろよ、この有様…

……」

彼らは居間にはいった。テレビが相変わらず激しく明滅している。ロケはバスルームにはいった。水がザアザア流れる音がした。彼はガーゼを持って出てきた。

「片づいてなくて悪いな。久しく人が来てないもんでね。なにか飲むかい？　コーヒーかビールか水か」

「力を貸してほしいんだ、ロケ」ドベルティが言った。

彼は、新聞やら空のレジ袋やらに覆われたテーブルから椅子を引き、腰を下ろした。手にはすでに火をつけた煙草がある。ロケはため息をついて椅子に座った。胸にガーゼを押しつける。ロケはリモコンを取って、テレビを消した。

「このところ、いろいろうまくいかなくてさ」

「らしいな」ドベルティが答えた。

「いまだけさ。そのうちなんとかなる」

「そりゃそうだ。ヤク中ってのはそういうもんだ」

ロケが力なく笑った。

「違う、それとは関係ないんだ。ヤクはこの一カ月やってない。人生をくそまみれにするのにヤクは必ずしも必要ない」

「テルマからあんたのことを聞いたんだ、ロケ」

「テルマ？」

「地下鉄でゴムを売ってる女だよ」

「ああ、テルマね。哀れな女だ。天下一イカレてる」

「だれだって多かれ少なかれイカレてるさ」

「確かに」

「テルマにもヤクを売ったのか？」ドベルティが尋ねた。

「いや。テルマには売ってない」

「ただでくれてやったのか？」

「かもな」

ロケはガーゼを取ってながめ、顔をしかめた。

「なあ、おれは小物だ。ほかにどうしようもなくなったときだけヤクを売る。子供たちは相手にしないし、学校でも売らない。ヤク中でもない。まあ、一時はそうだったかもしれないが、いまは違う。何人かお得意さんがいて、客がいないときはタクシーの運転をした。それだけさ」

「じゃあなんで逃げたんだ？」ファビアンが尋ねた。

「さっき言っただろ？　びびったんだよ。麻薬取締班《トキシコス》かと思ったんだ。トキシコスの連中はまじで頭がどうかしてる。引っぱるときは人を人とも思わない。上のやつの名前を吐かせるためならタマを握りつぶす。持っているものを巻き上げるために袋だたきにする。下っ端の売人を痛めつけ、ちっちゃな錠剤を持って音楽フェスの会場から出てきた若いのを捕まえ、街角でハッパを吸ってたお人よしの髪を引っこ抜く。そのあとコカインをうなるほど積んだ麻薬王エスコバル・ガビリラのリムジンが横を通っても、なにもしない」

「いま、手持ちのヤクを便所に流しただろう？」ドベルティが尋ねる。「単なる確認だが」

ロケはまいったというように頭を掻いた。

「念のためってやつさ。全部パアだよ」

ファビアンはロケにこっちを見ろとジェスチャーした。

「ぼくは写真の娘の父親だ。娘とシッターがあんたのタクシーに乗るのをテルマが見たんだよ。娘の行方がわからなくなって六カ月以上経つんだ」

「そいつは大変だ」

「ああ。そのとおりだ。あんたの麻薬のことはぼくらにはどうでもいいことなんだ。あんたが泥棒だろうと殺人犯だろうと。いまは本当にどうでもいい。あんたのことを訴える気も、警察に通報する気もない。二人の身に起きたこととあんたは無関係だと思ってる。たぶん。その証拠が欲しいんだ」

「できれば協力してやりたいけど」

「本当に覚えてないのか？」ドベルティが尋ねた。

「プエイレドン駅のタクシー乗り場で客待ちしていた

おまえの車に、午後二時頃、二人が乗った」

「さてな、写真をもう一度見せてくれ」

ロケはあらためて写真を見つめた。ファビアンは思った。やっと見つけた二人の目撃者のうち、ひとりは気がふれていて、もうひとりはヤク中だとは。なんとか運勢の風向きを変えなければ。

「女のほうは二十二歳、少女のほうは四歳だ」ドベルティが言った。

「あの乗り場では客待ちするタクシーも多いし、乗ってくる人間も多いんだ、わかるだろ？　夫婦、老人、学校帰りの子供を連れた母親……」

「モイラの事件について聞いたことがなかったのか？」

「あるよ。いま言われて思い出した。だけど、たいして気に留めてなかったんだ」

「女の子の服をよく見てくれ。あの日はいてたのとおなじスカートだ。女のほうは黒いブラウスを着て、首に緑のスカーフを巻いてた。聞くところでは、いい胸をしてるそうだ」

「ペルー人なんだ」ファビアンが言った。「訛りに気がついたんじゃないか？」

「いや……ずいぶん前の話だからな。四月って言ったっけ？　昔話だよ。それに、その頃彼女と別れたんだ。母親が手術を受けたし。だからあの時分は頭がお留守でさ。ただ……」ロケが頭の中を再捜索した。「ペルー人って言ったよな？　なんか引っかかるな」

「なにが？」

「わかんないけど……」

ロケが突然ばね仕掛けのようにすっくと立ち上がった。

「クソしてくる」そう言ってバスルームに飛びこみ、ドアを閉めた。

「どう思う？」ファビアンがドベルティに尋ねた。

「救いがたいやつだな」

バスルームのドアが開いて、ロケの頭が低すぎる場所からのぞいた。つまりいまも便器に座っているということだ。

「思い出したよ、『静かに、静かに』って言いつづけていたペルー娘のことを。うん、たしかそんなことを言ってた」ロケはこちらを見つめている。

「モイラが泣いてたのかな？」ドベルティがファビアンに尋ねる。

「あのくそ女、モイラをどこかに連れ去ろうとして、モイラがそれに気づいたんだ」ファビアンは言った。痛みが胸をきりきりと穿《うが》った。「モイラが人形を落としたのに、止まってそれを拾おうともしなかった」

「人形？」ロケが言った。

「彼の娘が持っていた人形だ」ドベルティが説明した。

「テルマが通りでそれを見つけた」

「ああ」ロケはドアを閉めた。そしてすぐにまた開けた。「虫みたいな人形か？　緑色の」

ドベルティとファビアンは同時に椅子から立ち上がった。

11

彼らはロケのフォードで、プエイレドン通りとコリエンテス大通りの交差点に到着した。ロケは、市街地に行くのに、彼の基準ではそこそこまともな服を一式身につけた。胸に恐竜の顔が描かれたフード付きのスウェット、数えきれないほどポケットがついた緑の迷彩柄のズボン、白いスニーカー。車の中はアレルギーと窒息がいつ誘発されてもおかしくなかった。積もり積もった埃が座席のあいだを浮遊し、まるで宙に絵を描いたかのように、日光の光線がくっきり見えた。ロケはハンドルの前に座り、落ち着かない様子できょろきょろした。ドベルティが助手席に座り、ファビアンは後部座席に陣取っていた。

「二人は言い争いをしてた」ロケが言った。「女の子が人形を落としちまったから」

「やっぱり」ドベルティが言った。「で、おまえはどうした？」

「女の子があんまり泣きわめくんで、引き返さなきゃならなくなった。それでバレンティン・ゴメスまでまっすぐ進んだ」

「そのとおりに行ってくれ」

ロケは一ブロック進み、左折した。

「そのあとパソまで行った」さらに一ブロック進み、また左折した。車はラバージェ通りでUターンを完了し、またプエイレドン通りにはいった。

「戻ったが、コオロギはもうなかった」ロケが言った。

「テルマが拾ったあとだったんだ」ファビアンが言った。

「ええと、それから……プエイレドン通りを進んだと思う」

「思う、じゃだめだ、ロケ。思い出してくれ」

「ああ、たしかにプエイレドン通りを直進した。コリエンテス大通りはぴんと来ない」

渋滞の中を進み、オンセ広場にたどりつく。リバダビア通りを渡ったとき、ロケは前方に集中しながら、ぶつぶつ独り言を言った。

「違う……」

プエイレドンはフフイ通りに名前を変え、ベルグラーノ通りを越え、そのあとインデペンデンシアも通り過ぎた。

ウンベルト・プリモ通りを渡ったとき、ロケの顔がぴくりと動いた。

「違う。高速道路の手前だ。高速の前に曲がった」

ロケはサン・フアン通りにはいってそのブロックをまた一周し、フフイ通りに戻ると、ウンベルト・プリモ通りでブレーキを踏んだ。

「ここだ」ロケはぼうっとしているように見える。いまいる時空から彼を連れ去る靄に巻かれたかのように。

「ここがなんだ？」ドベルティが尋ねた。

「ここで曲がったんだ」

ロケはウンベルト・プリモ通りにはいった。ゆっくり車を進ませる。カタマルカ通りの交差点に到着した。ロケは車を停めた。角に目を向ける。ファビアンは座席でもぞもぞしたが、ドベルティは話しかけるなというように手ぶりで彼を制した。

ふいにロケの顔がぱっと明るくなった。またアクセルを踏んでカタマルカ通りを渡る。しばらく走ると角に、築七十年にはなるにちがいない三階建ての建物が見えた。一九二〇年代の富裕層をうならせることができる、ありとあらゆる装飾パターンを知っていたイタリア人たちが設計し建設した建物のひとつだ。その手の小ぶりなお屋敷は、結局さらに分割されるか、小ホテル《ペンシオン》として再利用された。そこに見えている建物も、いまは〈海風〉という名のペンシオンになっている。

「これだ！」ロケが叫んだ。「ついに思い出したぞ！　二人はここで降りた。変な名前ですね、とその女におれは言った。だって変だろう？　そのあともおれは考えていた。ブエノスアイレスのど真ん中にあるペンシオンにそんな名前をつけたのはどこのどいつだ、って」

ロケは車を縁石に寄せ、車を停めてエンジンを切った。

「二人は確かにこの中にはいったんだな？」ドベルティが尋ねた。

「はいった。確かにおれは見た」

「よし。ここで降りよう。ロケ、いろいろありがとう」

ドベルティは彼に名刺を渡した。

「これからもたがいに連絡が取れるように。事件が今後どんな展開を見せるかわからないが……」

「ひとついいか？」ロケが言った。前を見据えたまま、下唇を噛んでいる。「もし提供した情報が役に立ったら、おれも報奨金にあずかれるのか？」

ドベルティはファビアンを見た。

「この情報が役立つかどうか、まだわからないぞ、ロケ」

「でも、もし役立ったら？」

「話しあおう」

「いま、おれは最悪なんだ」ロケはハンドルを指でたたきつづけている。「ドツボにはまってる。見ただろう？」

「いますぐいくらか必要なのか？」ファビアンは尋ねた。

ドベルティは顔をしかめてファビアンを見た。ファビアンはそれを無視した。

「すこしなら用立てられる」彼は財布の中身を見た。「二百ペソ」

「施しはいらねえ」ロケは言った。「もらっただけの仕事はする。そのときはたぶん受け取るよ」

「いっしょに中にはいらないか？」ドベルティは言った。前髪に息を吹きかけつづけている。「中になにがあるか、まだわからない。もしかすると厄介なことになるかもしれない。手を貸してくれれば礼は弾むぞ」

「厄介事はごめんだ。情報料だけでかまわない」

「テルマがおまえのことを思い出さなかったら、今頃まだテレビの前でくさってたんだぞ」ドベルティが言う。

「そういう物言いは心外だな。ここのことをおれが思い出さなかったら、あんたたちはタロットカードに頼るしかなかったんだ」

「じゃあこうしよう」ファビアンが言った。「この二百ペソをあんたに渡そう。もし新たになにかわかったら、さらに上乗せすると約束する。あんたの居所はもうわかってるし」

「あの家、ちょっとは掃除したほうがいいぞ」ドベルティが言った。「捜査が新展開を見せたら、おまえはサツで証言することになる」

「いやだよ、サツにはいっさい関わりたくない」

「だれだってサツとなんか関わりたくないさ、ポルビージョ。だが、報奨金に多少なりともあずかりたいなら、それなりの働きをしないとな。じゃあ降りるぞ。おしゃべりはもう飽き飽きだ」

ドベルティはやや乱暴に車のドアを開けた。ファビアンも降り、歩道で立ち止まった。ロケはさよならと手を振ると、車を出した。最初の角でほとんど縁石に乗り上げそうになった。

「哀れなやつだ」遠ざかる車を見やりながらドベルティは言った。「ヤク中にはへどが出る」

「ヤクは断ってると言ってたぞ」

「断てっこないさ。そういう連中だ」

12

二人はペンシオン〈海風〉の門構えを見ていた。ひょろっとした三階建ての建物で、古風な窓が並び、静まり返っている。名前の書かれたつやつやした看板の下に背の高い玄関があり、がっしりした木製の両開きの扉が備えつけられている。扉の片方が開け放たれていて、暗い玄関ホールが見える。ホールの奥にガラスの反射光がかすかに見えていることからすると、ガラス張りのドアがもうひとつあるのだろう。

「おれがひとりではいる」ドベルティが言った。

「どうして?」

「中がどうなっているか、本当にわからないからだ」

「ペンシオンだろう?」

「たぶん。だからひとりで行ったほうがいい。部屋を探している観光客のふりをするつもりだ。そうして中の様子をうかがう。二人じゃ観光客に見えない」

ドベルティはネクタイの結び目を直した。

「あんたはここで待っててくれ」

ファビアンはどう答えていいかわからなかった。それに答える暇もなかった。迷っているうちに、ドベルティは中にはいってしまった。ファビアンは木陰に身を寄せておとなしくしていた。湿気がひどく、あたりは眠りに浸り、目覚めない。何台かバスが行き過ぎ、学校帰りの子供たちが通った。ファビアンは角まで行って、また戻ってきた。野良犬が尻尾を下ろしてとぼとぼと近づいてきて、ペンシオンの中にはいっていった。五分経ったとき、ドベルティがまた姿を現した。玄関でファビアンを手招きしている。

「女主人と話をした」

「それで?」

「まあ、自分で確かめるこった」

ペンシオン〈海風〉を始めたのは、いまの主人マリーア・エウヘニア＝レゲイロ通称マリータの父、イスマエル・レゲイロだった。ペンシオンの名前は、二度と戻れなかったアストゥリアスの海岸への尽きせぬ郷愁に由来しているらしい。カンタブリア海は遠すぎたし、家族の行事で折々に訪ねるような親類ももう残っていなかった。ブエノスアイレスでは海風は吹かない。この地でイスマエルが出会ったのは、街のざわめきと、あっという間に人生を運び去る沈黙の風だけだった。

ペンシオンを継いだのはマリータだった。黒い服に身を包み、白髪をひっつめにした老婆で、天井の照明が放つ灰色の光の下にいると、いつのものかわからない古い絵の額縁の中にひっそりと収まっているかのように見える。彼女は分厚い宿帳のページを繰った。

「この帳面は使うこともあるし、使わないこともあるんだよ、じつを言うと。四月二十日にあたしはここにいたと思うけど、確かじゃない」

三人は、広いホールの奥にある小部屋にいた。大理石の階段が上階へと続いている。ホールのつきあたりには、廊下に出る別のドアがある。廊下を進むとアーケードがあり、そのまた奥には大きなゴムの木がそびえる中庭《パティオ》がある。

ファビアンとドベルティは、宿帳が置かれたリノリウムの小さな台に身を乗り出していた。彼らはいま、セシリアとモイラがどの部屋を使ったのか調べようとしている。

ペンシオンには長期の間借り人が四人いた。その間借り人たちが四月二十日にそこにいたかどうか、セニョーラ・マリータにははっきりしなかった。三人は仕事に出ていたはずだが、ひとりはいたかもしれない。残りの四部屋は、その日すべて宿泊客で埋まっていた。マリータが呼ぶところの〝一時客〟はその宿帳に氏名と身分証明書の番号を記帳する。番号が正しいかどうか確認するために、身分証明書の提示を求めたことはいままで一度もないという。だれもが通りすがりの幽霊のようなものだった。

要するに、セシリアとモイラは八部屋のうちどれに入室したとしてもおかしくないということだ。マリータも、彼女のアシスタントである従業員の若者レアンドロも、二人を覚えていなかったし、さらには、彼らがいる小部屋からは、ホールのうちガラス張りのドアと階段のあいだの部分が見えないことを、ドベルティが確認した。セシリアとモイラは、だれにも見られずに中にはいって二階や三階に上がり、また出ていくこともできたのだ。

「間借り人は自室の鍵をそれぞれで保管しているんだ」マリータは説明した。「だからあたしたちは上にあがる人にあまり気を留めない。まあ、いわゆる賃貸アパートみたいなものさ、ね？　あたしたちはなるべく外をのぞくようにしてるけど、ああ、やっぱりあんたの大事な娘さんとそのお嬢さんのことは覚えてないよ。神よ、二人をお守りください」

セニョーラ・マリータは、事件が大々的に報道されたこともあって、モイラのことを覚えていて、なにか進展はないかとときどき新聞で経過を追っていたと言った。ファビアンはふくらはぎになにかが触れるのを感じ、視線を落とすと、二匹の野良犬がパティオに続く廊下へと進んでいくのが見えた。あまり利発そうに見えない二十二歳のレアンドロ青年が二匹を追いかける。ファビアンはドベルティを脇に引っぱった。

「ブランコとモンドラゴーンを呼んだほうがいいと思う。ぼくらだけではこれ以上無理だ」

「もうちょっと待て」ドベルティが言った。

彼は宿帳を苦労して持ち上げ、中を調べた。

「ここにアラブ人の名前が二つある」

「向こうのブロックにあるイスラム・センターの人た

ちだよ」マリータが説明した。「あの日、コンベンションかなにかがあったんだ」

「もしかすると、この二人なら見つかるかもしれない。そのイスラム・センターにも名前が記録されているはずだ」

ファビアンはカイロにいるセシリアとモイラを思い浮かべた。顔を布で隠し、モスクでメッカの方角を向いてひざまずいている二人。こういうときでなければ、思わず噴きだしていただろう。

「ということは、そのとき四人の間借り人と二人のアラブ人がいたってことか」

「シリア＝レバノン系だった」マリータが言った。

「なるほど。残りはあと二人だな。カルロス・デシモーネとルーチョ・ジャンボローニャ。どちらも覚えてない？」

マリータはきっぱり首を振った。

「記憶を消されたわけでもあるまいにね」

「セニョール・カルロスは何度か来たことがありますよ。あのときは二泊した」レアンドロが口を挟んだ。「セニョール・ルーチョは一週間いて、その晩にチェックアウトした。この人のこと、覚えてない、マリータ？　スペインについてあんたと話してたじゃないか」

マリータの頭の霧が急に晴れたらしい。

「ああ、そうだった。どちらかと言えば背が高くて、すごく親切な紳士だったよ。レアンドロ、あの犬どもをパティオから追い出しとくれよ。いいかげん、いらいらする」

「どの部屋に泊ったんだい、このセニョール・ルーチョ……ジャンボローニャは」ドベルティは宿帳の名前をもう一度読んだ。「ここには六号室ってあるけど」

「三階ですよ」レアンドロが言った。

「いま、だれか泊ってる？」

「いや」

「中を見せてもらってもいいかな？」

それは廊下のつきあたりの部屋だった。

「二十日の夜にチェックアウトしたのはセニョール・ルーチョだけだったよ。正確には二十一日の午前一時とある。覚えてるかい、レアンドロ？」

「と思う。でも確かじゃない。時間が書いてあるんだとしたら、チェックアウトのサインをしてもらったからだ」

「でもあんたは覚えてない」

「たぶんすごく眠かったんです」レアンドロが照れくさそうに認めた。

「もしセシリアがここでだれかと会ったんだとしたら、すぐに立ち去ったはずだ。そう思わないか？」ドベルティがファビアンに言った。

「たぶん二人はここに来て、そのあと別の場所に移動したんだろう。必ずしもだれかといっしょに行ったとはかぎらない」

「たぶん《キサス》、たぶん《キサス》、たぶん《キサス》」ドベルティが小声で歌った。

彼らは部屋にはいった。専用のバスルームがあるのはその部屋だけだ。室内がこぎれいなのにファビアンは驚いた。ベッド、洋服箪笥、机。いかにもペンシオンらしい内装だ。窓はパティオに面していた。ドベルティがそれを開け、外をのぞいた。垣根のすぐ近くにそびえるゴムの巨木が見えるはずだ。低めの木がもう二、三本あるほかはおびただしい雑草が茂り、打ち捨てられた空き地のような荒廃ぶりだ。

パティオにはすくなくとも七匹の野良犬がいた。うろうろと動きまわり、じゃれあっているように見えたが、ときどき遊びが高じて咬みつきあいの喧嘩になった。窓のそばに、ベランダから一階まで下がる鉄梯子があるのにファビアンは気づいた。

「あの犬たちはいったいどうしたんだ？」ドベルティが尋ねた。

「どうかしてるんですよ」レアンドロが言った。「あるいは発情期なのか。見当もつかない。下水管が壊れてからずっとあの調子なんです」

そう言えば、犬たちがどこかで水を跳ね返す音がする。パティオじゅう水浸しだった。ドベルティは室内を見回したが、最低限の家具しか置かれておらず、なにか重要なものが隠されていそうな物陰などどこにもなかった。彼はあらためて窓辺に戻り、鼻をくんくんさせた。

「この臭いはなんだ？」

「下水管です」レアンドロが言った。

「修理しないのか？」

「連絡してるんですけど、来てくれないんです」

「修理を頼んだのはいつだ？」

「二週間前です」

彼らは階段を下りた。二階で、シャツとパジャマ姿の男が部屋の入口から顔をのぞかせた。レアンドロを見て、ほっとした様子だった。

「セニョール・アントゥーネスです」男は会釈とも思えないくらいかすかに会釈し、部屋に引っこんだ。

「泥棒です」レアンドロはそのひと言ですべて説明がつくとばかりに、きっぱり言った。

階下ではマリータがひどく気を揉んでいた。

「レアンドロ、お願いだからあの犬たちを全部追っ払っとくれよ。大変な騒ぎなんだよ」

ファビアンはドベルティに近づいた。

「警察を呼ぼうか？」

「ああ、ほかに手立てがなければ。おれがあんまり深入りすると、連中は面白くないだろう。警察にとって探偵とは、建築士にとっての芸術家みたいなものだからな」

パティオでは延々と激しい吠え声が響いている。なかには遠吠えする犬もいる。

「いったい何事なんだ？」ドベルティが言った。

パティオに出て、奥へと進む。途中、いきなり強烈な臭いが襲ってきた。

「ひどい」ファビアンはハンカチを探した。

ドベルティは歩きつづけた。靴がぴちゃぴちゃと水を跳ねかせる。犬たちは追いかけっこをして、水を撒き散らしている。臭いはますます強くなった。ファビアンは、ドベルティがゴムの木をぐるりとまわり、垣根に近づくのを見た。数歩歩いて、なにかを見るためにしゃがみこんだ。レアンドロもしゃがんだ。

「見ましたか？」若者が言った。「あふれてる」

ファビアンも彼らのところに近づき、なにを見ているのかとのぞきこんだ。一メートル半ぐらいの大きさの水たまりに、丸々太った黄色い蛆《うじ》が数えきれないほど蠢《うごめ》いている。とにかくすごい数だった。犬たちは近づいては、後ずさりした。一匹が、口に山ほど頬張っている。ファビアンは胃がこぶしのようにぎゅっと縮こまるのを感じた。ドベルティが口と鼻をハンカチで覆いながら立ち上がり、レアンドロのほうを見た。

「スコップとかレーキとか、なにかないか？」

若者は建物のほうに走り、近づくに近づけず戸口に立っていたマリータになにか言った。二人は建物の中に引っこんだ。

ファビアンは地面を見た。蛆の池の上に、狂ったように踊る小蠅《こばえ》の雲ができている。

レアンドロが、針金でプラスチックのちりとりがくくりつけられている箒《ほうき》の柄を持って現れた。

「これがいちばんましだったんで」

ドベルティは水と蛆をちりとりですくってどけた。泥を下にはつやつや光る泥と新たな蛆の層があった。泥をひとすくいすると、さらに激しい臭いがたちのぼった。ファビアンは一歩後ずさった。ドベルティはさらに掘った。その横で、レアンドロが様子を見守っている。

「見えるか？」ドベルティが言うのがファビアンの耳にはいった。

ちりとりですくっても、もう水の音はしなかった。ドベルティは掘るのをやめた。

「なんだ、こりゃ?」レアンドロが言った。「なんてこった……」

ドベルティとレアンドロが同時に飛びのいた。若者のほうは震えていた。ファビアンも近づいた。いま見ているものを解釈するために数秒かかった。信じられないほど長い無数の蛆が、遺体にうようよと群がっていた。頭部と両肩は、なんとか識別できた。部分的に熱で溶けたマネキンに似ていた。顔立ちははっきりしないが、形は残っていた。体は光を受けて輝く銀白色で、海から釣り上げたばかりの濡れた魚のような色だ。ただ、場所によってこの銀白色が変色している。下顎の形は確認でき、半開きになった口のようだ。眼窩《がんか》にあたる骨のくぼみもわかった。がらんどうで、蛆がさらにせわしく蠢いている。腕も手も指も、普通の倍にふくれ上がっている。蛆たちとひとりの女が結婚式で大騒ぎしている、そんな様相だった。なぜならそこに横たわっているのは間違いなく女だったからだ。最悪の最期を迎えた女。彼女自身、変態の途中で止まってしまった巨大な蛆のたぐいに見えた。だが蝶にはならない。それは蛹《さなぎ》のまま死んでしまった人間の蛆だ。ファビアンは、ぼろぼろになった皮膚の襞《ひだ》と蠢く蛆の隙間に、セシリアの明るい緑色のスカーフを認めた。あっという間に、蠅のマントがまた体を覆い、闇がそこに落ちた。

その後のことはよくわからない。地面が揺れて自分のほうに近づいてきたかと思うと、気づいたときにはひざまずき、ドベルティとレアンドロに支えられていた。蛆だらけの水でズボンを濡らし、死と腐敗の臭いに冒され、狂乱する犬たちの吠え声に囲まれて。

13

夜十時。ペンシオンのパティオは赤と白のテープで囲まれた。十数人の人々がそこで作業をしていた。〈海風〉の間借り人たちが、記念パレードでも見物するかのように、窓から動きを見守っている。玄関ホールではマリータが近所の人々と話しこみ、通りでは二人の制服警官が現場に人が立ち入らないように見張っている。そこから数メートル離れたところに、カメラや投光照明灯やテレビ局のワゴン車が並んでいる。

ファビアンはその見覚えのある光景をうんざりした表情でながめていた。ペンシオンの二階にある食堂の窓際に彼はいる。ようやく気持ちが落ち着いてきた。この二時間はつらかった。モイラはセシリアとは別の場所にいる、もしおなじように死んでいたらいっしょに埋められていたはずだ、とドベルティに言われても、警察がパティオじゅうを掘り返して、なにもないとわかるまでは、すこしも安心できなかった。電話で父と兄と話をした。二人はおなじようなことを言って、ファビアンを励ました。恐ろしいことだが、この発見でモイラにつながる新たな捜査線が開かれたんだよ。ファビアンもそう信じたかった。

ペンシオンの食堂にある、つやのあるダークウッドの長テーブルには、さまざまな人間が座っていた。ブランコ刑事は以前にも増して痩せたように見え、モンドラゴーンはコーヒーカップを手に持ち、一見ぼうっとしているように見える。その横にいるのは検事のエステバン・レボイラで、いつもどおり完璧な着こなしだ。上着、シャツ、スラックスとびしっと決まったその服装はドベルティとは正反対で、レボイラをあちこち崩して不完全にした鏡像がドベルティという印象を受ける。さらには、二人の新たな登場人物が、いまや定番の〝意外な展開〟を見せつつあるこのドラマに加わった。ひとりは殺人課刑事のラミロ・ベルトラン。顔色の悪い太った男で、白髪を短く刈りこんでいる。もうひとりは検死医のルイス・リベディスキーで、年じゅう白衣を着ているように見えるのだが、そのときはなぜか着ていなかった。はたしてドベルティは登場人物リストにこの二人をすでに付け加えたのだろうか、とファビアンは心の中で思った。

「さて」レボイラがネクタイピンを直しながら言った。空間に金色の光がきらりと放たれた。「これまでのことをおさらいしてみよう。そうすればすべての情報をアップデートできる。まず、二人の証人。ひとりはテルマ。苗字は不明。彼女のことは地下鉄B線のエリアに行けば見つかる。もうひとりはタクシー運転手のロケ・アルバレス。住所はセニョール・ドベルティから提供してもらった」

当人が手を上げて振った。レボイラ検事は企業幹部の会議に侵入した物乞いかなにかのようにドベルティを見た。

「この二人の証人については、失踪人捜査課が現在居場所を確認している」

ブランコとモンドラゴーンがうなずいた。

「ほかの二人の証人、レアンドロ・ガブレナスとマリーア・エウヘニア＝レゲイロについては、遺体発見時に立ち会っていた」レボイラ検事はイタリア製の遠近両用眼鏡を取り出し、リベディスキーを見た。「そして遺体。これについては？」

リベディスキーは鼻を掻き、わざとらしく咳払いをした。

「これまでのところ、申し上げられるのは直接観察でわかったことだけです。遺体は、地中では八分の一という腐敗速度の法則に合致した状態です」リベディスキーは、ファビアンが眉をひそめたのを見て、説明した。「地上にある遺体が腐敗する速度を一とすると、水中はその二分の一、地中は八分の一なんです。言い換えれば、地中に埋まっていると、地上より腐敗の速度が八倍遅くなるということです。そこから考えて、あの遺体は死後すぐに埋められた可能性が高い」

「ほかには？」レボイラ検事が尋ねた。

「下水管が壊れたのは運がよかった。湿気で腐敗が進み、蛆の活動と臭気の発生を促《うなが》しました。地面が乾燥したままだったら、だれにも気づかれないまま一年が経ち、白骨化していたかもしれない」

「遺体の状態は、被害者が行方不明になった時期と矛盾しないか？」ベルトラン刑事が、まるでロボットみたいな鼻声で尋ねた。「その日のうちに殺害したのかどうか、知る必要がある」

「いまはまだ断言できませんが、いまのところ、すべての要素に矛盾はありません。そのうえ遺体には鹸化《けんか》している箇所があって、ここから時間の経過が推定でき、失踪後約六カ月という事実と合致します」

「鹸化《サポニフイカシオン》って？」ファビアンが尋ねた。

「死体がいつガ《サ》マガエル《ポ》に変身するんだ？」

全員がいっせいにドベルティのほうを見た。モンドラゴーンは眉を片方吊り上げた。ブランコは目を大きく見開いて彼を見た……とはいえ、いつも彼女はそういう表情なのだが。レボイラ検事は顔をしかめた。

「こういう深刻な状況でふざけるのはやめてもらいたいものだな、ドベルティ」

「すみませんね。つい」

「今後は慎むように。いましも、被害者の母親が下で泣きわめき、家族の中でだれが遺体の確認をするか揉めているというのに」

「鹸化は、土や湿気に遺体が触れたときに現出する一種の被膜なんです」リベディスキーが医師らしい口調でファビアンに説明した。「ご覧になったと思いますが、蠟《ろう》状のくすんだ灰色の箇所がそれです。体の半分ほどがそうなっていたから、三ヵ月から六ヵ月は地中に埋まっていた計算になる。同様に、一部の器官の損壊状況からも時間経過がわかります。胃や……子宮など」

「まわりくどい言い方はやめてくださいよ」ドベルティが言った。「あの女はここに連れてこられたその日に殺された。それははっきりしている」

「検死結果に基づいて考えることが求められるが、当初としては、こいつの言うとおりだといわざるをえんな」ベルトランが吐き出した。

「それで死因は？　銃器か？」モンドラゴーン刑事が急いで尋ねた。

「ええ」リベディスキーが答えた。「いまわかる範囲では二ヵ所。ほかは弾道解析班の報告を待たないと」

「二ヵ所というと、どこに？」ベルトランが尋ねた。

「私の見たところでは、両乳房に一発ずつ」

ベルトランは舌打ちして黒い革の手帳を開き、そこになにか書きこんだ。

「両乳房に一発ずつ」ドベルティが言った。「かわいそうに。ホナタンは捕まえたのか？」

「いま話を聞いているわ」ブランコが言った。「知らせたとき、パニックになって」

「ルーチョ・ジャンボローニャについては調べたのか？」レボイラ検事が尋ねた。

「ペンシオンの宿泊客の中で、身分証明書の記載内容と本人が符合しないのはその名前だけです」ベルトラン刑事が説明した。「番号はロサリオ在住の女性のものでした。そしてこのルーチョ・ジャンボローニャという人物については、どこにも記録がない……」

「このくそったれペンシオンはどうして客に身分証明書の提示を求めない？」レボイラ検事が悪態をついた。椅子の色あせた張り生地で服を汚さないように身じろぎする。「ほかの宿泊客についても調書を揃えて持ってこい」

「犯人はそいつだよ」ドベルティが口を挟んだ。「女を埋めてから、夜中の一時に立ち去った。ほかの連中を調べるなんざ、時間の無駄だ」

「捜査方針をわざわざお決めくださって感謝の極みだ」レボイラ検事がかっとなってドベルティをさえぎった。「きみも事情聴取のために体をあけておいてもらう必要があるのでお忘れなく」彼はファビアンのほうを向いた。「言っておきますが、あなたの行動も褒《ほ》められたものではないですよ、ダヌービオさん。この二日間にあなたがたが得た情報は、われわれに伝えていただかなければならなかった。あなたがつらい思いをしていらっしゃることについてはお察し申しあげるが、それでも……」

ドベルティがまたレボイラの目の前で手を上げた。「きみは調査の進捗状況を報告する義務があるんだ。情報を提供せずに捜査を妨害したかどで告発してもいいんだぞ」

「あなただってておわかりのはずですよ、レボイラ」ドベルティはテーブルにジッポーを立てて置いた。小さなトーテムポールのように。「ときには急がなきゃならない。さもないと、チャンスを逃しちまう」

「ああ、わかってるとも、ドベルティ。勝手なことをするな、それだけだ……さあ、これからだ。まずは……これ以降、殺人課と失踪人捜査課は合同捜査をする。モンドラゴーンとブランコはベルトランの指示に従うように」

全員が椅子から立ち上がった。ドベルティはレボイラ検事に近づいた。

「報奨金についてうかがいたいんですがね」ドベルティが言った。

「どうしてか、きみがその話をしにくることは予想がついていたよ」

「今回のことで、セシリア・アロージョの行方については解決したってことですよね？　つまり、報奨金の半分については支払い義務があるのでは？」

「治安省とまず話をしないと。報奨金については彼らが担当している。それから回答するよ」

「もし支払ってもらえるなら」ファビアンが言った。

「すくなくとも四千ペソをロケ・アルバレスに、別に千ペソを地下鉄のテルマに割り当ててほしい」

ドベルティがファビアンを見た。彼の顔のあばたがいつも以上に深く、色が濃くなったように見える。レボイラ検事が初めて楽しそうな顔をした。

「考えておきますよ」彼は言った。「とにかく落ち着いて待っていてください、ダヌービオさん」

ブランコがファビアンに近づいた。

「お元気ですか、ファビアン？」

「ずいぶんかしこまった言い方だね」

「仕事中ですから」

「事件が重大な転換点を迎えた、そう思わないか？」

「そうね」ブランコは、同僚たちが部屋を出ていくのを見て、話を続けるかどうか迷った。「それで、元気？」

「まああってところ」そう答えたが、二人ともその答えを信じていなかった。

ブランコは彼の腕をぎゅっと握り、なにも言わずに立ち去った。肩にだれかが触れた。ドベルティだった。

「報奨金の計算はおれにまかせてもらいたかったな」

「それについてはまた話しあおう。どうしたらここから出られる？」

「カメラ恐怖症か？」

「そのとおり」

レアンドロが隣の安アパートに面したドアを開けた。ファビアンとドベルティはそのブロックの真ん中に出た。交差点でタクシーを拾い、カメラのフラッシュと死から遠ざかった。

14

「もしもし、ファビアン・ダヌービオ?」

「はい。どちら様?」

「あなたは私を知らない」抑制された、平板なかすれ声だった。「あなたの娘について重要な情報がある」

ファビアンは唾を呑みこんだ。下着一枚で眠っていたが、夜どおしひどく汗をかいた。寝ぼけ眼《まなこ》でナイトテーブルの抽斗を開け、電話に応答したとき、聞き覚えのない声が耳に飛びこんできた。

「どんな情報?」

「あなたの娘は生きている」

ファビアンはめまいがし、まわりの空気にひびがはいったような気がした。世界がばらばらになっていく。

「あんた、だれだ? 答えろ」

「それは言えない」

沈黙。受話器の向こう側で車の音がした。

「娘はあんたといっしょなのか?」

「違う。だが犯人を知っている。危険な連中だ。私は恐ろしい。あなたも怖がるべきだ。また電話する」

「待て」

だがすでに切れていた。ファビアンは携帯電話の液晶画面を見た。《非通知》。

「あんたの電話番号を知ってるどこかのアホのしわざだ」ドベルティが言った。

「娘は生きていると言ったんだ」

「あんまりこだわらないほうがいいぞ。言うことを聞け」

「冗談でこんなことをするか?」

「いるんだよ、そういう輩《やから》が」

二人はバローロ宮殿の〈煉獄《れんごく》〉にいた。デスクの上にいるサンフリアンは、時折髭を震わせる以外じっと動かない。マルシアの姿はどこにも見えない。サンフリアンがついに雌鶏の運命に終止符を打ったのだろうか。ファビアンは怖くて訊けなかった。

ドベルティは、ひっきりなしに吸う煙草の煙で汚れた空気を入れ換えるため、窓を開けた。ファビアンは室内のレイアウトがこのあいだと違っていることに気づいた。デスクの右側に段ボール箱がいくつかあり、床の上に長方形に並べられている。その横にはモイラの部屋の小さな本棚が置いてある。なるほど、とファビアンは思った。ドベルティは、あの日運んできた物でモイラの部屋を再現したのだ。長方形に置かれた段ボール箱がベッドだ。『リトル・マーメイド』のキャリーケースが開いてあり、中にはいっていたものがあらわになっている。お絵描きした紙、香水瓶、カラフルなハンカチ、蜘蛛の巣にいる蜘蛛の形をした金色の置物、未完成の神経衰弱ゲーム。モイラはどうしてこんな品物を大事にしまっておいたのだろう？　おもちゃたちを支配する女王様にとって、これらにどんな思い入れが？　もう何万回尋ねたかわからないが、もう一度尋ねる。あの子はどこにいる？　気分が悪くなり、ドベルティもそれに気づいた。

「コーヒーは？」

「いや、ありがとう」

「娘さんの物をこうして並べて、いろいろ考えるんだ。ときにはそれがいい効果をあげる。こうしてつねに目にはいるようにすれば、いやでもそのことを考えるからね。ところで、いつからその電話がかかってくるようになった？」

「数週間前から。どうして？」

「セシリアの遺体が発見されて、事件がふたたび脚光を浴びたとたん、そいつはあんたにますます接触してくるようになった。問題はそこなんだ。蜂の巣をつついてしまったいま、秘密裏《ひみつり》に動きまわることはできない」

「レボイラたちが妨害してくるってことか？」

「決まってるだろう？　ペンシオンで会議したときの連中の顔、見なかったのか？　レボイラ検事は虫けらかなにかみたいにおれを見ていた」

「レボイラはだれに対してもそんな顔をする」

「おれがいないほうが、連中にとってはやりやすい」

ドベルティはキャスター付きの椅子をぐいっと後ろに動かし、にやにやしながら頭の後ろで腕を組んだ。

「今週の新聞、読んだか？」

「この六カ月、新聞はいっさい読んでない」

「読んだほうがいいぞ」

ドベルティはデスクの上に新聞を放った。《話題》というセクションの目立つ場所に、ドベルティの写真があった。いかにもしゃべり好きな感じで、あばたが見えないように横顔が写っている。事件解決の糸口を見つけた彼についてのルポだった。記事のタイトルは《モイラの痕跡を追って》、《人はときに真実を知りたがらないこともある》という、おそらくはドベルティの言葉がキャプションになっている。ファビアンは紙面から目を上げた。ドベルティの顔は満足げだった。しかし椅子にどっかりと座る姿勢やその表情には、どちらかと言うとうぬぼれが濃く見えた。

「これで仕事は大繁盛だな」

「すでに電話が鳴りっ放しだ。だが、いまでもモイラが最優先だよ」

「モイラの件を最優先にする理由はないじゃないか」

ファビアンはこめかみにずきんと鈍い痛みのようなものを感じた。「あんたにはなんの義務もない。興味のままにね」

「だからこそこの件を調べてるんだ」

「もっと記事に取り上げてほしいからか？　それとも狙っているのはテレビ出演か？　ぼくに携帯電話をく

れたプロデューサーを知ってるぞ。彼なら、自分の母親を殺してでもあんたをテレビに出そうとするだろう」

「ずいぶん嫌みっぽいな」

「記事の中のあんたはすごく堂々として見える。やけにくつろいでいる」

「気に入らないのか」

「ぼくがいまどんな目に遭っているかわかってるのか？　娘は行方不明、妻は死んだ。この気持ち、本当にわかるのか？」

「もちろん。おれだって人間だ」

「結局自分のことしか頭にないのさ。ほかの連中とおなじだよ。もし報奨金がなかったら？　この事件に関わろうとしたか？　それともぼくから金を毟り取ったか？」

「そんなわけないだろう、ファビアン。わかってるはずだ。なにが問題なんだ？　おれがインタビューを受けたことが気に食わないのか？」

「ぼくが気に食わないのは、あんたが静かに暮らし、ぐっすり眠り、女房とセックスし、新聞に載り、煙草を吸えることだ。あんたが普通に暮らしていることが気に入らない。ぼくにはそれができないんだよ、わかるか？　金輪際。この世界は苦しんでいる人だらけだと知っている。苦しんだことがない人間には虫唾《むしず》が走るんだ」

「どこに行くんだ？　座れよ、おい……」

「散歩してくる」

ファビアンは人をよけながらマヨ大通りを歩いた。リバドベルティに言ったことをすこし後悔していた。リバダビア通りをぐんぐん進み、いくつものブロック、大勢の人々、街に居座る黄昏を後にした。ふと気づくと、プリメラ・フンタ駅のあたりにいた。路面電車の線路に沿って歩く。石畳の道路に埋めこまれたこの金属の線路が、もしかすると過去に連れていってくれるかもしれない、そんな気がした。ずっと昔に、リラとまだ知りあってもいない、世界がいまとは違っていた頃に。

ボヤカ通りに交わるところで、携帯電話が鳴った。画面を見たが、《非通知》表示ではなかった。どことなく見覚えのある番号だったので応答した。

「ダヌービオです。どなたですか？」

「ブランコよ。元気？　仕事中じゃない？」

彼女は笑った。

「きみにはときどきうんざりさせられる」

「でしょうね」

「いま散歩中だけど、電話はできるよ」

「検死解剖で新しいことがいくつかわかったの。話しておきたくて」

「重要なこと？」

「かなり。来週あなたと公式に会議を開こうとしているみたいだけど、非公式に話しておこうと思って」

「ああ」なんとなくとまどった。「きみの希望は？」


「今日は六時ぐらいに仕事が終わる。そのときあなたのいるところにこちらから行くわ」

「どこにいるかわからないよ」

「どうして？」

「あるいは、そのときにはどこにいるかわかるだろうけど、どこにいることになるかいまはわからない」

「いまはどこ？」

「リバダビア通りをフローレス広場に向かって歩いてる。車で来るの？」

「いいえ。どうして？」

「ぼくが車できみを迎えに行ってもいい」

「ここは世界の果てよ、知ってのとおり」

「運転はうまいんだ」

「お好きにどうぞ」

奇妙な会話に思えた。突然別世界に来てしまったみたいに。彼女もおなじように感じていたような気がする。

ルノーは機嫌が悪いのか、通りの駐車スペースでむっつりしていた。乗るのは本当に久しぶりだ。だれかがドアを開けたり、いたずらしたりしていないか、毎日確認はしていたのだが。運転席に座ってエンジンをかけ、出発する。車は主人の愛を失って絶望し、死んでいるように見えたものの、ゆっくりと息を吹き返した。

テハル通りのガソリンスタンドで給油し、ヘネラル・パス高速道路に出る。市街地をぐるりとまわり、自分が車を運転しているという事実に心が落ち着いた。ラジオをつける。音楽を聞くのは何カ月ぶりだろう。ちっとも集中できず、主旋律さえ聞くに堪えなかった。悲劇というのはそういうふうに作用する。なじみの場所から人間をさらい、見知らぬ海岸に置き去りにしてしまう。


ブランコが車に乗ってきた。

「やあ《オラ》」ファビアンは言った。

「オラ」

つかのま、迷った。どう挨拶すればいいのかわからなかったのだ。どうやらそれはブランコもおなじだったらしく、結局彼女はファビアンの頬にチュッと大きな音をたててキスをした。髪を後ろでひとつにまとめているので、額がすっきりし、出目気味の目がやたらと大きく見える。キスされたとき、ファビアンは一瞬ときめいた。彼とはなんの関わりもなかった女性が、いまはこんなに近くにいて、その体はいきいきと息づいている。

「きみの家の近くのバルかなにかに行こうか?」

「いいわね」

結局、パトリシオス公園近くにあるバルに落ち着いた。そこからベルナスコーニ建築学校の、時代を超越した巨大な建物が見えた。夜が迫るエレクトリック・

ブルーの空にその雄姿がくっきりと浮かび上がってい
る。
「凄腕《すごうで》とはとても言えない検死医から重要な情報があ
がってきたの」ブランコが言った。「当初リベディス
キーは、銃創は二カ所だと考えていた。でももう一カ
所見つかったのよ。弾は喉からはいり、うなじのつけ
根に射出口があった」
ファビアンは体をぶるっと震わせた。
「状況から考えると、最初に胸を二カ所撃たれ、その
あと三発目が撃ちこまれて、この最後の銃撃で即死し
た」
「だれも銃声を聞いてないのか?」
「弾道解析班によれば、音を消すために枕が使われた
みたい。使用された銃器の種類はまだ不明で、現在分
析中。もうひとつあるの。セシリアの顔には複数の裂
傷があった」
「裂傷?」
「そう深くないけれど、顔に痕がつくくらいの傷。殴
られたか、拷問されたか」
「だれが? 異常者のしわざか?」
「処刑なんじゃないか、と私たちは考えている。似た
ような遺体は過去にもあったわ。一種の署名みたいな
ものね」
「重大な証拠じゃないか」ファビアンは叫ばんばかり
に言った。
「三年前に、パラグアイのプエルト・ストロエスネル
で活動している人身売買組織について情報を集めはじ
めたの。この組織はアルゼンチンのミシオネス州あた
りにも進出してきていてね。六カ月後、大ブエノスア
イレス都市圏にも人を派遣しているという情報がはい
った。組織はパラグアイ人、ブラジル人、アルゼンチ
ン人で構成されていて、頭領はチャコとかいう男。連
邦警察がいまいちばん血眼になって捜している人物よ。
じつは、セシリアの殺害方法が、チャコの配下の連中

による処刑スタイルと一致するの」

「セシリアがその組織と関わっていて、殺されたというのか？」

「わからない。いろいろな可能性を追っているけど、確かなのは、動機以前に犯人ね。この組織のだれかがセシリアを殺した。私はこう考えている。この手の組織には〝審査員〟と呼ばれる、獲物を選定する係がいるの。彼らはバルや商店やなにかの出口で娘に声をかける。ちょっとふらっとするようなことを言い、誘惑し、恋人同士になったところで暴力で支配する。セシリアはこの審査員と知りあったんじゃないかと思うの。そしてその審査員にあのペンシオンに来いと命じられた。ところがお馬鹿さんな彼女は、モイラをいっしょに連れていった。だから約束の時間より早く出て、男に会いにいったのよ。ところが目的地に着いてみたら、愛しい人は誘拐犯だったことに気づいた。そこにいたのは男ひとりじゃなかったと思う。拉致自体はひとりではできない作業だから。普通は娘を脅かして麻酔薬を嗅がせ、彼女が気づいたときにはどこだかもわからない売春宿にいる。なにが不首尾に終わったのかはわからない。でも、連中は彼女を拉致する代わりに殺すはめになった」

「彼女の恋人ホナタンが、前日に彼女から別れ話を切りだされたと言っていた」

「そんなことを？ 報告書にはなかったわ」

「報告書には書いてないよ。ぼくとドベルティにそう話した」

「あなたとドベルティは、私たちに話してないことをほかにもしてたのね？」

「それだけだよ」

「ということは、仮説とも一致するわね。別に男ができたから、ホナタンとは別れた。わからないけど。まだ空白が多すぎるわ。でもとにかく……ペンシオンにモイラがいなかったということは、まだ生きている可

「ウェイター！」ブランコが声を張り上げた。「ウィスキーを一杯お願い。なんでもいいから」

ブランコは立ち上がってテーブルをまわり、ファビアンの横に座った。

「聞いて。お願い、信じて。そんなことは起きてない」

「わかってる。くそ……」

「これを飲んで」

ファビアンは無理やりウィスキーをひと口飲まされた。喉を炎が通っていくのを感じ、目を見開く。そこに、こちらを心配そうにのぞきこむブランコの顔があった。

「そのたぐいの組織だったという痕跡はないわ。生々しい話をしてごめんなさい。でも、もし娘さんを殺したとしたら、おなじ敷地内に埋めたはず。よそに運んだりしないわ。連中は彼女を連れていくことにしたのよ。理由はわからないけど」

能性が高い」

「連中はどうして娘を連れ去ったんだろう？」

「まだわからない。大丈夫？」

緑色の星が星座をつくるのが見え、目がくらんだ。頭の中である考えがするするとほどけていき、止めたいのに止められなかった。そのことをいままでにも考えなかったわけではない。いや、世にも恐ろしいさまざまな可能性についてずっとあれこれ考えつづけてきた。だが、いまやその中のひとつが、彼をがっちりととらえて離さなかった。ファビアンの視線が定まらないことにブランコは気づいた。

「もしやつらが……小児性愛者だったら？」彼はつぶやき、顔を両手で覆った。

「だめよ、ファビアン。お願いだからこっちを見て。そんなことはない。そんなふうに考えないで」

「娘は死んでいるかもしれないし、乱暴されているかもしれないし……」

「やつらを捜さなきゃ」

「私たちもいまはそのことに集中している。でも、チャコとその一味はそう簡単には見つからないのよ。それには大勢の動員が必要とされる。連中は私たちにとってずっと目の上のたんこぶなの」

「娘を取り戻すことなんかできっこない」ファビアンは言った。まだあたりがゆらゆらと揺れ、静まろうとしなかった。「無理だ。どこにいるかわからない、ブラジルか、あるいは……」

「そうとは限らないわ。午前一時にペンシオンを出たとすれば……モイラ捜索はその四時間前に手配済みだった。小さな子を連れて国境を越えることはできなかったはずよ」

「でも越えたかもしれないだろう？　難しいことじゃない。ここはアルカトラス島の監獄じゃない。あらゆるところに出口はある」

「ねえファビアン、聞いて。あなたにこの話をしたのは、捜査上の大きな前進だったからよ。前向きにならなきゃ。あなたがどんなに苦しんでいるか私にはわかる。あなたとおなじような立場の大勢の人たちと話をしているから。データによれば、いまこの時点で子供の行方不明者は百三十七人いるの」

「そのうち何人見つかる？」

「一年前で七十パーセントだったわ」

二人はしばらく黙りこんだ。ファビアンはもうひとロウィスキーを飲んだ。ジョニー・ウォーカーではないが、この際なんでもよかった。

ファビアンは匿名《とくめい》の電話と不愉快な言葉について彼女に話した。ブランコもドベルティとおなじ意見だった。

「そういうことをする頭のおかしなやつが必ずいるのよ」

「でも嘘を言っているようには聞こえなかった」

「本当かどうか、あなたにはわからないでしょう？」

「でも、チャコ一味の線が出てきたいま……それと関係あるのかもしれない。モイラの行方を知っているけど、話すのを怖がっている人間がいるのかも」

「かもね」

ブランコを自宅まで送った。三階建ての建物だった。ガラス張りのドアの向こうに薄暗い廊下があり、けばけばしい緑色の人造のポトスがはいった巨大なフラワースタンドがいくつか並ぶ向こう側に、階段が見えている。

「私の部屋は二階なの」ブランコが言った。「ベランダにつなげたニンニクがずらりと下がっている部屋」

「吸血鬼対策？」

「ううん。プロヴァンス風鶏の煮込みのため。吸血鬼対策なら登録済みの銃があるわ。あなた、大丈夫？」

「なんとかするさ」

今度はファビアンがブランコの頬にキスをした。それから彼女を抱いた。ブランコもそれに応じ、彼の肩に手をまわした。ファビアンはブランコの体を感じた。たぶん身長は百六十センチもないだろう。彼女の体はしっかりと形があり、命が脈動していた。ファビアンは体を離したが、彼女の顔に指で触れ、頬を撫でた。ブランコは動かず、なにも言わなかった。ファビアンは手をブランコのうなじの髪の下に滑らせた。ブランコは手を彼の腰に置いた。顔が紅潮し、ほてっていた。ファビアンは彼女の口にキスをした。短いキスだったが、つかのま、遠い隠れた場所に、だれも一度も足を踏み入れたことがない場所にいるような気分になった。

ベッドにたどりついたとき、二人は服を脱ぎながら奇妙なダンスを踊った。ぎこちなく、たがいを激しく求めあう。まるで、長い旅のあと久しぶりに会った恋人たちのように。

二人は止められなかった。ひとつの動きが次の動きのプレリュードとなった。しゃべろうとしたが、口からこぼれるのは形にならない音だけで、言葉ではなく純粋な欲望があふれだすばかりだった。ファビアンは熱情に駆られて動き、ブランコはそれに応えた。

　ファビアンは祈るようにオルガスムに達した。ブランコは彼をいざない、あやし、包み、彼がけっして忘れられない言葉をささやいた。

「そうよ、ファビアン、全部奪って。すべて」

　そのあと転落したような感覚に襲われた。目覚めたとき、ブランコにぴったり寄り添っていた。眠りに身をゆだねた彼女は、口を半ば開いている。ファビアンはブランコの体を眺め渡した。肩甲骨《けんこうこつ》の近くに大きな傷がひとつ、それに手術の痕がひとつ。盲腸だろう。あるいは帝王切開？

　ふと、ブランコの洗礼名を覚えていない（知らない）ことに思い至った。

　六時頃、彼女も目覚めたことに気づいた。

「早起きしたの？」ブランコが言い、いまさらという感じで胸をシーツで覆った。

「八時には現場に行かなきゃ。今日はコンクリの作業なんだ」

「出かけるまえに朝食を食べない？」

「もう行かないと。家に寄りたいから」

「じゃあ、そうなさい。時間がなくて残念だわ」

「ほんとに。悪く取らないでほしいんだけど、昨日コンドームを使わなかったことにいま気づいた」

　彼女がとたんにぷっと噴き出し、大笑いした。

「心配しないで。子宮内避妊器具《IUD》をつけてるから。そうでなければ、ストップをかけてたわ」

「そうなの？」

「うーん、本当にそうしたかどうかはわからない。本当にマーマレードつきトーストはいらない？」

15

「チャコだ」ファビアンがいった。

「チャコ地方とおなじ綴りのチャコ」ドベルティが言った。

「そのとおり」

昨日の喧嘩や腹を立ててオフィスを飛び出したことについて、ファビアンはなにも言わなかった。それはドベルティもおなじだった。面と向かってではなく、電話で話しているおかげだろう。

「重要な情報だ。ものすごく」

「みたいだね」

「おれはおれで心当たりを探ってみる。その一味のこれまでを調べる必要がある」

「できるのか？」

「まあね。多少袖の下を使わなきゃならないが」

「つまり金が必要なんだな」

「とにかく、どんなことでも連絡するよ」

翌日ドベルティから電話があった。

「経費がかかった。二百ペソだ」

「それだけ？」

「敵に気づかれないように情報をコピーしただけだからな」

「警察の内部情報を手に入れたのか！」

「新聞記者がいつもやってることさ。それにネグロのスキーアは友達だ」

「ネグロのスキーア？」

「おれの内通者さ。いつか紹介するよ」

「いや、けっこうだ」

「すごくいいやつだぜ。頭のいかれた伊達男《だて》だ」

「とにかく、ドベルティ……これからどうする？」

「あんたはおとなしく仕事に励め。数日中に報告する」

「なにをするつもりだ？」

「情報の中に出てきた地域を探ってみる。イシドロ・カサノバ地区、ラファエル・カスティージョ地区、サン・フスト地区。国道三号線」

「ドベルティ……いまさらこんなこと言うのもなんだが、だんだんまずい雰囲気になってきた。問題の連中は危険だよ」

「おとなしくしてるって。あたりを軽く見てまわり、地下鉄の駅でホットドッグを食べ、おしゃべりし、質問する。おれはこれでも用心深いんだ。うまく訊けば、必ずなにかしら発見できる。心配してくれてありがとう。女房からも気をつけろといつも言われるよ」

「奥さんは正しい」

「女房って人種はいつだって正しいんだ、友よ」

翌週の週末、ファビアンはブランコに電話したくなった。捜査の進捗状況を知りたかったこともあるし、彼女に会いたい気持ちもあった。だが彼女のほうがどう思っているかはわからなかった。二人のあいだに起きた出来事は、絶望した孤独な男に対する単なる慰めだったのかもしれない。でもファビアンにはその慰めがもっと必要だった。それですこしは悲しみが減るかもしれないし。

「捜査はあまり進んでないの」ブランコが電話で言った。疲れた声だ。「もう投げ出したいわ」

「どうして？」

「あなたにこんなこと言いたくはないけど、モンドラゴーンにはもう我慢できない。全然やる気がないの」

「でも、きみたち二人で担当してるんじゃないのか？」

「私以外に三人携わっているわ。それに殺人課の連中も」

「シルバは?」

「シルバ? 強盗窃盗課の? 警察本部にカツを入れたくて首をつっこんできてるんだと思う。話をしたことあるの?」

「何度か」

「強盗窃盗課ではすごく優秀な刑事よ。山ほど功績をあげて、賞をたくさん獲《と》ってるわよね。この件に割く時間なんかないんじゃない? 本部のゴンサルベスにもっとプレッシャーをかけるようにレボイラに言ってるんだけど、どうなることやら。あまり進展はしてないけど、いちおう前には進んでる。こんなことあなたに言ってもなんにもならないとわかってるけど」

「ドベルティも調査を続けてる」

「よく聞いて、ファビアン、まず危険が大きすぎる。そして、ドベルティには、騒動を起こして私たちの捜査を引っかきまわさないようにしてもらわなきゃならない。レボイラは彼を守らないし、なによりあなたのために彼を大目に見ているの。あなたには探偵を雇う法的権利があるのは確かだけれど、くれぐれも気をつけて」

「わかってる。でも、ドベルティが重要な働きをしてくれたことは事実だ。いまのところ、警察についてはそうは言いきれない」

「そうね」

「でも……きみは違う」

「私が? 私だってなんの力にもなってないわ」ブランコが言った。彼女の声の調子が変わった。

「別の意味で力になってくれたよ」

「ああ、そうね。また会う?」

「いつ?」

「三十分後にうちで」

「四十五分後」

ブランコは毛布にくるまってベランダに姿を現し、

彼に鍵を投げた。ファビアンが居間にはいると、ブランコはもう毛布をかぶっていなかった。どうやらリーベル・プレート（ブエノスアイレスを本拠地とするプロサッカー・チーム）のTシャツを着ているらしい。ファビアンが思わず目を瞠《みは》ったのは、そのことと、彼女がほかにはなにも身につけていないことのせいだった。

「これからお風呂にはいろうと思って」ブランコは言った。

彼女は髪を解きながらバスルームに歩いていった。ファビアンはその後を追った。室内には蒸気がたちこめ、浴槽にたっぷりお湯が溜めてあった。古い大きな浴槽で、ライオンの鉤爪《かぎづめ》の形をした四本の脚が支えている。ブランコはリーベルのシャツを脱ぎ、お湯にはいった。ファビアンも、ちゃんとコントロールできているところを見せようとしながら服を脱ぎはじめた。

「水中でもＩＵＤは有効なの？」

しばらくして、二人は居間のテーブルでコーヒーを飲んでいた。

「ひとつ訊いてもいいかな？」ファビアンが言った。

「なんでもどうぞ」

「きみの洗礼名はなに？」

「ああ、それはだめ。それだけは教えられない」

「またまた」

「じつは……」ブランコがささやく。「リディアよ」

「すてきな名前だ」

「最低よ。おばあちゃんの名前だわ」

ブランコは顔をしかめ、トーストにチーズを塗った。ファビアンにも今回は室内を見る余裕ができた。ありとあらゆる場所に装飾品が置かれ、壁にも掛かっていた。それに写真も。友人とブランコ、両親らしき人々とブランコ。ハンググライダーに乗っている彼女の写真もある。いちばん大判なのは制服姿の写真だ。何冊か本が並んでいる籐《とう》製の本棚。そこから下がっているのはホルスターで、ポケットから銃床が突き出している。ファビアンは決めた。次に来るときにはブランコ、いやリディアに制服を着て待っていてくれと頼もう。リーベルのTシャツも悪くはないが、ぼくはアルヘンティノス・ジュニアーズのファンだ。

「ひとつ話しておきたいことがあるの」ブランコが言った。「じつは彼氏がいるわ」

次回はもうなさそうだ、結局のところ。

「ああ、なるほど」ファビアンが言った。

「大丈夫、安心して。彼はリオ・クアルトに行ってる。でもたぶん二、三日中に帰ってくるわ。彼も警官なの」

「すごくやきもち焼きなの、ってことか」

「違うわ、馬鹿ね。そんなことはない」

「それはよかった」

「ルイスとつきあうようになって四年が経つけど、こういうことがあったのは初めてなの。彼はしょっちゅうコルドバに行く。たぶんあっちに浮気相手がいるんだと思う。わからないけど。でも、自分がしたことを後悔してないし、あなたにも後悔してほしくない。私たちにしかわからない事情があったのよ。私はこのところ毎日ぞっとするようなものばかり見てる。あなたも最悪の日々を過ごしている。二人ともやさしさみたいなものが必要だったんだわ」

「その点ではきみに感謝しないとな」

「感謝する必要なんかない」

「きみはいつもぼくに誠実に接してくれた」

何日か前にバルでそうしたように、ブランコはテーブルをまわってファビアンの横に座った。椅子ごと移動して。

「これからもずっとあなたには誠実でありたいの。事件は解決までにかなり時間がかかると思うわ」

「わかってる。心配しなくていい」

「時間はただ無慈悲に過ぎていく。わかってる?」

「ああ。でもずっと痕跡は残る。四歳の少女が地球上から消えていなくなるはずがない」

「そうしてあきらめないでいてほしいわ」ブランコは彼にキスをした。

「もうすこしであきらめそうになったこともある……なにもかも」ファビアンが言った。

「そうなの？」

「でもできなかった」

「よかった」

「ときどき、どうして前に進みつづけるのかと自分に問いかけるんだ」

「娘さんがまだ生きている可能性があるから」

「でも……そんなのわからないじゃないか。そう思うと、頭がおかしくなりそうになる」

ブランコは彼のうなじを撫でた。

「そのために、人はいわゆる〝信仰〟を利用するのよ」

「どうやって利用すればいいかわからないよ。うまく作用するように思えることもある。自分では頼りたくないと思っても」

ブランコはなにも言わなかった。そして、流れる川のような色の目で彼を見つめた。

16

翌週はとりたてて新しいニュースはなかった。ドベルティから電話はなく、彼を支えてきた常人離れしたしつこさにもさすがに限界があったのかとファビアンは思った。ブランコにも電話をしなかったし、彼女からもなかった。きっと恋人が戻ってきたのだろう。ひとりで家にいると、ブランコと一夜を過ごした罪悪感が襲いかかってきた。まるで、いまもリラがそこにいて、妻を裏切るわけにいかないと感じているかのように。でも考えてみれば、リラの裏切りのほうが大きいとも思う。二人でともに人生を歩むものと思わせておいて、突然彼をひとりにしてしまったのだから。

金曜日、建設現場を後にすると、父の家に寄った。いっしょに夕食を食べたが、頼むから外に出て、なんでもいいから行動を起こしてくれとファビアンが伝えたとたん、喧嘩が始まった。しかし口論の途中でリラの名前が出ると、身を切るような沈黙が降りた。

いまでは気晴らしするときはバスには乗らず、車を運転する。ヘネラル・パス高速道路に乗って、カセットを二、三本聴き終えるまで走り、それから帰宅する。夜間に市街の周囲をまわっていると眠くなってくる。この世にはだれもおらず、自分の身にもなにも起こらなかった、そんな気がしてくる。

土曜日、何年かぶりにリバダビア公園に行った。学生時代の友人二、三人とよく行った場所だ。フローレス地区にある学校を出ると、リバダビア通りを通って公園に向かい、迷宮のごとく所狭しと並ぶ露店のレコード屋をはしごした。

人ごみの中を歩きながら、後悔に浸る。楽しい思い出ばかりが詰まったこの場所から、どうしてこんなに長いあいだ足が遠のいていたのだろう？　いつもつるんでいたあの友人たちと、なぜ何年も連絡を取らずにいるんだろう？

露店の本屋の本棚にトルーマン・カポーティの小説の表紙を見つけ、カポーティはリラが好きだった作家のひとりだと思い出す。ファビアンはあわてて店から遠ざかった。公園からも。

家に帰ると、夜が来るのが怖かった。テレビを観る元気も、音楽を聴く気力もなかった。ウィスキーをグラスに注ぐ。居間に行って床に寝そべり、吊り天井をながめる。そして待った。リラが話していたあの感覚を実感したかった。天井ではなく、下を見ているように思えてくる。ふいにすべてが逆になったみたいに、吊り天井に向かって体が浮かんでいる、そんな感覚。しばらくはなにも起きなかったが、ふいにファビアンをその感覚が包みこんだ。自分はいま天井に寝ているのだが、なにか磁力のようなもののおかげで落ちないのだ。だが、心の平安も感じなかったし、感動もなかった。逆に、自分の下にあるひっくり返った世界をよくよく見るうちに、ひどくいやらしく、ばらばらで、狂った場所に思えてきた。手の中のウィスキーのグラスを持ち上げ、下に落ちるように傾けたのに、結局ウィスキーは、彼の脳みそが築き上げた気まぐれな重力の法則に逆らって、顔を濡らした。

ファビアンは乱暴に起き上がると、リラをののしった。すごすごとベッドに引き上げ、服を着たまままそこに倒れこんだ。

日曜日は散歩に出かけることにした。午後一時に起きてサンドイッチをつくり、家を出発する。通りに出たとたん、人通りが多いので驚いた。日曜にしては珍しい。学校の前を通りかかったとき、人が頻繁に出入りして壁のピンク色と水色の表をながめているのを見て、はたと思い出した。今日は投票日だ。大統領選挙なのだ。ファビアンは家に引き返して身分証を持ち、いつも投票する学校に向かった。幸い列は短かったのでそこに並び、暗い部屋にはいると、内容を見もせずに紙のひとつを選び、封筒に入れ、外に出て、投票箱の溝に滑りこませ、身分証を受け取り、外に出た。

「話がある」ドベルティが言った。「いま大丈夫か？」

「どうぞ」

「この地域では、一九九五年に少女が帰宅しない事件が二、三件起きた。ひとりは学校に行っているあいだに、二人は夜間のパーティで。その後断続的に、地域を拡大しながらおなじような事件が続いた。十六歳がひとり、十八歳が二人。警察はしばらく手をこまねいていたが、ようやく組織の活動範囲を特定した。それでもなかなか先手を打てなかった。二、三年間、手も足も出なかった。しかし一年前に、連中とその地域を拠点とするパロディ市会議員とのあいだの関係が明らかになった。そこからチャコの名前が浮上したんだ。チャコことリオネル・ガルシラーソは、少女の失踪事件が始まったその年から、その地域で暮らしはじめた。大型トラック〈スカニア〉の代理店のオーナーなんだ。おそらくは隠れ蓑《みの》だが」

「おそらく？」

「まだ証明されていない。そこに少女たちを連れてきて、偽造パスポートをつくり、出国させるのではないかと言われている」

「家宅捜索はしてないのか？」

「問題はそこなんだ。チャコは、代理店から忽然《こつぜん》と姿を消した。なにひとつ。警察が捜索しても、なにも見つからなかった。完璧にきれいになっていた」

「それで？」

「チャコにあとすこしで手が届きそうになったその瞬間に、やつは跡形もなく消えた。可能性は二つ。国外に逃亡し、今頃世界の反対側にいるか、あるいはまだ国内にいて、国際刑事警察機構《インターポール》がおとなしくなるまでどこかに隠れているか」

「少女失踪事件はそれ以降発生してないのか？」

「一年前から」

「セシリアのほうはどうなんだ？」

「さあな。あんたのお友達のブランコ刑事とそこで意見が食い違う。連中はセシリアのことは誘拐するつもりはなかった。彼女は連中となんらかの形で関わっていて、なにかに反対し、それで殺されたんだと思う」

「セシリアがその手の悪事に関わっていたなんて、どうしても想像できないよ」

「女心ほどたくさんの隠し扉がある金庫はないんだぞ」ドベルティが言った。

「うまい言いまわしだが、冗談はやめてもらいたい。つまり、チャコは行方不明ということだな」

「まあ、待て。話はまだ終わってない。じつは夜の繁華街であちこちの店に聞き込みをしたんだ。報告書の中に、ミケ・〝ティピート〟・ベルムーデスっていう名の、方々のクラブで働いていた用心棒のことが出てくる。警察では、やつをたたいてもなにも引き出せなかった」

「不思議はない」

「パロディ市会議員は連中にずいぶんと便宜を図ってやったようだが、そのせいで党から追放された。だがそいつにとってはたいしたことじゃなかった。いまはマイアミに住んでる」

「かいつまんで話してくれ、ドベルティ。話が見えない」

「どうやらティピート・ベルムーデスをはじめとする組織幹部たちは、国道三号線とクリスティアニーア通りの近くにあるクラブで働いていたらしい。おれの情報屋ネグロのスキーアには、このクラブがあるラ・マタンサ市の役所に知り合いがいるんだ」

「なるほど」

「さて、このクラブの賃貸契約は一九九七年に結ばれていて、そこにわれらがパロディ市会議員の名前が登場する。このときの保証人のひとりがいったいだれだったと思う？」

「もうひとりのわれらが友人リオネル・ガルシラーソ、別名チャコ？」

「ご名答です、だんな。これでわかってきただろう？」

「話の腰を折って申し訳ないが、警察はこのことを知らないのか？」

「ああ、それは訊かない約束だ」

ブランコの電話はずっと鳴りつづけている。ファビアンはさすがに切ろうとした。彼氏が帰ってきたのか？　それともライオンの脚つきの風呂で入浴中？

ブランコが電話を取った。会話は静かに始まったが、やがて紛糾した。

「ドベルティとあなたは地雷野に足をつっこもうとしている。いますぐ手を引いて」彼女が言った。

「質問に答えてくれ。きみたちはイシドロ・カサノバ地区のこのクラブのことを知っているのか？」

「警察はすでにそこを調べたわ。行ったのは殺人課のベルトランよ。ブエノスアイレス州当局のサポートのもと。ティピートについてはなにも情報がないし、ガルシラーソは三年前から音沙汰がない。ファビアン、お願いだから落ち着いて。進展については全部知らせるから」

「困ったことに、警察にまかせておくとなにも進展しない。そのうえ、きみたちが出ばっていったせいで、連中に警告をあたえてしまった。たとえガルシラーソがまだ国内にいたとしても、今頃もう出国しているはずだ」

「勝手に推論しないで。馬鹿なことはしないと約束してくれる?」

「なにをするっていうんだ?」

「あなたが手出しすべきでないことに、こういう深刻な事件を捜査するなんの権限もないドベルティみたいな頭のおかしな男といっしょに、手出しすること」

「その頭のおかしな男は、きみたちが七ヵ月以上かけてできなかったことを、たった三週間でやってのけた」

「わからない? あなたたち二人は、それぞれの頭を撃ち抜かれるおそれだってあるのよ?」

「ぼくはすでに死刑宣告されている」

「なんの罪で? かっかするのはやめて。あなたが娘さんを取り返したときにちゃんと迎えてあげるためにも、あなたは死ぬわけにはいかないのよ」

「おっと、口を滑らせたな。娘を取り返すのはきみたちじゃなく、このぼくだ、ってね。なんの答えも出してもらえないことに、もううんざりなんだ。あの子はぼくの娘であって、きみたちのじゃない」

「警察全体を相手にしてるみたいに、複数形で話すのはやめて。ブランコは私ひとり。私の気持ちはわかってるはずよ」

そのときブランコの部屋の呼び鈴が鳴った。

「もう切らなきゃ。あとでまた話しましょう? 危ないことはしないと約束して」

また呼び鈴が鳴った。ルイスが痺れを切らしているらしい。

「呼び鈴に応えないと、リディア」

「お願い。あとで電話するわ。それと、私をリディアと呼ばないで」

「彼氏専用か」

「あなたって、ほんとに馬鹿ね」

国道三号線はまさに永遠に滅びない太陽の帝国で、涼をとれる日陰はほとんどどこにも存在しない。この通り沿いには木など一本もはえていないのだとファビアンは思う。こんな場所では生き物が育つはずがない。日差しと青空が家々を押しつぶし、どの家も三階より高くそびえようという気力も萎えて、平たく這いつくばっている。その無愛想な街道の両側に広々とした乾いた土の歩道が続いており、通りに対して垂直方向に車が駐車されている。街道の中央にはコンクリート製の中央分離帯があり、車線変更した車が反対車線を走ってきたバスやトラックやタンクローリーと正面衝突するのを防いでいる。実際、中央分離帯は役に立つ。ファビアンも運転していて、もしそれがなかったら、本当にバスやトラックやタンクローリーにつっこんでいきそうな気がした。こんな場所に住まなければならなくなったら、どんな報酬をもらっても割に合わないとファビアンは思い、知らず知らず顔を歪めていた。

ドベルティの指示どおりに交差点で曲がった。クリスティアニーア通りは、異なるスタイルの階をそのときどきで積み重ねていった、さまざまな建物が並んでいた。一階はコンクリート、二階は素朴な煉瓦、三階はトタン。階ごとに持ち主の経済状況が透けて見えた。裕福な一部の人々は増築して、よりよい住環境にしようとしていた。目に見えて質素な様子の家もあった。しかし大半の家々は未完成のままで、プラスチックの水のタンクに蓋がしてなかったり、雨風をしのぐ窓ガラスの到着を待つ四角い穴が壁にあいていたりした。中空に突き出した石材に腰かけてマテ茶を飲んでいる女たちはまだしも、落ちれば六、七メートルはある床の縁で遊んでいるモイラぐらいの年の子供たちもいた。

どこかの役人か市会議員（パロディ？）かが街道の中央にシュロの木を何本も植えていた。植樹当時はよく茂っていたのだろうが、いまではすっかり枯れてしまっている。どんな木も生長を止めるあの特異な日差しのせいだ。それは人々からいっさいの涼を奪い、あたりを永遠の混乱で満たした。

混沌の日差し。

廃墟と化したガソリンスタンドと資材置き場のあいだに、目当てのクラブがあった。表面《おもてめん》は白いコンクリート塗りで、幅は十二メートルほどあり、屋根は瓦葺《かわらぶき》、見たところ、両開きのドアが唯一の入口らしい。玄関の上に、いまは消えているネオンの看板がある。店名は〈Japi Auer《ハッピー・アウアー》〉だ。

ファビアンは車を停めながら苦笑せずにいられなかった。ドベルティがドアを開け、ファビアンの隣に乗りこんできた。

「やっと来た。この一時間、ずっと身の置きどころに困ったよ」

「それで？　なにがある？」ファビアンは尋ねた。

「ここは一日じゅう開いてる。夜はショーを見せたりもするが、それよりは隣に来た女の子に酒をおごらなきゃならないキャバレーだな。これまでに四人の人間が中にはいっていくのを見た。ひとりは年寄りで、残りの三人のうちだれかがティピート・ベルムーデスの可能性がある。だが、おれが聞いた人物像では曖昧すぎる」

「写真はないのかい？」

「おれをだれだと思ってるんだ？　KGBか？」

〈ハッピー・アウアー〉の近くにジープが停まった。降りたのは二人。ひとりは三十代とも四十代とも言える年齢不詳の女。ブロンドに染めた髪、顔のほとんどを覆うサングラス、グレーのジャケット、ぴったりしたパンツはブーツにたくしこまれている。もうひとりは運転手で、年の頃は三十五ぐらい、体格がよく、短髪にヤギ鬚、黒のシャツとスラックス、サングラス、銀のチェーン、肩にかけた小ぶりのリュックという恰好だ。二人はクラブに近づき、男がドアを開けて女を先に通すと、二人とも中にはいっていった。

「どうする？」ファビアンが言った。

「どう対処するか、いま考え中だ」

ドベルティはライターをもてあそんでいる。ファビアンはポケットの中にリラのオレンジ色のネックレスを入れていた。クローゼットからそれを出したのは数日前で、自分でも理由はわからない。ロザリオのようにビーズを滑らせ、こつんこつんとぶつけあわせる。そうするとなぜか心が静まった。

「様子を探るために、まずおれを行かせてくれ」ドベルティが言った。

「だめだ」ファビアンが言う。「二人ではいろう」

「どうして？　まずおれが先にちらっと見てくる。おれのせいであんたの身になにかあったら……」

「ぼくの身になにがあるっていうんだ？」

「ここは、ペルー人がたむろしていたこのあいだのバルとはわけが違う……」

「わかってるさ。ぼくもはいる」

「じゃあ、話すのはおれだけだぞ。あんたは口をつぐんでいてくれ。いいな？」

両開きの扉を開けて、二人は中にはいった。ファビアンは暗さに目が慣れるまでにしばらくかかった。緑色のネオンのラインが左側の壁に走り、数メートルにわたって幾何学《きかがく》文様を描いたのちバーカウンターの下へと続き、老バーテンダーとひとりだけいる客を緑色の光で照らしている。光が顔の凹凸を際立たせている。カウンターの近くに丸テーブルがいくつかあり、それぞれの縁を赤、青、紫、黄色のネオンが飾っている。店内の照明はネオンの光だけで、カウンターの背後にある鏡の上部裏の間接照明も消えている。だから隅のほうは闇が支配していた。さらに暗さに目が慣れると、プラスチックの手すりのある金属製の階段に気づき、それは中二階に続いて、そこにもいくつかテーブルが見えた。ネオンの光の届かないところにあるものはすべて世界から消去されていた。目に見えるのは、宙に浮かぶ光のラインと、無重力空間をふわふわと動く影のさした幽霊の顔だけだ。

音楽がかかっているが、幸い耳をつんざくたぐいのものではない。ファビアンにはエレベーター内で流れているような軽音楽に聞こえたが、電子音の響きに違和感があった。二人はカウンターに近づいた。ドベルティが座ったスツールには、くすんだ白の淡いネオンの縁飾りがあった。しかしファビアンのスツールは闇に沈み、手探りしてやっと見つかった。ネオンが焼け切れてしまったのだろう。老バーテンダーがこちらに来た。鳥に似た顔にはうんざりした表情が浮かんでいたが、たぶん光の加減でそう見えるのだろう。

「お客さんたち、ご注文は？」

「ココア入りミルクはあるかい？」ドベルティが言った。

「ブランドは？」

「〈バスコレト〉」

「そりゃ残念。〈ネスクイック〉しかない」バーテンダーが平然と言った。「真面目な話、なににする？」

「ビールを頼む」

「生かい？」

「生で」

「ぼくはなにかソフトドリンクを」

バーテンダーは姿を消した。客は彼らから二メートルほど離れたところにおり、ビールのジョッキを口に運ぶでもなくカウンターに置くでもなくただ手に持って、こちらをじっと見つめて会釈した。ドベルティが会釈を返した。

「なにか用かい、兄さん？」ドベルティが言った。

「外はまだ日があるのかな？」見知らぬ男が尋ねた。

「ああ、いまはまだ」

男はジョッキをそっとカウンターに下ろした。相変わらずぼんやりとした表情で、チェックのシャツの腋の下を掻いている。バーテンダーが飲み物を持って現れ、落花生ののった小皿と勘定書きといっしょにカウンターに置いた。ドベルティはビールをあおり、落花生を剥《む》いた。ファビアンはバーテンダーが置いていった缶から自分でグラスに注いだ。寒かった。室温が外より五、六度は低い。何分か経った。ドベルティは、カウンターを覆っているビニールを即席の打楽器代わりにして、体内リズムに合わせるかのようにゆっくりたたいている。一瞬闇がすこしだけ退却して、細い光線が店内をさっと舐めた。入口がまた開いたのだ。彼らの近くを何人か（二、三人）が通りすぎ、奥のテーブルに向かった。色の輪の中に新しい顔が浮かぶ。おなじバーテンダーが彼らの相手をしているとしても、ファビアンにはわかりかねた。

すこしして、猫背の鳥がまた近くを通ったので、ドベルティが合図をした。

「もう一杯頼む。あんたは？」

ファビアンは首を振って断った。立ち去ろうとしたバーテンダーをドベルティが引き止めた。

「なあ、女の子はいないのか？」と尋ねる。

「あとで来るよ」

「だが……若い子はいるのかい？　おれは若い子がいいんだ」

「気が早いな」バーテンダーが言った。「おれだって若いほうがいいよ。まあ心配すんなって。四十歳以上の年増はいないからさ」

バーテンダーはまた姿を消した。ファビアンはドベルティのほうに体を寄せた。

「どういう作戦か訊いてもいいか？」

「いまは探りを入れている」

「なんの探りを？」

「ここの商売についてさ。辛抱が肝心だ。さもないとなにもかもパアだ」

ファビアンはいまや寒さで震えていた。ドベルティはバーテンダーがまた戻ってきたところを捕まえて、あらためて鎌をかけた。

「ティピートがここに若い娘を連れてくると聞いた。

だからこうしてあんたに訊いてるんだ」

「だれだって？」

「ティピートだよ」

「ピ、ティ、ト？」バーテンダーが言った。

「ティピート・ベルムーデスはここで働いてないのか？」

「だれのことかわからんな」

二人はまた黙りこんだ。

「探りを入れ終わったら教えてくれ」ファビアンが言った。

「変な気を起こすなよ」

「ぼくは大真面目だ。なにをするつもりだよ？」

またカウンターを光線が照らした。今回はさっきより光が強い。二人が振り返ると、左側にそれまでは見えなかったドアが開いており、がっしりした男のシルエットが浮かび上がっていた。ドアが閉まり、シルエットが消えた。すぐに、先ほどジープから降りた男がドベルティの横に現れた。まだサングラスをかけている。男は二人を頭のてっぺんから爪先までじろじろとながめまわした。手をこすりあわせるあいだ、二頭筋がリズミカルに縮んだりゆるんだりする。男はドベルティのほうに身を寄せた。

「おれの知り合いか？」

「ティピートか？」

「おれの知り合いか？」

「おれがあんたを知っているかどうかということなら、ノーだ」ドベルティは答えた。「女の子たちをここに連れてくるのはあんただから、あんたを訪ねていけと言われた」

「だれに？」

「義理の兄の友人のいとこ」

「おれを馬鹿にしてるのか？」

「違うよ。どうしておれがあんたを馬鹿にするんだ？おれだって馬鹿じゃない。あんたのその手を見ろよ。

便器の蓋でカスタネットができる」

例の古典的な冗談だ。笑わなかったところを見ると、ティピートはとっくに知っていたのだろう。赤いネオンのスツールに腰かける。ネオンの光のせいで、男はあの世からやってきた亡霊のように見えた。ドベルティはビールをぐびりと飲んだが、その手は震えてさえいなかった。どうかしてる、とファビアンは思う。ドベルティは極めつきの狂人だ。ティピートはドベルティをにらみながらカウンターで腕組みした。

「あらためて訊く。なにが目的だ?」

「そう訊かれたのは初めてだぞ。知り合いかとあんたは尋ねただけだ。二度」

「おれを馬鹿にしてるのか?」

「それを訊かれたのはたしかに二度目だ」

ティピートはスツールから立ち上がった。ドベルティも自分のスツールから下りた。ティピートの頭はドベルティより二十五センチは上にある。ドベルティがカンフーの隠れた才能を発揮して相手をあっと言わせなければ、たちまちこてんぱんにされていただろう。

「やめなよ、ミケ」女の声が告げた。それまでは姿も見えなかったのだが。

ファビアンが振り返ると、やはりさっきジープから降りた女がそこにいた。サングラスを取ったいま、おそらく瞳は金属的な灰色で、肌は紫外線をたっぷり浴びた黄金色だと想像できた。

〝ミケ〟・ティピートはおとなしくなった。本人としては不服そうな様子だったが。

「夫の遣い?」女が言った。

「ほらね?」ドベルティがファビアンに言った。「言っただろう、全部誤解だって。いいえ奥さん、ご主人の遣いではありません。女の子と遊びたかったらティピートに頼めと言われたと、このお兄さんに言ってたんです。それだけですよ。こんなヤバいところだと知ってたら、来なかった。おれたちはただ女とやりたかったただけで、死ぬまでたたきのめされるなんてごめんだ」

「奥さんと話をするときは言葉に気をつけろ、このくそめ」ティピートが言った。

「気を悪くしないでください、奥さん。店が開いていたからはいった、それだけです」

「嘘が下手ね」女が言った。「あなた、夫の遣いでしょ。くだらない話はもうたくさん」

「あなたはチャコの奥さんですか？」ファビアンが言った。

空気が凍りつき、音楽さえいまの質問に場所を譲るため、一瞬止まったような気がした。女とティピートの頭が、壁時計の秒針のリズムでのろのろとこちらを向いた。すぐに男が二人現れた。ティピートほど大柄ではなかったが、それでも威圧力は充分だった。ドベルティはカウンターに背中を押しつけた。いまやバーテンダーも近くに来て、ほかの客たちも微動だにせず、闇に描かれるただの輪郭と化した。泡を食うドベルティを見たのはこれが初めてだった。こういうやり方でここにはいって探りを入れるのは、明らかに早計だったらしい。無謀が引き起こす結果を予測するのは難しい。

「こいつら、きっとサツだと思いますよ、ソニア」バーテンダーが言った。

「連中ならもう来たわ。また戻ってくる理由はないよ。この人たちは警察じゃない」ソニアが言った。

「みごとな推理ですね、奥さん。お察しのとおり、おれたちは警察じゃない」ドベルティが言った。

「やっぱり。だったら、夫の遣いよね？」

「またか。おれたちは警察でもなければ、ご主人の遣いでもありません」

「じゃあなに？」

ファビアンは単刀直入にいくことにした。

「ぼくはファビアン・ダヌービオという者です」

「聞き覚えのない名前だね」

「六ヵ月前に四歳の娘が行方不明になりました。警察は、この失踪事件とある女の殺人事件をあなたの夫と結びつけました」

ソニアは銀色の瞳を不安げにきらめかせ、考えこんだ。そしてティピートに目を向けた。ティピートは首を振って否定した。

「なんの話かわかりません」彼は言った。

「わからない？　ほんとに？」ソニアが尋ねる。

「ほんとです」ティピートが答えた。

「どうしてここにそんなふうに堂々とはいってきたわけ？　頭が悪いの？」

「かもしれません、奥さん」ドベルティが言った。

「その事件についてはなにも知らないわ。あたし、疲れた。ほんと、くたくたよ……。このいまいましいクラブも閉めてしまいたい。遠くに、ここことは違う太陽が輝く場所に逃げたい。人生に疲れた。愛する夫のせいで厄介事だらけのこの人生に。この人たちを外に放り出して」

「ご主人と話をすることはできませんか？」ファビアンが言った。

ソニアの笑い声が弱々しく響き、店にはびこる薄闇に吸いこまれた。

「あたしでさえ夫と話せないというのに、あなたたちが近づこうとするなんて。お願い……この人たちを追い出して、ミケ。二度と戻ってこないで。あなたたちの度胸は認めるわ。でも戻ってこないで。どうぞお幸せに。あなたがたの幸せを祈るわ。悲しい。なにもかも本当に悲しいわ」

ソニアの声が音楽とまじりあい、やがて消えた。ミケたちが近づいてきて、彼らを押しやりはじめた。ファビアンは体が宙に持ち上げられたような気さえした。

通りに連れ出された彼とドベルティは、強烈な日光が目を刺し、靴が砂利の上を引きずられるのを感じた。

放り出されるものとばかり思ったが、違った。彼らは〈ハッピー・アウアー〉横の廃墟と化したガソリンスタンドに連れこまれた。

「おい、奥さんはおれたちを放り出せと言っただけだぞ」

「その薄汚い口を閉じろ。これから放り出してやるよ」ティピートが言った。「たっぷりクソまみれにしてな」

　空き地を通り、バル〈24時間〉の跡地にはいる。何年も放置され、荒らされたすえ、いまやすっかり焼けただれている。床には紙くずや使用済みのコンドーム、ゴミ袋が散乱している。ファビアンは腋の下を抱えられていた。彼をつかまえていたやつにどんと前に突き飛ばされ、ドベルティもおなじ扱いを受けた。ドベルティはつまずいて膝をついた。

「さて、道化役を演じてもらうとするか」ティピートはそう言ったが、突然ぴたりと静止した。それはほかの三人もおなじだった。

　ドベルティは右膝をつきながら、彼らに銃を向けていた。

「おとなしくしろ、ろくでなしども」

　ファビアンは銃についてはなんの知識もないが、ドベルティが手にしているそれはいかにも恐ろしげだった。銃身の長い、西部劇に出てくるようなリボルバーで、かなり重そうだ。ドベルティはそろそろと立ち上がった。手の中のリボルバーは、四人の男たちを狙ってさっと弧を描いた。

「さあ、離れてくれ。道をあけろ」

　男たちはドベルティとの距離を推《お》し量るようにして、のろのろと後ずさった。ティピートの顎の筋肉が引き攣り、頬が面白いように波打った。

「ニンジャ気取りで馬鹿な真似をするなよ。すぐにぶっ放すからな、わかったか？　さてティピート、例の女の子についてなにを知ってる？」

「おれのタマでも食らえ！」

「おまえにタマがあればの話だ、まぬけ。小さな女の子をいいようにするなんざ、変態以外の何物でもない。いますぐ処刑してやる」

ドベルティの目に影が差した。銃把を握る関節が白くなっている。四人のうちだれかの睫毛が一本でも落ちたら、それが床に着くまでに四人とも死んでいるのではないかとファビアンは思った。

「行こう」ファビアンはドベルティに言った。

「いや、だめだ。いますぐ答えてもらう」

ドベルティは銃を持ち上げ、ティピートの頭に突きつけた。

「なにも知らねえ」ティピートが言った。

「四月二十日、コレヒアレス地区だ」

「なにも知らないって」

「嘘だ」

「じゃあ、おれの頭を吹き飛ばせばいい」

ドベルティは銃を下げ、そして発砲した。あまりの轟音に、ファビアンは思わず耳をふさいでしゃがみこんだ。室内に響く反響からすると、空砲ではなさそうだった。全員がとまどい、へたりこんでいた。ティピート以外は。彼だけは凍りついたように立ちすくんでいた。サングラスが下にずれ落ちて、飛び出た目が見えている。口がぽかんと開いていた。

「なにやってんだ、イカレ野郎」彼はドベルティに言った。

ティピートは両手で全身をまさぐり、確かめていた。ファビアンから見て負傷しているようには思えなかったが、銃弾のことだから確信は持てない。

「なにやってんだよ？」ティピートがくり返した。

彼のズボンの前開き部分に黒っぽい染みが広がり、ぽたりぽたりと床に滴が落ちて、汚れひとつない白いリーボックのスニーカーを濡らした。だがそれは血ではなかった。ティピートは失禁したのだ。

「次は体を狙う」ドベルティが言った。

彼はファビアンに合図し、二人は後ずさりはじめた。

「動くな。その場でおとなしくしてろ」ドベルティが言った。「お望みなら、あと五発残ってるからな」

二人はふたたび日差しの中に出た。

「車のところに行って、出してくれ」ドベルティはファビアンに指示した。

〈ハッピー・アウアー〉から二人の人間が飛び出し、数メートル近づいてきた。ひとりはバーテンダーで、手で目の上に庇《ひさし》をつくり、ドベルティの手に銃があるのを見るや、回れ右をしてまたクラブに飛びこんだ。もうひとりはカウンターにいたチェックのシャツの客だった。まだ日があるかどうか確かめに出てきたらしい。

ファビアンが車に近づいて乗りこみ、エンジンをかけたところで、走ってきたドベルティも飛び乗った。

「出せ、出すんだ！　早く、頼むから！」ドベルティがわめいた。

ファビアンは埃を巻き上げて急発進した。チェックのシャツの客はガソリンスタンドに近づいた。クラブからソニアが走り出てきた。

国道三号線にたどりついたとき、サイレンを鳴らした二台のパトロールカーとすれ違った。

「やっぱり」ドベルティは言った。「ラ・マタンサ市全域に銃声が響いたにちがいない」

「まさか発砲するとは思ってなかった」

「おれもだ。うっかり引き金を引いちまった」

ファビアンはドベルティを見た。火薬の臭いが車内にたちこめた。

首都圏にはいると、ファビアンは横丁で車を停めた。ドベルティはすこし脚を伸ばし、二人はそのへんを少々歩いた。それから二人は車の横にもたれかかった。ファビアンは、ドベルティの右手の手のひらにやけどがあるのに気づいた。発砲したときの熱でできたのだ。

それからファビアンは何年も、どんな不思議な力が働いて、銃弾はティピートの体を逸れたのだろうと自問自答することになる。

「だれが口出ししろと言った？　それまでうまくいってたのに」ドベルティが言った。

「黙れ、ドベルティ」

「昇給を求める」

「解雇だ」

「ほかにやることがないんだ。仕事がないと、毎週女房にスーパーにつきあわされる」

「じゃあ、もう一度雇ってやる」ファビアンは言った。

17

夜、眠ろうとしたが、目を閉じると暗闇にネオンのラインが浮かび、火薬の臭いが依然として鼻にこびりついて離れず、自分がどんなに死の間近にいたか、いやでも思い出した。

翌日は集中して仕事をし、建設が順調に進む様子をながめた。この工事が終わったら、今後の仕事をどうするか考えなければならない。ルゴネス通りを歩きながら、建築士のトロッセロに電話して、全体の確認をしてほしいと頼まなければ、と考える。

考え事に夢中で、銀色のアウディに尾行されていることに気づかなかった。

アルバレス・トマス通りにたどりつき、そのままロス・インカス通りまで行くか、アルバレス・トマス通りで曲がるか考える。もし曲がることにしたら、アウディは反対車線にはいらないかぎり彼を尾行できなかったはずだが、ファビアンはルゴネス通りをそのまま進んだので、アウディは一ブロック先まで走った。男がそそくさと降りた。

「おい」とファビアンを呼び止める。

ファビアンが考え事からわれに返ると、男の手に銃があることに気づいた。銃把を握りもせずに見せたので、どうぞと差し出しているようにさえ見えた。男はそのあとファビアンの肘をつかみ、車に誘導した。中に押しこまれ、アウディは発車した。

銃を持った男はファビアンとともに後部座席に座った。前部に男がもう二人。運転手については、確認のために振り返ってもらう必要もなかった。ティピートだ。もうひとりは五十代と六十代のあいだぐらいで、テニスのユニフォームのような、袖に青いラインがある白いVネックのジャージを着ていた。よく日焼けしており、金縁の丸眼鏡をかけている。髪を染めていることは明らかだったが、似合っていた。この男とレボイラ検事なら、男性ファッションついて楽しくおしゃべりできそうだとファビアンは思った。

だれもしゃべらず、ファビアンも口火を切るつもりはなかった。カーラジオからキャメルというロック・グループの曲が流れてきた。八〇年代のラジオを席捲《せっけん》した『ロング・グッドバイ』だ。ファビアンとしては、キャメルは七〇年代のほうが好みなのだが。

「セニョール・ダヌービオ、おれがリオネル・ガルシラーソだ」前部座席の男が言った。

ファビアンは主の祈りを思い出そうとしたが、頭に浮かぶ言葉はまるで意味を成さなかった。

「おれたちにはなにか誤解があるようだ」チャコが言った。「聞いたところでは、あんたともうひとりの男がクラブでおれについて質問したとか。妻がひどく気を揉んでいてね。おれの部下たちも。だから何点かはっきりさせておきたくて、個人的に会いたいと思った」

ファビアンは唾をごくりと呑みこんだが、不思議と冷静だった。ファビアンは瞬きひとつせずにこちらを見ている。ファビアンは気づいた。もしチャコがセシリアを殺し、モイラを誘拐した犯人なら、今頃ファビアンはここに座っていない。とうに死んでいるだろう。この推理は間違っているだろうか?

「妻はひどく傷ついている」チャコが続けた。「そうは見えないかもしれないが、とても繊細な女なんだ。自分とミケの浮気調査のために、おれがだれかに尾行させていると思いこんでいるくらいでね。おれはおれなりに彼女を愛しているんだが」

ティピートは自分の名前が話題にのぼってもなにも反応しなかった。前方から目を離さず、速度も変えない。

「おれがまだ彼女に欲情すると思いたがっているんだ。だからミケといちゃいちゃして見せ、おれにやきもちを焼かせようとする。おれもそのゲームにつきあっている。このあいだ、あんたが娘さんについて話したあと、やけに機嫌が悪くなってね。そういうとき、こっちもついかっとなる。そして喧嘩が始まる。あんたはなんであんなこと、こんなことをしたのかだの、あたしはマフィアと結婚しただの。べらべらべら。あんたも結婚してたんだから、おれの言いたいことはわかるはずだ。始まりはちっぽけなことだったのに、びっくりするほどおおごとになる。たしかにおれは自分の手を汚したこともある。それは認めるさ。だが、してもいないことをネタに妻と喧嘩をするはめになるのは我慢がならない。わかるな?」

「つまり、あなたはぼくの娘を誘拐していないと言いたいんですね?」

「それだけじゃない」

チャコはダッシュボードを開けて写真を取り出し、それをファビアンに渡した。

「見てほしい」

ファビアンは写真に写ったチャコを見た。だいたい三歳から六歳ぐらいの三人の子供といっしょだ。

「おれの息子たちだ。マティーアス、ラミーロ、ホスエ。最後のひとりの名前はどうかと思ったが、もう慣れた。やられるまえにやる、がっぽり儲《もう》ける、できることを思う存分楽しむ、汚らわしい人生を駆け足で突っ走る、というのがずっとおれのモットーだった。息子たちが生まれるまでは。それですべてが変わった。息子たちが誇れるような父親じゃないとわかっている。だが息子たちはおれとは違う。罪のない子供たちだ。この二年、後ろ暗い商売とは手を切ろうとしてきた。合法的な仕事だけにしようと。全部子供のためにしたことだし、これからも子供のためを思って行動する。あの子たちがおれをまっとうな人間にしてくれたんだ」

「なぜぼくにそんなことを話すんだ？」

「じきにわかる」チャコは言い、ファビアンの手にあった写真を引き取った。

「息子たちの姿に、息子たちの永遠の魂に誓う。おれはあんたの娘さんと、付き添っていたお嬢さんの身に起きたことと、直接的にも間接的にもいっさい関係ないと誓う。そしておれの部下たちもいっさい関与していない。もしそれが嘘なら、息子たちの魂は地獄に堕ちる。わかったな？」

「あんたは未成年の少女を誘拐し、パラグアイで売春させてるのか？」ファビアンは尋ねた。

「商売にはいろいろな側面がある。全体像を理解するにはさまざまな角度から見なきゃならない。ちゃんと説明しようと思ったら、一日かかる」

「ぼくの娘を誘拐したのはだれなんだ？」

「さあ、わからない」チャコは言った。「だがひとつ言っておく。世間で言われているようなやり方でそのお嬢さんが殺されたんだとしたら、犯人はおれたちに罪を着せようとしたんだ。それ以上、おれにはなにも言えない。残念だよ。あんたには心から同情する。おなじことが自分に起きたら絶対に耐えられない」

「黙れ」ファビアンは言った。

横に座っている男がファビアンをじっと見た。

「仲良くしてくれと頼むつもりはない」チャコが言った。「だが、これも巡り合わせだ。妻と、おれの父親としての良心のおかげで、こうしてあんたに事情を説明することになったんだから」

「それについては感謝してる。そろそろ降ろしてもらえるか？」

「見つかることを祈ってるよ」

「くたばれ」

アウディが止まり、後部座席の男がファビアンの肩をつかんで車から降ろした。そのまま歩道で待ち、ティピートが運転席から降りて近づいてきた。ティピートは無言のままファビアンの腹部を殴った。ファビアンは体を二つに折り、身を縮めて地面に倒れた。ぼくは死んだ、もう二度と呼吸できない、と思いながら。

「あんたの友達へのおれからのプレゼントだ」ティピートが言った。

ファビアンの耳にはほとんどはいらなかった。息を吸おうと必死に口をぱくぱくしていたが、だれかがしゃがんで助け起こしてくれた。学校の制服姿の十二歳ぐらいの二人の少女だった。ファビアンは歩道に座りこみ、やっと息をついた。

通りは静かだった。風に吹かれて並木がゆっくり揺れている。銀色のアウディはすでに跡形もなく消えていた。

18

警察中央本部の会議室の壁には、歴代の名警官の肖像がずらりと並んでいた。つやのある額縁からいかめしい顔がこちらをにらんでいる。ファビアンはパティオに林立するヤシの木をながめながら、椅子の背にまた身を預けた。

ドベルティはこれまでになくめかしこんでいた。いつもの上着は、グレーのジャケット、白いシャツ、紫色の螺旋《らせん》模様入りのネクタイに取って代わられていた。散髪もすませたらしい。テーブルの反対側の隅に座るブランコ刑事はパンツスーツ姿だが、たぶん完璧とは言えない。彼女の場合、いちばん完璧なのはなにも着ていない状態だ、とファビアンは思う。レボイラ検事は相変わらず隙がない。モンドラゴーンは髭を撫でながら天井を見ている。ファイルをめくっている殺人課のベルトランは、遠近両用眼鏡が鼻先までずり落ちている。上座の一席には、丸顔で二重顎がほんのり赤らんだトラパーニ判事、もう一席にはアルゼンチン連邦警察部長バシリオ・レカルデ警視が座っていた。

レボイラ検事が話しはじめてすでに十分が経過している。ファビアンとドベルティはどうしようもなくいらいらしていた。最初はうなずいていたドベルティも、延々と続く検事のおしゃべりの重みに押しつぶされた。

「問題は、われわれがこれまで積み重ねてきたものをきみたちが台無しにし、いまやこの一件は迷宮入りしようとしているということだ。本来なら避けられたはずなのに……」

「担当者にまかせておけばよかったものを」レカルデ警察部長があとを引き取った。

「自分たちがどんな危険を冒したか、それにも気づいていない」モンドラゴーンが付け加えた。「きみたちはじつに、そうさな、じつに浅はかだった」

「さて」レカルデ警察部長がドベルティを見ながら言った。「ガソリンスタンドで使った銃を持ってきてもらいたい。あれは押収しなければならない。弾道解析班によれば、スミス＆ウェッソン610の銃弾が壁から見つかったそうだ。どうかしてるんじゃないか？この銃の使用はいっさい禁じられている」

「単なる威嚇《いかく》用だったんです。それが、誤って撃鉄を起こしちまった」

「明日提出しろ。さもなければ逮捕する。本来なら違法な銃器を使用したかどで、ただちに逮捕すべきところなんだ」

「登録済みの銃ですよ？」ドベルティが言った。

「へえ。笑わせるな」

「おれに言わせれば、あなたたちは注目すべきポイントを根本的に間違えている」

「ほう？　では正しいポイントとはどこなんだ、セニョール・ドベルティ？」トラパーニ判事が眉を吊り上げた。

そのときドアが開き、シルバがはいってきた。

「強盗窃盗課のマルコス・シルバ警部補」レカルデが言った。

「中断はご無用です」シルバは言い、テーブルからはずれた場所にある椅子に腰かけた。

「説明してもらえるかな、セニョール・ドベルティ？」

「どこから検討するのが正しいのか、おれにはわかりません。だが、この事件は見かけほど単純じゃない。おれの仕事のやり方をみなさんに説明するつもりはありません。だが、あのペンシオンで見つかった証拠の数々はじつに妙です。遺体のうなじの傷はじつは銃によるものじゃない、そういう結論に達してるんじゃないんですか？」

「間違いなく銃創だ」ベルトラン刑事が言った。「ただ、射入口がほかの銃創と比べて変則的なだけだ。おなじ弾丸による傷だが、弾丸によるもの以外の傷が射入口に重なっている」

「それに顔にも裂傷があったわ」ブランコが言い添えた。

「暴行を受けたすえ、とどめを刺されたことは明らかだ」レボイラ検事が結論した。

「話を逸らしてもらっては困る」レカルデ警察部長がぴしゃりと言った。「問題はここなんだ。もしそのチャコとかいう男の一味の関与を示唆する証拠が存在するなら、次のステップは家宅捜索と一斉検挙、そしてやつら全員を厳しく取り調べることだった。さらに、武器を発見しだい押収し、弾道解析の結果と照合すること」

「まさに大一番に臨もうとしていたわけだ」トラパーニ判事が言った。

「そのとおりですよ、判事」レカルデが答えた。「だが、ダヌービオとドベルティ両氏が予定を変えてしまった」

「あるいは、捜査を台無しにした」ファビアンは訂正した。

「こんな言い方をして申し訳ない、ダヌービオさん。だが事実は事実だ」レボイラが言った。

ファビアンは話者が次々に交替することに嫌気がさしていた。そのたびにテーブルのあちらからこちら、こちらからあちらに顔を向け直さなければならず、いいかげん首が痛くなってきた。

「私はセニョール・ダヌービオを悪く言うつもりはないし、デマに耳を貸すつもりもない」トラパーニが言った。「彼のような立場にいる人間を罪に問うわけにはいかない」

「そのとおりです」ドベルティが急いで同調した。

「言い訳できないのはあんただよ、ドベルティ」トラパーニ判事はすかさず言った。「どうしてこんなことにセニョール・ダヌービオを巻きこんだ？」

「悪いのはぼくです」ファビアンが口を挟んだ。「ついていきたがったのはぼくのほうで、彼はぼくを思いとどまらせようとした」

「それは違う。おれは最初にセニョール・ダヌービオに言いました。この件について調査するなら、できるだけいっしょに行動する必要がある、と。彼がどこまで関わることになるのかわからなかったし、立ち止まることもできなかった。イシドロ・カサノバ地区のクラブに同行させたのは確かに間違いでした。だが、結局こうなってしまったんだし、それには理由がある。トルティージャを作るには卵を割る必要がある、そうでしょう？」

「失踪事件や殺人事件の捜査はトルティージャを作るのとはわけが違う」シルバが言った。「軽々しいことを言うな、ドベルティ」

「確かに。さっきの比喩《ひゆ》は撤回します。じゃあ、こんなのはどうです？《ブラッド・ソーセージ《モルシージャ》を食べるには、どこかの豚を一頭殺さねばならぬ》」

だれもなにも言わなかった。ファビアンは間がもたず、目をこすった。

「あんたはどんな時だろうとおかまいなしに冗談を飛ばすと聞いたことがある」シルバが言った。「話の矛《ほこ》先《さき》を逸らすにはもってこいの戦術だな。いまがいかに微妙な状況か忘れるためにも。そのうえクライアントに対する敬意を欠いている」

「ええ、クライアントはおれがどういう人間かとうに知っています。ご存じのとおり、おれがたった一週間地下鉄周辺で聞き込みをしただけで、みなさんが半年かけて見つけられなかった手がかりを見つけた。これは冗談でもなんでもないですよ、シルバ。方法はどうでもいい。肝心なのは結果です」

「仕事のしかたをわれわれに教えようってわけか、ドベルティ。警察学校にすらはいれなかったあんたが、自分のほうが仕事ができると自慢を始めるとはな」

ドベルティはファビアンのほうを見ようとしなかった。自分は警官だったと以前はっきり言ったのだ。だがファビアンは、シルバの言葉は自分に向けられたものだったような気がした。ドベルティと契約したのは裏切り行為だと言わんばかりだ。シルバは中央本部でかなり幅を利かせているにちがいない。いまではレカルデさえ押しのけて、彼の独壇場だった。

「みなさんはいつも結果を出せと言う。そして、おれはこうして結果を出した」

「だがわれわれを袋小路に追いこんだ。第一容疑者が高飛びしてしまったんだからな」レボイラ検事が言った。「そうとも、ドベルティ、リオネル・ガルシラーソはいま外遊中だ。こっちにはやつを引き止める理由がない。やつはいま、これまでにないくらいきれいな体だからな。で、これが結果なのか？」

「違います」ドベルティが言った。「リーガー事件。オーストリア。一九九三年」

室内は静まり返った。ブランコは、どういうことと問いたげな表情でファビアンを見た。

「それもあんたお得意の冗談か？」レカルデ警察部長がどやしつけた。

「違いますよ、警視。われわれの参考になるケースです。エミール・リーガーはウィーン郊外に住んでいました。二十年前に失踪した妻が、スロベニア人一家が住む隣家の土地で発見されたんです。妻は刃渡りの長いナイフで刺されて殺害され、ナイフはまだ胸に刺さった状態でした。しかも右手の小指が切断されていた。こういう切断は、スロベニア人マフィアのもとで働いている移民たちのしわざだという目印なんです。警察は過去に隣家に住んだことがある人々を捕らえては尋問しましたが、全員が犯行を否定した」

「要点を言ってもらえないか、頼むから」レボイラ検事が事が言った。

「もう終わります。結局警察は、犯人は被害者の夫リーガーだとつきとめました。リーガーは犯行を二重に隠匿《いんとく》したんです。他人に罪を着せる方法で殺害したうえに、遺体が見つからないように隣家に埋めた。もし遺体が発見されても、小指の切断で警察の目を逸らすことができる。二重に保険をかけたわけです。だが彼にはプロ意識がなかった。信じられないかもしれませんが、ここまで徹底してなりすましを図ったのに、妻の胸に刺したままだったナイフから指紋を拭き取り忘れたんです。追及を受けると彼はあっという間に落ちて、白状した。で、これとおなじことがここでも起きているとおれは思うわけです」

「それは実話なのか？」モンドラゴーンが尋ねた。

「ネットで調べればすぐにわかる。みなさんの多くが抵抗を示すのは目に見えていますが、考慮の余地はあると思いますよ」

トラパーニ判事が居心地悪そうに身じろぎした。

「つまり、現場は細工されていたと言いたいのか、ドベルティ？」

「ちょっと考えてみてください。まあ、気が遠くなるかもしれませんが。チャコ一味のやり方とは一致しないところがいくつもある。どうしてあんなふうに彼女を殺害したのか。しかもあのペンシオンで……。どうにもわからない。そして、おとといファビアンの身にあんなことが起きた。たしかにまるでお芝居みたいだが、だからこそ、自分は事件とはいっさい関係ないというチャコの言葉は信じられる」

「やり方が変わっているとはいえ、あんたもときにはいいことを考えると思うよ、ドベルティ」トラパーニが言った。「だが、われわれがここに集まったのは、保険詐欺の捜査を得意とする探偵の講義を拝聴するためではない。悪いな、ドベルティ。私は判事として、これ以上あんたが捜査することも、警察がやるべき仕事にちょっかいを出すことも禁じる。おなじようなことがまた起きたら、捜査妨害できみたちを訴えることになる」

会議は終わろうとしていた。外の空気を吸うために部屋を出たファビアンを、ブランコが追いかけてきた。

「元気？」彼女がファビアンに尋ねた。

「まあね、いま可能な範囲で元気だよ。きみは？」

「怒ってる。馬鹿なことはしないでと頼んだのに」

「行きがかり上なんだよ、リディア」

「もうこういうことを続けるのはやめて」ブランコは下唇を嚙み、床に目を落とした。「二週間後にコルドバに行くわ」

「ああ。いっしょに……？」

「そう。異動を希望したの」

「異動？　二、三日旅行に行くのかと思った」

「違うわ」

二人は黙りこんだ。ファビアンは自分がひどく愚かに思えた。

「そのほうがいいのよ」ブランコが言った。「距離を置けば、カップルは必然的に別れることになる」

「きみがコルドバに行くことと、捜査からはずれることと、どちらがつらいか自分でもわからない」

「私にはどちらもつらいわ。今週、電話をくれる？」

ブランコはこの話にそれでピリオドを打った。ほかの出席者もパティオに出てきたからだ。

「……いまおれが言ったことをぜひ頭の片隅に留めてください、みなさん」ドベルティはまだ言いつづけている。「裏工作はどこから見ても明らかです」

「いつもの身の丈の仕事に戻ったらどうなんだ、ドベルティ？　プロにまかせるべきはまかせたほうがいい」シルバが言った。

「どうして強盗窃盗課のあなたがこんなにこの件に首をつっこんでくるのかわからない。なにか事情でもあるのか」

「そのへんにしておけ、ドベルティ。さもないと侮辱罪で訴えるぞ」レカルデ警察部長がすごんだ。

「おれは好きなところに首をつっこむ」シルバがみずからの立場を主張した。「警官だからこそだ。不満たらたらの、つまらない私立探偵なんかじゃなく」

「あんたたちよりいい結果を出したおれに我慢がならないんだろう、違うかい？」

ドベルティとシルバは顔を突きあわせ、このままいくとキスでもするのではないかとファビアンは思った。だが、おたがいタイプでないことは明白だった。

「もうやめろ。こちらまではらはらしてきた」レボイラ検事が言い、二人のあいだに割ってはいった。

シルバはドベルティにくるりと背を向けると、怒りをこらえて遠ざかっていった。

ファビアンはドベルティとともに駐車場に向かい、二人とも車に乗りこんだ。

「くそったれどもめ」ドベルティは言った。

「だれが？」

「全員だよ。とはいえ、ブランコ刑事だけは許せる。なぜかわからんが。女だからかもな。彼女、よく見るとけっこう悪くない。あの尻、見たか？」

「ああ、見たよ。さっきのオーストリアの話、本当なのか？」

「当たり前だろ！　連邦警察部長の前で作り話なんかするかよ」

「でもあんたはぼくに元警官だと嘘をついた」

「確かに。だがあのときは、あんたがおれを雇う気になるように説得しなきゃならなかった」

「ありがとう、ドベルティ」

「なんで？」

「ぼくを説得してくれて」

「やめろよ。泣き虫より皮肉屋でいてほしい」

マヨ大通りとサン・ホセ通りの交差点に到着した。

「最後に、なんであんなに興奮してたんだい？」ファビアンは尋ねた。

「おれが言ったあることに、連中が難色を示したからさ」

「どんな？」

「内部調査をしろ、警察内部のだれかが手をまわしているとしか思えない、とね」

「なぜそう思う？」

「銃痕が三カ所あったってことは報道されてない。極秘情報なんだ。警察内部の人間しか知らない。おれはここで降りる。また話そう」

19

ファビアンは建物の前に立ち、ニンニクが連なるベランダを見上げた。携帯電話を使った。

「もしもし？」

「ファビアンだ」

「やだ、なにしてるの？」

「きみの部屋のベランダを見てる」

「え？」

「近くに来ていて、吸血鬼除けのあるきみの部屋のベランダを見てる」

彼女が笑いながら顔をのぞかせ、ファビアンに鍵を投げた。鍵は宙に弧を描き、最後に彼の手に収まった。

二人は朝方まで別れを惜しんだ。そして、彼女がベッドの向こう側からこちらを見た。

「ダヌービオ、自分を信じて。お願い」

彼女が彼の手を取り、指を絡ませるのがわかった。

今回は、彼女は階下までファビアンを見送りに来た。そしていきなりさよならを告げて、姿を消した。まるで二人にはもうほとんど時間がないみたいに。

眠る街を貫いて帰る道すがら、心に広がる空虚感を全力で追い払おうとしたが、無駄だった。


ベートーベンの交響曲第九番は、携帯電話の呼び出し音には絶対に向かない。何度も寝返りを打ったすえにやっと眠りについたファビアンは、ぎくっとしてベッドから飛び起きた。心臓がどきどきしている。

「ダヌービオ？」かすれた声が言った。

すでにその声は頭の中から消去されていたはずだった。

「あれから一度も電話せずにすまない。怖かったんだ」

「なにが？」

「わかるだろう？　モイラを誘拐した連中だよ」

ファビアンはベッドの上で上体を起こした。

「ぼくにそんなことを言ってもなんにもならない。だいたい、なんであんたを信じなきゃならないんだ？」

相手は黙っている。ファビアンは、すでに切れているのかと思った。

「あんたの気持ちもわかる」ようやく声が言った。「じゃあこうしよう。午後一時にコリエンテス大通りとカルロス・ペジェグリーニ通りの交差点に来られるかな？」

「ああ、行けるけど」

「いや、ディアゴナル・ノルテ通りとフロリダ通りの角のほうがいい。一時半に」

「かまわないよ。あんたをどうやって見分ける？」

「こちらから声をかけるよ」声は言った。そして切れた。

ファビアンは地下鉄の駅を出て、フロリダ通りのほうに歩きだした。油断のできない空模様だったが、陽が出れば温《ぬく》もりが感じられた。ひょっとすると鳴るかもしれないので、シャツのポケットに携帯電話を入れてある。

人にあまりぶつからずにすむ位置に立つ。どの人物が突然人ごみから抜け出してこちらに近づいてくるか、当てっこゲームをしようかと思ったが、不安が大きくてそれどころではなかった。どの角で待つかはっきり決めなかったので、五分ごとに四つ角のどこに立つか変えた。あの人がそうかな、とたびたび思った。こちらに颯爽《さっそう》と近づいてくるグレーのジャケットの男。なにか迷っているかのようにあたりをうろうろしている茶色いコートの人物。地面に落ちた紙を踏んづけている、〈Yale〉と書かれた緑のトレーナー姿のがっしりした大柄の若者。でも、どれも違った。

ファビアンが待っている場所から二十メートルほど離れたところで、ドベルティは花屋のバラをながめていた。ファビアンが場所を変えると、そのたびに彼もそっとそのあとを追いかけた。

どうせだれも来やしないとドベルティとしては思っていた。それにしても、なぜファビアンは来る気になったのだろう。希望なのか。希望があれば、そこまで娘に固執できるのか。

午後一時四十分になると、ファビアンがいらいらしはじめるのがわかった。可能性が消えていくのに気づいたかのように。ファビアンが遠くからあきらめ顔でこちらを見た。

ドベルティと合流するため通りを渡ろうとしたとき、携帯電話が鳴った。

「私だ」声が言った。

「どこなんだ?」

「近くにいる。だが尾行されている」

「おいおい、ぼくを相手にスパイごっこはやめてくれ」

「ごっこ遊びなどしていない。私はこれに命を懸けている」声がうわずった。「地下鉄で来たんだが、だれかにつけられていたんだ」

ドベルティは、ファビアンが電話に出たのを見た。いまは、ボストン銀行の角でうろうろしながら話しこんでいる。一瞬ファビアンがドベルティを見た。なにをしたわけでもないが、ドベルティは理解した。相手はそこに来られず、だから電話で連絡してきたのだ。やっぱり食わせ者だった。ドベルティは通りを渡ろうとして思い留まった。思いついたことがあったのだ。もしその男が近くにいて、ファビアンをながめながら面白がっているとしたら? ドベルティはその場にとどまり、近くの人々を観察しはじめた。いま携帯電話で話している人間は?

「もし怖いなら、ぼくに話そうとしていたことをいま話してくれ」ファビアンはじっとしていられなかったが、通話が途切れるのが不安だった。

「この件にはかなりの有力者たちが関わっている。彼らはありとあらゆる方面にコネを持っている」

「だれなんだ?」

「近くにいる連中を全員疑うことだ。そして私もそのひとりだ。彼らがあんたの娘の事件に関わっていると、たまたま知った」

ドベルティは交差点周辺をじっくり観察し、ファビアンのことが見える位置に立って携帯電話で話している人物が四人いることを確認した。二人は女性なので、可能性はない。もうひとりは黒いジャケットを着た男性で、コピー屋の入口でしゃべっている。彼が通話をやめて電話をしまったので、すぐにファビアンのほうを見た。まだ話している。残るは電気屋のショーウィンドーを見ている金髪の若者だ。熱心に話しこんでいるように見えた。

ファビアンは言葉を挟まずに、ただ相手の話を聞いていた。いまや声は単調なモノローグと化していた。

「……連中は考えうるあらゆる不法行為に手を染めている。麻薬、売春、銀行強盗、密輸、偽造。国家情報事務局にも警察にも息のかかった人間がいる。治安省の三つのオフィス全部が彼らによって盗聴されている。だから固定電話で話すのが怖いんだ。携帯電話のほうが傍受が難しい。いまはまだ。あと二、三年もすれば、これも安全じゃなくなるだろうけど」

「悪いけど、いまあんたが話したことは全部、ぼくにはあまり意味はない。ぼくはただ娘を取り返したいだけだ。娘はまだ生きてると言ったよね？」

「ああ、生きてる」

ドベルティが金髪の若者を見ると、大笑いしていた。

ファビアンに目を向けると、真剣に相手の言葉を聞いている。行動が一致しない。あのブロンドは違う。ファビアンが話している相手は近くにいないのだとドベルティは納得した。彼のいる角のほうに近づく。そのとき、地下鉄の入口の鉄柱の陰に半分隠れた男の姿が目にはいった。片腕を上げているところを見ると、携帯電話を使っていることは間違いない。ドベルティはもっとよく見える位置に移動した。二十歳をすこし過ぎたくらいの年齢に見え、髪は短く、コーデュロイのコートに斜めがけのバッグという恰好だ。ドベルティは男の行動をつぶさに観察した。しゃべっている。しゃべるのをやめる。ファビアンを見ると、しゃべっている。また男のほうを見る。いまは口は動いておらず、相手の話を聞いている。男がまた話しだす。ファビアンのほうに目を向ける。話を聞いている。やり取りが一致している。

「……いつかは知らないが、たぶんまもなく娘さんを国外に連れ出そうとしている。今頃すでに、偽造書類が全部揃っているはずだ。こういう子供の養子斡旋《あっせん》には、すごい大金が動くってことを心得ておく必要がある」

「きみの連絡先を教えてもらいたい。近くにいるのかい？　声がよく聞こえないんだ」

ドベルティは、男が地下鉄の階段を下りはじめるのを見た。ファビアンのほうを見ると、ちょうどこちらに背を向けている。ドベルティは通りを渡り、地下鉄の入口に近づいた。

「……待ち合わせ場所に向かう途中にいる。私は……」

「もしもし？　もしもし？　そこにいるのか？」

「これ以上話せない」

「もしもし？」

ドベルティがのぞきこむと、コーデュロイのコートの男は駅に向かって階段を下りていた。ファビアンに合図したかったが、信号が変わったために通りを渡ってくる人波にさえぎられて見えなかった。コーデュロイの男はすでに改札の回転バーを通過している。ドベルティは階段を下りた。

ファビアンはまた電話がかかってくるのを待ったが、携帯電話はもう鳴らなかった。四つ角にドベルティの姿を探したものの、見当たらない。とまどいはやがて怒りに変わり、ファビアンはどうしていいかわからずに、ただ立ちつくしていた。

ドベルティは、携帯電話を買えとうるさいフリアの言葉を聞き流してきたことを後悔した。これではファビアンに事情を説明できない。それでも〝コーデュロイ〟と名づけた男をまだ見失ってはいなかった。男はいま反対側の隅に座り、車内の乗客を不安げに観察しつづけている。ドベルティは椅子に沈みこむように深く腰かけ、窓の外に目を向けた。プラサ・イタリア駅に到着した。コーデュロイは降りない。乗りこんでくる乗客をいちいち検査するように、ぶしつけにじろじろながめている。

十二分後、ホセ・エルナンデス駅に着いた。ドベルティは、適度な距離をあけてコーデュロイの後をつけた。カビルド通りに出て、一ブロック歩く。コーデュロイはバス停で足を止めた。四種類の路線バスがそこで停まる。ドベルティはショーウィンドーのほうにくるりと体の向きを変えた。コーデュロイは終始きょろきょろしており、すでにドベルティのことも見ているはずだった。ドベルティはショーウィンドーを離れ、バス停に近づいた。コーデュロイの後ろに並ぶ。彼が後ろに並んだのをコーデュロイも見ていた。五九系統のバスが停車したが、コーデュロイは乗らなかった。

数分が経過した。空を雲が覆い、風が立った。コーデュロイはコートのボタンを留め、暖を取るために足踏みを始めた。一五二系統が到着した。コーデュロイが乗りこみ、ドベルティもそれに続いた。

いまやコーデュロイはちらちらとしつこくこちらに視線を向けてくる。地下鉄の中でも姿を見られただろうか？　おれを覚えていたのか？　サーベドラ橋を過ぎ、さらに数ブロック進んだところでコーデュロイが立ち上がり、降車ブザーを押した。あからさまにドベルティのほうを見て、どうするか待ち構えている。ドベルティは動かなかった。バスが停車してドアが開き、コーデュロイが降りた。バスは出発した。ドベルティは、コーデュロイが最初の横丁の角を曲がり、通りから遠ざかるのを確認した。バスが半ブロック進んだところで、ドベルティは急いで席から立ち上がった。運転手の横で立ち止まり、資格証を見せた。

「警察です。バスを停めてください」

運転手はぎょっとして、バックミラー越しに彼を見た。

「何事ですか？」

「ここで降ろしてもらいたい。申し訳ないが、停めてください」

運転手はブレーキをかけ、ドアを開けた。背後でいっせいにクラクションの大合唱が始まる。ドベルティはバスを降り、半ブロック分を走った。角を曲がると、一ブロック先にコーデュロイの姿が見えた。ドベルティはその距離を保ちながら反対側の歩道を歩き、彼を尾行した。

ファビアンはしばらく椅子に座ってドベルティからの電話を待った。やがてうんざりして、服を脱いでシャワーを浴びた。熱すぎるお湯が体を伝うなか、彼は壁をこぶしでコツコツとたたいていた。しかしその音はしだいに大きくなっていき、しまいにはこぶしが痛みだした。そのとき電話の音が聞こえたような気がして、シャワーカーテンの脇から外をのぞいた。たしかに鳴っている。滴を垂らしながらバスルームを出て、居間に走る。

「見つけたぞ。ついに住所をつきとめた」ドベルティが言った。

二人はアパートメントの建物の前で足を止めた。

「そこにはいっていった。どの階かはわからない」

通りに人はあまりいない。住宅街の午後はそれが普通だ。管理人もいないようだった。ファビアンはコートのポケットに両手をつっこんだまま、建物の入口をながめていた。

「いまさらこんなことを言うのはなんだが、警察を呼ぶべきじゃないか?」ドベルティが言った。ファビアンの表情には、妙に人を不安にさせるものがあった。その顔に影が居座るようになってずいぶんになる。その影は人を蔑むような表情を作る。なにを、あるいはだれを蔑んでいるのか特定はできないが。

「すこしだけ待とう」

「勝手な真似はしないほうがいい。これ以上レボイラ検事の覚えが悪くなると……」

ドベルティが口をつぐんだ。建物の廊下をコーデュロイが歩いてくる。

「あいつなのか？」

「ああ」

ファビアンはいきなり歩きだし、通りを渡りはじめた。

「待て、なにをするんだ、ファビアン……」

コーデュロイは通りに面した扉を開け、二人を見た。一瞬訝しげな顔をしたが、すぐさま中に引き返し、廊下を走りだした。入口の扉がゆっくり閉まる。ファビアンは走り、閉まりきるまえに飛びついた。彼は建物の中にはいった。ドベルティが到着したのはそのあとだった。

コーデュロイを追って廊下を走る。コーデュロイはつきあたりにある一階の部屋の前にたどりつき、あせりながら震える手で鍵を取り出す。ファビアンはスピードを上げる。コーデュロイは鍵を鍵穴に差し入れて回し、ドアを開ける。中にはいったが、ドアを閉めることはできなかった。ファビアンが走ってきた勢いのまま、ドアに飛びついたのだ。ドアはコーデュロイを奥に押し返し、ファビアンは中に転がりこんだ。コーデュロイは両手を上げて後ずさりした。

「待ってくれ、頼む」

ファビアンは彼に飛びかかると、コートの襟をつかんで揺さぶった。二人の体がサイドボードにぶつかり、ぐらぐら揺れたせいで額縁入りの絵がいくつか床に落ちて、ガラスがこなごなになった。ドベルティが割ってはいろうとしたが、揉みあう二人にドアまで押し戻された。コーデュロイがよろけて倒れ、ファビアンが馬乗りになった。コーデュロイが痛みのあまりうめいた。

「どこだ？　娘はどこにいる？」ファビアンがどなっ

た。

「おれのところにはいない！」コーデュロイがわめく。

「ファビアン、落ち着け」ドベルティも、どうせ聞こえてないだろうと思いながらも、大声で言った。

「娘はどこだ？」

「全部嘘なんだ！　許してくれ！」

コーデュロイの声は、心底あわてているせいで、嗄れてぶつ切れになっている。ファビアンはその顔をもろにこぶしで殴った。コーデュロイの頭が床にぶつかり、鼻血が流れだす。

「おまえが娘を誘拐したんだ。このくそ野郎、おまえのところにいるはずだ」

ファビアンはコーデュロイの髪をつかみ、床にぶつけた。

「やめろ、ファビアン！　殺しちまうぞ！」

ドベルティはファビアンを引き離そうとしたが、逆に押し返され、部屋の反対側に突き飛ばされた。

「おれのところにはいない、いないんだ！　病気なんだよ、おれは！」

殴られたせいで意識が遠のきだしたのか、コーデュロイの叫び声がやんだ。

ドベルティが走ってファビアンに飛びつき、若者から引き離した。二人は転がり、コーデュロイは仰向けのまま這って逃げた。また起き上がったファビアンはすぐさまコーデュロイに近づき、蹴り上げた。肋骨がきしみ、うなり声が聞こえた。ファビアンは彼の首を絞めた。

「娘を返せ」

「ここにはいない……頼む、おれのところにはいないんだ」コーデュロイは泣いていた。彼はドベルティのほうに顔を向けた。「頼むよ、だんな、この人に説明してやってくれ」

「こいつのところにはいないよ、ファビアン」

「信じない」

ファビアンは彼を平手打ちした。

「信じない、信じない」

いまやファビアンも泣いていた。ドベルティは彼の肩をつかんだ。

「もうそこまでにしとけ。放してやれ」

ファビアンはコーデュロイを放し、床にへたりこんだ。若者はうめき、あえぎ、鼻水をすすった。肋骨を手で押さえ、胎児のように身を縮めた。

「おれのところにはいない」とつぶやく。

ドベルティはそこで初めて室内をゆっくり見た。隅にベッドと洋服簞笥、壁際には支柱の上に斜めに置かれた木板があり、それがデスク代わりらしい。そして、壁にあるコルク板に留められた、無数の新聞の切抜きや写真。そこにはモイラやファビアンやリラの顔があった。デスクに近づき、のぞきこむ。さらに切抜きがのっているが、別の事件のものもあり、どれも失踪事件ばかりだった。去年行方不明になった女性、井戸で遺体となって見つかったミシオネス州の二人の子供、身代金目的で誘拐された食肉会社の社長子息。ドベルティがファイルを開くと、もっと切抜きが見つかった。その他の事件について起きた順に並べてある。

「二つのうちどちらかだ、ファビアン」ドベルティが言った。「本人が言っているように病気なのか、この三年間に起きた五十件の失踪事件の犯人か」

「おれは病気なんだ」コーデュロイが言った。「人を誘拐したことも殺したこともない。おれは病気なんだ」

20

男の名前はシルビオ・グレコ。とあるテレビ局に技術者として勤務し、しかも、ファビアンに携帯電話をプレゼントしたあのプロデューサーのニュース番組を担当している。じつはファビアンの携帯の番号を彼が知ったのも、そのプロデューサーからだった。精神科の入院歴があるが、担当医師たちはそこまで極端な行動をとるとは思いもよらなかったという。モンドラゴーンが二日間にわたって取調べをしたが、モイラの件にしてもその他の事件にしても、いっさい関係ないという結論に達した。もしグレコを罪に問うなら（ファビアンによる殴打については本人もその家族も告発しなかった）、かなり複雑な法的手続きを経なければならなかった。グレコはこれまでにも、失踪事件の被害者の二家族と接触を図ったことがあったが、会う約束をしたことはなく、匿名電話の域を出なかった。つまり、なにをどうやっても彼を起訴に持ちこむことはできそうになく、グレコは精神科の施設行きとなりそうだった。〈ハッピー・アウアー〉の出来事はかろうじて報道されずにすんだので、この一件もメディアには伏せようということで意見が一致した。しかし、グレコがなまじ業界人だったため、いつしかニュースが洩れ、ファビアンはまたしても時の人となってしまった。彼にとってはどうでもいいことだったが。

これまで以上に、時間の流れから、世の中から、取り残されているような気がした。

事件はふたたび暗礁に乗り上げた。モンドラゴーンからもベルトランからも新しいニュースはなく、ドベルティさえ捜査をどう進めればいいのか、どの方向性をたどればいいのか決めかねているようだった。

十一月が終わった。ファビアンは新しい工事現場で仕事を始め、かつてそう望んでいたように安定して仕事がはいりはじめた。だが、独り身となったいまでは、せっかくの充実感も安心感も分かちあう者がだれもいなかった。

十二月の初め、ドベルティに会いに行った。彼も、浮気調査や車の接触事故の調停といった、以前と同様の仕事を引き受けはじめていた。モイラ事件が停滞しているせいで、おたがい顔を合わせる理由もなくなったかのようだった。

「いまは難しい状況だが、それでも、自分がいつも言っていたことを信じつづけてるよ。捜査を攪乱《かくらん》するために、だれかが現場に手を加えたんだ」

ドベルティの姿が煙草の青い煙の中に消えた。モイラの部屋にあった所持品の数々はいまも所定の位置にあり、ファビアンはふと、それらが閉鎖された劇場の倉庫にしまわれた小道具であるかのような、不思議な感懐を覚えた。

「検死医のリベディスキーから、弾道解析班のサンチェスと話をするように言われた。セシリア殺害の凶器が判明したんだ。体内に一発だけ弾が残っていた。犯人にも、それを取り出す時間まではなかったらしい。ベルサのピッコラ二二口径で、一九五九年から七八年のあいだに製造されたものだ。小口径銃で、警察でも犯罪現場でもあまり一般的じゃない。弾の線条痕には一致する記録がなく、過去に犯罪に使われたことがない銃だと考えられる。わかるだろ？　犯人は追跡不可能な銃を使ったんだ。警察は販売記録を当たっているようだが……一九五九年から七八年だぜ？　記録が残ってると思うか？　調べるのにきっと何年もかかる」

「必ず痕跡は残ると言ってなかったか？」

「ああ。だがおれたちにはそれが見えない。問題はそこだよ」

「さすがのあんたも降参ってわけか」

「おれは絶対に降参はしないぞ、ファビアン。さもなきゃ、あんたの娘さんの持ち物を保管したりしないよ。そのうちきっとなにか起きる。まあ見てな。必ず動きがあるから。元気を出せよ」

年末。ファビアンは父とクリスマスを過ごし、メソジスト信者ばかり目いっぱい部屋に招いたヘルマンと話をした。絵葉書を送ってくれたドリスおばさんに電話をしようかと思ったが、結局しなかった。リラの友人ナタリアとマリーア・エウヘニアと会った。二人は、ファビアンにもそうしろと要求するかのように大泣きしたが、彼には泣けなかった。

大晦日《おおみそか》の夜は友人たちと過ごすと父に嘘をついた。父は無理強いはしなかった。ファビアンは飲みはじめ、今度こそ貴重なジョニー・ウォーカーの黒ラベルを空にした。爆竹や花火が始まる頃には、都合よくへべれけになっていた。

西暦二〇〇〇年。新しい千年紀の幕開けだった。

21

二〇〇〇年一月三日は月曜日だった。ファビアンは仕事に行かなかった。現場に電話して、体調を崩したと告げた。家を出て、アルバレス・トマス通りの広場に向かう。トックリキワタに近づき、写真を撮った。

モイラは今日で五歳だ。

児童公園まで歩き、柵で囲われたエリアにはいって、プラスチックの滑り台の近くに座った。そこでは大勢の子供たちが遊んでいる。控えめな笑みを浮かべてそちらをながめる。人の注意は引いていない。そこにいる人たちは、彼をだれかの父親だと思うはずだ。

日が傾きはじめ、母親の中には帰り支度をする者もいる。この一時間、ファビアンはモイラとどことなく似ているひとりの少女をずっと見ていた。そっくりとは言えないが、笑顔や落ち着きなくちょこまかと動きまわっているところが娘を髣髴《ほうふつ》とさせた。そう、リラのことも。少女はソランヘといい、彼女のシッターはたぶんペルー人だ。いや、違うかもしれない。それにセシリアにも似ていない。それでも目を閉じると、二人の声が聞こえるような気がした。そして一瞬、ほんの一瞬だけ、本当にモイラとセシリアだと信じることができた。

シッターがソランヘにもう帰りますよと言い、靴を履かせて児童公園エリアを出た。途中でファビアンの近くを通り、ファビアンはほほえんでソランヘに話しかけようとしたが、二人はそそくさと立ち去った。児童公園エリアを出た二人は、デルガド通りのほうに向かった。ファビアンは立ち上がり、二人を追った。彼女たちの二十メートルほど後方を歩き、二人がビレイ・ロレト通りのほうに曲がるのを見た。ソランヘはシッターの手をぶんぶん振っている（地下鉄の入口にはいっていったとき、モイラがセシリアにそうしていたように）。二人はとてもよくわかりあっていた。毎日いっしょに遊び、娘の世話をする中で、おなじ空気を共有する関係になっていたのだ。ファビアンは足を速めた。ただソランヘの近くにいたかった。彼女を笑わせ、髪に触れたかった。パパとママはだれ？　今晩の夕食はなに？　きょうだいはいる？　そんなことを尋ねたかった。二人の後をつけて、三ブロック歩いた。体が痛み、日が沈んでもその温もりがまだ消えないというのに、寒かった。

ソランヘとシッターが歩調をゆるめた。女が振り返ってファビアンの顔を見た。広場にいた男だと気づいたようだ。二人は玄関口にたどりつき、女が鍵を取り出すと、急いでドアを開けた。ソランヘがファビアンを見た。相手を容赦なく裁き、有罪判決をくだす、子供ならではの顔。二人は家にはいった。ドアが閉まった。

ファビアンはドアを見つめ、立ちつくしていた。そして、ふいにわれに返った。

宵闇に包まれ、とぼとぼと歩きだす。

神は彼に、忘れるという恩恵さえあたえてはくれなかった。

第三期

ひとりぼっちの木

二〇〇八年五月六日火曜日、午後

果樹園の灌漑《かんがい》システムをなんとかしなければならない。どんどん機能しなくなっていく。いまでは樹木の半分に水が行き渡らない。ラウタロにはとっくに伝えた。そう、千回は、いや百万回は言った。今日は農場《アシエンダ》じゅうを捜しまわったが、どこにも姿が見えない。あいつは、永遠にポカをしつづける牢獄の中にはまりこんでいるのだ。あいつを放り出したらどうなるだろう？　しばらくは村をぶらぶらしているだろうが、そのうち川に浮かんでいるところを見つかるのがオチだ。ヒヤシンスに抱かれ、死者という死者のもとに訪れるという頭を高く掲げた胸の赤い鵜《う》に目をつつかれて。

果樹園に関するこの手の厄介事をはじめ、この忌まわしいアシエンダにまつわる諸問題のおかげで、本来ならもっと心配しなければならないことから目を逸らすことができる。工房で過ごす時間もほとんど取れない。金属のやさしい匂いがたちこめる、私に心の安らぎをあたえてくれる唯一の場所。そこでは、しつこい幽霊たちもみな締め出される。

この一カ月制作に取り組んできた二体の小像はほとんど完成している。ばねの部分に問題があったが、最終的には満足以上の出来だった。女性像の腕を後ろに引っぱってから放すと、手に持っている短剣が男性像の腹にある穴を貫く仕掛けだ。

もちろん短剣は穴の縁にぶつかったりしない。動きはゆるやかでスムーズだ。人が見ればあっと驚くにちがいない。いったいどれくらいの値がつくだろう、と考える。去年街に来た展覧会では、これに匹敵するほどの作品にはついぞお目にかからなかった。どれもこれもくだらない、しかも下手くそな胸像やら、明確な意図もなしにつくられた曖昧な形の実験的作品やら。ああいうものをつくる連中がアーティストを名乗る気が知れない。私も自分がアーティストだとは思わないが、すくなくとも腕はいい。祖父は私のことを誇りに思うだろう。コルデリアも。初めてつくった置物をあの子にプレゼントしたときのことを思い出す。私は十四歳になろうとしていた。あの子はとても喜んで果樹園に向かって駆けだし、木々のあいだをジグザグに走るので、なかなか追いつけなかった。私はオレンジの木に登り、枝の上から口笛を吹いた。私を捜しまわるあの子がちょうど真下を通りかかったところで、その上に飛び下り、私たちは笑いながら転がった。キスしたかったが、その日はこらえた。コルデリアのきれいな顔に浮かんだ表情を見たとき、おなじことを考えていると思った。そんなことを思い出す。

その日の夜遅く

なぜラウタロの姿が見えなかったか、やっとわかった。アマデオから電話があり、アルガローボ島に行かなければならなくなった。ボートを降りたとき、ラ・カルドサ農園の従業員五、六人が待っていた。ラウタロもそこにいた。彼らのうちだれかのいとこだという、農園で働く若者が遺体となって発見されたのだ。十六歳だった。搬送してもらうため、パラナから人が来るのを待っているのだという。死因は明らかだった。クサリヘビだ。産卵場所に誤って近づき、思いきり咬《か》まれたにちがいない。男たちは若者の遺体のまわりを神妙な顔で取り囲んでいた。肌が青くなり、咬まれたほうの脚はもう片方の倍の太さに腫《は》れ上がっている。顔を見ると、やはり人相が変わるほど腫れて青みを帯びている。従業員たちもおなじようにのぞきこんだ。なにが起きたかわかった。ここにいる無知な連中は、クサリヘビに咬まれたら、新しい毒で古い毒を中和するために、顔も咬ませなければならないと信じているのだ。愚かなことだ。毒は光の速さで脳にまわった。脚を咬まれただけなら助かったはずだ。あるいは切断ですんだだろう。もう遅すぎる。若者の最期《さいご》は勇敢で愚昧《ぐまい》だった。みずから蛇《へび》の頭をつかんで頬に押し当て、無理にもう一度咬ませたのだろうから。

蛇の発するシューッという音がみんなの耳に聞こえた。まだ近くにいるのだ。長靴を履いていた私は藪《やぶ》の中にずかずかとはいっていき、すぐにそれを見つけた。怒って鎌首を持ち上げ、ダイヤモンドのような目でこちらをにらんでいる。私はマチェーテのひと振りで殺した。死んだ蛇を肩にかついで藪から出てきた私を見て、従業員たちは全員また胸で十字を切った。ラウタロは私に近づいてわざわざ警告した。クサリヘビの家族が旦那に仕返しに来ますよ。

まったく笑わせてくれる。私は蛇をボートに投げこんで家に帰った。夕食のとき、獲物をレバとカシルダに見せた。レバは顔をしかめ、そんなもの捨ててくださいと私に言った。カシルダは蛇の死骸をしげしげと見ていたが、怖がっている様子は見えなかった。

夜遅く、女たちが寝静まったあと、私は厨房《ちゅうぼう》に行った。そしてクサリヘビを真っ二つに裂き、血をたっぷり集めた。空の瓶に入れ、蝙蝠《こうもり》が屋根に巣をかけないようにするために使う匕素を混ぜた。そしてボートのまわりを一周し、その混ぜ物を地面に撒《ま》いた。そのあと工房と温室にもおなじことをした。庭はその必要がないので、防護措置はしなかった。混ぜ物を使いきると気がすんだ。

川に面した柱廊にたたずみ、波立つ川面に映る月をながめて、水がチャプチャプと跳ねるやさしい音を聞いていた。夜のしじまをさえぎる音はほかになにもない。

穏やかな心地だった。私の王国はいまや完全に守られている。復讐心に燃える蛇も、これならはいりこめはしない。

1

二〇〇八年五月十四日、ブエノスアイレス

あまりに思いがけない相手だったので、ファビアンは思い出すまでにしばらく時間がかかった。

「だれだかわからなくて当然だよ」シルバが言った。「この数カ月、強制的に食事制限させられたものでね」

シルバはファビアンの記憶よりはるかに痩せていて、そのせいで浅黒い顔もげっそりし、実際の年齢より老けて見えた。かつては別人みたいに丸々していた身長

百八十センチの体はいまやがりがりで、両肩にかかる見えない重しに押しつぶされたかのように背中を丸めている。

ファビアンは、改築中の家の現場から半ブロックほどのところにある、ナスカ通りのバルにいた。シルバの正面に十分ほど前から座っていたのだが、向こうが立ち上がってこちらのテーブルに近づいてくるまで気づかなかった。ぎこちない瞬間に直面する心の準備をしていたのだろう。シルバと会うのは久しぶりだった。リラが死んだ日、刑事の家で過ごした夜のことを思い出す。二人は無理に親しげにふるまったものだった。

あの事件が取り沙汰されていたときにファビアンのまわりにいた人々のことは、いまでは思い出話にすぎない。昇格したときなど、レボイラ検事やベルトラン刑事、そうシルバのことも、テレビで見かけたり、新聞に名前が掲載されたのを見たりしたが、接触を持つことはもうなかった。警察も司法も政府も、彼のところに来てはっきり言ってくれたことは一度もない。あなたの娘さんになにがあったのか、まったくわかりません。申し訳ありません。

とはいえシルバは、こちらのテーブルに来てすこし話をしないわけにはいかないと思ったらしい。こっちとしては、べつにそんなことは頼んでもいないのに。椅子にどすんと腰を下ろしたとき、背もたれにまわした腕が明らかに震えているのがわかった。自信に裏打ちされたかつての鋭利さは消え失せていた。この九年間のうちになにかつらい出来事でもあったのだろう。彼は無言でテーブルの向こう側に座った。ファビアンのほうも、なにを話していいかわからなかった。

「いつもここで昼飯かい?」

「この先に現場があって。家の改築です」

この短いやりとりは、会話の起爆剤にはまるでならなかった。二人のあいだに壊そうにも壊れない重い沈黙が横たわった。どちらも尻がもぞもぞしていた。もしファビアンが向こうを見なければ、たぶんシルバは彼を無視してバルを後にしていただろう。

「で？　その後元気か？」シルバが尋ねた。

「ええ、まあ」常套句《じょうとうく》に常套句を重ねる。

明らかにおたがい触れたくない話題があったが、これ以上遠巻きにして避けつづけるのは無理だった。シルバが思いきって口火を切った。

「あんたの一件について結果が出せず、どんなに申し訳なく思っているか、なにも言わずにここまで来てしまった。悔《くや》しくてしかたがないよ」

「あれからぼくがどんな気持ちでいたか、想像してみてください」ファビアンは言った。

「失踪人捜査課もなんの成果もあげられなかったのか？」

「ぼくよりあなたのほうがよく知っているはずです」

「二〇〇一年以降、あの事件のことは耳にはいってこなくなっちまってね。おれのアパートメントであれこれとんでもない騒動が始まって」

「モンドラゴーンたちと最後に会議をしたのは二〇〇五年です。そのときもとくに新しいニュースはなかった」

「厳密には、事件はまだ捜査中だ」

「そう聞いてもなんの役にも立ちませんよ」

「わかってる」

「娘はどこにいるかわからない。外国かもしれない。自分がだれかも忘れているにちがいない。いや、もっとひどいことになっているかも」

「そんなふうに考えるな。娘さんは生きてるよ」

「どうして？」

「わからない。第六感かな」

「そんなふうに仕事をするんですか？　勘に頼って？」

シルバは反論すらしなかった。ずいぶん体調が悪そうだということはファビアンにもわかった。

「知らせがないのはとてもつらいことだが、そこには希望もある。希望はつねに存在するんだ」シルバが言った。

「ええ。でも、たぶん生きてもいない娘のことを一生待ちつづけるなんて愚の骨頂です。こうして生死がわからないまま終わるのかと思うと、どうにかなってしまいそうだ」

シルバはうなずき、暗い表情で考えこんだ。そろそろ席を立とうというのか、窓の外を見る。

「もう行かないと」

彼は立ち上がり、ファビアンもそうした。

「すこしでもあんたの役に立つようなことが言えればいいんだが」

「けっこうです」ファビアンは言った。「大丈夫ですか？」

シルバが目を閉じ、よろけたからだ。

「急に立ち上がったのがいけなかった。それだけさ」

シルバは、そのすべてが色褪せて見えた。握手を求めて手が差し出されていたことに、ファビアンは一瞬気づかなかった。その手を握ったとき、やけにふにゃりと感じられた。肉も骨も皮膚もない、なにかの素材のような感じ。ファビアンが握っているのは、もはや手であることをやめてしまったものだった。シルバは出口に向かって歩きだした。そのとき外にいただれかがドアを開け、彼はその隙間からするりと抜け出した。

一カ月後、シルバは死んだ。

ファビアンは新聞でそれを知った。《急性の難病のすえ》と報道されていた。警察内で彼が果たしたすぐれた役割や強盗窃盗課での活躍が強調されていた。シルバの生涯を短くまとめたものも記載されていた。彼に最後まで寄り添った妻ソニアと息子アドリアンのことが書かれていた。しかし、事故で亡くなった長女についてはなにも触れられてなかった。そこまで含めるのはあまりにも悲痛だからだろう。

2

カセーロスにあるクリスタル・ソーシャル・スポーツクラブの更衣室は、あまたの地域クラブの更衣室に共通する特徴を備えていた。金属製のロッカー、木製のベンチ、愛想のないシャワー室、質問しても答えないし、なにを頼まれても動かない係員。

そこに六人の男たちがはいってきて、ベンチにバッグを置いた。バッグからTシャツ、短パン、シューズを取り出す。シューズのブランドはタイガーやミズノだが、変わったところではブラジルのトッパーのものもある。全員が服を脱ぎ、Tシャツを着はじめた。胸に黄色い稲妻が走る、赤いTシャツだ。短パンも赤で、脇におなじマークがついている。揃いの赤い膝あてをつけ、全員のユニフォーム姿が完成すると、六人の男たちはまるでSF映画の登場人物のように見えた。彼らがコートに現れると、たいていは自然に歓声が沸き起こった。シャツのデザインは〝ピューマ〟・ガルバンによるもので、これにはいろいろと文句も出た。ピューマが、じつはアメコミのスーパーヒーロー〈ザ・フラッシュ〉の服から着想を得たんだと打ち明けてからはとくに。ピューマは自宅のガレージで漫画を読んでいた子供時代から成長していない、こんなユニフォームじゃリーグの物笑いの種だとぶつくさ言う者もいた。とはいえ、ライバルチームの監督にシャツを褒められてからは、そういう声もふっつりやんだ。

彼らはシニアのバレーボールチームで、十二チームのリーグ中六位という成績だが、見てくれだけはだれがなんと言おうと完璧だった。ピューマも、チームが登場するほとんど崇高なまでの瞬間を楽しんでいたが、彼が楽しめるのはその瞬間だけで、試合では目も当てられなかった。

最も冷静にそれを受け入れたのはリベロの〝フリート〟・コルドバで、彼はチーム一の伊達男だ。更衣室の鏡をじっくりながめ、ユニフォームの調和を乱す部分はないか真剣に点検した。その肌からみごとな日焼けが消えることはまずなく、春になるとさっそく毎日自宅のベランダで日光浴にいそしみはじめ、夏は必ず一カ月間マル・デル・プラタに滞在してブロンズ色を維持し、秋と冬は妻が経営する店の日焼けマシンが日光に取って代わる。

彼の近くでベンチに座っているのは〝バスク人《バスコ》〟・アリエタで、熟練のドラマーのように腿を小刻みにたたいている。百九十五センチの身長はチーム一で、かつてプロリーグでプレーしたことがある唯一の選手だ（フェロカリル・オエステに所属）。チームのエースとして確実にアタックを決め、ブロッカーとしても恐れられている。その体はまさに波打つ反射神経のかたまりで、いつでも決定打をたたき出す準備の整った魔法の針金のようだ。対照的なのがボディビルディングで鍛えたロペス＝ロペスの体だ。おなじロペスという苗字の女性と結婚したためそうして苗字を重ねて呼ばれるようになり、そのせいで、ひょっとして近親婚じゃないかという神話がますます広がった。ロペス＝ロペスのもっこりと盛り上がった、金属板のように硬い肩を見ると、人間の体にはたしかに筋肉というものがあるんだとだれもが納得するだろう。一歩踏み出すごとに皮膚がびりっと張り裂けそうに見えるとはいえ、アタックをブロックするときのロペス＝ロペスは破壊的だ。ボールが床でバウンドして天井の梁《はり》や照明にぶつかる様子には、だれもが目を瞠る。バレーボールでは、ボールをブロックしてよそに逸らしたり、拾ったりするより、床にたたきつけるほうがはるかに相手にあたえる精神的ダメージが大きいとみんなが知っている。

もうひとりのメンバーは〝ロシア人《ルソ》〟・レイデルで、彼の左腕はクロスのアタックを繰り出す最終兵器だ。ルソは、ときにネットとほぼ平行に見えるほど鋭角のアタックを打ちこんでブロッカーを惑わし、これには相手チームの守備陣もついてこられない。その脚はまるでばね仕掛けで、跳び上がると宙で数秒間止まっているように見え、その間に相手チームのブロッカーのポジションに応じてボールの方向を変えてしまう。バスコのテクニックや上背、ロペス＝ロペスのパワーはなくても、その頭脳プレーと的確なボールさばきから、チームになくてはならない存在だった。

ルソの横で、ファビアンは口をつぐんだまま、のろのろと手にテープを巻いていた。

彼はセッターだった。得点を決めるべきチームメイトの手にボールを配る、チームの鍵を握る役目だ。八年前のファビアンと比べるとはるかに体が引き締まっていた。当時体についていた脂肪は、モイラの事件のあと食生活ががらりと変わってから消え失せた。その後、二〇〇一年の末に家で運動をする習慣をつけることに決め、それ以来一定の体重を保っている。さらに二〇〇七年の半ばにバレーボールを再開し、それで体形は確実に維持できていた。

「今度の金曜日のこと聞いたか？」試合前の精神集中を中断して、ルソが言った。

「なんのこと？」

「フリートの家でピザを食いながらＤＶＤ三昧《ざんまい》。来れるか？」

「前と違うピザ屋に頼んでくれ。このあいだ食べたやつは最悪だった」

「全面的に賛成」

ルソはハンガーに服とバッグを掛けて係員に渡し、へこんだ真鍮のコインを受け取って手首にくりつけた。

「外で作戦会議だ！」〝ピューマ〟・ガルバンがどな

った。

口笛とおならの口真似がみんなの返答だった。場面によってピューマが選手になったり監督になったりすることが、ほかのチームメイトにとっては不満の種だった。

外に出て、ペタンク場と体育館のあいだにある場所で円陣を組んだ。チームは六人。交代要員はいない。だから、だれかが病欠したり、試合より大事な用事ができて休んだりすると、チームが出場資格を失い、不戦敗となってしまう。それが余計なプレッシャーとなった。「しょぼいチームだけど、みんな堂々と胸を張り、闘志満々だ」あるときこのチームのことをピューマがこう評し、みんなで大笑いしたことがあった。

「さて、知ってのとおり、今日の相手はおれたちよりうわてだ」ピューマは言った。「四番のポジションにいる〝ハゲ〟と〝クロ〟に気をつけろ」

「どのクロだよ?」フリートが言った。

「チームにひとりしかいない本物の黒人だよ。ブラジル人で、獰猛なやつだ。カットされたボールは全部そこに集まる」

「どうしてそんなこと知ってるんだ?」バスコが尋ねた。

「水曜日の試合を見にいったんだ。クラブ・パルケにやつらが圧勝した」

「よくそんな時間があったな、あほたれ」ロペス＝ロペスが言った。

「おまえみたいな銀行の奴隷じゃないからな、お蔭さまで」

昔ながらの儀式としてたがいに手を重ねあわせて気合を入れたあと、体育館にはいった。巨大な天井に白い照明がぎらぎらと光り、光線が床を照らしている。コートの両側に木製のスタンドが数段あるが、座っているのはせいぜい十人ほどだ。そのうち数人は試合に出る選手の家族だろう。妻がひとりと子供がひとり。

だが大半は、たまたまそこで足を止めて、しばらく試合を見物することにしたスポーツクラブの利用者だ。

　それは夜間におこなわれる幽霊みたいなリーグ戦だった。参加クラブはカセーロス、サン・ミゲル、ムニス、ときどきビセンテ・ロペスやベンフィールド。母体となるのは体育館のあるソーシャル・スポーツクラブで、そこには地区《バリオ》のダンス教室やら、老人たちが集まってトゥルーコ（アルゼンチン独特のトランプ・ゲーム）やドミノをするバルやらがあり、冬のあいだは近くの学童が使う屋内プールを備えているようなところもある。

　決勝ともなればもっと人も増えるだろうが、それでも多くはない。三十五歳から四十五歳の選手たちにはあまり応援団がいない。妻は家に友達を迎えておしゃべりに興じ、すでに大きくなった子供たちはそれぞれに予定がある。とにかく、シニア・スポーツというのは自分の体の限界を試そうとする変人たちの気まぐれだ、と観客たちが思っていることだけは確かだ。どんなスポーツ選手でも、いざ試合が始まってしまうと時間の観念がなくなるということが、彼らにはわからないのだ。

　ファビアンにとって、それはほかでは得られない貴重な感覚だった。

　バレーボールをプレーすることは、重い過去からも不安な未来からも解放され、現在だけを生きることだ。

　彼らはコートに出た。ネットの向こう側では対戦相手がすでにウォーミングアップをしている。ピューマがバッグからいくつかボールを取り出した。ファビアンはルソを相手にアタックとそれを拾う練習をし、そのあと高いトスのやり取りをしながら、横目で対戦相手を観察した。相手のセッターは速いトスをまわす傾向がある。ファビアンはそれを頭にメモした。

　青いジャージを完璧に着こなした審判が、得点係をする子供を連れて現れた。子供が椅子と机を引きずってきた。十分後、両チームが正式に挨拶し、試合が始まった。

ファビアンたちはセットカウント三対〇で敗れた。開始当初は悪くなかった。第一セットは二十五対二十三で落としたが、それで彼らは奮起した。だが、筋書きどおりにはならなかった。相手チームの〝ハゲ〟と〝クロ〟がそれまで以上にねじを巻き、なぜ彼らが首位を独走しているか人々を納得させる、じつに説得力のある第二セットとなった。得点は二十五対十四。最終セットの序盤は、八対一とまるで虐殺だった。ファビアンは、二番のポジションにはいっている相手選手のブロックが弱いことを見抜き、バスコに高いトスを上げはじめた。バスコはその位置のアタックは一本しか失敗しなかった。これで二十対十九まで追い上げた。相手の監督がここでタイムを要求し、再開と同時に対戦相手のセッターはブラジル人に短いトスを出しはじめた。作戦を思い出そうとしたときには、すでに試合は終わっていた。


更衣室に戻ってきたとき、ロペス＝ロペスは脱いだシャツをくしゃくしゃに丸めると、腹立ちまぎれにベンチにたたきつけた。

「負けるのはかまわない。だが、くそみたいな試合は許せない」

「そんなこと言ったって、おれたちあのブラジル人をぜんぜん止められなかったんだぜ？」フリートが言った。

「ほかのだれかを止められたってのか？　片方が義足だったあのチビの九番にだって、さんざん打ちこまれたじゃないか」

「彼らにはひとりひとりの実力差がなかった。だからトップにいるんだよ」ピューマが敬意をこめて言った。

シャワー室ではみんな黙りこんでいた。〝バスコ〟・アリエタが十八番《おはこ》をやって見せた――ペニスの先をタオルからのぞかせて、あやつり人形みたいに演技をさせる――というのに、いつものような拍手喝采で迎えられることもなかった。

カセーロスに来たときの常で、〈マラカイーボ〉に食事に行った。ひと皿の量が半端じゃないことで有名なレストランだ。若いときは、試合で大負けすると、たとえどんなごちそうを食べても無視できない苦味が感じられたものだ。だが、こうして年を重ねたいま、失敗はさっさと忘れてしまうすべを身につけた。

ほかのみんながなにを食べたにしろ、ファビアンのところに来たのは、金属製の楕円のお皿の上にまるで中型恐竜の舌みたいに長々と伸びた、ミラネサ・ナポリターナ（牛カツにチーズとトマトソースをかけたアルゼンチン料理）だった。彼はその巨人級のひと皿を、何杯ものビールのコカ・コーラ割りの助けを借りてたいらげた。ルソは、ファビアンがそれを飲むたびにげっそりした顔をする。

「それじゃあビールの味もコーラの味もしないだろう」といつも言う。

店は満席で騒々しく、テーブルの反対側で試合についてフリートと口論しているピューマの声はファビアンには聞こえなかった。コーヒーを頼みたくて、ウェイターをきょろきょろ探していると、鏡のある壁に寄せられた近くのテーブル席に目が留まった。夫婦連れが座っており、いっしょにいる娘が鏡越しに母親に顔をしかめて見せた。父親はパンを小さくちぎっており、娘がしかめっ面をしているのに気づかないふりをしている。母親も娘のゲームに参加して、変な顔をして見せたが、父親がそちらを向いたとたん真顔になった。母親と娘は必死に笑いをこらえている。

茶色い髪の娘は、その年頃にしては背が高く見えた。十二、三歳だろうか。

モイラもいまはそれくらいの年になっている。

ルソが彼に、ロペス＝ロペスがおまえの皿からフライドポテトを盗もうとしているぞと注意した。テーブルでは口論が始まり、いつものように非難しあう者と、食事の時間のいわばじゃれあいだと見なして傍観する者に二分された。ロペス＝ロペスは口論の盛り上がりを支持した。そうしてみんなが言い争いに夢中になるあいだ、全員の皿からつまみ食いができるからだ。めちゃくちゃに怒号が飛び交い、テーブルはまるで組合の寄り合いのような様相を呈した。

　デザートでは、フリートがこの二十年間夕食後必ずそうしているように、今回もアルメンドラド・アル・シャルロッテ（バニラアイスにアーモンドをまぶし、チョコレートソースをかけたアルゼンチンのデザート）を頼み、またメンバーの冷やかしに耐えなければならなかった。そしていつものように、最後はピューマが仕事の話を始め、ロペス＝ロペスがパンくずを彼のほうに投げつけ（続いて四方八方に投げはじめて）、レジ係のスペイン人にじろりとにらまれて、うやむやのうちに夕食会は終わった。

　ファビアンは、娘連れの夫婦が店を出たのに気づき、曇りガラスの向こうに姿が消えるまで見守った。

　彼の心もそのガラスをすり抜け、過去へと遡った。

　年月は、いつもおなじ場所、おなじ傷口に落ちる稲妻のごとく、瞬く間に行き過ぎた。きっとモイラの事件は、見えない建物にある見失われた部屋の中の、隠れた机の中の、鍵のかかった箱の中にしまいこまれたのだとファビアンは思った。

　兄やリラの友人たちは、彼にカウンセリングを勧めた。結果的に、プラサス先生は思ったよりいいカウンセラーだった。彼女の研究室には少々クッションが多すぎ、粘土細工のがらくたが多すぎ、『〜の諸問題』で終わる題名の本が多すぎるような気がするとはいえ、本人は穏やかで思慮深く、たいていの場合は自信に満ち、ローブローを避けるみごとな素質があった。結局、二〇〇一年から二〇〇三年まで二年間カウンセリングに通った。この期間、仕事がほとんどなかった。建築家というのはなにかを築きあげる人間のことだと、なんの活動もなんの予定もない空っぽの手を見ながらファビアンはつぶやいた。ゼロからはなにも生まれない。単純に仕事が必要だった。工事でも設計でもいい、逃げ場をつくるために。アルバレス・トマス通りの部屋の売却を急ぎ、マルコス・サストレ通りで見つけた二部屋のうちのひとつに引っ越した。クエンカ通りから半ブロックほどの場所で、父の家に近く、生まれ育った昔の地区《バリオ》に戻った形だ。散歩を楽しみ、フローレス通りまでぶらぶらして、リバダビア通りを歩きながらレコード屋があった場所を思い出したり(ブティックに変わっていた)、教会が撮った映画を記憶から掘り起こしたりした。

二〇〇三年末、ファビアンは貯金をすべてデビットカードに入れると、中ぐらいのバッグを用意して車に積み、目的地も決めずに旅に出た。音楽を聴き、通過する道沿いの村々をながめながら、西へと向かった。走り疲れてサンタ・ロサでホテルを探した。翌朝、また旅を続けた。景色はあまり見ず、いまタイヤの下にある道路だけに集中した。しばらくすると、沈む夕陽に赤く染まった山々が前方にそびえたち、リオ・ネグロ州にはいったことを知った。ダッシュボードにACA社の地図がはいってはいたが、見なかった。ただ、なにもない荒野の真ん中でガソリンタンクが空になって立ち往生しないよう、燃料計だけは注意した。千から二千メートル左方で林立する岩山がぎざぎざと空を刺し、巨大な怪獣の脊柱のように見えた。

終わりのない、鮮烈だったこの旅では、いくつか心に焼きついて離れない思い出がある。あるとき、山道を走っていて日が暮れた。道の勾配《こうばい》があまりに急だったせいか、車がオーバーヒートしてしまった。しかたなく路肩に車を停めてエンジンを休めた。すぐ近くにまで岩壁が迫り、圧迫感があった。岩壁の足元に、辻褄《つじつま》の合わない幻のように、なぜか金属製のドアがあった。馬鹿みたいだが、一瞬ATMかと思った。そのとき突然ドアが開き、カーキ色のつなぎを着た二人の男がそこから出てきた。二人は岩壁沿いを歩いていき、そのあと藪の向こうに姿を消した。ファビアンは車に乗りこんだ。エンジンがかかった。山から出てきたその二人の男のことは、その後何年もだれにも話さなかったが、あるとき〝ルソ〟・レイデルの友人の地質学者にぽろりと打ち明けたら、それは地震研究の観測所だと言われ、がっかりした。

旅を終える直前、彼は、ラニン火山に向かう道の途中、アンデス山中のサン・マルティンにほど近い湖にたどりついた。湖のほとりには意外にも白砂の浜があり、静かにあたりを見張っている異教の神像のような背の高いクロマツの林に囲まれている。ファビアンはそこにテントを張った。三日間だれも見かけなかったが、ある朝、そのあたりを担当する森林警備員が馬に乗って現れ、お手製の弁当を売ってもらい、ついでにブエノスアイレスの様子を訊かれた。さらにもう数日、不動の湖面をながめたあと、キャンプをたたみ、途中でいっさい止まらず、眠りもせずに帰宅した。気持ちが一新していた。

翌週、カウンセリングをやめることにした。プラサス先生に驚いた様子はなかった。一時的な措置かもしれないけれど、それも選択肢のひとつだし、戻ってきたければいつでも戻ってきてくださいと彼女は言った。思いきって実行した現実の旅が、より複雑で消耗する内面への旅の代わりになったのではないかと思う。リオ・ネグロからは戻ってこられた。自分自身の内側からは、いつ戻ってきたのだろう？

時は過ぎ、今度はモイラとリラが過去の存在になってしまう恐怖に取り憑かれた。忘れたわけではない。でも、もっと穏やかな、実感のない形で、いまは共存している。二人の存在はもう彼の胸を刺さず、いままでのような痛みを感じさせてくれなくなる——それが怖かった。

ある日、二人を確かに存在させ、しかも負担も少なくてすむ方法を考えついた（もちろん、本当に機能するかどうかは疑わしいところだが）。二人を憎むのだ。思いがけず思いついたことだったが、すぐにうまくいきはじめた。きっかけはスミレ色の額縁の写真だった。なんとも不思議な成り行きなのだ。それは長いこと、ファビアンにとってもリラにとってもお気に入りの写真だった。もともと白かったものをモイラが紫色に塗った額縁に入れ、いつも書棚に置いてあった。二歳半のモイラをリラが抱っこし、二人ともカメラのレンズのあまりにも近くにいるせいで像がややひずんでさえいて、やたらと楽しそうに見えた。ある土曜の午後、パレルモでファビアンが撮った写真だ。引越しをしたとき、見るとつらい品物はみんな開かずの箱にしまってしまったが、その写真だけは別だった。時とともに、ファビアンの恨《うら》み節はこの写真に対するまなざしも歪めた。いちばん近くに写っているモイラのきらきらした笑顔は、カメラの後ろにいるファビアンではなく、そのとき彼がかけていたサングラスに映るモイラ自身に向けられたものに思えた。その後ろに写るリラのほほえみは、あきらめと困惑の表情に見えはじめ、写真を撮られる煩《わずら》わしさに顔を引き攣らせているように受け取れた。リラはすでに、のちに夫婦を巻きこみ、モイラ自身にも灰のように降りかかることになる嫌悪の感情を、この写真を撮られた時点で感じはじめていたのだ。腹立ちまぎれに写真を破り捨ててしまいたかったが、なんとか思い留まり、ときどき、たとえば酒浸りにはなるまいと自分に言い聞かせなければならない最悪の時などに、二人を激しく罵倒する衝動に身をまかせた。どうして勝手にぼくの人生からいなくなった？　自分で自分の命を絶つような卑怯《ひきょう》な真似をしたきみ。ぼくをひとりぼっちに、こんな宙ぶらりんな状態にして。なにもない大海原を漂流する小舟の底で横たわる、腕も脚ももがれた男のように。

幸いそういう期間は、秤《はかり》の針が思いきり反対側に振れるようなほかの記憶が割りこんでくることで終了した。いつ何時でもよみがえってくる記憶。生後一週間のモイラと、カレーラスのもとで仕事をしながら、娘の顔の幾何学図形としての完璧な丸さを描こうとしていた自分。カレーラスと話をするかたわら、トレーシングペーパーにロットリング社の製図用万年筆で、神聖なくらい均整のとれた娘の小さな顔を表す円を描いた。そのことを思い出したとき、ファビアンは落ちこみ、二人を呪った自分をののしり、憎しみを自らにぶちまけた。そして堂々巡りがまた始まる。

それでも人生は続く。通夜《ベラトリオ》の席でささやかれる格言のとおりに。つきあった女性も何人かいた。ブランコ刑事とは、彼女がコルドバに行ってしまってから連絡が途切れた。しばらくはメールのやりとりもあったが、内容は事件のことだけだった。ときどき、おたがいの抑制が働いた短い恋について触れることもあったけれど、彼女のプライベートについて、ファビアンがそれを越えて尋ねることはなかった。メールの間隔があき、やがて途絶えた。

あるときウルキサ校八十六期の同窓会が開かれ、勇気を奮い起こして参加した。そこでガブリエラと再会した。ずっと好きだったのだが、彼女にはテコンドー赤帯の恋人がいた。彼女が弁護士業に就くと、三カ月後には赤帯と別れ、やがて大学教授とつきあいはじめた。二人は同時にプロポーズしあい、結婚式を挙げ、子供が生まれ、離婚し、元夫は秘書のおかげで若返った。元同級生の集まりで聞かされるたぐいの話だ。ファビアンの身に起きた出来事についてはだれもが知っていた。なにひとつ説明する必要がなかったくらいだ。ガブリエラは職業柄、もってまわった言い方をせず、何事においてもてきぱきしていた。彼女とは一年半続いた。黄泉《よみ》の国から戻ってきた男にしては悪くないと思う。相性はよかったが、いっしょにいるといつも違和感が消えなかった。ガブリエラの子供たちを紹介されたとき、これは自分が生きるべき人生じゃないとはっきり感じた。映画館にはいって席につき、灯りが消えたとき、観ようと思っていたのと違う映画が始まったような感じだ。なんとなくうまくいかなくなり、二人の関係が袋小路にはいったとき、ガブリエラがイタリア旅行に行くことになった。彼女がフィレンツェ人の弁護士と恋に落ちたと知ったとき、ファビアンは正直ほっとした。複数のメールがまたサイバースペースに溶けて消えた。

そのあとに出会ったのはドロレスだった。彼女は、ファビアンが自分や父のためにときどき映画を借りるビデオクラブの店主だ。ファビアンが『ミラノの奇蹟』を借りたのに興味を示し、彼としても父に頼まれたのだということをぼやかした。彼女は専門学校で映画を学び、当時は国立映画研究所に入学する準備をしていた。長編映画の脚本を二本温め、短編映画をすでに一本撮っていた。情熱のこもる作品で、映画を学ぶ学生のもとにベルイマンの幽霊が現れて、監督になるつもりなら苦労するぞと告げるという内容だ。ファビアンは結局この映画を観なかった。彼女はたしかによく映画を観にいっていたし、世界じゅうのあらゆるスタイルの映画を知っていた。映画館に着いてから行き当たりばったりに観る映画を選ぶとファビアンが言うと、ひどく驚いていた。ファビアンの鬱が再発し、三日間仕事も行かず電話にも出なかったとき、すべては終わった。あなたの苦しみにいっしょに立ち向かうことはできないとドロレスは言った。ファビアンも無理強いはしなかった。日曜日の夜にイラン人監督特集を観に映画館に行くような暮らしにうんざりしていたのだ。

フラービアは犬の散歩屋で、ファビアンより十歳年下だった。気性が激しくないと言ったら嘘になる。好意的に見れば一種のロフト、意地悪く見れば廃材でできた小屋のようなところに住んでいた。なにしろよくセックスをした。その部屋で二人がベッドで格闘するあいだ、フラービアが散歩させる犬たちは、もっと凶暴な動物用の口輪をはめられていた。二ヵ月後、フラービアはブラジルでブルドッグの訓練をする仕事を得た。彼女とはいまもときどきメールをする。

二〇〇六年から二〇〇七年のあいだは、いくつもの関係が始まっては終わった。この頃のファビアンはいつも斜に構え、女性をリラに復讐する道具にしていた。自分の人生に女たちをおざなりに出入りさせた。状況がどうであっても、彼にとって不愉快な終わり方をすることはけっしてなかった。妻を亡くし、娘が行方不明なままの男にだれが冷たくできるだろう？　第一、見てくれがいいばかりか、悲劇や影や痛みを背負っているせいで余計にセクシーに見える男に心惹かれない女がいるだろうか？

二〇〇七年の半ばには、ファビアンは見下げはてた男になっていた。自分の境遇を利用して、周囲の人間の気持ちを操り思いどおりにする、反社会性の人格障害者さながらだった。現場をたびたび休み、父といてもあまりしゃべらなくなり、人を避け、一週間つきあいが続いたある女が茶化して言ったように、〝礼儀知らずの人嫌い〟だった。女たちが反発すれば、心に傷を負ったみじめな男に変身し、こちらからはひとつも攻撃せずに相手を武装解除させてしまう。ファビアンはありとあらゆるパターンをこなし、どんな状況でも許されだれもがひれ伏す免罪符を手に入れる、じつにスムーズなテクニックに習熟した。セルヒオ・レイデルと出会うまでは。

その一週間、ファビアンはとりわけ腹立たしい思いをさせられた。だれもが彼の不幸に、彼が失ったものにばかり注目した。ドベルティとも喧嘩してしまった。彼はときどき、古い知り合いとして電話をかけてきた。一時は古い友人だったのに、いまでは単なる知り合いだ（いつ変化したのかファビアンにはわからなかった）。

車で街を流そうと思ったのだが、最後に車を駐めたときにスモールランプを消し忘れていたらしい。おかげでバッテリーがあがってしまった。しかたなく一一○系統のバスに乗り、サンタフェで降りて中心街まで歩いた。すっかり日が暮れていた。人々は買い物をしたり帰宅の途についたり、散歩したりしている。それぞれに悩みを隠して普通の顔をしているが、その悩みだって、ファビアンに比べたらきっと屁みたいなものだ。街角でジゴロが一瞬こちらを見たが、険しい顔でじっとにらみ返してやったら目を逸らした。カジャオ通りに着くと、いわゆる大型書店にはいった。書籍、CD、DVD、各階を行き来するエスカレーター、バル、ミニシアターなどが揃っている。平台のあいだを歩くうちに、ふと目についた本を手に取った。題名は『死なないために生きる』。タイトルからしてジェームズ・ボンドの小説かと思いきや、自己啓発書だった。悲劇的な喪失を経験したあとの〈三つのステップ〉について述べてある。ファビアンは鼻で笑いながらページを繰った。著者はリビア・ルクソルという女性で、彼女の知識を支えるアカデミックな肩書きは、ありがちな《心理学の学位を持ち》でもなければ《精神科医》でもなく、ひょっとすると《公認会計士》ではあるかもしれないが、経歴として《サポーター》と書かれていた。この本がサポートするのは、愚か者の財布からお金を抜き取ってリビアの懐に入れることだろうとファビアンは思った。かくいうサポーターは、苦痛を乗り越えるステップとしてじつにありふれたコンセプトを使い——否認、怒り、受容——、ただしそれぞれに別の名前をつけ、これにユング、オショウ、ビル・ゲイツ、アラノン家族グループ（アルコール依存症の家族や友人の自助グループ）のパンフレットからの流用少々を加えてサラダボウルの中で全部まぜたうえ、苦痛を乗り越えてあらゆる悩みから解放された明るい人生を歩むための実践ガイドを付録につけている。ファビアンは、過去との取り組み方という章で手を止めた。著者は、過去の影響をブロックし、破壊し、葬り去るさまざまなテクニックを紹介していた。時間のページをめくったらもう後戻りしないというのが前提条件であり、この本の中で著者は、家庭に百科事典を売るセールスマンさながら、堂々としていながらたたみかけるようなあの口調で、その前提条件を大声でわめき散らしている。本のページに置かれたファビアンの手にぎゅっと力がこもった。それをびりびり引きちぎろうとしたところで、書店の店員が近づいてきた。〝時間のページをめくる〟って、いったいどういうことだ？

「皮を剝ぐほうがよっぽど簡単だ」と彼はつぶやいた。

書店を出て、近くのバルを探した。コロネル・ディアス通りとチャルカス通りの交差点にある一軒にはいる。外から見るとすいているように見えたのに、はいってみたら混んでいた。ガラスの反射にだまされたのだ。引き返したかったが、足が惰性で動き、カウンターの隅まで進む。これから印刷するチラシについて話をしているスーツ姿の二人の男の横に座った。

モヒートを注文した。それがとくに飲みたいわけではなかったが、名前が面白かったし、酔っぱらうときは機嫌よく酔っぱらうほうがいい。一杯目をあけたときは、人々の会話が蜜蜂の羽音のように聞こえた。それが四杯目ともなると、脱水機の大合唱に変わった。だから大声を出さなければならなかったのだが、バーテンダーを含むほかの人間にはどなられているように聞こえたらしい。このバーテンダーは馬鹿だとファビアンは思った。自分のような人間に四杯もモヒートを出すなんて。どう見ても、飲むと喧嘩っ早くなるタイプじゃないか。スーツの男たちはすでに隣の席を立ち、いまは携帯電話で会話中の、青いコーデュロイのジャケットを着た男が座っていた。生地がつやつや光り、その光沢がファビアンの網膜に焼きついていつまでも残った。ジャケットは別にしても、気がよさそうな男だったので、五杯目のモヒートを頼んでから話しかけようとした。口を開いたとき、しゃがれた耳障りな声が聞こえ、語尾をだらしなく伸ばすのでなにを言っているかさっぱりわからなかった。もう一度話そうとすると、やはりその声が邪魔をする。ぼくと同時にしゃべっているのは、どこのどいつだ？　自分の口の動きと完全にシンクロしており、じつはそれこそが自分の声だと気づいたときには心底驚いた。話しながら邪魔をするをくり返したせいで、青いコーデュロイのジャケットの男には、ファビアンの言葉が友好的には聞こえなかったのだろう。やがてファビアンの声が大きくなりはじめ、さっきまではどなり声だと思っていた人々も、いまでは吠え声だと感じたはずだった。必死に落ち着こうとしたにもかかわらず、しまいにはバーテンダーを平手打ちする結果となった。手の甲でぴしゃりとやったのだが、なんでそんなことをしたんだろうとすぐに後悔した。ところがふと気づくと、まるでマジックのようにだれかが目の前で木の床を組み立ててファビアンの顔に乱暴に押しつけ、鼻をつぶした。必死に鼻を浮かそうとしたが無駄だった。まわりの声はまだ聞こえていたが、声は真上から降ってきて、いくつもの手が彼の体をつかんで動かそうとするのを感じた。たくさんの怒号の中にひとつ、聞き覚えのある声があるのに気づいた。どこか別の場所で、この声の主を知っていたはずだ。だが思い出せなかった。

何本かの指に口をこじ開けられ、舌に塩味が広がった。

「もっと塩をくれ」知っているのにだれのものかわからない声が言った。

薄目を開けたとき、背景がバルから、奥にスイングドアのある廊下に変わっていた。そしてそのドアの向こうに広い洗面所があった。しゃべろうとしたが、それがきっかけで嘔吐し、吐いたものが便器に落ちて、同時にいくつかの手が彼の肩を支えた。しばらくして、ファビアンは便器の蓋に座り、彼をトイレに連れてきてくれた男の顔を見た。その顔を見るのはずいぶん久しぶりだったが、セルヒオ・〝ルソ〟・レイデルの顔は昔とちっとも変わっていなかった。

「アホだな。無茶しやがって」ルソが言った。

一九八〇年代の終わり頃、ファビアン、〝フリート〟・コルドバ、セルヒオ・レイデルはスポーツクラブ〈クルブ・コムニカシオネス〉の常連で、そこで毎週バレーボールをしていた。単純に趣味でプレーしていただけだったが、とりわけフリートの場合、バレーボールは、彼がこだわっているきれいな脚の女の子と知りあうためのスポーツだった。日がな一日、チームを組んで試合をした。あくまで、海辺でビーチボールを打ちあうような遊びモードだ。そして試合の合間におしゃべりをしたり、ファビアンが持ってきたラジカセで音楽を聴いたりした。まるでパラダイスのような楽しい一日。うっかりすると、女の子と恋に落ちさえした。

ある日、彼らに話があると言って、クラブの理事会メンバーが二人現れた。じつは七〇年代に、そのクラブのために数々の優勝カップを獲得してくれた、連合メンバーによるバレーボール・チームがあったのだが、それを再結成させる構想があるという。彼らはあちこちのコートを巡って、使えそうな選手を探しているのだ。二週間もすると、ファビアン、セルヒオ、フリート、ピューマはトレーニングを始めた。チームはバレーボール協会に再登録され、その年、五部リーグから四部リーグに、翌年には四部から三部に昇格した。一九九二年にファビアンがこれ以上練習できない状況になってしまったとき、チームにはユースチームやジュニアチームまでできていた。チームのパイオニアとして小さな成功を収めたことで、ファビアンにとってその四年間は忘れがたいものとなった。

母の病（これがきっかけで父はいきなり会社を辞めた）、大学、そして仕事によって、ファビアンは忙殺された。つきあった女性が一、二人はいたが、やがてリラと出会った。思い出すと、コムニカシオネスでプレーしていた年月はだれか別人の人生のことのように思えた。あるとき地下鉄でフリートと、またあるときは道でピューマとばったり出会い、老監督ディ・パオラが亡くなったことを知った。おまけに、彼らがプレーしたコートが、いまではコンクリートの瓦礫《がれき》があちこちに散らばる空き地と化しているという。はたしてクラブが競売にかけられたのか、それともこれからショッピングセンターになるのか、ただ見捨てられて内部崩壊し、朽ち果てようとしているのか。会員が減り、マシン巡りをする人もいなくなってがらんとした建物は、五月の寒い午後、ただ鬱陶《うっとう》しい雨に濡れていた。

その晩セルヒオ・レイデルがそのバルにいたことは、過去がもたらしてくれた恵みだと思えた。ルソが属するのは、悲劇と喪失を経験するより前の過去、ファビアンが普通の時間の流れから締め出されて、〝人生なんてくそくらえ〟カプセルにこもって独りぼっちで暮らしはじめる前の過去だからだ。

ファビアンは自宅で意識を取り戻した。ルソがどうやって彼から住所を聞き出したのか、見当もつかなかった。ソファに横たわっており、椅子に座ったルソがあのいつもの顔でこちらを見ていた。自分しか知らない冗談をだれにも教えずにひとりほくそ笑んでいるような、皮肉屋の表情だ。二人はコーヒーを飲み、朝五時まで話をした。それで知ったのだが、ルソは結婚して、男女ひとりずつ子供をもうけ、以前は父親がやっていたガオナ通りの家電店を経営しているらしい。かつてはラビになる勉強をしていたが、結局あきらめた。

一週間後、ファビアンは昔のバレーボール仲間と再会し、シニアリーグに参加するために週一回練習を始めた。十五年前にやめたことを再開したのだ。寄せ木張りの床の匂いやボールがバウンドする音、試合の動きが甦ってきた。ときどき、一度も実行には移したことがない熱に浮かされたようなアイデアを温め、なんの不安も持たなかった頃の青二才の自分に戻ったような気がした。人生でぶつかる大きな壁などなにも知らない若造に。何年も彼につきまとっていた影が消え、心底晴れ晴れした気分になった。冷静に仕事に取り組み、古い部屋を効率的に改装し、こちらの依頼に的確に応えてくれる職人たちにも恵まれた。いままでになく音楽を聴き、CDやDVDのコレクションが日に日に増えていった。この頃は近くに女性もいなかったが、悪い気分ではなかった。次に女性とつきあうことになったら、それは真剣な関係になる予感がした。二人で新たな人生を築くというような。

ファビアンは現在に戻ってきた。いま彼らは、大昔から勘定書きがテーブルに運ばれてくると必ず始まる言い争いに取りかかろうとしていた。彼は大喜びでそこに加わった。

リラや娘と暮らす幻想に生きるのをやめたというのに、ふいに記憶が甦り、押し寄せてくる時間の潮流に必死に立ち向かわなければならないことがときどきある。モイラがいまも生きている可能性はあるが、ファビアンはもう捜すつもりはなかった。

人生は続く。そして年月は彼を答えから遠ざけた。

3

ドベルティの問題は、結局いつもおなじ話に行きついてしまうことだった。そうなるものだとおたがい承知していたとはいえ、そのテーマはいつまでも話題の中心に居座って、なかなかその場をどかなかった。

ドベルティは、セシリアの遺体を発見するに至った情報を提供した見返りとして、なんとか一万ペソを支払ってもらったが、それは当時の治安省の通例からすればずいぶんと少ない金額だった。二〇〇三年半ばにやっと受け取ったときには、手元に六千ペソしか残っていなかった。まず、地下鉄に居座る顔をやけどした女テルマに五百ペソ渡してやれとファビアンに説得された。彼女は驚いた顔で金を受け取ったが、それは渡された金額にというより、二人のことをこれっぽっちも覚えていないからだった。ロケ・"ポルビージョ"・アルバレスにも五百ペソを渡すつもりで取っておいたのだが、結局行方がわからずじまいで、その金は行き場を失った。いずれにせよ、報奨金が手にはいったのはドベルティにとってはありがたいことだった。なにしろ、イシドロ・カサノバ地区の一件ではファビアンともども命の危険さえ冒したのだから。このお手柄で名が知れ、仕事が舞いこんだりもしたが、大繁盛とまではいかなかった。保険会社は相変わらず彼を頼りにしたし、連れ合いが浮気をしているかどうか確かめたがる夫や妻たちも仕事をもたらした。私立探偵とはいえ、この九年間、彼をせめて都会のヒーローもどきに仕立ててあげてくれそうな冒険にも、傷のひとつにも、縁がなかった。とはいえ、それに不満があるようにも見えなかった。あれから十年近くが経ったというのに、見かけはちっとも変わらない。

ファビアンの自宅の居間にあるテーブルの向こう側で、ドベルティがにっこりした。いまもまだ、あのおかしな調子をつけて呼び鈴を鳴らすので、ファビアンはすぐにだれだかわかった。彼が訪ねてきたのは初めてではなかったが、こんなふうに予告もなく現れるのは数カ月ぶりだった。ドベルティを〝友人〟と呼ぶのはどうもしっくりこないのだが、ほかに表現のしようがない。

ドベルティがいきなり訪ねてきたのはこれで二度目か三度目だが、ファビアンはそのたびに子供の頃のある出来事を思い出した。七、八歳のときで、彼は広場でブランコに乗っていた。顔の赤い、ずんぐりしたおなじ年頃の少年が、ためらいがちに近づいてきた。話しかけてみろとけしかける、数メートル離れたところにいる母親のほうを、しょっちゅうちらちら振り返っている。少年はひどくおどおどした表情を浮かべてファビアンの横で立ち止まり、消え入りそうな声で言った。《ぼくに友達になってほしい？》。ファビアンは、その年頃の子供ならではの計算ずくの残酷さを発揮して、《友達ならもういっぱいいるから》と答えた。少年はため息をつき、母親のところに戻っていった。ドベルティ式の呼び鈴が鳴るたび、なぜかはわからないが、広場にいたあの赤ら顔の少年のことがファビアンの頭に浮かぶのだ。

二人は甘くしたマテ茶を飲んでいた。ファビアンは好きではなかったが、お客はドベルティなのだ。マテ茶は甘いのがいいと初めて聞かされたときに、二人は一時間半にわたって言い争いをした。

「どういうことだったのか、おれはやっと理解したよ」ドベルティはいつものように、明らかなまわり道をしばらくしたのち、モイラ事件にたどりついた。「連邦警察内でポスト争いが始まったとたん、事件はもう終了したんだ。だれもが昇進のための点数稼ぎに必死だった。みんないいところを見せようとし、警察部長や検事の覚えのほうを気にするようになってからは、事件は二の次になった」

「警察は本気で事件を解決する気はなかったと言いたいのか？」

「わざとサボったと言うつもりはない。たとえばあんたの友達のブランコや、モンドラゴーンだって、責任をもって捜査に当たっていたように見えた。だが、それも充分じゃなかった。針は〝藪《パホナル》〟の中だと言われたら、徹底的に探しさえすれば、遅かれ早かれそれは見つかるだろう。だが、もしその針が最初からその藪になかったとしたら、いくら探したってけっして見つからない」

「その譬《たと》えを使うなら、〝藪〟じゃなくて、〝麦わら《パハル》〟だろう？」

「おれは〝パホナル〟のほうが好きなんだ。アルゼンチン言葉だからな。このあたりで〝藪〟というときに使う〝マレーサ〟でもいい。ずっと落ち着く」

「あんたがうちに来てくれると、こういうことが楽しいんだ、ドベルティ。いつのまにか深い人生の話になる」

「あんたがそのきっかけをくれるからさ」

「いつか二人で苦いままのマテ茶を飲める日が来るかな？」

「冗談じゃない！　勘弁してもらいたいね。女房とも毎日おなじことで喧嘩さ。だから女房は女房で淹れて、おれはおれで淹れる」

「ときどき思うんだ、なにもかも後ろに取り残したままだって……」ファビアンは言った。「どんどん遠くなっていくよ。恐ろしいことがあったけど、ぼくはこうしてここにいる」

　ドベルティはなにも言わなかった。ファビアンは通りのほうに目を向けた。アルバレス・トマス通りに住んでいたときの窓の向こうの風景とほとんど変わらないように思える。だが聞こえてくる音が違う。このあたりは静かだった。

「だれが現場に手を加えたんだろうな、ドベルティ?」

ドベルティはマテ茶をテーブルに置いた。

「さあな」彼はテーブルに両手を置き、しげしげとながめた。「遺体について、どうもぴんとこないところがあるんだ」

「どこが? 顔の傷かい?」

「いや。うなじの銃創だよ。報告書には、射入口がほかの二つと違っているとある。撃たれるまえにすでに傷を負っていたように見える、と」

「拷問してから殺した」

「そんなふうに見える」

「でも?」

「撃たれたとき、彼女はすでに死んでいたんじゃないか、そう思えてしかたがないんだ。三つの銃創は偽装じゃないか、と。何万回も再検討したすえの考えだ」

「だろうね」

会話が途切れ、二人に沈黙がまとわりついた。ドベルティは立ち上がり、帰り支度を始めた。玄関ホールにさしかかったとき、以前と同様そこで足を止め、鏡に引っかけてあるオレンジ色の楕円のビーズのネックレスをながめた。

「このネックレス、光沢が本当にきれいだな」

「もういいよ、ドベルティ、うんざりだ。いつもおなじことを言う。そんなに気に入ったなら持ってけよ」

ファビアンはそれを鏡からはずして差し出した。

「思い出の品ならもらえないよ」

「いいって。遠慮するな」

ドベルティはファビアンの手からそれを受け取り、ポケットに入れた。

またひとつリラの持ち物が消えたとファビアンは思ったが、感傷的になるまいとした。こうやってぼくは彼女を手放し、少しずつ忘れることができる。そう信じたかった。

セサル・ドベルティはコチャバンバ通りの自宅ピソにはいっていった。妻のフリアが働いている銀行で余計な手続きなしに融資してもらえたおかげで、二〇〇五年にはローンを完済した。居間にはいって上着を脱ぐと、キッチンからブロッコリーの匂いと器《うつわ》がぶつかる音がした。キッチンに向かったドベルティは、フリアが振り返るまえに、妻のみごとなヒップをあらためて観賞した。結婚してからというもの、毎日そうしているのだが。すでに五十の坂を越えたというのに、近所を二人で歩くと、通りすがりの二十歳の若者さえぽかんと口を開けて彼女を目で追うのがわかる。

妻と知りあったのは、仕事で劇場通いをするようになったときのことだ。あるプロデューサーが、コリエンテス大通りの劇場の花形女優である恋人が男優のひとりと火遊びをしているかどうか調べてほしいと依頼してきたのだ。プロデューサーは既婚者だったが、恋人には浮気を許さなかった。ドベルティが話を聞いた踊り子たちの中にフリアがいた。二列目で踊っていたとはいえ、ドベルティにとっては一列目も同然だった。彼女はすぐにドベルティの仕事に興味を示した。わくわくする冒険に満ちたロマンティックな仕事だと思えたらしい。フリアの気を引くため、危機一髪で命拾いした危険だらけの事件の話をでっちあげては話して聞かせた。プロデューサーの恋人の花形女優が男優とつきあっていたかどうかは結局わからずじまいだったが、ひと月もすると、ドベルティはフリアとデートするようになった。彼女は最初から踊り子としての自分の限界をわかっていたので、スパンコールにはすっぱり別れを告げ、彼女のいとこが取締役を務める銀行で働くために職業訓練講座をとった。そのいとこがフリアにご執心だということはドベルティにもすぐわかったし、彼女がそれを利用したことも確かだった。問題は、フリアが二年後には窓口係のリーダーに昇進したことだ。出世のために彼女がいとこと寝たのかどうか、はっきり言って定かではないが、ドベルティとしては追及するつもりはなかった。おたがい仲良くやっていたし、その幸せを壊す気はなかった。

フリアが振り返り、ポニーテールがさっと弧を描いた。

「なにしてるの、ドベルティ?」

ドベルティはこっそりため息をついた。どうしてみんな、そう妻さえも、おれを苗字で呼ぶんだ? セサルはじつに高貴な名前だが、ドベルティという苗字は昔からなんだかしっくりこない。フリアは愛を交わすときでさえ、《もっと、ドベルティ》と言うのだ。

「仕事はどうだった?」

「いつもと変わらずよ。この二ヵ月、新しい窓口係を雇おうとしてるのに、まだ見つからない。お客様は長い行列にうんざりしてるわ」

「そしてきみに文句を言う」

「そのとおり。あなたは?」

「一日じゅう忙しかった。一時間ほど前、ダヌービオの家に寄った」

「いつ彼をここに招いてくれるの? 夕食でもなんでも」

「そこまでする必要があるのかね」

「かわいそうな人じゃないの」

フリアはいつもそう言う。言わずにいられないのだ。じつは、この事件を調べろとせっつきつづけるのは彼女だった。女の子が失踪したと聞いたとき、彼女はたいそうショックを受けた。ちょうどその頃、彼女は子供を欲しがっていて、感じやすくなっていたのだ。数ヵ月後、残念ながらあなたは子供が持てない体だと医者に告げられた。彼女はそのつらい知らせに耐え、その気丈さに胸を打たれたドベルティは、ますます彼女が好きになった。それまでだって心から愛していたのだが。その後数年間、養子を迎えることも考えたのだが、制度がころころ変わるので、嫌気がさしてしまった。

ドベルティがつまみ食いしようとして出した手を、フリアの木のスプーンが阻んだ。

「できるまで椅子に座って待ってて。五分もすれば食事よ。よければテーブルの用意をして」

食卓の準備をし、椅子に座る。『Dr・House』を観はじめる。冶金工の脳に七つ腫瘍《しゅよう》が見つかったところで、観たことがある回だと気づいた。

目を閉じ、思いは過去へとさまよいだす。

その出来事が起きたのは、ファビアンと例の電話魔シルビオ・グレコの一件から一、二週間後のことだった。ドベルティはモイラ事件について、そのときまでに起きたことを全部整理しようとしていた。ほかにはとくに用事がなかったので、日常的な事務処理をやっつけた。正午頃、帰宅するため事務所を出たが、ふと思い立って、よく行く通り沿いのグリルに立ち寄った。いい肉を出す店で、とくにボンディオラ（アルゼンチン独特の豚の肩ロースのサラミ風ハム）のサンドイッチがうまい。それをひとつ注文し、赤ワインのグラスを手にテーブルについた。もうひとつのテーブルには二十五歳ぐらいの若者がいた。

「今日、サン・ロレンソは試合したっけ？」若者が尋ねてきた。

ドベルティはそちらに目を向けた。ジーンズと色褪せたコート姿のその若者は、片手にコカ・コーラの缶を持っている。もう一方の手はポケットの中だ。寒いのか、足を小刻みに動かしている。

「今日は火曜だ。サッカーの試合はないよ」

「で、試合どうだったんだろう？」

「だれの？」

「サン・ロレンソ」

きっとラリっているのだ。

「日曜はニューウェルズに負けたよ」

「ありがと」

ドベルティは食べ終えて、車に向かった。中に乗りこみ、ウィンドーを下ろす。時間は午後二時、通りはがらんとしていた。シリンダーにキーを差しこもうとしたとき、こめかみに銃口が押しつけられるのを感じた。苦労して横目でそちらを見ると、グリルにいた若者だった。

「金を出せ」若者は言い、銃口をさらに押しつけてきた。

ドベルティはゆっくり片手を上げて、それを見せた。

「これからジャケットのポケットにこの手を入れて、財布を出す。いいね？」

「金を出せ、早く」また銃を押す。

「わかった、わかった」ドベルティは言った。

「とっとと出せよ、この馬鹿」

「いま出すって」

ドベルティは男に財布を見せた。若者はそれをひったくってしまいこんだ。ドベルティは、若者がいなくなるのを待った。不安がらせてはまずいので、極力そちらを見ないようにした。二秒経った。ドベルティが首をひねると、若者はまだそこにいた。銃をこちらに向けている。そして撃鉄を起こした。

「なんだよ？　金なら全部渡したぞ」

そのときドベルティは初めて若者の目を見た。若者はこちらに目を向けながら、同時にドベルティの向こう側を見ているように見えた。

発砲する気だ。

ドベルティはそう直感したが、もう時間がなかった。胸から顔まで麻痺し、動かない。目を閉じたかったが、できなかった。

若者の指が引き金を引いた。

カチッという音がしたが、ドベルティの頭はまだ元通りの場所にあった。若者は銃を見た。

「くそったれ！」と毒づく。

ドベルティの麻痺が解け、力まかせにドアを開けた。ドアが若者の脚に当たり、よろめかせたが、ドベルティが期待したように地面に倒すことはできなかった。若者はまだ、発砲できなかった原因を追究するべく、われを忘れて銃をいじりまわしている。ドベルティは走りだした。角を曲がったとたん、そこにあった警備員の番所にぶつかった。小さな白黒テレビを観ていた中の男は、いきなりぶつかってきたドベルティにぎょっとして、コーヒーをぶちまけた。

「心臓が止まるかと思ったぞ！」男がどなった。

「警察を呼んでくれ！」

「どうした？」

「殺されそうなんだ！」

ところが若者は追ってはこなかった。やっと落ち着いたところで、ドベルティは車のところに戻ったが、だれもいなかった。グリルの店員が、若者が走って逃げるのを見たと言った。下水溝の近くで財布が見つかった。金は若者が持ち去ったらしい。たいして中身ははいってなかったはずだが。

運転したくても、手が震えてできなかった。危うく命拾いするといういまの出来事で、彼の心の奥へと続く道が開いた。やっとのことで車を出発させ、警察が来るまえにその場を後にした。十五ブロック進んだところで車を路肩に寄せ、エンジンを切って、心を静めようとした。

あの若者は金が目当てだったわけじゃない。おれを殺そうとしたのだ。間違いない。最後の最後のところで、銃が欠陥品だったおかげで助かった。

だれかに命じられたんだ、とドベルティは思った。ジッポーを探したが、見つからなかった。車のシガーライターを押そうとして、誤ってワイパーを作動させてしまい、乾いたゴムがガラスをこする音が響いた。モイラの件だ、とドベルティは思った。動揺は収まったが、手はまだ震えていた。ウィンドーも下ろさずにゆっくり煙草を吸い、車内に煙が充満した。命を狙われるとしたら、それしか考えられなかった。おれに仕返しをしたがる人間などほかにいない。いままでだれかを刑務所送りにしたことさえない。ドベルティによって妻に浮気をばらされたどこかの不実な亭主が復讐に燃えたとか？ それで銃弾を撃ちこまれたりしたら、たまったものではない。

モイラの一件が関係しているとしよう。なぜおれを消したがるのか？ 理由ははっきりしている。核心に近づきすぎたからだ。つまり、答えはすぐそこ、ということだろうか？

事件の関係者を頭の中でリストアップする。大勢いる。自分の身が危険だと察知できるくらい、ドベルティの捜査の進捗状況をつかめる立場にいる人物はどれくらいいるだろう？ 彼は翌日、バローロ宮殿の事務所でリストを作ることにした。電話の事件でモイラのことがマスコミであらためて注目されたということを忘れてはならない。セシリアの殺人犯が新聞に隅々まで目を通したとしたら、そこからも捜査の全体像に近いものがわかっただろう。

しかし翌日、結局おれはリストをつくらなかった、と自宅の居間にまた舞い戻ってきたドベルティは思った。ほかに始めなければならない仕事があり、あれこれ忙殺されていた。結局、あれはヤク中の強盗に遭って、欠陥品の銃で襲われただけの話だったんだ。もうどうだっていいじゃないか。

フリアがベルモットのソーダ割りを持ってきた。ドベルティはそれといっしょに頬へのキスも受け取った。いま彼を取り囲むものはすべて完璧だった。ラッキーな男。

心の声がまたそれに反対する。いままでもいつもそうだった。

《おまえは忙しいからリストをつくらなかったわけじ

ゃない。まったく、よくもいけしゃあしゃあと。怖いから逃げたんだ。おまえは危うく殺されかけた。助かったのはたまたまだ。髭男のティピートはおまえに警告した。真相はすぐ近くにある、と。漫画のヒーローを気取るのはもうやめだ。行方不明の女の子を捜したって、頭を吹き飛ばされちまったら元も子もない》

ドベルティは必死に声を無視した。このまま耳を傾けつづけたら、本気でいらいらしてしまう。

《今日の出来事をなぜファビアンに話さない？》声が冷ややかに、意地悪く続ける。《自分の臆病さをさらけだすことになるからだ。おまえは卑怯でちっぽけな探偵に成り下がったんだよ》

ドベルティはベルモットを飲み下し、心の奥深くに声を封じこめた。しつこく文句を垂れているのがわかったが、しだいにそれは遠ざかり、しまいにはほとんど気にならなくなった。

4

ドリスおばさんが住んでいる建物は、簡素で薄暗く、どこかよそよそしい感じがした。ちょうどドリス本人のように。三階建てだがエレベーターはなく、大理石造りの玄関には鏡があしらわれ、くすんだ緑のドアがそこで暮らす物静かな人々を匿《かくま》っている。

下の玄関は開いていた。階段の照明は黄色っぽく薄汚れていて、各階の壁には停電時に点灯する蛍光灯が設置されている。二階分階段を上がる。並ぶ緑のドアのひとつから、ボレロらしき調べが洩れ聞こえてくる。

「どうぞ、どうぞ。もうすぐ準備ができるわ」ドアを開けたドリスが言った。

ファビアンは、アンティークの家具がぎっしり詰まった居間に通された。巨大なサイドボードと、それにマッチしたテーブルがスペースのほとんどを占めている。サイドボードの上には写真が所狭しと並んでおり、なかでも目立つのがドリスの夫エドムンド・コルテス＝リバスのもので、彼はペロン大統領の最初の就任期間にメキシコで外交官を務め、九〇年代初めに亡くなった。ファビアンからすると、ドリスはいつも、生まれつき寡婦だったような女性のひとりに見えるのだが。

リラとモイラと自分が写った写真を見つけ、体のどこと特定できない場所を激しい痛みが貫いた。三人はピナマル近くの海岸にいる。いっしょに過ごした最後のバカンスだ。ほかの写真にもつい目が行く。以前この家に何度か来たときに見た記憶がある写真が一枚あった。リラと両親の写真だ。ファビアンは二人のどちらも知らない。リラがブエノスアイレスに来るずっと前にこの世を去ったと聞いている。三人の背後には大きな窓があり、緑色が映りこんでいるところを見ると、反対側になにか植え込みがあるのかもしれない。父親の横で写真が切られていることがはっきりわかる。ドリスによれば、そこには自分が写っていたのだが、あんまりひどい顔をしていたので恥ずかしくて切り取ってしまったのだという。ドリスにはどうもそういう、共感を持ちかねるところがいくつかあった。モイラが行方不明になったときはずいぶん親身になってくれたのだが、あまりにもべったりなので、だんだん辟易《へきえき》してきた。リラが自殺すると、スケープゴートはファビアンだと心に決めたのか、なにもかも彼のせいにした。ドリスのふるまいは老いと悲嘆が原因だと感じ、ファビアンは彼女とのつきあいを断った。

突然電話がかかってきたときは驚いたが、いまファビアンはこうしてドリスの家にいる。彼女は、老人ホームにはいることを自分の意思で決めたのだ。

「できるだけ整理しようとは思ったんだけど」自分の部屋のほうからドリスが言った。

彼女は小さなスーツケースをすでに準備し終わろうとしていた。中身はきちんとたたんだ衣類でいっぱいだ。なんとか蓋を閉め、ロボットみたいにちょこちょこした足取りで部屋を出てきた。キッチンにはいり、鍵束を持って現れた。

「隣のラケルに鍵をひと揃いもう渡してあるわ。この部屋の賃貸契約が続くあいだは、彼女が諸費用を払ってくれることになってる。この鍵束はあなた用」彼女が鍵を差し出した。小さくジャラジャラと音がした。居間の中央まで後ずさりし、最後にもう一度見回した。

「ええそうよ、早ければ早いほどいい」

サイドボードに近寄り、見下ろした。夫の写真を手に取ろうとして、途中でやめた。

「荷物は全部まとめたんですか?」ファビアンが尋ねた。

「もし足りないものがあったら、探してと頼むわ」

ドリスはブラインドを下ろし、緑色のドアを閉めた。


二人はファビアンの車に乗りこみ、オリーボスに向かった。

「ええ、そう。もうひとりでは暮らしていけないの」ドリスは、ファビアンがまだ質問を口にしてもいないのに、そう答えた。「こんな歳の、私みたいな女には。耳が不自由になったり、認知症になったりする日をただ待つなんて無理。それに怖いの。街の様子を見た? あそこでどんなことが起きてるか? 無礼な二人組が部屋に押しかけてきて、私の頭を殴って年金を奪っていくかもしれないのよ? そんなの耐えられない。亡き夫の恩給があってよかったわ。それで老人ホームの入居費を払ってもまだ余る。それに自分の年金も当てにできるし。あの部屋の賃料も」

「施設のほうは気に入ったんですか?」ファビアンが尋ねた。

「ええ、とてもすてきなところよ。だから高いの。余生を過ごすには理想的な場所だわ」

こんなふうにすべてにおいてきちんきちんとしているドリスに、ファビアンはすこし鳥肌が立った。これまでの人生にきれいに幕を引いたというのに、静かに車に揺られている。まるで、すべては劇場で公演されたお芝居で、終われば友人たちとケーキを食べながらお茶をする、そんな冷静さだ。

老人ホームに到着した。きれいに塗られた外壁が午後の日差しに輝いている、コロニアル風の屋敷だ。前庭に大きなイトスギが二本そびえ、風で揺れている。ドリスがそれを見ているのにファビアンは気づいた。それが通例、墓地に植えられる木だということを、彼女も知っているにちがいない。そこが老人ホームに改築されるまえ、まだ農場《フィンカ》だったときからあったのだろうが、施工主は木を切り倒すような真似はしないだけの節度を持ちあわせていたらしい。

「さて、送ってくれてありがとう。なにかあったら、電話で話をしましょう」

ドリスはドアを開け、こちらが手を貸すまえに車を降りた。ファビアンも車を降り、後部座席からスーツケースを下ろした。ドリスは近くで待っていた。

「付き添いはご無用よ」そう言って、スーツケースをもぎ取った。

「本当に？」

「ええ」

「お元気でいてくださいね」

「私の心配をする必要はないわ。あなたは若い。この年になったら、ひとりになるのが普通なのよ」

「あなたはひとりじゃない」

「ああ、でも老人っていうのは自分以外の老人に耐えられないものなの」

ドリスは黒い目でファビアンを見据えたかと思うと、いきなり彼の頬にキスをした。そしてキャスター付きのスーツケースを引きずり、屋敷に続く曲がりくねった道を遠ざかっていった。

5

猫のサンフリアンを電話からどけ、引っかかれまいとしながら受話器を取った。

「セサル・ドベルティ？」声が言った。

「どちら様？」

「弾道解析班のエセキエル・サンチェスです。私のこと、覚えてます？」サンチェスの声は小さくくぐもっていて、まるでクローゼットの中で話をしているかのように聞こえた。

「ああ、もちろん」

「いま忙しいですか？」

「いや、べつに。どうしました？」

「あなたが興味を持ちそうな新情報があるんです。凶器が見つかりました」

「凶器が？」

「ベルサのピッコラ二二口径。覚えてます？」

ドベルティは覚えていた。その強烈な記憶で、電話線がねじ曲がりそうなほど。

「見つかったって？　どこで？」

「電話では話せません」

「じゃあ、どこでなら話せる？」

「コリエンテス大通りとカジャオ通りの交差点にある〈ラ・オペラ〉。いまから四十五分後でどうです？」

サンチェスはグラスにミネラルウォーターを満たし、喉仏をぴくぴくと動かしながら飲んだ。ひどく痩せていて、髪を染め、歯がそこにあるという謎を明かさないよう口をほとんど開けずに、唇を奇妙に動かしてしゃべる。

「サン・マルティン連邦射撃練習場を知ってます

か？」

「名前は」ドベルティは答えた。

「けっこう。射撃練習場で使われる銃は登録する必要があり、さらに、発砲された弾丸は弾道解析班に送付されるということをご存じですか？」

「知らなかった。でも考えてみれば当然だ」

「二週間前から、だれかがベルサの例のモデルをその練習場で使いはじめたんです。まあ、それだけではなんてことはない。私の知るかぎり、ピッコラ二二口径は七百丁も製造されているので」

「それで？」

「弾丸が一致するんですよ、ドベルティ。線条痕がね。比較のためにあらためて発砲してみる必要がありますが、おなじものだと私は確信しています」

「どうしてそれほど確信が？」

「その銃を使っているのがだれかわかれば、一たす一をすればいいんです。私みたいに」

「で、銃の持ち主は？」

「そう簡単に教えるわけにはいきません」サンチェスがにやりとして言った。「非常に危険を伴うことなので」

「いくらだ？」

「私はあなたの下で働いているわけじゃない。おわかりですね？」

「いくらだ？」

「四千ぐらいと考えてました。そして報奨金の件がまだ有効なら、その半分を」

「まったく。全部計算済みか。報奨金については二十五パーセントだ」

「四十五パーセント」

「三十」

「四十。事件を解決したくないんですか？」

サンチェスは茶色いブリーフケースから紙を一枚出し、テーブルの上を滑らせるようにしてドベルティに渡した。ドベルティはやけに長い数字の羅列《られつ》を目で追った。

「統一銀行キー《CBU》（アルゼンチンの銀行で使われている各顧客のID番号）です」サンチェスが言った。「これを使って私の口座に四千ペソを振込んでください。それがすんだら二時間後にまたここで会い、あなたに名前を教えます」

「なんだ、これは？　冷戦かなにかか？」

「そうかもしれないし、違うかもしれない」

「振込みの仕方なんて知らないよ」ドベルティが言った。

「調べればいい」

　フリアと話しあい、振込みを実行したあと、二時間後にドベルティはおなじテーブルに座っていた。約束の時間から十分過ぎたとき、カジャオ通りに面した入口からサンチェスがはいってきた。彼はテーブルに近づいてきたが、座りもしなかった。

「ありがとう、ドベルティ」

　彼は二つに折った紙をテーブルに置き、痩せた体に茶色いブリーフケースをぴったりと押しつけたまま立ち去った。

　ドベルティは紙を開き、そこに書かれた名前を読んだ。


　サン・マルティン連邦射撃練習場の白い建物は殺風景で、ほとんどなんの個性もない。ただ、周期的に聞こえてくる発砲音だけが個性と言えば個性だった。斜めに日の光が差しこんでいるいくつかの通路が、それぞれ別の射撃訓練場《ポリーゴノス・デ・ティロ》とつながっている。練習場は名前こそ〝多角形《ポリーゴン》〟だが、実際はただの長方形で、練習に必要な距離に応じて奥行きが異なっている。距離二十五メートルの射撃場は三つしかブースがふさがっていなかった。そのうちひとつには五十がらみの男がいて、コーデュロイのコートも脱がずに、自動照準器をつけたカービン銃をくり返し撃っている。シルエットまでの距離を考えると、自動照準器までつけるのはやや大げさに見えた。男はなんだか飽き飽きした様子で射撃している。川釣りだの凧揚げだのとさして変わらない、のんびりしたお遊びかなにかのように。二ブースあいて、その次のブースに二十一、二歳の背が高く、肩幅の広い若者がいた。両手でピストルを支え、正しく射撃の構えをとっている。その隣のブースで、ドベルティは射撃練習をしていた。ティピート・ベルムーデスに向けたスミス&ウェッソンは持ってこなかった。余計な注意を引きたくなかったからだ。結局、友人の探偵が練習用に使っている登録済みのサウリオにした。銃把が左利き用の特別仕様で、握ったときの指の位置がマークされている。ドベルティは左利きではないので、狙いを定めるのに苦労したが、それはどうでもいいことだった。

二十分間そうして練習を続けた。銃声だけが単調に響く環境に、そろそろ変化を求めてもいい頃合だ。

「銃撃、やめ！」カービン銃の男がどなった。

三人はブースから出て、射撃場の奥にある薄板の人型シルエットに近づいた。その横には筆とタールがはいった缶があり、銃撃の衝撃を消すため、各自でシルエットを黒く塗る。三人はまたブースに戻り、弾《たま》をこめはじめた。ドベルティは、若者が銃に弾丸を再充塡し、撃つ構えをとるのを見た。

さらに三十分が経過し、若者が余った弾を小箱にしまいだした。ドベルティは弾倉を空にし、隣のブースをのぞきこんだ。

「それ、ベルサだよね？」と尋ねる。

「ええ」若者が答えた。

「いい銃だ。何年型？」

「七二年だと思います」

「軽い？」

「おもちゃみたいですよ」若者はにっこりして言った。髪をオールバックにして後ろでひとつに結び、両耳にひとつずつ金色のリングをつけている。

「見せてもらってもいいかな？」ドベルティは尋ねた。

「ええ、もちろん」

ドベルティはそれを手に持ち、まるで鱗《うろこ》で覆われているかのようにてらてらと光る黒い表面を確認した。握りには〈ベルサ〉と刻まれている。

「美しい」彼は言った。「あまり使ってないみたいだね？」

「ええ、ほとんど」

ドベルティは銃を返した。そして若者の顔を見た。見覚えのある顔だ。ただし、もっと幅の広い、別バージョンの顔。若者とは別の人生を歩んだ顔。

「おなじのが欲しいな。どこで買ったんだい？」

若者は、やはり新品に見えるケースにベルサをしまった。

「ぼくが買ったんじゃないんです。父のものだったんですよ。警官だった父の」

アドリアン・シルバはカチャリと音をさせてケースを閉じ、ブースを立ち去った。

ファビアンは、しだいに乏しくなっていく居間を満たす光越しにドベルティを見た。

「それ以上は聞き出せなかった。警戒させてはまずいから」ドベルティが言った。「シルバを埋葬して何日かして、遺品を整理しはじめたときに、あの銃を見つけたらしい。最初にあの射撃場に持っていったときには、使わせてもらえなかったそうだ」

「登録されていない銃だったから」

「そのとおり。だから彼が自分で登録してきた。それが弾道解析班に来た最初の情報で、サンチェスが目を留めた。一週間後、銃弾が送られてきた」

「おなじ銃による銃弾だってことは間違いないのか？」

「シルエットに命中した銃弾では比較が難しいんだ。

やわらかい組織にめりこんだものと、金属に当たってつぶれたものとでは事情が違うからね。おれがサンチェスに持っていった弾で、すべてがはっきりした。射撃場でシルバを見張っていた二日目、彼がシルエットに当て損なった弾が二発あった。シルエットの背後には麦わらの梱包が置いてあってね。彼がいなくなるのを待って、そこから弾を二発、取り出した。それでやっとサンチェスも線条痕を比較できたんだ。そうして取り出した弾は形がより完全だったから。一致したよ。アドリアン・シルバが使っている銃は、九年前にセシリアを殺害した銃とおなじものだ」

ファビアンは背もたれに背中をもたせ、ふうっと息を吐き出した。

「全然わからないし、わかりたくもない」

「もう一度考え直す必要があるぞ、ファビアン」

「そんな力が残っているかどうか」

「あんたの言うこともわかる。だが、娘さんのことを考えろ」

「娘はもう死んでるよ」

「そう決めつけるのはまだ早い」

「娘をかどわかした本人か、そいつにそれを命じたやつなら、知ってるさ」

「ファビアン、落ち着け。話を整理しよう。まず、シルバがセシリアを殺し、ずっと銃を隠していた。自分が死んだあと、息子がそれを使うとは思いもよらなかった」

「なぜ銃を捨てなかったんだろう？」

「そうだな。なにか理由が思いつくかい？　おれにはわからない。なぜやつが銃を捨てなかったのか。油断したんだろう。自分でちゃんと保管しているかぎり、どうってことはない。やつが管理するピストルに手を伸ばす人間などいない。いまになってはっきりわかったよ。あいつは最初からずっとあんたのそばを離れなかった。あんたの行動をコントロールしてたんだ。おれがこの件の調査をしているということもすぐに気づいた。おれたちがセシリアの遺体を発見したときは相当腹を立てただろうな、表には出さなかったけど」

ファビアンはシルバと話をしたときのことを、彼から受けた質問を思い出した。そういえば、チャカリタ通りでシルバの車を見たような気がしたことがあった。シルバは連邦警察の会議のときにはいつもそばにいた。最初は端のほうに座っていたが、そのうちじかに口出しするようになった。

「でも、水死したっていう娘さんのことはどうなる?」

「娘なんかいなかったんだ」ドベルティが言った。

「子供はアドリアンしかいない。シルバに娘はいなかったんだ」

「馬鹿な。どうしてこの事件に興味を持つのかと訊いたとき、彼がその話をしたんだ」

「あんたの信用を得るためだろう」

ファビアンは立ち上がり、電話に近づいた。

「もういい。警察に電話する」

ドベルティは黙っている。

「なんだよ?」

「どうかな」

「どうかなって、なにが?」

「ちょっと待て。おれたち以外にこのことを知ってるのはサンチェスだけだ。おまけに自分の名前は出すなと念を押された」

「彼は、二つの弾丸の関係について報告しなくていいのか?」

「サンチェスは正義の鉄槌《てっつい》がくだされることを望む一方、自分の尻にも注意してるのさ。強盗窃盗課の大物で、先日名誉のうちにこの世を去ったシルバに疑いの目を向けるとなれば……」

「知るか」ファビアンは言った。「表に出るべきものは出ることになるんだ。なにもかも、もううんざりだ」

「警察全体をクソまみれにしかねない爆弾なんだぞ」

「すでにクソにまみれていたものがまたクソまみれになるだけだ。ぼくにはどうでもいいことだ。いや、待てよ。連中には話さない。マスコミに垂れこんでやる」

「おれはあんたの娘さんのことを考えてるんだ、ファビアン」

「なんだって？」

「シルバひとりでやったことじゃないとおれは思うんだ。それだけじゃない。本当にやつがセシリアを殺したのかどうかも確信が持てない。やつは犯罪を隠蔽《いんぺい》するために、現場に手を加えたんだと思う。思うに、やつはペンシオンに行き、ペルー娘が死んでいるのを見て、急いで遺体を処分する方法を考えなければならなくなった。シルバはだれかをかばったんだよ」

「息子か？」

「十一、二歳の子供がか？　まさか。そんなの神に背く行為だ」

「じゃあ、警察のだれか？」

「いまはまだわからない。ずっと考えてるんだが、はっきりしないんだ。答えは二つにひとつ。娘さんは最悪の結果を迎えているか、まだ生きているか。そしてもしまだ生きているとしたら、この件に関わっているはずの黒幕を下手に刺激しては都合が悪い。時間を稼ぐ必要がある」

「どうやって？」

「だれにも気づかれないように、シルバのことを調べる」

　ドベルティが立ち上がり、居間の中をうろうろと歩きはじめた。彼みずからふかした煙草のせいでたちこめる濃い霧を縫うようにして。一方ファビアンは腰を下ろし、両手で頭を抱えた。二人は動きのシンクロしたロボットのようだった。片方が座ると、もう片方が立って歩きだす。

「くそったれシルバの手際のよさには舌を巻くよ。娘をかどわかしてぼくの人生から消し去り、妻を自殺に追いこみ、今度はさっさとあの世にトンズラしてぼくらの尋問を避けた。冗談みたいだ」

「最後にやつと話をしたとき……なにかヒントになるようなこと、言ってなかったか？」

ファビアンの脳裏に、最後に会ったときのシルバの顔が甦った。消耗しきったその顔は、死の化身のように見えたものだった。

《娘はどこにいるかわからない。外国かもしれない。自分がだれかも忘れているにちがいない。いや、もっとひどいことになっているかも》

《そんなふうに考えるな。娘さんは生きてるよ》

《希望はつねに存在するんだ》

「ぼくに伝えようとしてたんだ」ファビアンはドベルティをじっと見た。「死を目前にして、いっそ告白してしまおうとしてた」

最期が近づきつつあったシルバのつらそうな表情、よろよろした足取り、疲労した様子を思い出す。

「くそったれ。死ぬとわかっていながら、結局口をつぐみとおした」

二人は、シルバの家から半ブロックほど離れたところに駐めたファビアンの車に乗っていた。時刻は夜八時半。低層住宅が集まる住宅地だ。ファビアンはシルバの家の前庭にそびえる木を見、あの家にはいった日のことを、病院に行った日のことを思い出した。シルバはリラについてファビアンに尋ね、居間の肘掛け椅子で寝かせてくれた。あのときもモイラはすぐ近くにいたのだろうか？　地下室に閉じこめられて？　シルバがそんな危険を冒すだろうか？　病気がそこまでひどかったのか？　ドベルティにそう話してみた。

「モイラがこの家にいたとは思えない。ここには連れてきてないだろう。万が一あんたがなにかに気づいたりしたら、家を調べさせるはずだからな。あんたの奥さんの自殺で、娘さんの事件がまた脚光を浴びることは確かだった。だとすれば、やつにとっては都合が悪い。あの男は自制心が強く、けっして取り乱さない。冷静さを失わないんだ、おれが相手のとき以外は。だから事件の黒幕は、現場をきれいにするためにあいつを呼んだ、そう思えてしかたがない」

「じゃあ、ここでなにするんだ？」

「あれこれ考えながら、全体像をおさらいする」

「ほかにどんなことを調べたんだ？」

「あの家にはシルバの両親も住んでいた。一家はずっとこの地域にいたんだ。父親は警察署長だった」

「天国で息子を迎えたとき、誇らしかっただろうな」

「シルバの経歴にも父親の経歴にも疑わしいところはひとつもない。シルバは値打ちのある勲章を三つももらってる。埋葬のときには警察幹部がずらりと揃っていた」

二十分後、アドリアン・シルバが角を曲がって姿を現し、帰宅した。そそくさと家の中にはいり、数秒後には二階の灯りがついた。ドベルティは小さなメモ帳になにか書きつけた。

「彼はムンロにある運送会社で毎日働いている。いつもこの時間に帰宅するが、水曜は母親と食事し、木曜は射撃場に行くことがある。規則正しい生活だ」

「それで？」

「一週間、やつの日課をよく調べ、それからあの家に侵入する」

「それはどうかな、ドベルティ……」

「おれたちにできることはもうそれしかない。あの家でなにも見つからなかったら、テレビ局に行って、全部暴露しよう。連中に調べを進めてもらい、あとは神の思《おぼ》し召しにまかせる」

6

ファビアンは施設のロッカールームで煮えるように熱いシャワーを浴びていた。さっきまでのブロック練習で酸欠状態だった。隣のシャワーにはルソがいた。濃い鬚をお湯が伝って滝となり、体から床のタイルに滴っている。

「今度の金曜日、マーラがおまえを夕食に招きたがってる」ルソが言った。

「なんで？」

「なんでって？　理由がいるのか？　来られるか？」

「たぶん」

「だめだ、たぶんなんて。はっきり答えろ、この馬鹿」

「わかった、行くよ。なにか持ってこうか？」

「おれを怒らすなよ」

ロペス＝ロペスの巨体が別のシャワーブースにはいっていき、お湯がどっと飛び散った。

「おいルソ、ファビアンに例の女の子のこと、話したのか？」

「なんだよ、女の子って？」ファビアンが尋ねた。

「ロペスのアホ」ルソが言う。

「女の子ってなんだよ？」ファビアンがくり返した。

「ルソの女房がおまえに友達を紹介したいんだと」ロペス＝ロペスが言った。「前もって言っておくべきだろ、とんま。それじゃだまし討ちだ」

「おまえになんの関係があるんだよ？」ルソがロペス＝ロペスの筋肉隆々の体に水をかけた。

「おまえを罠から救ってやったんだ、ダヌービオ」

「罠でもなんでもないよ。セリアはそりゃあいい子なんだ」彼はファビアンのほうを見て、両手を動かしながら必死に弁解した。「べつになんの企みもない。彼女もいまフリーだから、いっしょに招待しようとマーラが思いついただけだ。お見合いってわけじゃない」

「へえ、そうなんだ？」いつのまにか会話の輪にはいってきた〝バスコ〟・アリエタが言った。「ほかにも招待客がいるのか？」

「いや、その四人だけだ。まあ、子供たちもいるが、先に食わせて寝かせちまう」

「子供は勘定にはいらない」バスコが言った。「これはユダヤ共同体独特のお見合いのお膳立てだよ。ユダヤ人社会に古くからある罠さ、ファビアン」

「罠なんかじゃないって」

「おまえは女房の尻に敷かれてるんだ、ルソ。ユダヤの母系家族システムの中で、すっかり洗脳されちまったのさ」

「いいかげんにしろ。いやなら来なくていいんだぜ、ファビアン」

「少なくとも、美人なんだろ？」

「ああ、すごいぞ」

「違う、違う！」バスコとロペス＝ロペスが声を揃えた。「すごいはすごいでも、すごい力持ち、だろ？」

「おまえたちが涎《よだれ》を垂らすほどの美女だからな、この負け犬どもめ」

ファビアンは熱い雨の下にもぐりこんだ。いまやシャワーに濡れながらグレコローマン・スタイルのレスリングを始めたこの連中のおかげで、この二年間はなんとかやってこられた。だが、最近また飛びこんできたニュースのせいで、さすがの彼らでも、ファビアンの気持ちを盛りたててはくれなかった。この二年は、モイラもリラもやっと彼を解放してくれるだろうと期待していたのに、やはり無理だった。痛みの核から遠ざかりつつあると思っていたのだ。ところが、いきなり襲いかかってきた嵐が彼をその渦にまた引きずりこんだ。いったいいつになったらすべてが終わるんだ？

ドベルティはシルバの家をもう数日見張ろうとしたが、思ったほど頻繁に張りつけなかった。シルバについてもっと調べたいのはやまやまだとはいえ、警察内のだれかの注意を引いてしまっても困る。ネグロのスキーアならもうすこし情報を引き出せたかもしれないが、全面的に信頼できる男でもない。サンチェスも信用できないが、渡したあの大金（このことはファビアンにはいっさい話してない）でしばらくはおとなしくしているだろう。

八月六日水曜日、シルバの家の様子がいつもと違った。上から下まで鎧戸という鎧戸がすべて下ろされている。ドベルティはフォードタウヌスを降りて、歩いて家に近づいた。人目を引かないように、立ち止まらずに前を通りすぎた。全部閉まっている。アドリアンは仕事に行くときにはこんなことはしない。バカンスにでも行ったのか？　ドベルティは、なぜもっとしっかり見張っていなかったのかと自分に毒づいた。一ブロック進んだところで引き返して車に戻り、もう一時間粘ってその場を後にした。

翌日も家はおなじ様子だった。アドリアンがいつも家を出てから帰ってくるまでの時間、ずっと見張っていたが、だれの出入りもなかった。

金曜日、もしアドリアンが戻ってこなければ、夜中に家に忍びこむことに決めた。妙に気が急いていた。シルバの死でなにかの時限装置のスイッチがはいり、日に日に解決が遠のいていくような気がした。家に帰っておやつを食べながら、ファビアンに電話した。

「とくにニュースはない」ドベルティは言った。「変わらず、あいつはおなじ時間に出かけて帰ってくる。いつもひとりだ」

「考えていたんだが」ファビアンが言った。「全部ぶちまけたほうがいいんじゃないかな。警察にもマスコミにも。シルバの家に忍びこむのはやめろよ」

「もう二、三日待とう。なにか起きるかもしれない」

「それでどうする？〈ハッピー・アウアー〉のことを忘れるなよ。ぼくらはあのときへまをした。とにかく、マスコミに知らせよう」

「月曜まで待ってみよう。小僧がなにか行動に出るかどうか確かめたい」

「家に忍びこむつもりじゃないだろうな？」

「やらないって。落ち着けよ」

ドベルティはファビアンに話すつもりはなかった。すでに彼を危険な目に遭わせてしまったのだ。万が一、中にいるときにシルバ・ジュニアが帰ってきたら、罪をかぶるのは自分だけでいい。

「どうも信用できないよ、ドベルティ……」

「じゃあどうしてわざわざ訊くんだよ？」

「侵入するつもりなんだな？」

「言っただろ、はいらないって。おれだってもう大人だ。自分の面倒は自分で見られる」

「そういうところが心配なんだ」

「なにもかも、とんだ冗談みたいだな」

「だめだ。冗談じゃすまない。頼む」ファビアンは懇願した。

「おれの冗談でどうしてあんたが困るんだよ？」

「あんたに同情せずにはいられなくなる。そういうの、悲しいだろう？」

「くそったれ。それならさっそく、義足の蠅についての小話を一席聞かせてしんぜよう」

「なんか雑音がはいるな。携帯電話でかけてるのか？」

「おれもあんたも携帯電話なんか使わないだろう？」

ドベルティが言った。「まさか切らないよな」

ドベルティが小話を始めたが、ファビアンは電話を切っていた。ドベルティがコードレス電話をデスクに置くと、寝室のドア枠の向こうにフリアの姿が見えた。友人と出かけるために着替えをしている。劇場でレビューをしていたときの古い同僚たちだ。

「どこにはいるって？」彼女が尋ねた。

「べつに、どこにも」

「また危ないことに首をつっこむつもりじゃないでしょうね？」

「まさか」ドベルティはジッポーを両手でお手玉しながら言った。

「私はね、あなたの母親並みにあなたのことがわかるのよ、ドベルティ。ライターをもてあそぶとき、あなたは嘘をついている」

「探偵はおれのほうだぞ、愛しいきみ《ケリーダ》」

ドベルティは三歩で妻に近づき、抱きしめた。それから爪先立って彼女にキスをした。

「すごくきれいだ。はすっぱな女たちと馬鹿騒ぎなんかするなよ」

「無作法な人ね。前はそんなじゃなかったのに。私の目を見て、危ないことはしないと誓って」

「危ないことはしない」

「嘘ばっかり」

「きみに夢中だって言ったっけ？」

「最近は聞いてないわ」

「きみに夢中だ」

「いま言っても無意味よ」

「もうすこしここにいろよ。いっしょにベッドに行こう」

「生理中なの」

フリアは彼にもう一度キスをした。

「遅れちゃうわ。気をつけてね」

「わかってる」

フリアはバッグをつかみ、ヒールの音をコツコツと響かせながら玄関に向かった。廊下からドベルティのほうを見て、投げキスをした。

「なにかあったら携帯に電話して」

ドベルティはその場を動かなかった。三十秒後、キッチンにあるインターホンに飛びつき、受話器をはずした。

「フリア？　おい、フリア？」

「なに？」通りに出たフリアの声がした。

「嘘つきめ！　五年前に閉経したくせに！」ドベルティは彼女にどなった。

フリアの笑い声が響き、やがてハイヒールの音が遠ざかっていった。


午後六時、ドベルティはタウヌスをシルバの家の前で停めた。そのあたりはいつも人通りがすくない。犬を散歩させているご婦人がひとり、自転車に乗った老人がひとり。ほかにはだれもいない。

ドベルティはポケットに手を入れ、ファビアンからもらったネックレスのビーズをいじった。ひとつ、またひとつと滑らせるうちに、気持ちが落ち着いてくる。

シルバの家の横に、ドベルティの予想では、隣のアパートメントの通路に通じていると思われるドアがある。そのドアが半開きになっているところをいままで何度も見たことがあった。子供たちがしょっちゅうそこから出入りしていた。

ふたたびシルバの家を見た。この一週間ずっとそうだったように、しんと静まり返っており、鎧戸も全部下りたままだ。

バットを持った二人の子供が、シルバの家の隣のそのドアの前に近づいてきた。続いて母親が現れ、二人を叱りつけた。ひとりのうなじをぴしゃんとたたき、その勢いで子供がドアにぶつかった。母親が鍵を取り出し、全員が中にはいった。半時間後、さっき中にはいった二人の子供がボールを手に飛び出してきて、ドアを半開きにしたまま通りの角に向かって走っていった。

いまがチャンスだ。ドベルティは車を降りて戸口に近づいた。通路にはいりこみ、数メートル進む。右手のドアからは、テレビの音と二人の女がどなりあう声が聞こえた。二番目のドアは中庭に通じており、鍋がぶつかりあう音とシチューの匂いがした。廊下の半分まで来たとき、ドベルティは左側にあるコンクリート製のプランターに足をかけてのぼり、垣根の向こうをのぞいてみた。シルバの家の裏庭が見えた。芝生の中央に鉄製の椅子がいくつかと揃いのテーブルが置かれている。庭の奥にはオレンジの木があり、塀にはツタが這わせてある。通路のつきあたりにあるドアから音が聞こえたような気がして、衝動のままにプランターに苦労してよじのぼると、向こう側に飛び降りた。右膝が悲鳴をあげた。〈ハッピー・アウアー〉の一件以来膝の調子が悪く、しょっちゅう痛む。だが医者に診せたことはなかった。

居間の窓にもやはり鎧戸が下りていた。勝手口らしきドアに近づく。ドベルティは鍵束を取り出した。シリンダー錠だ。束の中の二、三の鍵で試した。無事にプランターから飛び降りたいま、不思議と冷静だった。表玄関は人目にさらされているし、戸締まりも厳重だ。シルバのような人物なら、裏口にもいい鍵をつけているものと人は考えるだろうが、そうではなかった。シルバが警官で、しかも大物だということは、このあたりではだれもが知っている。泥棒だって用心するだろう。ドアは簡単に開いた。

ドベルティは家の中に満ちる闇に足を踏み入れた。つかのま立ちつくしていたが、背中でドアを閉めた。まだすこし光が残っていたが、まもなくそれも消えてしまうだろう。台所は狭くて細長く、カウンターは黄色い大理石製だ。隅っこで大型冷蔵庫がうなっている。流しの蛇口から滴が落ち、遠い太鼓のような音をたてている。水切り籠に食器が積み重なったままだ。壁のフックから黄色い手袋が二つ吊り下がり、その横に子猫の写真をあしらった今年のカレンダーが貼ってある。カレンダーに印刷された《ロマーノ運送有限会社》というのはアドリアン・シルバが勤務している会社にちがいない。台所の向こうに玄関ホールが見える。ドアがあるので、開けてみると車庫だった。空っぽだ。通りに面した扉のすりガラスから、外の灯りが洩れはいってくる。分解されたオートバイが壁にもたせかけてあり、垂れ下がる蜘蛛の巣がまるで破れた漁網のように見えた。ドベルティはドアを閉め、玄関ホールに戻った。家の照明をつける危険を冒すつもりはなかった。ポケットからペン型ライトを取り出して点灯させる。別のドアを開けると、そこは花柄の壁紙の洗面所で、上にタンクがある便器が見えた。もう一度玄関ホールに戻り、そこから居間にはいった。三人掛けのソファと一人掛けの安楽椅子が四脚。ガラス製のテーブルはほかの家具と意匠がちぐはぐで浮いている。高い背もたれの木製の椅子が六脚。中央にテレビが置かれた書棚。ペンライトが壁に掛かった数えきれないほどの額縁を照らし出した。写真、賞状、射撃大会のメダル、勲章、トロフィー。兵舎の前に立つ乗馬服の男の黄ばんだ写真。書き物机の後ろに座っている、警察署長のいでたちをしたおなじ男の写真。シルバじいさんだ、間違いなく。

テーブルの上には紙やファイルが乱雑に置かれ、ほとんど氾濫《はんらん》していた。請求書、召喚状、法律書、ホッチキスで留められた裁判所関係書類一式。父親の死に伴う法的混乱だ。この家はシルバ青年がひとりで暮らすには大きすぎるように見えた。毎週木曜日になんとか自力で制御しようとしているベルサのピッコロ二二口径と同様に。一階にはドベルティが探しているものはなさそうだった。玄関ホールに戻ると、二階に続く絨毯敷きの階段を見つけた。

「どうぞ」ルソが言った。「馬鹿だな、上着を着ないで来るなんて」

「それが客を迎える態度かよ」

「表はマイナス十度だぞ」

「ちょっとだけだからさ、ママ」

ファビアンは玄関ホールにはいり、ルソに赤ワインを渡した。

「手土産なんていらないのに」

「ぼくにお上手はいらない」

ファビアンがそこに来たのは、どうしてもと頼まれたから、それだけだった。紹介されるはずの女性にとくに期待はなかった。何事にも期待などない。いまの彼にとって、恋愛の優先順位はかなり低かった。それでも中に通されたとき、マーラの隣の安楽椅子に座っている、いきいきとした素直な表情の赤毛の女性を見たときには目を瞠った。つい卑下したくなる傾向があるファビアンとしては、とたんに自分にはもったいなさすぎると思ってしまった。

実際にもったいないとしても、セリアはそれを態度には出さなかった。とても感じのいい女性で、ブルースでも歌えそうな低い声をしており、体形も均整がとれていて、ファビアンが持ってきたワインの色とあいまってほんのり明るく輝いて見える。職業は小児科医、年齢は三十二歳、つい最近手ひどい失恋をしたばかりだという。ファビアンに話しかけるときは、共感を示すように目を半ば閉じ、自然とやさしさが滲む表情を浮かべる。もっと別の時期の自分だったら、彼女に心惹かれることになんの躊躇もない自分だったら、とファビアンは願ったが、彼の心は別の場所にあった。この一週間、ファビアンはずっとマルコス・シルバのことを、アドリアン・シルバのことを考えつづけていた。この憎しみをだれに向けたらいいのかわからなかった。

ルソとマーラの話もほとんど耳にはいらなかったが、すこしして二人の子供アリエルとロレーナについて尋ねた。子供たちは祖父母のところに預けたと彼らは言った。BGMはクラシック音楽だ。ルソはキング・クリムゾンの熱狂的なファンなのに、そのCDがかかっていないのはおかしいなと思ったが、クラシック音楽が好きで、子供の頃からピアノを習っているとセリアが言ったとき、なるほどとファビアンも納得した。レイデル夫妻はいいムードを演出するために完璧なお膳立てをしたのだ。何事にも抜かりはなかった。二人をがっかりさせることになるかと思うと、ファビアンは申し訳なかった。

「それで、二人はバレーボールの選手なのね？」セリアが尋ねた。

「うん、そのつもり」ファビアンが答えた。

「私はずっと運動音痴で。小学校の頃無理やりバスケットボールをやらされてから、スポーツにいっさい興味をなくしてしまったの」

「ファビアンが建築家だって話はしたっけ？」ルソが割ってはいってきた。

「この三十分で二度は」ファビアンが言った。

「ピザの様子を見てきてくれない？」マーラがルソに言い、キッチンに追いやった。

「それで、きみは小児科医なんだよね？」

「ええ、そのつもり」セリアがほほえみながら言った。

ルソの声が台所から聞こえてきた。

「かわい子ちゃん《チュチ》、そろそろ火を止めたほうがいいと思うよ」

「いま行くわ」マーラが言った。「いまの〝チュチ〟っていうの、真面目に取らないでね。二人きりのときは絶対にあんなふうに呼ばないから」

ファビアンは、セリアの手の中で赤くきらめくワインのグラスを見た。

「子供が好きなんだろうね」彼は言った。過去に女性に向けて言った言葉の中でいちばんくだらないひと言だと思う。

「じつを言うとそうでもないの」セリアが言った。

「子供は私にとって患者」

ファビアンはほほえみ、なにも言わなかった。《それは残念》という言葉が心の片隅で響いたが、いまはそれを口にするタイミングではない。

二階はさらに暗かった。ドベルティは絨毯敷きの廊下を進み、順にドアを開けていった。

最初にはいったのはマルコス・シルバの部屋だったらしく、古い薬の臭いがした。病と闘うシルバの最後の日々の名残《なごり》がそこここに感じられる。ダブルベッドの上にはシーツを剝がれたマットレスがある。ナイトテーブルの上は薬瓶が群れを成している。服が詰めこまれた段ボール箱がいくつも置かれ、開けっ放しのクローゼットの中は空っぽだ。アドリアン・シルバはこの部屋を父の思い出を奉る祭壇にする気はないらしい。シルバの写真さえ整理簞笥の上に伏せて重ねてある。ほかとは別にされている写真が一枚あった。軍服を着た若かりし頃のマルコスだ。横にもうひとり、もっと上背があり、頰骨の高い同僚が並んでいて、カメラマンを挑むようにきつい目でにらみながらほほえんでいる。二人の背後には厩舎が見え、もっと後ろに馬に乗って遠ざかっていく騎兵の姿が写っている。

室内をさらに細かく調べていく。そうするあいだもポケットの中のビーズをいじらずにいられない。これではまるで、どんどんひどくなっていく神経性のチックのようだ。壁に掛かったキンケラ・マルティン（二十世紀半ばに活躍したアルゼンチンの画家）の複製画は位置が歪んでいる。その横にある棚には石やらなにやらさまざまな置物が並び、ペンライトの光を反射してきらりと光る。引き戸の向こうは浴室だった。キャビネットには期限切れの薬がさらに並び、底のほうの琺瑯《ほうろう》が腐食した浴槽が衝立の陰に隠れている。ドベルティは部屋を出て、また廊下に戻った。

次の部屋はまず間違いなくアドリアンのものだ。父親の部屋とわざと正反対の雰囲気にしようとしているかのような様子だった。バイクや車のポスター、ボカ

・ジュニアーズが優勝したときの写真、ドベルティの知らないロック・グループの写真の切り抜きが何枚も。ロックはドベルティの不得意分野だった。ただ、ギターを抱え、感電したみたいな髪形をした怪しいタトゥーだらけのミュージシャンたちの写真の中に、フランク・シナトラがいたのは意外だった。また、よく見かけるような、闘牛の告知ポスターの贋作《がんさく》も貼ってあった。なにしろ、闘牛士のひとりの名前がアドリアン・シルバになっているのだ。父親の世界観に唯一妥協しているのは、コルト社の過去のリボルバーがすべて載ったカタログぐらいのものだ。同様に、どこかの銃マニア用雑誌から切り抜いてきたマグナムの広告と、『ダーティハリー4』のチラシも壁に貼られていた。

ドベルティはクローゼットを開け、上の棚で空っぽのベルサのケースを見つけた。アドリアンは銃を持って出かけたのだ。ドベルティはベッドに座りこみ、ペンライトを消して手のひらで額をたたいた。

なんてドジを踏んだんだ。もっとちゃんと見張っていれば、アドリアンが出かけるところを見つけ、後を追えたのに。ふいに確信した。アドリアンが向かったのは、事件と関係がある場所にちがいない。だが落ちこんでいる場合じゃない。まだこの階を調べ終わってないのだ。

廊下はそこで終わっていた。浴室をのぞくと、また蛇口から水がポタポタと落ちる音がした。蛇口がきちんとしまっていないと、そこから家のエネルギーが洩れていくのだとフリアから聞いたような気がする。あるいは、風水を研究している女友達がそう話していたんだったか。ドベルティは、しまりの悪い蛇口からゆっくりと出血していく家について思いを馳せた。

残っているのは、廊下のつきあたりのドアだけだ。ドベルティは中にはいった。そこは一種の書斎だった。中央に大きな書き物机があり、金属製のコンソールとレールで組み立てられた棚で周囲を囲まれている。ドベルティは書棚を調べた。何巻もあるフランス民法典、複数のファイル、多種多様な書物（犯罪学、馬、絵画、ディケンズ、サルバット百科事典）。机の抽斗も確認したが、ホッチキス、ボールペン、クリップ、糊《のり》といった事務用具しかはいってなかった。

めまいがして、机にもたれかかる。見つけなければならないものに集中しなければ。銃以外にシルバとモイラを結びつける証拠だ。いまのところ、家捜しは徒労に終わっている。隣の家から時ならぬ笑い声が響いてきて、ドベルティはぎくりとした。

かがみこみ、机の下をさっとペンライトで照らしてみた。磨り減った寄せ木張りの床が光った。

一階に戻り、鎧戸の隙間から通りをのぞいた。テーブルに近づき、書類やファイルをもう一度漁《あさ》ったが、興味を引きそうなものはなにも見つからなかった。

ソファに座って目を閉じる。

その瞬間、頭の中でなにかがひらめいた。イメージは一瞬でまた記憶の底にもぐりこんでしまった。この感覚には覚えがある。つい見落としていた、そのときは緊張していたせいでよく吟味しなかった風景の細部。暗い屋内を通ってきた道順を頭の中でたどり直す。一階。キッチン。車庫。洗面所。居間。階段。二階。シルバの部屋。写真。棚……。

ドベルティはソファから弾かれたように立ち上がり、足元も見ずに階段を駆け上がった。シルバの部屋に飛びこんだ拍子に、ベッドの縁に脚をぶつけた。棚にペンライトの光を這わせ、反射する輝きにふたたび目を凝らす。そこに近づく。お目当てのものは陶器の象の横にあった。それを持ち上げて手にのせ、ペンライトで照らした。

「そうだ、ドベルティ。そうだ、ドベルティ。やったぞ、ドベルティ」とささやく。

ついに鎖の輪を見つけた。

知らず知らず、頭がぐらぐらした。早くそこを出て、ファビアンに会いに行きたかった。いや、その前にここから電話をしたほうがいい。ドベルティは必死に自分を落ち着かせようとした。まずはここを出よう。だれかに見つかって、家宅不法侵入で訴えられてはまずい。

見つけたものをポケットにしまい、階段を下りはじめたそのとき、音が聞こえた。間違いない。錠に鍵が差しこまれる音だった。

ルソの計算で日没まであと二十分という頃になって、マーラがテーブルに近づき、二本の蠟燭《ろうそく》に火を灯した。セリアとファビアンは身を寄せあった。マーラは火をつけた蠟燭のまわりを三回まわり、それから目を手で覆った。深呼吸し、唱えはじめる。

「主よ、祝福したまえ、われらが神よ《バルッフ・アター・アドナーイ、エロヘイヌー・メレッフ・ハオラーム》……」

音楽のような言葉だった。ユダヤの食前のお祈りだ。ファビアンには意味はわからなかったが、そのやさしい響きで元気づけられたような気がした。マーラは唱えつづけ、ファビアンは南に旅したときに山で聞いた小川のせせらぎを思い出した。

マーラが目から手を下ろした。

「今日、私たちはとても大切な二人の友人を迎えました。セリアは私の親友で、つらい時を乗り越えました。ファビアンは、セルヒオが最近何年かぶりに再会した愛すべき人です。この蠟燭は二人のために灯しました。そして、リラとモイラのために心からの祈りを捧げます」

ファビアンは人の顔を見るまいとして、正面に目を釘づけにした。こらえきれず涙がこぼれ、頬をゆっくりと伝った。胸がいっぱいだった。ルソはすっかり打ちのめされた様子でうつむいていたが、マーラの手をしっかりと握っていた。

腕にセリアの手が触れたのに気づき、そちらを見ると、穏やかな表情でほほえんでいた。まるで、秘められた世界に君臨する女王のように。親しくなりたいのに、いまのファビアンにはまだ近づくことができない存在だった。

ドベルティは階段の途中で息を止めた。正面玄関のドアが開いて閉まった。アドリアンが帰ってきたのだとばかり思ったが、ドアが開いたときに一瞬戸口にシルエットが浮かび、そのわずか二秒で、いま現れた人物はシルバの息子ではないと悟った。恰幅《かっぷく》のいい男のシルエットで、それがだれにせよ、玄関の合鍵を持っている人間だ。家の管理をまかされているシルバ家の知り合いにちがいない。

物音をたてないように気をつけながら、できるだけ急いで階段を後戻りした。絨毯が役に立った。二階に上がると、廊下の途中で足を止め、階下の灯りがつくのを待ったが、現れたばかりの男はスイッチを入れようとしない。ドベルティは、一階を歩きはじめるゆっくりした足音を聞いた。

カチッという乾いた音がして、階下で懐中電灯が灯った。

やばいな、とドベルティは心の中でつぶやいた。たちまち喉がからからに渇く。

ドベルティのそれより大きくて強力な懐中電灯の光線が階下を舐める。それを握る手の動きに合わせて光のアーチが描かれる。ときどき動きが止まり、なにかを集中的に照らす。ドベルティの体にどっと汗が噴き出した。そして考えた。死んだ警官の家になんの躊躇もなく侵入するこそ泥？ しかも、おれとまったくおなじ日にそうしようと考えるとは？ 玄関は安全錠だが、それを無理にこじ開けた音はしなかった。てこやワイヤーの音ではなく、鍵でスムーズに開いた音だった。男は鍵を使ってはいってきたのに、照明ではなく懐中電灯をつけた。ヒントを考えあわせればわかる。こいつはただの泥棒じゃないぞ、ドベルティ。

光線が階段の始まりの部分に届き、絨毯の花柄の一部が照らされて、懐中電灯を持った男が階段をのぼりはじめた。

ドベルティは右手の壁を手探りしながら後ずさりを始めた。マルコス・シルバの部屋のドアが開いていたので、そこにはいった。さらに壁を伝いながら、物を落としたりつまずいたりしないように気をつけて進む。手が木製のドアに触れた。続きの浴室のドアだ。ゆっくりドアを押して中にはいる。またドアを動かそうとしたが、閉じきらないことがわかった。隙間が数センチあいてしまう。とにかくじっとして、耳を澄ます。

堂々とした足音が二階の廊下を進んでいく。足音は遠のいた。どうやらアドリアンの部屋か書斎にいるらしい。ふいにとても近くで足音が響いた。侵入者がマルコス・シルバの部屋にはいってきたのだ。

懐中電灯の光が浴室のドアの隙間をさっと通過した。足音がシルバの部屋を歩きまわる。止まる。完璧な静寂があたりを支配し、懐中電灯も動かない。突然家具が動かされるような音がした。ベッドだ、とドベルティは当たりをつけた。続いて、なにをしているか判断のつかない物音が聞こえた。ドベルティはゆっくりドアの隙間に近づいた。懐中電灯の光がそこから洩れ出している。彼は向こうをのぞいた。

男はしゃがみ、こちらに背を向けていた。懐中電灯は床に置かれ、光は床を照らして、寄せ木張りにできた四角い穴が見えている。床にある小さな金属製の扉が開いていた。金庫だ。男の手袋をした手が金庫内を探り、書類をいくつか取り出すと、光を当てて読んでいる。手は書類を床に落とし、また金庫の中にはいって小さなファイルを引っぱり出した。出てきたのはお金ではなさそうだ。男はさらに中を引っかきまわし、ようやく目当てのものを発見した。クラフト紙の封筒だ。小さなファイルと書類を金庫につっこみ、扉を閉める。肩からバッグを下ろして封筒をしまうと、立ち上がった。

次にどうするべきか、ドベルティにはわかっていた。男が部屋を出て階段を下りるのを待ち、それから後を追う。簡単ではないだろう。男はきっと玄関から出るだろうし、ドベルティは勝手口から庭に出たあと、プランターを乗り越えて隣の通路に下り、通りに出なければならない。そのときにすでに相手を見失っていては元も子もない。

たとえドベルティがこれをすべて十秒かそれ以内で考えたとしても、男が浴室の入口に近づいてきたことに、やはり気づくのが遅れただろう。

ドベルティはドベルティで後ずさりし、できるだけゆっくりと衝立《ついたて》を動かして、浴槽の中にはいった。そしてまた衝立でこちらを隠した。まさか、完全な暗闇の中でこれだけのことができるとは思いもしなかった。全身をこわばらせ、タイルの壁にへばりつく。つかのまあたりはしんとしていたが、ふいに浴室のドアが音もなく開いた。ドベルティは息を凝らした。懐中電灯の光が衝立を照らした。男はするりと浴室内にはいってきた。ドベルティは待った。便器の蓋が開き、続いてファスナーを下ろす音がした。男は小便をしはじめた。五十センチ向こうで男の呼吸音が聞こえる。気が張っているせいか、おかしくなってきた。浮気相手の夫が帰ってきて、あわてて浴室に隠れる男の冗談があるけど、それを地でいってるよな？

男は小便を終え、体を揺する音、ファスナーを上げる音が続いた。それから鎖が引かれ、水が流れた。一瞬ののち、男は浴室を出た。

ドベルティはまた衝立を動かし、浴槽の縁をまたいで片脚を外に出した。そのときだった。浴槽内に残っていた片脚が滑ったのだ。転ばないようにあわてて両手を振りまわした拍子に、便器の蓋を閉めてしまった。密閉された浴室内で音が反響し、まるでなにかの爆発音のようだった。ドベルティは体を凍りつかせた。

浴室の向こうは静まり返っていた。ドアの隙間から光は見えない。男がそこにいるのがドベルティにはわかった。彼同様、体を硬直させているのだろう。闇は侵入者を触れようにも触れられない空気のような存在に変えてしまったが、ドベルティはほんの三メートル先、いやもっと近くかもしれないところに、幽霊なんかじゃない、血肉を備えた人間がいることを知っていた。

だから、浴室のドアがまた開き、すっかり闇に慣れたドベルティの目が戸口に浮かび上がる侵入者のシルエットをとらえたとき、彼は妙に落ち着いていた。懐中電灯が自分を照らすまえに、ドベルティは告げた。

「静かに。銃を持っている」自分の声の響きが気に入った。「灯りを下に向けろ。その場で」

懐中電灯の光が厚底のブーツを照らした。まるで軍靴だ。軍靴？

「下がれ」ドベルティが言った。

一歩前に進み、ブーツが後退するのを見た。ドベルティは闇の中で右手を持ち上げ、人さし指と親指以外の指を折って、ピストルの形をつくっている。左手はポケットの中でネックレスを握っている。

「そのまま下がれ。廊下に出ろ」

影は廊下に出た。

「次は左だ。左がどっちかわかるな？」ドベルティが言った。

男に続き、光を見失わないようにして廊下に出る。影はゆっくり二、三歩進んだところで足を止めた。

「よく聞け。言っておくが、これは冗談でもなんでもない。金庫から取ったものを床に置け。ごくゆっくりとな」

「それはしたくない」影が答えた。とても低い声だ。ブエノスアイレス人にはない訛りがある。

「おれも引き金は引きたくない」ドベルティは言った。「だが、あんたが言うとおりにしなければ、そうするしかない」

軽いため息が聞こえ、バッグのファスナーが開き、
封筒の紙の音がした。手袋をした手がクラフト紙の封筒を絨毯に置いた。

「下がれ。もっと。もっと」

懐中電灯の光が二メートル後退した。ドベルティは前進し、床の上の封筒を拾った。折りたたんで上着のポケットにつっこむ。

「おまえはだれだ？」闇の中から声が尋ねる。

「サンタクロースだ」ドベルティは答えた。「あんたは？」

「東方の三博士のひとり、メルキオル」

「ホウ‐ホウ‐ホウ」ドベルティは言った。「二人とも季節はずれだな。モイラはどこだ？」

「モイラ？　そんな人間は知らない」

「ふざけるな」

「モイラはもう存在しない」

ドベルティはうなじの毛がぞわっと逆立つのを感じた。同時に手や腕の毛も。

「どこにいる？　彼女になにをした？」

「よりよい場所にいる」

「殺したんだな、カス野郎め」

「おまえとその話をする気はない」

ドベルティはどうしていいかわからなかった。床に伏せさせて縛り上げようかとも思ったが、危険すぎる。銃を持っているふりはここまではうまくいったが、いつまでもつかわからない。もうひとつの浴室にはいらせて閉じこめられれば、時間稼ぎをするあいだに警察を呼ぶこともできる。

「右手にドアがある。開けろ」

「いやだ」声が言った。重みのある、きっぱりした〝いやだ〟だった。「暗室ごっこはもう飽きた」

「ドアを開けろ。さもないと撃つ」

「おまえは銃など持ってない」ブーツが一歩前に踏み

出した。

「おれを怒らせたいのか、くそ野郎。どこをぶち抜いてほしい？　頭か、タマか？」

「撃鉄を起こす音を聞いてない」

「前もって起こしてある」

「嘘だ」

懐中電灯が持ち上がり、光に顔を照らされて、目がくらんだ。ドベルティは壁の絵に手を伸ばし、額縁をつかんで前方に投げた。懐中電灯がそれを払い、絵は床に落ちてガラスが割れる音がした。しかしドベルティはすでに回れ右をし、廊下を走りだしていた。

侵入者が大股で追ってくるのがわかる。このぶんでは、階段を下りきるまえに追いつかれるだろう。居間を見下ろす階段の側面には壁がなかった。ドベルティは向きを変えて手すりを飛び越え、階下に飛び降りた。テーブルの上に着地し、ぶつかって転がった。わき腹と腰に激痛が走ったが、テーブルから転がり落ちてもなんとか立ち上がり、すぐにキッチンに向かって走った。背後でブーツが階段から飛び降り、テーブルをうまく避けて追ってきた。

キッチンを駆け抜けて、薄板のドアにたどりついた。ドアノブを動かしたが一瞬開かなかった。おれは馬鹿か？　また鍵をかけたんだっけ？　いや、ただ閉じただけだ。ドアに体当たりすると、すぐに開いた。ドベルティは庭に出て、プランターのほうに走った。

「火だ！　火だ！　火事だ！」大声で叫び、近所の関心を引こうとした。

腕が首にまわされ、侵入者の体が倒れこんできて、押しつぶされた。ドベルティは相手から必死に逃れようとした。聞き覚えのない音がした。ばね仕掛けの機械？　なにかが開く音だ。ナイフか？　敵の頭を殴ろうとしたが、その力がなかった。

そのときいきなり金属製の長い指がドベルティの顔をつかみ、締めつけはじめた。

結局、夕食のあいだはずっと静かだった。本当の友達はぎこちないひとときを避ける方法を知っている。バルコニーに出て、みんなでコーヒーを飲んだ。寒い夜だったが、夜空は澄み、胸に吸いこむ空気がすがすがしかった。

「安息日には、火も灯りもともさないんじゃないのか?」ファビアンが尋ねた。

「そうね、だからあなたのお友達はラビになれなかったんだと思うわ」マーラが笑いながら答えた。

「それを言うなら、音楽を聴いてもいけないし、ピザも食べられない」ルソが言った。

「なんと言っても、蠟燭をともすところがメインだもの」マーラが言った。「もしおばあちゃん《ボベ》が私のお祈りを聞いたら……」

　ファビアンは満天の星を見上げた。

「それで、一番星は?」と尋ねる。

「一番星が大事なのは過越しの祭り《ペサハ》よ」セリアが答えた。「これだから非ユダヤ人《ゴィス》は困る。なんにも知らないんだから」

「安息日は金曜の日没から始まって、土曜に三番星が出たところで終わるのよ」マーラが説明した。

「オリオン座の三つ星のこと?」ファビアンが尋ねた。

「コーヒーでも飲んで黙ってろ」ルソが告げた。

「セルヒオ、ブラウニーを持ってきてくれない?」マーラが頼んだ。

「ひと晩じゅうおれをこき使うつもりだな?」ルソは立ち上がり、キッチンに行った。すこししてこちらに顔をのぞかせた。

「チュチ、どこにある?」

「まったくもう!」マーラが毒づき、キッチンに向かった。

　ファビアンとセリアは夜空を見ていた。

「楽しいひとときになったかしら?」彼女が尋ねた。

「ええ。たしかにひねくれているけれど、けっこう親しみやすい人だった」

二人は笑いあった。

「で、あなたは？」セリアが尋ねた。「相手をどう思った？　準備万端整えた皮肉で自分の不安をごまかす人間？」

「違うな。泣いているように見える人を一生懸命楽しませようとする人間だ」

セリアはなにも言わなかった。顔を上げて夜空を見上げ、風が髪をなぶるにまかせた。

「いつか、状況が変わって」ファビアンが言った。「朝目覚めたとき、肩の重しがなくなったと思える日が来るかもしれない。もしそうなったらきみに電話して、デートに誘うよ」

「了解。そのとき私の頭の中に住んでる幽霊が消えていたら、誘いを受けるわ」

キッチンから笑い声が聞こえた。

「ほぼ完璧だよ」

「私の場違いな冗談で、居心地の悪い思いをさせなかった？」

「いや、むしろ逆だ」

「あれは身を守るための一種の鎧なの。セルヒオとマーラはときどきあまりにも露骨で……」

「うん、そうだね。ぼくもここに来るまで、ずっとどうしようか悩んでた」

「二人とも、人が思いつめていたりなにかすると、助けなきゃって思うのね。とてもいい人たちだけど、そういうのって、ちょっとね」

「ぼくもそう思う」

「今日は予想と違ったわ。あなたのことは聞いていたの。あなたの身になにが起きたかも。すごく傷ついていて、心を開いておしゃべりしたり、楽しく過ごしたりするのが難しい相手だろうなと思ってた」

「そうでもなかった？」

「ぼくらのこと、忘れてるみたいだ」ファビアンが言った。

「そのほうがいいわ。ブラウニーは太るもの」セリアが答えた。「どうしてさっき星のことを尋ねたの？」

「馬鹿だよな、ぼくも。一番星は願い事だったか、なんだったか」

「馬鹿でもなんでもないわ。ここからは星がたくさん見える。あれ、金星じゃない？」

「でも、星じゃなくて惑星だよ」

「天体には変わりないわ。輝いてるし。たしか、〈宵《よい》の明星《みようじよう》〉っていうんじゃなかった？」

「きみは天文学者じゃなくて、医者だと思ってた」

「いろんな才能があるのよ。あれがあなたの星。願い事をして」

ファビアンは、ベランダから見えるいちばん明るい星に目を向けた。そのきらめきをじっと見つめたが、なにも思いつかなかった。

一時間前、ドベルティもまさにおなじ星を見ていたが、状況はまったく違っていた。

金属の檻《おり》のようなものが、すごい力で顔をしだいに締めつけていく。血が噴き出し、上着やシャツの襟を濡らす。この汚れを洗濯するとしたら、フリアは相当苦労するだろう。

ああ、残念だ。あと一歩だったのに。グリルで殺し屋に遭ったあと、臆病風に吹かれてこの一件を放り出した過去の失点を、やっと挽回《ばんかい》できるところだったのだ。自分にとってもファビアンにとっても、これではあんまりだ。いま鋼鉄の腕で彼を押さえこんでいるこの男は、おれを殺したらすぐにあの書類を取り返すだろう。だが、おれが見つけた物がまだ残っている。ファビアンなら、それを見ればヒントを読み取ってくれるはずだ。やつに持ち去られさえしなければ、チャンスはある。

ドベルティは手をポケットに入れ、それとネックレスをいっしょにつかむと、渾身《こんしん》の力をこめて握った。鋭い新たな痛みがうなじを貫いた。先の尖った細長いものがそこに穴を穿《うが》つ。いまやっと、セシリアの身になにが起きたのか悟った。

信じがたいほどの痛みだった。ドベルティはやっとのことで体を動かし、敵の上に転がりこんだ。男は彼の下になったが、それでも首にまわした腕はゆるめず、いやらしいほどじっくりと、凶器が仕事を終えるのを待っている。

もはや疑問を投げかける時間は残っていなかった。ドベルティの心は別の次元に移り、まなざしは夜空の星に向かった。きらきらと輝き、紫がかった青い光を放っている。あらためてフリアのことを考える。美しいフリア、おれの救世主、おれの人生に意味をあたえてくれた女。いちばん幸せだった年のことを思い出す。彼が仕事で大金をつかみ、彼女が銀行で昇進した年だ。

プンタ・デル・エステのスパ・リゾートホテルに二人で行った。世間にまだ〝スパ〟という言葉がなかった頃だ。古代ローマのような内装の温水プールがあった。ほかにはどこにも行きたくなくて、何時間も泳いだりじゃれあったりして過ごした。水から上がったときのフリアの顔が忘れられない。睫毛についた滴が宝石のようにきらめいていた。フリアのそばかす、完璧な歯並び、幸せをぎゅっとひとつにまとめたような笑顔。

フリアの顔が夜空の星の中に浮かび、永遠の愛に輝いている。

そしてドベルティは歓喜に包まれながら、フリアの顔を追ってその星の奥へと旅立った。そして死んだ。

7

セリアを家まで送ったあと、ファビアンはほとんど灯りの消えた住宅街をゆっくり運転した。自宅のあるブロックに到着すると、エンジンを切り、一時間ただぼうっと木々の上で交差する電線をながめ、こんな時間にもときどき通る通行人の足音を聞いていた。そのあと車を降り、自分のアパートメントに上がった。二LDKという間取りは、ほかにもだれかいっしょに暮らすことになるかもしれないという幻想を維持するためのものだ。とはいえ、ひと部屋はファビアンの仕事場になっていて、五年ごとに買い換えているパソコンと、いまでは人類学的な遺物と化した製図台が置いてある。

ベッドに横になり、心を無にしようとしたが、一度もうまくいったためしがなかった。不眠症との熾烈《しれつ》な戦いを始めたが、結局降参を宣言し、携帯CDプレーヤーをつけてペンギン・カフェ・オーケストラを聴きだした。チームの連中はMP3プレーヤーを買えと言う。彼らは夢中になってインターネット経由で音楽をダウンロードしているが、ファビアンはあまり好きになれなかった。もっと若い頃、レコードの時代には、たとえお金がなくても、ひとつのグループの全作品をこつこつ集めることが最高の楽しみだった。いまはどんなミュージシャンのどんな作品でもあっというまにダウンロードできる。そんなのちっとも面白くない。あまりにも簡単すぎる。ファビアンは徐々に眠りに落ちていった。

いつものように、起きたときには、夢の世界を歩いた記憶はまったく残っていなかった。すでに午後一時だったが、なにも食べるものがなく、かといって外に買いに出かける気にもなれなかった。戸棚の奥に、あることさえ忘れていたスペインパスタ《フィデオ》の箱を見つけた。ソースの材料がなかったので、バターであえた。気の滅入るような食事だったが、二皿もたいらげた。

ふと思い立って、クローゼットからサムソナイト風のスーツケースを引っぱり出し、脇のロックを開け、蓋を持ち上げた。中には写真が詰まっている。山のような写真の中から白い封筒を見つけだした。スーツケースを閉じ、テーブルの上に封筒を置く。中から十三枚の写真を出す。全部十×十二インチの四つ切サイズで、六枚はコーワのフィルムカメラで、残りの七枚はコダックのデジタルカメラで撮ったものだ。品質に大差はないが、ファビアンはいまもフィルムカメラのほうが好きだった。残念ながらフィルムカメラは壊れてしまい、二〇〇三年にデジタルのものを購入した。

十三枚の写真を古い順にテーブルに並べた。最初の一枚はモイラを抱っこしたリラの写真で、横にトックリキワタの木がそびえている。二枚目にはモイラがひとりで写っており、幹に寄りかかって、いやいやカメラのほうを見ている。三枚目のモイラはおなじように木に寄りかかっているが、にっこり笑っている。四枚目では、モイラはしっかりと立ち、楽しそうで、すでにカメラマンと確固たる共犯関係で結ばれている。

その後の九枚の写真に写っているのはトックリキワタだけだ。年月とともに生長したのかどうか、はっきりとはわからない。ファビアンはいつもおなじ場所から写真を撮った。木から三メートルほど離れた、児童公園が始まるコンクリートの縁。幹が太くなっているような気はするが、ほかにはとくに変化はない。おなじ作り物めいた緑色、おなじ背景。ただし、ある年以降は、樹木の背後にそれまではなかった鉄格子と犬は立ち入り禁止と書かれた看板が現れる。最初のうちは写真を撮るのが本当につらかったし、わざわざこんなことをするなんてどうかしていると自分でも思った。

やがて、これは自分を奮い立たせ、悲しいけれどもう痛みは消えたことを確認する儀式だという思いが芽生え、それ以降は毎年頑固に撮りつづけた。

ファビアンは写真をながめ、それぞれ額に入れて、いつも見えるように壁に掛けようと心に決めた。それでもう隠すことも、忘れることもできない。

電話が鳴った。時刻は午後三時。いわく言いがたい胸騒ぎがした。もしかするとセリアかもしれないと思った。おたがい、なにを約束したわけでもなかったのに。

セリアではなかった。警察だった。

第四期

ファビアン・ダヌービオの旅

1

周囲の闇があまりに深く、体がなくなってしまったような気がした。手を持ち上げて、顔に触れる。乱暴にそうしたせいで、痛みが走る。痛みには、ある意味慣れていた。この場所で自分に肉体的な痛みをあたえた者はいままでだれもいないけれど、年月とともに、心の痛みのほうがはるかにつらく、けっして逃れられないものだと知った。

夜だった。夜はいつも終わりが見えない。たぶん外は曇っているのだろう。遠くで輝く星や月の光が窓から洩れてこない。

闇はすべての物を覆い隠した。あるいは、物そのものから、闇は放たれるのかもしれない。でも、たとえ見えなくても、部屋の形はなんとなくわかる。闇には無理にでも慣れるしかなかった。就寝時間のあいだは部屋の灯りをつけてはいけないことになっているから。どんなに灯りのスイッチを押してもつかなかった。部屋の節電のためだとレバは言ったけれど、言い訳にしか聞こえなかった。

暗闇をかき分けて部屋の大扉に近づいても、やっぱり無駄だった。扉にはフクロウとフラミンゴが彫刻してある。踊っているようにも見えるし、ずっと喧嘩をしつづけているようにも見える。開けようとしても、扉は開かないはずだった。ノブを回してもなんの抵抗もない。幸い、いざというときは、部屋と続いている小さな浴室がある。一度、蠟燭とマッチを隠しておいたことがある。でも、信じられないことに、火をつけてみたらすごく臭った。おかげで〈大柱廊〉で二時間過ごすはめになった。もう二度とマッチも蠟燭も持ってくるつもりはない。

もちろんそうして閉じこめられるのは、安全のため、保護のためだとわかっている。すべてをきちんと管理するのに、投薬の必要があるからだ。自分では認めたくなかったけれど、結局のところ命を救ってくれたのは彼らだし、彼らは毎日そうして危険から守りつづけてくれている。

それでも、安全とはいえ、あきらめ半分で部屋にこうして閉じこめられていると、近頃はときどきじっとしていられなくなる。じつは散歩に出る方法を見つけたのだ。今夜は濃い闇に閉ざされているけれど、やはり出かけたかった。

まず浴室の小さなドアまで歩く。ベッドからそこまでなんにもさわらず、つまずきもせずに行くことができる。その部屋についてはどんなに細かいことでも全部頭の中に刻みこまれているので、昼日中にいるかのようにまわりになにがあるか感知できた。ドアを開ける。ドアは完全な四角形ではなく、上の部分が斜めに切り取られている。つまり、浴室の上が階段になっているのだ。どこにいく階段か見当もつかないけれど。

そして、中にはいってドアを閉める。浴室は大嫌いだった。そこはとんでもなく寒いし、すごく狭いし、薬の臭いで頭がくらくらする。床は黒い大理石で、痛いほど冷たい。便器、イオニア式の柱頭を備えた支柱を持つ洗面台、使い古された鏡付きの細長い薬戸棚、シャワースペース。シャワーの鉄製の水受けは、一辺が六十センチ、縁の高さが三十センチぐらいの大きさだ。一生懸命に記憶をたぐると、普通の浴槽で体を洗ったこともあったような気がする。遊ぶスペースもあり、お湯にゆっくり浸かることもできる、ちゃんとしたお風呂で。

手の力は弱いけれど、シャワーの水受けにその手を置いて押し、ゆっくりずらしていく。すこしずつ動かすうちに、下におりられるだけの穴があく。仰向けになったあと後ろへと体を滑らせ、ゆるゆると穴の中にはいっていく。それをすべて真っ暗闇の中で進める。一メートル半ぐらい下りたところで、水受けを頭上に動かし、元の位置に戻す。たぶんそんなことをしても無駄だとは思う。もしだれかが部屋にはいってきて、わたしがいないと知ったら、もう二度とこの秘密の通路を使うことはできなくなるだろう。排水管を踏まないようにしながらかがみ、トンネルにはいっていく。一メートルほど行ったところに段差があり、そこから天井が高くなって、しゃがむ必要がなくなる。左手にくぼみがあって、そこに蠟燭が置いてある。手探りで、ときどき台所から一本ずつ盗んでくるマッチと、ゴミバケツから拾ってきた紙やすりの切れ端を見つける。マッチを擦って火がつくと、蠟燭の芯にその火を移す。小さな光がトンネルの壁や天井を照らす。太い木の梁で補強してあるのがわかる。床の中央を排水管が通っていて、それは数メートル先にある三十センチ四方の穴に通じている。その穴には、ひどい臭いのする鉄製の太い管も合流している。この管を通って、トイレの水とともに便器の中身が運ばれてくるのだ。それは底知れない穴に注ぎこむ。とはいえその穴に落ちる危険はまずない。狭すぎて体ははいらないから。でも初めてそこに来たとき、マッチの火しか灯りがなかったので穴が見えず、脚をつっこんでしまった。ものすごくあわてた。

この通路を見つけたのは二年前だ。レバに出された宿題を部屋でしていた。消灯時間まであと一時間あった。そのとき、背中がすうすうするようなごくわずかな風を感じた。部屋の扉の下から来るのだとばかり思って、指のあいだに感じるその冷たい風を追っていくと、浴室のドアにたどりついた。風は間違いなくシャワーの水受けの下から流れてくる。その水受けと黒い大理石の合わせ目に指を滑らせたとき、ここだとわかった。水受けをつかんでずらしてみると、驚いたことに、二十センチほど動いて、床に穴が現れた。残りは自分を励ましながら最後まで開けきった。最初のときはマッチ一本と紙やすりの切れ端を持って下りたけれど、半分までしか行けなかった。穴に脚をつっこむアクシデントが起きて、マッチの火が消えてしまったからだ。しかたなく入口まで引き返して通路から出た。その夜はもうはいるのをやめて、翌晩また試してみた。二度目はマッチを二本持っていった。二本で足りたかどうかはわからない。というのも、一本目に火をつけたとき、くぼみに蠟燭があるのに気づいたから。そして、その通路がとても古いものだと知った。なにしろその蠟燭は蜜蠟でできたものではあったけれど、いままで見たことがないようなタイプで、普通よりずっと太かったし、色も黒っぽかった。時とともにエネルギーが抜け出てしまったかのように、芯になかなか火がつかなかった。やっと火がともると、その場所をもっと探検する余裕ができ、通路の終わりまで行ってみた。

いまではトンネルのすべてが頭に刻みこまれている。灯りがなくても大丈夫なくらいだけれど、進んでいる場所が見えたほうがやはり安心できる。ときどき、なにかを引きずるようなひそやかだがぞっとする音が聞こえ、灯りでそちらを照らすと、壁に沿ってテンジクネズミやハツカネズミが歩いているのを見かける。幸い、蛇にはまだお目にかかったことはない。

さらに先に進む。でもトンネルは、ほかの人たちがいるかもしれないこの家のいろいろな部屋の下を通っているので、注意が必要だ。トンネルは初めはしばらくくだっていくけれど、やがてのぼり坂になり、右のほうに逸れていき、十メートルほどいったところで曲がり角にぶつかる。蠟燭を消して床に置き、鉄格子の出口にそっと近づく。鉄格子越しに、温室を見る。いつものように光り輝いている。乳白色のその光で、温室の全体像がわかる。息を凝らしてしばらく待ち、温室の周囲を人が歩いていないか、その中に人がいないか、確かめる。動きはない。心を決めて、鉄格子を留めている二つの蝶番を動かし、鉄格子を脇にずらすと、トンネルから出た。鉄格子を元に戻す。蝶番がきちんとはまっていたときには、こちら側から鉄格子を動かすことはできなかった。それにそこはもともと上からふさがれていて、トンネルの存在は隠されていた。とはいえ、たとえ鉄格子が見つかったとしても、このアシエンダに無数にある通気口のひとつだとしか思われなかっただろう。このアシエンダに昔住んでいただれかだけが、この通路の存在を知っていた。でもそのだれかは遠い昔に死に、秘密をいっしょに墓の中に持っていってしまったのだ。

万が一のために、鉄格子の近くにしばらく留まる。やがて温室のほうに歩きはじめる。いまそこにある植物は自力で生き延びられたものだけで、多くはそれができずに枯れてしまっていた。長い花壇には植物の残骸しかなく、無数に並ぶ植木鉢には緑色のものはなにも見当たらないけれど、執念深い生命力を持つ一部の植物は好き勝手に生長して野生の姿を取り戻し、怪物みたいに大きくなったもの、どこかなまめかしくアンバランスな形に伸び放題になったもの、その場を独占しているものもある。いまや温室は、とっくに人の手を忘れた熱帯雨林と化していた。暗い湿気があたりに漂い、呼吸すると肺を刺激する。まるですべてが古い水槽にはいっているような感じ。

温室は奥行き二十五メートル幅八メートルほどの建物で、パイプを半分にしたような丸天井をしており、アシエンダの中心区域から五十メートルぐらい離れた場所にある。ガラスと鉄筋でできているのだけれど、鉄筋は有機物のようによじれ、そこに這う灌木《かんぼく》の枝々と絡みあい、ほとんど一体化していて、どこまでが植物でどこまでが鉄筋か見分けがつかないほどだ。夜中のこんな時間には、全体がガラスと植物のトンネルのように見える。中にいると、まるで巨大な昆虫の化石の内側か、結晶化したクジラの巨大な胃の中のように思える。

コンクリート製の噴水に近づく。中央にはひびだらけの妖精の像が立っている。緑色の水に動きはなく、水面がボウフラかオタマジャクシのせいでかすかにざわめいている。縁から水をのぞきこむ。想像してみる。暗く反射する水面は魔法使いの鏡で、見ると、川の向こうからやってきた勇敢な王子の顔がそこにあり、わたしを冒険に連れ出してくれるのだ。

でも水面には、自分の顔以外に映っているものなどない。切れ長の目に濃い茶色の瞳。ほんのすこし垂れ目気味なので、どことなく懐かしい感じがする顔だ。カシルダ。かつてモイラと呼ばれていた少女。緑の水に手の甲を浸しながら、そっとため息をついた。

車で移動したときのことを、彼女はかすかに覚えていた。

彼はひと言もしゃべらなかった。彼女はブエノスアイレスを後にしてからずっと泣きどおしだったが、彼が無関心な様子でそれを放っておくことが、叱られたり、黙らせるためになにかされたりするよりはるかに恐ろしかった。料金所に着いたときだけ、彼は彼女を見て、静かにしていろと言った。ブースの中の女は、軽トラックの中を見もせずにお金を受け取り、彼はほっとしたようだった。彼女はまた泣きだした。彼は彼女を見て、移動のあいだ二度目にして最後の言葉を発した。

「もっといい暮らしができる」

彼は目の前の道路を見据えたままそう言った。

その後のことはいろいろ覚えている。たくさんの木、のぼり坂の道。船の下で音をたてて動く川の水。足に揺れを感じながら闇の中で船を降りたこと。自分の手を握っただれかの手。濃い茶色の顔にはめこまれたみたいに見えた黒い目。四十歳かもしれないし八十歳かもしれない女の顔。

「これから背が高くなるよ」それが、女が口にした最初の言葉だった。それから女は彼女を闇の奥へと案内し、ドアを開けて閉め、やがて彼女のものとなる部屋にはいった。

寝る準備が整ったベッドがひとつあり、女はダークウッドの大きな洋服簞笥を開けて、ずらりと並ぶ彼女のための服を見せた。どれも着古され、色褪せていたが、清潔だった。女は彼女にパジャマをあたえ、着替えを手伝った。彼女がベッドにはいるのを待ち、シーツと毛布を掛けて、それまでは見えないところにあった椅子をベッド脇に持ってくると、腰を下ろし、彼女を見た。彼女はお腹が空いて死にそうだと言いたくて、女を見返したが、結局言わなかった。お話を読んでとかそういうこともお願いしなかった。まだ四歳だったけれど、ここは子供を寝かしつけるのにお話を読んだりしない場所だということは完璧にわかっていた。

四十歳か八十歳の女は膝の上で手を組み、そのまま座っていた。彼女は移動でひどく疲れていたので、お腹は空いていたけれど、眠ってしまった。

朝、目が覚めると、ベッドの横にミルクとマーマレードつきのトーストがのったお盆があった。彼女はほんの数秒で全部たいらげた。

ベッドから出る元気がなくて、いまは日光に照らされて明るい部屋の中をただながめていた。またわっと泣きだしたくなったとき、女が現れた。近づいてきた女は、すぐに小便の臭いに気づいた。彼女をベッドから引っぱり出すと、いっしょに浴室に行った。裸にし、シャワーの蛇口を開け、お湯が出るまで待ち、彼女を飛沫《しぶき》の下に入れた。石鹼を渡して、洗いなさいと告げた。彼女が体をきれいにするあいだ、女は浴室を出た。洗い終わり、蛇口を閉めた。ハンガーからタオルを取り、体を拭いた。浴室を出ると、ベッドのマットレスが消えていて、椅子に彼女のために選ばれた服が置いてあった。変な服だったから着るのに苦労したけれど、なんとか着替えをすませた。

女がまた現れ、彼女を部屋から連れ出した。とても広い廊下を通っていく。あんまり広いので、お城の廊下みたいに見えた。背が高くて細長い窓がいくつもあり、とても高い柱が並ぶ柱廊（のちにそれが〈大柱廊〉だと知った）が見えた。さらにその向こうには緑色の土地が続き、それはだらだらとくだって生垣にぶつかる。

広い廊下が終わると、たくさんの家具が置かれた広い部屋にはいった。とても大きなテーブルが置かれていて、ぴかぴかに磨かれたその天板の上でスケートだってできそうに思えた。アーケードの下をくぐりぬけ（頭を上げると、数えきれないほどの剣が壁に飾ってあり、いまにも自分の上に落ちてきそうだった）、肘掛け椅子やソファがたくさんある別の部屋に出た。大きな窓があって、そこから見える空はまるで絵に描いたみたいに真っ青だった。その窓の近くにさっきのものより小さめのテーブルがあり、彼女をその場所に連れてきた男がスツールに座っていた。

レバが彼女を男のほうに連れていき、横に立った彼女のうなじを素の手が撫でた。よく眠れたかと男が訊いた。パパとママはと彼女が尋ねると、それについてはもう答えたと言った。彼女には意味がわからず、また泣きだした。そのとき自分が抱き上げられ、外に連れていかれたことに気づいた。いままで見たこともない風景を目にして、彼女はいきなり泣きやんだ。

屋敷は丘の上に建てられているにちがいない。どこを見回しても、緑の毛布に覆われていた。屋敷は、まるで緑色の波が固まってできた海の真ん中に浮かぶ船みたいだった。男は彼女を抱いたまま、周囲に広がるパノラマが全部見えるように、ぐるりとひと回りした。ありとあらゆる木々があり、塔のように高いヤシの木が、それより低い木々の中でぽつんぽつんと際立っている。青空からわめき声が聞こえてきて、上を見ると、とても高いところで巨大な鳥たちが輪を描き、対決でもしているのか、たがいに交差するように空を滑っている。視線を下ろすと、曲がりくねった太い川のリボンが遠くに見えた。水の色は茶色で、川岸のあたりが血のように赤い。あんな赤は見たことがなかった。何年かのちに、厨房で細切れになった牛の肝臓を見かけたが、あの赤にそこで再会した。

彼はそのままもうすこし彼女を抱いていたが、やがて下ろした。そしてなにも言わずに肩に手を置いた。娘は、男のもう片方の手に奇妙な器具があるのに気づいた。色は黄色というか、光らない金色だ。服を干すときに使う洗濯バサミみたいだったが、もっと大きくて複雑だった。指の一本一本でその洗濯バサミに力を入れていくと、ちいさなきしみを洩らしてそれが開いた。

女が彼らに近づいてきた。男は彼女の肩に手をのせた。

「この女の人はレバという。私はイバーンだ」

彼は娘の頬を撫で、家にはいっていった。その日はもう彼の姿を見なかった。

レバは、彼女がアシエンダのどこに行くにもくっついてきて、片時もそばを離れなかった。ときどき川を航行する小さなはしけ船が見えたけれど、合図をしたりするには遠すぎた。そうするうちに初めて温室を目にし、そこから川に向かって歩いていくと突然崖が現れて、行き止まりになることを知った。土地が広すぎて、すぐに全部を知りつくすことはできなかったけれど、いちばん気になったのは彫刻の数々だった。家の中、外、木立の中、土手の道、とにかくありとあらゆる場所にあった。題材もいろいろだった。男、女、動物まで。あとで知ったことだけれど、神様の像もあって、どれがだれかレバが教えてくれた。屋敷のミニチュア彫刻まであり、柱廊やフランス瓦の屋根など細かいところまで再現されていた。それらの大部分をつくったのがイバーンだと知ったのは、すこししてからだ。屋敷から離れた、崖に続く道のところに、ヤナギの木々で隠れた工房があった。

彼女はすっかり圧倒されて、夜になると疲れ果ててしまった。レバはまたベッドのそばに座り、彼女が眠るまで見守った。ポケットから小瓶を出し、小さなスプーンに琥珀《こはく》色の液体を注いだ。口を開けてと言い、彼女がそうすると、スプーンが差し入れられた。液体はお砂糖の味がして、けっしてまずくはなかった。また病気にならないようにするお薬だよ、とレバは説明した。その病気のせいで、イバーンはおまえさんをこの場所に連れてこなければならなくなったんだ。ここの気候は体にいいからね。薬は毎晩飲まなければだめだよ。でもそうすればきっとよくなる。

彼女は両親のことを思い出して泣いたが、レバが彼女をなだめた。けっして体に触れず、視線と言葉だけで。彼女は眠りについたけれど、やがて夜中に目を覚ました。おねしょをしたシーツの上で。彼女は部屋にひとりきりだった。ベッドを出て服を着替えたかったけれど、怖かった。大声でママを呼んだのに、現れたのはレバだった。彼女は泣きながら、あんたはやだ、ママとパパがいいとわめいた。レバは彼女をベッドから出し、元の服に着替えさせ、なにも言わずに戸口まで連れていくと、廊下に出てそのまま進んだ。床がひどく冷たくて、彼女はめそめそ泣きだした。レバは廊下の窓のひとつに近づいて開けた。彼女をその向こうに連れ出した。そこは太い柱の並ぶ柱廊だった。床に座ってそのまま動くなとレバは言った。夏なのに冷たい風。夜の主《ぬし》だ。レバは戸を閉め、家の中にはいってしまった。彼女は震えだし、たちまち凍えた。レバが中にはいっていった戸を開けようとしたが、鍵がかかっていた。ほかのドアも試したけれど、どれも開かない。寒さは耐えがたく、体がひりひりした。泣く気にもなれなかった。夜空になにかが飛んでいるのが見えた。きっと蝙蝠《こうもり》だろう。とても大きなのが二匹、喧嘩しあっている。昼間に見た鳥の夜バージョンだ。でも啼《な》き声は聞こえず、静かな空中戦だ。そのうちほかの音が聞こえてきて、息ができないほど怖くなった。このまま ここで死ぬんだと思ったけれど、やがて扉が開いて、レバが戻ってきた。こうして彼女は〈大柱廊〉を知った。それからもたびたびそこに閉じこめられることになる。

二人は体を触れあわせることなく部屋に戻った。レバはすでにシーツを交換し、乾いたパジャマも置いてあった。彼女はそれに着替え、ベッドにはいった。しばらく震えていたが、やがて体に温もりが戻り、足や手の感覚も甦った。レバは椅子に座って彼女を見ていたが、おもむろに話しはじめた。

「その人たちのことを二度と口にしちゃいけない。あんたの名前はもうモイラじゃない。これからはカシルダだ。〝この子は踊りをおどる〟と紹介したいそうだ。言ってごらん」

彼女は言った。

暖かな毛布にくるまって、うとうとしはじめた。レバの顔がぼやけていき、彼女の頭をシルエットにするオーラみたいな背後の光だけが目に映る。部屋のドアの上から洩れてくる光だ。

カシルダは眠りについた。それを最後に二度とおねしょはしなかった。

翌朝目が覚めたとき、シーツは濡れていなかった。ナイトテーブルの上に、踊りをおどる少女をかたどった、十五センチぐらいの小さな彫像を見つけた。両腕を上げ、脚を曲げて、つま先をきちんとしたポジションに置いている。金色に輝くその彫像は、まるで奇跡のようだった。

踊りをおどる少女は顔を手に入れた。

二年後、彼女はもう昔の名前を思い出しもしなかったし、両親のことはときどき記憶に甦るものの、そのたびに薄れていくぼんやりしたこだまでしかなくなった。そしてアシエンダのことを、その世界でのふるまい方を学んだ。八歳のとき、初めて川を歩いて渡った。九歳のとき、最初のクサリヘビを殺した。十歳のとき、初めて猟銃を撃ち、アシエンダの働き手のひとりラウタロよりうまく的に命中させた。川の岸辺を走り、崖に注意し、温室の中で遊び、ときにはイバーンが工房に入れてくれることもあった。でも熱した金属の臭いで気分が悪くなった。一度、金色の庭にも連れていってもらったことがあったけれど、見たとたん怖くなった。彼にそう気づかれないように気をつけたとはいえ、もう二度と金色の庭には近づきたくなかった。それより川のほうが好きだった。いまではもう自分の手でウナギを獲ることもできる。

レバが読み書きを教え、本をあたえてくれた。でも彼女がどこからそれを持ってきたかはわからない。アシエンダにはどこにも書庫がなかったからだ。十二歳になると、このあたりではいちばん大きな町パラナの学校に行きはじめた。毎日ラウタロが彼女をボートに乗せ、下船したあとは学校まで付き添った。この一年で、友達と言えそうな子が何人かできたけれど、それでも彼女は相変わらず、川の上流のアシエンダから通う〝変わり種〟として扱われていた。よその家に遊びに行ったことも二度あったが、自分の家に人を招いたことは一度もない。

友達を家によびたいと頼んでも、くり返しイバーンにだめだと言われ、自分はやはり囚われの身なのだと理解しはじめた。でももう遅すぎる。逃げようと考えたこともあるにはあった。知らない世界を見てみたい、そして薬から逃げたい、ただその一心で。でも、考えることさえ無理だとわかった。だからこうして閉じた囲い場の中でいまも暮らしながら、よその土地を知りたいという手の届かない夢を見、川向こうにある魔法の世界を空想した。忘却の彼方にある過去のことは思い出しもせずに。

温室の近くをだれかが歩いている。噴水の水をながめているうちにはいりこんでいた夢の世界から、すこしずつ現実に戻りだす。身をかがめ、急いでガラスの壁から遠ざかる。レバの予言は当たった。彼女は歳の割には背が高いので、だれかに見られてはまずいと思ったのだ。鉄格子の蓋に近づき、シダの陰にじっと隠れた。そう、声も聞こえてきた。すぐにひとりはイバーンだとわかったが、もうひとりは知らない男の声だった。鉄格子の蓋を開け、トンネルに引っこんだ。灯りをつけたが、鉄格子から光が洩れてしまい、後ずさりするしかなくなる。しばらく身を潜めていたが、また鉄格子に近づいて外をのぞいた。

温室の反対側の端で、イバーンがもうひとりの男と話をしている。男はイバーンよりずっと若そうに見える。ここ何年かのあいだ、このアシエンダで知らない人を見るのは初めてだった。若者は肌が褐色で、イバーンより背が低く、つまり百八十センチ未満ということだ。二人は向かいあって立っており、イバーンは腕組みをし、見知らぬ若者は両手をポケットにつっこんでいる。話の内容まではわからなかったが、ところどころ言葉が洩れ聞こえてくる。「おれには関係ない」と若者が言うのが聞こえた。「おまえの父親」イバーンの声だ。しばらくしてまたイバーンが「馬鹿にするのもいいかげんにしろ」と言い、また若者の声がした。

「しかたないだろう?」

彼女は立ち去ろうとした。理解もできなければ興味もない会話のために危険を冒すなんて馬鹿げている。若者が、彼女が隠れているほうに向かって歩きだした。

場所を点検するように四方を見回しているが、人を小馬鹿にしたような表情をしている。電球の灯りのせいで温室が色のない極地の建物のように見え、緑がすべて灰色に変わっている。若者は歩きつづけ、イバーンがそれを追いかけている。彼女はトンネルの中で、顔がよく見えるようにもっと近くに来てくれればいいのにと思いながら待った。

若者の顔が、金属の仮面に変化した。

彼女はあやうく悲鳴をあげそうになり、こぶしに握った手をあわてて口に押し当てた。あんまり乱暴に口をふさいだので、手が唇にぶつかり、切れて血が流れだした。若者はよろめき、叫ぼうとしたが、口から洩れてきたのは長々と続く動物のうなり声のようなうめきだった。ありえないような声だったから、余計に恐ろしかった。若者は四つん這いになったが、それでも彼女が隠れている正面のほうをずっと見据えている。手で首に触れようとするが、うまくいかない。崩れ落ちようとしているマリオネットみたいだった。彼女は、イバーンが若者の横で立ち止まり、頭の上に手を置くのを見た。学校で見た、聖職者が信者に祝福をあたえる絵を思い出す。二人の姿勢はその絵とまったくおなじだった。若者はいまや激しく痙攣している。イバーンは、親切心でそうしているかのように、若者の頭を手で支えている。若者の顔から血が滴り、シャツを汚した。ふたたび手足をじたばたさせ、ふいに後ろに向かって体を弓なりにした。顔は上を向いていたが、その目はなにも見ていなかった。その恰好で硬直し、いきなりぐしゃりと崩れ落ちた。体の中の糸が突然切れたかのように。ずっと続いていたうめき声も止まり、地面にただ倒れている。

イバーンは若者の動かない体を一分ほどながめていたが、やがてしゃがみこんだ。仰向けにして、コートとズボンのポケットの中身を出しはじめる。財布、鍵束。そして内ポケットから見つかったのは、黒い小型のピストルのように見えた。

彼女はじっとしたまま、いま目の前で起きたことを咀嚼した。後ずさりしようとしたが、よろめいた。音はたてなかったはずなのに、イバーンが顔を上げ、鉄格子を隠すシダのほうを見た。彼女の心臓が二秒ほど止まった。イバーンは前方をにらみ、温室の灰色がかった白い光が照らす空間を見透かした。やがてうつむき、また作業を再開した。

彼女はゆっくり動きだした。さらに後ずさり、曲がり角を曲がったところで、鉄格子の蓋と温室の光が視界から消えた。もう数メートルは這って進み、そのあと歩きはじめ、やがてトンネルの闇の中を走った。シャワーの水受けの下から外に出て、急いでそれを元に戻した。暗い中で足を洗い、土がついているかもしれないほかの場所も洗い流した。もし跡が残っていたら、明日の朝きれいにしなければならない。幸い、レバはもう部屋にはいってこない。ベッドにはいり、さっき見たことを、それが意味することを考えまいとした。

なかなか眠れなかった。

彼女は夢を見た。部屋の木製のドアに彫られたフクロウたちが命を得て、彼女のベッドまで飛んでくる。どのフクロウも金属の仮面をかぶり、頭から血を流していて、死んだ若者のようになっていた。

2

ファビアンは、ときどきパチパチッと優柔不断について消えたりする蛍光灯に目を走らせた。部屋は小さく、壁は薄汚れた白で、テーブルがひとつに椅子が四脚、金属製のファイルキャビネット、汚れた窓がひとつある。窓は開いていて、三つの壁が見え、絶え間なくエアコンの音が響いてくる。裁判所の中心部から直接聞こえてくる音だ。

そこにたどりつけたのは、レボイラ検事が付き添ってくれたからだ。まずエレベーターでのぼり、曲がりくねった廊下を進み、階段を上がり、雨ざらしのベランダに出ると、そのあとまた別の廊下にはいった。

この数年間でエステバン・レボイラ検事はだいぶ太り、心臓のバイパス手術をみごとに乗り越えた。そんな不慮の出来事も、彼の持ち前のスマートさを損なうことはなかった。今日は服装にありとあらゆる茶色のグラデーションを選び、ファン・ゴッホその人に色の組み合わせを提案さえできそうな、色彩サンプルさながらだった。ラミロ・ベルトラン刑事は、何年も前にファビアンが初めて会ったときとおなじように、ほとんど真っ白な髪を短く刈りこんでいる。ドベルティの死に関する調書を開き、書いてある文章を、用紙から一センチほど浮かせたボールペンを滑らせるようにしてたどっていたが、目を上げてファビアンに新たな質問をするたび、ボールペンが止まった。初めのうち、会話はほとんど世間話だったが、ベルトランが調書を開いたとたん、それは取調べに変わった。

「ドベルティと最後に接触したのはいつ？」ベルトランが尋ねた。

「八月八日金曜日です。電話で話をしました」

「なぜそんなに正確に覚えてるんだ?」

「ちょうどその日、友人の家で食事をすることになっていたんです」

「どんな話をした?」

「友人たちと?」

「ドベルティとだ」

「サッカーとお天気の話を」

ベルトランは四回まばたきをした。

「それだけ? シルバについては話さなかった?」

「話してません」

ベルトランは調書のページをめくった。もう一ページめくった。レボイラ検事の携帯電話から鐘の音が鳴り、彼がすぐに止めた。

「失礼」検事は言った。

「ドベルティの妻フリア・タジャリデは、その日ドベルティが電話であんたに、どこかの場所にはいらないとかなんとか話していたと証言している」

「なんのことかわかりません」

「午後四時二十分の電話だよ」

「電話のことは覚えてます。でも、どこかにはいるなんて話してません」

ベルトランは調書のファイルの中から封筒を出して開け、ファビアンのほうに向かって机の上に放った。それは扇状に広がった。最初の一枚にはドベルティの遺体が写っていた。ファビアンは胃が引っくり返りそうになったが、その奥から怒りがこみ上げてきた。

「なにがしたいんだ?」彼はベルトランに言った。

「ぼくに真実を白状させるためのプレッシャー? ドベルティがなぜあの家にいたかぼくは知らないと、二十回は言っているはずだ」

「あんたの友人が、すくなくとも間接的にはあんたの事件と関係していた警官の家で遺体となって発見されたばかりか、一九九九年四月二十日にセシリア・アロージョが殺害されたときとじつによく似た方法で殺されたということは、非常に暗示的だと思うがね」

「ドベルティのうなじにはとても鋭利な刃物で刺された痕があった」レボイラ検事が付け加えた。「それは脊髄《せきずい》を貫いていた。どうやらペルー娘もおなじ方法で殺害され、その後銃弾を撃ちこまれたようです」

「ドベルティの言うことに、あんたたちがちゃんと耳を傾けてくれていたら……」ファビアンが言った。

「なあ、ダヌービオ、知ってることを話してくれ」ベルトランが言った。「これがあんたの事件を解決するきっかけになるかもしれないんだ。娘さんの身になにがあったのか、知りたくないのか？」

「もちろん知りたいよ」ファビアンが言った。「でも、ドベルティがなにをしたかったのか、ぼくは本当に知らないんだ。彼がなにを企んでいたかも」

「シルバに会ったのはいつ？」レボイラ検事が尋ねた。

「五月だったと思います」

「なにを話した？」

「警察の無能ぶりについて」ファビアンは答えた。

「アドリアン・シルバについてなにを知ってる？」ベルトラン刑事が尋ねた。

「なにも知らないよ。会ったことさえない。本人を直接調べるのが筋じゃないのか？　そいつの家で人がひとり殺されたんだから」

ベルトランは机をボールペンでこつこつたたいた。

「アドリアン・シルバは一週間以上家に帰ってない。最後にその姿が見かけられたのは八月六日だ。母親がすでに捜索願を出している」

レボイラ検事がネクタイの皺を伸ばした。

「この件でわれわれがどんな騒動に巻きこまれているか、わかりますか？　連邦警察の優秀な警官が名誉とともに埋葬されたばかりだというのに、荼毘《だび》に付されたその遺灰が冷めもしないうちに、当人の自宅で人が死に、息子が行方不明になった。幸い、殺害の細かい状況や顔の傷だのなんだのといった検死情報については表に出ていません。それなのに、ブエノスアイレスでいちばんアホな新聞記者でさえ、この件をモイラの一件と結びつけた。ドベルティの話題で新聞各紙は持ちきりです。インターネットときた日には、ちょっと中にはいっただけでいくらでも記事が見つかる」

「裏になにかもっとあるんだろう」ファビアンがいった。「どうしてこの件がモイラの事件と結びつけられると困るんですか?」

「いまはまだ望ましくない」レボイラ検事が言った。

「せめて、もっとはっきりした証拠が見つかるまでは」

「シルバをできるだけこの事件から遠ざけたいらしいですね。シルバは何者なんです? アルゼンチン独立の父ホセ・デ・サン＝マルティンですか?」

「いや、サン＝マルティンではない」ベルトラン刑事が言った。「独立戦争の勇者カブラル軍曹でもないと思う。だが組織にとってとても有用な人物だった。だから確かな証拠があがるまで、彼の名を汚すわけにはいかないんだ」

ベルトラン刑事は調書のファイルから別の写真を出した。それをファビアンのほうへとテーブル上を滑らせた。

「これに見覚えは?」と尋ねる。

ファビアンは写真を見た。たしかに見覚えはあった。だが驚いたことに、どこで見たのか思い出せない。

それは蜘蛛の巣の中央にいる蜘蛛をかたどった金色の置物だった。たぶん金かブロンズ製だろう。巣の縁は八角形をしている。

「ドベルティの手の中にこれがあったんです」レボイラ検事が言った。「指を開いて取り出すのに、ペンチを使わなければならなかった」

「記憶にないか?」ベルトランが尋ねた。

ファビアンは首を横に振った。彼は言葉をすべて呑みこんだ。裁判所に来るまえに、この件については心を決めた――おまえら全員クソ食らえ。これからはすべてぼくひとりでやる。

3

ファビアンは、ドベルティの通夜《ベラトリオ》のときにフリアと初めて顔を合わせた。悲痛な表情をしていたが、とても美しい女性だということはわかった。ドベルティは妻の話をするときずいぶん謙遜していたのだと思う。遺体安置所には大勢の人が参列していた。ドベルティは人に慕われ、大勢の人々を助けたのだとわかった。そんな価値のないような連中も含めて。自分はその連中のひとりなのだろうかとファビアンは自分の胸に尋ねた。

通夜のあいだ、彼女はファビアンのそばにいた。埋葬はされなかった。ドベルティの遺体は警察に保管されていたからだ。遺体を荼毘に付し、遺灰を彼女とドベルティしか知らない場所に納めるのは、もうすこし先になるだろう。

バローロ宮殿の事務所のドアを開けてくれたとき、フリアは以前よりいい状態に見えた。物腰に落ち着きが見え、それが目のまわりの皺にブレーキをかけている。

「ここにあるものみんな、どうしていいかわからなくて」

「すこし休んで、それから考えたほうがいいですよ」

二人はドベルティの事務所にいた。これまで以上に、けっして来るはずのない新しい座員を待つばらばらになったサーカス一座のように見えた。フリアはあたりを見回し、その視線は、ドベルティの世界を構成する物言わぬ無数の品物たちの中心に立つ甲冑で止まった。

「鶏はどこかしら?」と尋ねる。

「さあ」ファビアンは言った。

それに答えるかのように、猫のサンフリアンがデスクの上で背中を弓なりにした。

「とうとうあいつを手に入れたのかも」ファビアンがあたりをつけた。

フリアは物置のドアに近づいて開けた。百ワットの電球が室内をこうこうと照らした。さまざまな高さの箱が幾段にも重ねられ、まるで都市の巨大模型のようだ。物置はファビアンが思っていたより広かっただけでなく、奥が九十度の角度で折れており、どこか知らない場所へと伸びていた。フリアはオフィスに面した壁に近づき、四角い小窓のようなものを開けた。

「これ、知ってました?」ファビアンに尋ねる。

ファビアンも近づいた。開いた小窓の向こうを見ると、ガラス越しにオフィス内が見渡せた。物置を出て、向こう側を調べる。小窓は山の景色が描かれた絵の背後に隠れていて、見えないようになっている。フリアが説明した。

「いつもあの人は、室内にある物を動かしてみろとクライアントに言って、それを言い当てていた。でもじつは、動かしているところをここから見ていたんです。だまされやすい相手を感心させるためのマジックよ。あなたもやられた？」

ファビアンはすこし考えた。

「いいえ」彼は嘘をついた。

「あの人は本物のマジシャンだった。私たちが知りあったときも、警官時代の危険な任務についてあれこれ話し、私の関心を引いた。本当の話もあったのかもしれないし、なかったのかもしれない。でも……それがなに？　あの人と暮らせて、ほかのだれよりも幸せだった」

フリアは小窓を閉めた。

ファビアンは倉庫の奥に進み、角を曲がった。するとそこに、きちんと整理されて大きな段ボール箱に入れられたモイラの持ち物があった。

「これ、覚えてるわ」フリアが言った。「これを調べているところを何度も見た」

「このなかにきっとなにかヒントがあると彼は考えていたんです」

「で、あなたはどう思う？」

「彼は正しいと思います」

ファビアンは箱を机に運び、そこに置いた。

「あの人と電話で話していたかどうか警察に訊かれたとき、余計なことを言っちゃったわね」フリアが言った。

「本当はどう話すつもりでした？」

「思いがけない知らせに打ちのめされてたの」

「お察しします」

「あいつらを信用してないのね」フリアが言った。それは質問ではなかった。

「九年というのは長い時間です。シルバはもう死んでいます。だれも過去を蒸し返したくはないでしょう。ぼく以外には」

外で雨が降りだした。斜めに落ちてきた重そうな雨粒が通りをたたく。

「仕事に行かなきゃ」フリアが言った。「全部あなたにまかせるわ。好きにしてちょうだい。でもここ、どうしたらいいの？」彼女はくり返した。「売る？　人に貸す？」

「どうぞ仕事に行ってください」ファビアンは言った。

フリアは彼に鍵を渡した。鍵は三つ、キーホルダーは気球のミニチュアだった。ファビアンはいままで一度もそれを見たことがなかった。

「猫を連れていったほうがいい？　それともあなたに残す？」

「置いていっていいですよ」

「でも、餌をやらないと。猫、飼ったことある？」

「ずっと昔」

「いずれにしても、あの子の家はここだわ。ドベルティはあの子をここから出したことがないの。でもよかったわ、彼をドベルティと呼びつづけて。ずっと苗字で呼んできたのよ。セサルはすてきな名前だけど……」

脱線しつつあることに気づき、彼女は急に顎を上げて立ち上がった。

「鍵は、いつでも好きなときに返して」

二人はハグし、フリアは立ち去った。

ファビアンは箱を見た。それを開け、物を出していく。それほど感傷的な気分にはならなかった。むしろ、箱の中が空になるにつれ、どんどん高揚してきた。ひとつひとつ丁寧に調べたが、すでにどこを探せばいいか正確にわかりはじめていた。箱の底に『リトル・マーメイド』のキャリーケースを見つけたとき、心臓がいきなり高鳴った。震える指でバラ色のケースの留め金をはずし、開ける。最初は見えなかったが、すこし動かすと、底のほうにある香水やファンシーなネックレスのあいだに蜘蛛があった。

ファビアンは、喉を詰まらせながらそれを手に取った。蜘蛛の巣の中央で金色に光っている。

ドベルティが死んだときに手に持っていたものとまったくおなじだった。


嵐がやみ、光が解き放たれたかのようだった。ファビアンはデスクの灯りをつけ、蜘蛛を強烈な光の下に置いた。とてもよくできていた。蜘蛛の巣まで含めても、直径四センチもない。蜘蛛の体は三つのパーツでできていて、下にいくに従って小さくなる。頭部には目とハサミ状の口が見える。八本の足の先端は、それぞれ小さなノコギリのような形になっている。蜘蛛の背後には網状の糸が張られ、それは中央から放射状に伸びる縦糸と、端に近づくにつれ径を大きくしながら八角形をくり返し描く横糸で成り立っている。糸はどれも直線ではなく、波打っていることにファビアンは気づいた。これだけのものをつくるには、相当な技術が必要だろう。

彼は蜘蛛を手にのせた。大きさの割には重い。たぶんブロンズ製だろう。

モイラはいつからこれを持っていたのか？　だれにもらったのか？　なぜシルバのところにおなじものがあったのか？　偶然持っていただけだろうか？　しかしファビアンはその考えをすぐに捨てた。ドベルティは、ファビアンがもうひとつのそれの存在をきっと思い出すと思ったから手に握りしめていたのだ。ファビアンにつながりを悟ってほしいと願って。でも……そのつながりとは？

手がかりはそこにある。あとは意味を読み解くだけだ。

夜になり、雨もやんだ。マヨ大通りの街灯がついた。デスクの上の青銅の蜘蛛をライトが照らす。ほかは闇に沈んでいた。

4

二〇〇八年八月二十三日

新聞は読むに堪えない。ニュースはいつも変わりばえがしない。顔と名前が変わるだけで、中身はいつもおなじだ。だれかがなにかを盗まれたが、盗まれたものは見つからない。殺されるべきでないだれかが殺された。政府に、不安定な経済に、サッカーのレベルの低さに懸念が持たれる。老人は敬意を払われず、企業は値上げを乱発し、女たちは殴られ、評価の高い映画が封切られる。いや、評価の低い映画も。どちらでもおなじだ。いま人気の女優は、過去人気だった女優と変わらない。飽きがくるまで、すべてはくり返される。

だがこの数週間は、わが身に関わることがあって新聞を読まざるをえなかった。いちばん便利なのはラ・パスに出向くことだった。パラナには月に一度しか行かない。幸い、ポルティコにもファリーアスのバルにも、もう何年も行っていない。前回のときはもっとずっと若かったし、くだらない大騒ぎを受け止める度量がなかった。ラウタロはよくそこに行っているから、一度だけ新聞を頼んだことがあったが、あの馬鹿は忘れて帰ってきた。

いずれにせよ、事件のニュースはすでに下火になった。二週間のあいだだけ紙面を騒がせたが、その後また忘れ去られた。

不安が襲ってきて、いろいろなことが気になってしかたがなくなり、じっとしていられない。夜になると川辺の道を歩きに出かけ、自分を落ち着かせようとしたが、夜行性の動物たちのたてる音がつきまとってくる。あるいは私が彼らにつきまとっているのか。やつらが私をマルコス・シルバと関係づける証拠はない。その息子とも。

このドベルティという男は、何年も前からこの件に関わっていたせいか、すぐに関係に気づいた。だが、最近読んだ新聞に、マルコスと彼のあいだにひそかな関係があったのではないかと大胆に論じる記者がいた。いずれにしても、第一容疑者は息子のアドリアン・シルバだ。逃亡犯であると同時に失踪者でもある彼に事情を聞くため、警察は行方を捜している。

だが絶対に見つかりっこない。

自然がわれわれにあたえたもうたこの山に感謝。死体を隠すには完璧な場所だ。何キロにもわたってどこまでも鬱蒼と茂る密林は、そこをよく知る者でさえ道に迷い、途方に暮れる。このアシエンダをつくった祖先たちはじつに戦略的だった。川からのぼっていく丘のてっぺんにあるそこは、だれにも越えられない険峻な崖を背後に背負っている。彼らがどんな敵から身を守りたかったかは見当もつかないが。

マルコスの息子に好きであんなことをしたわけではないが、ほかにどうしようもなかった。マルコスは慎重な男だったが、息子のほうは父とは違うように見えた。どんなに金をやったとしても、早晩ぺらぺらしゃべりだしただろう。

死を目前にして、マルコスが一部始終を息子に話したことは間違いない。アドリアンは、恐喝の後継者をもって任じ、私のもとを訪問することに決めた。哀れな男だ。殺人者の懐にみずから飛びこんできたとも知らずに。思い上がりもはなはだしい傲慢な若造は、安っぽいコピーを見せ、手紙と支払い記録の原本のある場所は自分しか知らないと言った。

支払い義務があるのは、私のために役立ってくれた彼の父親に対してだけだ。その子孫にまで金を渡すつもりはなかった。

それにしても、マルコスの家に探し物をしに行った日に、あのドベルティとたまたま鉢合わせするあんな偶然があるとは、いまでも信じられない。あいつがあそこでなにを探そうとしていたのか、いったいなにとなにを結びつけたのか、考えようとしている。あの男は、危うくすべてを台無しにするところだった。じつは武器など持っていないと気づいたとき、あいつの機転に思わず舌を巻いた。そして最後までよくぞ持ちこたえた！　さんざん抵抗したあと、やつは静かになったが、きれいな色のネックレスを思いきり握りしめていた。こぶしに握った手からそれをもぎ取るのはかなり大変だった。私はあっぱれな敵の持ち物を、どうしても記念に持って帰りたかったのだ。

その日の夜

眠れない。だれかが私との関係をどうにかして見つけるのではないか、それが心配でならない。

庭をひと巡りすることにする。それで心が静まる。夜の庭がとても好きだ。彫像たちのシルエットは、灯りがつく瞬間を闇の中で待つ、びっくりパーティの出席者を思わせる。

さらに遅く、明け方

とうとうその夜は徹夜してしまった。カシルダの部屋に行き、そっとドアを開け、眠っている彼女をながめる。長い髪が顔を覆っている。彼女は動かなかったが、わざわざ息の音を確かめるために近づくことはしない。そこにちゃんといることはわかっていた。日に日にコルデリアの面影が強くなる。最後にプレゼントをあたえてからずいぶん経つことに気づき、ポケットからネックレスを取り出すと（いまでさえ、散歩に行くときは、それを持ち歩いた）、サイドボードの上にあるパーンの小像の長い首にそれを掛けた。きっと気に入るはずだ。

死んだ男がなぜそれを持っていたのかは定かではない。

5

彼女がバルの入口からはいってくるのが見えた。あの不思議な歩き方でこちらに近づいてくる。足を九十度以上開いた、女らしいのにどこか軍人めいた、外股の足取り。変わらないなと思う。年月は彼女を老けさせることなく、むしろ決然とした印象を植えつけた。

ファビアンに言わせると、ブランコには男っぽいところが多いけれど、そこが逆に女性としての魅力になっていると思う。この点についてはあまり深く考えないことにした。自分の性的嗜好はどうなのかと不安になるからだ。

二人はキスをし、そのまま彼女が頬をファビアンの肩と首がつくるくぼみにもたせかけて、しばらく唇を重ねた。彼はブランコの腰に腕をまわした。離れたあと、彼が彼女の唇の横にもう一度キスをした。二人は笑いあった。

「相変わらずすてきね、色男さん」ブランコが煙草の灰を灰皿に落として言った。煙草を吸いはじめたのは三年前、誘拐事件で起きた銃撃戦のあとからだという。彼女は銃を捨てさせられ、目の前にいる武装した男に生死の鍵を握られていた。しかし男は、自分の犯罪歴に女性警官殺害の罪を加えるのはやめておくことに決め、投降した。こうして大事には至らなかった。

しかしコルドバでの日々は、心に傷ひとつ負うだけではすまなかった。こちらに戻ってきて二週間、夫を亡くして一年。コルドバ勤務最後の三カ月には、上司との複雑な不倫関係に陥り、これを知った上司の妻が乗りこんできたとき、ブランコはブランコで、コルドバはもうたくさんだと思った。そして異動を願い出た。

「事件はいまどうなってるの?」彼女が尋ねた。

「進捗状況はわからない。ベルトランには会ってないし、モンドラゴーンにもずいぶん電話していない」

「モンドラゴーンは二年前に定年になったわ。失踪人捜査課は、モイラのことと新たにつながる事件でもないかぎり、もう関わらないと思う。いま担当しているのは殺人課だけよ」

「きみももう失踪人捜査課じゃないのかい?」

「ええ、違う。いまは広報にいる。静かな部署よ。私も四十一歳だし、〝冒険〟はもう充分」

「マスコミ担当ってわけか」

「まあね。そのうちテレビの記者会見で、大真面目な顔してくだらないことを話している私を見るでしょうね。どうしてドベルティはシルバの家に忍びこんだの、ファビアン?」

「それはどういうテクニック?　世間話のあとの不意打ち作戦?」

「ただの質問よ。とくに意図はない」

「もう失踪人捜査課にはいないと言ってなかったたっけ？」

「そのとおりよ」

ファビアンは彼女を見た。過去に何度も会っている相手だから明らかだ。顔が緊張でこわばっている。普通の女性が普通の生活でここまで緊張することはまずない、というくらいに。彼女とは変わった形のつきあいではあったが、親密だった。だが、だからといって彼女のすべてを知っているということにはならない。ブランコは警官だ。それを忘れるわけにはいかない。警察というのは、部外者にはわからない暗号が存在する組織だ。彼女のいまの行動の目的は、ファビアンには知りえない。ドベルティが死んで以来ずっと芝居を続けているのだから、それをここでやめてしまうのは危険だ。

「さあ、見当もつかない」彼は言った。「彼はシルバのことを怪しんでいたんだ。理由はわからないけど。息子の留守につけこんで家《や》捜しをするつもりだったんだろうね、たぶん」

ブランコは彼をじっと見つめている。いまの言葉を信じていない様子だ。

「シルバとのあいだに、ぼくの知らないなにか確執があったんじゃないかな。この九年間に、ドベルティと会ったのは三回だけだからね」

もちろん嘘だ。だが、彼女には知るよしもない。

「中央本部ではだれもこの話をしたがらないわ」ブランコが言った。「シルバの名前を口にしただけで、いやな顔をされる。まるで、処女の娘が二人の男といっしょにベッドにいるところを見つけたかのように」

ファビアンがこの話題を続けたくなさそうだと気づくと、ブランコは別の話を始めた。彼女は夫ルイスの死について話した。家宅捜索をしているときに、銀行強盗団のひとりに殺されたのだという。強盗団の隠れ家の中を捜索したが、結局だれも見つからなかった。

ところがじつはひとり、吊り天井から開く天袋に隠れていたのだ。かなりハイになっていたのだろう。警察はもういなくなったと思い、扉を開けたとき、ルイスがこちらに背を向けて廊下を歩いていくのが見えた。男は銃を出して撃った。銃弾はルイスの頭蓋骨の付け根に命中し、彼は即死した。弾が当たったことにすら気づかなかっただろうとブランコは告げられた。彼女は思った。突然背後から撃たれて死ぬ、その瞬間のことがあんたたちにどうしてわかるのよ？

外で風が吹きだした。

「車で来た？　送ってくれる？」ブランコが尋ねた。

ファビアンは彼女を家に、そしてベッドに送り届けた。子供は欲しくなかったのとブランコは言った。だって、子供にどう説明しろというの？　この世界のことを、私の仕事のことを、父親の死のことを？　ファビアンはすべてを打ち明けてしまいたくなったが、結局思い留まった。事件の全体像がまだ見えてこないし、片隅に居座る闇に光を当てることもできていない。たぶん、説明しないほうが彼女を守ることにもなるのかもしれない。

オフィスにはいると、サンフリアンがなにか物言いたげに寄ってきた。

「食い物は持ってきてないぞ」猫に言う。「もうひと皿やっただろ」

猫に話しかけるのが習慣になっていた。

「鶏のマルシアの亡骸《なきがら》をどこにやった？　白状しろ」

サンフリアンはかすかに髭を震わせてこちらを見た。

ファビアンはデスクの前に座り、父に電話をして五分間しゃべった。脚の痛みはよくなっているが、二日後にMRIを撮らなければならない。付き添ってもらえないか？　そうすればエステラに辛抱しないですむ。いいよ。

「ヘルマンとは話したか？」

「自分で電話しろよ、父さん」

いつもそうだ。ヘルマンには一カ月半前に三番目の子供が生まれた。カナダの人口にはアルゼンチン人がずいぶんと寄与している。

抽斗から蜘蛛を取り出し、デスクの上に置いた。ドベルティが握っていたもうひとつの蜘蛛をもう一度見る必要がある。写真を見せられただけなのだ。

彼はフリアに電話をした。

「これは夫のものかと訊かれたとき、違うと答えたわ」彼女は言った。「一度も見たことがなかったから。いけなかった？」

「いや、それが事実だから」ファビアンは答えた。

「ただ、個人の所有物として返却を求められるかなと思って」

「ほかのものについてはそうしたわ」フリアが言った。

「でも、いまのところは捜査のために保管させてほしいと言われたの」

「もうひとつの蜘蛛を手に入れる必要があるんだ」

「待って、もしかして……デスクのあたりに革製の大きめのノートみたいなものがない？」

ファビアンは探したが、見当たらなかった。抽斗を全部開けて、その中のひとつに、使いこまれてよれよれになった黒い革のノートを見つけた。

「そこにあの人が接触していた人たちの連絡先が書いてあるわ」フリアが言った。「彼に協力していた警察の人とか」

「すごいぞ。ありがとう」

「サンフリアンにごはんをあげてと言ったっけ」

「うん。でもやりすぎないようにしてる。こいつ、だいぶ太りすぎだ。オスかな？　それともメス？」

受話器の向こうからくすくすと笑い声が聞こえた。

「さあ、知らない。あなたが観察して、あとで教えて」

オスだった。

「オスバルド・スキーア？」

「どちら様？」

「ファビアン・ダヌービオです。通夜《ベラトリオ》のときに……」

「ああ、あの。元気かい？」

「ええ。オスバルド、あなたはドベルティに協力していたと聞いています。ぼくの一件では、とても重要な情報を彼に伝えた」

「できることをしただけだよ」

「なるほど。じつは、ぼくも協力してもらいたいことがあって」

「なんだい？」

「ドベルティの所持品のひとつを手に入れたいんです」

「ははは。いまの笑いで察してもらいたいもんだね」

「大事なものなんです」

「そりゃ、ぼくとしてはなんでも渡してあげたいけど、あれはベルトランが七つの鍵で保管してる。せいぜいぼくができることと言ったら、そいつをこの目で見て、写真を撮ることぐらいだ。それ以上は無理だね」

「では、調書は？」

「裁判所にある。弁護士に言って見せてもらうんだな」

「弁護士はいません」

「おいおい、ドベルティといっしょだな。〝カラス〟嫌いってわけか。二日くれればコピーを送るよ。どの調書が欲しい？　きみの事件かい？」

「それとドベルティの事件のものも。可能ですか？」

「じゃあ三日くれ」

「いくらお支払いすればいいですか？」

「いらないよ。あの世に旅立った友に敬意を表して。書類はどこに送ればいい？」

書類は全部で六百枚近くあった。コピーとはいえ、古い書類はどれかすぐにわかった。九年なんてそう長い年月ではないが、裁判所では書類がへたる速度が速い。全部にくまなく目を通すのに何日もかかった。朝は建設現場に行き、昼にはバローロ宮殿に戻って読みつづけた。真夜中近くに切りあげ、帰宅してベッドで気を失う。ときどき夕食をとるのも忘れた。目の前で、もう一度九年間が通り過ぎていった。日付に次ぐ日付。当時の行動をあらためて記憶に刻もうとしたこともあった。この九年間はあっというまに行き過ぎた。日々はめくるめく速さで進み、人が見聞きすることと言えばそのごく一部で、一瞬で通過してしまうものだと気づいたのだ。

最後のページを読み終えたとき、なにか飲むものはないかと探した。小さな冷蔵庫にはなにもはいってなかった。そこらじゅうを引っくり返す。ドベルティがオフィスに酒を一本も置いてないなんて考えられなかった。これじゃ何カ月かかっても見つからないとあきらめかけたとき、サンフリアンがそばで喉を鳴らしているのに気づいた。猫はキャビネットの下で抽斗のひとつを足で引っかいていた。ファビアンがそれを開けると、ありとあらゆる酒瓶が所狭しと置かれたミニバーが見つかった。ウィスキーやウォッカ、サケまである。〈オールド・ヘンダーソン〉という古そうな濃い琥珀色のバーボンのボトルを取り出し、匂いを嗅いで、思わず眉を吊り上げた。おなじ抽斗の中にグラスもいくつかはいっている。そして数フィンガー分、グラスに注いだ。肘掛け椅子に身をもたせ、サンフリアンに向けてグラスを掲げる。猫は黄色い目でじっとそれを見た。

「あの世に旅立った友に献杯」

朝七時におなじ肘掛け椅子で目覚めたとき、首や背中がひどく痛んだ。猫はデスクの角で眠っていた。目がスリットのようだった。バスルームで軽く顔を洗って建設現場に直行した。その日は金曜日、給料日だったから、四時には現場を後にした。自宅に寄って風呂にはいり、服を着替えた。六時にはまた〈煉獄〉のオフィスにいた。

「もしもし、スキーアさんですか？　こちらは……」

「元気かい、ファビアン？」

「どうしてぼくだとわかったんです？」

「携帯電話の画面にきみの番号が出るんだ」

「ああ」

「携帯電話って呼ばれている装置が世の中にはあって……」

「聞いたことはあります」

「ドベルティも携帯電話を使わなかった。そう知ったときはびっくりしたよ。いや、しかしねえ」

「なに？」

「きみとドベルティはよく似てるってことさ。まさか、彼の幽霊に取り憑かれたんじゃないだろうな？　違うのは、つまらない冗談を言わないことぐらいだ」

「あなたにも冗談を？」

「相手がだれでもおかまいなしさ」

「ご迷惑かもしれませんが、ひとつ聞いてほしいことがあるんです。調書をすべて読ませてもらいました」

「それはおめでとう」

「ありがとうございます。セシリアの検死報告についてあちこちに言及されているんですが、現物がないんです。ドベルティのものは確かにありますが、セシリアのがない」

「どうしたのかな。添付してあるはずだが」

「どこにあるかわかりませんか？」

「さあね。担当の検死医と話したほうがいいかもしれない」

「リベディスキーですか？」

「いや、彼は定年退職した。いまのやつはトンマだよ。青二才で、クソ真面目なだけで麦わらみたいに中身がない。あいつにはなにを頼んでも無駄だよ。リベディスキーが報告書のコピーを持っているかもしれない」

「もしもし?」

「ドクトル・リベディスキーですか?」

「もしもし?」

「もしもし、ドクトル・リベディスキーですか?」

「だれだ?」

「ファビアン・ダヌービオと申します。覚えていらっしゃらないかもしれませんが」

「サムーディオ?」

「ダヌービオです。ファビアン・ダヌービオ」

「もしもし?」

「聞こえますか?」

「いいかね……私は耳が悪くて……」

言わずもがなだな、とファビアンは思った。

「……電話で話すのに苦労するんだ。どういう用件かは知らないが、私は毎日トルヌー病院にいるから……」

「そこに行けば会えるんですか?」

「……そこに来てもらえれば、話ができる」

「わかりました!」

「なんのために携帯電話を持っているのかわからんよ。どうせ聞こえやしないのに……」

「では、そちらでうかがいます!」

「……娘のプレゼントなんだ。バイブ機能があるから、呼び出し音が鳴ったことには気づくんだが……」

アグードス・トルヌー病院は古い羊皮紙とおなじ黄色だとファビアンは思った。建物内の中庭をコンクリート製のベンチをよけながら大股で歩いているとき、リベディスキーを見つけた。近づいていくと、向こうもこちらに気づき、歓迎のしるしに手を広げた。そして耳につけているバラ色の補聴器を調整した。

「先日は失礼したね。この五年で一気に耳が遠くなってしまって。時の流れは残酷だよ」

二人は病院のバルで、リベディスキーが自動販売機で買ったコーヒーを囲んで座った。

「つまり、調書に検死報告書がないというわけか。そう聞いてもちっとも驚かんね」医師は熱いコーヒーをすすりながら言った。「それで、きみの弁護士はなにをした?」

「弁護士はいないんです」ファビアンは、リベディスキーが聞きやすいようにゆっくり話した。

「雇ったほうがいい。力になってくれるはずだ」

「かもしれません。なぜ報告書がないことに驚かないんですか?」

「なくなる報告書がたくさんあるからだよ。いつもだ。しかも、悪意によるものともかぎらない。ずぼらだったり、ミスだったり、そういうことでも紛失する」

「このケースではどうだと思いますか?」

「さあね。私はただの医者だ。退官し、耳も半分聞こえない。頭の活性化のために病院で仕事を続けているだけだ」

「その検死報告書のこと、覚えてますか?」

「耳は悪いが、記憶力は抜群だぞ。ペンシオンで見つかった、ペルー娘の遺体だったな」

「そのとおりです」

「ひどい有様だった。はっきりしたことはほとんどわからなかった。銃創が三ヵ所。胸に二発、うなじに一発。顔に裂傷多数」

「それらの傷が、ドベルティの遺体にあった傷とよく似ていたことをご存じですか?」

「知らなかった。新聞に出ていたのか?」

「それについては表沙汰にしたくなかったようです」

「シルバが絡んでいるからだな。死者の名誉は守らなければならない」

「ぼくが心配しているのは生きているかもしれない人

間のほうです。つまりぼくの娘のことを」

「ひとりで調べると決めたんだな」

「はい」

「私でもそうする」

「力を貸してくれますか？」

リベディスキーはまたコーヒーをすすり、補聴器を調整した。

「ドベルティの報告書にはどう書いてある？」

ファビアンは、持ってきていた書類を彼に渡した。

リベディスキーはゆっくりそれをめくった。

「明らかに同種の傷だな。ただ、一方はあとで発砲しているが、もう一方はそうしていない。面白い」

「セシリアを殺した犯人がドベルティのことも殺したのでしょうか？」

「それは断言できないが、おなじ凶器が使われたことは確かだ」

「意味がわかりません」

「よろしい。どちらも顔に裂傷が八カ所。頭蓋骨の根元におなじ深さの刺傷」

「犯人は被害者のうなじを刺し、そのあと顔に傷をつけた？」

「裂傷と刺傷は同時にできたものだ。それは血痕からわかる。方法はわからないが、想像するに、顔をなにかの器具でつかむと同時に」リベディスキーは手を鉤爪のように開き、自分でやってみせた。「うなじに錐《きり》のようなものを刺したんだろう。どうかな？」

ファビアンの全身に震えが走った。ドベルティはどんな人間と対決したのか？　対決するだけの時間があったとしたらの話だが。

「新人くんがやるべきことをやったかどうか確かめてみよう……ああ、ここにある。この数年で、検死作業もずいぶん進歩したんだ。ほら。傷痕から銅とスズの微粒子が検出されている」

「それはなんですか？」

「間違いなく、凶器から剝離した微粒子だよ。私なら目を留めただろうね」

「なぜ？」

「刀剣類にしては一般的ではないからだ」

「意味がわかりません」もう一度おなじ台詞を口にする。

「刀剣類は大部分が鉄や鋼でできている。だが、銅とスズは青銅のような合金の原料だ。つまり凶器はブロンズ製ということだ。これはじつに珍しい」

ファビアンは家に息せき切って駆けこみ、パソコンを立ち上げると、グーグルを開いて〝青銅〟という言葉を検索した。こうして情報がすぐに手にはいるなんて、本当にありがたい。

青銅：銅とスズの合金。銅を主成分とし、スズが30〜20％の割合で含まれる。

長いあいだそれを読んでいた。かの有名な青銅器時代。さまざまな割合の合金。ヒ素青銅。コバルトブロンズのビーズ。青銅製の鐘。蠟型による鋳造法。それに、だれもが知ってのとおり、ブロンズ・メダルはスポーツの試合で第三位の選手にあたえられる。また、西欧社会の多くでは、結婚八年目を表す（ブロンズ婚式）。そしてスポーツ吹き矢では、八番目の級がブロンズだ。八という数がやけにくり返される。偶然だろうか？

二時間後には目が霞《かす》んできて、画面から目を上げた。パソコンを消し、ソファに横になる。

頭の中で反響しつづけるこのブロンズのイメージを、どうしたら止められるかわからなかった。

まとめてみよう。ドベルティは手に、モイラのキャリーケースにはいっていたのとおなじ青銅の蜘蛛を握っていた。つまり……

一瞬で、すべてががらがらと崩れ落ちた。まるで馬鹿みたいに。たったいま、脳の中の皮肉屋が、彼に明らかな結論を投げつけたのだ。モイラはブロンズの蜘蛛を二つ持ってたんだよ！　モイラの所持品はドベルティのオフィスに置いてあった。物をいじる癖があるドベルティは、そのうちのひとつをポケットに入れて持っていた。シルバの家に忍びこんだ夜、神経を尖らせていた彼は、それを手に握り、そのまま死んだ。こうして、およそ二週間のあいだ、愚かなファビアン・ダヌービオは誤った手がかりを追いつづけていたというわけだ。

違う、と脳の別の一部が反対した。ドベルティを信じろ。彼の行動にはきっと意味があると信じるんだ。もう一度関連付けを始める。顔の八つの傷。蜘蛛の八本の足。八角形の蜘蛛の巣。八年目のブロンズ婚式……

合金にするときの成分の割合の違いについて再度読む。それによって、ブロンズの可鍛性や強度が変わってくる。

検死報告書を再読する。専門家は、ドベルティの傷で見つかった微粒子の組成について以下のように報告している。

組成（パーセンテージ）

銅（Cu）：60％－スズ（Sn）：24％－亜鉛（Zn）：9％－鉛（Pb）：4％－鉄（Fe）：2％－ヒ素（As）：0.5％－アンチモン（Sb）：0.5％

ファビアンは紙に数値を書きとめ、財布に入れた。そのあと蜘蛛をズボンのポケットから出した。いまではどこに行くにもそれを持ち歩いている。そこにこめられた魔力がふたたび息を吹き返すのを待っている、休眠中のお守りであるかのように。

またバレーボールの試合がある金曜日がやってきた。地元リーグでバジェステルと対戦し、セットカウント三対二で敗れた。とくに勝利チームにとっては、血沸《わ》き肉躍《おど》る感動的な試合だった。その夜は〝ピューマ〟・ガルバンの家に集まることになった。ファビアンがルソを車に同乗させた。九月にはいってすでに暑い日も多かったが、徹底抗戦を思い知らせるかのように、ときどき寒さが戻ってきた。

「いとこに化学の専門家がいたよな?」フアン・B・フスト通りに向かってサン・マルティン通りを進んでいるときに、ファビアンが尋ねた。

「ああ。それがなにか?」

「力を貸してほしいんだ」

ルソは頭を動かさず、前を見据えていたが、目は不安げに揺れていた。

「死んだおまえの友人のことか?」

「そうだ」

「勘弁してくれよ、ファビアン」

「たいしたことじゃない」

「おまえの友人のドベルティならそうは言わないだろうさ」

ファビアンはガオナ通りとサン・マルティン通りの交差するブロックの途中で車を停めた。エンジンを止める。二人とも車を降りなかった。

「重要な証拠になるかもしれないことがあるんだ」ファビアンが言った。「まだぼくも確信は持てないんだが」

「だが、危険が伴うだろう?」

「かもな。だが、もしおまえがぼくだったらどうする?」

「人の身に自分を置き換えるってゲームがおれは嫌いなんだ」ルソは言った。「おれを罠にかける気だろう? おれもおなじことをするってわかってるはずだからな。だが問題は、おれはおまえじゃないってことだ。おれはここに、車の助手席に座っている。そしてこの位置からおまえに言う、気をつけろ、とな。事件が起こって以来、おれたちはその話をしていない。いや、おまえが話したがらないと言ったほうがいいか」

沈黙が流れた。ファビアンはどう答えていいかわからなかった。

「そろそろ行こう」ルソが言った。相手が話したくないときや、口を開きたくても開けないとき、わざわざ気を使って自分から会話を続けるようなことはしない男だった。

二人はピューマの家まで歩いた。ファビアンは寒さのあまり、歯が鳴らないように顎を引き締めなければならなかった。ルソはコートのボタンを留め、足を速めた。

「ピューマがまた、あのマイク・オールドフィールドのコンサートの退屈なDVDを見せようとしないことを願うばかりだ」

ファビアンは笑った。

「なにがそんなにおかしい?」ルソが尋ねた。

「べつに。一瞬、おまえが例の教訓話を始めるんじゃないかと思ってね。ラビが相手の鼻をひねるか、スープを頭からかけるかってやつ」

「いまは話の内容が変わったんだ」ルソが言った。「もっとひどくなってる。いまじゃ鼻をひねるではすまない。顔をビンタしないと」


〝ピューマ〟・ガルバンはミュージックDVDの昔からのコレクターだ。テラスを囲って閉鎖空間をつくり、妻がピラティスの教室を開くジム代わりにしていたが、ときにはホールやミニシアターにも変身する。吊り天井に設置した装置が、巨大スクリーンに映像を映し出すのだ。客たちがオードブル《ピカーダ》やピザ、デザートのアイスクリームなどを食べるあいだ、ピューマが慎重に選んだ音楽DVDを上映する。おそらく素材を持参したければ持参していいのだろうが、だれも持ってきたことはなく、結局ピューマの趣味を押しつけられた。彼の守備範囲はピンク・フロイドからジャン・ミシェル・ジャールまでと幅広い。一度ロペス＝ロペスが八〇年代のポルノはどうだと提案したことがあったが、二度とその話はするなという視線で全員ににらまれた。

そういえば、バスコが『それゆけスマート』のコンプリート・コレクションを一度持ってきたが、海賊版だったせいで箱になんの情報もなく、みんなが〝パッカパッカの巻〟と呼んでいる、船上で起きた愉快な事件の回を探すのに何時間もかかってしまった。その晩ピューマはエリック・クラプトンのコンサートを上映し、それはおしゃべりのBGMにはちょうどよかった。

いつものとおり、夜中の一時を過ぎると、ぼんやりした目がスクリーンでぐずぐずしはじめ、会話が途切れ途切れになって、やがてみんな無言になってしまった。どうしようもなく場が停滞してしまったと見るや、ピューマはいつもおなじ手に訴える。彼が負け試合についてそれとなく意見を言うと、必ずだれかがそれに反論し、たちまち矢継ぎ早に反応が飛び出す。すると音楽の音量が下げられ、最後には、彼らのチームが中ぐらいの順位からなかなか浮上できないという抗いがたい運命に話題がたどりつく。

「ほかのチームがおれたちよりとくにうまいってわけじゃない。トップの二チームを除けばね」ピューマが言った。「だがほかはみんなどんぐりの背比べだ」

「くそだな、どんぐりの背比べとは」いつものようにのろのろした口調でロペス＝ロペスが言った。「バジェステルは、鏡を相手に戦っても負けるような連中だ。おれたちのプレーがひどかったんだ。最悪だったよ」

「今回はぼくの責任だと思う」ファビアンが言った。

「ぼくのところにはちゃんとボールが来てたのに、第五セットでは、ぼくがトスを上げたアタックが全部ブロックされた」

「それはおまえが周辺視野をうまく使えてないせいだと思う」フリートが言った。「セッターが周辺視野を使わなきゃ、ゲームを理解できないし、敵の動きも読めない」

そんな一刀両断のコメントで、その夜の話題にピリオドが打たれた。ウィスキーを飲み、何人かは葉巻を吸い、やがて全員が引き上げた。セリアのことを曖昧にしているという指摘になにも答えないうちにルソを家の前で降ろしたあと、ファビアンはひとりでまた夜のドライブに出発し、リバダビア通りのほうに向かった。一瞬ブランコに電話をしようかと思ったが、やめにした。ひとりにならないための口実を探しているだけなのだ。ひとりになれば、考えなければならないから。そして考えれば、否がおうにも自分自身の内側に踏みこまなければならなくなる。

カラカス通りとリバダビア通りのあいだに車を駐め、ひと晩じゅう開いているニューススタンドをめざして歩く。音楽雑誌を買い、なんとなくページをめくったが、CD批評のコーナーを見ても知っているバンドがひとつもないことに愕然とする。九年前は必死に時代に遅れまいとしていたが、いまではもう流行にはとても追いつけない。雑誌を脇に置き、そのまま無言で座っていた。〝周辺視野〟という言葉が頭から離れなかった。もしかすると自分は、人生においても、なににつけその周辺視野なるものに欠けていたのではないだろうか？

ぼくはコート全体を見渡していただろうか？　それとも、盲点にはいったなにかをうっかり見逃し、悲惨にもそのせいで真実にたどりつけないのでは？

6

バル〈ラ・オペラ〉に並ぶいくつものテーブルに座る人々は、即席の集会かなにかに出席でもしているかのように、政治家か伝道師さながらの大声でしゃべっている。ファビアンは彼らから離れ、コリエンテス大通りに面した窓際の席に座った。

サンチェスはなんの前触れもなく、いきなり正面に現れた。痩せていて喉仏が目立ち、アニメに登場するハゲタカを思わせる。

「あまり時間がない」座りながら言った。

「こちらもだ」

「話ってなんだ」

「ドベルティの私物をあんたなら手に入れられるとスキーアに聞いた」

「スキーアになにがわかる？　どういうことなんだか。私物ってなんだ？」

「ブロンズ製の蜘蛛だ」

「無理だ。忘れたほうがいい。どうやって手に入れろっていうんだ？　蜘蛛って言ったか？」

「手に入れられるのか、入れられないのか？」

「だめだ。危険すぎる」

サンチェスは話しながら考えていた。

「危険すぎる」彼はくり返した。「警察の科学捜査部のオフィスの角のところに来い。目的の物をそこに持っていき、あんたに見せて、すぐに返却する。五千ペソ」

「五千ペソ？」

「一ペソも負けられない」

ファビアンは無言で男を見た。ふいに、サンチェスの顔の真ん中にこぶしをお見舞いしたい衝動に駆られた。

「じゃあこうしよう」ファビアンは言った。「蜘蛛のありかに行き、ブロンズをこそげ取ってほしい」

「どうやって？」

「ナイフか剃刀《かみそり》かなにかが必要だろう。それで蜘蛛のブロンズを削り、削りかすを小袋に入れて持ってきてほしい。蜘蛛が丸ごといるわけじゃない」

「どうかな。そんなのしたことがない」

「だが、簡単だろう？」

「料金は変わらないぞ」

「あんたは言われたとおりにする。ぼくはあんたに一ペソも払わない」

サンチェスは反論しようとさえしなかった。

「もし言うことを聞かなければ」ファビアンは続けた。「いますぐベルトランのところに行き、あんたがシルバの銃の鑑定をしたと話す。そしてその見返りにドベルティから四千ペソを受け取った、と。洗いざらいぶちまけて、あとはどうなっても知ったことじゃない。もし頼んだものを持ってきてくれたら、ここだけの話にする」

四千ペソのことはフリアから聞いた。当時、その取引のことでドベルティと喧嘩をしたらしい。それにドベルティは手帳に支払いについてのメモを残していた。

「ぼくもこの件には関わっている」ファビアンは言った。「警察にはまだ話してない情報を持っている。だが連中がぼくになにができる？　二度とこういう真似はするなと叱責するのが関の山だ。だがあんたの場合はもっと重罪だ。逮捕され、法廷で裁かれるだろう」

サンチェスはしばらく黙りこくっていた。仮面のような顔には生命の兆候さえ見えなかった。やがて彼は口を開いた。

「明日、おなじ時間に、おなじテーブルで」そう言って立ち上がり、立ち去った。

翌日、ファビアンはおなじ窓辺にいた。暗い顔をしたサンチェスが無言で現れた。店の黄色っぽい照明にもかかわらず、彼のまわりだけ闇に閉ざされている。ファビアンのいるテーブルに近づくと、足を止めもせずに小さなビニール袋をそこに放った。中にはほとんど目に見えない金色の粉末がはいっていた。

ルソの友人クラウディオ・メナキエルが勤務している研究所はホンテ通りにあり、当然といえば当然ながらホンテ研究所という名前だった。いまは消えている汚れたネオンの看板の〈J〉の字を見ただけで、ファビアンは子供の頃、採血のためにここに一度連れてこられたことを思い出した。指を刺そうとした医者から逃げたが、あと一歩で出口の階段にたどりつくというところで、裏切り者の父に捕まった。

蛍光灯の白い光に照らされた寒い小部屋で、大人の体に子供の顔を据え付けたかのような青白いそばかすらだけの顔をしたメナキエルは、ビニール袋といっしょにテーブルに置かれた金色の蜘蛛を、興味津々の表情でながめた。

「このブロンズ製の蜘蛛とビニール袋の中身を分析していただきたいんです」ファビアンが言った。

「どんなふうに？」

「組成について。ブロンズなので、すくなくとも銅とスズは含まれていると思います。そのほかの成分とその割合を知りたいんです」ファビアンは、インターネットのおかげで覚えた専門用語がすらすらと出てきたことに自分でも驚いた。

メナキエルはテーブルの上の蜘蛛を持ち上げ、ビニール袋の重さを推し量った。

「謎めいているな。まるで錬金術の残りかすみたいだ」

「錬金術とは全然関係ありませんよ」ファビアンが言った。

「わかってるよ。セルヒオから話は聞いている」

「じゃあ、検査については外には洩らしてもらっては困るってことも?」

「ああ、それについても」

ファビアンは二、三日のあいだ、建設現場の仕事でとても忙しかった。ベルグラーノ・R地区にある家を児童公園にする工事だった。二組の作業員たちが工事に携わり、パラグアイ人作業員たちが一階、アルゼンチン人作業員たちが二階を担当した。両者は競いあっていて、どんどん緊張が高まるなか、それが爆発しないように調整するのがファビアンの仕事だった。そのうえ児童公園の責任者が気の強い女性で、なにを決めるにも自分を通さないと気がすまないようだった。両手をセメントの臭いでぷんぷんさせているいかつい男たちの世界に、まさに対抗しようとしていた。ファビアンは当然ながら、彼女と作業員たちの板ばさみになるはめになった。年じゅう口論が絶えず、疲労困憊した。だから仕事が終わるとすぐにバローロ宮殿に直行した。彼はその建物ではすっかり顔なじみとなり、ドベルティといつもいざこざばかり起こしていた怪しげな弁護士ソリアさえ、顔を合わすと会釈した。

木曜日の夜、彼はメナキエルに電話をした。ファビアンは、相手が読みあげた結果を慎重に書き留めた。

モイラのブロンズ製の蜘蛛：
銅：56％-スズ：26％-亜鉛：10％-鉛：3％-鉄：3％-ヒ素：1％-アンチモン：1％

ドベルティのブロンズ製の蜘蛛：
銅：57％-スズ：28％-亜鉛：7％-鉛：2％-鉄：4％-ヒ素：1％-アンチモン：1％

セシリアとドベルティを殺害したブロンズ製の凶器：

銅：60％－スズ：24％－亜鉛：9％－鉛：4％－鉄：2％－ヒ素：0.5％－アンチモン：0.5％

パーセンテージに多少のばらつきはあるが、結果はほとんど一致していた。すべての数値を何度も読み返した。このブロンズの組成は全部おなじだ。

ここからどんな仮説が成り立つ？　ドベルティはシルバの家でブロンズ製の蜘蛛を見つけ、死に際して手の中にそれを隠した。モイラの持ち物の中におなじ蜘蛛の置物があった。そしていまその等式にファビアンが加えたのは、殺人の凶器（具体的になにかということはまだわからない）だ。それもおなじブロンズで鋳造されたものだった。

成分の混合の割合がほとんど一致している。それは署名のように、あるいは指紋のように、個人を特定できるものなのだろうか？

ファビアンは電話帳を取り出し、ブロンズ工房を探した。首都圏と大ブエノスアイレス都市圏だけで四十軒以上ある。なんだかばかばかしく思えてきた。ブロンズ製の蜘蛛をもうひとつ見つけるために四十軒の工房を訪ね歩くつもりなのか？

「つまり」ルソが言った。「これを全部つくったやつはブロンズ工房で働いていると思うのか？」

彼らは二人きりで、クラブの体育館でバレーボールの練習をしている。

「あくまで仮説だよ」ファビアンは言った。この言葉をくり返し使うことがすっかり習慣になっていた。トスを上げ、ルソがスパイクを打ち、ファビアンがそれを両腕を合わせて拾ったあとルソに戻す。そうしてそのサイクルをめまいがするほど延々と続ける。

「で、どうするつもりなんだ？」

「蜘蛛を持ってブロンズ工房をすべてまわり、尋ねる。これをつくり、暇なときに四歳の娘たちを誘拐してまわっているのはあなたですか？」

ルソはプレーをやめ、ファビアンをまじまじと見た。

「おまえの冗談にはときどきついていけなくなる」

「じゃあ、どう答えろっていうんだよ……」

二人はもうしばらく練習を続けた。そのあとコートの脇で休んだ。

「そのブロンズ工房におまえが行くわけにはいかないぞ」

「なんでだよ」

「犯人はおまえを知っていて、先に気づくかもしれない」

「なるほど。工房にはいってきたぼくを見て、相手がそわそわしはじめたら、犯人ってことだな。そうでなくても、帽子と付け髭完備で行くよ」

「こう言っちゃなんだが、幼稚すぎないか？」

ファビアンは笑い、震える胸に首を垂れた。

「どうしたらいいと思う？　この二日、まともに眠れないんだ。いろいろ考えちゃって」

「おれにリストを見せろ」

二人は手分けをして工房を訪ねた。四日後、電話で話をした。

「おれは十二軒行ったぞ」ルソが言った。

「ぼくは十軒だ」

「おれの勝ちだな」

ファビアンは胸がいっぱいになった。

蜘蛛と類似するような品はなにも見かけなかった。鋳造されているものはだいたいにおいて粗雑で、洗練にはほど遠い。蜘蛛は明らかに、細工師かそれに類する職人の作品だ。だがこれまでに訪ねたブロンズ工房では、墓の銘板やサッカーの試合の優勝カップのようなものばかりがつくられていた。

「時間の無駄だと思うな」ルソが言った。

「まあ、同感だ」

「リストにはまだあと八軒あるけどな」

「まあ、落ち着けよ」

「無理だ。なんか探偵になったみたいで、妙に興奮しちまって。どんどん鋳造技術について詳しくなっていくよ。ブロンズ職人について記事を書こうとしている新聞記者ってことになってる」

「なかなか頭がいいな」

「おまえはなにに化けてるんだ？」

「ぼくはミステリ作家ってことになってる」

　ファビアンはほうぼうの工房で装飾品を買い、メナキエルに分析してもらった。しかし探している組成とは一致しなかった。銅とスズの割合は似たり寄ったりだが、残りがまったく違った。いちばん異なるのは、購入した品々にはスズ、ヒ素、アンチモンがいっさい含まれていない点だった。

〈アクーニャ兄弟ブロンズ工房〉はリストの最後のほうに載っていた。機械工場とベランダ用の防水テント布を売る店のあいだに隠れるようにしてあった。人を寄せつけない雰囲気の店内には、墓地用の銘板や十字架、金具、なにかのコンクールのトロフィー、鐘、動物園をかたどった装飾品、すでに輝きを失った紋章のコレクションなどが展示されている。大半の品はかつては堂々と光り輝いていたにちがいないが、時とともに光が消えていったようだ。

　カルロス・アクーニャには右手の中指がなかった。ファビアンは、その指をなくすに至った状況について頭の中でついあれこれ想像した。しかし、工房で働いている彼の息子たち、さらには孫を腕に抱いた二人の嫁を目にしたとき、疑いは捨てるしかなくなった。どうやら、ブロンズ工房を巡る捜索活動はこのままなんの結果ももたらさずに終わりそうだ。

　アクーニャは彼に工房内を見せ、セラミックスや蠟の鋳型、ブロンズを熔かすための摂氏千度以上になる驚異の窯《かま》を紹介した。巨大な火バサミは、鋳型に流しこむブロンズの地金を取り出すのに使う。ファビアンは、こちらをすっかり信用して、自分の仕事について純粋かつ熱心に教えようとしているその職人をだましているような気分になった。ブロンズ製品をつくる過程は複雑で、いくら時間があっても足りないように思えたが、それは自分がその仕事をよく知らないからだろう。すべてについてこまごまと説明するアクーニャは、模型のコレクションを友人に見せる子供のようだった。

そろそろ暇《いとま》を告げようかと思ったとき、ブロンズの組成の話になった。

「混合の割合には特殊なものがあるんですか？　それとも、だれもがおなじ配合を使っているんですか？」ファビアンが尋ねた。

「一般的にはおなじですが、なにをつくるかによって変わってきます。鉛を多く混ぜる人もいますよ」

ファビアンはメモしたパーセンテージが書かれた紙を財布から出し、アクーニャに見せた。職人は、ずっと忘れていたのに、思いがけず思い出したなにかを目にしたかのように、ほほえんだ。

「これはカネだ」彼は目を輝かせて言った。

「なんですって？」ファビアンが尋ねた。

「とても古い製法ですよ」アクーニャが説明した。「唐金《からかね》といって、鐘や細工物をつくるために日本で用いられていたもので、のちにヨーロッパの彫刻家が使いはじめました。ええ、そうですよ。ヒ素とアンチモンを混ぜると細工がしやすくなり、手の込んだものがつくれる」

「アルゼンチンでもこの製法を使っている人がいますか？」

「どうかな。ヒ素はとても毒性が強いから、扱いが難しいんです。実際、こういう組成のブロンズは錬金術師にしかつくれませんよ。いまじゃだれもやりません。

彫刻家とか、ある種の芸術家は使っているかもしれませんが」

ある種の芸術家。

「私の説明が役に立てばいいんですが」

「ええ、それはもう」

「あなたがお書きになっている小説、いつ出版されるんですか？」

「わかりません。編集者に見てもらわないと」

「待ち遠しいな。一冊、私のためにサインをお願いしますね」

調査の次のステップは自宅で進めた。バローロ宮殿のオフィスではインターネットにアクセスできないからだ。だが、あまりかんばしい結果は出なかった。グーグルで〝ブロンズ工芸家〟を検索すると、みんなスペイン在住だった。あれこれ考えるうちに、モイラの行き先の可能性が一気に広がりだし、落ちこみかけたが、考えてみればドベルティが殺されたのはブエノスアイレスで、自宅から三十分もかからない場所なのだと自分に言い聞かせた。検索欄に〝アルゼンチン〟を加えたが、やはり結果はあまりぱっとしなかった。ブロンズ工芸作家という人々は、透明人間になる能力を持つ匿名集団らしい。とはいえ、パルケ・パトリシオス地区に工房を持つ彫刻の先生と、世界じゅうで仕事をしている女性彫刻家が見つかった。先生のほうはルソが訪ね、ファビアンは女彫刻家のほうを調べることにした。彼女は順風満帆《まんぱん》の人生を送ってきた六十歳の女性で、ずっと世界を飛びまわっていたが、四年前にアルゼンチンに錨《いかり》を下ろすことにしたらしい。買い手を装って訪ね、楽しくおしゃべりをしたが、ヒンドゥー教の観念論に話題が向かいはじめたとき、失礼することにした。

ルソのほうもやはり運に恵まれなかった。彼は彫刻講座に参加を申しこみ、くしゃみを催させる羽毛クッションに半時間座っていた。だがたちまち、彫刻工房なるものは自己啓発セミナーをカムフラージュするためのの口実だとわかった。結局、ユダヤ人であることそのものが、あなたという存在に相変わらずの、しかしフロイト的な、あるいはラカン的な悩みや内省をあたえていると指摘された。ルソは、全体的になんのことかよくわからないと言い訳して、その場を逃げ出した。ブロンズ工房の最初のリストをつくってから三週間が経ち、ファビアンはまたしても調査の壁にぶつかった。なにもかもが、砂浜に描いたはかない絵のように思えた。無慈悲な波が押し寄せたとたん、なにもなかったように消えてしまった。

7

バレーボールのチームはリーグ戦最後の試合に臨み、勝利をあげた。ロペス＝ロペスの遺伝子に刻まれた悲観主義にもかかわらず、終わってみれば十二チーム中五位だった。補欠もおらず、漫画をヒントにしたユニフォームに身を包んだチームにしては悪くない成績だ。ガオナ通りの居酒屋《ボデゴン》に食事に行き、そのあとファビアンとルソはイルランダ広場近くのカフェに落ち着いた。そこは、昼間はビエイテス校の学生たちでいっぱい、夜は見た目ではそうとわからない娼婦たちが出入りする場所だ。二人は席につき、残念な結果に終わった調査について総括した。

「これからどうするんだ……？」ルソが言い、珍しく頼んだカフェオレを空にした。「こういう状況についてユダヤの小話があったはずだが、いまは思い出せない」

ファビアンは広場のハカランダの木々をながめた。夜の灯りに照らされて、異様な色に見える。

「これで万事休すだと思ったことが何度もある。でもそのたびに必ずなにかしら道が開けた。すこし頭を休めないと」

「中学のときの物理の先生の話をしよう」ルソが言った。「いかにも軍人って感じだったけど、教師たちの中ではましなほうだった。ときどきサディスティックになって、工学科の生徒に出すたぐいの、ぼくらにはとても解けない問題を持ってきた。自分ですら答えがわからない物理の問題を出すことさえあったよ。すると言うんだ。もし煮詰まったら、広場を散歩したり、ショーウィンドーをながめたり、本屋に言ってずらりと並ぶ本の表紙を見たりするといい。そういうとき、脳の一部は気晴らしのおかげで休息しているが、ほかの部分は考えつづけていて、ふいに問題が解決する、と」

「かもな」

「すこし考えるのをやめたほうが、ためになるんじゃないか。散歩でもしてみろよ」

「そんな気になれない」

「じゃあ本をながめに行け」

「最後に本屋に行ったとき、そのあとべろべろに酔っぱらって、おまえはシャベルを使ってぼくを床から起こすはめになった」

「ほらな？　友達と再会する役には立っただろ」

「それは確かだ」

「まあ、それもいやなら、そうだな、いい女を抱くことだ」

「効果があるかどうかわからないが、そっちのほうがまだそそられるな」

「そういえば……いつセリアをデートに誘うんだよ？」

「彼女、まだぼくのことを覚えてるかな」

「セリアはいい子だよ。だが孤独だ。だからおまえが気に入ると思ったんだ」

「いまは無理だ」

「アホだな、まったく」

「いろんなことがすこしでも解決したら、そのときは」

「で、それはいつなんだ？」

ファビアンは答えられなかった。

帰宅すると、留守番電話にかつての上司カレーラスからメッセージがはいっていた。彼とはもう一年以上会っていない。カレーラスの声は震えていた。どうしても会って話がしたい。いますごく難しい状況で、おまえなら話を聞いてもらえそうだから。元上司に会うと思うと、げっそりした。愚痴の聞き役なんてぞっとしなかったが、あとでベッドにはいろうとしたときにもうすこし寛大な気持ちになって、電話してみようと思い直した。

じつはそれが大きな転機になるのだが、彼はまだ知るよしもない。

カレーラスの話を長々と聞かされた。妻と離婚したのだが、いまになって腹が立ってきた。いま元妻がつきあっている男は、子供たちにとってさえ、自分の後任になるために現れた完璧なパパのように見えるからだ。

「考えてもみてくれ。別れてわずか六カ月で、男を見つけたんだ。六カ月だぞ。離婚だってまだ成立していなかった頃だ。不貞を働いたんだから、訴えてやってもよかったんだ」

「でもそうしなかった」

「ああ。子供たちのためだよ。問題は、おれが建てた家に、自分より十歳も若い恋人を連れこんで、子供たちもいっしょに二ヵ月前から住んでいるってことだ。おれが渡す金で子供たちが夜観るDVDを借り、そのあとおれが設計したベッドでそいつとヤるんだ」

「そうカッカするなよ」

「まだいっしょに暮らしていた頃から、あいつはおれを裏切ってたんだと思う」

「なんでそんなことを言うんだ？　マリアナはそんなことができる女性じゃないよ」

「もう、なにをどう考えればいいかわからない。なにもかもが……間違ってる、そう思えてならない。うまくいっていたと言うつもりはないよ。丸一年かけて夫婦セラピーに通ったが、効果がないとわかり、二人で決断した……。だが、まさかこんな目に遭うとは。やつらのせいで普通の人生のレールから脱線させられた気がするんだ。見ず知らずの人間が乗りこんできて、妻を奪われ、子供たちまでなくしかけている」

「なくしかけてなんかないさ」

「妻は、おれをもっといい父親モデルと取り換えた、そんな感じだ。やつはおれなんかよりはるかに時間に余裕がある。ミクロセントロにあるどこのくそったれ企業か知らないが、週に四日出勤すればいいんだ。子供を持たず、持とうともせずにここまできて、いちばん大変だった時期を終えた十歳の娘と八歳の息子を受け入れたうえ、プレイステーションでまでいっしょに遊んでやる始末さ」

「しかもペニスはあんたの二倍はでかい」

「そのとおり。それにバイアグラも飲んでない」

二人はパレルモ地区にあるバルにいた。近年その地域に増殖したたぐいの店のひとつだ。チェーン店ではない小さな店で、ほかのテーブルにはひとりも客がおらず、ドレッドヘアのボーイが着ているTシャツに描かれたマレーネ・ディートリッヒが、さっさと勘定をすませて出ていけと無言で祈っているかのように、こちらを見ている。

「笑い話じゃすまない」カレーラスが言った。「だれかがおれを使って、たちの悪いいたずらでも仕掛けてるみたいだ」彼は空のグラスを振ってテーブルから持ち上げ、そうして初めて中身がないことに気づいた。

「こんな話をおまえにしたら、笑われるってわかってるさ。おれがさぞ大馬鹿者に見えるだろうな」

「人それぞれ、その人なりに苦しんでるよ」

「そのとおりだ。だがこの何日かあんまりつらくて、もう……わからんよ」

カレーラスは空のグラスの底をまたのぞきこんだ。秘密の救いの言葉の書かれたメモでも探すかのように。

「おとといの夜」彼は続けた。「おれはひとりだった。彼女はあいつと子供たちといっしょにメンドーサに行ったんだ。わかるか？　あの野郎の昇進記念旅行だよ。子供たちがあいつと雪遊びをしているところを想像して、死にたくなった。そうさ、もういっぱしの家族なんだ。おれはぐったりして、なにも考えたくなくなった。でもなにか……馬鹿なことをしてしまいそうだった。わかるだろう？　なにもかも……終わらせちまおうかってな」

「なぜ実行しなかった？」

「さあ。怖かったんだ」

ファビアンは話しはじめた。自分ももうすこしで取り返しのつかないことをしそうになったときのことを。そうして話しながら気づいた。はたして、自分の命を救ってくれたのは本当にドベルティの呼び鈴だったのだろうか？　呼び鈴が鳴ろうと鳴るまいと、結局のところ自分はあの錠剤を飲みはしなかったのだと、そのときわかった。錠剤の瓶のラベルをしばしながめ、そのあとまたキャビネットにしまったにちがいない。なぜなら、まだ終わっていないことを終わらせなければならなかったから。娘を見つけ出さなければならなかったからだ。もちろん、それでドベルティがあのときあそこに来てくれたことのありがたさが減るわけではないが、自分でも本当は望んでいなかった運命を防ぐために、なんらかの方法でファビアン自身がドベルティを呼び寄せた、そんな気がしていた。そのことを、そしてほかのことも、彼はカレーラスに話した。話さなければならないとわかっていた。そうしてカレーラスをはまりこんでいる泥沼から引きずり出すのだ。かつてドベルティが、自分の泥沼からファビアンが這い出るのを助けてくれたように。

話し終わったとき、カレーラスは目を潤ませ、両手をテーブルに置いて、何度もうなずいた。左手にはまだ結婚指輪がはまっていた。ファビアンは結婚指輪を買ったことがなかった。一度、リラと結婚式を挙げようと計画したことがあった。いつも決心したときには遅すぎるのだ。

時刻は午前三時だった。ドレッドヘアはあきらめたように自分のスツールでだらんと座っている。そろそろ会計する潮時だ。ファビアンがコートのポケットから財布を出したとき、いっしょに蜘蛛が飛び出して、カツンという音とともにテーブルに落ちた。

「これは？」カレーラスが尋ねた。「きれいだな」

「モイラの思い出の品だよ」ファビアンは言った。金色の輝きが目を刺した。カレーラスはそれを拾い上げてしげしげと見た。

「博物館のとおなじだ」

「どの博物館？」ファビアンは言った。そしてたちまち口の中がからからになった。もうわかっていたからだ。

カレーラスがどこの博物館のことを言っているのか、彼には正確にわかっていた。カレーラスが〝博物館〟という言葉を発した瞬間に思い出したのだ。なぜか、いままでずっとそれとこれが結びつかなかった。カレーラスが博物館の名前を言ったとき、ファビアンも同時にそれを口にしていた。

「センテナリオ公園の博物館」二人は言った。

「自然科学博物館だ」ファビアンが言い添えた。

「そうだ。玄関扉にある蜘蛛だよ。まったくおなじものだ」

ファビアンは、思わずこちらのほうがこっ恥ずかしくなるようなカレーラスの愛情表現を、その後何年も、いやでも受け入れざるをえなくなるようなことをしてしまった。テーブルから立ち上がり、彼を抱擁《ほうよう》したのだ。

午前四時、ファビアンは博物館に到着した。建物の入口に続く階段の下に近づく。直径八十センチほどの八角形の蜘蛛の巣にとまっている金色の蜘蛛が二匹、玄関のくろがねの両扉それぞれに刻みこまれている。公園の街灯の光がそれを照らし、琥珀色の水に浸されているかのように見える。ファビアンはブロンズの蜘蛛を取り出し、比べてみた。大きさを除いて、細部に至るまですべておなじデザインだ。

ファビアンがモイラをここに連れてきたことはなかったが、リラは何度もモイラと来ていたと思う。三人でいっしょに来たことがない場所のひとつだった。彼が最後にここを訪れたとき、たしか二十歳だったと思う。だが、玄関扉の蜘蛛のことはずっと記憶の片隅にあった。

付近にはだれもいなかった。五十メートルほど離れたところで、若いカップルが歩道の縁石に座って笑いあっており、さらにその向こうでは、老人が独り言をつぶやきながらゴミ箱を漁っている。ファビアンは階段をのぼりはじめた。星明かりのもとで見る博物館の建物には現実感がなく、どこか知らないよその世界のものに見えた。気まぐれな美術監督がつくった映画の舞台装置のようだ。イオニア式の列柱がテラコッタ色の煉瓦と仲良く同居している。ローマ風の帯状装飾の中にアールデコの幾何学模様が見つかる。こんなふうに様式が混在しているのは、違う歴史をたどったパラレルワールドの存在をほのめかしているのかもしれない。ファビアンは建物の上のほうにある窓を見た。その両側をがっちりと守っている巨大なフクロウの形をした柱が、前進するにつれて頭上に近づいてきた。

まもなく扉の蜘蛛のところにたどりつこうとしていた。二つの扉のそれぞれに一匹ずついて、鉄板を抱き、入口を見張っているように見える。蜘蛛の頭部はファビアンの頭より高い場所にあった。彼はビクトリノックスのナイフとビニール袋を取り出してブロンズを引っかき、金色の細かい粉を手に入れた。

ファビアンは通りへと遠ざかった。独り言の老人はこちらを見ている。ぱくぱくと唇を動かし、夜の向こうからなにか秘密の質問を投げかけていた。

月曜日朝八時、ファビアンはホンテ研究所の入口で、売人を心待ちにするヤク中のように、メナキエルが現れるのをいまかいまかと待っていた。

二時間後には結果が出た。

組成は一致した。

ファビアンは自宅に戻ると、建設現場に電話し、病欠したいと告げた。現場責任者のペラルタは、ベッドにはいってサトウキビの汁を飲めと言った。ファビアンは、家族三人揃っていたときにあった家具のうち唯一残した居間の椅子に座っていた。集中しようとしたが、難しかった。現実がふたたびありえない角度に折れ曲がり、周囲のすべてが、ほんのすこし息を吹きかけただけで破れてしまう極薄のライスペーパーくらい脆く思えた。

博物館のことをまた考える。いつ建設されたんだろう？　ファビアンはパソコンを立ち上げた。自然科学博物館のサイトには、建設年として一九三七年と記されていた。

一九三七年。七十年以上の年月の重みで押しつぶされそうな気がした。こんなのおかしい。コンクリートやセメントの成分がそうであるように、あるいはソースのレシピのように、おなじブロンズの組成は一致する。モイラの蜘蛛と博物館の扉のそれは、おなじ人物か、おなじ工房でつくられたものだと考えるのは、常識はずれなのか？　いや、正しいのか？

優秀な探偵ならどうする？　本当に役に立つ手がかりを見極めることだ、といつかドベルティが言っていた。珍しく大真面目に話をしたときのことだ。

これはぼくの手元にある唯一の手がかりだ。月光の上を歩いているような心地だったが、この道をたどるしかないのだ。

その日のうちにもう一度博物館に行った。入口の蜘蛛とおなじブロンズの装飾がほかにもないか探して、中を歩きまわったが、名無しの彫刻家はそれ以外には作品を提供していないようだった。事務所はどこかと訊くと、恐竜の骨格の陰に小さなドアがあり、そこが入口だと教えられた。四十がらみの角縁《つのぶち》眼鏡をかけた女性は、お役には立てそうにないと言い、国会図書館に行ってみてはどうかと勧めた。ファビアンはそれを聞き流し、三十分後には中央建築家協会にいた。そこの図書室に最後にはいったのは、すくなくとも十五年以上前だろう。学生時代、じつに機械的に彼に対応した冷淡な女性司書と会えるかと思ったが、現れたのは、コーデュロイのジャケット姿の、青白い顔をしただらしない感じの長髪の男だった。ファビアンが探している建物の名前を伝えると、男はパソコンで検索した。思い出と郷愁に満ちた閲覧室にはいる。

ベルナルディーノ・リバダビア自然科学博物館にまたはいっていく。ただし今度は本を通じてだ。一九三七年の建設の際、そこにはビガッティ、プロイエット、ラウフといったさまざまな彫刻家が作品を提供した。そのうちだれが蜘蛛を制作したかははっきりしなかった。博物館の建設の様子を年代順に追っていく。いまとはまるで異なっているため、外国をのぞき見るような感覚で、その時代に没入していく。いまやほとんど自分のオフィスとして使っている、バローロ宮殿がつくられたときと時代的にほとんど変わらないことを記憶に留めた。

本をあれこれ参照しても、先の三人の彫刻家の名前が手にはいっただけで、目当ての彫刻家がだれか相変わらず判然としなかった。そしてとある美術の本の中に、一九四八年に開催された彫刻展の論評を見つけた。いろいろな作品が展示されていたが、その中に『神曲』を題材にした『フランチェスカとパオロの再生』と題したものがあった。《作者：フェルディナント・ラウフ。作者データ：一九〇一年プラハ生まれの著名な工芸家・彫刻家。一九二二年にアルゼンチンに移住。国内のさまざまな建築物に参画しており、そのひとつがベルナルディーノ・リバダビア自然科学博物館である。施設の玄関扉を飾る、絢爛《けんらん》たるブロンズ製の蜘蛛は彼の作品》。

フェルディナント・ラウフ。ふたたび司書に協力をお願いすると、今度は五件の結果が得られた。どれもラウフが参加した展覧会の情報だった。そのうちの二件については作品の写真も掲載されており、うち一九四六年のものにはファビアンも感銘を受けた。球体の形をした蜘蛛の巣の中に浮かんでいるように見える三匹の蜘蛛の彫刻だ。もう一件は両腕を広げた女性像で、長い髪が腕を覆い、指先から雨のように滴り落ちている。ファビアンは彫刻についてはまったくの門外漢だ。ご多分に洩れず、関心があったのはリラのほうで、本も何冊か持っていたし、あるときロダンについて彼女と話したこともあった。それでもラウフがすぐれた彫刻家だということは、それらの写真を見れば彼にもわかった。
これだけの彫刻家が跡形もなく姿を消してしまうわけがない。もっと具体的な情報がすぐに見つかった。国立装飾美術館の常設展に彼の作品があった。『きょうだいたち』という作品だ。

閉館十分前に美術館に到着した。二階に上がり、日本製の家具が置かれた玄関ホールを抜け、アーケードを通って別の広い部屋にはいる。壁際にたくさんの彫刻が並んでいる。ラウフの作品は、とくにその色ですぐにわかった。ラウフのブロンズは、内側から光っているかのような独特の色味を醸《かも》している。女性と男性の二つの像が、もしそれがきょうだいだとしたらどうかと思うようなポーズで抱きあっている。女性像は男性像の背で両手を開いており、その指がまた驚くほど精巧だった。二人は首をかしげ、顔を空に向けて、抱きあっているところを思いがけず光で照らされたかのように、目を半ば閉じている。

ファビアンは彫刻の台座に貼りつけられたプレートを読んだ。《『きょうだいたち』。ブロンズ鋳造、緑青着色。一九六一年。作者・フェルディナント・ラウフ一九〇一（プラハ）－一九七六（パラナ）》。

初めて彼の死没年がわかった。亡くなった場所も。

入口にいた女性を見てリラを連想しなかったら、カタログは買わなかっただろう。そして、もうひとつの重要情報も見逃していたはずだ。だがファビアンは彼女を見て思わず足を止めた。何年も前にリラを見てそうしたように。背はそれほど高くなく、よく見れば顔は全然違う。だが、そのしぐさや容姿がとてもよく似ていた。それに、声にもどことなくおなじ響きが感じられる。リラの遠い従姉妹と言われてもうなずけただろう。

「展示作品の作者について、なにか情報はありませんか?」声の震えを必死に抑えながら尋ねた。

「人によります」女性は、カタログのある小さなショーケースをボールペンでコンコンとたたきながら言った。ビック・ボールペンの黒だ。「人によっては多くの情報が収録されています。どの作品をお探しですか?」

ファビアンは伝えた。女性(青いシャツにつけたプラスチックの名札によれば、アナ・ロマーンという名前らしい)はカタログのつやのあるページを開き、めくった。灰色の瞳が写真の上を走り、やがて止まった。あるページをさらに大きく開いて、ファビアンに差し出した。ラウフに関する解説があったが、作品の写真だけで、本人の写真はなかった。しかし、像の台座に印字されていたものより解説の内容は詳しかった。ファビアンはアナからそのカタログを買い、もう一度その灰色の瞳を見ながら別れを告げた。とてもよく似ていた。

だがリラではない。

ラウフの経歴の概要にはそれ以上の情報はなかったが、非常に有用なデータが含まれていた。一九五二年、ラウフはサン・テルモ地区にあった家からエントレ・リオス州の《パラナの町の近く》に引っ越したという。それ以降、ラウフはそこで作品をつくり、そこで死んだ。

「まあ、すくなくともそれで、フェルディナント・ラウフは犯人じゃないってことがわかったな」ルソは言った。彼はバローロ宮殿のオフィスのデスクの前にある緑色の革製の肘掛け椅子に座っている。「百七歳の殺人犯なんて、SFの世界の話だ」

「わかってるさ」ファビアンは答えた。「だが、セシリアとドベルティ殺害に使われた凶器は、フェルディナント・ラウフのブロンズ作品と組成が一致したん

「じゃあ、工房を継いだ子供とか？」

「さあね」

ファビアンは椅子から立ち上がり、窓に近づいた。

サンフリアンは窓辺で寝ているが、いつものように黄色い目を片方だけ半開きにしている。夕陽が国会議事堂の丸屋根の向こうに見える雲を赤く燃やし、空の光が残酷なくらい急速に消えていく。

「現場には、休ませてほしいと電話した。明日エントレ・リオス州に行ってくる」

ルソはなにか言おうとしたが思いとどまり、逡巡したせいで唾を喉に詰まらせた。咳払いをしてデスクに身を乗り出し、そのあいだにファビアンになにを言うか考えた。

「ひとりで行くつもりか？」ようやくそう口に出した。

「ああ」

「危険だとは思わないか？」


「無駄足になるんじゃないかと思う」

「もし無駄足にならなかったら？　本当にこの手がかりが、モイラをさらった人間のところにおまえを導いたら？」

「ぼくはだれもいっしょに連れてはいかないよ、ルソ。今回はだめだ。おまえには子供がいる」

「いっしょに連れていくだれかになにか起きたとき、その責任を取りたくないんだろう。違うか？」

「かもしれない。だが、自分の身になにか起きるようなことだってしたくない。なにかしら結論に達したら、事件に関与している人物をつきとめたら、警察に通報する。目的はわかっているつもりだが、すべてがはっきりしているわけじゃない。進捗状況を確かめながら進まなきゃならない。一週間かかるか、場合によっては一カ月になるか。これでどうして、いっしょに来てくれとおまえに頼める？」

「ドベルティがどうなったか、思い出せよ」

「完璧に覚えてるさ。だからこそ行くんだ」

「なに？　復讐でもする気か？」

「そんなところだ。当然だろう？」

「自殺行為だ。まるでカミカゼじゃないか」

「カミカゼ？　そうかな。モイラを誘拐した人間がそこにいるなら、ぼくは死ぬ気はない。相手に死んでもらう」

ルソはなにも言わなかった。


ルソは、自分が持っている二台の携帯電話のうち一台を、ファビアンに押しつけた。そして、もしなにかあったら、まずは警察に電話し、そのあと自分に連絡しろと言った。そして、けっして馬鹿な真似はするなと誓わせた。ファビアンは、チームのメンバーにも彼の妻にも、このことはないしょにしてほしいと告げた。

二人は通りに出て、ファビアンは地下鉄の駅までルソを送った。彼がひどく深刻な表情をしているのが見えた。ルソはきっと、どういう顔をして別れていいかわからないのだろう。

階段を下りる彼を見送りながら、今度会うときには、よきにつけ悪しきにつけ、自分はもうおなじ人間じゃないと思った。ファビアンには、この旅でなにか答えが見つかるという確信に近いものがあったのだ。

フリアに電話して、出張に出かけるので猫に餌をやってくれと頼んだ。彼女に真実を明かしても意味はない。電話を切ると、デスクのいちばん下の抽斗を開け、ドベルティのスミス&ウェッソンを出す。いっしょに弾丸が十二個はいった小箱も見つけた。銃を手に取ってみると、かなり重い。それをリュックに入れたとき、妙な感じがした。サンフリアンを撫で、皿のひとつに餌を、もうひとつに水をいれ、ブラインドを下ろす。灯りを消していると、電話が鳴った。ブロンズ工房のアクーニャだった。

い出したんだ」

「あんたが本を書くのに、興味を持ちそうなことを思

「なんです？」

「あんたが話していた組成の合金のことで」

「唐金ですね？」

「そう、それだ。近年それが使われなくなったもうひとつの理由はヒ素だ」

「手に入れにくいから？」

「いや、そうじゃない。ヒ素を混ぜることについて伝説があってね」

「伝説？」

「ああ。だからあんたが興味を持つんじゃないかと思ったんだ。かつての工芸家たちは、地金をつくるときに混ぜたヒ素を彫刻家が吸いこんでしだいにその影響を受け、しまいには頭がおかしくなると信じていた。もちろん、そんなのはただの伝説だがね」

8

二〇〇八年十一月三日

眠れず、夜の陽とともに墓地に向かう。昔からここは好きな場所だ。もちろん工房と庭に次いで、だが。墓石の下に死者がいるという感覚はなかった。感じるのは静けさだけだ。近頃では、それが祝福に思えた。さまざまな墓碑があり、夜はそれが冷たい銀色一色に塗りこめられる。ガルシーア家の墓はヤナギの下にある。曽祖父アレーホの墓は雨風のせいでほとんどあばた面だ。いつか、アレーホが本当に、黄金都市エル・ドラードを探しに川の上流に迷いこんだスペイン人ソリスの探検

隊の生き残り、かのアレーホ・ガルシーアの末裔《まつえい》なのかどうか、調べなければならない。

私の曽祖父アレーホがこのアシエンダの創始者だ。死を目前にした彼は耄碌《もうろく》し、玄関口に敵がいる、連中の裏をかく秘密の通路のありかを知っているといつも言い募っていたという。そこでアシエンダの使用人たちはこんな伝説をつくった――ペルーの黄金を発見した、ご主人の征服者時代の祖先は、宝の一部を子孫に遺し、アシエンダのどこかにそれが隠されているはずだが、おいぼれは頭が呆《ぼ》けて、その場所を忘れてしまった。

アレーホの妻マティルデはその横に埋葬されている。レバに聞かされた話では、マティルデは毎日、亡くなった夫の墓に、パラナからわざわざ取り寄せた血のように真っ赤なバラを六本供えていたが、ある午後、その儀式を終えたあとに夫の墓の脇で息絶えていたという。レバは昔からロマンティストだ。

そのあと、〝いにしえのボヘミア〟の父方の系列の墓が続く。祖父みずから、自分の出身地をよくそう呼んでいたのだ。私が生まれる三日前に亡くなった祖母のソフィアあるいはソフィーのもの。その横に、祖父フェルディナント。祖父と私の人生が交わったのは十年間だけだが、それで充分だった。私がブロンズについて知っていることは、全部祖父から教わった。私があっというまに技術を身につけてしまう様に、だれもが、とりわけ父が目を丸くした。祖父はすぐに私の才能を見抜き、わずかな時間しか残されていないことを知っていたかのように、熱心に指導した。私は毎日祖父と工房で過ごし、教えを吸収した。喜びに満ちあふれていたあのときのことをいまでも思い出す。なにをするより楽しかった。工房の熱が山地特有の暗い湿気を退け、私を守った。そして祖父は私にブロンズ鋳造のやり方を教えこんだ。

だが至福の時は長くは続かなかった。ある日、学校の帰り、ボートから降りようとしたときに、桟橋のそばで泣きながら私を待っている母の姿が見えた。母は私をぎゅっと抱きしめ、私の髪に口を埋めてなにかささやいたが、よく聞こえなかった。やがて使用人たちと父が、急ごしらえの担架に祖父の遺体を乗せて運んでいるのを見た。映画でよく見るように覆ってさえいなかったが、静かに目を閉じた祖父は堂々として、威厳にあふれていた。父の顔に、どこか満足げな表情が浮かんでいるように見えた。母は私の肩を抱こうとしたが、私は駆けだし、工房にこもった。

二カ月間かけて彫像をつくりあげ、だれにも見られないようにして、祖父の墓の横に置いた。高さ一・五メートルほどあるそれは、座った祖父をモデルにしたブロンズ像だ。以前祖父と話をしていたときに、絵を描いている自分を描いたベラスケスの自画像を見せてもらい、そこから祖父の彫像のヒントを得た。彫刻している彫刻家の彫像だ。

数日後、母、コルデリア、レバといっしょに、祖父の墓に花を手向《たむ》けに行った。彫像を見つけたときの彼女たちの驚いた顔を、私は終生忘れないだろう。コルデリアと母の手が彫像を撫でた。自分たちがいまさわっているものがとても信じられないとでもいうように。レバの顔はショックでこわばっていた。私には自分の手でこれほどのものをつくりだす能力がある、彼女たちはそう知った。わずか十歳《ま》の子供の思いがけない創造力を、彼女たちは目の当たりにしたのだ。

それは私の人生における最良の瞬間のひとつだった。フェルディナントおじいちゃんは無駄に私にブロンズ彫刻を指南していたわけではなかったのだ。

幸い、そこに父はいなかった。数日後、父もそれを発見し、驚きを必死に隠しとおした。彫像についで父が私になにか言ったことは一度もなかった。

一度、レバが祖父たちの墓碑を掃除しようとしたことがあった。大理石の上を老いさらばえた何本もの手が這いまわっているかのように、暗緑色のツル植物に覆いつくされていたのだ。さわるなと私は申し渡した。そのままのほうがいい。古い墓なのだから、新しいものより山の支配を受けて当然なのだ。母の墓碑はほとんど見えなくなっている。アルマ。もっと母といっしょに過ごしたかった。たった十四年間なのだ。物静かでやさしく、穏やかな人だった。父のことが好きになった理由はわかるが、本当の父を知ってからも結婚生活を続けたのはなぜか、理解できない。

父の墓は、明らかにほかより新しいことがわかるとはいえ、苔とアザミにかなり侵食されている。懐中電灯の光を当てても大理石はほとんど見えなかったし、私がつくったヴェルディの歌詞が彫りこまれたブロンズの銘板もひどく黒ずんでいる。はずしてきれいにするべきなのだろう。銘板をつくり終えたとき、父はそんなことをしてもらえる価値のある人間じゃないと思った。埋葬の日のことを覚えている。帽子を手にした使用人たち、黙りこんだコルデリア、レバは大泣きしていたが、それは予想できたことだった。棺が下ろされるとき、山や森がしんと静まったように感じたことも覚えている。下りていく棺を蛆たちが歓迎するあいだ、縄が木にこすれる音や土が剝がれる音を、私に無理やり聞かせるためだ。執拗に黙りこむ山が、私を非難しているかのように思えた。やがてあたりの音たちが、レバのすすり泣きを先頭にして戻ってきた。

二年間、私はそこに戻らなかった。しかしある午後、父が使っていた木製の大きな火バサミが壊れ、その代用品をつくるために何時間も工房にこもった。終わったとき、その出来ばえに私は満足した。輪っかの中に指を一本ずつはめこみ、そこにぐっと力を入れて、柄を閉じるのだ。強力なばねを据え付けたので、以前の火バサミより扱うのに力がいる。そのあと私は父の墓に行き、父が使っていた役立たずの火バサミをいかに改良したか、見せつけてやった。私のハサミを持っていれば、指がもっと鍛えられて、バイオリンの腕も上達しただろうに。そのバイオリンも、いまは父とともに地面の下で眠っている。

父は私が工房でつくったものを一度として褒めたことがなかったし、息子の才能を認めたこともなかった。

父の墓が最後だった。ときどき、コルデリアの墓がそこにあったらと思うこともあるが、やはり私にはとても耐えられないだろう。彼女が死の王国の住人だとは思えない。いつもあんなにいきいきとして、光と風に愛されていたのだから……。

コルデリア。私の毎日をきみの色で染めるのをやめさせるには、いったいどうしたらいい？

その日遅く

どうすることもできない。問題発生の可能性が頭から消えない。眠れないのはそのせいだ。連中が私のところにたどりつくような証拠を握っているはずがないとしばらく自分に言い聞かせる。元凶はシルバを蝕んだ癌だ。そして、父親の遺品をハイエナみたいに嗅ぎまわったやつの息子だ。あいつさえいなければ、なにもかも忘れ去られ、安全かつ穏やかに過ごしていられたのだ。

いまやまわりは死者だらけだ。毎日、皮膚の毛穴という毛穴をちりちりと痛めつけてくる。忌まわしい運命、そして死との関係を断ち切ろうにも断ち切れない、スティーヴンソンの小説の登場人物になった気分だ。人の命を奪わずにすむなら、なにを差し出してもいい！

さらに遅く、眠れずに迎えた夜明け

外に出て、ふたたびここに来た。静寂に囲まれていると頭がどうかしそうだったからだ。だがこの時間、鳥たちは活動を始め、確実に空が明るみだしているとはいえ、庭はまだ寒い。温室の前を通りかかったとき、一瞬、蜘蛛の形をした通気口の格子から音が聞こえたような気がして、近づいて身を乗り出し、闇に目を凝らした。なにも見えない。湿気の強烈な臭いがした。いつか、この屋敷の土台を調べなければなるまい。さもないと、すべてが内側から崩れ、谷底に向かって斜面を滑り落ちるだろう。

いっそ逃げ出したらどうか？　その考えがいよいよ固まり、避けがたいものに思えてくる。カシルダをいっしょにヨーロッパに連れていき、危険から遠く離れた場所で一からやり直すのだ。アシエンダも、工房も捨てて……。そう考えたとたん、私は体が動かなくなる。だが、じりじりと追いつめられている、そんな気がしてならない。レバまでが妙なふるまいを見せ、以前のような信頼が感じられない。彼女に私が裏切れるだろうか？　いや、レバにとってもそれは不都合だろう。そんなことをすれば、彼女だって一巻の終わりだ。ではカシルダは？　あの子がなにも言わずにおとなしくしていることが、むしろだんだん不安になってきた。このままどんどん影が薄くなっていき、だれにも気づかれぬままどこかに消えてしまいそうだった。ドアの下の隙間から、あるいは窓の格子から抜け出して。つい、いつもなにかつぶやきながら、ふらふらと歩きまわっているラウタロを思い出す。

カシルダに鋳型のつくり方を教えようとしてみたが、ちっとも興味を示さなかった。庭に行くのも好きではなさそうだ。私の才能に感心してほしかったのに、そこに連れていくたびに彼女は逃げ出し、私ももうあきらめた。実際、彼女のことは責められない。

正午

この日記を書かずにはいられない。その気持ちがますます強くなっている。果てしない海に浮かぶ木っ端《こ　ぱ》のように、私はこれにしがみついている。

またユーカリの森を歩きまわり、くたくただ。ブラジルの製紙業者のひとりが農園を隅々まで視察したいと言ったのだ。通常この手の仕事は、必要だが面倒で苦痛でさえあったので、従業員たちにまかせている。だが、このヴィウマール・ノゼクアントスというブラジル人は、私が在宅しているのを知って、経営者本人と直接接触するチャンスと考えた。すくなくともこの男は、いったいなにがそんなに楽しいのか、四六時中馬鹿みたいに陽気な、典型的ブラジル人気質の持ち主ではなかった。尋常でなく無口で、顔かたちも服装も、熱帯の空気に染まった人というより、ヨーロッパ人のそれだった。見まわりは思ったより順調にすんだが、そのあとである出来事が起きた。思い出すといまでも胸がざわめく。

われわれはユーカリの木がどこまでも続く農園の中を歩いていた。一行のうち三人が離れたとき、例のブラジル人が、ないしょ話と思えるようなささやき声で私に言ったのだ。「ここは死体を隠すのにもってこいの場所ですね?」ポルトガル語だったにもかかわらず、意味が完璧に理解できた。私が肩をすくめ、いまではもう思い出せもしない返事をすると、彼はサングラスで隠した顔を崩して笑った。一瞬、彼がなにか知っているのではと思った。彼があんなことを言ったのはただの偶然だと自分に言い聞かせたが、午前中ずっと不安でたまらなかった。帰りのボートの中で携帯電話が二度鳴り、そのたびにブラジル訛りの声が意味ありげなことをささやいてくるのではないかと身構えた。だが、いずれもくだらないことを尋ねる共同経営者たちからの無意味な電話だった。

私は桟橋から直接工房に向かった。なにか造形しようと思ったが、手が震えていた。

いままたこうしてこの庭に来て、日記を書いている。

アシエンダ包囲網がじわじわと縮まってきている気がしてならない。周囲に施したクサリヘビの血のバリアも、われわれを守ってきた祖先たちの魔術も、もう役に立たない。

もはや時間がない。

9

週日のせいか、国道九号線は交通量がすくなく、のんびりしたドライブだったが、ファビアンは、サン・ペドロ方面に向かう一九一号線とのジャンクションにあるサービスエリアで休憩を取った。

バルにはトラック運転手二、三人のほか、コーヒーを飲む年配の女性がいた。彼女の横にはペキニーズがちょこんと座っている。オレンジ色の制服姿の女店員は、携帯電話で話し中だが、ファビアンの注文を聞くあいだもおしゃべりを中断しなかった。

サンドイッチをいくつかとミネラルウォーターを買い、通りをながめながら腰を下ろした。空は透明に近い水色で、日陰にはいると寒いが日なたは暑く、スタンド脇の砂利の上を車のタイヤが通過するたびに黄色い砂塵が舞い上がった。

午後四時だった。もっと早く建設現場を出るつもりでいたのだが、責任者のペラルタにあれこれ説明するのに午前中いっぱいかかってしまった。現場を出発したのは午後一時半。午後二時には車でアクセソ・ノルテ高速道路、つまり国道九号線にはいった。

ゆうべ父エルネストの家から帰ってきてから、旅の準備をした。父には、パラナで建設工事の仕事があるかもしれないと話した。父は、いま聞いたことを頭の中で翻訳しているかのような表情で、こちらを見た。近頃父は普段以上に無口だが、健康状態が悪いようにも、年のせいで耄碌したようにも見えなかった。父はファビアンを探るように無言で見ていたが、やがて連絡を取るにはどうすればいいかと尋ねた。ファビアンはルソからもらった携帯電話の番号を伝えた。この何年かに起きた出来事も、二人のコミュニケーション方法を本質的に変えることはなかった。おたがい胸の内を読み解くのが難しい相手だとわかっているのに、距離を置くべしというルールを暗黙の了解のもと維持していた。どうしても壊せない沈黙の壁をたがいの間に築いていた。ファビアンが車に向かって歩きだし、父が自宅のドアを閉めようとしていたそのとき、彼はふいに衝動に駆られた。こんな馬鹿げた呪文は解いてしまおう、家に引き返して父に言おう、たぶん照れながら、でもはっきりと、父さん愛してるよ、と。だが振り向いたとき、家のドアはすでに閉じていた。

ふたたび高速道路に戻り、時速九十キロを超えない速度を保ちながら、いつになく穏やかに旅を続けた。昔から高速道路を運転するのが好きだった。気持ちがとても落ち着くし、ドライブするあいだどの曲を聴こうかと、何日も前からCDを選んだものだった。しかしいまはCDもラジオもつけず、窓を数センチだけ下ろして、静寂の中で運転している。車は二〇〇二年にルノーのクリオに替えた（そのとき帰国していたヘルマンにそうしろと説得された）のだが、以来ずっと忠実に仕えてくれている。ファビアンは両手をハンドルに、視線を車線に固定していた。道は、彼の目の下を止まることなく後方へと滑り去っていく。

五時半にロサリオ郊外にたどりついた。町を迂回するあいだ、その姿が遠目に見えていた。ふいに、リラとロサリオに旅行した記憶が甦ってきたが、それが痛みに変わるまえになんとか追い払うことに成功した。ファビアンはあらためて高速道路を走る自分を確認し、スピードを上げた。

今後もけっして訪れることはないだろう村の名前を告げる標識が次々に目にはいる。マシエル、モンヘ、アロセナ、コロンダ……。なんのイメージも湧かない名前ばかりが道路脇の緑色の看板にくり返し現れる。陽も衰えてきた。と、突然サンタフェの町の巨大な影が遠くに見えた。それは町というより彼方を航行する船のようで、手の届かないぼんやりした存在に思えた。だがすぐに車はそちらに向きを変え、暮れなずむ町のシルエットはどんどん大きくなっていった。どうやらハイウェイは町を縦断するようだ。だがファビアンはもう一度南に方向転換した。町にはいるのは避けてぐるりと回り道し、一六八号線にはいる道を見つけた。そのあたりは、緑色の苔に覆われた低地に水が鏡のようにいくつも浮かんでいるように見える地帯だった。左手は、夕暮れの紫色の空を背景に、建物が並ぶ地区だ。やがて高速道路は、路肩にひたひたと迫り出して道を呑みこもうとするかのような、小さな湖沼群のあいだを通過した。湖のひとつが燃えるような夕暮れを映し出し、つい車を停めてのぞきこみたくなったが、思いとどまった。炎のような夕陽は、ドベルティにプレゼントしたオレンジ色のネックレスを思い出させた。あれはいったいどうなったんだろう？

まもなく橋に突入し、その下を流れる広い川が眼下に見えた。渦巻く水の音がはっきりと聞こえた。パラナ川だろうと思ったが、標識を見たらコラスティネ川だと知って驚いた。無知にもほどがある。

その直後に、河床下にもぐるトンネルの入口が現れた。ブースの中で編み物をしている、恐ろしく年をとった女係員に料金を払い、トンネルにはいる。まわりは白いタイル張りの壁で、異様なほど長い浴室みたいに思えた。ファビアンは前方に目を据えながら、七〇年代に父とここに来たときのことを記憶から掘り起こそうとしたが、川底を通るトンネルにはいるという一大事件に兄と自分がなんとなくわくわくしていたことぐらいしか思い出せなかった。

トンネルは思ったより長く、出口が見えはじめたときは、やっとかと思った。トンネルから出ればそこはパラナだとわかっていたが、思いがけず不思議な衝撃に襲われた。

おとぎ話の本のような色彩の町で、顔に吹きつける震えるそよ風が、言葉にできない感覚をもたらした。しだいに暗くなっていく空を切り取るように林立する木々の緑が、彼の目を殴りつける。無言で叫んでいるかのような緑だ。直感で進む方向を決め、車を川のほうに向かわせる。喉になにかが詰まるような感じがしはじめたが、理由はわからない。通りでようやくブレーキをかけ、黄昏の中で力強くうねる広々とした灰色のパラナ川の全貌が見えたとき、思わずうめき声が洩れ、ハンドルにしがみついた。車を駐め、外に出る。水に映りこむ無数の光が川を満たしつつある。ファビアンは水面の躍動と緊張を頭に刻みこんだ。岸にぶつかる波、渦を巻く激しい水流は、どこか獣じみてさえいる。外気が冷たくなり、夜がきんと澄んでいくなか、ファビアンはしばらく木のベンチに座って川をながめていた。川を見たとたんショックが走った瞬間のことを思い起こし、なぜあんなふうに恐怖を感じたのか、理由を考えようとした。

闇に沈む波立つ川面のほの暗い反射を見るうちに、リラとモイラの顔が、まさにそこにいるかのようにいきいきと、彼の脳裏に甦ってきたのだ。それは光もなく浮かび、果てしのない水の流れとごったになっていた。

街なかを何度も行き来しながらさまよう。知らないのに知っている街をながめる、そういう旅特有の感覚に浸りながら。当てもなく車を走らせ、通りを抜け、行き当たりばったりに探検する。湿気が霧と化し、街灯が名もない画家のわけのわからない絵の汚れのように見える。舗石は、霧雨より細かくゆっくりと、絶え間なく落ちる水滴に濡れて、つやつやと光っている。

夜九時、ホテルの前を通りかかり、車を停めた。〈ジャスミン亭〉という名前で、二階建ての建物だ。壁の赤い煉瓦は、夜になるとかさぶた色に見えた。

客は自分ひとりだという確信があったが、コンシェルジュの巧みなごまかしのせいで証明はできなかった。

鍵を置く棚には空っぽのスペースがいくつもあったが、そもそも棚のスペースが、この二階建ての小さなホテルに相応な部屋数からすると多すぎる。

ファビアンは眠気を感じたものの、まだ眠りたくなかった。ベッドはダブルだが、家具はナイトテーブルがひとつしかない。バスルームのドアの横に電源のはいっていないミニバーがある。窓の下にはエアコンが備えつけてあるが、手早く点検すると、ずいぶん前から機能していないとわかった。窓の向こうに、きちんと手をかけた清潔な庭が見える。屋内の庭というのはたいていそういうものだとはいえ。庭の中央には、どう見てもレプリカにちがいない、ロダンの『考える人』の像が置かれている。はたしてロダンは、像の複製がつくられるたびになんらかの見返りを受け取っているのだろうか、と思う。

通りに下り、銅像に近づく。土台にプレートがある。


もちろんラウフの作品ではない。そうだとしたら簡単すぎると思ったが、偶然の賜物《たまもの》ということもある。

ホテルに戻り、コンシェルジュにインターネットに接続できるパソコンはないかと尋ねたが、どうせ「ない」と言われるだろうと予想はついた。コンシェルジュは若い男で、四〇年代の世界にわざわざ行って買ってきたんじゃないかと思える太いフレームの眼鏡をかけているが、そういうエレガントな過去への旅も全部帳消しにするような、〈アルーバ島〉と書かれた派手な色合いのTシャツを着ている。彼は、二ブロック先にロクトリオがあるが、もう閉まっているだろうと言った。パラナの電話帳を貸してほしいとファビアンが頼むと、若者は、自分の手は物を持つようには設計されていないとでも言いたげに、いかにも大儀そうにそれを取り出した。電話帳には、ラウフという苗字の人はひとりしか載っていなかった。名前はアマリアだ。

受話器の向こう側から聞こえてきたのは老女の声だ

った。べつに驚くことではなかった。じつはいま彫刻家について調査をしているのだという、前もって用意してあった話をした。女性は、遠い親戚の芸術家のことなんて聞いたことがないし、ブエノスアイレスから来た彫刻家のことも耳にした覚えがないと言った。彼女はただ、川の氾濫《はんらん》を恐れているだけだった。前回の氾濫では居間の床のマキ材が台無しになってしまったのだという。背景から聞こえてくるのは、メキシコ人がスペイン語で吹き替えしている映画を放映しているらしきテレビの音だ。聞き覚えのある昔懐かしい声だった。映画がなにかはわからなかったが、ロジャー・ムーアの吹き替えをいつも担当している声優の声だということはわかった。それからしばらくアマリアと世間話をした。そして、彼女が独り暮らしだということ、この電話で家事を中断させてしまったことを知った。ほがらかに会話を続けたあと、別れを告げた。

電話帳にはイエローページもあった。ファビアンはブロンズ工房を探した。二軒ある。ブエノスアイレスで捜索をしたときのルッとの会話を思い出す。ここは慎重に事を運ばなければならない。

ドベルティのように考えろ、と自分に言い聞かせる。次のステップは？　思わずふっと顔がほころんだ。ファビアンは服を脱ぎ、シャワーを浴び、食事もせずにベッドにはいった。ナイトテーブルの抽斗を開け、映画のように聖書を探したが、なにもなかった。灯りを消し、一瞬で寝入った。

夢は見なかった。この九年間ずっとそうだが。

ファビアンは七時から起きていたが、街は九時半ちょうどに目を覚ました。車はホテルの前に駐車したままにして、数ブロック歩いた。最初に見つけたバルで、カフェオレとさくらんぼジャムつきトーストの朝食を食べた。夜霧はすでに消えていた。町でいちばん大きな図書館はどこかと尋ねてまわったら、八百屋が教えてくれた。

パラナ人民図書館の歌劇場のような堂々たる建物に、ファビアンは目を奪われた。巨大な中央扉の上方にバルコニーがあり、その両脇に重力に逆らって石柱が一本ずつ立っている。しかし、その壮麗なる建物内ではラウフの情報はなにも見つからないだろうとファビアンは予感し、そのとおりになった。唯一、一九六三年にエントレ・リオス州でおこなわれた造形芸術家サロンの展覧会についての資料があった。だが経歴についての情報は出てこなかった。

美術館には、ラウフの作品が確かに二体展示されていた。建物内をまわるのに飽き飽きし、そろそろ出ようと思っていたとき、部屋の奥にほとんど隠れるようにして置かれているそれらと出くわした。ひとつは詩人ファン・L・オルティスの胸像だ。その名前には聞き覚えがあった。たぶんリラの蔵書の中にあったのだと思う。ラウフの特徴が表れていたが、それほど目を引く作品でもない。もう一体のほうがもっと興味深かった。小舟を漕いでいる船頭の像だ。まず男の服装が、じつに細かいところまで再現されている。ニッカーボッカーズ、シャツの首に巻いたハンカチ、つば広の帽子。ゴンドラ乗りとおなじような恰好で、櫓《ろ》をつかむ指までよく見える。水を分けて川に漕ぎだす舟の航跡まで目に見えるようだ。船頭は前方に目を向け、顎を誇らしげに突き出している。

ファビアンは美術館のガイド役を見つけた。紺のスーツを隙なく着こなしているが、経験不足の若造らしい外見を隠す役には立っておらず、ラウフについて尋ねると、案の定はずれだった。しかし若者は馬鹿ではなかった。

「戸籍局で探すべきでは？」

「そんな情報を開示してもらえるとは思えないな」

「どうして？」

「個人情報だからね」

ガイドは彼を心底信じられないという表情で見た。

「でも、いやだな……ここではブエノスアイレスみたいに犯罪なんか起きませんからね。ちょっと待っててください。メモを渡しますから」

ガイドはしばらく姿を消し、小さな紙を持って戻ってきた。

「これは第十八戸籍局で働いている友人の名前です。場所はここから五ブロック先です。私の代理で来たと言ってください」

こんなに簡単にいくとは。ファビアンはかろうじて「ありがとう」とつぶやいた。立ち去りかけたが途中で引き返し、あらためてガイドに話しかけた。

「ブエノスアイレスにある女性がいてね。装飾美術館できみみたいにガイドとして働いている。たしかアナという名前だ。苗字は思い出せない。彼女ときみは似合いのカップルになるんじゃないかと思う」

相手の返事も聞かずに、ファビアンは立ち去った。

戸籍局に行くと、ガイドの友人は、ラウフについて調べるのに一時間欲しいと言った。ファビアンは通りのスタンドで手作りのハンバーガーを買って食べ、そのあと、電話帳で見つけた町なかにある二軒のブロンズ工房を訪ねた。ちらりと見ただけで、どちらも調べる価値はないとわかった。いまや彼は、ブロンズ像がラウフの作品かどうか判別するエキスパートになっていた。ブロンズ像をつくる工房がこの辺にありませんかと尋ねたが、知らないという。彼らは墓石の銘板や記念品として使われるブロンズ製品しか製造していなかった。

時間をつぶすために、背の高いヤシの木の並木が続く大通りを車で流した。測ったかのようにおなじ間隔で並び、どれも幹の基部に石灰が施されているのだが、びっくりするほど正確におなじ高さまで塗られている。

「運が味方してくれました。見つけましたよ」係員が言った。「ほら、フェルディナント・ラウフ、カチャリー通り六七二番地。すごい。一九五二年十二月時点の住所です。そのあとどうなったかはわかりません」

「ほかに情報はないんですか？」

「ええ。この苗字のだれかの出生届がないか探してみましたが、見つかりませんでした」

「カチャリー通りはどこですか？」

「川沿いの道です」

二人は窓辺に近づき、係員が指さした。

「この通りを低い堤防にぶつかるまで進み、そのあと左に曲がって、三ブロック行ったところです」

川までの距離は思ったより遠かった。トタン屋根のスーパーマーケットと警察の分署の向こうにロータリーがあり、そこから分かれ道になっている。これを七、八ブロック進んだところで、まるで巨大な消しゴムに消されたかのように通りが川にぶつかって消えた。そこから左に続くのがカチャリー通りだ。川沿いの家々をながめる。平屋建てで、戸口や窓が細長く、日干し煉瓦の色一色だ。番地をじっくり確かめ、六〇〇番台にはいったところでいっそう注意を払った。住宅が二、三軒続いたあと、建設素材を売る店があり、その隣の不動産屋にはデスクがひとつだけあって、赤いジャケットにカーキ色のバーミューダパンツ姿の男がこちらをじろじろ見た。空き地、そして六六〇番地から四ブロック分を占める中規模のスーパーマーケット。どうやらここがかつてラウフの家があった場所らしい。

一九五二年はあまりにも遠い。それから世の中は大きく変わったのだ。ファビアンはスーパーマーケットの人の出入りをながめていた。そこにあったはずの、眺めのいい家がどんなだったか、想像する。軒先に座り、冷たいマテ茶を飲みながら、緑色の川の水面に反射する光をながめているフェルディナント・ラウフの姿がありありと目に浮かぶ。トラックのクラクションのせいでイメージが消えたとき、ファビアンはふいに気づいた。これからどうすればいいのかわからない。それ以上に悩ましいのは、いったいどんな答えを探して、わざわざこんなところまで来たのか、ということだった。つかのま、自分は正気を失わないためだけにこの謎解きをずっと続けているのだという気がした。落ちこまないようにひたすら答えを探しつづけ、でも結局はなにひとつわからずじまい。

川岸に沿って歩きつづける。すばらしい日和だった。町は、そこだけ理想的な天候に恵まれている、完璧な帯状地帯に設置されているかのようだ。人間が患うありとあらゆる病やアレルギー、栄養不足が、そこにいれば癒される。川に向かってくだっていく一メートルほどの狭い斜面にある草地に座り、額にかかる髪をやさしい風が揺らすにまかせた。熱心にジョギングしている様子の若い女性が、通りすぎざま、サングラス越しにこちらをちらりと見た。何艘《そう》ものボートが川を行き交い、両岸のあいだをジグザグに走る水上バイクも何台か見える。ときどき、荷物を運んでいるにしろ人を乗せているにしろ、もっと古いタイプの船も現れた。川そのものから生まれ出てきたかのように、ほかの船より冴《さ》えない濁った色をしている。

ズボンの後ろポケットでぶるっとなにかが震えるのを感じた。携帯電話を引っぱり出し、三度試してやっと応答のキーを押せた。

「電話をしてくる気がないのかね、おまえには?」ルソの声だ。

「なんのために?」

「せめて生きてるってことを知らせるために」

「彼女でもあるまいし。昨日着いたんだぜ?」

「なにかニュースは? わかってる、言わなくてもいい。パラナでは、住民が全員エイリアンに体を乗っ取られてた、違うか?」

「おまえがホテルのコンシェルジュを見ていたら、いまのは冗談ではすまないぞ。だが、ひとつ発見があった」

ファビアンは、ラウフについてわかったことと、その後どこまでたどりついたかについてルソに話した。

「ラウフは地面に呑みこまれちまったらしい。あるいは川に。今日、近辺をもうすこし調べてみて、そのあとはどうするかわからない」

「気落ちしてる声だ」

「しょうがないだろう？　いまにもすべての仮説ががらがらと崩れ落ちそうなんだから」

「そっちに出かけたときにわかっていたことじゃないか」

「確かめる必要があったんだ。ラウフについてなにか見つかったとして、娘のところにたどりつけるのかどうかはわからない。だが、なにかしら情報が出てくるまでとことん調べたい」

「寝た子を起こすような真似はするなよな」

「ああ。いや、わからない。それでもかまうもんか」

ルソの言っていることはよくわかるし、なにもかももっともなので、ファビアンは自分が聞き分けのない子供になったような気がした。この土地でだれかがラウフを捜していると知れれば、それは水に小石を投げこんだも同然で、その波紋が行きつく先はファビアンにもあずかり知れない。岸には、モイラを連れ去った犯人がいるかもしれない。自分に追っ手が近づきつつあると知ったとき、その人物がいったいどんな反応をするか？　目当ての相手がラウフと関係があるとすれば、警察ともなんらかのつながりを持っている可能性があるし、そいつが警戒しはじめれば、モイラの命が危険にさらされるおそれもある。

「調査していることを大声で触れまわるのはまずい」

ルソが言った。「見知らぬ土地にこっそり忍びこんでする仕事だ。うっかり口を滑らせるなよ」

「おっしゃるとおりです、軍曹。報告は以上。これよりすぐ街角に行き、大声でわめきます。モイラー、モイラー……！」

ファビアンはまた草地に寝ころび、宙に向かってしゃべった。

「なにかヤバいものでも吸ってるのか？」ルソが尋ねた。

「サトウキビだけさ。でもあんまりうまくない」

「くだらないこと言うな」彼の子供たちの声が背後から聞こえる。「おとなしく吸っとけ。だが、なにかあったらすぐに電話しろよ」

「オッケー」

「だめだ、オッケーなんて。こっちは大真面目《おおまじめ》なんだ」

「そうカリカリするなよ」

「オッケーとか言う連中には我慢がならない」

「クソッタレのほうが好みか？」

ファビアンは草地から立ち上がり、周囲をながめまわした。調査の手段をひとつ思いついたのだ。


数ブロック歩いてニューススタンドを見つけた。そして、パラナでいちばんよく読まれている新聞はなにかと売り子に尋ねた。

〈エル・ディアリオ・デ・パラナ〉は売上部数が最も多いだけでなく、最古の新聞でもあった。ガラス張りの社屋は、一九一八年創業の新聞社の究極の化身のように見えた。彫刻家について尋ねると、アーカイブには記録は見当たりません、一九八〇年以前のバックナンバーをご覧になりたければ別館に行ってください、と言われた。角を曲がったファビアンは、近代化の邪魔をいっさい拒んだ古い建物群の中にそれを見つけた。その一画は、空気まで過去から届いているかのようだった。〝別館〟の建物はフランス瓦の屋根の三階建てで、おそらく百年以上前のものを修復し、壁を塗り直しながら使っているらしく、箱だけ新しい自動のものに取り換えた古風なエレベーターが備えつけられている。

アーカイブの部署にはいると、そこは床から天井まで届く金属製の書棚で占領され、新聞の旧版がぎっしり並んでいた。ファビアンは係員におそるおそる調べたい名前を告げた。その係員はパソコンなど使わず、キャビネットに詰まった分類カードを慣れた手つきで繰っていき、ついに見つけた一枚に注意深く目を通した。上部にあるレールに鉄梯子が吊るしてあり、係員は段のひとつに足をかけてそれを押した。レールには油が差してあるらしく、梯子はするすると滑り、目当ての場所でぴたりと止まった。係員は、みずからの洗練された検索テクニックに得意満面の様子で、ビニールケースに保管された新聞を二部、ファビアンに手渡し、破らないように注意してくださいと念を押すと、隣接する閲覧室に彼を残して去った。

一部は一九六二年、もう一部は一九六四年のものだった。黄ばんではいるが、保存の状態はいい。係員の話では、フェルディナント・ラウフについて言及されているのはその二部だけだという。ファビアンはゆっくりとページをめくった。

十二ページの左下段に、ラウフの写真があった。金髪の白人で、日に焼けたのっぺりした顔をしており、顎ががっしりしている。モノクロ写真だが、瞳は薄い色だとわかった。きっと青かグレーだろう。製図板に向かうときや、クラシックギターのソリストが使ったりするたぐいのスツールに腰かけている。カメラをしっかりと見据え、慎み深い上品な笑みをかすかに浮かべている。ジャケットとネクタイ姿で、シャツの袖口には腕時計とおなじデザインのカフスボタンが二つ見えている(ブロンズ製?)。ファビアンの彫刻家のイメージとは違っていた。ダンディで、ヨーロッパのプレイボーイのようだ。直毛の前髪が額に垂れているところなど、あれこれ自由に連想を続けるうちに、シンガーのブライアン・フェリーを思い出した。写真は若い頃のラウフを写したもので、おそらく彼が私物を提供したのだろう。その下に小さめの写真が三つあり、それぞれに彼の作品が写っている。二つはすでに知っているが、三番目は初めて見る作品だった。『パーンと禁じられた愛』という題名で、例のヤギの足を持つ半人半獣の伝説の神がモチーフだ。ファビアンは昔からこのパーンという神を見るとぞっとした。

写真の下に三段組の短い記事があるが、インタビュアーの名前はない。

ファビアンは記事を読んだ。

フェルディナント・ラウフ
：プラハからリトラル地方へ

市立視覚芸術美術館での彼の彫刻作品の特別展が始まった。十五年以上前からパラナに居を定めている、この才能ある彫刻家に話を聞いた。

フェルディナント・ラウフと話をしていると、カフカやフロイト、クリムトといった数々の才人を輩出したヨーロッパの大国オーストリア＝ハンガリー帝国の魔法にかかったかのように、恍惚《こうこつ》としてしまう。

彫刻家は愛想よくほがらかに受け答えし、言葉には生まれ故郷のプラハの訛りがかすかにあるものの、ここリトラル地方の音楽的な発音でそれをカバーしていた。

除幕式の熱狂からしばし遠ざかって、市立視覚芸術美術館内の一室に来ていただき、そこでインタビューを始めた。

——あなたは長年ブエノスアイレスで暮らし、仕事をなさっていました。なぜ移住先としてパラナを選んだのですか？

「どうしても環境を変える必要があったんです。

ブエノスアイレスは大好きでしたが、人口が多くなりすぎてしまって。このあたりの静けさが気に入りました」

――あなたの作品のこの回顧展についてどうお感じですか？

「とても感激しています。展覧会の開催を主導し、私を選んでくださったエントレ・リオス州文化部事務局長アグスティン・ラバテ氏に感謝します。非常に名誉に思っています」

――この展覧会にはあなたのどの時期の作品が展示されるのでしょう？

「すべてです。ごく初期の影像から最近のものまで」

――あなたの作品は、人体のじつに細かい部分まで再現されているのが特徴ですよね。ここに展示されている作品のひとつ『渡し守』では、男性の表情がとてもよくわかります。充足感や喜びがひしひしと伝わってくる影像です。

「ありがとうございます。でも、じつは私の中では、あの船頭は、魂《たましい》を乗せてステュクス川を渡り、ギリシャ神話に登場する地獄ハデスまで連れていく、カロンを形にしたものなのです。だからもし楽しそうに見えるとすれば、失敗ですね」

ここで二人して笑い、緊張がほぐれた。ラウフも楽しんでいた。

――今後のご予定は？　新たな展覧会とか？

「さしあたって、息子の結婚式の準備がありります」

（息子のフランシスコが、この近隣の森林を管理

する企業の令嬢とご結婚とのこと）
――最後に、若い芸術家へのアドバイスをお願いします。
「自分の直感を信じ、強い意志と情熱を持って、作品をつくってほしいと思います」

インタビューの最後のほうはほとんど目にはいらなかった。新しい情報に目が釘付けになっていた。フェルディナントの息子フランシスコ・ラウフがこの年結婚した。〝この近隣の森林を管理する企業の令嬢〟がだれか、どうすればわかる？　こんどはエントレ・リオス州じゅうの植林会社を調べなければならないのか？

そのページを開いたままにして、もうひとつの新聞に取りかかった。こちらは目的の記事を見つけるのにもっと苦労した。最初から最後まで二回目を通して、あきらめかけたそのとき、終わりから二ページ目に小さな写真と小さなコラムがあった。

しかしそれがもたらしてくれた情報ははるかに重大だった。

写真は川岸のどこかで撮られたものだ。木の桟橋の上にいくつもの彫刻が置かれている。六、七十歳ぐらいの男が彫刻のひとつに腕をまわし、カメラのほうを見て、気取りのない笑みを浮かべている。やや太り気味に見えるが、自然に滲み出す穏やかな上品さはまだ健在だった。そう、ラウフだ。彼の遠景に、霧に覆われてほとんどぼやけている川が見える。

コラムのタイトルは《珍しい積荷》で、埋め草としてよく紙面にはめこまれるたぐいの、地方色もあらわな短い記事だ。

昨日、プエルト・ビエホで、ほとんどシュールとさえ言えそうな珍しい光景が見られた。さまざまな大きさの五十体以上のブロンズ像が、貨物用のはしけ船を待つため、桟橋に集められたのだ。村人たちも、そのめったにない騒動を知って、そこに集まってきた。彫像は、写真にも写っている有名な芸術家フェルディナント・ラウフのもので、上流のポルティコ近くに新しい工房を設けるため、転居に伴って作品も移動させようというのだ。インスピレーションのひらめきを求め、もっと静かな土地を探しているのだろうか？

「ポルティコって知ってますか？」

ホテルの若いコンシェルジュは眼鏡のフレームに触れ、考えこんだ。

「聞き覚えはありますすね」

「川沿いの土地で、もっと北のほうだと思うんですが」

コンシェルジュは抽斗から地図を取り出し、目をあちこちにさまよわせていたが、川を表す太い曲線の脇のある地点を指さした。

「ここだ。ラ・パス村の近くですね。いや、もっと遠い。コリエンテスの近くだ」

「どうやって行ったらいいですか？」

「ラ・パスまでは一二号線で。そのあとは川を使うしかありません」

「ポルティコまでいく街道はないんですか？」

コンシェルジュは地図をしまった。

「きっと掘っ立て小屋が三軒と鶏舎がひとつしかないような場所ですよ。ぼくがあなたなら行きませんね」

すでに夜になっていた。このことは明日まで棚上げすることにした。頭の中を空っぽにしてシャワーを浴び、部屋に戻ると灯りさえつけずに手探りでベッドに近づいた。眠りに落ちた瞬間、シーツにくるまったかどうかさえ覚えていなかった。

宿代を払うためにコンシェルジュを探したが、いなかった。フロントは洗濯室のような部屋に続いており、そこから中庭に出られる。そこでなにか動いているのが見えた。のぞきこんだファビアンは驚いた。コンシェルジュが縦二メートル横三メートルくらいの四角い穴の縁に立っていたからだ。穴はすくなくとも深さ二メートルはありそうだった。シャベルやつるはしがいくつも塀にもたせかけられ、穴の周辺は土がいっぱいにはいった袋で占領されている。ファビアンは中をのぞきこんだ。日干し煉瓦のアーチがあり、それがトンネルの入口のようだ。

「どうやらぼくは運がいいらしい」コンシェルジュがファビアンを見て言った。「ここの下にもトンネルがひとつ通ってたんだ。市が全部補償してくれるんだから悪くない」

ファビアンは穴の縁で足を止めた。下から冷たい湿った臭いが漂ってくる。

「これはなんです？」

「例のトンネルのひとつですよ」コンシェルジュは腋の下を掻きながら言った。「イエズス会がつくったものだと主張する人もいれば、領主の秘密の抜け道だと言う連中もいる。町じゅうに張り巡らされているんです。しょっちゅう新しいトンネルが現れる。そしてぼくもこうしてひとつ見つけた」

「これでこのホテルももっと人気が出るでしょうね」

コンシェルジュはたいして喜んでいない様子だった。

「いつかこの町全体が地下に崩落しますよ」

ファビアンは宿代を払い、コンシェルジュをそこに残して立ち去った。若者は眼鏡を手に、うなじを掻いていた。そして、なにかが現れるのを待っているかのように、穴の中をのぞきこんでいた。

やがてファビアンは、一二号線を進みながら、遠のいていくパラナの町影を見た。こうして見ると、突然未来に向けて進化しだしたかのように、近代的な建物が目立つ。ガラス張りの堂々たる高層ビルがぽつりぽつりとそびえているのが見えるが、地下のトンネル網が地盤を弱め、誇らしげな新タワー群を脅かしているのだといまのファビアンは知っていた。

10

学校でだれともしゃべらないので、ナンシー先生に呼び出されて、どうしたのと訊かれた。これまでとおなじように、先生の顔には、理解できないという気持ちと怯えのいりまじった表情が浮かんでいた。彼女はその年いきなり学校に姿を現した。あれこれ取り沙汰されたらしいが、イバーンが校長と談判し、当然ながら説き伏せた。結局、このあたりでは、小学校のあいだはずっと家庭学習ですませる子供がそれほど珍しくないのだ。

ルシラとセレステという二人の友達ができたけれど、まだ家に遊びに来てもらったことはない。実際、そんなことが今後も実現するとは思えなかった。イバーンには何回もお願いしたけれど、いっこうに耳を貸そうとしない。イバーンとレバは彼女の話を聞くふりはするが、すぐに彼女などそこに存在しないかのようにふるまう。もちろんレバよりイバーンのほうがそうだ。結局のところ、レバも女だから。たとえ千歳であっても。だから、お客を呼ぶことを許してもらえるよう、いつかは二人を説得できるかもしれないと辛抱強く考えていた。学校に行かせてもらっているのだから、感染のリスクももうないはずだ。

午後はさっさと宿題をすませ、そのあとはたいてい川に行く。山にはいってはいけないと言われているけれど、もちろんはいる。馬鹿ではないから、中にはいればたちまち迷子になるとわかっている。だからあちこちの木に印がつけてあり、数百メートル以上奥には行かないし、陽のあるうちに戻る。行ってはいけない場所が二つある。ひとつは山だが、もうひとつはもっと怖い、アシエンダの庭だ。イバーンの庭。

庭に行くことをイバーンに禁じられたわけではないが、彼女自身が嫌っていた。あそこは恐ろしい。考えるのもいやだった。

ときどき崖までは行ってみる。眺めはとても美しいから。でも崖っぷちからは遠く離れておく。危険だからだ。崖っぷちの石は滑りやすく、うっかりできない。

レバの家に行くのも好きだ。おとぎ話に出てくるおうちみたいだから。自分の部屋にあるヘンゼルとグレーテルの本の中のイラストを思い出す。とはいえ、レバは子供を食べる魔女には見えない。どちらかというと、女戦士という感じだ。若い頃はアマゾネスだったのかもしれない。アマゾネスについての本も持っていた。ある日ラ・パスの本屋でイバーンが買ってくれたのだ。弓を使いやすいように、乳房の片方、あるいは両方を切り落としていたという話が印象的だった。彼女も昔、しなやかで強いヤナギの枝で弓をつくったことがあるけれど、矢はあまり飛ばなかった。

レバの家の裏手に着き、台所の窓から中をのぞいた。

レバはそこにいた。灰色の老木の枝のように強く、乾いた姿だ。こちらに背を向けてテーブルにつき、マテ茶を飲んでいる。いつものように窓ガラスをたたく。振り返ったレバを見て驚いた。レバの目が涙で濡れていたからだ。

レバは外に出てきた。色褪せた花柄のエプロンをつけている。

「畑までついておいで」レバはそう言って、手の甲で鼻のあたりをこすり、ヘアピンを留め直した。レバはいったい何歳なんだろう？　七十？　八十？　二人は五十メートルほど歩き、整然と畝《うね》が刻まれた四角い区画に足を踏み入れた。そこには畑で育つありとあらゆる野菜が並んでいる。

「灌漑設備がうまく働いてないとあたしに言うのはどうしてか、わからないよ。あの人は」

〝あの人〟というのはイバーンのことだ。

「ここの世話をしてるのはラウタロじゃないの？」

「どうだかね。あいつはもうなんの世話もしてやしないよ。うつけみたいに、一日じゅう川辺で寝っころがってる。あたしが面倒を見なかったら、この畑は全滅さ」

レバはトマトのそばで足を止め、いぶかしげにながめた。かがんで灌漑用のホースを点検したあと、また立ち上がり、彼女に目を向けた。

「最近、急に背が伸びたね……」

「そうかな」

「ずいぶん背が高くなったよ」

「わかんないよ」

「ちゃんと薬は飲んでるかい？」

「うん」

ふいにレバは畑に興味をなくしたように見えた。やはり整然と並んでいる果樹のあいだを歩きだす。ふと七歳のときのイースターを思い出した。午後にレバが彼女をここに連れてきて、あちこちの木に隠したチョコレートの卵を見つけさせたのだ。そのアイデアがイバーンのものだったのか、レバのものだったのか、いまもわからない。それからは一度もイースターを祝ったことがない。

またレバの目が潤んでいた。今度はもう疑いようもなく。目がどうかしたの、と尋ねた。

「あんたたちはもうすぐ旅に出るんだ」レバは腰に手をあて、打ちのめされたように言った。

それがだれのことか理解するのにしばらくかかった。

「いつ?」

「さあ。まもなく」

「どこに?」

「聞いてない。でもきっとヨーロッパの国々さ」

「ヨーロッパの国々っていくつあるの?」

レバは遠ざかっていき、枝になった熟れすぎたオレンジをもいで麻袋に入れた。

「それで、レバは来ないの?」

レバは馬鹿にされたかのように笑った。

「こんな皺くちゃのおばあちゃんをだれが旅行になんて連れていくかね」

「じゃあ、わたしたち、どれくらい旅行するの?」

「まだはっきり決まってないんだよ、嬢ちゃん。イバーンにはなにも話しちゃだめだよ。念のため言っておくけど」

「でも、長いことここを留守にするの?」

「わからないよ、嬢ちゃん」

でもその目を見れば、答えを知っているのだとわかった。

その日の夕食のとき、イバーンがその話をするのだろうと思った。それともわたしがするべき? そんな勇気はとてもなかった。

レバの色褪せた花柄のエプロンを見て、洗剤の匂いを嗅ぎ、色落ちした花に触れて泣きたくなった。

レバはマーマレードをつくるための熟れすぎたオレンジを袋に詰め終えた。果樹園は終わり、そこからは手入れをしていない野生のイナゴマメの木の森が始まる。あたりには蚊がうようよいた。一瞬、木々のあいだに人影が見えたような気がした。木の幹から幹へと身を隠すように走りこむ。木々に背を向け、話しかけるためにレバに近づいたとき、いちばん近い幹の背後にだれかが身を隠したのが確かに見えた。口を開こうとしたそのとき、イバーンが突然そこから飛び出してきて、わっと大声を出した。レバのオレンジの袋が地面に落ちると同時に、レバと彼女がキャーッと悲鳴をあげた。近づいてきたイバーンは彼女の腰を抱えて抱き上げ、もう片方の腕をレバの肩にまわした。彼のわめき声はいまや笑い声に変わっていた。

　その日の夜、いつものように夕食の時間が遅くなった。工房で使うシリコンのようなものの独特の匂いとともにイバーンが現れるまで、待たなければならないからだ。イバーンは、旅行の予定についてはなにも言わなかった。森で二人を脅かしたときのあの陽気さは相変わらずだったが、彼女もレバもそういう気分にはなれなかった。レバはなにかしきりに考えこんでいた。そして彼女のほうも、温室での出来事を目撃して以来、イバーンと距離を置くようになって久しかった。

　闇の中、ベッドに横になり、あらためてここから逃げることについて考えた。きっと簡単にできるだろう。川のことはよく知っている。目に見える表面の流れも、その下を行く独特の法則を持つ流れも。生き物のこともわかっている。飛ぶもの、歩くもの、這うもの。食べられる植物、毒を持つ植物。もし村も町もなく、世界が山と水と空気だけで成り立っていたら、遠いアフリカの地でサバイバルしたグレイストーク卿（もともとは英国貴族だった〝ターザン〟の称号）より、はるかにうまく生きていけると思う。基本的なものだけ持って逃げ、あとはナイフと弓矢で狩りをしよう。思いきって片方の乳房を切り取ってもいい。

しかし彼女は大きくため息をついた。自分は病気で、薬がないと遠くには行けないことを思い出したのだ。木の葉を使って病気をコントロールする煎《せん》じ薬がつくれればいいけれど、そんなの無理だ。彼女は町のせいで病気になったのに、薬は町でしかつくれない。

枕の下から、パーンの彫像の首にかかっていたオレンジ色のネックレスを取り出す。いままでもらったプレゼントがそうだったように、イバーンがそこに置いたのだとわかっていた。怖くて、いままでは欲しくなくても拒んだことはなかった。でもそのネックレスはすぐに気に入った。なぜか、どこかで見たことがあるような気がした。すべすべしていて、さわっていると気持ちがよかった。

子供みたいにイナゴマメの木のあいだから飛び出してきたイバーンのことをまた考えた。その姿もどこかで見覚えがあった。別の人の姿が頭に浮かんだ。もっと痩せていて、影みたいに黒っぽくて、木々のあいだで踊っていた。そのとき唇に名前が浮かんだ。ジョセフ。そして、記憶の雨を押し留めていた門がそれで開いたかのように、幼い頃に観ていたテレビ番組の映像が甦ってきた。『ジョセフの庭』。自宅にどこまでも続く庭がある、主人公の八歳の少年の姿が目に浮かんだ。その子が友達といっしょに木々のあいだを風のように飛びまわって遊ぶのだ。

それで、その日学校で悲しい思いをした理由を思い出した。二人しかいない友達ルシアとセレステがテレビ番組の話をしていたのに、その番組を知らなかったのだ。だって、アシエンダにはテレビがないから。いつからテレビを観てないだろう……何年前？　九年？　十年？　どうしてこんなことが？　おとぎ話で子供たちはお菓子の家に閉じこめられるけれど、こんなに暗くて巨大なお菓子の家がある？

目を閉じると、またテレビが見えた。中ぐらいの大きさで、色は黒、いつも埃だらけだった画面。なぜなら居間は大通りに面していたから……。どこの大通り？　車の騒音がすごくうるさかった。音量ボタンが壊れていたから、画面から十センチしか離れていない場所に座っていた。するとだれかの、そう、男の人の声がした。《モイラ、画面から離れなさい。目が悪くなるぞ》。闇の中で本当にその声が聞こえた気がした。今度は本当に泣いた。熱い涙がたらたらと流れる。まるで、彼女の顔をゆっくりと舐める動物の舌みたいに。

11

正午にラ・パスに到着した。移動の途中、流れが街道から離れたため、川が視界から消えていたが、いままたパラナ川がその堂々たる豊かな姿を現した。ラ・パスは左右対称に整然とつくられた村だ。中央広場は、そこにあるべき建物に囲まれている。役所、裁判所、教会。川の岸辺に沿って、遠い過去の時代について語る遊歩道がある。ファビアンは車を駐め、しばらくぶらぶらと歩いた。

目を凝らしても虚空をながめているかのようで、しかしその虚空が美しく、彼を忘却へと誘った。こんな場所で暮らせたら幸せだろう。そう、別の人生で。別の自分になりたい、心からそう思った。

スペイン人やドイツ人など、大勢の観光客とすれ違った。機能的というより姿かたちが美しい、鮮やかな赤と白に塗られた小さな灯台にたどりついた。その向こうに、川に臨むトタン屋根の木造の店が見え、看板に縁飾りのある文字で《ボート》とある。店にはいると、とたんに耐えがたい熱気に包まれた。ポルティコ行きの船はないかとファビアンは尋ねた。四時に出る船があるらしい。いまはちょうど午後一時だった。

静かなレストランを見つけ、ラムはお腹にはいりそうになかったので小さめのリブ肉を食べた。赤のハウスワインは川旅のあいだぼうっとしてしまいそうなので、炭酸水にした。

車に戻り、ダッフルバッグにはいる程度に荷物を減らした。そして、スミス&ウェッソンの弾倉に銃弾を詰めこんだあと、バッグの底に入れた。

ファビアンが乗ったボートは、およそボートには見えない代物だった。そもそも船の形をしておらず、まるで川に浮かぶ靴箱のようだ。長方形で、船べりが水ぎりぎりまで下がり、デッキがほとんど航跡も描かずにそのまま移動しているようなもので、川にあってはそぐわない機械音を響かせている。操縦するのは、よく日焼けした、金色の目の白髪の男で、驚くほど太い腕をしている。屋根の下にはいるには腰をかがめなければならず、四等分された木製の長いベンチに座らされた。腰かけると、苦しむ鳥のうめき声のような音をたてた。汚れたガラス窓のある小さな四角いキャビンが船尾にあり、そこに白髪の船長が陣取った。

ファビアンのほかに客は四人いた。ロープで縛ったトランクを持った、古びた服装の痩せた男。果物でいっぱいの籠《かご》を二つ抱えた、がっしりと太った女。デニムのシャツの袖をまくり上げ、整髪剤で髪をてからせた、労働者の手をした若者。そして最後に、明らかに知的障害があるらしい無言の少年。

船長は、前世紀にバスで使われていたたぐいの切符を全員から集め、目的地を尋ねた。そしてファビアンは、ポルティコに行くのは自分ひとりだし、最後に下船するのも自分だと知った。その後、船長は鉤竿《かぎざお》を使ってボートを岸から離し、それからキャビンにはいってエンジンをかけた。最初、ボートは川の中央に向かって移動しているだけに見えたものの、やがて前進しはじめた。ファビアンは身を乗り出して岸に駐車した車を見守っていたが、やがてそれは大きな木々にさえぎられ、見えなくなった。

そこでパラナ川は大きく二つに分かれ、真ん中にいくつもの中洲ができている。分かれた川はその後コリエンテス州との州境あたりでふたたび合流する。彼らは細いほうの支流を航行することになる。このことは、痩せた男が、巻いたばかりの煙草を勧めながらファビアンに教えてくれた。

両岸が、並行してゆっくりと動いて見えた。あちこちに点在する茂みが水平線を覆い、ボートが進むせいで起きるわずかな風しかないため、屋根の下に熱気がじっとこもっている。水の色合いには、何万種類もの緑色とたった一種類の茶色がまじりあっている。

出発して三十分後、果物の籠を抱えた女が、全員に助けられながら船を降りた。彼女はぺこりと軽くお辞儀をすると、しっかりした足取りで密林の奥に続く小径にはいっていった。

デニムシャツの若者は、一時間後、緑に塗られた桟橋で下船した。桟橋の上には、〈サンタ・エレーナ〉と書かれた木製のアーチがある。川から数メートル離れたところに漆喰《しっくい》塗りの低い家があり、住まいの入口を見張るかのように、杭につながれた二頭のアラブ種の馬が落ち着きなくいないている。家の上に、蓋のない青いプラスチック製の水のタンクがある。タカが一羽、そのタンクの縁にとまり、水に頭をつっこんではたたいたり揺すったりしている。若い女と女の子が家から出てきて、いま船から降りてきた男に、口笛のサインで挨拶した。タカまで口笛を吹いているように見える。

ボートは方向を変えながら、ほとんど川じゅうに生い茂って、行く手を邪魔する水草の群生をよけた。船長は舵の代わりに鉤竿を操って乱暴に船をまわし、船はあっちこっちの岸にぶつかった。ときどきボートが止まって数メートル後退し、その後流れに流されるにまかせたかと思うと、船長がおもむろにエンジンをかけた。しばらくはこの状態が続き、いらいらするほど前に進まなくなった。

「ここは最悪だ」ロープでトランクをくくった男が言った。さっきファビアンが断った煙草をまだ口にくわえている。「水はたっぷり、胃の中身は空っぽ。時間ばっかりかかる」

ファビアンは、男がいま言ったことの意味を尋ねる気にはなれなかった。

水草地帯を脱出すると、進み具合がすこし速くなった。やがて、細い杭の足場の上に高さ二メートル以上の木造の家々が並ぶ島の近くを通った。家々から四人の子供が出てきて、岸に近づいてきた。船長はボートを停めないまま、キャビンから袋を取り出し、彼らのほうに投げた。いちばん背の高いひとりがそれを巧みにつかんだ。四人はアルビノで、目も赤い。船長は、グアラニ語に似たファビアンには理解できない言葉で彼らと話した。いちばん背の高いひとりともう二人は急いで家に戻った。残った一人は足首まで川に浸かり、走り去るボートに向かってのろのろと手を振った。

ファビアンは時計を見た。すでに午後六時だ。ほかのボートとこれまで一度も出会わないし、すれ違いもしなかった。

岸のほうでかなりの動きがあるゾーンにはいった。太い丸太を運ぶトラックや、積荷を待つ船体の長い船舶が見える。両岸に、操業停止中の巨大なセメント基地がある。どうやら橋を建設しかけて、途中で中断してしまったらしい。その建設が中断された橋の一キロほど先で、トランクの男が船を降りた。響き渡る声でファビアンに挨拶したが、船長のほうにはほとんど顔も向けなかった。しばらくボートの上に彼の巻き煙草の匂いが残っていた。

知的障害を持つ少年はずっと船首のほうで膝を抱えて無言で座り、ミカンを食べながら前方を見つめていた。太陽はボートの左方の木々のあいだに沈み、いまでは光を失った緑色のぼやけた染みと化していたが、空はまだ明るかった。川は大きく折れ曲がり、来た方向に戻るかに見えたが、またまっすぐになり、さらに川幅が狭まってくねくねと蛇行しはじめた。普通より黒ずんだ砂浜がある、木の切り株だらけのがらんとした川岸を通りすぎた。その砂浜が終わると、川がいっそう細くなって、伸びてきた木の枝で頭上が覆われ、思いがけず緑のトンネルに突入した。そのトンネルを通り抜けると、岸に乗り上げたボートに出くわした。砂に埋まるようにして放置され、舳先《へさき》部分が傾いて水に浸っている。屋根の下のあちこちに火のともった蠟燭が置かれているのが見え、そのあいだに花束も供えられていた。ほかにも供物《くもつ》であふれ、屋根の下の中央、陸から近づける場所には石膏《せっこう》のマリア像が設置してある。土台のくぼみにともる炎に照らされ、輝いて見えた。少年が初めて居場所から立ち上がり、ボートの手すりに近づいた。蠟燭に照らされた座礁した船のほうに身を乗り出しながら、ぶつぶつとなにかつぶやき、胸で十字を切る。船長はキャビンから顔をのぞかせた。

「見たかい？　事故があったんだ。二艘の船が方向転換したとき、船外モーターを乗せたほうがあれにぶつかった。三人死んだよ。二年前の話だ。みんなここまで来て祈りを捧げる」

ファビアンはなるほどというようにうなずいた。

「ポルティコはまだだいぶ先かな？」

「いや。もうすぐだよ」

「泊れる場所はあるかい？」

「どこかあるさ。ファリーアスのバルで尋ねるといい」

すこしして、ファビアンはあの知的障害を持つ少年の姿が見えないことに気づいた。船長にそう話すと、彼は肩をすくめた。

「いつもそうなんだ。おれが見てないときに船を降りちまう」

ボートは川のちょうど中央に位置取り、正確に〝V〟の字の航跡を描きながら静かに前進した。水流はすでに止まっていた。夜はまだ幕を開けてなかったが、黄色い御影石のような色の上弦の月が島々の暗い山影の上にのぼっていた。

「あそこがポルティコだ」白髪頭の船長が言った。

ベンチでうとうとしていたファビアンははっとして立ち上がり、船長が示したほうに目をやった。

ファビアンは思わず目を瞠った。

川が陸地を三百メートルほどにわたってえぐっていた。その水際にポルティコの家々が建ち並んでいる。まるで密林の中にヴェネチアの一部が移植されたかのようだ。ポルティコの通りは水路だけだった。百メートルごとに、歩道と歩道をつなぐ木製の橋が架かっている。各家に立っている色鮮やかに塗られた杭に、さまざまな小舟がつながれていた。下町の通りが川の氾濫で水浸しになった、ちょうどそんな感じだ。

ファビアンは町の光景にすっかりあっけに取られてしまい、船長の別れの挨拶もほとんど耳にはいらなかった。彼はファビアンを木製の桟橋に置き去りにして、川を遠ざかっていき、彼の船を隠すように覆いかぶさる野生のヤナギの中にたちまち呑みこまれてしまった。

ファビアンは桟橋の先端でしばらく立ちすくんでいた。あたりを支配する圧倒的な静寂は、ボートの発着を物ともしなかった。人影はまったく見当たらない。ファビアンは右に向かって歩きだした。川沿いの石畳の歩道だ。しばらく行くと草地があり、最後に煉瓦色の石造りの家々にぶつかった。十メートルおきに鉄製の街灯が立ち、夕方のこの時間はまだ消えていた。ポルティコの建物には統一感がなかった。土手につくられた村で、倉庫があるかと思えばいまにも崩れそうなあばら家があり、鎧戸の閉まった高窓のある二階建ての屋敷もある。

村全体をながめれば、いろいろな建物が見える。アーチ型の扉とてっぺんに真鍮の十字架を掲げる鐘楼を備えた、白壁の小さな礼拝堂。円筒を半分に切った形の屋根を備えた灰色のコンクリート製の建物は、おそらくもともとは軍用施設だろう。前庭に漆喰のサギの置物がいくつかある家には、〈Fomento Csper社〉(欠けている部分にはおそらくなにか母音がはいるものと思われる)という木製の看板が出ている。窓の汚れた店の前には、プラスチック製の大きな水槽が五、六本、壁に垂直に立てかけられている。

なにもかもが、閉館した博物館のように、動かず、静まり返っていた。

最初の橋にたどりつき、水路を渡った。数メートル進んだところで、中年の男がボートを伏せて、底をタールで修理していた。ファビアンが近づいてくるのを見ても、驚いた様子はない。

「どうも」

「どうも、こんばんは。店を探してましして……ファリーアスというんですが……」

「この奥だよ」男は言い、額の汗をタオルでぬぐった。濃い眉毛を片方は吊り上げ、もう片方は下げて、やや横目でこちらを見た。《いったいなんの用だ?》と《おれには関係ない》という二重の意味が含まれた表情だ。

「荷物でも運んできたのか?」

「いえ、違います。目的地に行く途中でここに立ち寄り、泊る場所を探しているんです」

「それなら掃いて捨てるほどあるぞ」男が言った。

「住んでいる人があまり多くないんですか?」

「〝あまり多くない〟というのがどれくらいの数をさすかによるな。ロサリオから来たのかい?」

「ブエノスアイレスです」

「そうは見えないな」

男はまたボートにタールを塗りはじめた。ファビアンはそれが会話終了の合図だと理解した。

そのまま歩いていくと空き地があり、三人の子供が遊んでいた。そこには、もう使われていない、コインを入れて初めて動く遊具があちこちにちらばっていた。ひとりは、空飛ぶカエルにまたがっている。カエルは、その錆びた機械の腕で、横倒しになった台座とかろうじてつながっている。ほかの二人は、かつては赤かった、フォルクスワーゲンのコンバーチブルを模した車に乗りこんでいる。彼らはファビアンの姿を見たとたん、駆け寄ってきた。

「聞いとくれ、おじさん!」

「聞いとくれ、おじさん!」全員が声を揃える。

「どこから来たの?」

「サトウキビいる?」

「一ペソ持ってる?」

「トカゲいる?」

ファビアンは、彼の脚のあたりでうろうろしている子供たちといっしょに歩いた。

「ファリーアスのバルはどこにある?」

「この奥だよ!」

「この奥だよ!」

「ねえ、おじさん、一ペソ持ってる?」

「ないって、さっきおじさんが言っただろ? だよね、おじさん?」

ファビアンはバッグのポケットを探り、二ペソ紙幣と一ペソ硬貨を取り出した。

「硬貨三枚ない、おじさん？」いちばん年上の子が言った。

「欲ばるなよ」

「ファリーアスのバルまでいっしょに行ったら、もう一ペソくれる？」

「もう教えてもらったからいい」

「それでもついてくよ」

「ぼくも」

「ぼくも」

ファビアンは、そのままポルティコの奥に向かって歩きつづけるうちに、急に疲れを感じた。何軒かの家の前に、木の椅子に座った老婆たちがいて、通りすぎる彼をじっと見つめた。街灯のひとつがちかちかと瞬いてつき、ほかも次々にともって、たちまち光に無数の羽虫が吸い寄せられた。桟橋で甲高いクラクションが響き、三人の子供たちが駆けだしていった。そちらを見ると、大きなボートが村の入口に二艘停泊し、人がぞろぞろと降りてきた。ポルティコの働き手たちが帰ってきたのだ。

村の終わりまで来たが、ファリーアスのバルは見つからなかった。どのみち、ネオン輝く看板が出ているとは思っていなかった。水路の終点にたどりつくと、いきなり丸い小さな池に注ぎこんでいた。そこでボートが方向転換できるわけだ。そして、密林と山を背にしたどん詰まりに黄色っぽい建物が見えた。石綿セメントの天井のアーケードの下にいくつかテーブルがある。入口にビニール紐の暖簾《のれん》が掛かり、室内の光が洩れている。外壁にポスター類はひとつもなく、ただ、レモンスカッシュの〈ジニ〉のマークが見て取れる古びたプレートが貼ってあるが、風化して絵が消えかけている。そこがファリーアスのバルにちがいない。

いまにも壊れそうなそのバルを見ながら丸い池を迂回しはじめたとき、さっきのあのタカが頭上に飛んできて、啼き声をあげた。タカは空を滑空し、池の中央にある彫像の上にとまった。なぜかそのときまで、そこに彫像があることに気づかなかったのだ。

船頭をかたどったものだった。以前目にしたことがあるあの彫像よりひとまわり大きいが、姿かたちはまったくおなじだ。

二〇〇八年十一月八日

先日、決めたことをレバに話した。驚いた様子は見えなかったが、つらそうだった。厨房の椅子に腰を下ろし、煙草を取り出した。旅程はどうするのか、切符の手配をするのか、カシルダが出国するのに必要な書類は大丈夫なのか、と尋ねる。

気丈にふるまっていたが、突然主人を失った犬のように、心の中では号泣しているのだとわかった。彼女ぐらいの年ともなると、こういう大きな変化は死期を近づけることになる。死がいきなり現実となって迫ってくるのだ。腹を立てて、私のことを告発したりしないだろうか、と思う。だが考えてみれば、レバを消すことなどいかにもたやすい。そう思ったとき、一瞬自分の持つ力に恍惚となった。

だがいまは、さらに事を複雑にして、すでに犯した犯罪でずたずたになった魂に新たな切り傷をつくるのは避けたかった。

昨日、家の中の荷物の移動を始め、使用人たちに梱包《こんぽう》して保管するように指示した。また、ラウタロの姿がなかった。

工房から離れるのはとてもつらいが、どこに行こうと新たに再開できるとわかっていた。ただ、庭を置き去りにすることだけはどうしても耐えがたかった。ゆうべそのことに気づき、子供みたいにいつまでも泣いた。涙が止まらなかったのだ。コルデリアのイメージが執拗に頭に浮かんだ。やっと気持ちが静まったとき、アシエンダを売るわけじゃない、人を置いてちゃんと管理してもらうんだ、屋敷も工房も庭も野ざらしにはしない、と自分に言い聞かせた。状況が落ち着き、追っ手の影が見えなくなりさえすれば、思ったより早く戻ってこられるかもしれないではないか。

眠らなければ。今日は農園の見回りをし、そのあとオフィスで共同経営者たちと最後の打ち合わせをする予定だ。私がいなくなれば、彼らはほっとするのではないだろうか。べつに恨みはない。彼らはあくまで共同経営者であって、友達になることは契約の条項にはないのだ。

十一月九日午前二時

庭の隠し場所から日記を取り出し、部屋に持ってきたいま、いっしょに持っていくか、焼くか迷っている。彫刻を除けば、何年ものあいだこのたくさんのノートに書き綴《つづ》ったものは、私の成し遂げたことの中で最も重要だ。

冷静にならなければならない。いまも、家の数メートル向こうではっきり聞こえた音にびくっとして、窓の外をのぞいたばかりだ。鎧戸を開け、外を見透かした。だれもいない。川でチャプチャプという音が聞こえたが、それはなんであっても不思議ではない。鳥か、イタチか。だがさっき聞いた別の音は足音だった。草を踏む音。早足だった。私はカシルダの部屋に行き、彼女をしばらく観察した。眠っているが、呼吸が速い。あの足音はカシルダだったのか？　まさか。ドアの鍵を確かめたが、変わったところはなかった。私は彼女をもう一度見た。顔を撫でようかと思ったが、やめておいた。旅に出るときには薬を忘れないようにしなければ。

午前五時

ひどく動揺していた。つい目が覚めてしまったのだ。さっきの足音は、われわれが留守のあいだにここを襲撃するために下調べしていた、強盗かなにかのものだという気がしてならない。レバがしばらくはここに残ってくれるだろうが、いつまでもというわけにはいかない。そのうち職を辞して、ラ・パスかパラナに引っ越してしまうだろう。そうなれば使用人たちは私を裏切り、庭のものを奪うにちがいない。ラウタロはそんなことはしないと思う。あいつはあいつなりに忠実だ。だがほかの連中は機をうかがっている。どうしたらいい？　電気を通すという手もあるが、そんなもの切るのは簡単だ。

もっと早くに対策を考えておくべきだった。時間があれば、一部は工房に、一部は温室に移すこともできた。

だがもう遅すぎる。

全部置いていくしかない。失われるとしても、手をこまねいているしかないのだ。

ファリーアスのバルは、中にはいってみるとイメージががらりと変わった。思いがけず広々としていて、煙草の煙が充満している。店内を照らす汚れたランプの灯りが届かない隅のほうでも、人の動きが感じられる。

テーブルと椅子は木製で、重そうだった。入口近くにあるごく小さな窓からは、いまや死にかけている外の光はほとんどはいってこない。ほかはすべて壁で、棚やら、ペナントやら、漁師の写真がはいった小さな額やら、かろうじて鋲で留まっている聞いたこともないサッカークラブのシャツやらで埋めつくされている。真鍮のステップのあるカウンターらしきものの前にスツールが三つ。そのうちひとつは早めに寿命が来たらしく、座面がない。カウンターの背後の酒樽はごつい縄で編まれた漁網で覆われ、いやでも巨大な蜘蛛の巣を連想した。いくつかの棚には魚の剝製が並び、パラナ川特産のピンタードやドラード以外は知らない魚ばかりだったが、棘だらけの太った魚をじっと見ているうちに、偽物だと気づいた。

入口からいちばん遠い壁に四つのテーブルがあり、そのひとつで二人の老人がドミノをしている。バラ色のキャミソールにベージュのスカート姿の豆タンクのような女がカウンターにはいっていき、注文の品を持って出てきた。カウンターの背後には、背の高いがっしりした男がいる。無声映画でよく見かけるような、下に向かってカーブした黄色っぽい髭をたくわえており、禿頭がつやつや光っている。店の主人のようだが、ファリーアスみたいなしゃれた名前には似つかわしくない。

ファビアンはカウンター近くのテーブルに座った。バルは、植林の仕事から帰ってきたばかりの労働者たちで混みあっている。みんな声が大きかったが、なごやかな雰囲気で、BGMのチャマメー（アルゼンチン北部からパラグアイにかけての民族音楽）もうるさくない程度の音量だ。

別の時代の別の状況だったら、このひとときをおおいに楽しめたかもしれない。

ややためらいはあったが、ダッフルバッグは二ブロック離れたところにある〈青い河《リオ・アスール》〉というペンシオンに置いてきた。二階建ての建物で、部屋は十二室あり、湿気の臭いがした。手に関節症を患っている女主人は、ファリーアスのバルでウェイトレスをしている女の姉だった。ファビアンがそこに来た理由を説明する必要はあまりなかった。ポルティコは辺境の地として、最近だんだん観光客が増えているのだそうだ。女主人は〝ロコミ〟という言葉が大のお気に入りらしく、村の観光客の増加というありがたい現象の理由もそれだと言った。

キャミソールの女が近くを通ったので、トニックを頼んだ。外の彫像をながめていたが、遠くから見ても、ラウフのものだとわかった。そうとしか考えられない。渡し守の像は、おなじデザインでサイズの異なる鋳型が使われたにちがいない。あとは、何気なく作者を尋ね、そこからアシエンダの場所がどこか、芋づる式に聞き出すだけだ。

ポルティコに夜が訪れ、明らかに気温が下がった。ファリーアスのバルはいまや人を歓迎する温もりにあふれ、会話もいっそう弾み、みんな興奮し、音楽をかき消すような笑い声が突然あがったりした。

キャミソールの女がもっと近くを何度か通るのを待ち、声をかけた。

「なんだい？」

「質問がひとつ。表のあそこにある彫像をつくったのはだれかな？」

「彫像って？」

「池の真ん中にあるやつだよ」

「ああ、ほんとだ、知ったこっちゃないね」

女は彼にふくらはぎを見せ、スカートをふりふりほかのテーブルに向かった。ファビアンはカウンターに近づいた。グラスと空のトニックの瓶を置き、スツールに座る。髭男が近づいてきた。

「ベルモットをひとつ」

男は瓶を開け、曇ったグラスに注いだ。

「外にある彫像はすばらしいね。だれがつくったんだい？」

「彫像って？」

「池の中のあれだよ。見えるだろう？」

なるほど、精神科病院の待合室って、まさにこんな感じだろうな、とファビアンは思った。

「ああ、あれ。大昔からあるよ」髭男は左側の髭の先を撫でた。「覚えてないな、どこから来たのか……」

「この村のだれかがつくったのかい？　それともどこかから持ってきた？」

「たしかここでつくられたんだと思う」今度は右側の髭の先を撫でている。彼は髭に政治の好みを反映させる気はないらしい。「だが、知らない。わからないよ……ファリーアスならきっと知ってただろうけど」

「ああ。ファリーアスはいないのかい？」

「死んだんだ」

「そうか」

「ボートの事故でね。もうすこし下流で起きた。小さな祭壇があったの見たかい？」

ファビアンはがっかりして、ベルモットを持ってテーブルに戻った。時間だけが過ぎる。これからどうしていいかわからなかった。そのままぼんやりとグラスを揺らし、騒音を聞き、それに包みこまれるにつれ、すこし眠気も感じはじめた。そのとき、ボートに同乗していたあの知的障害がある少年が、コカ・コーラの瓶を手に、入口の横の壁に寄りかかっているのに気づき、驚いた。なにか鼻歌をうたっているようだ。

「なにやってるか、わかってるのか……？」だれかが近くのテーブルで言った。

ファビアンが声のしたほうを見ると、ドミノをしている老人二人がいた。ひとりがテーブルから立ち上がってベルトを締め直し、別のテーブルからゲームの様子を見ていた三人の男たちがどっと笑った。三人のうち、首に短い紐飾りのようなものを巻いた、骨と筋しかない痩せた男は、サトウキビ酒だかなんだか、いま飲んでいるものですっかり酔っぱらっている様子だった。揺れ動く目は、酒を飲み干すあいだだけ定まった。

「……あんたはドミノというゲームの真髄《しんずい》に傷をつけたんだ」老人が言った。

座っているもうひとりのほうが、牌《はい》を木箱に入れはじめた。

「だめだ。まだしまうな。だれがしまえと言った？」

「ふん、馬鹿言うな、まだやりたいのか？　さっさと寝ちまえ」

またほかの男たちが笑う。

「私はまだ続けたい」立っている老人が言った。「箱を貸せ。対戦相手がいないか確かめる。きみは？　さあ、どうだ？」

ファビアンは、老人が自分に話しかけていると気づくのに一瞬遅れた。

「ルールを知ってるか？」

もうひとりの老人が席を立ち、ファビアンがそこに座った。

「あなたの退屈をまぎらすためにお受けしましょう」

「ありがとう。名前は？」

「ファビアンです」

「レストレポ、アニーバル。昔は商人だったが、いまは隠居の身だ。ロサリオから来たのかい？」

「ブエノスアイレスです」

「どっちでもおなじだ。違うか？　ここにいればどっちでも変わらん」

ファビアンはベルモットをひと口飲み、レストレポはサトウキビ酒の表面を舐めた。彼は箱から牌を出し、まぜた。

「さあ、見てろよ。ドミノの魂を尊重するとはどういうことか」

もうひとりの老人はこちらに身をかがめて屁の口真似をするとすたすたと立ち去り、ビニール紐の暖簾の向こうに消えた。まるで体がふっと透明になってしまったかのように。

「なにを賭《か》ける？」

「なにも賭けません。どうせぼくが勝つ」

「どうしてわかる？　どんなに頑張っても、ドミノの勝敗を左右するのは運だ」

「さあどうだか」

ファビアンは続けて三ゲーム負け、ビールを二杯おごった。このよそ者はレストレポの敵ではないとわかり、見物人もたちまちいなくなった。隣のテーブルにいた三人組も二人組に減っていた。首に紐飾りを巻いた酔っ払いが、もうひとりにスペイン語まじりのグアラニ語でときどきたどたどしく話しかけている。

「やっぱり運なんて関係ないな」ファビアンが言った。

「ぼろ負けだ」

「経験の差だよ」レストレポは言った。「こういうどうしようもない負け試合を重ねて、やっと最後にゲームのなんたるかがわかるようになる。だがそれで過信しちゃいけない。それに、いまは二人でプレーしてる。四人でやれば、また違う。私は二人でプレーするほうが好きなんだ。ドミノをチェスと肩を並べさせてやりたいんでね。ドミノはいつだって、かの有名なインド生まれのゲームの弟分に甘んじている」

太陽の形をした真鍮の時計を見ると、針が夜の九時をさしていた。低くボレロが流れてきた。わかるのはマラカスの音と遠い女の声だけだ。レストレポはファビアンにビールを分けた。

「そういえば、さっき彫像のことを尋ねてたな。ここの無学な連中は、なんの話をしているかさえわかってなかった」

「だれがつくったものか、知ってるんですか？」

「ああ。だが、試合に勝ったら教えてやる」

「千年やっても、あなたには勝てませんよ。でも教えてもらう必要はありません。じつは、だれの作品かは知っているので」

「ああ、そうなのか」

「フェルディナント・ラウフですよね」

ファビアンがその名前を口にしたとたん、近くにいた二人組がおしゃべりをやめた。紐飾りの男は急に酔いが醒《さ》めたかのように、さっとこちらに顔を向けてファビアンを見据えた。

「なんであれに興味を?」レストレポが尋ねた。

「すばらしい彫刻家でした。ご存じなんですか?」

「いや。ずいぶん前に死んだからな。ここの主人がまだファリーアスだった頃に店に来てたよ」

「子供はいなかったんですか?」

「ファリーアスにかい?」

「ラウフです」

「ああ、いたよ。だが、いまは孫しか残ってない」

ファビアンはなにも言わなかった。ビールのせいで頭がぼうっとしてきた。素面でいなければ。

「お孫さんはここに住んでるんですか?」

「いや。上流のほうにアシエンダを持ってる」

「遠いんですか?」

「コリエンテス州とのほとんど境目あたりだよ」

レストレポは、テーブルのフォーマイカの天板の上でダブル・シックスの牌をプロペラのように回した。

「人里離れたアシエンダでね。中洲にあるんだ。彫刻家のラウフはそこに工房を構えていたらしい。その後、息子が植林事業に投資を始めた。やがて息子が死に、孫が跡を継いだ。名前はイバーンという」

「イバーン」

ふたたび隣のテーブルが反応した。紐飾りの男は意味のわからないことをつぶやいているが、その口調からして不平にちがいなかった。

バラ色のキャミソールの女がテーブルの上を布巾で

さっとひと拭きして、おしゃべりの邪魔をした。もともとおしゃべりはもうやんでいたのだが。

「イバーンはあまりここには来ない。そしてその名を口にするときは声を低くしたほうがいい。いいな？」

「どうして？」

「最後にここに来たとき、ちょっとした騒動があった。ここにいた労働者たちがたまたま話してたんだ、モーロ中洲じゃ払いが悪いって。そこにイバーンが居合わせた。かっとなって、あやうく殴り合いになりそうになったんだ」

「モーロ中洲というのは？」

「イバーンの事業のひとつがおこなわれている川中島のことさ。ユーカリの植林事業だよ」レストレポは説明した。「アシエンダはもっと北にある」

「ここではイバーンはあんまり歓迎されてないよ」女が言った。

紐飾りの男はもうこちらのほうを見てはいなかったが、話に耳を澄ましている。

「アシエンダは丘の上にある」今度はカウンターから髭面が口を挟んできた。カウンターで頬杖をつき、あらぬ方を見ているが、目を輝かせている。「なにかのドームみたいな、鉄とガラスでできた建物があるんだ」

ファビアンは話を一歩先に進めた。ここまで来たらためらっている場合ではない。

「そこに行けば、ほかにも彫像はありますかね？　その人の祖父にあたる彫刻家の作品に興味があって」

「作品を買う気かい？」レストレポが尋ねた。

「かもしれません」

「あの彫像をつくったやつがあのアシエンダに住んでたとは知らなかった」髭面が言った。

「最近はさっぱりここに来ないよね」キャミソールが言った。

二人は客たちをそっちのけで話しはじめた。

「よく姿を見せるのは、イバーンといっしょに住んでるおばあちゃんだよ。家政婦の。ときどき女の子を連れてくる。ラ・パスの学校に通ってるんだ。たぶん純心学園《クラード・コラソン》だと思う。ノルマの娘のルシアナが、その子のことをよく知ってるよ」

「娘がいたなんて知らなかった」

「今年から中学に来だしたんだ。十三、四歳だと思う。かわいい子だよ」

「でも、あの男、結婚してたっけ?」

「知ったこっちゃないよ」

ファビアンは心臓が止まった。二つの鼓動のあいだで体が凍りついたのがはっきりとわかった。しゃべろうとするが、急に唇が乾いて引き剝がせなくなった。テーブルの下で腿に置いてあった手がぎゅっと引き攣り、その拍子にジーンズを引っぱって危うく破りそうになった。

隣のテーブルの男たちは、大声のグアラニ語でますます激しく言葉を交わしている。言い争いをしているようだが、最後のひと言はファビアンをにらみながら吐き出された。髭面がカウンターから、動物たちを静まらせるかのように、二人をシーッと諫《いさ》めた。しかし紐飾りの男は意に介さず、ファビアンを見つめている。そのファビアンは突然白目を剝き、首をぐらぐらさせてテーブルに手をついた。

ファビアンはレストレポが腕に触れたのに気づき、感電でもしたかのようにびくっとした。

「大丈夫か?」レストレポは心配そうに彼を見ながら、ドミノの牌を木箱にしまいはじめた。「ここは息苦しい。外に出るかい?」

二人は勘定を払って店を出た。バルの灯りから遠ざかるように数メートル歩いた。

「あの人たちはどうしたんでしょうか?」

「あの彫刻が気に入らないらしいな」レストレポが言った。「植林会社はどこも給料が安い。ラウフも例外じゃないらしい」

バルの入口からわめき声がして、二人は振り返った。紐飾りの男が大声でどなり、おなじくらい酔っぱらっている連れの男が彼をなだめようとしている。二人ともよろめきながらこちらに近づいてきた。紐飾りの男が体をゆらゆらさせてファビアンの目の前で足を止めた。彼の顔に向かって、野菜臭い息に包まれたグアラニ語の悪態が機関銃のように連射された。男がますますにじり寄ってきたので、ファビアンはその胸を手でぐいっと押し返した。もうひとりがその手を平手で払った。レストレポが中に割ってはいった。

「おいやめろ。いったいなんだってんだ?」

二人の酔っ払いはいまや息もつかずに、自分たちの言葉で興奮気味にまくしたてている。誤解がもとで殴り合いというのはしゃれにならないとファビアンは思った。

ふいに、酔っ払いひとりひとりの肩に、大きないかつい手がにゅっと現れた。その手の主である髭面は、ボール紙のマリオネットよろしく、二人をくるりと振り返らせた。片方はおとなしくなったが、紐飾りのほうは抵抗したので、髭面がその紐飾りを持って相手の首をひねり上げ、揺さぶった。

「いいかげんにしろ」

力などいっさい入れていないかのように、冷静な声だった。紐飾りの男は、髭面の手で首を押さえつけられたまま必死にパンチを繰り出したが、一発も当たらない。髭面のほうもこのままでは埒《らち》が明かないと悟り、相手を値踏みしたあと腕を振りかぶって、顔に一発、拳固をお見舞いした。乾いた音が響いて、紐飾りの男はよろよろと後ろに後ずさり、バランスを崩して池に落ちた。とはいえすぐに、咳きこみながら水面に浮かび上がってきた。紐飾りが目隠しのように目を覆っていた。池の縁で待っていた連れの男が、岸にたどりついた友人に手を貸し、彼がずぶ濡れの犬のように体をぶるっと震わせるのを見守った。髭面は、両手を握りこぶしにして二人をながめていた。彼らは千鳥足《ちどりあし》で闇に姿を消した。髭面がファビアンに目を向けた。

「観光客に悪さをする連中が気に食わないんでね」

「ありがとう」

「だが、ラウフについてはこれ以上口にしないでもらいたい。また問題が起きる」

彼は下がったズボンを引き上げたあと、店にはいっていった。

ファビアンは船をもやう杭のひとつに寄りかかり、深呼吸した。川の水はゆっくりとリズミカルに波打ち、水路の縁からチャプチャプというかすかな音が聞こえてくる。点灯している街灯もあるが、消えているものもある。闇に閉ざされ、岸と水の境界がわからない場所もあった。そよ風がファビアンの顔の汗を乾かしてくれた。

レストレポが白い眉を吊り上げて、無言のまま訝しげにこちらを見ていた。

「〈青い河〉に泊っているのかい?」

「はい」

「やっぱり。行こう。そこまで送るよ」

二人はパラナ方面に歩きだした。ファビアンは渡し守の彫像のほうは見ないようにした。

「じゃあ、彫像を買いに来たのか」

「いいえ、それだけじゃありません。ぼくは建築家で、ラウフの作品に興味があるんです。ブエノスアイレスでいくつか作品が展示されていますし、パラナでも見ました」

「そりゃあ知らなかった。そのためにわざわざここまで?」

「パラナの現場で仕事があって、ついでに足を延ばしたんです」

「へえ。どんな仕事?」

「ある家の改築です。けっこう難しくて。下に例のトンネルが通っているので……」

「ああ、そうとも！　トンネルだらけなんだ。おかしな町だよ」

ファビアンはレストレポに本当のことを話してしまいたい衝動に駆られたが、思いとどまった。

「いまのところは静かだが」レストレポが言った。

「外国人観光客がどんどん増えている。いつなにもかもが崩壊するか、わからないよ」

二人はペンシオンに到着した。レストレポは数メートル先を指さした。

「あれが私の家だ」

コロニアル風の屋根の黄土色の一軒家で、窓には鎧戸が閉まり、前庭がある。

「失礼だが、どうもきみの顔に見覚えがあるような気がするんだ」レストレポが言った。「名前はファビアン、苗字はなんて言ったっけ？」

「いいえ、まだ言ってませんよ。カレーラスです」

「カレーラス……」レストレポは眉をひそめた。ひょっとしてなにか思い出してくれるのではないかとファビアンは期待した。「やっぱり知らないな。そんな気がしたんだが」

「ありきたりな顔ですからね。よくそう言われます」

「またそんな……」

レストレポは立ち去りかけたが、ふと足を止めた。

「いいか、私がきみなら、ラウフと連絡を取ろうとは思わない」

ファビアンは肩をすくめた。

「彼がこのあたりで好かれていないことはわかりましたが、ぼくには関係ない。彼とは労働者の搾取についてではなく、芸術について話したいだけです」

「彼はたぶん……」レストレポはこめかみに人さし指を当てた。「ここが少々いかれてるんだ」

「会えるとは思ってません。明日にはパラナに戻らなきゃならない。いつかそういう機会があれば、ってことです」

「そのほうがいい」

二人はたがいの目を見た。レストレポの顔を見れば、ファビアンの言葉を信じていないことがわかった。

「さて、今日のところはお開きとしよう。もし明日きみに時間があったら、リターンマッチのチャンスをあげるよ」

「どうして、また?」

「さあね。たぶん、きみといると楽しいからかな。失礼だが、やはりきみの顔に見覚えがあるような気がしてならないんだ」

「ビールを三杯も飲めば、世の中全員知り合いですよ」

レストレポの笑い声が緑色の靄の奥に遠ざかった。

「よく休めよ」


ファビアンはペンシオン〈青い河〉にはいっていき、関節炎の女主人に会釈すると、部屋に上がり、闇の中でベッドに横になった。

モイラのことを考えた。彼らが話していた十三歳の女の子がそうなのだろうか? 確かめるのは簡単だ。バルの女が言っていた学校を調べなければならない。あるいは、校門で待ち伏せするか。もしそれがモイラなら、必ずわかるはずだ。だが、いまは休暇の期間だと気づき、がっかりした。もっと悪いことに、自分の名前はファビアンだと明かしてしまった。ファビアンは自分を呪った。馬鹿にもほどがある。レストレポは彼のことをまもなく思い出すだろうか?

ファビアンは目を閉じた。外でなにかの鳥が、どこかに隠れてそっとさえずっている。小舟が波で揺れて桟橋にぶつかる音がする。

急に不安になり、自分に問いかける。この旅の目的は捜すことだったのか、それとも逃げることだったのか？

どっと疲れを感じ、自分で自分に課したこの秘密の使命を全部投げ出してしまいたくなった。これ以上なにも知りたくない。警察に連絡し、ブエノスアイレスのブランコに電話し、ラウフのアシエンダに来て捜索してくれと頼めばそれでいい。

ナイトテーブルの灯りをつけ、バッグから銃を取り出してベッドの上に置く。横になって銃を両手で包み、眠った。何年かぶりに、夢を見た。

部屋の中にシルバがいて、椅子に座っている。モンドラゴーン、ベルトラン、レボイラらもいっしょで、これから会議が始まるかのように、全員が椅子に座ってファビアンのほうを見ている。最初は、シルバらの表情から考えると、彼らはファビアンがこれから話そうとすることに耳を傾けようとしているのだと判断した。ところが、いざ話しはじめると、彼らはファビアンを裁こうとしているのだとはっきりわかった。

やがて陪審団は消え、そこに今度はドミノの牌が山になったテーブルが現れた。女が牌を並べており、象《ぞう》牙《げ》のぶつかる音が響く。部屋の奥の、ランプの光が届かないところに、モイラがいるのが見える。横を向き、顔は髪で隠れているが、彼女だとわかる。

テーブルにいる女はドミノの牌を執拗にぶつけあわせている。牌はどれもダブルで、そのうえ裏がなく、両面に目がはいっている。女の人さし指の爪が延々と象牙をたたく。たぶん時間を稼いでいるのだ。

ファビアンは、その女がリラだと知った。

彼女は爪で牌をたたきながらこちらを見た。それはモールス信号のようなもので、なにかを伝えようとしている。闇がテーブルとリラを呑みこんだが、たたく音はまだ続いており、それは部屋のドアの向こうから聞こえてきた。

ファビアンはベッドから起き上がった。自分はすでに目覚めており、だれかがドアをノックしているのだとやっとわかった。

ドアを開けたとき、最初はだれも見えなかったが、廊下の闇からシルエットをやっと切り離し、人が立っているのがわかった。あの知的障害のある少年だった。臆病なボクサーか、あるいは興奮剤を飲んだバレリーナのように、爪先立ちで体を揺らしている。

「上流に行きたい?」とてもはっきりした、普通の声に聞こえた。「バルでみんなから、あなたが〈黄金苑《ラ・ドラディータ》〉に行きたがってるって聞いた」

「〈黄金苑〉?」

「ラウフ家のアシエンダだよ」

「きみが連れてってくれるのかい?」

「毎日あそこに通ってる船頭さんを知ってる。七時に来て」

「朝の七時?」

「アレーホって人を訪ねて」

少年は音もなく廊下に消えた。

12

本を持っていくかどうか、しばらく悩んだ。入れればリュックがもっと重くなるし、必要な持ち物だけにしなければならないとわかっていた。最低限の服と狩猟用ナイフに加え、薬のスペースを確保するとなると、選択肢は限られてくる。そこでギリシャ神話の本に決めた。場所をあまり取らないし、これ一冊でたっぷり楽しめる。もう一度リュックのベルトとたくさんあるポケットの留め金を確かめた。このリュックはパラナで買った。鮮やかな赤に、たちまち心を奪われた。七歳のときだった。イバーンが買ってくれたのだ。次の週にキャンプに行く約束をしていたから。結局キャンプには一度も行っていない。

リュックをベッドの下に入れ、あらためて横になった。上から下までちゃんと服を着て。万一のときのためにシーツにもぐりこんでおこうかとも思ったが、レバもイバーンも来ないとわかっていた。イバーンが見に来るのは夜だけで、明け方は現れない。まして昼間は絶対に。

そしてこれがこの場所で過ごす最後の夜だ。

外で鳥が啼いているのが聞こえる。四羽いるらしい。この三晩、とりわけイバーンとの出来事のあと、ほとんど眠れなかったことが心配だった。自分の不安のせいで、すべてが台無しになったのだとそのとき思った。

二週間前から、小さなボートを用意していた。壊れた木のボートを手に入れて、使えるように修理したのは初めてではなかったけれど、今回は隠れてそれをしなければならず、そう簡単ではなかった。イバーンはアシエンダの南へ北へと、しょっちゅう川を行き来し、彼女とおなじくらい両岸のカーブや隠れた隅っこを知りつくしている。だから、桟橋から半キロほど離れたところで打ち捨てられたボートを見つけ、まだ使えるとわかったとき、どこに隠すか必死に知恵を絞った。そして、できるだけ山の近くに、アシエンダの境界ぎりぎりまで引いていった。ボートは黄色で、全長は三メートルくらい。引っくり返った状態で、船腹に大きな穴があいていたけれど、それぐらいなら直せそうだった。

ボートを見つけたとき、これは逃げろという神からのお告げだと直感した。だから迷わなかった。腰まで水に浸かって、屋敷からは見えない場所まで、川の中を二百メートルほど運んだ。そのあとが大変だった。丘の上まで引きずっていき、木々のあいだにちょうどいい隠し場所を探した。やっと見つけると、木の枝で覆って隠した。でも、隠し終わったあとで、そこが崖からも庭からも等距離にあることに気づいた。どちらもイバーンがよく行く場所だ。ほかに移そうかとしばらく考えたが、むしろイバーンの近くにあったほうが好都合だと判断した。まさかそんなところにボートが隠してあるとは、イバーンも思わないはずだ。

修理がいちばん難しかった。従業員のアマデオにやり方を教えてもらい、いっしょに何艘も小型ボートを直したことがあるので、ひとりでもできる。納屋に行けば、木材やパテ、紙やすりなど、必要なものはすべて手にはいる。穴はひとつだけで、ほかに壊れているところはない。問題はいつやるかだ。

イバーンが七時に起床し、朝食を食べてから工房に行き、正午までそこにいて、そのあとモーロ中洲に行くことは知っていた。昼間に修理する勇気はなかった。いつイバーンが姿を現すかわからない。だから明け方三時に起きて、トンネルを通って温室に向かい、それからボートの隠し場所に行って、この場所から永遠にさよならするのを妨害している穴をふさぐことにした。そして朝六時半には部屋に戻る。


ボートの修理は三日で終わった。継ぎあては充分もちそうだった。前もって試さないのは危険だとわかっていた。脱走するそのときに川まで下ろし、初めて水に浮かべるのだ。

食料庫からいくつか物品を調達しておいた。缶詰、すぐ食べられるゼリー、マッチ、普段使われていない小型のカンテラまで。イバーンは毎月初め、買出しに行くまえに食料庫の点検をするが、それにはまだ三週間ある。すべてをゴミ袋二つに入れ、トンネルの入口に隠した。明日の朝方それを運び出し、出発日の前にボートに積んでおこうと思ったのだ。

すべてがまずい方向に向かいはじめたのはその夜だった。

ゴミ袋を運び、ボートの底に置いて、いままで以上に丁寧にボートを隠した。温室に戻る途中、魔がさして、屋敷の脇を通る近道をしようと考えた。それには柱廊の近くを、イバーンの部屋の近くを通らなければならない。工房の裏をまわる道もあるのだけれど、もうかなり疲れていた。だから、赤ずきんのように近道をすることにしたのだ。

静かに、しかし急いで芝を横切っていく。降りたばかりの朝露を裸足の足に感じる。そのときだった。家の格子窓のひとつから音が聞こえたのは。彼女はその場に凍りついた。だが、それこそ大きな失策だった。窓を開けようとしているのはイバーン以外に考えられないし、もし本当に彼が窓を開けたら、彼女が家の前庭の真ん中で突っ立っているところを見られてしまう。とっさにうつ伏せになって、近くの花壇まで匍匐《ほふく》前進すると、灌木の中に飛びこんだ。それと同時にイバーンが家から出てきた。そこから彼女のことが見えても不思議ではなかった。草を踏んでこちらに向かって歩いてくる。別のだれかの存在を感じ取り、匂いを嗅ごうとするかのように。いまイバーンは彼女から十メートルほどのところにいた。

もし見つかったら、なにもかも終わりだ。どうやって部屋から出たか説明しなければならず、嘘をついても無駄だろう。鍵をこじ開けたのだと言えば、もう一度おなじことをやってみろと命じられるはずだ。合鍵を持っているなんて言い訳は通用しない。結局トンネルの存在を明かすしかない。彼が中にはいったときどんな反応を示すか、想像もつかなかった。

彼女はうなだれ、頬の内側を思いきり嚙んだ。血のしょっぱい味を舌に感じる。しばらくじっとしていた。イバーンの両手がずっしりと肩に置かれ、彼女を地面から立ち上がらせるその瞬間を待ちかまえて。でもなにも起きなかった。ゆっくりと顔を上げる。

思わず悲鳴をあげそうになり、ぎりぎりのところで呑みこんだ。イバーンは三メートルも離れていないところに無言で立ち、顔を上げて、夜明けのパール色の空をながめている。ふいに歩きだし、大股で屋敷に戻っていった。格子窓が閉まる乾いた音が聞こえたとき、やっと詰めていた息を吐いた。でも安堵感はそう長くは続かず、強烈なパニックが襲いかかってきた。イバーンは今頃、彼女がそこにいるかどうか確かめるために、部屋に向かっているのかも。

もうすこし這っていき、屋敷から姿が見えない場所まで来たところで駆けだした。温室に着くと跳ね上げ式の窓から中にはいった。闇の中、記憶を頼りに植物のあいだを走り、トンネルの入口にたどりつく。鉄格子を取りはずし、なんとかまた元に戻す。蠟燭をともす時間も惜しんで、恐怖に喉を詰まらせながら暗闇を進む。植物の根に額をぶつけて怪我をした。トンネルは永遠に終わらないような気がした。

やっと終点に着いたとき、手と顔をぶつけた。音がしないようにシャワーの水受けを動かし、這い上がって、また水受けを戻した（きちんと元通りになってなかったけれど、直す暇はなかった）。浴室から出たそのとき、ドアの錠に鍵が差しこまれる音がした。ベッドに飛びこんで、あわててシーツにもぐりこんだ。一瞬ののち、ドアが開いた。室内に足音が響く。必死にあえぎを抑えようとする。イバーンなら、彼女が息を切らしていれば必ず気づくはずだ。

部屋の中央に立つ人影は動かず、ただ耳を澄ましている。見つからないはずがない。そう思えた。額の傷がずきずき痛み、さわらずにいるのがつらかった。時間がいらいらするほどゆっくりとこぼれ落ちていく。

ふたたび足音が聞こえ、やがてドアに鍵がかけられる音が響いた。ドアの向こう側で足音が遠ざかっていく。そのまま時間が過ぎるにまかせ、やがて起き上がると、浴室に行って水受けを直し、体を洗って、またベッドに横たわった。

こうしてその夜、危うくすべてが水の泡になりそうになったが、女戦士《アマゾネス》としての強い意志がそれを救った。

じっとしていた。あと数時間もしないうちに、ここから永遠に去るのだ。そのとき突然、呼吸をしたくなくなった。いっそ死んでしまいたかった。そう、死の女神がわたしを探しに来てくれればいいのに。死の女神は眼窩が空洞で、死臭漂う口からは二叉に裂けた長い舌がだらりと垂れている。舌の色はほとんど黒に近い深紅だ。一年前から腿を伝うあの液体とおなじ色。女になった証拠だよと、怒ったようにきつい声でレバが言った。

死の女神に来てほしかった。そうすれば、怖がらなくてもいいのだとわかる。ずっと自分の家だった場所を捨てるより、死ぬほうがましだ。知らない世界に足を踏み入れてしまえば、もう戻れない。でも、そうするほかないのだ。

13

ファビアンは宿代を払い、関節炎の女主人に別れを告げた。川まで歩き、手入れの行き届いたレストレポの家の前を通りすぎた。あたりの街灯はまだ点灯したままで、湿った静寂がそこにあるすべてにしがみついていた。

ファビアンは桟橋にたどりついた。彼を待っていた男は四十路を越えているように見えた。背が高い。グラファ・ブランドの作業衣を思い起こさせるカーキ色のシャツを着ている。それにニッカーボッカーズと黒いアルパルガータ（フランス語ではエスパドリーユ。底に麻やジュートを編みこみ、本体は綿でできたスペイン語圏の伝統的サンダル）。川の水とおなじ色のボートの上に立っており、そのせいか、川がみずからつくりあげた台座の上に彼が立っているかのような錯覚を覚える。それに加え、濃い霧が渦を巻いたり切れ切れになったりしながら川を銀鼠の毛布で覆い、船頭の足元を舐めるように蠢く様子は、今風の映画ファンなら古めかしいと思うかもしれない効果をあげている。

「アレーホ?」

「ファビアンか。乗りな」

船頭は彼に手を差し出した。ファビアンは小型ボートに乗り、腰かけに座った。小さな船外モーターはすでに動いている。ボートは栈橋を離れ、ポルティコは霧に呑みこまれた。

アレーホは鉤竿を使って航路を変え、どんどん増えていく水草を押しのけた。じつに正確に鉤竿を水に差しいれる。どこに水草が隠れているか見定め、ボートを取り囲む地獄の辺土の中でどうやって方向を定めるのか、ファビアンには到底わからなかった。

「今日は苦労するな」ファビアンの心を読んだのか、船頭が言った。

「どれぐらいかかるのかな?」

「〈黄金苑〉まで行くのかい?」

「ええ」

「霧がなければ三十分で着く。その二倍と見積もってくれ」

「霧の中、どうやって方向がわかるんだい?」

「手探りさ」

継ぐ言葉も質問も思い浮かばず、黙っていると、すこししてアレーホのほうが口を開いた。

「川幅の広いところにはいるまで、霧は深いままだ。そこに行けば、もっと澄んだ水になる」

「モーロ中洲はどこにある?」

船頭は、水から顔を出していた水草の枝を、鉤竿をさっとひと振りして切り取った。

「おれたちはいま、アルガローボ島の右側を通っている。モーロ中洲はその反対側にある」

「そこにはユーカリがあるのかな?」

「わんさとね。そのために〈黄金苑〉に行くのかい?」

「いや。目的は別だ」

「〈黄金苑〉は農園より北にある。コリエンテス州との境目から十キロぐらいのところだ」

「ラウフ家の人たちを知ってるかい?」

「おれの知るかぎり、ひとりしかいないぜ」

「へえ、そうなのか?」

「イバーンさ。ときどき品物を運ぶよ。彼の工房で使うものをね」

「工房?」

「ブロンズでいろいろつくってるんだ。彫像なんかをさ。いくつか見たことがある。すごくよくできてるよ」

ファビアンは、霧の向こうで半ばぼやけたアレーホの背中をながめながら、押し黙った。こめかみで血がどくんどくんと脈打ち、音という音をかき消した。

「彫刻家は彼の祖父だと思っていたんだが」

「孫もそうさ。祖父より腕がいいと聞くぜ?」

「話に出てくるのは祖父と孫だけで、父親が欠けてるね」

「ずいぶん前に死んだよ。ここにあまりなじんでないという話だった」

「そのイバーンだが、ひとり暮らしなのかい?」

アレーホはボートの船尾のほうに急いで近づき、モーターに詰まった枝を取り除いた。

「昔は大勢住んでたんだ。両親が生きてた頃はさ。よくパーティを開いてた。遠くからでもにぎわいが聞こえたくらいさ。そんな時代もあった。女の子もいたよ。きれいな子だった。コルデリアといったっけ。ラ・パスじゃ、だれもがあの娘に恋をした」

「それで、なにがあったんだい?」

「父親が死ぬと、イバーン以外だれもいなくなった」

たぶんサギだと思われる暗い灰色の鳥が、ボートから数メートル離れた場所で翼を広げ、飛翔した。二度大きくはばたき、霧の中に消えた。

「ポルティコでは、イバーンはあまり評判がよくなかった」

「だろうな。なんて言われてた？」

「払いが悪い、と」

アレーホのしゃがれた笑い声が川に響き渡った。

「ラウフが植林会社をやめたら、最初に消えるのはポルティコさ。不平を言わなきゃ、暮らし向きだってもっとよくなるんだ」

川はさらに狭まり、しつこい霧のカーテンを透かして、日差しがすこし差しこみはじめた。流れが速くなり、アレーホは巧みな竿さばきでボートを操って、航路が川の中央からはずれないようにした。部分的な激流エリアを通過すると、川幅が十メートルもない支流に出た。

「あと二十分もしないで着きますぜ」アレーホが言った。

ファビアンはダッフルバッグに触れ、中にあるスミス&ウェッソンの銃把を感じた。バッグの布越しにも鋼鉄の硬さと冷たさが伝わってきた。

14

そのときが来た。

アシエンダはしんと静まり返り、旅立ちの準備は整った。イバーンの機先を制さなければならないことを考えれば、もう一日も待てなかった。いつもどおりの予定なら、今日イバーンは仕事に出かけているはずだ。彼女はベッドの下からリュックを取り出した。スニーカーを履き、部屋の真ん中に立ってまわりを見回す。忘れ物はないか確かめながら、これが別れの挨拶なのだということも自覚していた。

最後に浴室にはいった。古びた薬戸棚はすでに空っぽだ。薬はすべてリュックの中にしまった。厨房の冷蔵庫にも冷やしてあるはずだけど、それを回収する方法はないので、あきらめた。その中に命に関わる薬がないことを祈るだけだ。なにがあっても、アシエンダから逃げなければならない。

シャワーの水受けをずらし、トンネルに下りる。一瞬、いたずら心から、水受けをずらしたままにして、彼女しか知らない驚きの抜け道があったことをイバーンに思い知らせてやろうかと思った。秘密を専売特許とするイバーンにとっては大きなショックだろう。でも結局元に戻した。そのほうが、万が一イバーンに見つかってまた連れ戻された場合、トンネルの存在を秘密にしておける。本当はそんなことは考えたくなかった。始めるまえに負けてしまったみたいに感じる。

トンネルの終わりにたどりつき、無言で鉄格子の向こうを見た。温室に人気《ひとけ》はない。すこしだけ待って、蜘蛛の巣のような鉄格子をどけて地上によじのぼり、鉄格子をまた戻した。温室の茶色く枯れた植物のあいだを歩いていく。そこにはもはや命はない。主人の指示にしか従わない温室は、イバーンにもレバにも忘れられ、あっというまに死滅した。ガラスの壁はもう何カ月も洗われておらず、永遠に曇ったままのように見える。丸天井の上ではたくさんの鳥がくつろいでいる。もはや何物にも邪魔されない灌木の枝がどんどん伸びて錬鉄製の骨組みと絡みあい、侵略戦争にじわじわと着実に勝利を収めつつある。温室のドアを開けたとき、蝶番がきしみを洩らすのは避けきれなかった。これだけ静かだと、音ははっきり聞こえた。でも心配しなくても大丈夫。イバーンはいないし、すべては予想どおりに進んでいる。自由への道に、いまやなんの障害物もない。

彼女は崖っぷちのほうに向かったものの、急に気が変わり、反対方向に進んだ。

15

霧が立ち、ファビアンはひどく狭い支流にはいったことを知った。岸はボートから三、四メートルしか離れておらず、反対側から大型あるいは中型の船が来たらと思うとぞっとした。容赦ない暑さのせいでアレーホの背中に汗でシャツが張りつき、頑丈な肩甲骨が浮き上がって見え、銛竿の動きに合わせてリズミカルに動くのがわかる。植物や木々が岸から覆いかぶさり、茂みに絡みつかれて、ボートはたびたび止まった。茂みから、赤や緑のすばやい蠅の群れや、動きはのろいがしつこくて、ほとんどなまめかしいくらい熱心に肌にへばりついてくるアブが飛んでくる。自分にもアレーホにも飲み物がなにもないことに、ファビアンは気づいた。水筒を探したが、ロープや工具箱しか見つからない。

そのとき突然、折り曲げて肘を突き出した腕のような形に川が急カーブし、その肘の部分で流れがさらに狭くて急な、どことも知れない方向に向かう三つの支流に分かれた。アレーホはモーターをかけ、鉤竿を使ってボートの方向を変えた。

「つかまって。ここは難所だ」船頭はなんとか声を絞り出した。

ファビアンは船べりをしっかりつかみ、船底に足を踏んばった。下から突き上げるような衝撃が続き、船は棹立ちをする馬のように跳ねた。アレーホが彼のシャツを押さえて船べりに寄りかからせなかったら、外に投げ出されていたところだ。ボートは完全に一回転し、流れに背を向けて、近づいてくる迷宮のような濁流の中に引きこまれるかに思えた。しかしアレーホの頑固な抵抗がそれに勝り、ボートは引きこむ流れに逆らってなんとか先に進んだ。そしてついにカーブを曲がりきり、流れがゆるやかになった。ボートは速度を増し、頭を出す切り株のあいだを縫って航行した。ファビアンは、巣穴から水に滑り出す蛇を何匹か見た。色は緑で、三角形の頭をしている。

「ここでは水にさわっちゃだめだ」アレーホが言った。「下から咬みつかれる。こっちに近づいてくるんだ」

先史時代のものとも思える巨木が、両岸のあいだに横たわっていた。船がその下をすごい速さで通り抜けたかと思うと、急に川幅が開け、大きな二つの島のあいだの流れのゆるやかな場所に出た。その島のひとつにある丘の上に、初めて人家と温室が見えた。

二つの建物のちぐはぐさに興味が湧いた。屋敷のほうは、アシエンダでよく見かけるような普通の家で、おかしなところはどこにもない。横に長く、壁は白塗りで、フランス瓦の屋根は苔むして青々としており、正面からの厳しい日差しにさらされる柱廊がある。家に人影は見えず、窓辺やその近くにも人気《ひとけ》がない。さらに敷地を見渡すと、わずかな風で動いている黒に近い真鍮の風車が見えたが、電動ポンプで水を汲み上げて稼動しているようだ。

だが温室には目を瞠った。この場所には似つかわしくない、異様な建物だ。別の景色に重ねて映された幻のようにさえ見える。イギリスの水晶宮の建築様式と、十九世紀にイギリスやフランスで流行したアール・ヌーヴォーの美術様式がうかがえる。フェルディナント・ラウフのおそらくは最後の作品だろう。遠くからでも、鉄とブロンズの細かい造形にガラスが組みあわさって生まれたみごとなフォルムが見て取れた。

「あれを見たとき、おれも驚いたよ」アレーホがボートの舳先《へさき》から言った。「祖父が始めて、孫が完成させたらしい。みずから鉄を手に入れて熔解させ、鋳造したんだ。おれもボートで何度もそいつをここに運んだよ」

釣竿が川底に触れ、ボートを押し進めた。モーターはすでに切ってある。ファビアンは近づいてくる桟橋に目を向けた。灰色がかった白に塗られた木板が、静かな水面に映りこんでいる。水の奥をのぞきこむと、丘と屋敷と温室も逆さまに映っていた。

モーターの音はやんだのに、アシエンダではなんの動きも見えない。ずいぶん苦労して、ファビアンはやっと桟橋に降りた。さて、これからどうしようかと思いながら数メートル歩く。アレーホはボートをもやい、自分も船を降りた。

「水がいる」

「いくら払えばいいかな?」

まさか船賃をもらえるとは思っていなかったのか、アレーホはその質問に驚いた様子だった。

「二十でけっこうだ」

ファビアンは金を渡した。アレーホは紙幣を見もしなかった。敷地の入口の門の横にある蛇口に近づき、ごくごくと水を飲んだあと、頭と顔を濡らしてさっぱりしたらしい。シャツのボタンをはずして屋敷のほうを見た。

「だれもいないようだな。あんた、ここに残るのか？　今日はもう船を出す用事はないから、もしよければあんたの帰りを待つぜ」

ファビアンは携帯電話を取り出して開けた。画面を確かめ、また閉じる。

「ここには電波が来てない」アレーホが言った。「電波の基地局が近くにないんだ」

ファビアンは電話をしまい、門扉に近づいた。木製で、イングリッシュグリーンに塗られている。中央にプレートが貼ってあり、文字が浮き彫りになっているのだが、判読に苦労するような活字が使われており、暗いうえ着色されていないので余計に読みにくい。

〈黄金苑《ラ・ドラディータ》〉。

「ひとつ頼みたいことがある」

アレーホは無言でファビアンを見た。

「警察と連絡がつくいちばん近い場所まで行き、ここに呼んでほしい」

「なんのために？　なにがあった？」

「話せば長い。その時間があるかどうかわからない。ぼくはこの敷地内を全部調べるつもりだ。途中でもしだれかと出くわしたら、まずいことになるかもしれない」

アレーホは立ちつくしたまま、いま言われたことについて考えていた。ファビアンは待たなかった。門扉には閂《かんぬき》があったが、錠はついていない。門を開けて中にはいる。

「厄介事はごめんだ」アレーホが言った。

「それはぼくもおなじだよ」

ファビアンは両開きの扉のひとつを押さえている。

「わかったよ、もしいやなら、べつに通報しなくていい。とっとと行ってくれ。だが、もし頼まれてくれるなら、番号を教えるから、そこに電話してほしい」彼はダッフルバッグのポケットを手探りした。「これから言う番号と名前を覚えられるかい？」

「言ってみてくれ」

「一五五六七八八九七六。市外局番が前に必要かどうかはわからない」

アレーホは番号をくり返し、どうやら覚えたようだった。

「で、名前は？」

「セルヒオ・レイデル。ぼくがどこにいるか説明してやってくれ。そいつなら、なにをすべきかわかってる」

二人は門扉越しに見つめあった。どちらも動かなかった。ファビアンは手に持っていたダッフルバッグを下に置いた。

「誘拐されたぼくの娘がここにいると、ほとんど確信している」

「あんたの娘？」アレーホは青い目の上の眉をひそめた。

そのしぐさが、なんだか懐かしかった。なにもかもが異質なこの場所にあって、親しみが感じられる唯一のもの。

「本当なのか？」

「わからない。わからないが、どうでもいいことだ。ポルティコに戻って、電話をかけてくれ」

ファビアンは返事を聞かないままきびすを返し、〈黄金苑〉にはいっていった。

こんなことをして、自分は馬鹿だと思った。レバの家の窓辺にこっそり近づき、ゆっくり中をのぞく。台所にレバはいない。馬鹿よ、なんでわざわざレバの家を偵察しに来る必要があるの？　心の中でもう一度つぶやく。もしレバに見られたら、計画はめちゃくちゃだ。ボートがわたしを待っているというのに。でもレバに会わなければならなかった。そっと別れを告げるためだとしても。

窓から離れて家をまわった。小さな庭にも動きはない。部屋の窓にたどりついたが、やはり中にレバの姿はない。すこし待ってから中にはいった。ここがレバの寝室で、部屋はそれだけだ。ほかになにかするとしたら、台所ですませるのだ。台所も、この部屋よりすこし広いだけだけれど。レバは母屋のほうにはあと一時間しないと来ない。そのときやっと部屋のドアを開けてもらえる。

台所をのぞく。なにもかもきちんとしている。鍋はフックから下がり、清潔な布巾はちゃんとたたまれ、ガラス扉のある食器棚の中だ。広い木製のテーブルの上にペティナイフとニンニクがひと玉置いてある。彼女は近づいた。ニンニクは皮を剝いてあり、ナイフはテーブルの端でいまにも落ちそうになっている。その二つの要素が、その場所にそぐわない。それ以外はすべて、レバの体に大昔から染みついている秩序に従っている。コンロの上には大鍋があり、蓋がはずれている。中には切ったトマトとタマネギがはいっている。料理を始めようとして、邪魔がはいったように見える。テーブルの天板を撫で、違和感を覚えた。身を乗り出してみて、外からの光がやっとそれをとらえた。四本の細い溝が、天板の中央からテーブルの端で途切れるまで続いていた。たいして考えなくても爪痕だとすぐにわかった。レバがテーブルにしがみつこうとしたかのように。でも本当のところはわからない。声に出してレバの名前を呼んだ。そうすればふっと姿を見せるような気がして。でもなにも起きなかった。

泣きながら家を出た。もうレバには二度と会えないとわかったから。そう、ここを出ていくと決めたときからわかっていたことだ。でも、こんな形で別れるとは思っていなかった。

アシエンダの丘を横切りはじめる。心は決まった。

もう揺るがない。場所のそこここに、そこにある物ひとつひとつに、知っている木の一本一本にさよならをする。胸が痛みだし、足を速めた。

くだり斜面にある密林にはいったそのとき、屋敷の向こう側からはっきりと手をたたく音が聞こえた。

ファビアンはもう一度手をたたいた。音はぼんやりと反響したあと、消えた。唯一の動きは、木から木へと飛び移る鳥たちぐらいだ。枯れた花ばかりが並ぶ花壇に沿う道が、屋敷へと続く。とても急なのぼり坂で、丘の頂上で敷地を支配する屋敷がその終点だ。

ファビアンは樹木の種類にはあまり詳しくないが、じつにさまざまな木がそこにあることはわかった。なかには知っているものもあるが（樹木についてはリラのほうが詳しくて、わずかに知っているいくつかの名前は彼女に教えてもらった）、見たこともないような木もある。大部分は、このアシエンダ全体がそうであるように、手入れをされないまま放置されている。ファビアンは砂利道を歩きながら、ひょっとすると屋敷からだれかが隠れてこちらを見ているかもしれないと思い、道から逸れて丘を迂回し、屋敷をあらゆる角度からながめてみることにした。もう一度手をたたいてみたが、なんだかばかばかしくなり、わざわざ静寂を壊した自分が恥ずかしくなりさえした。

〈黄金苑〉があるのは川の二本の支流に挟まれた島で、屋敷のある丘の頂上から土地はくだっていき、やがて、奥に行くにつれ狭まる涙形に伸びていく。島の面積は二十ヘクタールほどありそうだが、アシエンダはそのごく一部を占めるにすぎない。ほかは木々がみっしりと茂る密林で、島を囲む川を航行する人からすれば、どこから見ても荒れた険しい山でしかない。ここに上陸するには小さなボートを使うしかなく、まるで迷宮の奥にたたずむ秘密の場所のようだった。

太陽があっというまに空を這い上がっていく。顔に汗が流れ、汗ばんだ体にシャツが張りつくのがわかる。ダッフルバッグをつかむ手も湿っていた。

大きな円を描くように歩きつづけ、移動するにつれて屋敷と温室がどう展開しているのか確認できた。突然一体の彫像と出くわし、一瞬、地面からにょきっとはえてきたのかと思った。さっきまで見えなかったのに、いきなり視界にはいってきたからだ。こちらに背を向けた実物大の裸婦像だった。女性は、寒いかのように、両腕で体を抱いている。正面を見ようと思って前にまわったとたん、ぎょっとした。反対側も背中だったのだ。二人の女性が面と向かって体を埋めあわせたかのように、背後から見た背中とうなじと脚しかない、体の前面のない像だった。画期的なアイデアだとは思ったが、恐怖の発作に襲われた。もしこれがラウフの孫の作品なら、ここには明らかに彼の性格が反映されており、祖父の才能への大胆な挑戦でもあった。

悪夢のようなその作品をながめるあいだ、一瞬自分がそこにいる目的を忘れてしまった。ファビアンはびくっとしてわれに返った。体は暑いのに、内面は冷えきっていた。

緑色の水が溜まった、オーストラリア製の錆びたタンクの横を通る。足を止め、あらためて屋敷のほうを見た。格子窓は閉まり、柱廊にも人気がない。そのとき初めて、アシエンダの住人たちは一時的に留守にしているわけではないのかも、と思いついた。この場所を捨てて、よそに引っ越した可能性もある。だが、屋敷の裏で見つけた、渡した紐に吊るされた洗濯物がそれを否定した。ファビアンは急いでそれに近づいた。テーブルクロス、シーツ、男性用のズボン、風で紐に絡まっているせいでなんだかわからない衣類。苦労してそれを直す。中学生が着る制服のグレーの上着だった。女物だ。格子縞のスカートとセットになる。

背後から足音が近づいてきた。はっとして振り返り、思わずダッフルバッグを取り落とした。砂岩の地面に銃がぶつかり、金属音が響いた。

アレーホがすまなそうに腕を開き、近づいてきた。

ファビアンはほっと息をついた。

「驚かせて悪かったな」

「びっくりさせないでくれよ。震え上がった」

アレーホはお尻のポケットからハンカチを出し、顔をぬぐった。

「行かなかったのか？」

「船を出そうとしたんだが、結局残ってあんたを捜してた」

「どうして？」

「さあね。警察に連絡できる場所にたどりつくまでに時間がかかりすぎる。それなら、万が一のときのために、あんたとここに残ったほうがいいと思ったんだ」

ファビアンは感謝の言葉を口に出せずじまいだった。アレーホが、ファビアンが手にしている上着を見た。

「それはもしや……？」

「かもしれない。娘はいま十三歳だ。でも無駄足だった。ここにはだれもいない」

「全部見たのかい？」

「屋敷の中にはまだはいってない」

「温室にもだれもいなかったのか？」

「動きは見えなかった」

ファビアンはバッグを拾い、また屋敷を迂回するようにして歩きだした。そして、屋敷の向こう側の斜面は川に向かってくだっているのではなく、いきなり崖になっていることを知った。谷底まで二十メートルぐらいはあるだろう。縁まで行ったわけではないが、川の対岸の木々のてっぺんが見えるので、高さが推測できた。崖に向かう途中に、ツル植物にびっしり絡みつかれた鉄製のベンチとテーブルがあった。干からびた死の指の執拗な抱擁。その向こうに、地面に刺さった木の竿があり、先端に引っかかった灰色の布切れを風が揺らしていた。近づいてみると、布の片面には鱗模《うろこ》様があり、反対側は白っぽいことがわかった。触れると、ひんやりと冷たく、薄っぺらい。これは布切れなんかじゃない。彼は尋ねるようにアレーホを見た。

「脱皮した蛇の皮だ。クサリヘビだよ」

　ファビアンは手を引っこめ、崖から吹き上げてくる風を感じた。太陽のほうに向かって歩き、崖っぷちに近づく。底のほうから、途切れることなく音が聞こえてくる。木々のあいだを吹き抜ける風の賛歌。さらにその下からは、滔々《とうとう》と流れつづける川の水音も聞こえる。崖のもっと先で、大きな黒い鳥が空に舞い上がり、妙に悲しげな、長く尾を引く啼き声をあげた。空を滑る鳥を目で追うと、その影が一瞬太陽を覆った。

　そのときだった。背後で金属音がして、顔と頭になにかが押しつけられた。それは皮膚に食いこみ、鋭い痛みが走った。


　最初の拍手が聞こえたときはじっとしていたが、やがて丘を駆け上がった。ウンリュウヤナギの下にしゃがみ、屋敷のほうを見た。二度目の拍手が響いた。だれのしわざか見当もつかない。鼻をぴくぴく動かして顔にまとわりついてくる羽虫を遠ざけながら、耳を澄ました。洗濯室の出入口に面した砂岩の庭に、洗濯物が吊り下げられているのが見える。

　家の右側から男が現れた。半袖のチェックのシャツ、ジーンズ、スニーカーという恰好で、手に小さめの袋のようなバッグを持っている。周囲を見回しながら、慎重に歩いている。彼女がいる場所から顔はあまりはっきり見えなかったけれど、白人で、角ばった顔立ちだということはわかった。なんとなく引っかかりを感じる。立ち止まる様子、くるりとその場で回るときの足の動き、考え事をしながら腿を両手でさするしぐさ……どこかで見たことがあるような気がする。いやでも胸の鼓動が速まった。

　しかし、先を考える暇もなく、その見知らぬ男の数メートル後ろから別の男が現れ、彼に近づいた。

イバーンだ。

声をあげそうになり、あわてて抑えこんだ。ヤナギの陰にさらに体を引っこめ、観察を続ける。つまりイバーンは農園にずっといたらしい。これは計画にはなかった。わたしとあの男の人は、思いもよらない危険にさらされていることになる。

イバーンが見知らぬ男に近づくのを見て、息を詰めた。しばらく前に温室で見たもの、だれか知らないあの若者にイバーンがしたことを思い出したからだ。見知らぬ男が振り返り、その拍子にバッグが手から落ちて、地面にぶつかる乾いた音が響いた。二人が話しはじめたのを見て、ほっとした。自分にとってというより、その男のことを思って。

背後に目をやり、密林の奥にくねくねと続くほとんどそれとわからない道を見た。その道を通っていけば、二分もしないうちに隠したボートのところにたどりつく。イバーンがあの男となにをしているのか知らないけれど、考えてみれば彼女には関係ないことだった。さっさとここから立ち去らなければならない。いつイバーンが彼女の部屋に行き、空っぽだと気づくかわからないのだ。

しゃがんだままゆっくり後ずさり、やがて立ち上がると、歩いて密林に分け入った。そして走りだした。彼女の顔を引っかこうとする枝もあったけれど、上手によけた。くだり坂を利用して、さらにスピードを上げる。

川から来る風を感じはじめたそのとき、あるイメージが襲いかかってきた。肩からベルトでカメラをぶら下げている男。腿を両手でさすっている。彼は、下のほうがふくらんだ、棘だらけの幹の横に立っている。幹の色はペンキを塗ったみたいな緑色だ。ラ・パスの中学の近くにあるのとおなじ、トックリキワタの木。

肩で息をしながら立ち止まった。

遠く、いま後にした方角から、音が聞こえてきた。

すぐにぴんと来た。金属がこすれあう音だ。

金色の罠がふたたび口を開いたのだ。

16

血で喉が詰まった。飲みこむと呼吸ができないので咳をしながら吐き、熱く塩辛い味にむかついた。血の海で溺れているかのようだ。四つん這いに近い恰好だったが、地面についている手は片方だけだった。もう一方の手は首の後ろにある。近くでだれかが見ているとしたら、背後から後頭部をなにかで突き刺され、うなじを手で押さえて痛みから逃れようとしている、うなじと手を血まみれにした男という光景を目にしているはずだ。できれば手を下ろしたかったが、できなかった。手も刃物で串刺しになっていて、刃物はそのまま後頭部に刺さっていた。だが傷はそう深くはないはずだ。さもなければ今頃もう死んでいる。背後で金属音が聞こえたその瞬間に、反射的にそこを手で押さえたのだ。

　喉に詰まる血をもうすこし吐いた。そして、右目が見えないことに気づいた。もう一方も霞んでいる。映画で、光線が差しこんで画面に虹色の輪が躍る、あのイメージだ。このデフォルメされた震えるイメージの向こうで、アレーホと自称していた男の姿が、ファビアンのまわりを回るようにしてゆっくりと横に現れた。ファビアンは見えるほうの目の視界に男の姿をとらえようと移動し、男のほうもそれを知ってか、ファビアンをつねに自分の正面の位置に置くように動いた。

「信じがたいな。どうしてそんなにすばやく手をそこに置けたのか」

　ファビアンは答えなかった。いまや顔がずきずきと激しく痛み、あちこちで（きっと八ヵ所だ）皮膚が後ろに引っぱられて、相当グロテスクな表情になっているはずだ。うなじの手を動かして引き離そうとしたが、結局金属の指にますますきつく顔をつかまれる結果となった。

「動けば、それだけもっとひどいことになる」

　イバーンが彼に近づき、ファビアンは必死に後ずさった。手足の自由がきかず、立ちたくても立てずに草の上を這いまわる。

「まさかおまえがここまでたどりつけるとは思ってなかったよ」頭上からイバーンの声がした。「何日か前から虫の知らせはあったが、確信がなかった。ラウタロは頭の回転はのろいが、耳はいい。ファリーアスのバルであんたの話を聞いたんだ」

　ファビアンは口を動かしたかったが、痛みにとらわれ、吐き気を催した。草地に座りこみ、必死に呼吸する。イバーンは一メートルほど離れた場所でじっとしていた。ファビアンは血を吐いた。

「娘はどこだ」

「娘」イバーンはしゃがんだ。細く短い枝が唇のあいだから突き出し、口の片端から片端へと移動した。

「あの子は元気でいる。せっかくここまで来たんだから、それぐらいは教えてやろう」

ファビアンはもう一度咳をした。舌を頬の裏側のほうに動かしたとき、なにか尖ったものに触れてちくんとした。顔を締めつけているものが頬を貫通したにちがいない。

モイラは元気だとイバーンは言った。娘は生きているという決定的な直接証言だ。いままでなにをもたもたしていたんだと思うと、後悔に胸が締めつけられた。もっと質問したかった。

「どうして……どうして娘をさらった?」

イバーンはファビアンより遠くに目をやり、口から小枝を取り出すと指でつまんだ。答えそうな様子に見えたが、気が変わったのか、かぶりを振った。それから、見えない友人の言葉に賛成するかのように軽くうなずいた。

「元気だともう伝えた。話はこれで終わりにしたい」

こちらが反論する暇もなく、イバーンはファビアンに近づき、両手を腋の下に入れて立たせた。ファビアンはよろめいた。イバーンは彼より頭ひとつ分、背が高い。いやでもその色黒の横顔が見えた。顎の線や口角がこわばっているところを見ると、ファビアンを立たせるために力んで歯を食いしばっているらしい。脚をばたつかせようとしたが、無駄だった。イバーンは彼を抱えこみ、可能性を葬り去った。イバーンから臭ってくる酸っぱい汗の臭いには、おそらく洗剤らしい別の匂いがまじっている。イバーンは彼の背中に腕をまわし、まるで人形をあやすかのような恰好で体を支えた。イバーンは、うなじに張りついたままのファビアンの手に手を重ねた。錐《きり》状の刃物を押しこんで、頭にさらに深く突き刺すつもりなのだ。

ファビアンもイバーンの手首をつかんだ。奇妙なお遊戯でもしているように、傍からは見えただろう。

ファビアンはまた血が喉に詰まり、このチャンスを利用してイバーンの顔に血を吐いた。イバーンはしぶしぶながらそのいやがらせを受け入れるほかなかった。

ふいにファビアンの体ががくりと前のめりになった。体が下へ崩れ落ち、その拍子にイバーンもバランスを崩した。二人して地面に転がり、これでイバーンの腕もゆるんだはずだった。二人の体は草地にぶつかったが、イバーンの手はしつこくファビアンのうなじを放すまいとする。ファビアンはイバーンの睾丸を狙って膝蹴りをしたものの、膝が当たったのは彼の腰骨で、衝撃がびりびりっと脚を這い上がってきた。イバーンが一瞬彼から手を放した。

ファビアンはもう一度前方を蹴飛ばして身を翻し、前に這いはじめた。そのときイバーンの手が彼のベルトをつかみ、ぐいっと後ろに引いた。ファビアンは宙で脚をばたつかせるはめになったが、力いっぱいやみくもに脚を蹴りつづけた。靴底がなにかやわらかいものに当たった感じがして、痛そうなうめき声が聞こえた。手がファビアンを放した。彼はさらにもう数メートル這いつづけ、そこでやっと立ち上がると、駆けだそうとした。

しかし体を起こしておけなかった。脚ががくがくし、体をまともに支えられない。また転びそうになったが、なんとか回避した。なにも見えなかった。わかるのは、崖のほうから来る光だけだ。風が彼を抱き、谷底においでと招く。顔にしがみつく金属の指を折ろうとしたが、目の下にますます食いこむばかりだった。

イバーンがどこにいるかわからなかったが、後ろを振り返る余裕はなかった。右足を変に踏み出したせいでひねってしまい、バランスを崩す。体が前に倒れはじめ、衝撃をやわらげるために手を突き出す。うつ伏せに着地し、草地で体がバウンドした。もう立てなかった。息をしようと必死にあえぐ。黒い鳥が空に舞い上がったかと思うと、彼のすぐ近くに急降下してきた。

崖から二メートルも離れていない場所だった。

イバーンの姿が視界にはいってきた。やはり息を切らしている。

「これ以上抵抗して見せる必要はないぞ。私を見つけ出しただけで、充分あっぱれだ」

ファビアンは片手を地面について体を起こそうとしたが、イバーンにその腕を蹴られ、支えを失ってまた倒れこんだ。

「知っている祈りの言葉を唱えろ。おまえはこれでもうおしまいだからな」

イバーンが一歩近づいてきた。

ファビアンは、手負いの犬のように最後まで闘う覚悟だった。イバーンの顔を見ると、思いがけないものをそこで目にした。なにかが反射したようなオレンジ色の光の斑点が、彼の額からボタンをはずしたシャツの襟元に至るまで、震えうごめいている。イバーンはまばたきし、手で光をよけようとした。オレンジ色の斑点が、開いた彼の手のひらに現れた。

「パパ」

彼らから三メートルほど離れたところに、モイラが立ちすくんでいた。

下から見上げているファビアンの目に、彼女はとても背が高く見えた。陽の光を浴びたモイラは炎に包まれているかのようで、首にさがるオレンジ色のビーズの首飾りが光を跳ね返している。イバーンは動揺した様子で彼女に目を向け、怒ったように唇を歪めて、非難の言葉を口にしようとした。

ファビアンはなにも考えなかった。ばね仕掛けのように跳ね起き、さっと立ち上がると、イバーンに飛びかかった。ファビアンの頭と肩がイバーンの腹にめりこむ。イバーンの肺から空気がどっと吐き出され、二人は転がった。ファビアンは地面にぶつかるのを感じ、痛みに揉まれながらごろごろと転がりつづける。痛みがダンスを踊っているかのようだ。さっきまではイバーンの下だったのが、いまは上になっている。放すまいとして、イバーンの髪をつかむ。転がるのが止まると、ファビアンは脚をばたばたさせてイバーンを押した。イバーンは地面にしがみつこうとするが、体が滑っていく。ファビアンをこぶしで殴ろうとしたが、当たらなかった。今度はジーンズをつかもうとする。ファビアンは仰向けに横たわったまま、脚で相手を押しつづけた。

ふいに、イバーンの下から地面が消えた。必死に手をばたつかせたが、落ちはじめる。ファビアンは背中に当たっている岩をつかみ、持ちこたえた。イバーンはずるずると後方へ滑りながら、なにかつかまれるものはないかと半狂乱になって探している。彼の手は外に顔を出していた植物の根をずたずたにし、やがてその体が宙にぶら下がった。一瞬、なにもない場所に浮かんでいるかのように見えたが、すぐに落ちはじめた。イバーンの顔が、なんでこんなことに、と問いかけていた。

十メートルほど落ちて、岩壁から突き出している灰色の頑丈そうな岩にじかにぶつかった。その岩で跳ね返るかとファビアンは思ったが、衝撃で岩が砕け、イバーンの体は軌道をほとんど変えずにそのまま落ちつづけた。十五メートル下にさらなる岩が待っていた。ファビアンのところにも、体が岩に衝突した冷酷な音が届き、水に触れそうなほど川に近い岩のあいだで痙攣していたイバーンの体は、やがて動かなくなった。

ファビアンは這いつくばって崖っぷちから何メートルか離れた。ふたたび痛みがぶり返し、いまではほとんどなにも見えない。

頭の後ろの手をはずそうとしたが、無理だった。彼を痛めつけつづけている金属の指に、自由なほうの手で触れてみる。そして一本を外向きに折ろうとした。するとほかの指が反応してさらに顔を締めつけ、ファビアンは悲鳴をあげた。それでも試しつづけるうちに、金属の締めつけがやっとゆるみだしたのがわかった。次に、頬に貫通している一本に移る。手に血がこぼれ、顔がずたずたになっていると気づいたが、いまさら外見を気にしてもしかたがない。なんとか引き抜き、それも外側に折る。うなじで彼の手を固定していた錐《きり》もゆるんだ。ファビアンは息を吸いこみ、もう一方の手をうなじにやって、装置を思いきり引っぱった。その勢いでやっと締めつけから解放されたが、そいつは最後のあがきを見せて、彼の顔を手ひどく引っかいた。ファビアンは箍《たが》がはずれたように勝利の雄たけびをあげ、装置を地面にたたきつけた。

痛くてどうにかなりそうだったが、ファビアンには時間がたっぷりある。彼は地面に目を落とし、自分を殺しかけた装置をながめた。例のブロンズ製の蜘蛛のバリエーションだということは明らかだった。八本の足、そして中央に錐。足（あるいは指）と錐は強力なばねでつながり、足の圧力で錐が動くメカニズムになっていた。足が頭を締めつけると錐がうなじに勢いよく刺さって、頸部《けいぶ》を損傷するのだ。うなじにあてがった手が、すんでのところで彼を救った。周辺視力と反射神経が、再度バレーボールで磨かれたおかげだ。

腹立ちまぎれに地面に落ちた蜘蛛を蹴り飛ばすと、それはぴくぴくと痙攣した。うなじで串刺しになっていた手を動かし、指を曲げ伸ばしさせてみる。シャツを脱ぎ、顔を覆って血を拭いた。シャツはあっというまに血で濡れそぼり、いちばんの深手は頬のそれだと知った。目をぬぐうと、すこしは見えるようになった。モイラはもういなかった。いつ立ち去ったのか、気づかなかった。大声で名前を呼び、一瞬、幻だったのだろうかと思う。崖から下り、屋敷に引き返す。左手の先には密林が広がっている。木々のあいだを逃げていく人影が見えた気がして、もう一度娘の名を呼ぶ。ファビアンも密林に足を踏み入れた。

血まみれの頭に、貪欲なアブたちがわっとたかってきた。ファビアンは必死に振り払った。どんどん屋敷から離れ、このままでは迷子になるかもしれないとわかってはいた。だが前方に娘がいるのだ。確かではないが、たぶん。吐き気がしたし、出血も止まっていなかったが、傷はきっと、そう深刻なものではないはずだ。自分が生きていることに、イバーンに打ち勝ったことにだんだん気持ちが高揚してきた。

もう一度モイラの名前を呼んだ。寄ってくる虫の羽音にいらだちが募る。緑に染まる物陰に這う、古い木の根につまずく。遠い昔に鍬《くわ》で茂みと闘っただれかのおかげで拓《ひら》かれた古い道を、やっとのことで見つけた。川の音と匂いが感じられたが、姿は見えない。道は続き、空気は太古の湿気に満ちていた。木々が頭上をみっしりと覆い、空はついに緑の中を点々と跳ねる水色程度に分断されてしまった。

カーブを曲がったとき、奇妙な樹木が目に飛びこんできた。道の脇に生え、まっすぐ垂直にそびえている。高さは一メートル半ほどで、長く伸びた酒杯のような形をしており、てっぺんで直径三十センチの円形に口が開いている。ちょうど聖水盤のような感じだ。杯の中には濁った水が溜まり、水面で小さな虫が跳ねている。緑に触れようとして近づいたとき、硬い金属でできていることに気づいて驚いた。その樹木はじつは彫像だったのだ。よく見れば、年月を経てくすんではいるが、ブロンズの色味がうかがえる。逆光の中だったので、この密林で脈々と命を紡いでいる古木だとばかり思っていた。数メートル離れたところに、それとまったくおなじ木が立っていることに気づいた。小径の両側に立つそれが、別の空間への入口を示す役割をしているらしい。

ファビアンはブロンズの庭に足を踏み入れた。

そう、間違いなくそこはブロンズの庭だった。太古の魔法で、樹林がブロンズに変質してしまったかのように。ファビアンは小径を歩きながら、相変わらず流れつづけている血に濡れた目で、彫刻の木々をながめた。まるで夢の中にいるようだった。密林にあるすべての木の種類が、彫像となってそこに集められているかのようだ。生長しない金属製の樹木。それらが、小径の両側の実物の木々がこちらに侵入するのを阻んでいる。密林が彫像を呑みこんでしまわないよう、だれかが木々を切ったにちがいない。なかには三、四メートル以上ある彫像もあり、倒れないようになにか土台の上に置かれているにちがいない。ゴムの木やヤナギ。切子細工のような刻み目のある太い幹に、流れる液体のようなツル植物が絡みついている。刃物さながらに鋭利なユーカリの葉に触れ、あやうく手を切りそうになる。半トンはありそうなヤシの木が堂々とそびえたち、てっぺんから大きく枝を広げている。その先端がかすかに揺れ、たがいにこすれあって、あの忌まわしい装置がたてていた音を思い起こさせる金属のきしみを洩らしている。

小径は扉にぶつかった。もちろんそれもブロンズ製で、ファビアンからすれば、そんな扉は現実にはありえない、空想の世界にしか存在しえないと思えるような造りだったが、しかしたしかにそこに存在していた。いったいどんな人間が、時代を超越したこんな代物をつくったのか？　ありとあらゆる装飾を寄せ集めにしたそのデザインは、お祭り騒ぎに酔いしれるバロック様式の祭壇を髣髴とさせる。だが、パラレルワールドのバロックだ、とファビアンは思う。この扉にあふれるてんでばらばらなモチーフや装飾は、実際には起こらなかった過去の歴史を物語っている。

自分は怪我をしているし、娘は今頃どこかをさまよっている。それでもそのブロンズの扉からなかなか目を離すことができなかった。

扉を開けると（つねに油がさしてあったかのように、蝶番はやすやすと動いた）、そこには女たちがいた。

円形のスペースで、草刈りもされ、手入れが行き届いている。二十体ほどの彫像が、そのスペースいっぱいに、同心円に並べられている。女性像はさまざまなポーズや動作をしており、どれもとてもいきいきしていて、まるで写真のようだ。女性の年齢はまちまちだ。くるくる回っている、あるいは宙を泳いでいる幼女、胸がふくらみはじめたばかりの少女、祈りを捧げる女。着衣のものもあれば、裸像もある。ファビアンは円の中心に近づいた。そこにある彫像がいちばん古いことがわかる。黄金色は輝きを失い、長い年月をかけて辛抱強く全身に這い上がった苔に覆われている。中央から遠ざかるにつれ、彫像の状態はよくなっていった。どれもおなじ彫刻家の作品だ。祖父だろうか、孫だろうか、と考える。どちらも才能にあふれているが、孫の作品には独特の特徴があるように思えた。顔の線の鋭利さ、体から滲み出る静かな暴力性から、いらだちや怒りが伝わってくる。

フェルディナント・ラウフは情熱に駆られて彫刻したが、イバーン・ラウフは罪の意識に浸って彫像をつくった。

よろけて、ブロンズの女たちの中で立ち止まった。シャツを絞り、血を地面に滴らせる。あたりを見回してモイラを捜したが、見当たらなかった。川の音は聞こえず、静寂が重くのしかかってきて、こめかみがずきずき痛んだ。

理由はよく思い出せないのだが、そのときなぜか、彫像の顔をじっくり観察してみようとふと思った。きっとなにか引っかかるものがあったのだろうが、ブロンズ像の顔に垣間見たものの意味が、そのときまでわからなかった。しかし次の瞬間、すべてがはっきりした。そして、アシエンダにあるすべての彫像、この狂気の庭に置かれたあらゆる女性像は、いま死んだばかりの男が制作したものだと確信した。

ファビアンは体のバランスを失い、がっくりと膝をついた。

どの彫像（少女、十代の娘、女、踊っているもの、浮かんでいるもの、無言で文句を言っているもの）もおなじ顔をしている。力強いくっきりした顔立ち、細い眉、深遠な瞳。

リラの顔だった。

第五期

女戦士《アマゾネス》

1

漕ぎに漕いだ。前だけを、ボートの下を流れる水だけを見て。オールは力強く、単調なくらい規則的に、たゆまず動いた。狭い支流を出たとたん、流れの向きと強さが変わった。パラナ川にはいったのだとわかった。川沿いで暮らす人々はそれを、〈父《エル・パードレ》〉とも〈裏切り者《エル・トライシオネーロ》〉とも呼ぶ。

忘れようとした(それについては経験豊富)。でも、二つの体が崖のほうに転がっていき、視界から消えたあの光景が頭からなかなか離れず、水と密林の景色に無理やり置き換えた。頭を空っぽにするために漕ぎつづける。過去は消し、未来は考えない。しばらくそうしているうちに、突然現れた大型ボートに船腹を真っ二つにされそうになって、あわててわれに返った。貨物船の錆び色の巨体が迫ってくるのが見え、ふいに甲高い汽笛の音に気づいた。きっとだいぶ前から鳴っていたのだろう。Tシャツ姿の二人の男が甲板から罵声を飛ばしている。彼女よりよっぽど驚いているようだった。必死に漕いで、大型ボートの船腹からなんとか離れることができたが、大型ボートの動きが彼女のボートを引き寄せ、呑みこもうとした。ボートの下で乱流が起きる。大波を乗り越えたかと思うと、急降下した。彼女はバランスを崩し、船腹の板に膝をぶつけた。オールが手から離れたが、幸い水中には落ちなかった。貨物船は背後に遠ざかっていったが、男たちは困惑の表情を浮かべてこちらを見守っている。貨物船の航跡に押されて、ボートは岸に運ばれた。岸辺に茂るアシに阻まれて陸には打ち上げられなかったが、かまわなかった。アシのひとつをつかんでボートを近づけ、そのあとロープでもやった。船底に身を投げ出し、目を閉じた。気持ちがそがれ、喉も渇き、これまで感じたことがないような疲れがどっと襲いかかってきた。

川と島々の上空に、いま目覚めた魔法使いが思いつきでかけた魔法さながら、みるみるうちに灰色の雨雲が湧き上がってきた。彼方で響く低い太鼓の音のような遠雷が聞こえる。

彼女は川の流れにただ揺られていた。そしてそのリズミカルな揺れが彼女を遠い過去に運び去った。

いまモイラは、もうボートの底に横たわっていない。年齢は四歳。地下鉄の金属製の手すりにつかまって立っている。セシリアの手が額にかかった前髪を払い、モイラは彼女を見上げる。セシリアがほほえんだが、なんだかいつもと違う感じがする。そのときのほほえみは、目まで届いていなかったから。モイラはそのことに気づいたけれど、べつに心配はしない。毎日いろいろ不思議なことがあっても、だからといってとくに困らないし、世界というのはそういうものだと受け入れている。そのときのモイラは、地下鉄が出発したときにホームで見かけた男の人はパパだったのかなと考えつづけている。確かではない。だって、最初に脚が見えて、次に胸まで見えて、ようやく顔にたどりついたとき、地下鉄がトンネルにはいってしまい、真っ暗な中でガラスに映っていたのは自分の顔だけだったからだ。

うちに帰ったらパパに訊いてみようと思ったけれど、すぐに忘れてしまう。いまは地下鉄の揺れと、まわりを取り囲む背の高い大人たちのことで頭がいっぱいだ。セシリアとは手をつないでいて、ときどき親指で手を撫でてくる。地下鉄の扉は開いては閉じ、人を呑みこんでは吐き出す。セシリアが手をぎゅっと握り、次で降りるよと言う。ほかの人たちといっしょに、よろけながらホームに出る。モイラは緑色のコオロギのぬいぐるみを手に持っている。階段では注意深く手すりを握り、ゆっくりのぼっていく。セシリアがすこし急かし、大きくなったんだからもうちょっと速くのぼれるよねと言う。そのときモイラは顔にやけどのある女の人を見る。べつに怖くはない。きっとお面をかぶってるんだと思ったから。映画で役者さんたちがする特殊メイクみたいに。ああいう人たちは、ああやってほかのなにかに変身するのよ、とママに説明してもらった。やけどのお面をかぶった女はセシリアに話しかけ、「お恵みを」と言うけれど、セシリアはあげられるものをなにも持っていない。通りに出た二人を、やけどの女があきらめの悪い犬みたいに何メートルか追いかけてくる。外には人がたくさん歩いていて、服でいっぱいのショーウィンドーもたくさんある。セシリアが手を振り、タクシーを止める。モイラが先に乗り、運転手の後ろに座る。目の前にある白いプラスチックのプレートには、黒っぽい写真とまだ読めないけれどなにか文字が並んでいる。タクシーが出発したそのとき、モイラはコオロギのぬいぐるみをなくしたことに気づく。泣きじゃくる彼女を、セシリアがキスをして慰めるが、人形を取り戻してはくれない。

窓の外を建物が動いていき、ときどきタクシーがキキーッと音をたててブレーキをかける。中では、モイラが初めて嗅ぐいやな臭いがする。ひどく暑いけれど、もう着くからねとセシリアが言う。タクシーを降り、二人は狭い歩道を進んで、古い木の扉にたどりつき、モイラの前に背の高い男の人が現れる。すぐにだれだかわかる。広場でときどき見かけるあの人だ。男の人はセシリアの唇にキスし、モイラを抱っこして額にキスをすると、また下ろす。モイラはコロンの匂いを嗅ぐ。黒毛の馬の匂いを思い出す。三人は廊下を歩いていき、やがて部屋にはいる。窓から中庭が見え、奥のほうに変な木がある。セシリアと男の人はなにか話しているけれど、モイラにはよく意味がわからない。でも、セシリアが話しながら泣いているのはわかる。男の人はセシリアの肘をつかみ、その手に細い針みたいなものを持っているのが見える。モイラはセシリアのスカートがカーテンみたいに揺れるのを見、叫び声を聞いたけれど、それはすぐにやむ。男の人はセシリアをもうひとつのドアのほうに運び、いっしょに別の部屋にはいる。モイラは部屋にひとりきりになる。窓の外に目をやる。変な木の枝に緑色のインコがとまり、一瞬コオロギのぬいぐるみのことを思い出す。セシリアと背の高い男の人がはいっていったドアの向こうで息が詰まるような苦しそうな声と、金属の音、だれかがドアをそっとたたく音がする。すこしして、背の高い男の人だけが出てくる。

外はだんだん暗くなってきて、いま部屋にはもうひとり別の男の人がいる。色黒で短髪、もうひとりより背が低く、青いジャケットを着ている。彼女のほうを横目で見ながら、背の高いほうと低い声でしゃべっている。おしっこがしたいのに、背の高い男の人が許してくれない。背の低いほうの男の人がセシリアのいる部屋のドアを開けたので、セシリアはどうしているのとモイラが尋ねる。背の高い男の人は答えず、モイラの腕を取って立たせ、いっしょに部屋を出る。そう、いまもはっきり覚えている。帰り道の長い廊下、階段、また別の廊下。男の人は方々を見回し、黒馬のコロンの匂いがさらに強く臭ってくる。

そうして彼女は、いままで見たことがないほど大きな車に乗っている。本当に巨大で、座席に体が埋もれてしまい、ダッシュボードやウィンドー越しになにか見たくても背が届かない。背の高い男の人がモイラのシートベルトを締め、ふざけて鼻の頭を撫でる。車が動きだし、ダッシュボードのあちこちで宇宙船みたいに赤や緑の光がともり、足元から冷たい風が流れてきて、モイラは眠くなる。

「パパのところに連れてってくれるの？」モイラは背の高い男の人に尋ねる。眠気にほとんど負けそうになっている。

「おまえはもうパパといる」すでに影に姿を変えた男の人が答える。

車は闇に向かって走りだし、モイラは目を閉じる。

目を開けると、嵐がすでに頭上にまでやってきていた。冷たい大粒の雨が落ちはじめる。舷側の板の下からシートを出してボートを覆った。彼女の旅は最悪の始まり方をした。貨物船に殺されかけたかと思ったら、今度は川の女神の怒りを買った。バッグの中を手探りし、薬瓶を出した。スポイトを口に入れ、液体の甘さを舌に感じたとたん、気持ちが落ち着いた。逃亡劇の疲れとさっき目にした恐ろしい光景のせいで、思いきり殴られたかのようにぐったりしていた。ボートが流されていることにも気づかずに、彼女は気を失った。

2

彫像が円形に置かれた庭を出て屋敷にはいるまでどれくらいかかったのか、ファビアンは覚えていなかった。かなり長い時間だったはずだ。その場に座りこみ、このままどんどん血が流れて死んでしまえばいいと思った。だがふとモイラのことが頭をよぎり、起き上がったのだ。斜面の小径を引き返し、黄金色の扉を開け、よろめきながら歩くうち、ふたたびアシエンダの母屋の屋根瓦が見えてきた。

最初に見つけた浴室に薬戸棚があった。中にガーゼとヨードチンキを発見した。鏡を見たとき、ずたずたになった怪物がいるものと思ったのに、そうでもなかった。たしかに傷だらけだったし、頬のそれは本当に無残だったが、それほど重傷ではなさそうだ。もっとも、顔はひどく青褪め、赤黒い切り傷とのコントラストにぞっとした。できるだけ血を洗い流し、ガーゼにヨードチンキを浸して、痛みにうめきながら傷を覆った。うなじの傷を見ようとしたがそれはかなわず、ただ、そのあたりの髪が血でべっとりと固まっているのがわかった。胸がむかむかした。洗面台にしがみつき、急いで振り返って便器に嘔吐《おうと》した。

しばらくして、屋敷の中をあちこち歩きはじめた。モイラの名前を呼んだが、なぜかわからないが、そこにはいないと直感した。屋敷の中は閉めきられた家の匂いがし、ありとあらゆる場所に段ボール箱があった。黄ばんだシーツに覆われて輪郭が曖昧になった家具たちが、そこここにたたずんでいる。外に面した大窓のある書斎に立ち寄り、宙ではためいている蛇の抜け殻をあらためて見た。壁に尖頭形の小窓が並ぶ、天井の高い廊下にはいる。ファビアンはドアを確かめはじめた。最初のドアは開かなかった。壊そうかと思ったが、結局後回しにした。二番目のドアを開けると、部屋の中はがらんとしていた。隅に三段ベッドがあるだけで、あとは箱ばかりだ。天井から裸電球が下がっていた。その部屋を出て廊下を歩きだしたとき、壁に飾られていたバイオリンにぶつかりそうになった。その上部をアーチが横切っている。廊下の壁には、バイオリン以外になんの装飾もない。廊下のつきあたりに最後のドアがあった。開けたとたん、そこがイバーンの部屋だとわかった。ダブルのゆったりしたベッド、椅子が二つ置かれたデスク、巨大なクローゼット、窓からはトレリスに絡ませたバラの花壇が見え、大きな花がいくつも咲いている様は、赤や黄色の爆発が起きているかのようだった。

室内には小ぶりの彫像がいくつも置かれている。デスクに、壁に、床に。ファビアンはたいして注意を払わなかった。もう充分すぎるほど見た。

しかし、整理箪笥の上に置かれた二つの写真立てには目を奪われた。ひとつには、モノクロ写真がはいっている。十四歳ぐらいのイバーンが、四十五歳ぐらいの女性の肩に腕をまわし、二人ともカメラに視線を向けている。女性は美しく、漆黒の髪をポニーテールにし、その顔は時の侵略をいっさい受けていないように見えた。二人とも、早く撮ってくれないかなという、どこかうんざりしたような、うわの空な表情をしている。二人の背後には温室が見える。地面には、写真を撮った男の影が斜めに映りこんでいる。たぶんイバーンの父親だろう。

もう一枚はカラー写真で、オダリスクの衣装を着た十三、四歳の少女がこちらを見ている。彼女を包む紺とブルーの生地は、フラッシュを浴びて虹色のオーラを放っている。つやつや光る帯のようなものを巻き、腰に手を当てて、挑むようにカメラをにらんでいる。ファビアンはそこに写ったリラに向かって手を伸ばし、はたしてこれは現実なのか確かめようとした。彫像のときもそうしたように。写真立てのひんやりしたガラスに指で触れる。いますぐ、そして永遠に頭の中を空っぽにし、忘却の井戸に落ちてしまいたかった。

そうしてしばらく写真の前に立っていたが、なにか音がしたことに気づいた。屋敷のどこかで回っている換気扇かなにかのモーターの音かと思ったが、もっとよく聞こえる場所に移動したとき、音は外からしていることを知った。庭に出ると木々が激しく揺れており、屋敷からすこし離れたところに降りつつあるヘリコプターが起こす風のせいだった。ヘリコプターは着陸し、響くのは回転するプロペラの音だけになった。ファビアンはすっかり圧倒されて、呆然と待った。扉が開き、ひとりが飛び降り、それに二人が続いた。柱廊の近くで待っていたファビアンのほうに走ってくる。数メートルの位置にまで近づいたとき、三人組の先頭は女性だとわかった。その二秒後、きびきびした足取りと小柄な体形を認めた。ブランコ刑事が彼のところにたどりつき、抱きついてきた。たちまちあたりにいい香りがあふれた。やがて彼女は体を離し、ファビアンをまじまじと見た。

「なんてこと。最悪よ、その顔」泣きながら言った。

ファビアンは真昼の太陽を避けるため、柱廊に座っていた。着古されたユニフォーム姿の救急隊員が新しい包帯を巻き、うなじを確かめてから圧迫した。ヘリコプターはすでに飛び去ったが、桟橋には連邦警察と水上警察のボートが一艘ずつ着岸している。アシエンダには二十人規模の人々が歩きまわり、あちこちで集団をつくり、走り、トランシーバーで話をしている。ひとりにしてもらって大丈夫だとブランコを説得したので、指揮を執る彼女の姿がときどきみんなのあいだに垣間見えた。そのとき、イバーン・ラウフの遺体をのせた担架が現れた。ボートに運ぶ途中、ファビアンの近くを通ったとき、揺れて片腕が担架からずり落ちた。遺体を運搬する者たちは、だれもその腕をわざわざシートの下に戻そうとはしなかった。

しばらくして、ブランコがファビアンの隣に腰を下ろした。こちらをじっと見ていたが、彼が見返すと、目を逸らした。

「あなた、馬鹿よ」

「ぼくの横に座りにくるたびにそう言いつづけるつもり?」

「冗談じゃないわ。死んでたかもしれないのよ? 私になにも言わないでこんなことして、一生許さない」

ファビアンは木の椅子に座ったまま体を揺らした。

「ぼくがここにいるって、どうしてわかった?」

「アニーバル・レストレポのおかげよ」

ブランコによれば、レストレポは午前三時になって、さっきのドミノの対戦相手がだれだったかやっと思い出したのだという。彼は古新聞を引っぱり出して、最近のモイラ事件の記事を読んだ。そこにファビアンの写真を見つけた。髭はなく、髪ももっと短かったが、よく見れば彼だとわかった。そうなるともう眠れなくなった。頭の中で次々に点と点が線でつながった。朝七時、ファビアンが自宅の前を通りすぎるのを彼は目撃した。どうしたんだろうと思い、外に出た。ファビアンはボートに乗りこみ、そのボートの船頭がラウフだった。こんな偶然があるのかとレストレポは思った。

ラ・パスに電話し、あまり乗り気でない警官と話をした。警官は電話で話を続ける気はなさそうだったが、最後には説得した。レストレポは、ファビアンがラウフを探していたこと、ラウフと同居している十三歳の女の子の話を耳にしたことを伝えた。

「このレストレポって人、すごく頭が切れる」ブランコが言った。「機転が利くのね。ラ・パスの警察は連邦警察の失踪人捜査課に連絡したの。とはいえ、彼らは話を信じず、なかったことにしようとしていた。でもそこに私がしゃしゃり出たわけ」

「どうやって？」

「言ったでしょう、広報部はいちばんいい部署だって。情報がなんでもはいってくる。私がレストレポと直接話をして、四十五分後にはヘリに乗っていた」

「ぼくの救世主だ」

「でも着くのが遅すぎた。あなたはお望みどおり、ヒーローになりおおせた。無事だったのは運がよかっただけよ」

「また馬鹿ねって言うつもり？」

警官のひとりがブランコに合図をした。ブランコは彼のほうに行き、短く言葉を交わした。その後、警官は制帽の庇に触れ、遠ざかっていった。ブランコはファビアンのところに戻ってきた。

「なにかわかった？」

「いいえ。でもこのあたりにいるはずよ。そのうち見つかる」

「この土地、見ただろう？　一メートルも進めば迷う」

「彼女はバッグを持っていたと、あなた言ったわよね？　どこかに行くつもりだったのかも。この島は広いけど、隅々まで捜せば隠れられる場所はないわ」

「川を使えばどこにでも行ける」

「上流も下流も捜させてるわ。消えるはずがない」

ファビアンは顔をしかめ、彼女を悲しげに見た。

「この十年、ぼくは〝消える〟って言葉と特別なじみがあるものでね」

「ごめんなさい」

ブランコはポニーテールのゴムを取り、髪を束ね直してからまた結んだ。二、三分おきにそうしている。

「この屋敷の裏山にはいり、二百メートルほど行くと、工房みたいなものがあるの」

「そこでブロンズ像が？」

「ええ。巨大な窯と、いくつものテーブルが置かれてる。彫像であふれてたわ。このアシエンダ全体がそうだけど。なかには珍しいものもあってね。たとえばテーブルの上に、咲いている花みたいな置物があったの。警官のひとりがそれに近づいて触れてみたわけ」

ブランコはそこでわざと言葉を切り、ファビアンの関心を引くことに成功した。それで、というようにファビアンは彼女を見た。

「彼が触れると、仕掛けが起動したのよ。千枚通しみたいなものが手に突き刺さったの。彼はすぐにラ・パスに運ばれて、治療を受けてる」

風が立ち、激しい不安に駆られたようにヤナギがざわめいた。ブランコが屋敷の中にはいり、ファビアンをひとりにした。陽が翳り、屋根の向こうのごく近い場所で、重苦しい黒雲がにわかに空を占拠しはじめた。雨粒が柱廊の屋根を打つ音が聞こえはじめた。三十秒もすると横殴りの雨が降りだし、ほかのすべての音をかき消した。

たちまち柱廊は雨宿りをする人々でいっぱいになった。水上警察の警官たちの靴音が木の床に響く。疲れた様子の救急隊員がファビアンの包帯を取り換えた。煙草を吸う者、なにかよくわからない冗談で笑う者。工房をのぞいてみようかと思ったが、そこに着く頃にはずぶ濡れになるだろう。大勢の人に囲まれてこうしてじっとしていると、叫びだしたくなる。

近くにあったドアから屋敷の中にはいった。

厨房のほうに向かって廊下を進んでいくと、途中でブランコと出くわした。彼女は手に写真を持っている。額縁から抜いてきたのだ。ファビアンはそれを瞬きひとつせずに見つめた。

「話したいことがある」

しばらくして、ファビアンは古い傘をさし、ブランコをブロンズの庭に導いた。同心円に置かれた彫像のある場所にたどりつくと、ブランコは、豪雨の下で直立するいくつものリラの顔をながめ、眉をひそめた。ちょうどそのとき雨がやみ、彼女は煙草に火をつけた。そしてなにも言わずにファビアンの手を握った。二人は無言のまま屋敷に引き返した。

柱廊に着くと、メキシコ風の口髭をはやした太った警官が、手になにかを持って近づいてきた。

「ラウフの寝室にある、鍵のかかった簞笥にありました」

それは、罫のある黄色いページを綴じた、青いボール紙の表紙の何冊ものノートだった。ブランコは一冊を開き、どのページも几帳面な字でびっしり埋めつくされているのを見た。一ミリの隙間さえなかった。そのときブランコのトランシーバーが鳴った。

「はい、なに？」

「彼女を見つけました」下流からの声だった。

ブランコがまだなにも言わないうちに、ファビアンは柱廊の縁にどさりと座りこみ、その日初めて緊張を解いた。
彼らは、ボートの底で眠っていたモイラを発見した。ボートはかなりの距離を流されていた。

二人の警官が連れてきた彼女は、背筋をしゃんとさせ、リュックを抱えて歩いてきた。炎色のネックレスを首にさげ、顔の半分にこぼれた髪がかかっていた。ファビアンの前で立ち止まるとまっすぐに見返したが、なんの反応も見えなかった。ファビアンはおずおずと彼女を引き寄せ、ゆっくり抱いた。そうしてしばらく抱いていたが、やがて体を離し、髪を顔からどけた。だれもしゃべらなかった。ブランコはその光景をとまどいまじりにながめていた。

一時間後、彼らはヘリコプターで〈黄金苑〉を後にした。そのとき初めてモイラが目に見える反応を示した。ヘリが宙に舞い上がったとき、はっとしたように、座席でリュックをきつくつかんで身を硬くしたのだ。
ヘリコプターはしだいに空高くのぼり、それにつれて〈黄金苑〉は小さくなり、島と化し、やがて山の緑にまぎれた。銀色の帯のような川だけが見えていたが、それもやがて高度の魔法で消されてしまった。

3

ミュンヒハウゼン症候群。

精神科医にそう告げられたとき、冗談かと思ったが、冗談のわけがなかった。彼女は大真面目な顔をしている。ファビアンはモイラと二人で診察に来て、いまモイラは医師との会話が聞こえない待合室で待っている。

「珍しい心気症ですが、特定の家庭環境では近頃増加しています。みずから病気を装い、何年もその状態が続く。投薬や治療もその騙りの一部としておこなわれるのです」

「病気のふりをしているというんですか?」

「いいえ。正確に言えば、彼女がそうしたくてしているわけじゃない。この症候群の誘因は患者自身ではなく、近親者一般だと言われています。両親、おじおば、祖父母。そういう人たちが患者を病気にするんです。望ましくない構図の中に患者を縛りつけ、支配するメカニズムが、家族の中に存在する」

あるいは、おまえは病気なんだと、やつらがモイラに思いこませたのか。だからあの子はどこに行くにも薬瓶が山ほどはいったケースを持ち歩くのだ。精神科医の話では、瓶の中身は偽薬《プラシーボ》で、なんの効果もない砂糖水であり、それが彼女の命を救うお守りだと本人が信じているだけなのだという。

週に二回通ってほしいと精神科医には勧められた。「それでも解決までにはまだまだかかる」と彼女は言う。目の前の長い道のりを思うと、この精神科医はすくなくとも果敢ではあるとファビアンは思った。

父のところにモイラを連れていくと、ファビアン自身が彼女と初めて会ったときの行動がほとんどそのままくり返された——無言の抱擁。とはいえ、エルネストは本気で感動しているようだった。モイラは祖父のことをなにひとつ覚えていなかった。だがエルネストにとっては、孫がふたたび現れたことが、いわば過去の過ちを帳消しにする役割を果たしていた。四歳になるまでのあいだほとんど孫とは会わなかったとはいえ、いまは彼女を神話に登場する女神の化身であるかのように見つめている。

エルネストはモイラを書斎に通してデスクや本を見せ、いままでなら考えられないほどやさしく穏やかな口調で話しかけた。彼女はなんでも見、聞いた。でも祖父とはぽつりぽつりとしか言葉を交わさなかった。

二人は二時間ほどそこにいた。エルネストは、通りに面した玄関から顔をのぞかせて二人を見送った。帰り道、モイラは一日に数語かしか発しない言葉のうちのひとつを口にした。

「本がたくさんあるんだね。全部読んだわけがないよ」

ファビアンは会話を始めようとしたが、彼女は口をつぐんでしまった。

角まで来ると、家の前に記者たちが立っているのが見えた。二人とももう慣れてしまった。無愛想に彼らをかき分けて通る。ファビアンは耳をふさぎたかったが、無理だった。

「これまでにいろいろと新たなことが発覚しましたが、あなたにとってどういう意味がありましたか、ファビアン？」ジムのバーベルみたいに大きなマイクを持った、眼鏡の女性が訊いてきた。ファビアンは蔑むように相手を見る時間だけ取ると、彼女の鼻先でドアをぴしゃりと閉めた。

夜中の十二時。エントレ・リオス州から戻って三日が経った。ファビアンは食堂のテーブルに近づき、ランプをつけた。黄色い光がぱっとあふれる。居間の鏡に顔が映る。彼はそれをじっくり見た。ラウフの殺人機械によってできた傷はどれも癒えつつあるが、口の脇のものだけは整形手術が必要だろう。ガーゼで覆われたうなじにはきっと痕が残るはずだが、すくなくとも髪で隠れる。錐が貫通した手のひらにも包帯が巻いてある。そこにはたぶん短い線状の傷痕ができるだろう。どんなおだて上手な女性でも、これを見たらどう解釈していいか迷うはずだ（キリストの聖痕とおなじ位置だから）。

　モイラの寝室に行き、ドアをすこし開けてどんな様子か見ようとした。幸い、今夜はベッドにいた。最初の晩、彼女を見に行くと、ベッドはもぬけの殻だった。そして、バスルームの床の、シャワーボックスの中で丸まって寝ているのを見つけた。床からどうやって持ち上げたらいいかわからず（モイラは上背があり、この分ではリラより背が高くなりそうだ）、とりあえず肩に触れると、なにも言わずに立ち上がってベッドに戻った。

　二日目の夜もベッドにいなかった。バスルームに行ったが、やはりいない。居間にはいったとたん、ぎょっとした。モイラは突っ立ったまま、壁に貼ってあるトックリキワタの一連の写真をじっと見ていたのだ。最初の四枚は彼女といっしょに、残りは木しか写っていない、あのシリーズだ。モイラはネグリジェ姿で、波打つ黒髪が顔を隠していた。四歳のときに連れ去られ、九年後に戻ってきたときには、幽霊になっていたのかもしれない、とファビアンは思った。

　翌日彼は、バローロ宮殿のオフィスに保管してあったモイラの荷物を運んできた。なにか反応があるかもしれないと期待して。彼女は荷物をしげしげと見たが、表情は変わらなかった。『リトル・マーメイド』のキャリーケース、人形、シールのアルバムやなにかでまた記憶を取り戻すのではと思ったのだが、だめだった。モイラはそれらを他人の持ち物のようにながめた。

ファビアンはドアをすこしだけ開けた。そして、いまのいままで自分と娘の関係の大部分は、眠っている姿を見ることだけだったと気づいた。四歳のときも、十三歳になっても。

食堂に戻った。ずっと先延ばしにしてきたが、もう潮時だ。

ラウフのノートは古い順にテーブルの上に置かれている。最初の一冊を開けた。とたんにページのあいだから紙が一枚落ちた。ファビアンは拾った。それは素描だった。対象物を連続して描いたスケッチだ。最初は洗濯バサミを持つ手で始まる。人さし指と親指で洗濯バサミをつまんでいる。手も洗濯バサミもみごとで、才能がうかがえる。次はおなじ手だが、どういうわけか洗濯バサミの数が増えている。どの指にも金属の指輪がはまり、四つの洗濯バサミをそれぞれで動かしている。三つ目のスケッチでは洗濯バサミが小さなナイフに変わっている。四枚目の絵はそれまでとがらりと違う。セシリアとドベルティを殺し、もうすこしでファビアンの命さえ奪おうとしたあの蜘蛛が、ありとあらゆる角度から描かれている。スケッチは手の二つの動きを説明している。ひとつは、八本の足を固定する動き、もうひとつは、開いていた足を一気にゆるめて、中央の錐が飛び出す仕組みを稼動させる動き。

ファビアンはそのスケッチをしまったが、急に読む気がしなくなった。しかし、無理して機械的にページをめくりはじめた。パソコンのイタリック体のように斜めにかしいだ、どこか神経質な感じのラウフの文字が目に飛びこんできた。

一九八一年六月三日

キスしたときのコルデリアの顔を考えると眠れない。まるで、風から生まれた女性にキスしたような感じだった。まだ女になっていないのは確かだけれど、やがてはそうなる。彼女を妻にする最初の男はどんな気持ちだろう。

キスのあと、コルデリアは逃げ出した。いまは罪悪感に苛まれているけれど、幸せで舞い上がってもいる。舞い上がらずにはいられない。

神様もぼくをわかってくださるだろう。

一九八一年六月四日

今日、夕食のときに目が合い、二人のあいだでなにかが変わったことがわかった。パパはいつものようにレバと喧嘩をしていた。テーブルの下でコルデリアの指に手を伸ばそうかと思ったけれど、それは危険すぎた。もっとあとで、囲い柵のそばでコルデリアを探したが、ぼくの姿を見ると、彼女は逃げた。最初に見たときはそこにいて、水に反射した月明かりに照らされていたのに、ふと気づくともういなかった。きっと影が差したときに、それにまぎれて逃げたのだろう。いつかまた、ぼくと口をきいてくれるだろうか?

コルデリアに詩を書きたいが、どう書いたらいいかわからない。イギリス人詩人の本の中にとても美しい詩があるけれど、それを写してはだめだ。コルデリアは本をたくさん読むから、写したとわかってしまうだろう。

まだたった十歳だというのに……。

一九八一年六月六日

ママが死んで一年近くになる。すごく恋しい。

パパはまるでそんなことはなさそうだ。売女《ばいた》のレバと好き放題するようになってずいぶん経つ。おじいちゃんが生きていてくれたら、と思う。
今日、ぼくは川に飛びこみ、アルガローボ島まで泳いだ。岸に着いたとき、陸に足を踏みだすや、クサリヘビと出くわした。鎌首を持ち上げてこちらをじっと見ている。ぼくは石を投げて逃げ出した。砂浜に寝そべり、コルデリアのことを考えた。下腹部がどうしようもなくこわばってしまったので、また水に飛びこんだ。底までもぐり、水草に絡みつかれてそのまま浮き上がれなくなってしまえばいいのにと思ったが、結局我慢できずに水面に浮上した。家に戻って、夕食も食べずに部屋にこもった。コルデリアがドアの向こうでぼくを呼んだが、答えなかった。ぼくがそこにいると、コルデリアは知っていたはずだ。パパがぼくのことを尋ねたかどうかは知らない。

ファビアンはさらに先を進め、何ページかはぱらぱらと飛ばした。まだ全部は読みたくなかった。とても無理だ。紺色のボールペンで書かれた文字が、罫線を無視して、ページをぎっしりと埋めている。ところどころあいたスペースには、文字の代わりにスケッチが描かれている。矢印のようなものが絡みあう小さな落書き。そうしてイバーンの日記をめくりつづけたが、文字の色が変わったことに気づき、手を止めた。そこからは暗い赤のインクに変わり、さらに字が丁寧になっている。ボールペンから万年筆に筆記用具を変えれば、ありがちなことだ。

一九八六年三月十二日

遅かれ早かれそれは起こるとわかっていたが、考えたくなかった。

手が震えてペンが持てない。

パパはコルデリアの十五歳の誕生日を祝うと言ってきかなかった。本人はいやがっているのに。パラナやラ・パスから大勢の人が来た。あの嫌味なドリータおばさんまで、ブエノスアイレスからはるばるやってきた。親切そうな顔をしたエセ政治家みたいに見える夫とともに。彼女はいつもぼくを不安そうにこわごわ見るので、こちらまで不安になる。

コルデリアの中学の同級生もみんないた。〈黄金苑〉までわざわざ来る気になった者だけだ。いや、彼女たちの中には、ぼくがそばを通ると笑う者がいて、ぼくはなんと言っていいかわからなかった。なかでも、ベティーナという娘がぼくをじろじろ見た。彼女は、そのつもりはなかったにせよ、その後の出来事にささやかな協力をすることになる。彼女とオダリスクの衣装の両方が。

そのとき突然パパが現れた。コルデリアに、一年前からベリーダンスのレッスンを受けているんだから、なにか踊ってみせろと言いだしたのだ。コルデリアが、そんな恥ずかしいことをするなら死んだほうがました、一生恨んでやると思ったとしても、パパは気にしていなかった。とにかく彼女に踊らせたい、パパとしてはそれだけで、ほかはどうでもよかったのだ。パパはコルデリアの肘をつかんで脇に連れていった。唇をぎゅっと結んでしかめっ面をするコルデリアを説得するパパの姿を、ぼくは遠くから見ていた。コルデリアは拒み、パパはしつこくせがむ。レバが衣装を持ってきて、パパが問答無用というようにそれを彼女の手に押しつけた。コルデリアはパパを蔑むように一瞥すると、靴音を響かせて家の中にはいっていった。パパは弁解がましくぼくのほうを見た。レッスン料は私が払っているんだから、踊ってみせるのが当然だろう、と言わんばかりに。パパには、どんなに楽しい場でもしらけさせる才能がある。

パパが引きずり出さないかぎり、コルデリアは家から出てこないだろうとぼくは思った。しばらく時間が流れ、やはりダンスはなしだということがはっきりした。ぼくは赤ワインを飲みすぎて、浮かれ気分と恍惚状態の境目にいた。

招待客はみな外に出て、温室の近くにいた。システムコンポのスピーカーも表に出され、ロス・エルマノス・クエスタスかなにかが演奏するチャマリータ（アルゼンチン、とくにエントレ・リオス州で人気のある民族音楽）がずっと流れていた。アコーディオンと口笛の音色にいいかげんいらいらしてきた。

宙に渡された紐から、さまざまな色の紙でできたランタンがさがっている。レバお気に入りのその中国だかアラブだかの飾りを、彼女がいったいどこから探してくるのかわからない。光は庭を色とりどりに染めあげ、ぼんやりと輝くキャンディの織物のようだ。

ベティーナがぼくにほほえみ、そのあと友人たちとおしゃべりを始めた。いつもぼくをいらだたせるたぐいの女の愚かさを持ちながら、同時にぼくを魅了する。実際、彼女は彼女なりに美しく、髪はブロンドで瞳は緑、その年にしては胸も大きい。ぼくは近くにあるあずまやに行って腰を下ろし、ベティーナのほうをちらちらと見た。友人たちといっしょにいるところに行って話しかけるのは気が引けたので、彼女のほうが、うまくごまかしてこちらに来てくれるのを待つことにしたのだ。しばらくして、いまとなっては忘れてしまったがなにか理由をこじつけて、本当に彼女が来た。最初はもじもじしながら一メートルほど離れた場所で話をしていたが、やがて隣に座った。くだらないことばかり話すその口がこんなにかわいらしく見えるなんて、信じがたかった。

だから黙らせるためにキスをしたのだ。短いキスだったが、彼女の唇は甘い味がした。二人は笑いあい、ぼくはすでに、彼女を自由に撫でまわすにはどこに連れていったらいいだろうと考えていた。そのときだった。音楽が変わり、東洋風のリズムが聞こえてきた。だれもがいっせいに庭の中央に注目した。そこにはオダリスクの衣装を着たコルデリアがいた。ショックだった。彼女を包む青い雲は、すべてを覆い隠しながら、体の線をしっかりと強調した。ぼくは顔に熱と恥辱ととまどいが這い上がるのを感じた。

招待客は彼女を祝い、拍手喝采した。男たちの顔には好色な色が、女たちの顔には控えめな賞賛と嫉妬が浮かんでいる。パパは自慢の娘をお披露《ひろ》目《め》できて満足そうだったが、同時に気づきはじめていた。あの愚か者は、娘はすでに女なのだと理解したのである。

音楽のリズムに乗り、コルデリアは動きはじめた。そう、最初はゆっくりと。腰が静かに円を描く。客たちは、その動きの中に目に見えない熱狂が秘められているとはだれも予想だにしなかった。動きがだんだん速くなり、しだいに奔放《ほんぽう》になっていく。いまや彼女の体は激しく波打ち、腹部がありえないような振動を見せて、人を幻惑した。まるで水か風でできているかのように打ち震える。パパも、これは行きすぎだと気づいた。終了を合図する拍手を始めたが、コルデリアはやめなかった。いまやダンスは狂乱状態で、エネルギーが体から分離し、明らかになにかに取り憑かれているかのようだ。取り憑いたものの正体はわからないが、たぶんこの山に追いやられた太古の時代の異教の聖霊かもしれない。

これからしばらくは、ラ・パスでもポルティコでもコルデリアのダンスの話でもちきりになるだろう。ぼくたちの乗るボートが通りすぎるのを見るたび、井戸端会議中の女たちは顔を寄せあい、〈黄金苑〉での出来事を興奮気味に噂するのだ。

問題は、すぐれたリーダーたるパパにも、どうしていいかわからないということだった。しかたなくコルデリアに近づき、やっとそれが合図になった。彼女は荒々しいしぐさでポーズを決め、ダンスを終わらせた。両手をあげ顔をそらしたその静かで官能的なポーズをとったとき、彼女はぼくをじっと見つめていた。結果的にベティーナもその強烈なまなざしを受けることになり、困惑してうつむいた。

そのときぼくは気づいたのだ。このダンスは最初からぼくに向けられたものだったのだ、と。

コルデリアは衣装をなびかせ、だれにも目をくれずに屋敷にはいってしまった。またチャマリータが鳴りはじめ、世間話が再開された。ぼくはベティーナのことを忘れた。

夜遅くまで自分の部屋にこもり、やがて外に出た。レバはパーティの後片づけをしていなかった。明日の朝にするのだろう。パーティの名残が草地のあちこちに散っている。中国のランタンが霧の中で静かに輝いている。

すこしして、温室に灯りがついているのが見えた。中にはいると、すぐに緑の水の噴水の脇で、コルデリアがこちらに背を向けて座っているのがわかった。上はタンクトップを着ていたが、下にはまだ、『千夜一夜物語』に登場するような透けるサルエルパンツをはいている。わざと音をたてて近づいたが、コルデリアは振り向かなかった。彼女の正面にまわったとき、まだ顔が濡れているのがわかった。どうしたのと尋ねると、彼女はぼくをきつくにらんだ。男好きなベティーナやその友人たちといっしょにいたでしょ、と言う。

ぼくはコルデリアの顔を両手で包み、キスをした。彼女は抵抗したが、ぼくは衝動に駆られ、コルデリアを噴水の縁に押し倒すと、のしかかった。なにもかもあっというまの出来事だった。いや、ゆっくりだったのかもしれない。あるいはなにも起きなかったのか。わからない。

終わったとき、コルデリアの目には涙があふれていた。これが初めての経験なのよ、そう言いたげな目つきでぼくを見ている。傷ついた、それでいて遠いまなざし。だが同時にその目はこう問いかけてきた。それで、どうするの？

ぼくはしゃべれなかった。コルデリアは立ち上がった。泉の水でぐっしょり濡れている。サルエルパンツを引き上げ、こちらを見ずにぼくを押しのけると、無言で立ち去った。


すこしして、コルデリアの部屋の戸口に行ってみた。つかのま耳をそばだてたが、なにも音はせず、まだ起きているかどうかはわからなかった。

ぼくは廊下を引き返した。そのとき窓越しに、柱廊で煙草を吸っているパパの姿が見えた。煙草の煙が頭のあたりを漂い、そこでべっとりと固まったガーゼのように見えた。すっと動かした手がガーゼを裂き、それは宙に溶けて消えた。ぼくは部屋に戻った。


ファビアンは、いま読んだ箇所から目を逸らすことができなかった。文章が彼を呑みこみ、意思を奪った。機械的にページをめくる。一瞬で一年近くが過ぎた。イバーンはさまざまな言葉で孤独を嘆いていた。女々《めめ》しい独り言が次から次へと並ぶ。余白の素描はますます細密になっていき、いくつかのページには、実際につくったのか想像しただけなのかわからないが、鉛筆による彫像のスケッチもあった。イバーンには絵の才能もあるようだ。ファビアンはいよいよ彼を憎みはじめた。

一九八七年十一月十三日

二十一歳になって二日が経った。パパはいつものようにぼくに握手を求めた。責任がどうのと話し、ぼくはうわの空で聞いていた。そのあとパパは金のはいった封筒を差し出した。レバの用意したおかしなケーキの蠟燭をぼくが消したあと、コルデリアが近づいてきて、頬にキスをした。でも言葉をかけてこようとはしなかった。ひと言も話さないまま六カ月が過ぎた。こんなの耐えられないとぼくは思う。あのときかぎりのことだと決めたつもりだけれど、すぐにその決心は難しいと気づいた。何日もパパに同伴してモーロ中洲に行き、仕事に集中して忘れようとしたが、無駄だった。コルネリアが存在しないふりなんて、どうしてできる？

二十一歳にして、すでに大勢の女を知っていた。童貞をなくしたのはラ・パスでだった。あの女はなんて名だったたっけ？ 彼女がぼくの上で動いていたことを覚えている。鼻がつんと尖っていて、四人も子供がいる割にはいい体をしていた。終わると、ぼくのうなじにかかる後頭部の髪をつかみ、馬のたてがみみたいにぐいっと引っぱった。痛かったが、気に入った。そのあとたしか、彼女はシャボンの泡でいっぱいの洗面器で股を洗った。彼女の名前を記憶に留めていないなんて、ぼくは変わり者だと思う。普通、最初の女の名前は忘れないものだ。

どうやらその女がぼくのことを同僚たちに推薦したらしい。客として気に入られたのだ。ぼくは週に一度、いろいろな女たちと同衾《どうきん》し、なかには金を受け取ろうとしない女さえいた。まるで、ぼくにセックスを提供する女秘密結社のようだった。ひょっとするとパパがみんなに金を渡していたのではないかとずっと疑っていたが、結局証拠はつかめなかった。

そのあと出会ったのが、パラナに住んでいた人妻のクリスティーナだ。この日記を見返してみて、彼女のことを一度も書いていないことがわかった。彼女とは二カ月間、頻繁に会った。ぼくはコルデリアを忘れるため、彼女は夫では満足できないため。離婚するつもりだと言っていたが、ぼくを口実にするのはやめてくれとはっきり告げた。会うたびに後ろめたさが募り、急に家に帰ってきた亭主に、夫婦のベッドでせっせと励んでいるところを見つかるのではと不安でたまらなかった。荷が重過ぎて疲れてしまい、結局関係を断った。しばらくして、ある晩クリスティーナが川に身を投げ、行方がわからなくなったと耳にした。捜索したが、とうとう見つからなかったという。ぼくのせいではないはずだ。

よくロサリオに行っていた頃につきあった女もいて、家族にまで紹介された。

卑屈な女、高慢な女、冷たい女、変わり者の女。これと言って記憶に残る女はいない。

コルデリアのような女はどこにもいない。ぼくの愛する人。たったひとりの女。

ぼくらは無間地獄に堕ちることになるのだろうか？

ファビアンはノートを乱暴に閉じてテーブルに放り

出し、しばらく考えこんだ。やがて別の一冊を開いた。イバーンの文字がまた変化し、ペンが紙に触れるやいなや滑っていくような、もっとせっぱ詰まった印象だった。解読するのが難しくなり、なにかの図形が並んでいるかのようで、人のわかる文字ではなく、未知の記号を使った速記のように見えるところもあった。

一九九一年七月五日

今日、またひとつ、私の庭に置く彫像を仕上げた。このところずいぶんたくさんつくっている。会社は放っておいても運営されているし、アシエンダのことはレバと従業員たちが面倒を見ている。ここにはもうあまり人がいない。かつて、この場所が人や笑いやおしゃべりであふれていた頃もあった。あれからどれくらい経つ？　よその世界のことのようだ。気落ちしていないと言えば嘘になる。そういうときはこうして魔法の扉の向こうに足を踏み入れ、いちばん好きなことをする。それでもう天国にいる心地だ。

できたての彫像をあらためてながめる。今度のは、物思わしげな表情で座っているコルデリアだ。まるで、だれかが来るのを待っているかのように。手を顎の下にあてがい、頬を包むようにして頭を支えている。目（つくるのにいつも苦労する部分だ）は遠くを見ている。私はそれを、顔が川のほうを向くようにして、踊り子と狩人のあいだに置いた。そのあとその前に長いことたたずんだ。彼女が話しかけてはくれないか、しばらく目にしていない、あの救世主のような慈《いつく》しみの表情を見せてはくれないかと思いながら。

最近は、庭に行く時間がますます増えている。遊園地にあるミラーハウスみたいに、どれもこれもコルデリアの彫像ばかりが私を囲む。まるで秘密会議をしているかのようだ。その周囲に、私はブロンズの樹木を立てた。それらは、沈む夕陽が当たると金色の光を放つ。庭を中心として、世界を変えてしまう黄金のエネルギーが放射されるかのようだ。ありとあらゆる方向にあふれだす、だれにも止められない魔法。

ファビアンの指のあいだでさらにページが、さらに年月が過ぎていく。

一九九三年十一月二十日

ほとんど眠らず、休憩もせずに運転しつづけて、夜に帰りついた。だが、ブエノスアイレスで起きたことをここに書くのが待ちきれなかった。

あの街にあれを置いておくのは、それこそ宝の持ち腐れだ。あそこに展示されている祖父の唯一の作品を見に行ったのだが、土台の下のほうが腐食しているのを見て、たいそう憤慨した。博物館の馬鹿な係員に指摘してやったのだが、相手は私が作者の孫だとは思ってもみなかっただろう。時間があるときに、あれにどう対処すべきか書いて学芸員に手紙を出すつもりだが、それでだめなら持ち帰ってやる。そう簡単にはいかないだろう。なにしろあれは寄贈されたものなのだから。だが、物を知らないあんな博物館に置いておくより、〈黄金苑〉に持ってきたほうがはるかにいい。

こんな苦情を先に並べたが、本当はもっと別のことが書きたいのだ。バスで出会ったときの彼女の顔ときたについて。コルデリアと過ごした時間について。バスで出会ったときの彼女の顔ときたら！　近づいてくる私を見たとき、最初は気づかなかったが、やがて信じられないという表情で口をぽかんと開けた。そう、恐怖に震えていた。過去の悪夢がいきなり甦ったのだから。彼女はいちばん奥の席に座っていた。私はその横に腰かけた。たがいに目を見合わせた瞬間はなんの反応もなかったが、やがて彼女が話しかけてきた。半分ショック状態で、慎重に言葉を選びながら、疑念を隠そうともせず。家族を隔てた時間と距離のことを思うと、私は悲しくなった。長らく私たちは離れ離れだったが、いまこうして彼女はそこにいる。冷ややかにバリアを張り巡らせている。まるで、隠れていたところをいきなり見つかった犯罪者か不法移民のように。そしてこちらは、忌まわしい不治の病に冒された幽霊だ。彼女を愛し、どうしても忘れられないという過ちを背負い、永遠に穢《けが》れた幽霊が、彼女を責めるために舞い戻ってきた。

そうして隣にいるあいだ、彼女の顔に触れずにいるのに本当に苦労した。低俗なバスはやたらとブレーキを踏んだり、急ハンドルを切ったりする。私は変わった、人生をやり直そうと思う、おまえを困らせるようなことはけっしてしない、と私は訴えた。彼女はあのいつもの、ああもちろんわかっているわ、という顔をした。でも私はその表情を一度も信じたことがない。ここでは話しづらいから、お茶でも飲まないか、と彼女をバルに誘った。彼女は考えこんでいたが、結局うなずいた。

私たちはウリアルテ通りとサンタフェ通りの交差点で降り(彼女は大学に向かうところだった)、カフェにはいった。再会を喜ぶ場所にはふさわしくなかったが、静かに話をするには充分だった。彼女はぽつりぽつりと自分の暮らしについて、どうやってブエノスアイレスに来たかについて話しだした。いまつきあっている人がいると、なんのてらいもなく言った。私の奥深くで嫉妬が沸き上がり、どくどくと脈打った。こうして私は彼女に否応なく苦しめられるのだ。昔の執着心は捨てて自分を克服し、良識ある大人になった自分を演出しようとした。積極的な話しぶりとまではいかなくても、彼女の口がだんだん軽くなってきたところを見ると、演出は成功したのだろう。だが、私の視界は徐々にかすみだした。彼女と別のだれかがベッドでいちゃついているところや、オダリスクの衣装を着た彼女がソファで仰向けになり、だれかを迎え入れている場面が目に浮かんだ。彼女は私の表情に気づき、悪い癖がなかなか直らない年老いた犬かなにかのように見た。私はかっとなったが、怒りを表に出すまいとした。なんとか冷静さを保ち、せつせつと訴える表情を浮かべた。自分の人生を軌道に乗せたい、アシエンダを売って彫刻に専念する、またヨーロッパに行こうと思うが今度はもっと生産的な旅にするつもりだ、ほかのアーティストや画廊のオーナーと知りあい、キャリア・アップにつなげたいと話した。「じゃあ、そうしたら」と彼女はさらりと言い、私はまたむかっとした。その顔を平手打ちし、またしとどに濡れた裸の彼女が見たかった。私は身を引き、目からしずしずと涙をこぼしはじめた。そして気持ちを彼女に伝えた。ただし、恨み言は口にせず、涙ながらに彼女の目をまっすぐに見据え、顔を不快に引き攣らせないように用心して。彼女のいない年月について、いたたまれない孤独について、どうしようもなく闇に閉ざされた人生について。効果あり。二人はたがいに手を取りあって泣いた。私は彼女をなだめ、けっしておまえを困らせたりしないと約束した。ママが恋しいと私は言った。私はママのことをほとんど知らないと彼女は答えたが、ますます激しく泣きだし、私も負けじと泣いた。しばらくそうしていたが、やがて私は席を立ち、洗面所に行った。
顔を洗うあいだ、思わず笑みがこぼれた。
もう一時間そこにいたが、やがて別れた。今度
またブエノスアイレスに来たら、私から電話をす
ることになった。恋人に紹介したいという。きっ
とそうはならないだろう。
来週ふたたびブエノスアイレスに行くつもりだ。
また彼女に会いたい。

この日記のあと、次の書きこみまでに約一カ月のブランクがあった。短い書きこみだった。いままで読んだ中で最短だ。

一九九三年十二月十八日

労働組合問題がやっと解決したので、またブエノスアイレスに行こうと思う。このあいだよりもっとすばらしい逢瀬になるだろう。何晩も、休みなく彼女と過ごす夜を夢見て。

たったそれだけ。ページを繰ると、折りたたまれた青い便箋《びんせん》がテープで貼りつけられているのを見つけた。注意深くそれを剝がす。筆跡に見覚えがあるような気がする。中身を読んで、ついに疑問が解けた。

イバーンへ
あなたが来たらこの手紙を渡してほしいと、ウエイターに頼みました。信用できそうな顔をしていたし、よしんば中身を読まれたとしても、私としてはべつにかまいません。
つまり私はそこにはいないし、話をする気もな

いということです。もう終わりにしなければ。きっぱりと。そして行動を起こすべきは、私のほうだと思います。金輪際私たちが会うことはない、そう理解してください。なにがあっても。昨日で私たちのことはおしまい。私には新しい人生がある。すくなくともそうしようとしている。あなたも新しい人生を見つけてください。あなたを受け入れてしまったけれど、こんな馬鹿げたことにはピリオドを打たなければ。永遠に。こんなことをしてしまった理由については考えたくありません。何年もカウンセリングを受けてきたのに、結局成果は出なかった。こんな形になってしまったのだから。

哲学者を気取るつもりはありません。これは別れの手紙です。本物のさよなら。〝さよなら〟というのはとても強い言葉です。絶対に後戻りをする気がないとき、私ははっきりそれを口に出し、あるいは文字にする。さよなら、イバーン。

もう私を捜さないで。電話もしないで。追いかけてこないで。放っておいて。厄介事には巻きこまれたくないの。私には恋人がいるのよ、わかってる？　私はリラ。いまはそう呼ばれている。コルデリアではなく。その名前は何年も前に死んだの。

頭の中を整理して、人生をやり直してください。あの呪われたアシエンダを売り払って、後ろを見ずにすっぱり立ち去ったほうがいい。もしあなたがそんなふうに変われたとしたら、私が最初に拍手喝采を送るわ。でも、必ず遠くから。いつか、たとえばあなたの彫刻が新聞に載るとかそういうことで、あなたがうまくやっているんだと気づいたときに。でも、私にはもう関係ない。

私のことは忘れて、イバーン。

どうかわかってください。

あなたの妹

リラ

ファビアンは手紙をまたたたみ、元通りに貼りつけた。いまでは見慣れたものとなったイバーンの文字が現れた。

一九九四年四月三日

彼女がわからない。なにかに取り憑かれたみたいに愛しあったかと思うと、手のひらを返したようにこんな手紙を残し、私をないがしろにする。まるで……

ファビアンはノートをテーブルに投げつけた。キッチンに行き、強い酒を探した。半分ほど残ったウォッカの瓶を見つけた。洗濯機の横のベンチに座り、三杯か四杯かわからないが、とにかく一気飲みした量としては新記録を樹立した。そのあとトイレに行って吐こうとしたが、吐けなかった。午前四時だった。

居間に戻って、テーブルに積まれたノートを見た。ウォッカの霧で曇る頭で考える。焼く、切り刻む、めちゃくちゃに踏みつぶす、びりびりに破く。居間の闇の中でぐるっと方向転換したとたん、ノートが何冊か床に落ちた。

寝室の整理箪笥に近づいて開け、リラの骨壺を取り出す。目にするのは久しぶりだった。馬鹿みたいにこうしてずっとここに保管しておいた。もしモイラと再会できたらいっしょに南に行き、海に灰を撒こうと思っていた。時が経って希望も薄れ、いまではすっかり忘れていた。

両手で骨壺を持ち、頭上に振りかぶって壁に投げつけた。銃声みたいな音を轟かせ、骨壺はこなごなになった。灰がもうもうと舞い上がって、部屋にたちこめた。モイラがドアを開け、顔をのぞかせた。ファビアンは彼女に目を向けた。灰の煙は宙を漂い、灯りのともったランプを琥珀色の暈《かさ》で囲んでいる。リラの塵はたなびきながら渦を巻き、やがて死んだ小さな蛾《が》の群れのように静かに絨毯に落ちた。

「ママの灰だね」モイラが言った。

「そうだ」

モイラは絨毯に散った灰をしばらくながめていたが、キッチンに向かった。箒とちりとりとタッパーを手に戻ってきた彼女は、ゆっくり慎重にできるだけ灰を集め、タッパーに入れると蓋を閉めた。割れた骨壺はキッチンのゴミ箱に捨て、それからリラを脇に挟むと、また自分の寝室に戻った。

ファビアンは居間の椅子に座り、息が続かなくなるまで静かに笑った。それから窓を開け、空気の入れ換えをした。雨の匂いを運んできた風に鳥肌が立った。離れたところからノートをながめ、声を殺して泣きながら、室内を行ったり来たりした。そして意を決し、次のノートを開いた。

一九九六年九月十一日

帰ってきたのは昨日だが、眠れなかった。どうしたのかとレバに訊かれ、うっかり口を滑らせそうになった。私の脳みそは秒速千キロの速さで回転していた。いろいろと考えなければならない。

あれから一年半が経ち、ブエノスアイレスに戻って三日間過ごした。彼女の手紙に書いてあったことを忘れたわけではないが、コルデリアの顔が見たかった。以前の住所に行き、正面のバルで座って、建物の玄関をながめた。引っ越したかもしれないと思い至り、だとするとそう簡単にはいかなくなる。二時間近く経ち、もう行こうかと思ったときに、彼女が現れた。以前より太っていた。ガラスの扉を開け、押さえてだれかを通そうとしている。そして彼が出てきた。腕に……女の子を抱いて。世界が闇に包まれた。もうコルデリアはいないのだとずっと前にあきらめたはずなのに、消えようとしない夢のようにしぶとく幻にしがみついていたのだ。家族の人数が増えたということは、二人は愛しあい、幸せに暮らしているというまぎれもない証拠だ。あの新しい命のおかげで、二人の絆《きずな》はこれまで以上に強くなったにちがいない。

　彼らの姿が視界から消えるまで、そちらを見ないようにした。そして勘定を払い、通りに出て、車まで歩き、いまいましいその街からおさらばした。

　川底トンネルを出たところで、ふと日にちのことを考えはじめた。

　一致する。

　確信はないが、その可能性はある。

　彼らをまた見張らなければ。とくにあの女の子を。

　その可能性はある。

　さらに時が過ぎ、明け方になったところで、ファビアンは最後の日記を読んだ。そのあと、空のウォッカのボトルが転がるテーブルに突っ伏して眠りこんだ。

一九九九年四月四日

ブエノスアイレスでの計画はすべて順調に進んだ。最後の最後で危うく全部水の泡になるところだったが。

馬鹿だ、大馬鹿だ。千回言っても足りないくらいアホだ！　なぜあんな失敗を？　考えが足りなかった。彼女のせいだ。あそこに行くたび、すぐ近くに彼女がいると思うと、ついあせってしまう。セシリアについては完璧だった。一週間の滞在中に彼女のことはものにした。彼女も、モイラも。近くに職場があり、いつもこの広場で昼ごはんを食べているのだという説明を、彼女は鵜呑みにした。ちょろいものだった、あのペルー娘を落とすのは。私はわくわくした。五日間媚《こ》びへつらいつづけたら、それだけで二人を味方に引きこむことに成功したが、最後にうっかりしてしまった。

広場に行って、毎日やってくる二人を待っていたのに、その日はいつもの時間に来ないので、おかしいなと思ったのだ。セシリアはおなじ時間にモイラをそこに連れてきた。私に会えるとなったら、とくに。私は児童公園の外で座っていた。男がひとりでそこにいると、怪訝な目で見られるからだ。ただし、その場所からならモイラのお気に入りの遊具——緑の屋根のおうちとプラスチック製の滑り台——が見える。そう、気づいてしかるべきだったのだ、広場の雰囲気が違うと。きっと、毎日が祭日みたいなラ・パスののんきなリズムに慣れてしまっているのだろう。その日が平日ではなく日曜だったなんて、ちらりとも思わなかった。

そのとき、あの忌々《いまいま》しいコンクリートの日陰棚がある方角から、モイラがひとりでやってくるのが見えた。おいでと手招きをしようとしたその瞬間、コルデリアが現れたのだ。

心臓が止まった。生まれて初めてこの表現の意味を実感した。コルデリアがそのしなやかな体を背伸びさせ、目の上に手で庇をつくり、私のいる方角をながめている。私はあわててしゃがみ、植え込みのあいだを抜けて、見つかりませんようにと祈りながらその場から遠ざかった。もし見られたら計画はおじゃんだ。蟻のように辛抱強くセシリアを手なずけたあの努力を、どぶに捨てることになる。煉瓦の小径にたどりつき、日陰棚が視界から消えた。コルデリアとモイラだけで来たのだろうか？　それともあいつもいっしょなのか？　確かめるのはやめた。そのまま小径を進み、カップルが座るベンチの横をすり抜け、後ろをちらちら見ながら、でも静かに、歩調を速める……と、そのときモイラと出くわした。名もなき名士の彫像の背後を通って交差点に出ようとしたところだった。私はその場で凍りついた。モイラは両手を腰にあてがい、非難するような表情を浮かべて私の前に立ちはだかっている。彼女がなんて言ったのか、耳にはいらなかった。気になってしかたがなかったのだ。モイラを探して背後から現れるかもしれない……彼女の母親か……あるいはあいつが。肩越しに後ろを見たが、小径にはだれもいなかった。その広場でしようと思っていたことを、とっさに行動に移した。モイラに近づき、その肩に手を置いてなだめた。モイラはいつもその広場に持ってくるぬいぐるみを抱いている。コオロギくんのご機嫌はいかがかなと尋ね、モイラがそれに答える隙に彼女の髪をすばやく数本抜き取った。彼女はなにも気づいていない。私はまた日陰棚のほうを見た。だれも来ない。ママのところに戻りなさいとモイラに告げ、私は歩きだした。アルバレス・トマス通りのほうに向かう。私を追ってくる足音がしたので、足を速め、もう行きなさいとくり返した。モイラはしかめっ面をしたが、声は出さなかった。

通りにたどりついたとき、急ぎ足でモイラに近づく二人を見た。コルデリアが抱き上げたモイラに、あいつが話しかけた。叱っているにちがいない。私が立ち去った方角を教えるのではないかと心配したが、モイラはなにも言わなかった。モイラはコルデリアより父親のほうを選び、あいつは彼女を軽々と抱き上げた。三人は日陰棚のほうに戻っていった。理想の家族のイメージ。

だが必要なものは手にはいった。すでにシルバの友人に髪の毛を分析してもらうことになっている。

だが、本当はその必要はないとわかっていた。それで科学的な証明にはなるだろうが、どんな遺伝子鑑定より私の直感のほうが勝る。私の心と魂は、ずっと前からモイラは私の子供だと知っていた。

次になにをすべきか、次のステップはなにか、私にはわかっている。

4

「次のステップは」ファビアン・ダヌービオが言った。「みなさんご存じのとおりです。モイラを誘拐し、エントレ・リオス州に連れ去った」

　連邦警察中央本部の会議室にいる彼は、長さ三・五メートルの光沢のある木のテーブルに、ノートを放り出した。ゼミに出席しているか、観劇でもしているかのように、彼らはそこに静かに座っている。短くした白髪がいまや黄色味を帯びているラミロ・ベルトラン殺人課刑事。レボイラ検事は、今日はジャケット、ベスト、靴下、チーフを寒色系（青や紫）でまとめている。失踪人捜査課の新たな担当者は、禿で皺が目立つセシリオ・カルミン。連邦警察部長ラベーセ警視はじきじきのお出まし。ファビアンの近くにいる、およそ警官らしくないグレーのジャケットとスカート姿のブランコ刑事。

「このノート以降、書きこみの間隔がどんどん開いていきます。ですから、自分で補いながら、なんとか話を組み立てなければなりませんでした」

　レボイラ検事はブランコを非難するように見た。

「念のため言っておくが、捜査上重要な証拠品をセニョール・ダヌービオに渡したのは、通常の手順に明らかに反している」

「処罰が必要だとおっしゃるなら受け入れます」ブランコは言い、テーブルの下で脚を組んだ。

「軽く考えてもらっては困るぞ、ブランコ刑事」ラベーセ警視が言った。「きみがセニョール・ダヌービオに同情するのはわかるが、逸脱行為だ」

「それでも、この証拠品を検討するとすれば、明らかに彼がいちばんの適任者です」

「その判断はベルトラン刑事にまかせるべきだった。彼がエントレ・リオスに来なかったのをいいことに、ルールに反した」

「ノートは全部コピーをとりました」

ベルトランは頭を搔き、天井を見上げた。

「コピーをもとに事件を検討すると知っていたら、警察になんかはいらなかったぜ」

ラベーセ警視はテーブルをたたき、目に見えない虫をつぶした。

「この件はとりあえず後まわしだ。だが、見過ごしにはできんぞ。先を続けてください、セニョール・ダヌービオ」

「そのあとのことはこんなふうに展開したと考えるのが妥当でしょう。ラウフは二年間熟慮したすえ、私の娘を自分のものにしようと決めた」ファビアンはベルトランの眉が吊り上がったのを見た。「そして、それにはセシリアを通じて着手するのがベストの方法だと考えた。彼は二人がよく行く広場を知っていた。セシリアと接触を図り、誘惑しはじめた。たぶん何度か二人きりでも会ったのでしょう。はっきりしたことはわかりませんが。日記にはそれについての記述がありません。書かれているのは、すでにお聞きいただいたとおり、分析のためモイラの髪をこっそり抜き取った日のことだけです」

「確認のためにそうしようと思いついたんだろうね」レボイラ検事が言った。

「で、結果は？」カルミンが口を挟んだ。「彼女はラウフの娘なのか？　直接的な物言いで申し訳ないね、ファビアン」

ブランコは憤慨しつつ携帯電話をちらりと見た。

「いまDNA鑑定をしているところです」

ファビアンは説明を続けた。

「ラウフは機会を探していました。そして、セシリアがモイラを友達の誕生会に連れていくことを知りました。その前日にセシリアと電話で話し、そっちに行くから会いたいと告げた。セシリアは無理だと断ったのに、ラウフは引き下がらなかった。それが、私が妻とレストランから戻り、セシリアが電話のところにいるのを見かけた、その夜だったんです。彼女が泣いていたことに私は気づいた」

「一九九九年四月十九日月曜日ね」ブランコが言い添えた。

「ラウフは、早めに家を出れば誕生会の前に会えるとセシリアを説得した。セシリアとモイラは予定より一時間早く出発した。リラはそれに気づかなかった。そのときの地下鉄の経路についてはドベルティの調査ですでに明らかになっています。アンヘル・ガジャルド駅では降りずにそのままプエイレドン駅まで乗りつづけ、ロケ・〝ポルビージョ〟・アルバレスの運転するタクシーでペンシオン〈海風〉に行った。ラウフはそこにルーチョ・ジャンボローニャの名でチェックインしていました。ルネッサンス期の彫刻家です」

「このラウフという男は自分のスタイルをけっして曲げんな」ラベーセ警視がつぶやいた。

「宿の主人マリーア・エウヘニア＝レゲイロにラウフの写真を見せ、確認も取れています」

「愛する人に会えると思い、わくわくしてペンシオンにやってきたセシリア・アロージョですが、彼女を待っていたのは死でした」ファビアンが言った。

「ここでシルバが登場します」ブランコが言った。

同席者のあいだに不快の念が広がるのがわかった。ブランコは、全員に見えるよう、テーブルに写真を置いた。年月のせいでほとんど赤茶けたそのモノクロ写真には、軍服を着たシルバと、その横でカメラをにらんでいる若者が写っていた。ラウフだった。

「シルバの家で見つかりました」

「兵役中に知りあったと思われます」ファビアンが後を引き取った。「確信はありませんが、シルバが昔から抱えていた借金のことで、ラウフが助けたようです。ノートの中に、シルバは三度登場します。言うほど、しょっちゅう会っていたわけではないんです。友人同士だったかどうかも怪しい。ラウフに友人はいませんでした。だがそのときは必要だった。セシリアを殺してしまい、遺体をどうしていいかわからなかったんです。シルバは警官で、しかも重要なポストにいた。ラウフは、遺体と幼いモイラを前にして、たぶんパニックになったんでしょう。やってきたシルバは、ひどい光景を目の当たりにした。ラウフがセシリアをどんなふうに殺したかを知って、自分が後始末をしようと決心したんだと思います。そうでなければ、ラウフが肩代わりした借金が相当の額だったか。状況を考えて、地中に埋めて始末するのが適当だと考えたが、その前に遺体に銃弾を撃ちこんで偽装を図った。使ったのは未登録の銃でした。他人に罪を着せるため、証拠をあえて残したわけです。そのあとラウフに手伝わせて、あるいはひとりで、中庭に続く鉄梯子からセシリアの遺体を下ろした。実際には、どうやってだれにも見られずにそんなことができたのか、わかりませんが。それ以来、真実の発覚を妨ぐため、二人の共犯関係が続きます。シルバは私に接近して、コントロールしました。私を調べ、ドベルティが協力しはじめると彼のことも徹底的につけまわした。情報を集め、ときどきラウフにその一部を伝えて、状況を説明した。ラウフを恐喝してもいたのでしょう。最初から脅すつもりはなかったでしょうが、証拠の品は自分が保管しているのだと言って、折々に金をせびった。それで当面はうまくいっていましたが、下水管が壊れたせいでドベルティがセシリアの遺体を発見し、事態はまずい方向に向かいます。でもシルバは落ち着いていた。おとなしく身を潜め、結局われわれは八方ふさがりになった。月日が流れ、事件は忘れ去られ、二人は穏やかに暮らしていた。シルバは安心しきっていました。まさか癌に寝首をかかれるとは思ってもいなかったでしょう」

「計算外だっただろうな」カルミンがまとめた。

「そしてアドリアン・シルバが、父親はけっしてしなかった過ちを犯した。証拠の銃を使ってしまったのです。シルバは銃のことをすっかり忘れていたんだと思います。病気のせいで頭がまわらなかったのかもしれません。その一方で、アドリアンは父親とラウフの関係をなんらかの方法で知った。そしてすぐさまラウフを脅しにかかった。だがアドリアンは父親とは別です。ラウフは彼を殺し、山のどこかに埋めた」

ラベーセはベルトランに目を向けた。太い首を巡らせると、シャツが張り裂け、ネクタイで締め上げられてこぶのようになった喉仏が破裂しそうだった。

「遺体についてはなにか情報はないのか？」

「あの山の捜索は困難を極めています。レバと呼ばれていたレミヒア・ロペスについても状況はおなじです」

「見つかりはしませんよ」ファビアンは、ポルティコの村人たちがそうしたように、控えめだがすべてを知りつくしたような口調で断言した。「遺体をどうしたか、ノートにも書いてありました。マチェーテで藪を切り拓《ひら》いて進み、遺体を埋めて立ち去った。三日もすれば道は消えてしまいました。だが、最後の問題が未解決のままだと、ラウフは知っていました。自分に捜査の手が及ばないよう、シルバの家に行かなければならなかった。そこでドベルティと鉢合わせしてしまったわけです」

ファビアンは言葉を切った。

「そして、思ってもいなかった問題がもうひとつ生じてしまった」

彼はポケットからブロンズの蜘蛛を取り出し、テーブルの中央に置いた。蜘蛛が出口を探して歩きだすのを待ちかまえるかのように、全員が固唾《かたず》を呑んでそれを見据えた。

「イバーンの祖父フェルディナントは、博物館の入口を装飾するためにつくった蜘蛛の複製をいくつかこしらえました。そして自分の孫にひとつずつプレゼントしたんです。そのひとつがシルバの家にありました。ラウフが彼にプレゼントしたのか、それともシルバが盗んだのかは定かではありません。もうひとつはリラが持っていました。ドベルティは、みずからの死をもって、ラにあたえた。リラはそれをおもちゃとしてモイラにあたえた。ドベルティは、みずからの死をもって、このラウフとのつながりを示すたったひとつの手がかりを守ったんです」

ファビアンは急に関節がはずれたかのように、どさりと座りこんだ。

エル・バホに向かってモレーノ通りを歩くうちに、雨が降ってきた。初めは小雨だったが、やがて激しい土砂降りになった。ブランコが彼の腕を引っぱって、トタン板の庇の下に駆けこんだ。ショーウィンドーに立てかけてある巻いた布地が濡れているが、店員たちはだれもそれらを中に入れようとしない。歩道のアスファルトも、建物も、空気そのものも、たちまち黒ずんだ。すべてが一様に雨色に染めあげられていく。

「マスコミはすでに話を聞きつけてる」ファビアンが言った。「だから、ラベーセには口をつぐんでおくよう言われたけど、そんなの無駄さ」

「彼らは最後までお尻を隠しとおすわよ」

「好きにすればいい。でもぼくは、なにを話すべきか否か、連中の指図を受けるつもりはない。そもそも、だれにもなにひとつ話す気はない。これからはカメラやマイクを差し出す連中を避ける毎日だ。ご存じのようにね」

「心配しないで。私はいま、それを客観的にながめるのにいちばんいい場所にいる。広報だから。なにもかも、めちゃくちゃ。全然嚙みあってないの。新聞ではあることないことなんでも報じられているのに、警察のほうは何事もなかったかのような態度を崩さない。そのあいだ、警察側は自分たちなりの物語を組み立てて、外には出すまいとしている。まわりはみんな知っているのに、彼らにとっては〝さあね〟ってわけ」

気温がぐっと下がり、雨が横殴りになりだした。ブランコは上着の襟をかきあわせ、肩をすぼめた。

「モイラはどう？」

「変わらない」

「彼女と話はしてる？」

「できればしたいよ」

「彼女、カウンセリングは受けてるの？」

「ああ」

「時間がかかるわ」

ファビアンは答えなかった。この十年間、家族らしきものを自分は持っているとずっと思っていた。いまそこは、他人ばかりが集う場所と化した。どうしてこんなことになったんだ？　そしてふと気づくと、彼はこの軒下で立ちつくし、このあとどうしていいか考えることさえできずにいる。

「うちに来る？」ブランコが言った。

ファビアンは彼女に目を向けなかったが、歯を食いしばったりゆるめたりするたびにこわばったり弛緩したりする顎の筋肉を、ブランコが見ていることがわかった。

「どうかな」

「ねえ、行きましょう。昼ご飯を食べて、午後じゅうゆっくりするの。モイラに電話して、知らせればいい」

「その必要はないよ」

「忘れなさい、忘れなさい、忘れなさい」

ベッドの中の暗がりで、彼女がファビアンの目にキスしながらくり返した。ファビアンはこらえきれずにとうとう泣きだした。頭を彼女の肩にあずけ、唇がその腕に触れそうで触れない。焦げ茶色の影と白いラインがつくりだす縞模様。風にたたきのめされた光がブラインド越しに差しこみ、雨もしつこく降りつづいている。

「最初は難しいかもしれない」ブランコがささやいた。彼の腹部に手を滑らせ、荒れた指で撫でている。「でもすこしずつ過去になっていく。そして、日に日に目覚めがよくなる。ルイスのことがあったとき、絶対に乗り越えられないと思ったけど、いまこうしてここにいる」

ここってどこだろう、とファビアンは思う。

ファビアンがシャツのボタンをかけているあいだ、ブランコがコーヒーを淹れた。どこかに行きたかったが、どこに行きたいかわからない。

彼女が居間の丸テーブルにカップを二つ置き、牛乳のカートンを取りに行こうとしたそのとき、携帯電話が震えた。

「もしもし？　モニカ。ええ、どうぞ」人さし指を立てて手を持ち上げるとそのままにして、こちらに注目してというように彼に目を向けた。「うん、わかった」沈黙。鼻からふうっと大きく息をつき、背筋を伸ばした。「ありがとう」

ファビアンは体の中身が空っぽになり、胃の中に有刺鉄線がはえだしたような気がした。動けば、体の奥で血が流れるだろう。ブランコは携帯電話を閉じた。「DNAが採取できた」永遠の祈りを唱えながら彼女を見る。

「それで？」ファビアンは小さな声で言った。

「残念だわ。ポジティブだった。モイラはラウフの娘よ」

ブランコは彼に近づき、抱きしめた。

「本当に残念だわ、あなた」

ふたたび彼の顔がブランコの肩にもたせかけられた。

七時にブランコの家を出たが、十時過ぎまで帰らなかった。街をさまよいながら、なんの連絡もなく帰りが遅いので、モイラは心配しているだろうかと思う。いや、いつものようにただ自分の世界にこもっているのかもしれない。部屋でじっと静かにしているか、窓辺で、あるいはトックリキワタの一連の写真の前で、じっと静かにしているか。川を恋しがっているのだろうか？　奥深い山を？　どこへともなく川の流れが運んでいくボートを？

ドアを開けたとき、驚いたことに、モイラはキッチンにいた。テーブルで頬杖をつき、宅配食の注文先シールがべたべた貼られた冷蔵庫をながめている。色落ちしたTシャツとデニムの短パンというでたちで、髪を後ろでひとつに結んでいる。顔をこんなによく見たのはそれが初めてだったかもしれない。その輝くような美しさの中に、リラの、あるいはコルデリアの美しさの片鱗《へんりん》が見えるのをいやでも受け入れざるをえなかった。

ついイバーン・ラウフの面影を探してしまい、内に秘めた怒りが視界を覆いはじめる。モイラはしゃべらなかった。まったく、まるで石だ。なにか超自然的な、この世にありえない素材でできているようにさえ思える。

ファビアンは無理やり言葉を絞り出した。

「遅くまで引き止められてしまって、ぼくは……」

「べつにいいよ」

モイラは立ち上がり、裸足で歩いていく。尖った肩を揺らして、寝室に向かう。ファビアンはそれを追いかけた。

「分析の結果が出たんだ。きみの父親はイバーンだ」

「知ってたよ」

「ああ、そうなんだ」

彼女は寝室にはいっていったが、ドアは閉めなかった。

た。ファビアンはドア枠に寄りかかった。こめかみがどくんどくんと脈打ち、あらゆる音を締め出した。

「どうしてそんなに確信が？」

彼女はベッドに腰かけて両手を脇に垂らし、ファビアンの目を見返した。

「あの人がそう言ったから」

ファビアンは自分の部屋に立ち去りかけ、疑問に思って引き返すと、またモイラの部屋をのぞいた。

「あの崖っぷちで彼といたときにきみが現れ、パパと呼んだのは、彼に対してだったんだね？」

「そう」

「ぼくのことは思い出さなかった？」

「なんとなく」

「ママやぼくと過ごした日々のこと、自分の胸に尋ねたことはなかったの？」

モイラは眉をひそめて考えこんだ。顔に申し訳なさそうな表情が浮かんだが、そこにはどこか遠い、彼女がまるで千メートル上空にいるかのような隔たりが感じられた。そう、距離の仮面をかぶっているかのようだ。やがてようやく口を動かした。

「最初は考えたと思う。あの人はいつもママのことをわたしに話した」

彼女の目がファビアンから逸れ、どことも知れない遠くにさまよいだした。リラの灰がはいったタッパーが、ベッドの足元の棚の上にあるのが見えた。彼女の持ち物は、自分のバッグとバスルームのキャビネットにある薬のケースを除けば、そのタッパーだけだった。薬ケースを見るたび、この家に新たな住人がいることを思い知る。ファビアンが運びこんだ彼女の私物は、見えないところにしまいこまれていた。ここに来てから、彼女はほかの物にはいっさい触れていない。ここには立ち寄っただけで、ずっといるつもりはない、そんな感じだった。

ファビアンは怒りを抑え、胃の入口と喉のあいだのどこかに閉じこめた。

夕食は食べたのかと尋ねようとして、結局また家を出た。

ドアを力まかせに閉めた音が廊下にこだました。車に戻り、運転席に座って、どこに行こうかと考える。助手席にラウフのノートがはいったバッグが置かれているのに気づいた。車から降ろすのを忘れていたのだ。バッグを開け、手をつっこんで、古びた青い表紙をぐしゃぐしゃにする。一冊取り出し、適当に開いた。

一九九九年八月二十三日

今日、コルデリアと最後の別れをした。こんな形になるとは思ってもいなかったのだが。

だれもここには来ないとシルバは約束した。棺は礼拝堂の脇に置かれ、参列者たちは火葬場でその到着を待っている。彼女と二人きりになれるのは数分間だけだった。私は棺に近づいた。この中にコルデリアがいるなんて信じられなかった。知らせを受けたとき、なにも感じなかった。丸二日間、私は仮死状態になった。体がまわりのすべてとの関わりをいっさい拒否するかのように。私の魂は世界から消えた。なにがあったんだ？　なぜこんなことに？　コルデリアは勝気で、強くて、いつも頑として譲らなかった。パパにも何度もたてついた。まさかこんなふうに降参するとは。

私は慎重に棺に近づき、つやのある木製の蓋に手を置いた。まもなくそれも灰と化す。コルデリアと心を通じあわせようとした。無言の祈りがいま二人を隔てている空間を突き進み、彼女に届くようにと。以前は違った。彼女が生きていることがわかっていたときは。こうなってしまったいま、バリアを壊す方法はない。

私のせいだろうかと考える。いや、違う。モイラが私のところにいるという事実とコルデリアが死を選んだことには、なんの関係もない。悪いのは外で棺を待っているあの男だ。間違いなく。あんな結婚はうまくいくはずがないとわかっていたのに、コルデリアは否定した。いつだって必ず私のところに戻ってしまう自分の本能を、彼女はないがしろにしたのだ。

私はしばらくそこにいたが、とうとうシルバにもう退散したほうがいいと告げられた。私はこそこそとその場を離れた。

ときどき思う。なぜ私たちは、それができたときに、だれも私たちを裁いたりしないどこか遠いところに逃げなかったのか、と。二人でそう心を決め、必要なときに勇気を出していれば、こんなことにはならなかったはずだ。

私たちの関係が許されないものだということはわかっている。だが、私が望んだわけではない。運命がそうさせたのだ。人生は不条理だ。私は墓地から立ち去らなければならない。本来、この神の栄誉に満ちた場所にふさわしいのは、あいつではなく私なのに。あいつは、一度として理解したこともなく、本当の意味でどういう人間だったかも知らないだれかのために、涙を流すことになるのだ。

アシエンダに戻ろう。ふたたび子供になったもうひとりのコルデリアが待つ場所へ。

そこで、私の新しい人生が始まる。

そういえばあの日墓地で、リラの棺が引き渡されるまでに時間がかかったことを思い出した。いったい何度このノートを読み返し、わが身に起きたことを再解釈させられるんだろう？　このくそったれなノートをいやでも読みつづける運命にあるのかもしれない。くり返し、くり返し。そこに縛りつけられ、自分のものではない物語に情け容赦なく囚われの身となるのだ。

そしてまた、胸をかきむしられるような痛みとともに、受け入れなければならない。このラウフというろくでなしは、彼なりのやり方でリラを愛していたのだと。

やつは実の父親を殺し、おそらくはそれで、二度と引き返せない境界線を越えたのだ。妹を誘惑し、彫像をつくり、嘘をつき、人を殺し、何年ものあいだ自分だけの物語を紡ぎつづけた……。

この計り知れない熱狂を、このページに宿る常軌を逸した不滅の愛を、ぼくがリラに寄せていた気持ちとはたして引き比べることができるだろうか？

十二時を過ぎて〈オチョ・エスキナス〉が開いていたのは奇跡だと思えたが、店主のベベにはそういう気まぐれなところがあって、店じまいすることを思い出すまでタンゴのレコードをかけつづけて、ときどき夜を長引かせる。往年の名バンドネオン奏者ピチューコの写真の下のスペースに座っているのは、いまではファビアンとルソだけだった。しばらく通りをぶらぶらしたあと、電話で呼び出したのだ。眠っていたところをたたき起こしたことはわかっていたが、だれかと話をせずにいられなかった。〈オチョ・エスキナス〉は、昔の家に、失った人生の記憶に、あまりにも近すぎる場所にあった。ファビアンはこの二時間、べべがかけるレコードとおなじ行動を続けている。ぐるぐると執拗におなじ場所に戻ってくる、終わりのないループ。

「ラウフが父親を殺したあと、リラはあそこを出る決心をしたんだ」ファビアンは二杯目のコルタードを手にして言った。「父が崖から落ちたのは事故だとあいつは言い張ったはずだが、彼女は信じなかった」

「それは彼女にとっては人生最良の決心だったな」ル

ソが言った。「母親も父親も亡くして、そんな兄しかいないなら、距離を置くべきだ」

「この国の南端ウシュアイアに行き、そこで暮らしはじめた。彼女はそこの出身だとぼくはずっと思っていた。リラは過去をすべて消したんだ。名前も変えて」

「公式書類なんかはどうしたんだろう？」

「それについては警察に尋ねてみた。いまでも彼女がリラ・エステージェと名乗る身分証を持っているんだ。ぼくにとっては最初からそれが彼女の名前だった。どうやって名前を変えたのかはわからない」

「出生証明書まで偽造しなければならなかったはずだ。それはそう簡単なことじゃない。きっとなにかコネがあったんだよ」

「彼女、数年間はときどきラウフと会っていたようだ。ブエノスアイレスに引っ越したとき、やっと過去と決別できたんだと思う。一九九三年にまたあいつが姿を現すまでは」ファビアンの表情が暗くなり、コーヒーカップを乱暴に皿に置いた。「リラと暮らしはじめてすでに一年経ってたのに」

ベベがレコードをひっくり返し、ホルヘ・ビダルがまた歌いだした。

「妻はぼくが信じていたのとは別の人間だった。娘はぼくの子じゃなかった。そもそも捜す必要なんかなかったんだ」

「馬鹿なことを言うなよ。おまえはやるべきことをやったんだ。娘を見つけた。自分ひとりの力で。これからは娘のことだけに集中しろ」

「娘？」

「そう、おまえの娘だ。DNAが一致するから父親はあいつだと、本気で思うのか？　おまえがそのアシエンダにたどりついたとき、理由がなんにしろ、彼女は逃げようとしてたんだぞ？」

「あの子とは距離が離れすぎてる。あまりにも……」

「おまえのほうから近づくんだ。慣れる時間をあたえてやらなきゃ」

「リラのことが頭から離れないんだよ」

「わかってる」

「頭がおかしくなりそうだ」

「そうは思わないね。なるとしたら、とっくにおかしくなってるさ……おまえは自分が思うより強い」

ファビアンは額をテーブルに休めた。ルソは身をかがめて彼に話しかけた。

「彼女はおまえを愛してたんだ、わかるか？　過去をすべて乗り越えて、おまえを愛していた」

「どうしてわかる？　会ったこともないくせに」

「わかるさ」

ファビアンはうめきだした。夜が更けるにつれ、ファビアンはどんどん子供返りしていくなとルソは思った。

「リラはどうしてぼくをこんな目に？」

「彼女がおまえになにかしようと思ったわけじゃない。彼女にはどうすることもできなかった。どうすることもできない過去を背負ってたんだよ」

「リラが恋しいよ……」

「わかってる」

ルソはファビアンの腕に触れた。ファビアンは顔を上げると席を立ち、トイレに向かった。戻ってきたとき、顔を洗ったあとが見えた。顔色は悪かったが、足取りはしっかりしている。

「ずいぶん遅くなっちまったな」

「おれはかまわないよ」

「この分じゃ、べべに追い出されそうだ」

ルソはカウンターの向こうに目をやった。べべはそこで頬杖をついている。表を見ると、制服警官がちょうど通りかかり、彼らの姿を認めたらしく、帽子の庇に指で触れてべべに会釈したあと、姿を消した。ルソは自分のシーバスのグラスが空になっているのに気づいた。そして話題を変えることにした。

「なあ、今度の金曜日、プルス・トーナメントの最初の試合だぞ。相手はキルメス市のアテネスだ」

ファビアンは眉を吊り上げた。

「キルメス市のアテネス？」

「ああ」

「そんな名前のクラブはないぞ」

「いや、あるらしい」

「嘘だ。アテネなんて、そんな名前だれがつけるか。ここはギリシャじゃない」

「ピューマから来たメールにリストが載ってたんだ。それだけじゃない。総勢十二チームのそのリストには、パルケ地区の救いようのない連中《デサンパラードス》ってチームまであったぞ」

「馬鹿も休み休み言え」

「はは、まあ、いまのは冗談だ。だがアテネスは本当だ。おまえ、来るよな？」

「体調が悪い」

「わかってる。でも、おまえが来ないと出場資格がなくなっちまう。メンバーが六人揃わない」

「痩せのロハスがはいったんじゃないのか？」

「女房に子供が生まれたばかりなんだよ。もうおまえしかいないんだ。なあ、サイン会でもなんでもしてくれ。なにせいまや有名人だからな」

「Tシャツがどこにあるかさえもうわからない」

「心配ない。じつはユニフォームを一新したんだ。ピューマがおまえのも確保してる」

「どんなの？」

「かっこいい？」

「すごくかっこいい」

「すくなくともTシャツは」

ファビアンはにっこりしてうなずいた。

「また人前に出せないような代物なんだな。ピエロになるのか」

「ピエロじゃない。軽業師だ」

翌日のモイラとの朝食風景はいつもと変わらなかった。彼女はチーズを塗ったトーストを二枚と、ミルクも砂糖も入れない紅茶を一杯。ファビアンはゆうべのせいで二日酔いだった。酒も飲んでないのに。彼はなんとかして声を絞り出した。

「学校のことは考えた？」

「学校のこと？」

「来年度行くことになる学校だよ」

「どこでもいい」

「どんなところか興味ないの？　選べるんだよ？」

「どこでもいっしょだよ」

　モイラはお茶を飲み干し、カップを流しのほうに押しやった。ファビアンは訴えたかった——そこに座っていてくれ、部屋から出ていかないでくれ、と。頭の中で言葉を紡ぐ。《待ってくれ、娘《イハ》、ちょっとだけ》。イハって呼ばれるのはいやかい？　ハグしてくれ。キスしてくれ。寝かしつけてとせがんでくれ。お仕事なんか行かないでとぼくにしがみつく、四歳の女の子に戻ってくれ。

　ファビアンは喉が詰まるのを感じた。

「今日は工事がないんだ。二人で過ごさないか？　この街でまだ行ったことがない場所があれば、いっしょに行こうか？」

「クエンカ通りをぶらぶらしたいの」

「そうか……」ファビアンはその計画に自分は含まれないことを知った。「好きにするといい」

　ファビアンは立ち上がり、彼女の頬にキスをした。モイラは彼に背を向け、カップを洗った。

　おまえにはない
　どこかよそに連れていってくれる道など
　なにも期待するな
　この町で破滅したように

世界のどこに行っても　おまえは破滅した
カヴァフィスのくそったれ。

ファビアンは、何年も開けたことのなかった箱から取り出した詩集を閉じた。

私は井戸の中にいるんじゃない、私自身が井戸なのよ、とリラは言った。あの晩のことはありありと思い出せる。なぜ妻は謎でくるんだ話し方しかできなかったのだろう？　なぜ過去を隠さなければならなかったのか？　夢の中で彼女に会って訊いてみたかった。リラは一瞬たりとも彼を放っておいてはくれず、年じゅう彼の頭の中にはいってくる。かといって、話しかけてもなにも答えてはくれないのだ。

モイラのネックレスのことはずいぶん前に気づいていた。そして、頭では否定しても、アシエンダの崖っぷちで会ったときにモイラがしていたネックレスがリラのものだと知ったとき、その意味をあれこれ考えて、心がざわめいた。リラがあのネックレスを通じてラウフの気を逸らし、ファビアンを救ってくれたかのように思えたのだ。

だが、いろいろな出来事でもう疲れすぎていて、そういう大事なことさえもはや考えられなかった。リラが黄泉《よみ》の国からメッセージを届けてくれたり、手を差し延べてくれたりするなんてことが、あるわけがない。ただ偶然が味方しただけだ。タッチの差で地下鉄に乗れず、あるいはぎりぎりで乗れて、命拾いした、なんていうのがそれだ。偶然。混乱のさなかにほんの一瞬口が開く隙間。

ベッドの下から書類の箱を取り出す。リラの書類をあらためて確かめる。承認の日付のスタンプが押された、どう見ても法的に問題のない身分証明書がある。課程を修了できなかった大学のノート。二枚の写真に写っている顔は、似ているが違っている。一枚は、澄んだまなざしでこちらを見ている十六歳の少女。もう一枚は別の時代に別の場所で撮られたもので、もっと暗い、もっと薄ぼんやりした目をしている。イバーン・ラウフの影がふたたび現れたのだろうか？　ノートの日付と照らしあわせてみると、やはりそうだ。

これだけ長い年月が過ぎてしまったいま、できることと言えば、失われた過去の断片をつくづくながめ、検分することだけなのだと気づく。実際になにが起きたかについては、おおよそ再構築し終えた。警察はファビアンの話をじっくり聞いてくれたが、彼らにとって事件はすでに終わっている。あとは、名刑事シルバの名誉をすこしでも回復するために画策することぐらいか。知ったことではない。警察のほうの手続きはすべて終了した。だがファビアンにとっては、始まったばかりだ。

ラウフのアシエンダから押収された写真をまたながめる。ラウフの部屋で見つかったものだけだ。モイラの部屋には、バレリーナの小像とパーンの彫像があっただけで、飾りらしい飾りはなにもなかった。写真も絵もない。あとは本が数冊と服。それもそう多くない。モイラに普通の子供時代を送らせなかった男をファビアンはののしった。山のような写真をベッドに広げる。中に、以前見せられた写真があったような気がする。近くに見えるもので探したが、どれがそうか判別できない。周辺視野だ。逃げ足の速いものは、正面から見るととらえられず、目の中心部から逸れたところでしか見えないらしい。ファビアンはベッドの上に写真を散らばらせた。そして、オダリスクの衣装を着たリラを見つけた。誕生日の写真だ。

ファビアンは額をたたいた。

そうだ。なんて馬鹿だったんだ。

ファビアンは南をめざして街を車で走った。時代のわからない黒っぽい建物の前で車を停める。通りに面したドアを鍵で開け、蛍光灯のともる廊下を歩いていく。十分後にまた表に出ると車に乗りこみ、その五分後にはルゴーネス通りに出て、そのあとヘネラル・パス高速道路に乗り、さらにアクセソ・ノルテ高速道路にはいった。十五分後には、イトスギに囲まれたコロニアル様式の屋敷にはいっていった。老人ホームの受付デスクで、どこに行けば彼女に会えるか教えてもらった。

老女は幅広の箒で廊下を掃いていた。べつに義務でもなんでもないが、彼女の多動ぶりはだれもが知っていて、四六時中ありとあらゆる場所を動きまわる姿をあきらめ顔で見ている。ファビアンが最後に彼女と会ったのは六カ月以上前で、木彫りのような顔にはその月日の影響が如実に表れていた。額が縮こまり、頬骨には国々の地図が刻まれている。目は箒の動きを追うのに必死で、不如意に震え、年を重ねた眼窩でふらついている。手は枝のような箒の柄をつかみ、リズミカルに動かしている。ファビアンは近づいて初めて、彼女がぶつぶつと独り言を言っていることに気づいた。心の奥からこぼれだし、何度もくり返すそのモノローグの内容はだれにもわからない。

「こんにちは、ドリスおばさん」

彼女が顔を上げた。その目はまだ震えつづけていたが、相手がだれかすこしずつわかりはじめたようだった。

「ええと？」

「ぼくのこと、覚えてますか？」

「もちろんよ、あなた」

ファビアンが彼女の頬の乾いた肌にキスをする音が響いた。

「お元気でしたか？　ここはどうです？」

「ご覧のとおり、退屈しないようになにかしら忙しくしてるわ。掃除は苦にならないの。暇つぶしになるしね」

「あのベンチに座りませんか？」

「私の家でなにかあった？」

「いいえ」

「ならよかった。泥棒でもはいったかと思ったわ」

二人は大窓の下にある木のベンチに近づいた。その近くで廊下が曲がり、開いたドアが見えた。ドアの奥にはたくさんのテーブルが並び、老人たちのグループが座っている。洩れ聞こえるテレビの音からすると、リアリティ番組を観ているようだ。

ドリスは箒の柄を持ったまま、それを古びた杖のように用いてベンチに腰を下ろした。ファビアンはその横に座った。

「新聞は読みますか、ドリスおばさん？」

「いいえ、あまり。どうして？」

「モイラが見つかりました」

ドリスは目と口を大きく開けた。最初はその顔にちらりと恐怖が見えたような気がしたが、すぐにそれは喜びの表情に変わった。彼女はファビアンに抱きつき、地方の村の通夜によくいる泣き女のようにうめき、両手を揉みあわせて、言葉にならない中途半端な祈りをもごもごと口にした。神よ、感謝します、祝福を……。

「それで元気なの？　いつ連れてきてくれるの？」

「いつでも、あなたが都合のいいときに」

ふたたび怯えがのぞいたように思えたが、手馴れた手品師のように、すぐにそれを隠した。

「かわいそうに……神のご加護をたまわって運がよかった」

沈黙が降りた。ドリスは箒の柄をつかみ、もう一方の手は花柄のスカートに包まれた腿をさすっている。前に、後ろに。

「モイラになにがあったのか、知りたくないんですか？　どこで見つかったかとか？」

「もちろんよ。あの子、どうしたの？　話してちょうだい」

ファビアンは彼女の肩に手を置いた。小ぶりな岩のような感触だ。

「あなたは知っているはずです、ドリス。なにがあったか、あなたは知っている」

ドリスの鳥のような首、頭、定まらないまなざしが縮こまる。

「まさか……私がどうして？」

「じつは、あなたの家に行ったんです。これを持ってきました」

ファビアンは、引越しを手伝ったときに整理簞笥の上にあるのを見た写真を、ドリスの膝に置いた。コルデリア、その父親のフランシスコ・ラウフ、母親のアルマ・ガルシーア・デ・ラウフが写っている。しかし、父親の横でいきなり写真は破られていた。

「これ、覚えていますか？」

ドリスが唾を呑みこんだように見えたが、確信はなかった。さっきまで直線だった彼女の唇が笑みをつくった。だが、取ってつけたようなわざとらしさだった。顔のほかの部分は唇に続こうとしない。目は動きを止めて写真に固定され、瞳はいまにも消えてしまいそうなほど小さくなっている。

「もちろん」ドリスが言った。「リラとその両親の写真よ。南部にいたときの」

「違います」ファビアンは言った。「南部にいたときのものじゃない」

「そうだったかしら？」

「ええ、違います」ファビアンは写真を指さした。「後ろに見えるこの窓、これはなんですか？」

ドリスは考えこむように口をすぼめ、老女の顔に変に子供っぽい奇妙な表情が浮かんだ。

「家族が住んでいた家じゃないかしら？」

「これは温室の窓です」

「温室？」いまは無理に目を細めている。

「ええ。アシエンダ〈黄金苑〉の温室です」

「それ、どこのこと？」

「この写真に本当はだれが写っていたんですか？　自分もいたけれど、写りが悪かったから破ったと言いましたよね」

ドリスは写真を手に持って、しげしげと見た。時間を稼いでいるのだ。

「なんの話か、私にはさっぱりわからない」

「ドリス、これ以上茶番はやめてください」

ドリスはむっとしたように顔を上げた。

「なんですって？」

「この写真に写っていたのはイバーン・ラウフとあなただ」

ドリスはほとんど聞こえない声でラウフという名前をくり返した。

「イバーンが父親フランシスコ・ラウフを殺害したとき、リラは家を出て、あなたといっしょにウシュアイアで暮らしはじめた。あなたの夫は当時政治家だった。だからリラのために身分証明書を改竄《かいざん》し、出生証明書を偽造した。ラウフの苗字とともにガルシーアという苗字も消した。あなたの旧姓です」

「そんなことしてない。私は……」

「イバーンは気がふれていたことも、彼とリラとの禁じられた関係についても、あなたは知っていた。だから彼女を連れ出したんだ。リラが家を出るのを助けた。リラのことは昔からずっと好きだったから、そうでしょう？　そしてフランシスコのことを憎んでいた。妻である妹のアルマを虐《しいた》げていたこともそうですが、わざわざあの土地にやってきて、一帯に住んでいたガルシーア家を蹴散らしたヨーロッパ人だったからでもあります」

ドリスはかたくなに唇をぎゅっと結び、答えなかった。ゆっくりと首を横に振って否定する姿は、舞い戻ってきた過去を振り払おうとするしぐさにも見える。

「あなたとリラはエントレ・リオスの狂気から遠く離れ、新たなスタートを切った。まだ違うと言い張るんですか？」

ドリスは相変わらず無表情で、内に引きこもり、感情を表に出さなかった。目と口はかろうじてそうとわかる程度の溝にしか見えなかったが、絞り出す声はしだいにはっきりしていった。

「後ろを振り返るわけにはいかなかったの。あれは恥辱だった。でも彼はリラを見つけるまであきらめなかった。私はいつもそう言っていたのよ。彼はけっしてなげださないと。父親も祖父もそうだった。思いこむと、そのことしか考えられなくなる……」

「あなたは最初から知っていたのに、ぼくになにも言わなかった。娘を助けられたかもしれないのに、黙ってたんだ！」

「とても危険な男なのよ、本当に。あの家に行くといつも恐ろしくなった。目をかっと見開いてまばたきひとつしない。まるでクサリヘビみたいに……」

ファビアンはドリスの肩をつかみ、自分のほうを向かせた。

「もう危険はありません。彼は死にました。ぼくが殺したんです」

「嘘よ。あいつはすごく知恵がまわるの。ものすごく。あなたにそう思わせて、じつは……」

「死んだんですよ、本当に」

「あいつは悪魔よ。本物の悪魔」

「病人です。ぼくらの人生を台無しにした病人だ」

ファビアンはベンチから立ち上がり、その影がドリスにかぶさった。彼女は顔を上げたが、ファビアンの目を見ようとはしなかった。

「十年近く前のあの晩、ぼくが家に戻ると、リラはぼろきれみたいに床に身を投げ出し、泣いていた。あなたと喧嘩したと言っていました。喧嘩の原因はなんだったんですか？」

沈黙。

「覚えてないわ」ドリスが言った。

ファビアンは怒りで目がかすみ、ドリスをベンチから立たせた。彼女がうっと声を洩らす。

「いや、覚えているはずだ。あんたはなんだって覚えてるさ、このおいぼれ女狐《めぎつね》め。これ以上傷を増やすな。さっさと答えろ」

ファビアンは彼女の肩に置いた手にぐっと力をこめ、ドリスの小さな体を締めつけた。そして、顔と顔がくっつかんばかりに、自分のほうに引き寄せた。ドリスはまだ箒を放さない。釣り針にかかった魚のようにもがいている。乾いた唇から言葉がほとばしり出てきた。

「あいつの仕業かどうか、あの子にははっきりわからなかったのよ！　もう何年もイバーンからの接触はなかったんだから！　それがいきなりあんなことになって！　私は怖くてしかたがなかった。早まっちゃだめと私は言った。でもあの子はあなたに全部打ち明けたがった。知られたとイバーンが気づいたら、モイラをどうにかするかもしれないと私はあの子に言い聞かせたわ。あいつが神に背《そむ》くことをして、遺体をあの山に隠したりしたら、絶対に見つからない。あいつは悪魔なのよ、わかるでしょう？　最悪の事態にはならなかったんだから、あなたは神に感謝するべきよ。モイラもあなたも彼女自身も危険にさらされることになるとリラに話した。モイラを捜しに行くなら、もうすこし時間をおいたほうがいい、と……」

ファビアンはドリスを突き飛ばし、彼女はベンチにどすんと尻餅をつきながらもしゃべりつづけた。

「あの子はあなたに話したがった。でもそれは危険だった。いまだってまだ危険よ。あいつは死んだと見せかけて……」

ファビアンは彼女を憐《あわ》れむように見た。しかしブラウスの襟をつかむと、こちらに目を向けさせた。

「リラに話をさせることだってできたんだ。こんなことになったのはあんたのせいだ。あんたは姪を殺した。リラはプレッシャーに耐えかねて自殺したんだ。ドベルティというあんなに気のいい男を殺したのもあんただし、ほかにもすくなくとも二人殺した。イバーンだってあんたが殺したようなものだ」

「違う、違うわ……あいつはまだ……」

ドリスは生きた枯れ木のような茶色い手を顔に持ち上げ、半ば覆った。苦痛に浸り、全身を震わせている。

「さっさとあの世に行けばいい。ここで苦しみながらひとりで逝《い》くんだ。地獄に直行し、甥っ子と再会するといい。そう、永遠にあいつといっしょだ。あんたとあの甥っ子は永久に離れない。あんたと、クサリヘビの顔をしたあいつはずっと！」

ファビアンは彼女から箒を奪うと、真っ二つに折り、床に投げ捨てた。ボキッと木が折れる音は、棺の蓋が閉まる音、あるいは体の奥で骨が折れる音のようだった。

ドリスは木のベンチで縮こまり、小さく体を丸めたが、ファビアンはもう目もくれなかった。

5

三カ月後、ファビアンはバローロ宮殿のエレベーターに乗りこんだ。

「やあ、リカルディート。〈煉獄〉に頼む」

リカルディートがレバーを上げ、エレベーターがのぼりだす。彼は苦々しい表情でファビアンを見た。

「僭越《せんえつ》ながら申し上げますが、あなたが事務所のドアにつけた表札、あまり感心しません」

「どうして？　あれはオマージュなんだ」

「人の魂をもてあそぶのはよくないことです」

ファビアンはガラスの扉の前に立った。《セサル・ドベルティ、私立探偵》という表札は、すでに掛け換えられている。《ドベルティ&ダヌービオ建築事務所》。フリアは気に入ってくれた。ファビアンは、ドベルティ建築士はどこにいるんですかと訊かれたときに言い訳をひねり出すのが楽しかった。

いまは自分の仕事場になっている部屋にはいる。

そこで働くようになって二ヵ月が経つ。フリアと賃貸契約を結び、設計に関わる道具を二日で運びこんだ。すでに自宅のかなりの部分を占拠されていたのだ。時代遅れの製図台とスツール、デスクに置いたパソコンのほか、布のカーテンをもっと調節しやすいロールスクリーンに取り換えたことなど、明らかな変更点はいくつかあるが、そこはいまもドベルティの〝男の城〟だった。

キャビネットの上から、サンフリアンが満足げな顔でこちらを見下ろしている。猫の対角線上にある高い窓台では、けっして警戒を怠らない雌鶏のマルシアがコッコと鳴いている。あるときどこからともなく姿を現し、掃除婦を死ぬほど驚かせた。ファビアンが調べたところでは、家鶏の寿命は五年から十年ということなので、マルシアは相当の年寄りながら、これまでサンフリアンの攻撃を奇跡的にも果敢に耐えてきたわけだ。

古い木製のデスクで確認しなければならない図面がいくつかあったのだが、座ろうとしたとき、まるでスパイ映画のように電話が甲高い音をあげて鳴りだした。

「セニョール・ファビアン・ダヌービオですか？」

「はい」

「いきなり申し訳ありません。私はエステル・レビロスキーと申します」

「はあ」

「別のブロックの建設現場にいたペラルタという責任者からあなたの電話番号を教えてもらいました」

「どういったご用件でしょうか」

「じつは、建築とはまったく関係ないことなんです」

ファビアンはぴんときた。

「いいですか、建築と関係ないことでしたら、私にお手伝いできることはありません」

「お願いです、セニョール・ダヌービオ、本当に困ってるんです」

「奥さん、人捜しは私の仕事ではありません。一度だけ書いた報道記事にその点は明記しましたし、私に電話をよこす人たちにもはっきりそう申し上げています」

「あれこれ手を尽くしましたが、調査はことごとく失敗し、もうどうしていいか、だれに頼ればいいかわからない……」

女性は受話器の向こうで喉を詰まらせ、すすり泣きはじめた。

「あなたのお気持ちはよくわかりますよ、本当に……でも、私はあなたに協力できるような人間ではありません」

「あなたは娘さんを見つけたわ」

「だからと言って、私が探偵になれるわけじゃない」

「でも、急に勘が鋭くなったとか……なにかあるのよ、あなたには。私の夫を見つけてくれるなにか特別な才能が。私にはわかる」

ファビアンは受話器をぎゅっと握った。

「いいえ、奥さん、あなたにはわかってない。ただの希望の産物……」彼は受話器を握る手をゆるめた。

「とにかく、手伝えません」

「話を聞いてくださるだけでもいいんです。お願いです、なにがあったのか、話をさせてください。カルロス・レビロスキー事件のこと、新聞で読みませんでしたか？」

「普段は新聞を読まないんです」

「話だけでも聞いてください」

「時間の無駄ですよ」

「話をさせてください、それだけでかまいませんから。そのあとでやはりできないとおっしゃるなら、おとなしく帰ります」
ファビアンは受話器を握りながら大きく息をついた。窓越しに差しこむ日差しがデスクを掃き、キャビネットで跳ね返り、濃密な空気の中を漂う金色の埃を浮かび上がらせる。サンフリアンとマルシアがおのおのの居場所から厳かにこちらを見下ろしている。
「すみません、聞こえてますか、セニョール・ダヌービオ？ まだいらっしゃいます？」
「ええ、はい。お名前、なんておっしゃいましたっけ？」

兄のヘルマンが、モイラに会うただそれだけのために、一週間ブエノスアイレスに滞在した。思ったとおり、ぎこちない再会となった。赤毛の髭をはやし、年とともに出てきたお腹を揺らし、英語訛りのスペイン語でしゃべるヘルマンの横に、この謎めいたティーンエイジャーがいる光景は、なんともちぐはぐだった。父の家に行って夕食を食べるあいだ、ヘルマンはカナダの家族の写真を見せた。モイラは、ひと言も聞き逃すまいとするように、ヘルマンの話に耳を傾けた。全部分類して、どこかにしまっておこうとするかのように。父と兄はモイラを受け入れ、彼女の事情を理解したが、彼女に干渉しようとはせず、無理に反応を引き出そうともしなかった。そういうことはファビアンにおまかせする、というわけだ。だが、ファビアンはいまだにモイラにどうアプローチしていいかわからなかった。ひょっとすると一生わからないままかもしれない。

兄が帰るとき、ファビアンはエセイサ国際空港まで送った。ドライブするあいだ、この一週間モイラが笑ったところを一度も見なかったとヘルマンは言った。「でも、笑ってくれと頼もうとも思わなかったけどね」と付け加えた。

チェックインするまえに二人は抱きあい、またすぐ会おうと約束した。

飛行機が離陸して、彼方の国での暮らしに兄を連れ去るのを、ファビアンは大きなガラス越しに見守った。


ファビアンは、エントレ・リオス州から来た弁護士たちと話をした。アシエンダの問題だ。彼は考えもしなかったのだが、モイラがあの土地の唯一かつ直接の相続人なのだという。かつてアシエンダはすべてフェルディナント・ラウフの息子フランシスコの名前で登記され、彼が死亡したあとイバーンが相続し、現時点では、彫刻家の曾孫《ひまご》でラウフの血を引く最後のひとりモイラにそれが託されている。しかし、たとえDNA鑑定で血縁が証明されたとしても、モイラが不動産の相続人であることを保証する法的に有効な書類はなにもない。つまり親子関係を裁定してもらわなければならず、山のような時間と書類が必要になるだろう。もうひとつの問題は、イバーンが共同経営していた植林会社のことだった。モイラは未成年であり、唯一の法定後見人はファビアンだ。彼は、アシエンダとその植林会社のイバーン出資分を合わせると莫大な資産になるという事実に、頭を慣れさせなければならなかった。

理性を失ってはいけない。彼の人生を踏みにじった男の遺産を受け取るのは本意ではなかったが、慰謝料としてすべて現金化してやったらどうか。ファビアンは想像した。〈黄金苑〉をわが物とした自分が、ロードローラーに乗って、そこにあるすべてのもの——屋敷、温室、彫像、ブロンズの庭——をなぎ倒していく場面を。あるいは、この世に存在するラウフの作品という作品をひとつ残らず巨大な窯にぶちこんで、きれいに熔かしてしまう様を。

だが、この空想にエラーが出た。イバーン・ラウフが創造したすべてのものを消すことなどできない。

モイラがいるのだから。

ヘルマンが訪れたあとも、モイラに目に見える変化はなかった。週に二回カウンセリングに通い、月に一度ファビアンもそのカウンセラーと話をする。彼女によれば、進歩は見られるものの、ミュンヒハウゼン症候群はとても根深いという。とはいえ、モイラは彼女に対しては《これまでの生活についてずいぶん話してくれるようになったし、自分の置かれた現実を急速に受け入れはじめています。環境の劇的な変化に自分を適応させようと頑張っているんです》。モイラは自分の過去について、長椅子《シェーズ・ロング》の向こう側に座るその女性には、彼に話してくれたことよりもっといろいろ打ち明けているようだ。

モイラは自分だけのパラレルワールドに閉じこもり、すべてを尊大な態度で正確にてきぱきとこなし、ようやく十四歳になる少女がと思うとぞっとするような暗い落ち着きをたたえていた。こちらに迷惑をかけず、わずらわせもせず、面倒もかけない。毎日の家事を完璧に片づける。中学に編入する届けもすでに提出したが、新学期が始まるまでにはひと夏丸々残っていた。

モイラと過ごす夏はずいぶん長く感じられそうだった。ファビアンはいまだに彼女とどう接していいかわからなかった。だが、いままで自分は本気で彼女と心を触れあわせようとしてきただろうか？　それとも、モイラの行方を捜すという作業で精根尽き果ててしまったのか？

モイラが十四歳になる前の晩、思いがけないことが起きた。

夕食を食べてからすこしして、ファビアンは自分の部屋でテレビを観ようとしていた。一時十五分前ぐらいだったと思う。突然モイラの部屋でガラスが割れる音がした。ファビアンはびくっとして立ち上がり、彼女の部屋の戸口に走った。中からまたガラスが割れるか、なにかにぶつかった音がした。指の節でノックしたが、ドアは開かない。またガチャンという音が響いた。

ファビアンがドアを開けると、モイラが息を切らしながら革のケースの中を必死に引っかきまわしていた。琥珀色の瓶を取り出して透かし見たあと、また力まかせに床にたたきつけた。

「ない！」

またケースの中を漁って、別の瓶を取り出す。

「ない！」

瓶が床にぶつかって、またしてもこなごなになった。

「どうしたんだ？」

どうしていいかわからなかった。モイラはずっとこちらに背を向けている。黒いTシャツに包まれたその体が、苦しげな呼吸のリズムに合わせて動く。彼女はケースを逆さまにすると、中身をベッドの上にばら撒いた。

「モイラ……」

「うそだ。まだあったのに。まだあったのよ」

「なにが？」

「わたしの薬」

彼女が泣くのを初めて見た。両肩を抱き、胸が大きく上下している。

「まだあった……」

「なあ、聞いてくれ……落ち着いて」

「薬がないとだめ。全部空っぽ。ありえない」眉が一直線になっている。彼女の母親もつらいときはいつもそうなった。両手を揉みしだいている。指は長く、透明な爪は短い。

「頼む、聞いてくれ……心配ないんだ」

でもモイラは彼の言葉を聞こうとせず、ファビアンがそこにいることにさえ気づいていないように見える。ベッドに仰向けに寝そべり、制御不能なほど体を震わせ、呼吸がますます速く、荒くなっていく。

「医者を呼ぶよ。聞いてるかい？　医者を呼ぶから」

「医者は薬を持ってない。意味ないよ」

いよいよ震えが激しくなる。まるで、ベッドがでこぼこの高速道路を移動しているかのようだ。体が跳ねてはどすんと落ち、弓なりになり、よじれる。ファビアンは触れようとしたが、その手を止めた。いいことを考えついた。モイラは目をつぶっているので、ファビアンが床から割れてない瓶をひとつ拾ったのを見なかった。彼はキッチンに行って瓶に水を入れ、砂糖をひとつまみ加えて蓋をした。戻ると、彼女はまだ横になっていて、さっきほど震えはひどくなかったが、首を左右に振って宙で拒否している。ファビアンは革のケースに近づいて手をつっこみ、瓶を取り出した。

「ほら！　はいってる瓶が一本あったぞ！」

モイラは、こちらが言葉を言い終わるまえにそれをひったくった。棚にあったプラスチックのスプーンを取り、注意深く蓋を開けてそのスプーンにすこしだけ注ぐ。ひとさじ分口に入れると蓋を閉め、瓶を握りしめた。ベッドに座り、ゆっくり体を揺らす。呼吸が静まりはじめた。ファビアンはしばらく彼女のそばにいたが、やがて床のガラスを掃き集めはじめた。

ゴミを捨てて戻ると、モイラはすっかり落ち着いていた。

「気分はどう？」

髪を後ろにとかしつけ、たまにしか見せない広い色白の額があらわになっている。

「戻りたい」

ファビアンは体の奥がぎゅっと締めつけられるのを感じた。

「戻る？」

意味はわかっているのにあえて訊き返す。

「逃げてきたんじゃないのかい？」

「〈黄金苑〉で薬を探さなきゃ。レバの家にもっと残ってたはず。そのあとは川辺に住みたい」

ファビアンは腰を下ろし、膝に肘を置いて頬杖をつくと、悲しそうにモイラを見た。

「それで、薬がなくなったら?」

「そのときはそのときだよ。でも、あそこに行けばまだもっと思う。ここに来てからは毎日使ってる。あっちにいたときはそんなことなかった。空気がよかったから」

「戻れないよ。ぼくがきみの保護者なんだ。そしてぼくはここに住んでいる。こっちに仕事があるんだ」

「ここにいると気分が悪くなる。散歩に出てずっと歩きつづけても、いつも人だらけ。絶対にひとりになれない。川辺ではそんなことなかった」

「エントレ・リオスに行きたければ、いくらでも連れていってあげるよ。でも住むのはここだ」

「病気がどんどんひどくなるよ」

「そんなことないさ」

「そうだよ」

「モイラ、きみは病気じゃない。いままでだってずっと」

「カウンセラーのグラシエラもおなじことを言う。あなたもなんにもわかってないよ」

「いいかい、さっききみに渡した瓶は空っぽだったんだ。ぼくがキッチンで水を入れた。水と砂糖をね。きみはそれを薬だと信じて飲み、落ち着いたんだ」

モイラは彼を食い入るように見つめた。

「嘘だよ」

「本当さ。きみは病気じゃないんだ、モイラ。きみがいっしょに暮らしていた異常者がそう信じこませたんだよ」

モイラはこちらを見据えることで、必死に涙をこらえている。

「わたしのこと、捜さないでくれればよかったのに」

ファビアンはこみ上げる怒りを抑えきれなかった。

「へえ、そうか。じゃあ手紙でも書いてほしかったな。『パパ……』いや、パパじゃないか。『ファビアン…

…わたしはここアシエンダで楽しく暮らしているので、お願いですから捜さないでください。さようなら』。そうすれば何年も苦しまずにすんだんだ」

「あそこに戻りたい。わたしの本物の暮らしに」

ファビアンが椅子から乱暴に立ち上がり、椅子は後ろに倒れた。

「きみの本物の暮らし？」

クローゼットに近づいて開けた。中には幼い頃のモイラの持ち物がはいった箱があった。ファビアンはそのひとつを引っぱり出し、中身を床にぶちまけた。服、おもちゃ、本が絨毯に散らばる。モイラが泣きだした。

「これがきみの暮らしだった。見てごらん？　ここがきみの部屋だった。きみの世界だったんだ」

怒りをこめて散らばった物をながめ渡す。本を一冊手に取った。

「ほら、『夢見るサルの本』だ。きみは寝るまえにこれを二十回読んでとぼくにせがんだ」

その本を彼女の膝に放り、部屋を出た。アルバムを持ってすぐに取って返す。一冊を開き、三人が海辺で砂の山をこしらえている写真を見せた。

「これがきみの暮らしだった。ぼくら三人の」

モイラがますます激しく泣きだした。ファビアンも泣いている。絨毯の隅に緑色のコオロギのぬいぐるみがあるのを見つけた。拾い上げてしばらくながめる。へにゃっとしているが、妙に温かい。まるで、悲劇が訪れるまえの古き良き日々の記憶を、いままでずっと温めていてくれたかのように。ファビアンはそれをまた床に置いた。息が切れ、胸が痛む。いままでにも何度か起きたことがある一種の筋緊張かもしれない。筋肉が縮こまり、呼吸困難を起こすのだ。

モイラは壁に寄りかかって額に手をあてがい、しゃくりあげている。ファビアンは、口論した夜にリラがそうして泣いていたことを思い出した。永遠とも思える遠い昔だ。鏡の迷宮にはいりこんだかのように、おなじことがくり返される。いつまでも、どこまでも。

ファビアンは肩をすぼめて部屋を出た。

目覚めると朝の九時だった。服を着たまま、テレビもつけっぱなしだ。バスルームに行って顔を洗い、喉の引き攣りをやわらげるためにうがいをした。居間に行ったとき、半開きになったモイラの部屋のドアが見えた。中をのぞく。

モイラはいなかった。ベッドメイクされ、室内は片づけられていた。リュックもなかった。クローゼットを開けると、服が消えていた。

パニックになり、心が沈んでいく。

またあの子を失ってしまった。

階下に下り、通りに出た。静かな朝だった。風がかすかに頭上の木々の枝を揺らしている。聞こえてくるのは、遠いナスカ通りの車の音だけだ。どうしていいかわからないまま、ファビアンは歩いた。ちょっと出かけただけさと心の中でくり返したものの、無意味だとわかっていた。そしてまた、怒って飛び出したんだ、すぐに戻ってくると自分に言い聞かせてはみたが、そんな言葉に納得できるわけがなかった。

喉を鋭い痛みが刺した。もしまたモイラが姿を消したら、ぼくはもう先には進めない。あんまりだ。子供か獣のようにおんおんと大声で泣きたかった。

車に乗りこみ、クエンカ通りに向かう。ハンドル操作もギアチェンジもままならない。目を皿のようにして商店街をながめる。こんなことをしても無駄だと思いながらも、いましもそこに現れそうな気がして。だれもが振り返るくらい背の高い、背中にリュックをしょった彼女が。女探検家のように、世にも珍しい女戦士《アマゾネス》のように、颯爽と歩く彼女が。

何度か角を曲がり、車を停めた。考えなければ。もしエントレ・リオスに戻るつもりなら、レティーロ駅に行き、バスに乗ろうとするはずだ。あの子が家を出たのはいつだろう？　わからない。今頃駅でバスを待っているか、すでに乗りこんで移動中か。あるいは、まだ街を歩きながら、どうやって逃げようかと考えているのかもしれない。あるいは、九号線でヒッチハイクをしようとしているか。可能性はいくらでもある。ブランコか警察に知らせなければ。ひとりではどうにもならない。

携帯電話を開けたが、目がかすんで連絡先に並ぶ名前が読めない。モイラに携帯電話を持たせておけばよかった。自分の馬鹿さかげんに笑いが洩れた。そして急に思い出した。今日がモイラの誕生日だったことを。全身が固まった。思い当たることがあった。

ビレイ・ロレト通りに車を駐め、広場のいちばん近い入口まで歩いた。トレリスが新しくなり、コンクリートの日陰棚が怪しげな紫色に塗り替えられたこと以外は、なにも変わっていない。日光浴をする人々、太極拳健康法を実践するいつものグループ、スケートボードや自転車に乗る若者たち。彼とリラがよく新聞を読んでいたベンチを通り過ぎる。児童公園のほうをのぞいてみたが、木々に隠れてしまっている。丘をのぼり、煉瓦の小径をたどる。

最初に見えたのはトックリキワタの木だった。視線を下ろすと、そこに彼女がいた。今回は、こちらに背を向けている。

詰めていた息を吐きながらへたりこんだ。ほっとしたと同時に、胸のつかえが消えるのを感じた。しばらく地面を見ていたが、やがて立ち上がり、背筋を伸ばした。

やっぱり、この世には偶然では片づけられないことがあるのかもしれない。

モイラに近づいていく。距離を、年月を越えて、彼女の元へと。

彼女は直立不動の姿勢で、トックリキワタの木をうっとりながめていた。髪がやわらかな鞭のように風に吹かれて揺れている。母親の炎のネックレスをつけ、リュックからはコオロギのぬいぐるみの頭がのぞいていた。

ファビアンは二メートル手前で立ち止まった。初め、なにかに気づいたような表情が彼女の顔に浮かび、やがて振り返った。

「出発するまえにここに立ち寄ろうと思いついて」

「そうか」

モイラは口をすぼめた。

「この幹の緑は自然な色？　それともだれかが塗ったの？」

「自然な色だよ」ファビアンは足を踏み換えた。「きみのママ……彼女もおなじことを訊いた」

モイラはリュックを下ろし、草地に置いた。ファビアンに向かって眉を片方吊り上げた。

「よく見つけたね。ここで会うとは思ってなかった」

「人捜しには慣れてるからね」

彼女は物思わしげに腕組みをした。

「カメラを持ってくるべきだったんじゃない？」

「そのとおりだ。誕生日おめでとう」彼は息を吸いこんだ。「こうしよう。家にカメラを取りに帰り、またここに戻って、この木と並んだきみの写真を撮る」

モイラは答えなかったが、彼女を取り戻して以来初めて、その顔にいままでと違う、新しい表情が現れるのをファビアンは見た。目と鼻と口が連携してつくりあげた複雑な図形には、愛と喜び、そして相手への挑戦もうかがえた。やがてモイラはまた木に目を向けた。

ファビアンはゆっくりと、もうすこし彼女に近づい

謝辞

ファビアン・ダヌービオ誕生の扉を、辛抱強く、でも楽しんで開けてくれたマルセロ・パノッツォに。

熱心に、そして温かく私を支えてくれた、ランダムハウス社のフロレンシア・ウレ、ホセ・ヌニェス、フアン・ディアスに。

本書を批評し、アドバイスをくれたホセ・フェルナンデス・ディアスの寛大さに。

セルヒオ・ウォルフ、ミルコ・ストパル、パトリシオ・ベガ、マルコス・オソリオ、エルナン・ゴルフリードに。敬愛する友人そして同僚である彼らの仕事ぶりに、私はいつも刺激を受けている。

すべての作家たちに。あなたがたの書く物語のおかげで、私は生きていられる。

訳者あとがき

「この二十年間に書かれたスリラーのなかで、最も興奮した一冊」
――〈ラ・ナシオン〉紙

「ページをめくるうちに物語の中毒になってしまう。じつに映像的な作品」
――〈パヒナ12〉紙

アルゼンチン人作家グスタボ・マラホビッチは、二〇一二年に本作『ブエノスアイレスに消えた』*El jardín de bronce* で鮮烈なデビューを飾り、書評家のあいだで絶賛された。幼い娘と二人で地下鉄に乗っていた折、もし自分が降りたときに娘がこのまま車内に取り残されてしまったら、とふと思い、たちまち言い知れぬ不安に襲われて、その瞬間にこの作品の着想を得たという。

そう、まさに物語は、四歳の娘を追ってきた父親の目の前で、彼女の乗った地下鉄の扉が無情に閉まり、そのまま娘の行方がわからなくなってしまう、というところから動きはじめる。場所はブエノスアイレス、時はまもなく冬を迎えようとする四月。娘は友達のお誕生会に出席するために、ペルー人ベビーシッターと出かけたのだが、そのシッターとともに「地面に呑みこまれた」ように忽然《こつぜん》といなくなってしまう。父親の建築家ファビアン・ダヌービオは、マスコミを積極的に利用して必死に娘の行方を捜すが、手がかりらしい手がかりがほとんどなく、ただでさえぎくしゃくしていた妻との関係もますますこじれていく。やがて事件は衝撃の展開を見せるが、それでも捜査はいっこうに進まず、警察の怠慢ぶりに業を煮やしたファビアンは、やがてひと癖もふた癖もある私立探偵セサル・ドベルティとともにみずから娘の捜索に乗りだす。しかしそれは、家族の秘められた過去というパンドラの箱を開ける作業でもあった。そして月日は流れ、ファビアンはパラナ川奥地の密林に足を踏み入れる……。

正体不明の通奏低音がつねに流れているかのように、終始不穏な空気に満たされたこの作品を初めて読んだとき、なにかいわく言いがたい不安に包まれ、胸がざわめいた。先がどうにも読めないのだ。謎解きという意味だけでなく、小説としての〝先〟が。読むうちにすこしずつ微妙に予想を裏切る展開が待ちかまえ、私たちは小さな驚きを重ねながら、ついついページを繰ってしまう。そのそっと背中を引っかかれるようなスリルがなんともたまらず、いくつかの書評にも〝依存性がある〟と書かれている。

著者のマラホビッチは一九六三年生まれ、主人公のファビアン同様、大学で建築を学び、その後建築家として仕事をしていたが、ひょんなことから人気テレビドラマ・シリーズ『ロス・シムラドーレス（偽装者たち）』の脚本を手伝うことになり、その後数々のテレビドラマや映画の脚本を手がけるようになった。たとえば、二〇一四年の第十一回ラテンビート映画祭で上映されたミステリ映画『ブエノスアイレスの殺人』の脚本も、彼が担当している。そういう背景もあってか、表現がとても映像的なのが特徴だ。ユニークな比喩《ひゆ》を使って、清新なイメージを喚起する。虫を使った比喩がよく出てくるのだが、たとえば「最高裁が……警察中央本部に、あたかも制服姿の蟻たちの巣に巨大な足が降ってきたかのような影響をあたえ」とか、「まぶたの下で眼球が異常なほど激しく動いている……小さな虫たちが外に出ようと必死にもがいているかのように」とか、「鋏を……開いたり閉じたりすると、シャキシャキという音がした。まるで、不平をつぶやいている虫のようだ」など、はっとするような、しかしこの小説全体を覆う不穏さをさらに助長する映像がありありと目に浮かぶ。

著者は、ミステリを書こうと決めたとき、完全無欠のヒーローではなく、いつも迷い、欠陥だらけで、性格も曖昧な、ごく普通の人間を主人公にしようと考えたという。そのほうがリアルだからだ。しかしじつは、主人公のダヌービオという名前には特別な意味がある。「ダヌービオ」すなわち「ドナウ」、つまり主人公は「川」を暗喩しているのである。「川」はこの小説の鍵を握る存在であり、イメージだ。黒い森の中をゆっくりとうねり、物語を動かしていく黒い川、そして実際、物語の後半には、アルゼンチン内陸部からブエノスアイレスに流れこむ大河、パラナ川が登場する。

この小説のもうひとりの主人公は、〈南米のパリ〉とも呼ばれる、南米にありながらヨーロッパ情緒をたたえる美しい街ブエノスアイレスである。活き活きと描かれるこの街の様子が物語に臨場感をあたえているのだが、やがて圧倒的な存在感を持って登場する、南米ならではの密林の中をたゆたうパラナ川とその流域とのコントラストが、また鮮やかだ。

さて、すこし先走る感はあるが、じつは著者は、最初からこの作品をシリーズ第一作目と位置づけて書いており、主人公はゆくゆく、失踪人の捜索を専門とする探偵稼業をはじめるらしい。失踪人について、著者は本書の中でこんなふうに言っている。「人がひとり失踪するたび、永遠にやまない嗚咽が始まるのだ。死はむしろ人を苦しみから解放し、悲しいとはいえ、答えをあたえてくれる。だが行方がわからなくなった人は、いつまでも消えない問いを残す」アルゼンチンでは、一九七六年の軍部によるクーデター以降、一九八三年まで軍事政権が続き、左翼ゲリラ掃討を名目に多くの活動家らが逮捕、監禁、拷問を受け、殺害された。〈汚い戦争《ゲラ・スシア》〉と呼ばれるこの国家による大規模な人権弾圧事件は、三万人にもおよぶ行方不明者《デサパレシードス》を出したのである。主人公が携わる失踪人捜索という作業には、この国のそうした歴史的背景のこだまが感じられる。第二作目についてはまだ発表されていないが、楽しみに待ちたい。

二〇一五年三月

HAYAKAWA POCKET MYSTERY BOOKS No. 1895

宮《みや》 崎《ざき》 真《ま》 紀《き》

東京外国語大学外国語学部
スペイン語学科卒，
翻訳家
訳書
『世界名探偵倶楽部』パブロ・デ・サンティス
『時の地図』『宙（そら）の地図』フェリクス・J・パルマ
『ネルーダ事件』ロベルト・アンプエロ
（以上早川書房刊）他多数

この本の型は，縦18.4センチ，横10.6センチのポケット・ブック判です．

〔ブエノスアイレスに消《き》えた〕

2015年5月10日印刷　　2015年5月15日発行

著　　者　グスタボ・マラホビッチ
訳　　者　宮　崎　真　紀
発 行 者　早　川　　浩
印 刷 所　星野精版印刷株式会社
表紙印刷　株式会社文化カラー印刷
製 本 所　株式会社川島製本所

発行所　株式会社　早川書房
東京都千代田区神田多町2－2
電話　03-3252-3111（大代表）
振替　00160-3-47799
http://www.hayakawa-online.co.jp

（乱丁・落丁本は小社制作部宛お送り下さい
送料小社負担にてお取りかえいたします）

ISBN978-4-15-001895-5 C0297
Printed and bound in Japan

ハヤカワ・ミステリ〈話題作〉

1888 黒い瞳のブロンド ベンジャミン・ブラック 小鷹信光訳

フィリップ・マーロウのオフィスを訪れた優美な女は……ブッカー賞受賞作家が別名義で挑んだ、『ロング・グッドバイ』の公認続篇！

1889 カウントダウン・シティ ベン・H・ウィンタース 上野元美訳

〈フィリップ・K・ディック賞受賞〉失踪した夫を捜してくれという依頼。『地上最後の刑事』に続いて、世界の終わりの探偵行を描く

1890 ありふれた祈り W・K・クルーガー 宇佐川晶子訳

〈アメリカ探偵作家クラブ賞最優秀長篇賞受賞〉少年の人生を変えた忘れがたいひと夏を描く、切なさと苦さに満ちた傑作ミステリ。

1891 サンドリーヌ裁判 トマス・H・クック 村松　潔訳

聡明で美しい大学教授サンドリーヌは謎の言葉を夫に書き記して亡くなった。自殺か？他殺か？　信じがたい夫婦の秘密が明らかに

1892 猟　犬 J・L・ホルスト 猪股和夫訳

〈「ガラスの鍵」賞／マルティン・ベック賞／ゴールデン・リボルバー賞受賞〉停職処分を受けた警部が、記者の娘と共に真相を追う。